Enamorada del diablo

GAELEN FOLEY

Enamorada del diablo

Traducción de
Ana Isabel Domínguez Palomo,
Concepción Rodríguez González
y María del Mar Rodríguez Barrera

Círculo de Lectores

Dedicado con mucho amor y muchísimos recuerdos afectuosos a mis primos de ambas ramas de la familia.

Al clan Kennedy, con el que es imposible aburrirse y que hizo que los domingos en casa de Mimi y Pap fueran divertidísimos, y a la alocada e ingeniosa tropa Foley, que celebraba enormes reuniones familiares a las que no les faltaban las historias de fantasmas alrededor de la hoguera.

Mis mejores deseos para vosotros, vuestras parejas y vuestros adorables hijos.

Quiero dar las gracias especialmente a Dan, el hermano que nunca tuve, y a Tim, quien le cuenta a todo aquel que se encuentra que va a leerse los libros de su primita.

Os quiero a todos y os doy las gracias por haber llenado mi vida de risas y alegría.

Los hijos de Georgiana: el linaje de los Knight

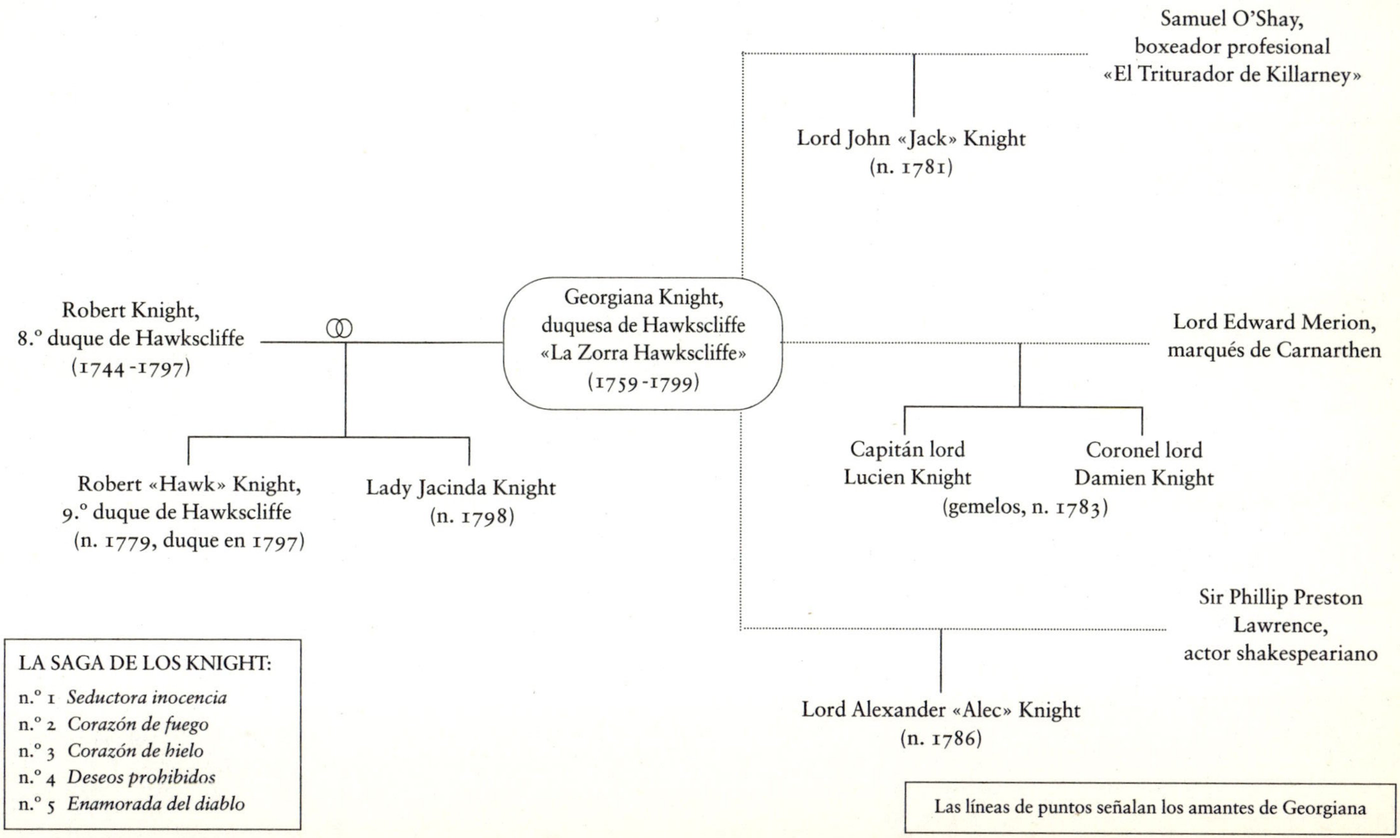

PRÓLOGO

Inglaterra, 1805

La luz de la luna se reflejaba en los tres carruajes negros que se desplazaban a toda velocidad por el camino de Oxford; un desfile temerario acompañado del chasquido de los látigos y los bufidos de los caballos, que galopaban con los ojos desorbitados y la boca llena de espumarajos. Los conductores eran los calaveras con peor reputación de Londres, y sus curtidos aunque jóvenes rostros estaban sonrojados por la velocidad y tensos por la desesperación. Sus ojos tenían expresiones asesinas, habida cuenta de que lo perderían todo si no lograban alcanzar el coche de postas que les llevaba varios kilómetros de ventaja. El viento otoñal alzó las hojas muertas del suelo en un remolino pardusco frente a ellos; el líder del grupo lo atravesó y el viento siseó entre las ruedas.

No aminoraron la velocidad en ningún momento.

Unos cuantos kilómetros por delante, el coche de postas con destino a Holyhead se detuvo en el patio de El Toro Dorado, y al fin sus exhaustos pasajeros pudieron apearse.

–Pueden descansar durante dos horas antes de que reanudemos la marcha –dijo el alegre cochero al tiempo que ayudaba a una dama a bajar del vehículo.

–Gracias –murmuró ésta, oculta tras el ligero velo de encaje que le cubría el rostro.

Echó un rápido vistazo a la oscuridad que se extendía a sus espaldas. «Todavía no hay señales de ellos», pensó.

–Vamos, Johnny –dijo, tomando de la mano al aterrorizado muchacho que había bajado del carruaje tras ella.

Lo condujo de forma resuelta hacia el interior de la pintoresca posada de techo de paja, balconcillos y contraventanas negras muy bien cuidadas. Cuando entraron en el recibidor del lugar, las puntas cobrizas de su largo cabello asomaron por debajo del velo que le llegaba a la cintura y cubría su conocido rostro... así como el ojo morado, cortesía de su protector.

–¿Tiene alguna habitación disponible? –preguntó mientras firmaba con mano trémula el registro de huéspedes, aunque no con el nombre por el que la conocían en todo Londres, su nombre artístico, sino con el verdadero: Mary Virginia Harris.

Así la conocían aún en su pueblo natal de Irlanda, hacia donde huía en esos momentos. Johnny se pegaba a ella, sin rastro de toda esa bravuconería adolescente que había mostrado poco antes. Su cuerpo delgado, propio de un muchacho de trece años, temblaba de miedo a causa de la temeraria fuga, no por culpa del frío de la noche de noviembre.

–Sí, señora.

El posadero, ataviado con un delantal, intentó vislumbrar su rostro a través de la delgada barrera de encaje, pero se encontró con el gélido reproche de su mirada.

Sin más tardar, su «hijo» y ella dejaron atrás el vestíbulo y la taberna, atestada de parroquianos que bebían y jugaban a los dardos, y guiados por el posadero se encaminaron a la galería de la planta alta, donde el hombre les indicó su habitación.

Mientras aguardaban en el pasillo a que el posadero les abriera la puerta, una niña de unos cuatro años y pelo ensortijado se asomó por la puerta de la habitación contigua y soltó una risilla antes de comenzar a jugar con ellos, ocultándose y asomándose. Sorprendida y encantada, Mary observó por un instante a la adorable criatura, hasta que escuchó una voz femenina que reprendía a la niña desde el interior de la habitación.

–Sarah, tesoro, vuelve aquí.

La niña sonrió y volvió a desaparecer. Mary asintió con la cabeza en dirección al posadero para darle las gracias y le colocó una moneda en la palma de la mano antes de seguir a Johnny al interior de la estancia.

La pequeña Sarah volvió a asomarse un instante después, pero la elegante señora del velo había cerrado la puerta. Atravesó la habitación de sus padres dando saltitos y se subió con cuidado a una silla para mirar por la ventana. Echó el aliento en el cristal y a continuación dibujó con el índice una cara sonriente tal y como su hermano mayor, Devlin, le había enseñado. Tenía unas ganas tremendas de verlo, ya que el motivo del viaje no era otro que ir a buscarlo al colegio mayor para llevarlo a casa con ellos. ¡Ni siquiera era Navidad y ya tenía permiso para volver a casa! Aunque, por alguna misteriosa razón, esas maravillosas noticias habían sido el motivo por el que sus padres habían discutido.

–Vamos, Katie Rose –estaba diciendo su padre mientras se limpiaba los cristales de los anteojos con un pañuelo–. No hay necesidad de subirse a la parra. Estoy seguro de que el chico podrá darnos una explicación.

–¿Una explicación? Stephen, ¡tu hijo le ha dado un puñetazo en la nariz a uno de los oficiales del bedel después de que lo descubrieron saltándose las clases! Lo hemos mandado a la mejor universidad de toda Inglaterra y ¿así es como nos paga? ¿No yendo a clase para beber y jugar al billar con sus amigos?

–Tiene diecisiete años, Katie. Todos los muchachos se meten en alguno que otro lío en la universidad. Es normal a su edad. Además, las notas de Devlin siguen siendo de las mejores de su clase.

–¡Ya lo sé, caramba! Ni siquiera tiene que esforzarse para lograrlo. –Cruzó los brazos por delante del pecho mientras resoplaba–. Nuestro hijo tiene suerte de haber heredado tu cerebro.

–Y tu valor –añadió su marido con evidente cariño al tiempo que capturaba la barbilla de ella–. Por no mencionar esos ojazos azules. Y ahora, lady Strathmore, sonría para mí o me veré obligado a besarla para borrar ese mohín enfurruñado de sus labios.

Ella sonrió, muy a su pesar.

–Reserva tu encanto para el decano, marido mío. Después de las travesuras de tu hijo, el único modo de evitar que lo expulsen definitivamente será hacer un generoso donativo. ¡Espero que Devlin esté bien!

–No me cabe la menor duda de que estaba fanfarroneando, cosa normal a su edad.

La madre asintió.

–No sé muy bien si voy a estrangularlo cuando lo vea o a darle un abrazo enorme.

–Eres su madre –dijo él con ternura–. Haberte desilusionado ya es castigo suficiente para Devlin. Yo voto por el abrazo.

–Te amo, Stephen –le dijo con un suspiro antes de apoyar la cabeza sobre su pecho–. ¿Qué haría yo sin ti? Eres tan paciente y amable y bueno...

–¡Caballitos! –exclamó Sarah al tiempo que se colocaba las manos alrededor de los ojos y entrecerraba los párpados para ver mejor los tres ruidosos carruajes negros que acababan de llegar al patio de la posada.

El primer carruaje acababa de detenerse a menos de un palmo del coche de postas, cuando el joven que lo conducía se apeó de un salto. Quentin, lord Randall, era un gigantesco bruto que aún no había cumplido los treinta y al que se le conocía como Randall *el Sanguinario* en los clubes de boxeo londinenses de moda. Tenía los ojos de color avellana y unos rasgos muy marcados, una mata de cabello castaño y un rostro cuadrado y curtido, rematado con un hoyuelo en la barbilla.

Quint entró con paso decidido en El Toro Dorado sin esperar a que Carstairs o Staines lo alcanzaran. La presencia del coche de postas en el patio de la posada le había dicho todo lo que necesitaba saber: Ginny estaba en algún lugar del interior del establecimiento. Sabía que había huido en dirección a Holyhead con la idea de tomar el barco que zarpaba regularmente hacia Irlanda, pero no tenía la menor intención de dejar que se marchara.

Era suya.

Atravesó el vestíbulo a grandes zancadas al tiempo que recorría la taberna con la mirada en su busca y, acto seguido, se encaminó hacia el mostrador para arrebatarle el registro de huéspedes al posadero.

–¿Puedo ayudarlo, señor?

Quint se limitó a gruñir mientras su mirada rastreaba el listado de nombres hasta detenerse en uno que le resultó familiar: Mary Harris. Ginny le había confesado en una ocasión su verdadero nombre. Le sorprendió haberlo recordado, porque tenía por costumbre no pensar demasiado en sus orígenes plebeyos. Prefería su nombre artístico: Ginny Highgate. La fascinante actriz, objeto del deseo de todos y que él había conseguido gracias a su encarnizada persistencia.

Su amante, su beldad, su tesoro.

Sin dar explicación alguna al posadero ni a nadie más, el corpulento barón comenzó a inspeccionar el local, gritando de vez en cuando:

–¡Ginny!

–Maldito imbécil. ¿Es que nunca ha oído hablar de la discreción? –murmuró Carstairs entre dientes, intercambiando una mirada tensa con Staines mientras ambos entraban en El Toro Dorado, instantes después de haberlo hecho su impetuoso y enorme compañero.

El elegante e impecablemente ataviado Julian, conde de Carstairs, tenía el cabello rubio, un rostro de rasgos aristocráticos y los ojos azul claro; por el contrario, sir Torquil Staines, un duelista de pulso firme y certero al que apodaban sir Torquil *Manchas de Sangre*, tenía unos penetrantes ojos negros y una puntiaguda barba oscura de apariencia satánica.

–Intentemos hacer las cosas con discreción si no es mucha molestia, ¿de acuerdo? –volvió a murmurar Carstairs.

Staines asintió con la cabeza antes de separarse de su amigo para ayudar a Quint en la búsqueda de esa zorra irlandesa que se había atrevido a plantarle cara para defender a Johnny. Bueno, pensó Carstairs riéndose con desdén para sus adentros, ya se encargaría él de recuperar al chico antes de que nadie se enterase de nada.

En el pasillo de la planta alta, Quint abría las puertas de las habitaciones de huéspedes para echar un vistazo al interior sin importarle a quién importunaba con la búsqueda de su amante prófuga. Hubo exclamaciones indignadas y alguno que otro chillido ante su breve intromisión, pero los huéspedes, conscientes de su corpulencia y de su mirada despiadada, no emitieron mayores protestas.

Recorrió el pasillo sin detenerse hasta que se topó con una puerta cerrada con llave. Aferró el picaporte y pegó la oreja a la madera.

–¿Ginny?

No obtuvo respuesta. Cerró los ojos e intentó percibir algún indicio de su presencia a través de la puerta, ya que creía que estaban unidos por un poderoso vínculo. ¡Señor! Acababa de oler su perfume en el aire.

–¡Ginny! –Zarandeó la puerta hasta que escuchó un sollozo aterrorizado al otro lado–. ¡Sal, Ginny! ¡Ahora mismo! ¡Nos vamos a casa! Maldita sea, sabes que te amo.

Echó la puerta abajo con tres poderosas patadas y sus botas de montar negras estuvieron a punto de astillar los tablones antes de arrancarla de los goznes. Después de hacerla a un lado de un empellón, entró en la habitación con la respiración visiblemente alterada.

–Ginny –dijo mientras se esforzaba por mostrarse paciente.

Estaba agazapada en un rincón, con el menudo sirviente de Carstairs abrazado a ella. Se percató de su ojo morado, pero se negó a sentirse culpable. ¡Por el amor de Dios, se lo había ganado a pulso!

–Vamos –insistió mientras extendía un brazo hacia ella–. Vas a venir conmigo.

–No –replicó ella.

–¡Déjala tranquila! –exclamó el pequeño Johnny, protegiéndola con su cuerpo y desafiando al gigante.

Quint maldijo entre dientes y le asestó una bofetada con el dorso de la mano que lo lanzó al suelo y le arrancó un grito.

–¿Qué narices está pasando ahí? –preguntó lady Strathmore en la habitación contigua, al tiempo que se giraba con los brazos en jarras para mirar a su esposo.

Stephen contemplaba con los ojos entrecerrados la pared que separaba ambas habitaciones mientras escuchaba el altercado.

–Creo que será mejor que vaya a ver si puedo ayudar. Quédate con mamá, cariño.

El atlético y alto vizconde dio unas palmaditas sobre los rizos de su hija y salió al pasillo.

No se dio de bruces con Johnny de milagro, ya que el muchacho había logrado salir hacía apenas un instante en busca de ayuda. Tras bajar la escalera como una exhalación, el muchacho dobló la esquina a tal velocidad que chocó con alguien que se dirigía a la planta alta. Unas manos enguantadas lo agarraron por los hombros... unas manos que conocía muy bien. Se le cayó el alma a los pies, por más que siempre había sabido en lo más hondo de su corazón que su intento de fuga jamás tendría éxito. No si era Carstairs quien los perseguía.

–¡Johnny! Así que estás aquí... –El conde lo aferró con más fuerza y se inclinó para mirarlo de frente. Esos ojos azul claro lo observaron con furiosa reprobación–. ¿Cómo te has atrevido a huir de mi lado, bazofia desagradecida? –susurró con severidad mientras lo zarandeaba–. ¿Cómo has podido traicionarme después de todo lo que he hecho por ti?

–Lo siento –contestó sin pérdida de tiempo el muchacho en aras de la supervivencia.

–¿Acaso no te he dado cobijo, no te he cuidado... y tú me pagas ayudando a esa pérfida mujer a mandarme a la horca?

–¿A la horca? –repitió Johnny con el corazón desbocado.

–Sí, Johnny. Eso es lo que les aguarda a la gente como tú y como yo. Por eso debemos guardar nuestro secreto. –Carstairs lo mantuvo atrapado bajo su amenazadora mirada–. ¿Quién va a cuidarte si me cuelgan, Johnny? ¿Quién le mandará dinero a tu pobre madre?

Cuando el muchacho inclinó la cabeza, debidamente reconvenido, el conde se ablandó en su perorata, aunque seguía un tanto estremecido por lo cerca que habían estado sus inclinaciones de salir a la luz. Se enderezó.

–Vamos. Te llevaré de vuelta a mi carruaje.

Colocó la mano en la espalda de Johnny para conducirlo al exterior y asegurarse de que entraba en el vehículo.

–Quédate ahí –le ordenó–. Voy a cerciorarme de que Quint ha aclarado las cosas con la señorita Highgate. Cuando amanezca, todo esto estará olvidado.

–Sí, señor –musitó el chico.

Pero su alivio no duró mucho, ya que cuando caminaba de regreso a la posada, un disparo quebró el silencio de la noche. Se detuvo en seco. «¡Por todos los infiernos!», pensó. Así que Quint lo había hecho por fin... había matado a la zorra.

Sin embargo, cuando poco después llegó a la escena del crimen, descubrió que la situación era mucho peor de lo que había imaginado.

El asunto se les había ido de las manos.

Una niña de cabello rizado lloraba desconsoladamente en

el pasillo mientras Ginny y otra mujer presa de la histeria se arrodillaban junto a un hombre que yacía en el suelo. Quint estaba paralizado cerca del trío, sosteniendo todavía la pistola en su mano; la recalcitrante insolencia de su rostro iba dando paso a una expresión de aterrorizado espanto ante lo que acababa de hacer.

–¡Stephen, Stephen! ¡Por el amor de Dios, traigan a un médico! –les exigía a voz en grito la belleza de cabello negro al tiempo que intentaba taponar con ambas manos la herida de bala que el hombre tenía en el pecho, aunque de poco servía.

Sumido en un estado de ofuscación en el que todo parecía irreal, Carstairs se acercó al desventurado extraño. Apenas le llevó un instante reconocer al hombre, a quien había visto en la Cámara de los Lores.

–¡Cristo misericordioso, Quint! –musitó–. Acabas de disparar a Strathmore.

–¡Stephen! –chillaba la vizcondesa, que renovaba sus esfuerzos por despertar a su marido, si bien éste no respondía.

Una extraña sensación se apoderó de Carstairs, un insólito afán de supervivencia que le aclaró la mente y le agudizó el ingenio al instante.

Quint lo agarró de repente.

–No fue mi intención hacerlo. ¡Tienes que ayudarme! Soy incapaz de pensar, Carstairs...

–¡Tranquilízate, maldita sea! Voy a solucionar esto, Quint. Sólo... sólo tienes que escucharme con mucha atención.

Quint siguió resollando presa del pánico, pero asintió con la cabeza en espera de las instrucciones. Carstairs, que también luchaba contra el pánico, hizo acopio de valor y tomó las riendas de la situación.

–Sal al pasillo y monta guardia en lo alto de la escalera. Que nadie abandone este pasillo. Debemos evitar que se extiendan las noticias. Podrás hacerlo, ¿verdad?

–Sí –contestó Quint con voz ronca.

–Vete. –En cuanto el barón se hubo marchado a toda prisa para cumplir con su deber, Carstairs se acercó a lady Strathmore y se puso en cuclillas a su lado para tomarla del brazo–. Intente mantener la calma, milady. Ya hemos ordenado que traigan un médico –mintió–. Está de camino. Tapone la herida hasta que llegue, tal y como está haciendo. Bien. Concéntrese.

Sus palabras consiguieron que dejara de gritar, le dieron algo que hacer y le ofrecieron una leve esperanza a la que aferrarse. Demasiado alterada para percatarse de que estaba mintiendo, la dama asintió entre estremecimientos y pareció recordar de repente a la pequeña Sarah.

–¡Mi niña! ¿Podría...?

–Yo me encargaré de ella –murmuró Ginny, que corrió en busca de la quejicosa pequeña.

Carstairs miró con odio a la actriz cuando pasó a su lado y acto seguido dio la vuelta en dirección a Staines.

–Si alguien te ocasiona el menor problema, liquídalo.

Su amigo asintió sin rechistar.

Carstairs salió para intentar encargarse del resto de los clientes de la posada. Transformó la expresión de su rostro en una encantadora y afable sonrisa un momento antes de entrar en el vestíbulo, donde un grupo de personas miraba hacia la escalera con preocupación y comenzaba a preguntarse si habría pasado algo en el pasillo de la planta alta.

–Le pido disculpas si he molestado a alguien con el disparo, señor –le dijo al posadero en un tono de voz lo bastante alto para que todos lo escucharan–. Estaba limpiando la pistola en mi habitación cuando se disparó. Me temo que le he dado un susto de muerte a la dama de la habitación contigua, así que me gustaría pagar su estancia como compensación.

–¡Vaya! Es muy amable de su parte –replicó con voz alegre el posadero, aliviado por su explicación.

Carstairs dejó un puñado de monedas en el mostrador.

–Le pido disculpas de nuevo por el alboroto. Una ronda para todos los presentes, ¿de acuerdo, posadero?

–¡Caramba! Un tipo excelente, sí, señor –murmuraron varios parroquianos mientras él salía.

Muy consciente de haberse librado por los pelos, y algo mareado, inspiró una honda bocanada del frío aire nocturno. Sabía que su explicación apenas les daba un poco de tiempo, una hora a lo sumo y si tenían suerte. Ojalá pudieran huir sin más, pero los había visto demasiada gente y las repercusiones de la muerte de una actriz y cortesana eran muy distintas de las de un par del reino. Strathmore era un hombre discreto, pero apreciado por todos.

Con la boca seca y el sonido del disparo todavía atronándole los oídos, echó un vistazo a su alrededor en busca de alguna solución que los sacara de semejante catástrofe. Sabía que, si no encubría la metedura de pata de Quint de inmediato, la muerte de Strathmore sería investigada. Y el hecho de estar involucrado haría que a él también lo investigaran con lupa, aunque bien sabía Dios que no podía permitirse que husmearan en su vida privada. Aún estaban vigentes ciertas leyes arcaicas que decretaban la horca para los llamados sodomitas, y no estaba dispuesto a sufrir el vilipendio público ni a que lo ejecutaran a causa de sus preferencias por los bellos efebos.

Comprobó que Johnny seguía en su carruaje y, cuando su frenética mirada recorrió el patio, descubrió una carreta de reparto situada en uno de los laterales de la posada, muy cerca de la puerta de la taberna. Estaba cargada de toneles y, según informaba el cartel escrito en letras mayúsculas en uno de sus lados, repartía brandy y licores.

Una idea comenzó a formarse en su mente. Observó los balconcillos techados de la posada, secos como la yesca; el techo de paja y las contraventanas negras, casi todas cerradas para pasar la noche. Acto seguido, volvió a echar un vistazo malintencionado a los toneles llenos de líquido altamente inflamable.

Y supo lo que tenía que hacer.

Unos minutos después, Carstairs, Quint y Staines, cada uno con un barril, trabajaban con rapidez sumidos en un implacable silencio, rociando el brandy, el whisky y el oporto por el perímetro del edificio y asegurando desde fuera las contraventanas con sus correspondientes aldabillas a medida que pasaban junto a ellas. Johnny los observaba desde el pescante del carruaje.

–¿Y Ginny? –gruñó Staines mientras acercaba una antorcha–. ¿Quieres sacarla de ahí?

–Esa zorra puede irse al infierno –mascullé Quint–. Todo esto es culpa suya –concluyó antes de prender su antorcha con la de Staines.

Los tres procedieron a incendiar la posada.

Pocos minutos después, los tres carruajes se alejaban con gran estruendo de la escena mientras las llamas se alzaban hacia el negro cielo a sus espaldas.

–Aguanta, Stephen. Te sacaré de aquí. No te rindas, cariño.

El fuego se propagaba con rapidez por la posada. Ninguna de las dos había sido consciente de lo que sucedía en un primer momento, aterrorizadas como estaban por el estado de lord Strathmore, pero en esos momentos el humo ya se colaba a través de los tablones del suelo. Mary alzó en brazos a la pequeña, que no dejaba de chillar, e intentó convencer a la madre de que la acompañara, pero la mujer se negó a abandonar a su marido. Aún estaba vivo y había recobrado la conciencia.

–Katie –susurraba el hombre.

–Vamos, Stephen. Tienes que ponerte de pie. Apóyate en mí.

La mujer luchaba con todas sus fuerzas para levantar a su marido, alto y musculoso. Mary también ayudó, pero él apenas podía tenerse en pie.

–Lo siento, Katie. Vete –le suplicó–. Llévate a Sarah...

–¡No te dejaré! –replicó ella al tiempo que se giraba para enfrentar a Mary–. Saque a mi hija de aquí si puede.

–Pero, señora, tiene que...

–¡Salve a mi hija! –gritó.

Mary asintió avergonzada, se sentía culpable de que el buen samaritano hubiera resultado herido. Tras cubrir a la niña con su capa para protegerla del humo y de las llamas, dejó que la mujer continuara con sus esfuerzos por salvar a su marido y bajó la escalera con la pequeña, que lloraba a lágrima viva. A medida que se acercaba a la planta baja, el rugido del fuego se incrementaba y los chillidos de la gente se agudizaban. Un humo negro y espeso lo envolvía todo.

El vestíbulo y la taberna estaban en llamas, y los huéspedes corrían de un lado a otro, intentando encontrar una salida. Una viga ardiendo había caído del techo justo delante de la única puerta y todas las ventanas parecían estar cerradas desde el exterior. Alguien rompió un cristal con la ayuda de una silla para salir, pero la entrada de aire sólo consiguió que las llamas se alzaran con renovada furia.

Era como estar en el infierno.

Horrorizada, Mary echó un vistazo a su alrededor, convencida de que Quint y sus infames amigos habían sido los causantes de todo aquello. El corazón le latía desbocado y el calor se estaba haciendo insoportable. Le escocían los ojos a causa del humo y la ceniza y apenas veía por dónde iba; tosía y le resultaba muy difícil respirar. Sabía que si no salía de inmediato perdería el conocimiento, y eso sería el fin no sólo para ella, sino también para la niña.

Guiada por el deseo de salvar a la hija de su galante samaritano, recorrió las habitaciones de la planta baja en busca de una salida. Las llamas devoraban el saloncito de la parte trasera; pero, mientras observaba la escena, una de las contraventanas se desprendió y dejó un agujero... una salida hacia la oscuridad de la noche. ¡Una oportunidad!

No obstante, las pesadas cortinas de brocado que adornaban la ventana estaban en llamas. Tenía que encontrar la manera de sortearlas. Se precipitó hacia la ventana y utilizó parte de su capa para protegerse las manos mientras forcejeaba para abrirla. Presa de la furia y el terror, lo logró por fin y no perdió ni un minuto en sacar a la niña.

–¡Corre, Sarah!

Puso todo su empeño en seguirla a través de la ventana y estaba a punto de conseguirlo cuando una de las llamas que devoraban las cortinas le rozó la cara. Dejó escapar un chillido y el movimiento instintivo para alejarse del dolor hizo que cayera por la ventana. Pero su cabello se prendió y no consiguió librarse del horror del fuego, que la siguió mientras corría. Cayó al suelo presa del dolor y no supo de dónde procedía el agua de varios cubos que le arrojaron y que la empapó de repente.

Cuando abrió los ojos un instante después, distinguió las siluetas de varios hombres que iban de un lado a otro, intentando ayudar a todo el que podían.

–¡La niña! –consiguió decir a duras penas.

–Está aquí, señora. No intente moverse. El doctor está en camino.

Mary hizo oídos sordos al consejo y se puso de pie. Uno de los lados de su rostro parecía estar en carne viva.

En ese momento, el tejado de la posada cedió. El Toro Dorado se derrumbó como un suflé fallido. Los gritos quedaron sofocados por el rugido victorioso del fuego. No habría más supervivientes. Sin apenas tenerse en pie, Mary abrazó a la magullada niña. Sabía que estaba gravemente herida, pero había sobrevivido, al igual que la pequeña Sarah. Sin embargo, su situación cambiaría si su infame amante y sus amigos regresaban.

Hizo caso omiso del dolor y se escabulló aprovechando la confusión del momento, llevándose a la niña consigo. Sabía que debía esconderse, que sus heridas necesitaban una cura urgente, pero también sabía que tanto ella como la pequeña huérfana debían huir a Irlanda sin pérdida de tiempo.

El joven de cabello negro, ojos del color del mar y rictus malhumorado dormitaba en el duro banco emplazado en la antesala del despacho del decano, donde había estado aguardando su castigo durante lo que le parecían años.

En un principio, Devlin James Kimball, el heredero de diecisiete años del vizconde de Strathmore, había estado demasiado afectado por la resaca de la juerga para ponerse a pensar en «las consecuencias de sus actos», tal y como le habían ordenado varios funcionarios del colegio mayor.

Un poco más tarde y algo recuperado, pasó alrededor de doce horas ensayando floridos discursos con los que apaciguar la ira que su altercado con el oficial del bedel habría provocado en su madre. Pero, maldita fuese su estampa, ese sinvergüenza no debería haber hecho semejante comentario sobre la gloriosa muerte del almirante Nelson y la victoria definitiva en Trafalgar, acaecida pocas semanas antes. Dev había considerado una cuestión de honor defender el nombre de su ídolo fallecido.

Sin embargo, y a pesar de la excusa, sabía que el carácter temperamental de su madre acabaría postrándolo de rodillas. Por suerte, su padre saldría en su defensa. Bien sabía Dios que una sola mirada decepcionada de su progenitor pesaba más sobre los hombros de Dev que la retahíla de gritos furibundos de su madre. Exhaló un largo suspiro y dejó caer la cabeza con fuerza contra el frío yeso de la pared mientras su estómago rugía por el hambre.

Cualquiera diría que iban a dejarlo morir de inanición. ¿Dónde se habían metido? ¿Por qué no había ido nadie a buscarlo todavía?

No había reloj en la sala de arrestos, pero tenía la impresión de que llevaba días allí.

De nuevo sintió un escalofrío en la espalda; una especie de premonición de que algo iba mal. Cuando escuchó las pisadas que se acercaban por el pasillo, se incorporó en el banco y contempló la puerta con el ceño fruncido. ¡Por fin! Se pasó los dedos con presteza por el pelo desgreñado e hizo todo lo posible por arreglarse la corbata al tiempo que se preparaba para hacer frente al disgusto de sus padres.

No obstante, su ceño se acentuó cuando se abrió la puerta, ya que no se trataba de lord y lady Strathmore, sino del decano y del capellán del colegio mayor. Los dos viejos cuervos parecían mortalmente serios.

–No te levantes, hijo –murmuró el decano con inusual amabilidad.

Dev obedeció, no sin antes echar un vistazo al pasillo a través de las puertas abiertas con expresión perpleja.

–¿Han venido?

El capellán compuso una mueca y se sentó muy despacio a su lado.

–Mi querido muchacho, hemos avisado a tu tía Augusta para que venga a recogerte. Me temo que tenemos malas noticias...

I

Londres, 1817

El estrafalario pabellón con tejado en forma de cúpula languidecía de abandono en los helados marjales al sur del Támesis; una ruina ostentosa sometida a los azotes de una deprimente nevisca de febrero que golpeaba sus descoloridos torreones falsos y sus ventanas tapiadas. Había quienes decían que el lugar estaba embrujado. Otros afirmaban que estaba maldito. Sin embargo, lo único que sabía el modesto procurador de su ilustrísima era que si su elegante patrón no llegaba pronto, pillaría una pulmonía sin duda alguna.

Sujetando con fuerza el paraguas sobre su cabeza, Charles Beecham, de profesión abogado, aguardaba envuelto en un abrigo marrón de lana, con un sombrero de piel de castor bien calado sobre el cabello ralo y una expresión de absoluta desdicha en el rostro. Estornudó de repente contra el pañuelo.

–Jesús –le dijo el señor Dalloway, que aguardaba cerca de él, con una sonrisa aduladora.

–Gracias –respondió Charles de forma cortante antes de darle la espalda al desaseado agente inmobiliario con un enorme resoplido.

Dalloway era la parte contraria en esa transacción y estaba decidido a escamotearle a su ilustrísima tres mil libras por el dudoso privilegio de tomar posesión de ese maldito lugar. Charles tenía la intención de convencer con firmes argumentos a su patrón de que no realizara la compra, sobre todo porque él sería el encargado de explicarle tamaño despilfarro a la anciana Dama de Hierro. Tras echar un discreto vistazo a su reloj de bolsillo por enésima vez, frunció los labios. Tarde.

¡Caray! Su tranquila existencia como procurador de la familia Strathmore había pasado a ser alarmantemente interesante desde que su ilustrísima había regresado de sus correrías por los siete mares y más allá.

Aunque no llegaba a los treinta años, el vizconde ya había hecho el tipo de cosas sobre las que él prefería leer desde la seguridad de su sillón favorito. Lady Strathmore lo había deleitado a menudo con relatos de las aventuras de su temerario sobrino: enfrentamientos con piratas, captura de barcos negreros, convivencia con salvajes, caza de pumas, exploración de templos en las selvas de Malasia, expediciones por el desierto con las caravanas nómadas de Kandahar... Lo había tomado todo por un puñado de tonterías hasta que conoció al hombre en persona. ¿Para qué diantres querría ese lugar?, se preguntó antes de ensayar para sus adentros una advertencia diplomática: «Milord, éste es precisamente el tipo de aventura impulsiva que metió a su tío en arenas movedizas...».

Lástima que pensarlo fuera una cosa y decírselo al endiablado Devlin Strathmore, otra muy distinta.

En ese momento se escuchó un rítmico sonido al otro lado de los espesos jirones de niebla y de la cortina de agua, algo parecido a un trueno en la distancia. Aunque al principio apenas si era audible, no tardó en convertirse en el ensordecedor e inconfundible ruido de los cascos de varios caballos.

Por fin. Charles miró hacia las puertas de hierro forjado de la propiedad de recreo. La ominosa cadencia fue aumentando de volumen, implacable, y resonó en los marjales hasta que hizo temblar la tierra. De repente, un enorme carruaje negro salió como una exhalación de la niebla y se lanzó a todo galope por el camino de gravilla que ofrecía el único sendero seguro por el que atravesar el terreno pantanoso.

Los cuatro caballos negros que conformaban el magnífico tiro se desplazaban como una sombra oscura, golpeando con sus cascos hielo y barro por igual mientras el aliento se les condensaba alrededor del hocico. Repartidos entre la parte delantera y la trasera del flamante carruaje, el cochero, el palafrenero y dos lacayos de su ilustrísima miraban al frente, ajenos a las inclemencias del tiempo. Llevaban la librea de los Strathmore, de un discreto tono ocre con elegantes ribetes negros, rígidos tricornios de fieltro y voluminosas chorreras de encaje blanco en el cuello.

Charles observó de reojo cómo su oponente, el señor Dalloway, se alejaba con paso tranquilo de su refugio en la parte superior de la extravagante escalera curvada del pabellón. Tenía su astuta mirada clavada en el carruaje que se aproximaba. Al percatarse del brillo avaricioso de sus ojos, Charles se vio asaltado por el desdichado presentimiento de que su rival le ganaría la partida ese día... y ¿qué le diría entonces a la Dama de Hierro? Consiguió refrenar el pánico que le ocasionaba el posible enfado de la formidable viuda recordando la severa orden que la anciana le había dado siete meses atrás, cuando su sobrino regresó a Londres.

–Mándame a mí todas las facturas de Devlin –le había ordenado sin ambages la vieja cascarrabias. Cuando él puso en duda esa orden, con la idea de proteger los intereses de la anciana, ésta le había restado importancia a sus temores–. Me basta con que haya vuelto a casa, Charles. Mi apuesto sobrino tiene que causar sensación en la ciudad. Me mandarás todas sus facturas.

Y así lo había hecho él, sin rechistar.

Como si se tratara de una bandada de palomas en forma de borrones de tinta, las facturas de su ilustrísima habían volado hacia la elegante villa de la vizcondesa en la campiña de Bath: los gastos de la compra de la hermosa casa de Portman Street y de sus elegantes muebles, sus alfombras Aubusson, sus cortinas de damasco francés, sus cuadros clásicos y sus estatuas de desnudos en mármol; los gastos de la bodega y del salario del personal; de los carruajes, del tílburi y de los caballos; los gastos de vestuario y de calzado; las cuotas de White's y Brooke's; el pago mensual del palco de la ópera, las fiestas, las joyas (tanto para él como para un sinfín de mujeres anónimas) e incluso algunos pagarés de unas cuantas partidas desafortunadas en las mesas de juego. La «querida tía Augusta» las había pagado todas sin rechistar. Pero ¿tres mil libras por una antigua propiedad de recreo abandonada? Parecía excesivo incluso para el vizconde.

Cuando el cochero detuvo el tiro de caballos frente al pabellón, Charles tragó saliva con el corazón desbocado. Los lacayos saltaron al suelo desde su puesto en la parte posterior del carruaje y echaron a andar como autómatas: uno abrió la puerta del carruaje mientras el otro sacaba un paraguas y lo sostenía en alto.

Dalloway le lanzó una mirada nerviosa; ya no tenía esa expresión tan petulante.

–No conoce a su ilustrísima, ¿verdad? –murmuró Charles entre dientes, bastante ufano.

Dalloway no respondió. Devolvió la vista al carruaje, donde el lacayo había desplegado los escalones de metal antes de abrir la puerta y aguardar mirando al frente con una impasible eficiencia.

La primera persona que descendió del vehículo fue el afable Bennett Freeman, un joven negro bien vestido procedente de Norteamérica que hacía las veces de ayuda de cámara de su ilustrísima. El hombre lo había acompañado en sus viajes a lo largo y ancho del mundo y lo asistía en la mayoría de sus asuntos cotidianos. Tras los anteojos de montura metálica, los inteligentes ojos castaños del señor Freeman barrieron aquel extraño lugar con expresión perpleja, pero en cuanto vio a Charles, lo saludó con la mano y corrió hacia el pabellón para resguardarse de la lluvia.

A continuación, una delicada mano enguantada asomó por la portezuela para aceptar la ayuda del lacayo. Charles volvió a estornudar cuando la última querida de su ilustrísima descendió del carruaje y caminó hacia el pabellón de forma primorosa con sus altas chinelas de metal, deteniéndose al llegar al borde de los charcos. No fue su vestimenta, sino su mirada codiciosa y el coqueto andar los que delataron su profesión, ya que en aquellos tiempos las mejores cortesanas vestían de la misma manera que las damas más elegantes de la alta sociedad. Llevaba una ajustada chaquetilla de terciopelo marrón y se levantaba las faldas con una mano enguantada, mientras que con la otra intentaba proteger de la lluvia su magnífico sombrero y las plumas de pavo real que lo adornaban.

Dado que su sentido de la caballerosidad estaba lo bastante arraigado para asistir incluso a las mujeres de su clase, Charles se acercó a ella y le entregó su paraguas a la carísima ramera.

–Vaya, se lo agradezco, señor –respondió ella con voz meliflua y entrecortada.

Dalloway se apresuró a ayudar a la buscona a subir la resbaladiza escalera.

El último en salir fue Devil Strathmore.

El lacayo que sostenía el paraguas tuvo que estirar el brazo para resguardar a su alto patrón de la lluvia. Su ilustrísima salió del carruaje con agilidad y se detuvo un instante para ajustarse el gabán de costosa lana negra ribeteado en piel que colgaba descuidadamente de sus anchos hombros y envolvía su poderosa figura. Unos pequeños anteojos tintados protegían sus ojos del mortecino resplandor grisáceo del atardecer. Llevaba el largo cabello azabache recogido en la nuca con una cinta. Un arete de oro le adornaba la oreja izquierda. La excentricidad era un rasgo familiar, después de todo, al igual que su atractivo irlandés. Su piel aún conservaba el bronceado del sol del desierto que había atravesado meses atrás, pero la indolente sonrisa que esbozó al vislumbrarlo a él, el leal procurador de la familia, brilló como los blancos acantilados de Dover.

No había manera de evitarlo. Esa sonrisa, de labios de Devil Strathmore, era capaz de lograr que una persona irguiera los hombros, aunque se tratara de un anticuado hombre de mediana edad como Charles. El vizconde era la viva estampa del encallecido y mundano calavera (un hombre al que no era inteligente enojar, ni mucho menos), pero cuando alguien le caía en gracia, destilaba un encanto del todo irresistible.

–Charles, me alegro de verte.

Lord Strathmore se acercó a él con pasos largos y seguros mientras el lacayo que sujetaba el paraguas se esforzaba por mantenerse a la par.

–Milord.

Charles compuso una mueca al recibir el cálido apretón de manos y estuvo a punto de caerse de bruces cuando el gigante le dio unas palmaditas en la espalda.

El vizconde señaló con gesto elegante el edificio.

–¿Entramos?

–Sí, por supuesto. Pe... pero debo insistir primero en que...

–¿Algún problema, Charles?

Su ilustrísima se quitó los anteojos tintados y lo contempló desde arriba durante un instante con esos ojos claros de mirada agresiva.

Charles sostuvo esa mirada insondable y vio rastros del salvajismo que se escondía en ella: sombras frondosas, paisajes marinos, profundos y oscuros cañones... Tragó saliva.

–No... no, por supuesto que no, milord, ningún problema. Sólo que... bueno, es un gasto considerable, como puede ver. –Se detuvo al ver que no estaba consiguiendo nada–. Debo añadir además que no estoy totalmente seguro de que su tía lo apruebe...

Dev se detuvo para estudiar al abogado.

Como apasionado de la naturaleza humana que era, apreciaba en gran medida el valor y la lealtad que habían instado a su menudo procurador a enfrentarse a él. Y lo apreciaba con sinceridad. De todos modos, no toleraría una oposición en el asunto que tenían entre manos, y no estaba dispuesto a explicar los verdaderos motivos de aquella compra. Al parecer, iba a tener que ser implacable e insistir en salirse con la suya porque... bueno, porque era el endiablado Devil Strathmore y siempre había hecho lo que le daba la gana.

Le ofreció a Charles una de sus sonrisas más encantadoras y se metió los anteojos en el bolsillo delantero de la chaqueta.

–No digas tonterías, Charles. La tía Augusta ve por mis ojos.

Se giró y subió la escalera.

–Bueno, eso es cierto... –concedió Charles al tiempo que se apresuraba a seguirlo–. Pero tal vez yo podría explicárselo mejor a su tía si su ilustrísima tuviera la bondad de informarme por qué... por qué desea comprar este lugar.

Dev se echó a reír.

–¿Por qué? Por la misma razón que hago todo lo que hago: porque me divierte. Vamos, Charles, no seas un aguafiestas. Echemos un vistazo.

–Pero, señor... ¡pedirá mi cabeza por esto!

–Charles. –Se detuvo, se volvió y suspiró antes de acomodar las solapas del hombrecillo con un gesto afectuoso–. Mi querido Charles. Mi querido, formal y serio Charles. Muy bien, te diré qué es lo que se cuece, pero en la más estricta de las confianzas. ¿Entendido?

–¡Señor! –exclamó, azorado por ese grandioso trato de favor–. Por supuesto, milord. Tiene mi palabra de... de caballero.

–Excelente. –Dev lo cogió de un hombro y lo acercó al tiempo que clavaba la mirada en sus ojos–. En fin... –comenzó e inclinó la cabeza hacia el hombre mientras bajaba la voz–, ¿has oído hablar alguna vez del Club Hípico del Caballo y la Cuadriga?

Charles abrió de par en par los ojos, escandalizado.

–¡Señor!

–Ese mismo –replicó Dev–. Ya sabes cuánto me gustan las carreras de carruajes.

–S... sí, señor. El tílburi, la berlina, su semental tordo...

–Exactamente. Bueno, hay unos cuantos... digamos que requisitos para entrar en dicho club. –Pasó a enumerarlos con la ayuda de los dedos–. Primero, un aspirante a miembro debe ser de alta alcurnia, carecer de decencia y tener una ingente cantidad de dinero.

–Pero... usted no la tiene, señor.

Dev soltó una carcajada carente de humor.

–Todavía no, por supuesto, pero es como si la tuviera.

A decir verdad, consideraba la fortuna de su tía como parte esencial de su éxito. El juego, por ejemplo, era la manera en la que se había acercado a sus objetivos, ya que unos timadores como los que componían el Club del Caballo y la Cuadriga siempre estaban dispuestos a aceptar a un jugador que apostara fuerte para completar su mesa de *whist*. Era curioso que cuanto más perdía sin rechistar, más parecían disfrutar esos rufianes de su compañía. Pero que siguieran ganando de momento, pensó. Pronto lo perderían todo.

Incluida la vida.

–El segundo requisito que un aspirante debe reunir es mostrar su respeto presentando a sus hermanos un regalo apropiado. Esto... –dijo al tiempo que miraba el edificio para después guiñarle el ojo a Charles– los tumbará de golpe.

Al menos cuando hubiera minado todo el suelo con explosivos.

–Tengo entendido que hay un tercer requisito –añadió con despreocupación–, pero de momento no he conseguido averiguar de qué se trata.

–Sí, pero, señor... ¡el Club del Caballo y la Cuadriga! –musitó Charles, horrorizado–. Todo el mundo sabe... Bueno, usted ha estado muchos años alejado de Londres... Tal vez no haya escuchado...

Para regocijo de Dev, su menudo procurador miró a su alrededor como si Randall *el Sanguinario*, Torquil *Manchas de San-*

gre o el elegante pervertido de Carstairs anduvieran al acecho por las cercanías.

–Son un grupo muy peligroso, señor. Muy peligroso. Duelos... ¡cosas inconfesables! Estoy seguro de que su tía no lo aprobaría en absoluto. ¡En absoluto!

–Bueno, Charles, tal vez tengas razón, pero como ya te he dicho, adoro ese deporte. Un verdadero aficionado a los enganches de cuatro caballos está preparado para tales eventualidades. ¿No estás de acuerdo? Me alegro mucho de que me dieras tu palabra de que no le mencionarías nada de esto a nuestra querida Dama de Hierro. ¿Entramos?

Dev esbozó una sonrisa aduladora.

–¡Ay, Dios mío...! –murmuró Charles, que se apresuró a seguirlo mientras él continuaba su ascensión–. Muy bien, pero le ruego que se cuide de parecer demasiado ansioso ante este tal Dalloway, milord. Es una criatura de lo más taimada y rastrera.

Después de haber comerciado con armas, camellos y especias con las caravanas de beduinos de Marrakech, quienes posiblemente fueran los regateadores más astutos del mundo, no dudaba de que podría hacer frente a un desastrado agente inmobiliario de los barrios bajos londinenses; aunque ocultó lo divertido que le parecía todo aquello y le hizo una reverencia a su procurador con elegancia regia. Después de todo, lo único que importaba era la lealtad del hombre.

–Gracias, Charles, me doy por debidamente advertido.

Apaciguado por el agradecimiento, Charles lo siguió al interior del edificio sin pronunciar una sola queja más. Cumplieron pronto con las presentaciones y al poco tiempo ya estaban recorriendo el pabellón con el señor Dalloway.

Dejaron el vestíbulo octogonal con sus techos pintados de rojo, sus espejos manchados y sus pinceladas de dorado deslucido y atravesaron unas enormes puertas de madera tallada que parecían sacadas de la febril pesadilla de un adicto al opio. El lugar parecía rodeado por un halo de embriaguez y decadencia casi siniestro; el persistente hedor a cerveza rancia se elevaba desde los carcomidos tablones de madera del suelo y se mezclaba con el olor a humedad.

A medida que se alejaban del vestíbulo, la mortecina luz se

transformaba en oscuridad, ya que todas las ventanas estaban cubiertas por tablones. Sus dos lacayos llevaban un par de candelabros con las velas encendidas para iluminar el camino, al igual que el señor Dalloway. Se adentraron más en la penumbra, mientras los suelos crujían como fantasmas torturados. Daba la impresión de que, de un momento a otro, se escucharía el espectral eco de unas risas olvidadas. Las arañas correteaban por las paredes. A pesar de estar bajo techo, hacía tanto frío que se condensaba el aliento.

La rubia gritó y se acercó más a Dev cuando algo se abalanzó sobre sus cabezas. Levantaron las velas y no tardaron en descubrir las colonias de murciélagos y vencejos que se habían colado por las chimeneas.

En el pasillo principal las vacilantes llamas de las velas revelaron unas altas columnas pintadas como barritas de caramelo y un mugriento suelo de taracea con un mareante diseño en zigzag. A lo largo de las paredes se sucedían murales de brillantes colores. Las puertas interiores conducían a varias galerías en penumbra y a una docena de llamativos saloncitos. Incluso había un salón de baile con una tarima elevada para la orquesta.

–Dios, es espantoso –declaró Ben, que se giró hacia él.

–Deliciosamente espantoso –replicó Dev con voz lo bastante baja para que Dalloway no lo escuchara. Le dirigió a su ayuda de cámara y amigo de confianza una mirada rebosante de malicia–. Es perfecto.

A los retorcidos muchachos del Caballo y la Cuadriga les encantaría. El escenario perfecto en el que adormecer sus sentidos para acercarse más a las respuestas que buscaban con tanta desesperación.

Ben frunció el ceño, pero Dalloway continuó con su animado soliloquio, haciendo caso omiso de los tablones podridos, de la década de telarañas que colgaba de las lámparas de araña apagadas y de las pequeñas cascadas que caían por doquier a causa de las goteras del tejado.

Charles se secó una gota helada de la frente con un rictus de desagrado en los labios, aunque Dev ya se había percatado de que el procurador había estado en lo cierto acerca del agente inmobiliario. Dalloway se mostraba tan escurridizo como el aceite y tan dicharachero como una rata sobre un montón de basura mientras los conducía por el lugar, ensalzando sus supuestas virtudes.

–El pabellón principal, en el que nos encontramos ahora, tiene unos mil metros cuadrados, con unas inmensas cocinas capaces de procurar alimento a un regimiento. Cuidado por donde pisa, señorita. Aquí está la escalera. Tienen que ver las habitaciones de la planta alta...

La planta alta contaba con un distribuidor que daba paso a las habitaciones, cada una de ellas dedicada a un tema en concreto. Una estaba decorada como una jungla. La habitación egipcia tenía una falsa palmera en el centro de la estancia y en las paredes se apreciaban unas desvaídas pirámides pintadas al trampantojo. Otra de las habitaciones representaba el palacio del César en la Antigua Roma, con desnudos de escayola blanca barata que imitaban el mármol y enormes divanes color escarlata, que servían de alojamiento para los ratones. Su escrutinio lo llevó hasta los tapices que colgaban de las paredes y las montañas de excrementos de murciélagos.

Con el rabillo del ojo, Dev vio cómo Dalloway se acercaba, observándolo como un perro callejero que mirara un hueso olvidado en la mesa.

–¿Qué le parece, señor? Si esta propiedad no reúne sus requisitos, tenemos otras disponibles que tal vez quiera ver. ¿Qué es lo que busca exactamente, si me permite la pregunta?

Dev se frotó la barbilla mientras miraba a su alrededor.

–Necesito... –«Un terreno propio. Un escenario que pueda controlar», pensó. Después de todo, estaría rodeado de enemigos. Se giró con una sonrisa indolente, interpretando a la perfección el papel de un libertino depravado–. Un lugar en el que pueda agasajar a mis amigos.

La rubia se echó a reír, emocionada por la idea. Dev le sonrió, mientras se esforzaba por recordar su nombre. Hasta el momento se las había apañado llamándola «querida».

La noche anterior también estaba algo borrosa en sus recuerdos, aunque suponía que debía de haberse divertido de lo lindo a juzgar por el aspecto de la mujer. De cualquier manera, se había sorprendido al despertarse y encontrarla todavía allí, sobre todo después de haberla hecho trabajar tanto. Le había costado media noche correrse, aunque a ella no parecía haberle importado. No podía evitarlo. Estaba perdiendo interés en esas encallecidas profesionales, con su sinfín de trucos y sus miradas calculadoras. Lo único que le interesaba era si la puta en cuestión tenía pensado largarse a su propia casa en algún momento.

–¿Agasajar, señor? ¡Entonces éste es el lugar idóneo! –exclamó Dalloway con una resplandeciente sonrisa, decidido a realizar la venta–. ¡Es una propiedad estupenda para celebrar fiestas privadas! Como su ilustrísima ya habrá comprobado, está a un paso de Londres a través del puente y además los invitados pueden llegar por el río en barcazas. Hay espacio de sobra y dependencias al gusto de cada uno, apropiadas para todo tipo de entretenimientos de lo más encantadores.

–También está el asuntillo de la intimidad. Mis... amigos prefieren perseguir sus placeres lejos de las miradas curiosas. Esos malditos columnistas nos siguen a todas partes escribiendo sus cotilleos, ¿sabe? –Hizo un gesto con la mano para restarle importancia–. Necesito un lugar... alejado de las multitudes. Un lugar aislado.

«Uno que pueda destruir sin temor a que algún inocente espectador resulte herido», pensó.

–Bueno, señor, ya vio la verja de entrada... Muy resistente; sólo necesita una manita de pintura. Por no mencionar la valla de hierro forjado que rodea todo el perímetro de la propiedad. Además, sólo hay una entrada, que da directamente al camino. A ambos lados están los marjales. Y vaya si es traicionero todo ese barro. La única alternativa es llegar en bote, pero para eso un intruso tendría que tener en cuenta las mareas o se quedaría varado.

Dev asintió con seriedad y fingió estar indeciso, pero cuando regresaron al salón de baile, simuló que se había decidido. Ese lugar serviría a sus propósitos a la perfección.

Dalloway se volvió hacia él con una sonrisa de oreja a oreja.

–Como ya le he dicho, señor, todo lo que esta preciosidad necesita es una mano cariñosa que la devuelva a su antigua gloria.

–Eso... eso costará dinero –intervino Charles con discreción.

–Ajá –musitó Dev sin comprometerse.

Cruzó las manos a la espalda y se acercó a las paredes para observar los murales con toda su desvaída exuberancia floral, dejando a su procurador para que le hiciera a Dalloway las preguntas pertinentes.

Clavó la vista en una sección del mural que escenificaba a la hermosa diosa Flora, ataviada tan sólo con una guirnalda de rosas estratégicamente colocada.

–Esto... milord...

Su procurador se aclaró la garganta.

–¿Sí, Charles? –preguntó en un tono de aburrida indulgencia mientras seguía estudiando la pintura, pero Dalloway intervino antes de que Charles pudiera hablar.

–Todas las pinturas que tiene delante retratan a famosas bellezas de hace una década, milord. Todas actuaron en este lugar cuando estaba de moda. Había espectáculos acuáticos con fuegos artificiales, extravagancias musicales, equilibristas...

–¿Equilibristas? ¿De verdad? –preguntó con interés.

–Ya lo creo, señor.

–Como iba diciendo... –intentó Charles de nuevo, mirando a Dalloway con fastidio–, tengo mis dudas, señor. Serias dudas. Me... me temo que este edificio no es seguro.

–La vida... la vida no es segura, Charles.

Dev se inclinó hacia la pared y entrecerró los ojos para contemplar la figura de Flora, ya que había descubierto algunas palabras emborronadas y desvaídas en la cinta dorada que había a los pies de la diosa.

Santo Dios. De repente levantó el brazo y chasqueó los dedos, enfundados en sus guantes negros.

–Vela.

Uno de los lacayos se acercó de inmediato y alzó el candelabro. Dev escudriñó la extraña caligrafía a la tenue luz de las velas, estupefacto al descifrar el nombre que había escrito allí: Señorita Ginny Highgate, 1803. Sus ojos siguieron clavados en la banda. Por el amor de Dios, era una señal.

–¿Qué ocurre? –preguntó Ben, que se acercó a él.

–Ginny Highgate –musitó Dev, girándose asombrado hacia su amigo.

Intercambiaron una mirada estupefacta y sombría.

–Ah, sí, milord –intervino Dalloway–, la señorita Highgate

solía cantar aquí todos los veranos. ¡Era la preferida de los muchachos!

–¿Quién es la... la señorita Highgate, si se me permite? –inquirió Charles.

–Una hermosa dama del teatro, señor. Irlandesa, creo –contestó Dalloway–. Su melena pelirroja era inigualable. Sí, todos esos caballeretes estaban locos por Ginny Highgate.

–¿Qué le sucedió? –preguntó la rubia con voz chillona, un poco celosa.

–Nadie lo sabe –respondió Dalloway–. Desapareció.

No del todo cierto, pensó Dev, apenado por la idea tan clara que tenía acerca del negro destino que había sufrido la joven belleza.

Durante dos años y con la ayuda de varios detectives, había investigado de forma furtiva la aciaga noche en la que el fuego le había arrebatado a su familia. Había pasado una década huyendo de su sentimiento de culpa, navegando de una punta a otra del planeta, pero en el décimo aniversario de la muerte de su familia tomó la resolución de examinar hasta el más mínimo detalle de aquella noche, algo que le había resultado imposible hacer cuando era un joven destrozado de diecisiete años.

No había tardado mucho tiempo en percatarse de que muchos de los detalles del incendio no encajaban. A partir de ese momento, había seguido todas las pistas, había gastado una fortuna en sobornos y había reunido un montón de documentos acerca del caso: las esquelas de los periódicos; los informes de las exhaustivas investigaciones de todas las personas fallecidas en el incendio; las copias manuscritas de las entrevistas con el acobardado inspector al que habían encargado la investigación; las declaraciones de varios testigos muy útiles; los registros de las compañías de postas cuyos carruajes habían recorrido esa ruta aquella noche... Todo a lo que pudo echarle el guante.

Desmadejando meticulosamente el ovillo cabo a cabo y a través de la desaparición de Ginny Highgate, alias Mary Harris, había logrado llegar hasta el Club del Caballo y la Cuadriga, y fue allí donde se topó con una pared infranqueable. Daba la impresión de que la pelirroja asesinada era el secreto mejor guardado del club.

Para averiguarlo había dedicado los seis meses previos a infiltrarse en el grupo, intentando ganarse su confianza con mucha cautela aunque estuviera jugando a la ruleta con su vida, ya que los miembros del club sabían a la perfección quién era él.

Aún no tenía muy claro por qué no lo habían matado a esas alturas; sólo podía concluir que, hasta ese momento, se habían tragado su más que convincente charada de libertino depravado de los pies a la cabeza. Les había hecho creer que era un hedonista tan despreocupado que jamás se le había pasado por la cabeza cuestionar el accidente que había provocado la muerte de su familia.

Era evidente que sospechaban de él, o eso pensaba, pero también suponía que le habían permitido acercarse porque de ese modo tenían la sensación de tenerlo controlado. Todo el asunto requería un alarde supremo de diplomacia, aunque estaba preparado para asumir ese riesgo, ya que la recompensa era lo que más ansiaba en la vida: la paz.

Respuestas. No tendría paz hasta que no obtuviera respuestas. ¿Por qué? ¿Cómo? Lo único que pedía era que la vida tuviera sentido, pero no lo tenía ni lo tendría jamás. No hasta que obtuviera las respuestas a la pregunta... no, a la imperiosa cuestión que llevaba grabada a fuego en la mente desde hacía doce largos años y que le había consumido el corazón.

¿Qué había pasado realmente durante aquella aciaga noche en la que le habían arrebatado a su familia? ¿Quién tenía la culpa? Si había la más mínima esperanza de que hubiera alguien, alguien a quien poder culpar que no fuera él mismo, estaba dispuesto a hacer lo que fuera.

¡Por el amor de Dios!, aunque le costara la vida y hasta el último penique de su herencia, averiguaría la verdad, obtendría las respuestas... respuestas que sólo sus enemigos podrían proporcionarle. Y cuando estuviera en posesión de la verdad, cuando por fin supiera quién había provocado el fuego, desataría su venganza sobre ellos con un frenesí de violencia como jamás habían visto.

Irguiéndose de nuevo en toda su considerable estatura, se apartó inquieto del retrato de Ginny Highgate y le hizo un gesto brusco a Dalloway.

–Bien. Me lo quedaré. –Charles lo miró alarmado–. Sin embargo, está el asuntillo del precio –añadió–. Es demasiado elevado. Charles...

Dejó que su procurador negociara con el señor Dalloway y volvió a salir al vestíbulo, donde se apoyó contra el desvencijado marco de la puerta y clavó la vista en el helado lodazal, con ánimo taciturno a causa del tropel de antiguos recuerdos.

Ben se reunió con él y esos enormes ojos castaños de mirada intuitiva recorrieron su rostro desde detrás de los cristales de sus anteojos, salpicados de gotitas de agua.

–¿Estás bien? –preguntó Ben.

Él se encogió de hombros, sumido en sus pensamientos. Cruzó los brazos por delante del pecho y su mirada recorrió los descuidados jardines con amargura.

–Cuando miro este lugar, veo una parte de mí –dijo en voz baja y rebosante de acerba ironía–. Hundiéndose en el lodo. –Sus ojos se posaron en los exánimes marjales y en las malas hierbas, grisáceas y rígidas por las heladas. Miró a Ben con una sonrisilla cínica–. Dicen que está embrujado, ¿sabes? Y maldito.

Su amigo lo miró con seriedad.

–Ojalá no hicieras esto, Dev. Todavía puedes dejarlo.

–No, no puedo. –Su sonrisa torcida se esfumó y el gélido odio volvió a oscurecerle los ojos, como una nube que tapara el sol y ensombreciera la ladera de una colina–. Yo siempre pago mis deudas.

–¿Incluso con sangre? ¿Aun cuando te cueste la vida?

–¿Qué vida? –susurró.

Se apartó de la pared para regresar con los demás, dejando que su leal ayuda de cámara lo siguiera con expresión angustiada. Cuando Dev entró de nuevo en el estrafalario salón de baile, Charles se volvió hacia él con un alegre semblante.

–¡Aquí está, señor! –dijo con aire satisfecho–. El señor Dalloway ha accedido a establecer el precio en mil trescientas libras. Si le parece aceptable a su ilustrísima, cerraremos el trato.

–¿Te parece un precio justo?

–Es razonable.

–Bien hecho, Charles. –Chasqueó los dedos–. Pagaré.

De inmediato uno de los lacayos se acercó con un escritorio portátil, que sostuvo en alto para él. Dev abrió el compartimiento superior y sacó su libreta de pagarés. Tras mojar la pluma en el minúsculo tintero, redactó el pagaré mientras reía para sus adentros. Embrujado. Maldito. Qué apropiado...

–Cerciórate de que este lugar está convenientemente asegurado antes de que comiencen las obras, Charles. –Le tendió el pagaré a Dalloway–. Necesitaremos un constructor de confianza para que coordine la restauración. Y también carpinteros, techadores, pintores, yesistas...

–Primero necesitará al matarratas –musitó Ben, que entró en el salón de baile con una expresión asqueada mientras los costes de todo aquello dejaban lívido a Charles.

–Cierto. Avisa al exterminador para que libre este lugar de las plagas. Como siempre, te agradezco tu tiempo, Charles. Señor Dalloway, ha sido de lo más servicial.

Le hizo un gesto impaciente a la mujer y salió al exterior con su séquito debidamente a la zaga.

A sus espaldas, Dalloway se puso a bailar en silencio sobre la tarima carcomida.

Justo cuando estaban a punto de salir al frío exterior, Dev escuchó la cadencia de los cascos de un caballo y levantó la vista para ver que alguien se acercaba a todo galope por el camino.

–Qué caballo más feo –señaló Ben, que también observaba al jinete.

–Aunque rápido. Zancadas largas y seguras –murmuró él–. ¿Esperamos a alguien?

–No, milord –respondió Charles–. Creo que es un mensajero.

Y sin duda alguna, a medida que el jinete se acercaba, reconocieron la escarapela de su sombrero y el uniforme que lo distinguía como un mensajero urgente. Dev ayudó a la rubia a subir al carruaje y un instante después el jinete detuvo el caballo a poca distancia, mientras los cascos del animal hacían saltar un montón de gravilla por los aires.

–¿Lord Strathmore? –preguntó.

–¿Sí?

–¡Mensaje urgente para usted, señor!

El mensajero le entregó la carta.

–Gracias.

Se apresuró a cogerla antes de que la tinta se corriera y le hizo un gesto a Ben para que pagara al mensajero por la entrega. «Bath», ponía en el exterior del sobre.

¿De la tía Augusta?

Los remordimientos lo asaltaron inmediatamente. Sabía que le debía una visita a la anciana. Más que eso, quería verla. Esa vieja cascarrabias había sido como una madre para él. Incluso le había salvado la vida a los veintiún años cuando, medio enloquecido de dolor, había estado a punto de destruirse a causa de la bebida. Le había comprado un barco, lo había metido dentro y lo había enviado lejos para que viera el mundo al cuidado de su hosco guardabosque escocés, Duncan MacTavish. Maldición, echaba de menos a la mujer, pensó al tiempo que rasgaba el lacre, pero cada vez que había pensado en ir a visitarla, todo su ser había retrocedido como un caballo asustado que se negara a saltar un obstáculo.

Era algo que no podía evitar. El amor que llevaba dentro estaba tan entrelazado con la pérdida y el dolor que apenas si podía distinguir una cosa de la otra, razón por la que prefería darle la espalda. «Como un cobarde», se apresuró a añadir su conciencia. Hizo caso omiso de ella con una mueca de enfado consigo mismo mientras Ben pagaba al mensajero.

Dev abrió el pliego de papel cuidadosamente doblado y empezó a leerlo. Palideció a medida que leía la misiva.

Urgente
Bath
9 de febrero de 1817

Estimado lord Strathmore:

Aunque no nos conocemos en persona, espero que perdone mi atrevimiento al escribirle por un asunto de extrema urgencia. La necesidad me insta a desechar las normas del decoro para transmitirle un mensaje de lo más alarmante.

Me llamo Elizabeth Carlisle y llevo desde agosto al servicio de su estimada tía en calidad de dama de compañía. Es mi penoso deber informarle del cambio en el excelente estado de salud del que su tía siempre ha gozado, y rogarle, si la ama, que venga sin la menor dilación... antes de que sea demasiado tarde.

Quede con Dios,

E. CARLISLE

Por un instante sólo fue capaz de quedarse en el sitio con el rostro ceniciento.

«No. Todavía no. Ella es todo lo que me queda», pensó.

–Milord, ¿sucede algo? –se atrevió a preguntar Charles con un deje de preocupación en la voz.

Sin mediar palabra, Dev se acercó al mensajero, lo cogió y lo desmontó sin miramientos del caballo antes de saltar a la silla de montar, aún tibia.

–¿¡Qué demonios...!?

–Págale, Charles. Dejaré a este animal en los establos de mi casa. Debo ir a Bath. –Su voz sonaba extraña y tensa incluso a sus propios oídos–. Me llevaré el tílburi... Es más rápido. –Cogió las riendas e hizo que el ruano diera la vuelta–. Ben, sígueme con mis cosas –dijo por encima del hombro.

–Pero... ¡Devlin! –protestó la rubia, que sacó la cabeza por la ventanilla del carruaje con ese ridículo sombrero emplumado.

Él puso los ojos en blanco y perdió la paciencia.

–¿Tendría alguien la amabilidad de llevarse a esta mujer a su casa o a donde diantres vaya?

La rubia dejó escapar un jadeo furioso, pero él ya se había marchado a todo galope por el camino, con el estómago encogido por el pánico y los remordimientos de haber abandonado a su único pariente vivo. La desesperante verdad comenzó a darle vueltas en la cabeza, ya que cuando la tía Augusta por fin lo dejara, sin importar su enorme herencia, se quedaría completa e indeciblemente solo.

2

Bath, al día siguiente

Mientras alzaba el delicado y translúcido fragmento de porcelana para observar su forma a la luz, a Lizzie Carlisle le pareció tan delgado y frágil entre sus dedos como un trocito de la cáscara de algún huevo exótico. Probó en un par de sitios del jarrón a medio arreglar hasta que encontró el lugar exacto donde encajaba; tras extender unas cuantas gotas de cola en los bordes con un pincel diminuto, presionó con delicadeza hasta que el fragmento quedó perfectamente colocado. Estaba sentada sin apenas moverse para evitar que le temblara la mano y la pieza acabara mal pegada.

El pálido sol invernal entraba a través de las cortinas de encaje, pero la salita olía a primavera, a cera de abeja y a limón, con un ligero toque de lavanda que procedía del ramillete seco colocado en la mesa redonda junto a la que estaba sentada. El agradable silencio de la elegante villa campestre de la señora para la que trabajaba sólo quedaba interrumpido por las voces amortiguadas que llegaban desde la habitación contigua, donde el doctor Bell le preguntaba a la vizcondesa viuda por sus achaques más recientes.

Lizzie soltó el jarrón roto con mucho cuidado y procedió a pegar otro fragmento, tras lo cual lanzó una mirada escéptica al culpable. *Pasha*, el engreído gato persa de lady Strathmore, estaba plácidamente recostado sobre la cómoda de estilo Chippendale. El peludo rabo colgaba por el borde y el animal lo movía con parsimonia mientras sus ojos dorados contemplaban con un brillo de felino regocijo a la desdichada humana cuyo trabajo consistía en enmendar los pequeños desaguisados cotidianos. Si una de las criadas hubiera roto el elegante jarroncito Wedgwood (un regalo del libertino que su ilustrísima tenía por sobrino), habría sido despedida de inmediato, pero la consentida mascota de la vizcondesa no parecía arrepentida en lo más mínimo.

–Usted, señorito, es una amenaza para la sociedad –le dijo al gato, con una mirada penetrante.

Pasha se limitó a mover sus puntiagudas orejas negras con un aire socarrón.

En ese momento, las puertas de la salita se abrieron. Lizzie alzó la mirada y esbozó una cálida y presta sonrisa cuando la vizcondesa y su médico entraron en la estancia, procedentes del salón. Abandonó a toda prisa la tarea que la ocupaba y se puso en pie para recibirlos.

Frágil pero de apariencia regia, la vizcondesa viuda de Strathmore entró sentada en su silla de ruedas como si de un trono se tratara, mientras su apuesto y joven doctor la empujaba. Su ilustrísima aún poseía una belleza majestuosa, con unos pómulos elegantes y tersos pese a las arrugas de su cutis. Sus ojos azules tenían un aspecto acuoso, pero seguían siendo tan perspicaces y brillantes como siempre.

–Aquí estamos –dijo el doctor Andrew Bell, un hombre con rostro de querubín, melena rubia y desordenada, y unos enormes ojos castaños tan tiernos como los de un cachorrito.

En Bath se lo consideraba un buen partido, dado que se estaba labrando un brillante futuro. Tenía una enorme clientela y su reputación como médico había aumentado en los últimos tiempos gracias a sus famosas Píldoras para las Dolencias Biliares del Doctor Bell. Hasta el vicario daba fe de que funcionaban.

–Dígame, doctor, ¿cómo ha encontrado hoy a su paciente? –preguntó Lizzie con afectuosa jovialidad antes de caer en la cuenta de que debía cerrar el bote de cola, cosa que hizo mientras lanzaba una mirada suspicaz a *Pasha*.

–Me alegra decir que está como una rosa –afirmó el hombre con una sonrisa afable.

–Se lo dije –se apresuró a replicar lady Strathmore al tiempo que se quitaba unos cuantos pelos de *Pasha* de la falda negra de damasco italiano con un vivaz desparpajo–. No me pasa nada malo.

–Y nosotros que nos alegramos –intervino el doctor mientras intercambiaba una alegre mirada con Lizzie ante el temible malhumor de la dama–. No me cabe la menor duda de que todo se debe a los excelentes cuidados que la señorita Carlisle le prodiga, milady.

–¡Bobadas! –musitó Lizzie, ligeramente ruborizada, antes de acercarse a la chimenea para avivar el fuego a fin de que lady Strathmore no pillara un resfriado.

El doctor la observó con evidente interés a la par que la vizcondesa lo observaba a él con una sonrisa torcida.

–¿Se quedará a tomar el té, querido muchacho? –preguntó la anciana con voz almibarada antes de indicar a Lizzie que tocara la campanilla.

Ésta obedeció a pesar de que el doctor se llevó la mano al pecho con gesto apesadumbrado.

–Ojalá pudiera, señora. Pero debo ir a comprobar el estado de los niños de los Harris. Toda la prole padece de sarampión.

–¡Dios mío! Rezaremos por ellos –dijo Lizzie mientras se daba la vuelta para mirarlo, preocupada ante semejantes noticias. Los bulliciosos hijos de los vecinos solían ir de visita los días que hacía buen tiempo y llenaban la casa de risas y alegría–. Dígale a la señora Harris que puede contar conmigo cuando lo necesite.

–Todo un detalle por su parte, señorita Carlisle. Estoy seguro de que agradecerá mucho su amable ofrecimiento.

Su apreciativa mirada fue demasiado intensa para el gusto de Lizzie; pero, gracias a Dios, en ese momento llegó Margaret, la camarera, en respuesta a la campanilla.

La delgada y pálida muchacha se inclinó en una reverencia.

–¿Cómo puedo asistir? –preguntó con evidente orgullo.

Los tres miraron asombrados a la muchacha durante un instante. Lizzie hizo una mueca de mortificación para sus adentros ante la metedura de pata de su alumna.

–Qué pregunta más extraña –replicó la vizcondesa al tiempo que lanzaba una mirada perpleja en dirección a Lizzie–. ¿Adónde quiere asistir esta tontuela?

–Mmm, asistirla, señora –dijo Lizzie para tranquilizar a la dama–. Quiere decir que en qué puede asistirla.

–Perdone mi «errata», señora –se disculpó Margaret a viva voz, impertérrita–. Parece que me he «malexpresado».

–¿Estás tonta, muchacha, o has empinado el codo? –exigió saber lady Strathmore.

–¡No, señora, jamás lo he hecho! –exclamó la criada.

–En ese caso, déjate de monsergas y trae el té de una vez por todas.

Lizzie lanzó a Margaret una mirada alentadora, pero la alicaída criada huyó a toda prisa de la estancia.

–Milady, no deberíamos burlarnos de ella. Está haciendo todo lo que está en sus manos para aprender.

–Estoy al tanto de su tendencia a ilustrar a las mujeres, señorita Carlisle, pero no voy a permitir que arruine a mis criadas con esa tontería de enseñarles a leer. Debe desistir. Esto no traerá nada bueno.

–Pero, señora...

–¡Criadas que saben leer! Va contra natura, sin duda alguna. En serio, niña, sus ideas son de lo más extrañas.

–Margaret posee una sorprendente inteligencia...

–La prefiero sumida en la ignorancia, tal y como dispuso Dios.

El doctor Bell dirigió una discreta mirada de felicitación a Lizzie por sus esfuerzos mientras reprimía las carcajadas.

–Discúlpenme, señoras, pero debo marcharme.

–Por supuesto, querido muchacho. No debemos obstaculizar su trascendental labor de cuidar a los enfermos de la ciudad. Señorita Carlisle, ¿sería tan amable de acompañar al doctor Bell a la puerta...?

Los penetrantes ojos de la dama resplandecían con un brillo travieso cuando se giró para mirar a su dama de compañía.

–Por supuesto –accedió Lizzie con un hilo de voz tras una breve pausa.

Ese afán casamentero de la anciana...

El doctor Bell hizo una reverencia en dirección a la vizcondesa y se despidió de ella con sus mejores deseos antes de indicar a Lizzie que lo precediera.

–El tiempo ha mejorado mucho, ¿no le parece? –preguntó, en un intento por entablar conversación mientras caminaban en dirección al espacioso vestíbulo de entrada, con sus paredes de color azul, sus columnas blancas y su suelo de mármol italiano–. Menudo vendaval el de anoche.

–Cierto.

El temporal de vientos gélidos y nieve de la noche anterior había amainado al llegar el mediodía.

–Tal vez tengamos una primavera temprana –sugirió él.

–Ojalá...

Lizzie se obligó a sonreír y miró a su alrededor sin fijar la vista en nada en particular, aunque se detuvo a ordenar con evidente nerviosismo los paraguas del paragüero situado junto a la puerta. Entretanto, el doctor se abotonó su impecable abrigo azul. Cuando ella le ofreció su sombrero de copa, la ardiente mirada del hombre se demoró en ella durante un instante.

–Me encantaría verlas en el próximo baile de los Salones de Asueto, señorita Carlisle. La velada serviría para mejorar el ánimo de su ilustrísima... y el mío.

–¡Vaya! –Sobresaltada, Lizzie optó por obviar la cautelosa propuesta sin pérdida de tiempo–. Si lady Strathmore se encuentra lo bastante bien para salir, estoy segura de que haremos todo lo posible por estar allí.

–Pues, en tal caso, tendré que conformarme con esa esperanza –replicó el hombre mientras se colocaba el sombrero–. Si me necesita –añadió en voz queda–, mándeme llamar, sin importar la hora que sea.

–Se lo agradezco, señor –dijo ella con voz ligeramente tensa.

El doctor inclinó la cabeza y se llevó la mano al ala del sombrero con aire desconcertado, pero sin indicios de que la obstinada reticencia de la joven hubiera hecho mella en él.

–Que tenga un buen día, señorita Carlisle.

Ella correspondió a la despedida con un gesto de la cabeza antes de que el doctor se encaminara hacia el carruaje que lo esperaba, un precioso cabriolé tirado por una elegante pareja de bayos. Lizzie alzó la mano a modo de cortés despedida en cuanto el vehículo se puso en marcha y se demoró un instante para disfrutar del gélido pero vigorizante azote del viento.

Su mirada se desvió hacia las colinas nevadas. El paisaje estaba cubierto por una fina e impoluta capa de nieve, y la amplia curva que describía el camino se asemejaba a una cinta oscura en medio de una pieza de tela blanca. Aún no había noticias de Devil Strathmore; claro que, con los caminos cubiertos de hielo y nieve después de la intensa ventisca de la noche anterior, no lo esperaba hasta el día siguiente como muy pronto.

Cerró la puerta y regresó a la salita, donde Margaret acababa de llevar la bandeja con el servicio de té. Tras tomar asiento junto a lady Strathmore, se arregló la falda de muselina beis y evitó la mirada expectante de la anciana.

–¿Y bien? –preguntó ésta, observándola con socarronería mientras jugueteaba con la larga sarta de cuentas de azabache que llevaba al cuello–. ¿Qué te parece, muchacha? Es un hombre muy galante.

Lizzie se encogió de hombros sin decir nada e indicó a Margaret que se retirara con un gesto de la cabeza. La camarera se escabulló al instante.

–Vamos, Lizzie, es un encanto –la reprendió sin molestarse en disimular lo divertido que encontraba todo el asunto–. ¿Acaso no te gusta?

–Está claro que es un médico excelente, afable, competente y muy educado. –Se concentró en el ritual de servir el té–. Aparte de eso, no tengo otra opinión de él.

–¡Caramba! Eso destrozará al pobre muchacho. Yo diría que viene a verte más a ti que a mí, porque yo no necesito en absoluto de sus servicios.

–Señora, por favor. El doctor Bell sólo está interesado en su salud, como usted bien sabe.

–¿En serio? –La vizcondesa le lanzó una mirada traviesa por encima del borde de la taza–. Me preguntó en confianza si yo creía que accederías a dar un paseo con él en su nuevo cabriolé.

–¿¡Cómo!? ¡Por el amor de Dios! –Soltó la tetera, presa de indignación–. ¿Es que ese hombre no es capaz de ver que soy una solterona sin remedio?

–Paparruchas, Lizzie. Apenas pasas de los veinte.

–Cumpliré veintidós en otoño –replicó, acalorada.

–¡Bah! La única persona que decide el momento en el que una mujer es una solterona sin remedio es *elle-même*.

–En ese caso, si decido considerarme una solterona, es asunto mío y de nadie más –refunfuñó, para regocijo de la anciana.

–Pero, en nombre de todos los santos del cielo, ¿por qué lo haces, cuando hay caballeros jóvenes de agradable presencia y prometedor futuro dispuestos a cortejarte por más que te esfuerces en alejarlos? Muchacha ingrata, me atrevería a decir que careces de la apropiada vanidad femenina.

–Lo que me falta en ese campo, señora, espero compensarlo con sentido común. Mi pasión son los libros, no un par de ojos bonitos ni una musculosa pantorrilla.

–Extraordinario. ¿Afirmas ser inmune a las atenciones de un joven encantador? Ni siquiera yo lo soy. Nunca lo he sido.

–Los hombres son criaturas capaces de decir cualquier cosa con tal de conseguir lo que quieren –declaró con un indolente tono filosófico, apaciguada por la certeza que albergaba al respecto.

Desplegó la servilleta agitándola en el aire y se la colocó en el regazo.

–¿Incluso el piadoso y joven Bell, que corre de casa en casa librando a sus vecinos de los males del cuerpo y de la mente?

–El cabriolé es nuevo, ¿no? Impresionante cuán lucrativo resulta semejante altruismo...

–*Touchée,* querida, *touchée.* –Lady Strathmore soltó una risilla antes de darle un sorbo al té–. De todos modos, al menos podrías intentar conocerlo un poco mejor.

–También podría intentar dedicarme a la caza de ballenas, probar suerte en el toreo o perderme en el Sahara a lomos de un camello. Vaya, ésa sí que sería una magnífica aventura...

La vizcondesa prorrumpió en carcajadas.

–En ese caso te parecerías a Dev.

–Mmm...

Lizzie ocultó el escepticismo que le provocaban las supuestas hazañas de lord Strathmore, las cuales consideraba, cuando menos, sumamente exageradas.

Cualquier hombre que hubiera visto y hecho semejante número de heroicidades no malgastaría su tiempo llevando la vida de un libertino disipado en Londres, tal y como lord Strathmore había estado haciendo desde su regreso a Inglaterra meses atrás. Conocía muy bien a los de su calaña, hombres hedonistas e inmaduros. Pero suponía que un hombre así tendría que buscar emociones en algún lugar...

–¿Y bien? –insistió lady Strathmore.

Lizzie le dedicó una sonrisa torcida.

–Si permitiera que el tan maravilloso doctor Bell me cortejara, tarde o temprano descubriría algún fallo garrafal e inevitablemente imperdonable en su naturaleza masculina y entonces me vería obligada a darme de tortas por haber perdido el tiempo con él en lugar de haber estado aquí con usted, evitando que cometiera alguna diablura... o al menos poniendo todo mi empeño en esa tarea.

–Pero tienes que ser práctica, querida. Dejando a un lado los innumerables defectos del macho de la especie, debes conseguir un marido y tener hijos que te cuiden en la vejez. No querrás acabar como yo, ¿verdad?

–¡Se equivoca, señora! Sería muy feliz si me pareciera a usted en algo. Puede estar segura de que no me preocupa la vejez en lo más mínimo. Da la casualidad de que ya he hecho los arreglos oportunos para poder disponer de dinero cuando sea una dama soltera de edad avanzada.

–Qué independencia más chocante...

–Gracias, señora –replicó Lizzie al tiempo que inclinaba la cabeza con firmeza, aunque sabía perfectamente que el comentario no había sido un cumplido–. Abriré una librería en Russell Square; estoy segura de que ya se lo he contado.

–¡Una librería! –exclamó la vizcondesa con tono burlón–. Una joven de tu calibre tiene el deber de perpetuar la especie, Lizzie. Te puedo asegurar que jamás –prosiguió mientras la aludida parpadeaba ante el inaudito cumplido de la anciana cascarrabias–, en todos los días de mi vida, he escuchado a una mujer hablar tan alegremente de la soltería. Es insano, sin lugar a dudas.

–Bueno, no sé yo... –replicó Lizzie con cautela–. Prefiero ser una solterona, porque así mi corazón está a salvo de acabar destrozado. No como su pobre jarrón, que está hecho añicos por culpa de cierto gato que yo conozco...

Lady Strathmore se inclinó hacia delante y esbozó una sonrisa ladina.

–Pero, querida, en ese caso, lo único que conseguirás será esperar en vano que alguien llegue a quitarle el polvo... a tu corazón.

Lizzie estalló en carcajadas y meneó la cabeza ante las ocurrencias de la incorregible anciana. Sin embargo, no deseaba seguir hablando de su inexistente vida amorosa y estaba impaciente por cambiar de tema. Se dio la vuelta para mostrarle a lady Strathmore los progresos que había hecho en la reparación del valioso jarrón y, en ese momento, un chillido estridente procedente del vestíbulo de entrada rompió la tranquilidad.

–¡Válgame Dios! ¿¡Qué ha sido eso!? –exclamó la vizcondesa.

Lizzie ya estaba de pie, decidida a averiguar qué había sucedido. Había llegado al centro de la salita cuando Margaret entró en tromba con una expresión de júbilo pintada en el rostro.

–¡Milady, es el señor Dev! ¡Ha venido! ¡Se acerca a caballo por el camino de entrada!

–¿¡Devlin!? –exclamó la anciana con el rostro iluminado por una súbita alegría.

–¡Sí, señora! –gritó la criada con una mirada resplandeciente–. ¡Llegará en un abrir y cerrar de ojos!

–¡Por todos los santos! –susurró lady Strathmore–. ¡Ha venido! –Llena de alegría y de innegable orgullo maternal ante semejante sorpresa, la anciana cascarrabias parecía totalmente perdida en esos momentos. Estaba nerviosa y sin aliento–. ¡Vaya, menudo bribón! Venir sin avisar... ¿No es típico de él? Bueno, ¡no te quedes ahí plantada, estúpida criatura! Corre y dile a la cocinera que prepare otro plato para la cena. Mi sobrino estará hambriento... ¡Siempre lo está! Ese chico tiene un apetito voraz; no hay duda de que por eso se ha convertido en un hombre tan robusto y bien plantado.

–¡Y usted que lo diga, señora! –convino la criada con más entusiasmo del debido antes de hacer una apresurada reverencia y salir de la estancia como una exhalación para encargarse del supremo privilegio de alimentar al señor Dev.

–Un hombre incapaz de apreciar una buena comida no es de fiar –prosiguió lady Strathmore mientras se limpiaba con presteza una lágrima a fin de que nadie la viera, si bien Lizzie apenas le prestaba atención.

Estaba paralizada por la sorpresa y con la cabeza hecha un lío.

¡Santo Dios, su ardid había funcionado!

Pero ¿cómo? ¿Cómo narices había conseguido llegar tan rápido? Tendría que haber viajado durante toda la noche en medio de la ventisca y a una velocidad de vértigo...

–Rápido, niña, dime, ¿qué aspecto tengo? –quiso saber la dama mientras se arreglaba con diligencia el encaje de la cofia negra.

Tenía las mejillas arreboladas por la alegría, lo que le otorgaba un aspecto mucho mejor del que Lizzie le había visto desde hacía semanas.

Era un milagro.

El «querido Dev» ni siquiera había asomado la nariz, pero de algún modo había conseguido revitalizar a la anciana con una fuerza que su compañía alegre, paciente y constante ni siquiera podría igualar. Y ése, supuso con una punzada de melancolía, era el poder del amor verdadero.

–Está preciosa, señora –consiguió decir–. Como siempre.

–Bueno, no te quedes ahí, Lizzie, ¡ve a cambiarte ese desaliñado vestido!

–¡Señora! –exclamó ella, indignada.

–Ya te he comentado lo sofisticado que es.

Un ramalazo de mal humor se reflejó brevemente en la ceñuda expresión de Lizzie.

–No es el regente quien viene, milady.

–Muchacha obstinada. ¡Quítate al menos esa cosa espantosa! –le dijo la dama, señalándole la cabeza.

Lizzie la contempló con perplejidad mientras se llevaba una mano a la sencilla cofia de muselina.

–¿Qué tiene de malo?

–Te hace parecer vieja.

–Soy vieja –insistió ella.

–Niña, tengo vestidos en el armario más viejos que tú. Está bien, haz lo que quieras, criatura obcecada. De todos modos, eso es lo que haces siempre. Pero no me eches la culpa cuando Devlin haga alguna broma sobre tu vestido. Siempre está bromeando –añadió, en un derroche de indulgencia.

–No se atrevería.

–¡Ja! Querida mía, hay pocas cosas a las que mi sobrino no se atrevería. Estoy deseando que por fin lo conozcas.

–Milady, se lo ruego, no eche las campanas al vuelo –le advirtió al tiempo que meneaba la cabeza con gesto decidido–. Dudo que su ilustrísima pueda prolongar mucho su estancia.

Sobre todo cuando se diera cuenta de que lo había engañado.

–Desde luego que no, tontuela. No se puede esperar que alguien con el brío de Devlin pase sus días acompañando a su tía cascarrabias en sus paseos por Bath. Y ahora, date prisa, Lizzie. ¡Es una ocasión importante! –exclamó la anciana, que apoyó las manos en las ruedas de su silla y salió sin ayuda de nadie en dirección al vestíbulo.

«Que me cambie el vestido. ¿Para qué?», rezongaba Lizzie para sus adentros. Los libertinos aristocráticos ni siquiera miraban a las mujeres sencillas y sensatas como ella, cosa que sabía por experiencia. Además, se respetaba demasiado a sí misma para pavonearse de punta en blanco de un lado a otro sin más motivo que el de llamar la atención de un granuja de vida despreocupada, cuyo temple ponía en tela de juicio y cuyo estilo de vida menospreciaba.

Se demoró en la salita unos instantes pese a las prisas de lady Strathmore, un tanto temerosa de conocer al hombre al que había engañado. Los cascos de su montura se escuchaban cada vez más cerca, así que se dirigió sigilosamente a la ventana con la intención de apartar la cortina de encaje y someterlo a un discreto escrutinio.

Sus ojos reflejaron al instante la alarma que la invadió... acompañada de una buena dosis de confusión.

Tenía que haber un error. El hombre que estaba observando no se parecía ni un ápice al que ella había imaginado. No se trataba de un príncipe mimado, sino de un guerrero de pelo negro y mirada feroz que tiró de las riendas para detener en seco a su sofocado caballo y se apeó de un salto de la silla, haciendo que su empapado gabán se arremolinara alrededor de su impresionante figura. Una expresión ceñuda endurecía los despiadados planos y ángulos de ese rostro de belleza diabólica, bronceado por el sol tras sus aventuras en climas más calurosos, se percató Lizzie.

El recién llegado se encaminó con presteza hacia la casa. Tenía un aspecto salvaje y desaliñado tras el azote de los elementos, con la cara manchada de barro y una expresión de férrea determinación pintada en el rostro. No le hizo caso alguno al lacayo que se apresuró a darle la bienvenida y a coger las riendas del caballo encabritado. Su penetrante mirada estaba fija en la puerta principal.

El corazón de Lizzie se detuvo un instante a causa de la incredulidad mientras lo observaba, fascinada y horrorizada a un tiempo. No era difícil imaginarlo ataviado con la túnica suelta de un jeque del desierto y un enorme sable al cincho; o rugiendo órdenes a su tripulación, encaramado a las jarcias de su navío en medio de una tormenta.

«¡Señor misericordioso que estás en el cielo!», exclamó para sus adentros al tiempo que tragaba saliva.

Ese gigante de apariencia despiadada no podía ser el hombre al que había enfurecido. No podía ser el depravado libertino londinense a quien tenía planeado leerle la cartilla como si de un escolar holgazán se tratara.

Devil Strathmore no podría haber resultado más intimidante si hubiera llegado ataviado con una cota de malla negra y una espada de hoja ancha en las manos protegidas por unos guanteletes.

La enredada melena, negra como el azabache, le llegaba a los hombros. Los ojos de Lizzie se abrieron de par en par al vislumbrar el pequeño arete dorado que brillaba en su oreja izquierda y que le confería un aspecto totalmente salvaje. Justo en ese momento, el recién llegado giró la cabeza para echar un vistazo a su caballo (tal vez para asegurarse de que no había matado al animal con sus prisas) y fue entonces cuando ella vio el corte sanguinolento que le desfiguraba la mejilla derecha, oculto bajo las salpicaduras de barro del camino.

Se llevó la mano a la boca con un jadeo de sorpresa. ¡Estaba sangrando! Pero ¿por qué? ¿Qué le había sucedido? Lord Strathmore prosiguió su camino y ella se inclinó hacia delante para no perderlo de vista, si bien lo hizo con tanta premura que se golpeó la frente contra el cristal. El hombre salió de su campo de visión y desapareció en el interior de la casa.

«¡Ay, Dios!», gritó mentalmente mientras se frotaba la frente con una mueca dolorida y se alejaba de la ventana, aturdida por el abatimiento. ¡Ay, Dios! ¡Ay, Dios! En ese preciso instante se le ocurrió por primera vez que tal vez hubiera cometido un... tremendo error. Escuchó a lo lejos que la puerta principal se abría y de repente no supo qué pensar. Hasta ese momento, el motivo principal que la había llevado a tener tan mala opinión del sobrino de la vizcondesa era el constante flujo de facturas a su nombre que llegaba todos los meses al escritorio de lady Strathmore.

Sabía que se estaba extralimitando al husmear en la correspondencia de la dama, pero en cuanto comenzó a sospechar que el «querido Dev» se aprovechaba del amor ciego que le profesaba su tía, consideró su obligación no perder de vista esas despreciables e interminables facturas. Cada vez que llegaba una, su resentimiento aumentaba un tanto, aunque la deuda que había contraído lord Strathmore la semana anterior tras una partida de naipes había sido la gota que había colmado el vaso y había logrado que pasara de la contemplación iracunda a la acción inmediata. Por motivos que prefería no examinar, la insolente suposición de que su acaudalada tía pagaría sus deudas de juego sin necesidad de preguntárselo siquiera la había enojado de tal modo que se había precipitado a escribir la carta con manos temblorosas y la había enviado a Londres por despacho urgente, decidida a darle una lección a ese canalla.

Si hubiera aparecido por Bath de vez en cuando (si mostrara algún interés por su tía), las cosas habrían sido distintas, pero el sinvergüenza ni siquiera se tomaba la molestia de escribirle alguna que otra carta a la anciana, ajeno al hecho de que para ella fuera lo más importante en la vida o que pagara todas sus deudas sin rechistar. Lady Strathmore jamás emitía una queja; pero, como dama de compañía de la vizcondesa, Lizzie ya había tenido suficiente. No podía soportar ni un día más ver cómo la dama miraba por la ventana durante horas con el corazón cada vez más marchito, pensando que el único pariente que le quedaba con vida la había olvidado.

Plenamente satisfecha después de haber enviado la carta, se había creído preparada para enfrentarse a la reacción de lord Strathmore cuando éste llegara. Se había imaginado a un sinvergüenza mimado y enfurruñado que resoplaría y daría golpes con el pie enfundado en una de sus costosas botas, resentido por el hecho de perderse unas cuantas noches de juerga a causa de una tontería. Sin embargo, semejante demostración de ira no perturbaría la serenidad de Lizzie y su artimaña le proporcionaría, según sus deseos, una oportunidad de enseñarle a valorar el amor de su tía.

El plan le había parecido perfecto. Desde que había escrito su airada carta, no había albergado duda alguna de que había hecho lo correcto.

No obstante, en ese momento, la idea de enfrentarse a la ira de ese gigante de mirada adusta le provocaba palpitaciones y los remordimientos comenzaron a aguijonear su hiperactiva conciencia. ¿Por qué estaba sangrando?

No era propio de ella mentir. Obviamente, no había sido su intención que resultara herido a causa de su ardid. ¿Habría sufrido una caída en el camino? Bueno, no era de extrañar, dada la ventisca de la noche anterior, reflexionó antes de menear la cabeza, molesta consigo misma. Cabalgar toda la noche con semejante tiempo no era propio de un hombre insensible.

Si bien por lo general jamás dudaba de su buen juicio, en ese instante estaba hecha un lío y echó un vistazo a la puerta de la salita mientras se preguntaba cómo proceder. En el fondo de su mente comenzaba a formarse la inquietante sospecha de que, de algún modo, había confundido a Devil Strathmore con algún otro hombre. Con algún otro libertino londinense. Con alguien cuyo nombre había eliminado de su mente y tachado con una enorme X negra y a quien, por tanto, sólo se refería como «cierta persona»...

Y en ese momento se le ocurrió algo más, una idea tan espantosa que la dejó lívida. Lady Strathmore se pondría furiosa.

Santo Dios, ya era horrible que se hubiera atrevido a engañar a un hombre situado muy por encima de ella en la escala social, aun cuando hubiera sido con la mejor de las intenciones. Pero si el «querido Dev» había sufrido una herida por culpa de su intromisión, ¡la despedirían de inmediato! Ese embrollo podría costarle el empleo.

Las náuseas la asaltaron de repente cuando volvió a recordar la amarga realidad de su situación. ¿Acaso no iba a aprender nunca? No formaba parte de esa familia. La villa de la vizcondesa se había convertido en su hogar, pero no era su verdadero hogar y, si disgustaba a su ilustrísima, tal vez acabara haciendo las maletas como cualquier otro empleado a su cargo. Atenazada por el miedo y con la boca seca, apretó los puños a ambos lados del cuerpo, hizo acopio de valor y se obligó a salir de la salita para enfrentarse a su destino.

No obstante, en lugar de dirigirse al vestíbulo de entrada, recorrió con sigilo el pasillo en dirección al armario situado bajo la escalera, lo abrió y sacó una toalla blanca, primorosamente doblada y limpia. Cerró el armario sin hacer ruido y, acto seguido, se giró y enderezó los hombros. Con la toalla apretada contra el pecho, hizo todo lo posible por componer su habitual semblante de serenidad y se encaminó con paso resuelto hacia el vestíbulo de entrada, convencida de que estaba a punto de ser despedida. «¿Y después qué? –pensó–. ¿Dónde voy a ir?» No tenía casa propia. Jamás la había tenido. Siempre había vivido en los márgenes de familias a las que no pertenecía.

Según caminaba arrastrando los pies en dirección al vestíbulo, escuchó la regia voz de lady Strathmore, que se alzaba con entusiasmo para saludar a su sobrino mientras el servicio hacía lo propio.

No le cabía duda de que el hombre debía de estar desconcertado.

Hasta ella llegó una profunda voz de barítono que interrogaba con preocupación a lady Strathmore. Cerró los ojos al percibir la consternación y la angustia que teñían esa voz. El hombre parecía estar muy asustado.

–¿Qué ha pasado, tía Augusta? Cuéntamelo todo sin pérdida de tiempo. ¿Por qué no estás en la cama? ¿No deberías estar acostada?

–¿Acostada? Devlin, es mediodía.

–Sí, pero...

–Pero ¿qué? –quiso saber la vizcondesa, aparentemente perpleja.

Hubo una pausa en la conversación.

–Creí... Es decir... ¿Eso significa que estás... bien?

–Por supuesto que estoy bien –le aseguró la dama entre alegres carcajadas–. Querido, ¿se puede saber qué te pasa?

Lizzie llegó a uno de los extremos del vestíbulo y se detuvo sin que nadie hubiera advertido todavía su presencia. La inesperada imagen que encontró frente a ella le encogió el corazón: lady Strathmore parecía una reina sentada en su trono con su sobrino postrado ante ella sobre una rodilla, como si fuera su más devoto caballero, cubierto de lodo y sangre tras la batalla. Aterido y presa de los escalofríos, el recién llegado observaba con intensidad el rostro de su tía, con la cabeza alzada y la mirada ensombrecida por la desesperación y el temor.

–¿Estás segura... de que todo va bien? No te atreverías a mentirme, ¿verdad, tía Augusta? ¿Te sientes bien?

–¡Estoy perfectamente, Devlin! –exclamó la dama, riendo entre dientes–. Mi querido muchacho, ¿has hecho un viaje tan largo para preguntarme eso?

–Sí –susurró él mientras la contemplaba y asimilaba al fin que le estaba diciendo la verdad.

Cerró los ojos y el alivio inundó su rostro antes de que bajara la cabeza y la apoyara en la rodilla de su tía.

–Querido, ¿qué pasa? –preguntó lady Strathmore al tiempo que le acariciaba el alborotado cabello–. Estás comenzando a asustarme, Devlin. ¿Dónde está tu carruaje? Estás hecho un desastre.

–Lo sé. Lo siento –se disculpó sin alzar la cabeza.

–¡Dios mío, Devlin! ¿Es sangre lo que tienes en la mejilla? ¿¡Qué te ha pasado!? –gritó.

–Tuve un accidente en el camino. No es nada –se apresuró a tranquilizarla.

–¿Qué está pasando? Exijo que me lo expliques ahora mismo y...

–Te echaba de menos –susurró–. Eso es todo.

Lizzie, que lo observaba con el mayor de los asombros y totalmente desconcertada, comenzó a temblar a causa de una emoción desconocida y un tanto aterradora. ¿Por qué no la delataba? Podría haberlo hecho, podría haber mencionado su carta y, sin embargo, había guardado silencio. Al menos de momento.

–Vamos, vamos, muchachito –lo reprendió la anciana, dándole unas palmaditas sobre el lacio cabello negro–. Sabes que siempre estoy aquí para lo que necesites. Dime qué es lo que pasa, Devlin. No dejaré de preocuparme hasta que me lo hayas contado.

–Yo... soñé que estabas enferma.

–Bueno, creo que estoy en mejor forma que tú. Quédate tranquilo. El doctor Bell estuvo aquí hace un rato y me aseguró que estaba como una rosa. ¿No es cierto, Lizzie?

Ante la mención de su nombre, lord Strathmore alzó la cabeza con brusquedad. Sus ojos se entrecerraron.

Lizzie tensó la espalda mientras sostenía la toalla con torpeza. La mirada del hombre se clavó en ella y la frialdad que asomó a esos brillantes ojos claros hizo que tragara saliva.

Sí, al parecer había descubierto su ardid...

Lady Strathmore, ajena a la repentina hostilidad que crepitaba en el ambiente, siguió:

–Dev, querido, aún no te he presentado a mi joven dama de compañía. Permíteme que te presente a la señorita Elizabeth Carlisle.

Tras alzarse con un ágil movimiento, lord Strathmore la observó como si se tratara de un enorme lobo con el lomo erizado.

–Lizzie, éste es mi Devlin –finalizó la anciana con una sonrisa de oreja a oreja, aferrada a la mano enguantada de su sobrino.

Él se movió un poco hasta colocarse delante de su tía... ¡como si tuviera que defenderla de ella!

–Milord... –lo saludó con el corazón desbocado al tiempo que ejecutaba una torpe reverencia.

–Señorita... Carlisle.

La gélida mirada que seguía clavada en ella la llevó a pensar que no era tan invisible, después de todo. A tenor de las circunstancias, en ese momento habría preferido serlo. Esos ojos azules como el mar rebosaban ira y encerraban la firme promesa de que pagaría caro su ardid.

Aún en la cuerda floja, puesto que todavía cabía la posibilidad de que la delatara, Lizzie tragó saliva con fuerza y dio unos pasos hacia delante con la ofrenda de paz en las manos.

–Mmm... ¿una toalla?

3

¿Qué demonios ocurría? Tenía los nervios a flor de piel y estaba muerto de cansancio, por no mencionar que el corazón le latía desbocado y la cabeza le daba vueltas tras la fuerte impresión y el miedo. Aceptó la toalla con cierto recelo, pero mantuvo su furiosa mirada fija en ella mientras se secaba el cabello. Había sentido un alivio tan intenso al enterarse de que su tía se encontraba bien que se habría echado a llorar, pero su furia se acrecentó ante la prueba del engaño al que había sido sometido. ¡Un ardid! Pero ¿cómo? Y por el amor de Dios, ¿por qué? No conocía a esa muchacha. Jamás le había hecho daño alguno. ¿Por qué lo torturaba de esa manera?

–¿Nos retiramos a la salita, niños? Ordenaré a los criados que te preparen un baño, querido Dev. Será apenas un momentito.

–Gracias –masculló con la vista aún clavada en esa joven farsante... esa tal Lizzie, esa extraña que había invadido el único hogar que había conocido durante años y que parecía haberse hecho con el control de la situación.

La muchacha bajó la vista al suelo, muy serena y compuesta, apartándola de su feroz mirada. Tras ocultar sus ojos grises bajo sus párpados de oscuras pestañas, cogió las asas de la silla de ruedas de su tía y la ayudó sin mediar palabra, empujándola en dirección a la salita.

Él las siguió muy despacio, manteniendo una distancia prudencial. Estaba famélico, calado hasta los huesos y le dolían todos los músculos del cuerpo, pero no llegaría el día en el que estuviera demasiado hambriento o cansado para no fijarse en una jovencita de buenas curvas, sobre todo en una cuya peligrosa inteligencia había comprobado de primera mano.

¡Por el amor de Dios!, la muchacha lo había manejado como a una marioneta.

No se sentía de humor para admirar el absoluto descaro de

la situación. En ese momento su misterioso atractivo sólo le añadía sal a la herida. Observándola con rudeza desde atrás, esperaba que la muchacha se percatara de su escrutinio y eso la hiciera sentirse incómoda. Pasó por alto ese recatado vestido beis, de cuello alto, mangas largas y delicado estampado de florecillas blancas, y sus avezados ojos se fijaron en el modo en el que la delgada muselina se amoldaba a ese generoso trasero, ciñéndose a su cuerpo con el vaivén de sus caderas. La holgada cofia blanca que le ocultaba el cabello era más adecuada para una solterona que le doblara la edad, aunque unos claros rizos castaños habían escapado de semejante monstruosidad y descansaban sobre su nuca, como si quisieran tentarlo para que le arrancara la cofia y liberara el resto de sus constreñidos mechones.

Una vez en la salita, la muchacha giró la silla de ruedas para que su tía quedara cara a cara con él y se acercó a la mesa para llevarle la taza de té a la anciana. Dev observó cada uno de sus movimientos. Por un instante no escuchó ni una sola palabra de lo que su tía le estaba diciendo. El tiempo pareció detenerse mientras miraba fascinado las blancas y elegantes manos de la joven.

Seguras, delicadas y muy capaces, mulleron el cojín que tenía su tía a la espalda antes de arrebujarla con el chal que llevaba sobre sus huesudos hombros. La recatada sencillez de esas manos, así como el pequeño borde de encaje que le adornaba las muñecas, le provocaron una extraña sensación en las entrañas.

Su hambrienta mirada ascendió por los delgados brazos femeninos hasta posarse en sus pechos, turgentes y tentadores. Entre ellos descansaba una pequeña y sencilla cruz que pendía de una cadena de oro. No era una señal de vanidad. No se parecía en absoluto a las deslumbrantes putas con las que se acostaba en Londres.

Era algo completamente nuevo... y muy pero que muy peligroso.

Cuando la muchacha se inclinó para recoger el pañuelo que se le había caído a su tía, y que devolvió con una sonrisa, a sus ojos asomó una expresión tan tierna y sus ademanes tuvieron tal dignidad y modestia que, exhausto, sintió cómo algo se rompía en su interior.

Estaba tan cansado, tan hambriento y aterido...

Con los ojos nublados contempló a la señorita Carlisle como

si ella supiera mucho mejor que él mismo lo que tenía que hacer con su vida.

Ella levantó la cabeza muy despacio para enfrentar su mirada con recelo e incertidumbre.

Sus miradas se enlazaron y él se olvidó por completo de la insulsa ropa que llevaba.

Elizabeth Carlisle tenía la tez inmaculada de una mujer cuyos hábitos diarios estaban más allá de todo reproche. Únicamente el buen descanso, la comida sana, el aire fresco y una conciencia tranquila podían ser la causa de tan pálida perfección, ya que tan sólo un ligero rubor le teñía las mejillas. Tenía la frente ancha, una nariz prominente que sobresalía con decisión, fuerza y osadía y unas encantadoras cejas de color castaño cobrizo. La izquierda se arqueaba un poco más que la derecha, lo que le confería una expresión curiosa, como si estuviera meditando alguna cuestión muy interesante. Sin embargo, su boca era suave y delicada, de labios carnosos y de un delicado rosa, y se vio obligado a zafarse de su embrujo.

«Ponte en guardia, hombre», pensó. Esa mentirosilla era una amenaza andante. Recobró el semblante ceñudo justo cuando desde el camino llegaba el sonido de los cascos de varios caballos seguido del traqueteo de las ruedas de un carruaje.

–¿Quién será? –murmuró la tía Augusta al tiempo que se giraba hacia la ventana.

A través de la cortina de encaje, Dev vio que su brillante berlina negra se detenía delante de la casa con Ben asomado por la ventanilla.

Se reprendió mentalmente con fastidio. Las prisas no le habían servido para nada. El lujoso carruaje era un vehículo mucho más grande y lento, pero era evidente que cualquier ventaja que pudiera haberle sacado con el infortunado y rápido tílburi la había perdido a causa del accidente. Estaba diciéndose que ojalá se hubiera ahorrado las molestias y hubiera viajado con comodidad, cuando una voz familiar se abrió camino en sus pensamientos desde la puerta.

–Discúlpeme, milady –dijo la señora Rowland, el ama de llaves que llevaba treinta años al servicio de su tía, tras asomar la cabeza por el vano con expresión interrogante. Era una mujer regordeta de mejillas sonrosadas, que ya había cumplido los sesenta y que solía llevar una cofia blanca y un delantal–. ¿Permite que la moleste un instante, milady?

–Dime, Mildred –contestó la tía Augusta.

Dev saludó al ama de llaves con una sonrisa fatigada y una inclinación de cabeza.

–Milord –lo saludó ella con cariño al tiempo que hacía una reverencia algo torpe antes de que sus ojos regresaran a su señora–. El personal de su ilustrísima acaba de llegar y me gustaría preguntarle acerca de su alojamiento... y también sobre la cena de esta noche –añadió con cierto tono conspiratorio.

–¡Sí, claro, enseguida voy!

Las dos ancianas intercambiaron una mirada cómplice, ya que sin duda se disponían a prepararle su postre preferido. Les encantaba tratarlo como si siguiera siendo un niño de nueve años, si bien a él no le importaba en lo más mínimo.

Lo que sí le importaba era conseguir quedarse a solas con la señorita Carlisle un instante. Estaba deseando saber por qué lo había engañado.

La muchacha parecía estar ansiosa por desaparecer.

–Deje que empuje su silla, señora.

Comenzó a seguirla, pero la tía Augusta le hizo un gesto para que se apartara.

–No hay ninguna necesidad, querida. Niños, volveré en un santiamén.

Ella misma empujó las ruedas de la silla y salió de la salita sin más.

La señorita Carlisle musitó una presta excusa para retirarse, pero él la cogió del brazo cuando ella intentó pasar por su lado.

–¡Permítame un momento, mademoiselle! –Entornó la puerta y se enfrentó a la mirada asustada de su cautiva con el ceño fruncido–. Quienquiera que sea, será mejor que empiece a hablar. ¿Qué demonios está pasando aquí?

Su vista bajó lentamente hacia los dedos enguantados que le sujetaban el codo y después lo miró a la cara con expresión desafiante.

–Ya no se encuentra entre salvajes, lord Strathmore. Le ruego que no se comporte como tal.

Él entrecerró los ojos.

–¿Eso es todo lo que tiene que decir en su defensa?

–No estoy dispuesta a decir nada hasta que me suelte. Le pido por favor que intente serenarse.

–¿Serenarme? He destrozado mi tílburi y casi me rompo el cuello... ¿y para qué? ¡Mi tía se encuentra bien! ¡No le pasa nada malo!

–¿No cree que ése sea motivo de alegría?

–Ésa no es la cuestión.

–Al contrario, milord, ésa es precisamente la cuestión. La vizcondesa tiene más dinero que tiempo. No me importa lo que haga con lo primero, pero le ruego que haga buen uso de lo segundo.

–¿Cómo se atreve a darme lecciones de moralidad después de haberme enviado esa sarta de mentiras?

–No mentí, señor. Si lee atentamente mi misiva...

–Bueno, ¡eso fue lo que hice, querida! Muchas veces... ¡Antes de que se deshiciera en mi bolsillo a causa de la nevisca! «Venga sin la menor dilación», dijo. «Si la ama, venga sin la menor dilación.» Pues bien, ya estoy aquí, ¿no? –Abrió los brazos, ofreciéndose con una mirada insolente–. Ahora, si no le es mucha molestia, tal vez tenga la amabilidad de decirme para qué.

Lizzie tuvo que hacer un esfuerzo para mantener su célebre paciencia, decidida a entablar una conversación civilizada con ese hombre, aunque si tenía la intención de comportarse como un bárbaro dominante, no pensaba cooperar. Esos dedos que le sujetaban el codo no le habían hecho daño, pero sí la habían ofendido. Una vez libre de su mano, se frotó el brazo mientras le dirigía una mirada reprobatoria. No obstante, y ya que consideraba que la prudencia era más importante que el valor, retrocedió un paso para ponerse a salvo... y respiró hondo cuando él avanzó.

Retrocedió otro paso al tiempo que lo miraba con una contrariada expresión de alarma.

–Dígame, mi inteligente señorita Carlisle –comenzó él con voz meliflua aunque bastante siniestra mientras aprovechaba su ventaja, acechándola con agresividad por la estancia–, ¿tiene la costumbre de engañar a mi tía tal y como me engañó a mí?

–Es evidente que no ha escuchado ni una sola palabra de lo que le he dicho. Y veo que no tiene sentido razonar con usted en semejante estado. –Carraspeó, decidida a controlar la situación, y siguió retrocediendo a medida que él avanzaba paso a paso, de forma lenta y seductora–. ¿Por qué... por qué no sube a su habitación, se cambia de ropa y come algo? Tal vez entonces se encuentre de un humor más receptivo...

–No... me manipule, señoritinga –se burló él justo cuando Lizzie vio cortada su retirada por el sofá que encontró a su espalda.

Se quedó lívida y se echó hacia atrás al tiempo que él se inclinaba hacia delante, atrapándola contra el sofá. El corazón comenzó a latirle más rápido.

Vestido de negro de pies a cabeza y con una apostura pecaminosa, se cernió sobre ella de forma amenazadora ya que le sacaba más de treinta centímetros de altura y sus hombros eran tan anchos que le impedían ver la puerta que había tras él. Lizzie jadeó y se quedó de piedra cuando él le tomó la barbilla con una mano aún cubierta por el guante negro y le levantó la cara para estudiarla.

Lo miró con los ojos desorbitados. Una sonrisa cínica, bastante inquietante y desdeñosa, le curvaba los labios mientras la estudiaba muy de cerca, con un brillo la mar de astuto en esos ojos claros.

Una absurda debilidad se apoderó de ella, dejándola un tanto mareada. Ese hombre olía a invierno y a cuero, a caballo mojado y a hombre apasionado e implacable. Por un instante sólo fue capaz de mirar hipnotizada cómo se fundía un copo de nieve en sus largas pestañas negras, debido a las continuas oleadas de calor que irradiaba su cuerpo. Sus ojos siguieron con expresión fascinada el recorrido de la gota por la mejilla herida de ese rostro cincelado hasta la comisura de su boca, hermosa pero de rictus severo. Cuando vio que él la lamía, se quedó sin aliento y apartó la mirada al tiempo que se zafaba de su mano con brusquedad.

La ronca carcajada que le arrancó su instintiva reacción le devolvió de golpe el sentido común.

–Pues, ahora que lo he conocido, desearía no haberle escrito –masculló, apartando la vista con el rostro arrebolado–. Si llego a saber que disfrutaría tanto persiguiéndome por la salita, ¡ni me habría molestado! Puede creerme.

–Vaya, pero lo hizo, *chérie*... Me llamó y aquí estoy. La pregunta es: ¿qué va a hacer conmigo ahora?

–¡Es usted un insolente! –Rodeó el sofá para utilizarlo como barrera de separación–. Lo hice llamar por el bien de su tía. ¡Déjelo ya! –gritó cuando él comenzó a rodear el sofá, acercándose a ella.

Milagrosamente, obedeció.

Lord Strathmore bajó la cabeza con un suspiro de cansancio y enlazó las manos a la espalda mientras estudiaba el suelo con el ceño fruncido. Guardó silencio largo rato.

–Su carta, señorita Carlisle, me dio un susto de muerte. Y eso no es moco de pavo. Confieso que ahora mismo no sé qué creer. ¿Está mi tía enferma o no? Dígamelo... y, por el amor de Dios, diga la verdad.

Algo más tranquila por el hecho de que el depravado aristócrata hubiera dejado de jugar con ella por el momento, Lizzie se apresuró a negar con la cabeza.

–La dolencia de su ilustrísima es la soledad, milord. ¿Tanto le cuesta comprenderlo? Hago todo lo que está en mi mano para entretenerla, pero no formo parte de su familia. No habla más que de usted. Lo echa de menos con desesperación... aunque nunca se queje. Estoy segura de que usted es consciente de ese hecho y aun así la tiene olvidada.

–¡No la tengo olvidada! –La sombra de una emoción peligrosa cruzó sus facciones. Tal vez se tratara de culpa–. Siempre está en mis pensamientos.

–Me temo que eso no es suficiente –replicó en voz baja–. Las buenas intenciones no pueden reemplazar el tiempo que podría pasar con ella. Si la viera sentada a esta misma mesa, jugando al solitario durante horas y horas, día tras día, sin nada que rompa su monotonía salvo la visita semanal del médico... ¡No puedo soportarlo!

Sus angustiadas palabras flotaron en el silencio mientras Devlin Strathmore la estudiaba con expresión perspicaz.

–Si mi tía es infeliz, podría haberse limitado a decirlo así en su carta. No tenía motivos para mentirme.

–¡No mentí! Sólo... exageré un poquito. ¡Y si no lo hubiera hecho, no le habría prestado la menor atención!

–¿Por qué está tan segura? –la retó–. No me dio la menor oportunidad.

–¿Que oportunidad? –gritó, si bien se ruborizó al reconocer la verdad de su afirmación–. Los hombres como usted no se preocupan por la salud de sus ancianos.

–¡Ajá. Los hombres como yo... ¿Y qué sabe de mí, si me permite preguntarlo?

–Más de lo que cree –replicó con voz tensa y remilgada.

–¿Como qué?

–Sé de... de sus viajes. Y... y de su preferencia en cuanto a sastres. Y que es un desastre jugando al *loo* de tres cartas. ¡Sin duda tiene que ser el peor jugador de cartas del mundo!

–Y dígame, ¿cómo lo sabe usted? –le preguntó al tiempo que enarcaba una ceja en un gesto de lo más amenazador.

Ella lo contempló sumida en un silencio obstinado mientras se reprendía para sus adentros por haberse ido de la lengua.

–Señorita Carlisle –insistió él, cruzando los brazos muy despacio por delante del pecho–, estoy esperando. ¿O debo informar a mi tía de su engaño? Bastará con una palabra mía para que le dé una patada en su precioso trasero, *ma chérie.*

Lizzie le lanzó una mirada furibunda al escuchar el deliberado matiz obsceno de la amenaza.

–Muy bien. ¿Quiere una explicación, milord? ¡Pues la tendrá! –Acicateada e hirviendo de furia, dio media vuelta con la cabeza en alto y se alejó de su enorme sombra para acercarse al escritorio de la anciana. Echó una miradita a la puerta para asegurarse de que seguían a solas, rebuscó en el escritorio con manos temblorosas y sacó un fajo de sus facturas–. Es su tía quien debería exigir explicaciones; pero, como ella no va a hacerlo, seré yo quien lo haga en su lugar.

Él la miró con recelo mientras Lizzie regresaba con un montón de sus desvergonzadas facturas en las manos.

–¡Explique esto si puede! ¿Doscientas guineas por un alfiler de corbata de diamantes? –Le lanzó la factura del joyero como si fuera un naipe–. O esta otra. Cien guineas en Hoby's por diez pares de botas. ¡Diez! –La factura del zapatero rebotó contra su duro abdomen y flotó hasta caer en la lisa superficie de una mesita cercana–. O la de Tattersall's: mil quinientas libras por una pareja de bayos Cleveland, sin tener en consideración la docena de caballos que languidecen en sus establos. ¡Ah!, pero si aquí está mi preferida... –exclamó antes de leer en voz alta la nota de su puño y letra–. «Pagaré: Strathmore accede a pagarle a Randall *el Sanguinario* dos mil quinientas libras en concepto de pérdidas en una partida de *loo* a tres cartas.» ¡Explíquelo si se atreve!

–¿Lee la correspondencia de mi tía? –le preguntó, estupefacto.

–Una insignificancia en comparación con sus transgresiones. ¡Qué vergüenza, señor! ¡Despilfarra el dinero de su ilustrísima como si se fuera a acabar el mundo, pero ni siquiera se molesta en escribirle una carta de vez en cuando, y mucho menos en visitarla por iniciativa propia! Admito que tomé medidas extremas, pero un hombre adulto no debería necesitar que lo asustaran de esa manera para recordar su deber.

Él la contempló con expresión anonadada. Por un instante abrió la boca como si fuera a replicar, pero luego pareció pensarlo mejor y la cerró de golpe.

–Me voy –masculló–, porque soy un caballero.

–¡Ja! –replicó ella mientras Devlin Strathmore daba media vuelta y salía presuroso de la estancia con el gabán flotando a su alrededor.

El estampido de la puerta la sobresaltó, y parpadeó al darse cuenta de repente de que había ganado la disputa. Esbozó una sonrisa y se dio media vuelta con el corazón desbocado, aunque lo primero que vio cuando alzó la mirada al frente fue el rastro de enormes pisadas embarradas que lord Strathmore había dejado en el suelo.

Su sonrisa victoriosa se desvaneció al punto.

Las enormes pisadas oscuras parecían reírse de ella, como alegoría de la despreocupación con la que los hombres pisoteaban los corazones femeninos, sin reparar en la destrucción que dejaban a su paso. Aunque le molestaban mucho más porque habían sacado a relucir su mayor defecto: el impulso inconsciente de agacharse y comenzar a limpiarlas. Se negaba. Sí, se negaba rotundamente desde lo más profundo de su alma.

Jamás volvería a ser el felpudo de un apuesto aristócrata. Esos días ya habían terminado.

Con la vista clavada en la puerta por la que su arrogante oponente había desaparecido, escuchó de pronto la voz de la vizcondesa en el pasillo. Se apresuró a recoger las facturas que le había arrojado a su sobrino y a devolverlas a su cajón; no bien se acababa de apartar del escritorio, cuando lady Strathmore entró de nuevo en la salita con una sonrisa jovial en los labios.

–Devlin ha ido a adecentarse para la cena, querida. Acabo de verlo en el vestíbulo. Pobrecito mío. Cenaremos a las cinco y media. He acordado con la señora Rowland que el postre sea una isla flotante –añadió en un susurro muy juvenil–. Es su preferido. ¿A que es tan apuesto como te dije?

Los ojos de Lizzie echaron chispas, pero reconoció lo evidente con un susurro.

–Y tanto que lo es, señora.

–¿Va todo bien, querida? Me pareció escuchar una disputa aquí en la salita hace un instante.

La pregunta la sorprendió, al igual que la expresión astuta de los ojos azules de la anciana. ¡Por todos los santos!, había olvidado que lady Strathmore seguía teniendo un oído excelente.

–No, señora. Todo va bien.

Se obligó a ofrecerle una sonrisa, pero no la engañó. Lady Strathmore soltó una carcajada sagaz y chasqueó la lengua.

–Querida Lizzie, ¿se burló Devlin de tu vestido?

–Un poco –respondió.

Era una excusa tan buena como cualquier otra.

–Bueno, pues no le daremos pie para que eso vuelva a suceder, ¿verdad? –La sonrisa calculadora de la anciana se ensanchó–. Tienes un montón de preciosos vestidos de cuando vivías en Londres... pero nunca te los pones. Espero que esta noche te arregles para la cena, ¿entendido? Y nada de cofia. Es una orden.

–Sí, señora.

Agachó la cabeza para ocultar su irritación, pero tal vez la dama tuviera razón.

En su anterior puesto como dama de compañía de la vivaracha lady Jacinda Knight, el cual había ocupado desde la infancia, había acudido a suficientes bailes de sociedad para conocer las reglas del juego; sencillamente había escogido no jugar. Pero, dado que estaba más convencida que nunca de que perdería su empleo por haberle leído la cartilla al «querido Dev» (después de todo, el ego masculino sería incapaz de soportar tamaña derrota sin desquitarse), ¿por qué no hacer un mutis glorioso?

Entretanto, lady Strathmore contemplaba con sorna las enormes y oscuras pisadas.

–¡Ay, Dios...! Llama a Margaret, Lizzie. Ya veo que mi sobrino ha dejado todo un rastro de barro por la casa. –Levantó la vista con expresión radiante–. Bueno, los hombres siempre serán hombres. Con barro o sin él, sigue siendo muy agradable tener a uno en casa, ¿no te parece?

Lizzie se limitó a mirarla.

–¿Culpa mía? –gritó Dev mientras se vestía para la cena poco después en los aposentos que siempre había utilizado, un dormitorio decorado con tonos castaño, azul oscuro y dorado–. ¿Qué diantres te pasa, Ben? ¡No puedo creer que te pongas de su parte! Mi tílburi está hecho añicos, casi me abro la cabeza y todo por... ¡por un sucio ardid!

–Bueno, no deberías haber enganchado cuatro caballos a un carruaje que está diseñado sólo para dos –lo regañó Ben–. Sobre todo con los caminos cubiertos de hielo y nieve. Fue bastante irresponsable.

–¡Velocidad! –exclamó Dev exasperado mientras se ponía unos pantalones negros y se abotonaba la pretina con ferocidad.

Elizabeth Carlisle tal vez tuviera razón, pero eso no tenía por qué hacerle ni puñetera gracia. La misma que le hacía su apresurada retirada de la salita y la vergüenza de que una mera muchachita le hubiera pateado el culo. Era incluso peor que recordar su desastroso accidente.

En algún momento en medio de la noche había tomado una curva con demasiada velocidad y había pisado una placa de hielo. Su ligero tílburi había volcado. De no haber saltado del carruaje en el instante preciso, tal vez se habría matado. Tras asegurarse de que no tenía ningún hueso roto, apenas unos cuantos cortes y arañazos cortesía de una zarza muy arisca, se vio obligado a trabajar sólo en la impenetrable oscuridad de una noche invernal para colocar de nuevo el tílburi sobre las ruedas. Acto seguido tuvo que ir en busca de los caballos, que habían huido aterrados, arrastrando el balancín roto tras ellos. Había ido a pie, tirando de ellos, hasta los establos más cercanos, donde lo obligaron a responder a un montón de preguntas sobre el accidente y a pagar una enorme cantidad de dinero por los supuestos daños sufridos por los caballos.

Después de enviar a unos cuantos mozos para que se encargaran de su destrozado tílburi, tuvo que comprar una montura para hacer el resto del trayecto hasta la casa de su tía porque el dueño de los establos se negó a alquilarle otro caballo... Evidentemente era demasiado «imprudente» como para confiar en él.

Otra falta que añadir a la larga lista de defectos que Lizzie Carlisle había puesto tanto empeño en recitarle.

–Presumida y soberbia intrigante...

–Si estás tan enfadado con la muchacha, ¿por qué no le dijiste a tu tía lo del engaño cuando tuviste la oportunidad? –preguntó Ben, que estaba recogiendo los utensilios de afeitado de la bañera de níquel de la que Dev acababa de salir, para devolverlos al neceser cuadrado de cuero. Sacó su colonia del estuche de viaje y se la ofreció–. ¿No será porque, muy en el fondo, sabes que tiene razón?

–La tía Augusta jamás se ha quejado de cómo la trato –replicó con indignación.

No pudo evitar ruborizarse, ya que a decir verdad la furia que sentía consigo mismo por descuidar a su tía se equiparaba, o tal vez incluso superara, a la que sentía por el hecho de que lo hubieran manipulado de esa forma. Le quitó el tapón al frasquito con pie de plata y se puso un poco de la fresca colonia con aroma a clavo y a romero.

–Cierto, tu tía siempre ha permitido que te salgas con la tuya sin rechistar –dijo Ben con indulgencia–. Al parecer, la señorita Carlisle no está tan predispuesta a darte el gusto.

–Judas –masculló Dev con el ceño fruncido cuando le devolvió la colonia a su ayuda de cámara.

Con expresión jovial, Ben la guardó y cerró el estuche de viaje, ajustando las hebillas de latón. Después cogió un pañuelo cuadrado de muselina blanca pulcramente planchado y comenzó el complicado proceso de anudárselo al cuello.

–Obaldeston –le ordenó él.

Era el nudo preferido de su tía.

Se inclinó un poco hacia delante para que Ben le deslizara la corbata alrededor del cuello. Estudió el estuco blanco del techo mientras el ayuda de cámara obraba su cuidadosa magia y después enderezó la cabeza con una sacudida, atormentado por el recuerdo de unos lúcidos ojos grises enmarcados por largas pestañas negras. ¡Pero qué criatura más exasperante!

La mayoría de las mujeres se ruborizaba y mariposeaba a su alrededor retocándose el cabello, pero ésa en particular había clavado en él su sincera y directa mirada y le había disparado entre ceja y ceja una andanada de verdades que no estaba de humor para escuchar. ¿Quién se creía que era para juzgarlo, manipularlo y declararlo culpable... aunque se lo mereciera?

Aún no se había recuperado de la impresión. Nadie, absolutamente nadie, trataba a Devlin Strathmore de esa manera.

–¿De dónde diantres ha salido para que tenga que atormentarme? –se preguntó en voz alta mientras Ben terminaba de anudarle la corbata y le tendía un chaleco de seda azul claro. Se lo puso–. ¿Qué demonios quiere?

–Tan sólo darte una lección, creo.

–Así que una lección, ¿no? –Echó a andar hacia el espejo para abotonarse el chaleco y ponerse los gemelos–. Tal vez haya llegado la hora de que yo le enseñe un par de cosillas.

–¿A qué te refieres? –preguntó Ben con inquietud mientras sostenía en alto el frac negro para que se lo pusiera.

–Nadie me hace quedar como un tonto. Y te diré más. –Deslizó los brazos por la prenda de corte impecable–. Esa intrigante acaba de arrojarle el guante a un enemigo al que no debería haber retado.

Se miró en el espejo al tiempo que daba unos tironcitos al frac.

–¿Tienes intención de hacer que la despidan?

Ben le lanzó una mirada recelosa.

–No. –Negó con la cabeza–. Cumple su función aquí. Es evidente. Cuida muy bien de mi tía. –Tras reconocer ese hecho a regañadientes, se detuvo un instante para meditar–. No, esto es algo entre Lizzie Carlisle y yo.

–¿Qué tienes pensado hacerle a la muchacha?

Los ojos de Dev brillaron en el espejo mientras se pasaba una mano por el cabello todavía húmedo, alisándolo.

–Es un bocadito de lo más apetitoso.

–¡Válgame Dios! –musitó Ben–. ¡Ni se te ocurra!

Dev se giró hacia él con elegancia y fingida inocencia.

–¿Cómo dices?

–Ni hablar. Conozco esa expresión. ¡Déjala tranquila! –exclamó, dando un paso hacia él–. Sólo es una jovencita. ¡No pretendía hacer daño!

–Yo tampoco. –Esbozó una sonrisa cínica y se concentró de nuevo en el espejo, ajustándose por última vez la corbata–. No es más que un pasatiempo, Ben. Para darle una lección.

Tras contemplar por última vez su reflejo con aprobación, se desentendió de las protestas de Ben y salió de su habitación. Se encaminó hacia el salón, donde le habían indicado que se reuniera con las damas antes de la cena. Caminaba por el pasillo en dirección a la escalera con las manos en los bolsillos, asegurándole a su ego herido que muy pronto se vengaría, cuando de repente se detuvo en seco... y se quedó boquiabierto.

La señorita Carlisle acababa de aparecer por el otro extremo del pasillo. Y por un minúsculo instante no la reconoció.

La holgada cofia blanca había desaparecido y su propietaria había sufrido toda una transformación.

La observó, desconcertado. Su sedoso cabello brillaba a la luz de las velas con un encantador e intenso matiz castaño cobrizo; lo había rizado y recogido en un elegante moño que acentuaba la firme línea de su mentón y el grácil arco de su blanco cuello. El insulso vestido beis había sido reemplazado por un atractivo vestido de noche de talle alto de satén rosado. La tenue luz de las velas procedente de los candelabros de la pared arrancaba destellos a su piel de alabastro y a la rica tela de su vestido, confiriéndole al material una apariencia líquida mientras se acercaba a él; además, el borde de las faldas, que quedaba a la altura de los tobillos, dejaba ver los escarpines rosa a juego.

Su absorta mirada se dio un festín con la gran extensión de piel sedosa que el amplio escote de su vestido dejaba a la vista en un tentador despliegue de curvas femeninas. La muchacha tenía un cuerpo bonito, pensó con admiración a medida que ella se acercaba. Precioso más bien, con unas curvas voluptuosas listas para caer en la tentación de su experta seducción.

Inclinó levemente la cabeza para seguir sosteniéndole la mirada cuando se reunió con él en lo alto de la escalera. Ella se detuvo a un paso, guardando una prudente distancia.

Muy a su pesar, Dev le dedicó una sonrisilla arrepentida que destilaba admiración. Ella lo miró con expresión temerosa, pero el rubor que le tiñó las mejillas fue casi del mismo tono que su vestido. Cuando sus ojos grisáceos lo recorrieron a su vez, oscureciéndose a medida que lo observaban, sintió un excitante escalofrío.

Su deseo por estar a solas con ella se intensificó, pero de súbito no se trataba tanto de darle una lección sino de perseguir su propio disfrute.

–Bueno –dijo ella, ocultando el brillo interesado de sus ojos tras sus largas pestañas–, confío en que esté de mejor humor, milord.

–Ahora sí –replicó él con un susurro aterciopelado–. Usted, mi querida señorita Carlisle, es una rosa en medio de este frío y oscuro invierno.

Le cogió con delicadeza una mano y se la llevó a los labios, inclinando la cabeza para depositar un galante beso en sus nudillos.

–Ni lo intente –le advirtió ella en voz baja, y la amonestadora sonrisa que esbozó hizo que Dev sintiera su poder femenino con todos los sentidos.

Cuando le soltó la mano, ella dio media vuelta, se levantó primorosamente el bajo del vestido y comenzó a descender por la escalera.

–¿Qué es lo que no debo intentar? –quiso saber al tiempo que saltaba un par de escalones para colocarse frente a ella.

El movimiento le permitió cerrarle el paso e hizo que quedaran a la misma altura, ya que la muchacha estaba dos escalones por encima. Colocó el pie en el escalón en el que ella se encontraba y se acercó más. Lo bastante para besarla.

O para que lo abofeteara. La señorita Carlisle no hizo ninguna de las dos cosas, sino que lo estudió con expresión escéptica.

–Mire –comenzó sin rodeos, tomando las riendas de la situación con un aire eficiente que le resultó de lo más adorable–, parece que hemos empezado con mal pie. Creo que lo más sensato sería decir que ambos actuamos mal en la salita, pero eso carece de importancia. Lo único que importa es su tía.

Dev clavó la mirada en sus labios mientras hablaba.

–Creo que somos uno a ese respecto.

Ella se ruborizó por la sutil insinuación y fingió no entender el doble sentido de la expresión.

–Bien. Pues pongamos todo de nuestra parte para llevarnos bien durante la cena, ¿le parece? Después usted se apartará de mi camino y yo me apartaré del suyo.

–De eso nada –musitó él.

La muchacha lo fulminó con la mirada y procedió a pasar por su lado, con tanto aplomo como su pequeño y resistente bergantín en medio de una tormenta en el Atlántico.

Los ojos de Dev relampaguearon hambrientos ante el desafío cuando ella pasó indignada por su lado. Sus amigos cherokee le habían enseñado que había ciertos animales salvajes de los que jamás se debía huir. La huida sólo despertaba el instinto de caza del depredador.

Alguien debería habérselo advertido a la señorita Carlisle.

Con otro salto felino, aterrizó ágilmente delante de ella y se apoyó en el pasamanos con una agradable y seductora sonrisa.

–Da la casualidad de que tengo una proposición que hacerle, querida.

–Oh, estoy segura de que tiene un repertorio completo de proposiciones, milord.

–Hablo en serio. Escúcheme.

Ella dejó escapar un suspiro hastiado, pero sus ojos centellearon al enfrentar su mirada juguetona.

–Muy bien.

–Propongo una tregua –le dijo–. Admitiré que envió su engañosa carta con las mejores intenciones, si a su vez usted admite que me preocupo por mi tía, no sólo por su dinero, tal y como demuestra mi precipitada llegada. ¿Qué dice?

–Mmm... –Fingió estar indecisa mientras le sostenía la mirada–. Supongo que al menos deberíamos intentar llevarnos bien, ya que un enfrentamiento durante la cena alteraría a su tía.

–Precisamente.

–Pero ¿aún corro el riesgo de perder mi empleo con esta tregua?

Dev esbozó una sonrisa irónica.

–Jamás tuve intención de que la despidieran, *chérie*. Aunque es una lástima que me obligue a mostrar clemencia. Estoy seguro de que podría haber utilizado esa amenaza para arrancarle un montón de favores de lo más interesantes.

–No me cabe la menor duda. –Lo estudió un instante y levantó la mano hacia su mejilla para inspeccionarle el arañazo con conmiseración–. Su pobre rostro. Todo es culpa mía –murmuró–. ¿Le duele mucho?

Por un instante fue incapaz de respirar, mucho menos de hablar, aturdido por esa caricia tan ligera como una pluma.

–No –consiguió contestar con voz ronca.

La inocencia de esa mujer lo desarmaba y estaba a punto de ponerse de rodillas para rogarle que lo tomara.

–Me alegro de que no fuera nada serio.

Tembló cuando ella apartó la mano y la bajó de nuevo a su costado, y su cándida sonrisa estuvo a punto de acabar con él. Una sonrisa que dejaba a la vista un par de hoyuelos en sus sonrojadas mejillas y que iluminaba sus ojos grisáceos, confiriéndoles el tono plateado de las nubes de tormenta atravesadas por un rayo de sol. Era incapaz de apartar la mirada. Era la sonrisa más generosa y radiante que había visto jamás, y también la más amable. Tuvo la extraña sensación de que se había adentrado en territorio desconocido mientras un millar de preguntas acerca de ella le estallaban en la cabeza, como si de fuegos artificiales en una noche de verano se tratara. ¿Quién era ese ángel? ¿De dónde había salido? De repente quiso averiguarlo todo sobre ella.

–Muy bien –accedió ella con jovialidad–, acepto su tregua, lord Strathmore. Y ahora deberíamos apresurarnos. Su tía nos estará esperando.

–¿Me permite?

Le ofreció el brazo.

Ella sonrió de nuevo al tiempo que lo miraba con cautela y aceptaba su brazo. Dev le correspondió con una sonrisa arrebatadora de su propia cosecha mientras sentía que el contacto de su brazo lo atravesaba como un rayo. Ella también pareció notarlo, ya que se apresuró a apartar la mirada con un encendido rubor en las mejillas. Intercambiaron otra mirada cauta aunque un tanto embobada, pero no cruzaron más palabra mientras bajaban para cenar.

La melancolía, ese sentimiento exagerado, era un capricho muy poco habitual en una vieja cascarrabias que se deleitaba con sus excentricidades y con su habilidad para aterrar a jovencitos insolentes. No obstante, con la mirada perdida en el crepitante fuego y a la espera de que los demás se reunieran con ella, lady Strathmore tuvo la firme impresión de que se le estaba escapando el tiempo. Y así era. No viviría para ver la primavera. Lo sentía en sus agotados huesos por más que el imberbe del doctor Bell dijera lo contrario. Chasqueó la lengua, reprendiéndose.

Después de todo, la muerte no asustaba a Augusta Strathmore. Cualquier mujer que hubiera desdeñado a las damas del comité organizador de Almack's no se echaría a temblar ante la guadaña. Además, no le apenaba dejar ese mundo, ya que apenas había tenido alguna conversación interesante en varios años, dado que casi todas sus amistades se habían vuelto seniles o habían pasado a mejor vida antes que ella.

Lo importante era que podía echar la vista atrás a su larga vida y estar orgullosa de cómo la había vivido. Como heredera de un magnate de la industria metalúrgica, había culminado los ambiciosos esfuerzos de su padre casándose con un vizconde arruinado, que Dios lo tuviera en Su gloria. No había podido darle un hijo a Jacob, ya que el tontorrón se las había apañado para morir poco después de la boda. Pero había llevado una vida alegre, sí, señor. Había hecho el gran *tour* por Europa antes de que estallara la guerra... ¡Caray! Si hasta había bailado en una ocasión con el pobre rey enloquecido. ¡Qué tiempos aquéllos! Sí, había dejado a la alta sociedad boquiabierta en un par de ocasiones, musitó mientras jugueteaba con sus cuentas de azabache. Tenía una gran cantidad de recuerdos maravillosos y no se arrepentía de nada...

Salvo de algo en concreto.

Algo que entró en ese momento. Algo alto, moreno y arrebatador con su frac negro... Decidió hacer caso omiso del arete. El deslumbrante blanco de su sonrisa era tan encantador como siempre, pero ella sabía mejor que nadie que su amado sobrino estaba en un lugar inalcanzable, que vivía encerrado en sí mismo desde hacía doce años, oculto tras las enormes murallas del sufrimiento. Después de todo lo que había pasado el muchacho, no quería ni pensar en su reacción cuando a ella le llegara el momento de partir. No soportaba pensar que iba a dejarlo completamente solo.

Sin embargo, para su sorpresa llegó acompañando a Lizzie. Augusta sonrió, encantada de ver que su tímida dama de compañía aparentaba más su edad con ese precioso vestido de satén rosa. ¡Caramba! La muchacha era de lo más encantadora cuando abandonaba sus intentos de fundirse con el papel de la pared. La saludó con un gesto regio de la cabeza, reconociendo discretamente el hecho de que hubiera obedecido su orden, aunque le intrigaba verlos juntos después de la misteriosa trifulca que había escuchado en la salita.

Observó que formaban una pareja muy atractiva mientras atravesaban el salón para llegar a ella: Devlin, moreno y sofisticado; Lizzie, de piel clara y dulce. Parecían tan cómodos juntos como si se conocieran de toda la vida. No tardó en verse rodeada por el brillante resplandor de su vitalidad. Aunque, tan perspicaz como siempre, se percató al instante de las sutiles miradas que se dirigían el uno al otro.

«Vaya, vaya», pensó. Ésa sí que era una situación de lo más curiosa. Claro que, si se paraba a pensarlo, había algo de lo más misterioso en la imprevista aparición de su sobrino, ensangrentado y cubierto de barro. Era un comportamiento muy peculiar, incluso para Dev.

Las raras circunstancias de su visita y la batalla entre susurros que había escuchado horas antes en la salita, le hicieron recordar la indignada reacción que Lizzie había tenido días atrás cuando llegó la última deuda de juego de Dev.

Al parecer, la muchacha tenía una extraña aversión por el juego.

Cuando el mensajero entregó la nota, Lizzie se enfureció tanto, de ese modo silencioso tan característico en ella, que comenzó a temblar de pies a cabeza. Con los labios apretados, se excusó para salir de la estancia y se tomó unos minutos para calmar su furia. Semejante reacción le había parecido curiosa porque era de lo más inusual que la paciente muchacha perdiera los estribos.

Y eso la llevó a sopesar la posibilidad de que la apacible Lizzie hubiera tomado cartas en el asunto y hubiera obligado a su díscolo sobrino a ir a Bath. Después de todo, la muchacha era muy leal. «¿Qué había hecho?», se preguntó con creciente curiosidad y mayor regocijo.

Fue entonces cuando se percató de que Dev miraba a Lizzie con un brillo voraz en los ojos y una reveladora relajación de sus aguileños rasgos. En cuanto a la muchacha, Lizzie, la aspirante a solterona, correspondió a la mirada con una de sus tiernas sonrisas y un ligero rubor.

«¡Válgame Dios!», pensó Augusta.

Sólo fue una mirada fugaz, pero eso era todo lo que necesitaba una casamentera de primera categoría.

4

¿Cómo se las apañaba? ¿Sería algún tipo de magia que había aprendido en tierras lejanas?, se preguntó Lizzie. ¿Cómo se las apañaba Devlin Strathmore para llenarle la mente con los pensamientos más impuros? El vino de la cena parecía habérsele subido directamente a la cabeza; la noche no era más que un torbellino de opulencia que le abotargaba los sentidos, y era incapaz de apartar los ojos de él.

La luz de las velas jugueteaba sobre la plata lustrada y la porcelana fina colocadas sobre un manto de prístino damasco blanco; arrancaba destellos dorados a las copas de cristal y se reflejaba en los enormes espejos enmarcados en oro que colgaban de las paredes color ciruela. El acogedor fuego crepitaba en la chimenea de mármol blanco, y los criados, vestidos con sus libreas, se alineaban contra la pared, prestos a servir. La mesa estaba suntuosamente adornada y el comedor parecía el marco perfecto de exuberante elegancia para el juego secreto que tenía lugar entre ellos dos.

Lady Strathmore presidía la mesa, proporcionándoles sin pretenderlo una visión perfecta del otro a través de la íntima luz de los candelabros. Aunque habían basado la tregua en el acuerdo de que el bienestar de la vizcondesa era lo primordial, Lizzie temía que la anciana se percatara en breve de que ambos estaban absolutamente absortos el uno en el otro.

El hecho de haber logrado llamar la atención de un espécimen tan magnífico la dejaba perpleja. Vestido a la perfección e increíblemente arrebatador, tenía un aspecto elegante a la vez que salvaje con esa piel atezada y el frac... un aspecto peligrosamente seductor. Llevaba el pelo azabache recogido en una impecable coleta, si bien el arete de oro y el alargado y fino rasguño de la mejilla contribuían en gran medida a su aire de indómito poder masculino. Todos sus movimientos la hechizaban: desde el lento y sensual tamborileo de sus dedos sobre el pie de la copa de vino hasta su modo de acariciarse el firme mentón cuando pensaba; por no hablar de la lánguida pose que adoptaba cada vez que se reclinaba contra el respaldo de la silla, la encarnación perfecta del noble arrogante y ocioso, con los hombros relajados y la mano metida con gesto indolente en el chaleco.

Observarlo mientras comía le provocó una sensación extraña en una parte recóndita de su ser, pero su tía estaba en lo cierto: el hombre tenía un apetito voraz. En un abrir y cerrar de ojos había dado cuenta del plato, que constaba de sopa de guisantes, ternera asada y salmón aromatizado con hierbas. En cuanto a ella, le revoloteaban tantas mariposas en el estómago que sólo era capaz de picotear de la comida, por más que estuviera medio muerta de hambre. Apenas entendía por qué se sentía así, anhelante y temblorosa. Temía haber caído bajo su embrujo; algo ridículo, ya que los hombres como él flirteaban con todas las mujeres. No significaba nada.

Pese a todo, se comportaba de una forma maravillosa con su tía, haciendo gala de un encanto irresistible; era amable con los criados, y a ella la miraba de una forma que la llevó a plantearse si algún hombre se había fijado en ella de verdad hasta ese momento.

Si le cabía alguna duda de que estaba coqueteando con ella, lord Strathmore la disipó en cuanto estiró sus largas piernas por debajo de la mesa y le colocó con sumo cuidado los pies cruzados entre los escarpines. Abrió los ojos como platos, pero él no hizo gesto alguno que delatara su diablura; se limitó a apoyar la barbilla en la mano mientras lady Strathmore le contaba los rumores locales.

Con disimulo, con sumo disimulo, él le lanzó una mirada pícara al abrigo de esas largas y negras pestañas. Lizzie estuvo a punto de soltar un gemido ante la innegable sensualidad que destilaban sus ojos, pero consiguió sofocar el sonido a tiempo, de modo que lo único que se escuchó fue una discreta tos.

Aunque hacía todo lo posible por ocultar su deseo, sospechaba que él sabía muy bien lo que estaba pensando, ya que era un dechado de experiencia y sagacidad, y eso la excitaba muy a su pesar.

–Espero que no te molesten los horarios que llevamos en el campo, querido Dev –decía su tía–. Estoy segura de que en la ciudad no habrías empezado a cenar hasta las diez.

–No te preocupes, tía, para mí la comida nunca está de más. Pero me pregunto si podría decirse lo mismo de ti.

La anciana pasó por alto la elocuente mirada que su sobrino clavó en su frágil y delgada figura.

–¿Qué noticias tienes de Londres, querido? ¿Algún rumor jugoso?

–Veamos... –Tomó un pausado sorbo de vino con una sonrisa maliciosa en los labios–. Prinny se ha afeitado las patillas –declaró al tiempo que soltaba la copa.

–¿De veras? –preguntó lady Strathmore con interés–. ¿Y qué hay de la princesa Carlota? ¿Ya está embarazada? Vamos, Lizzie, no te ruborices... Si la princesa no concibe un hijo, habrá un caos en la línea sucesoria. Digo yo que Inglaterra debería sacarle algo a ese príncipe alemán con el que la muchacha se casó el pasado verano a la vista de todo lo que nosotros le hemos dado a él.

–Todavía no hay noticias, tía, pero estoy seguro de que los recién casados están poniendo todo su empeño. Después de todo, se dice que el suyo es un matrimonio por amor.

El vizconde la miró con jovialidad por encima de la copa de vino.

–¿Y qué se sabe de la boda de Gloucester con la princesa María? He oído que han celebrado su primera recepción. ¿Cómo fue?

–Tremendamente aburrida, y no pienso hablar de la nueva temporada de teatro hasta que comas algo más que unas cucharadas de sopa. Te lo digo de verdad, tía Augusta, da la impresión de que vayas a salir volando a la menor ráfaga de viento. No hablemos más de esos bufones de la realeza. No resultan ni la mitad de interesantes que vuestra compañía. La señorita Carlisle, por ejemplo. Querida, debe dejar que conozca más de su bella persona. ¿De dónde es? ¿A qué familia pertenece? ¿Qué puesto ocupaba antes de empezar a trabajar para mi tía?

–¿Me está entrevistando, milord?

–Sí –afirmó con una sonrisa–. Aunque a destiempo. Debo asegurarme de que es usted una compañía apropiada para mi tía.

Le hizo un guiño juguetón mientras la vizcondesa resoplaba.

–Vamos, Devlin...

Lizzie le devolvió la sonrisa; pero, antes de que pudiera responder, llegó el segundo plato, una creación ligera de venado, pastas y compota de frutas. El desfile de criados fue descubriendo las bandejas plateadas rebosantes de becada, liebre y pastel de ostras. Había también reinetas asadas, un platillo de jalea, pudín de bizcocho y una tarta de pera recubierta por una delicada y crujiente capa de hojaldre.

Los criados se retiraron tras rellenar las copas.

Devlin la miró expectante.

–¿Y bien? Soy todo oídos, señorita Carlisle.

Ella dejó el tenedor a un lado y se rindió al ambiente relajado que él había creado durante la cena.

–Está bien, pues. Veamos... nací en Cumberland, donde mi padre trabajaba como administrador para el duque de Hawkscliffe, al igual que su padre antes que él, y el padre de su padre, y así durante generaciones. Por desgracia, papá murió cuando yo tenía cuatro años. Su corazón dejó de latir mientras supervisaba la siega del heno de junio. Mi madre había muerto un año antes de fiebre amarilla. La verdad es que apenas me acuerdo de ellos.

–Lo siento mucho –se apresuró a decir él, que parecía verdaderamente consternado.

Lizzie se limitó a encogerse de hombros antes de mirarlo con una sonrisa triste.

–¿Qué fue de usted después de su muerte?

–Me convertí en la pupila del actual duque de Hawkscliffe, Robert.

–Lo conozco. Un tipo excelente –murmuró.

–El mejor de los hombres –convino ella con una respetuosa inclinación de cabeza, aunque dudaba mucho de que el severo y estricto Robert opinara lo mismo de él–. Bajo la tutela de su excelencia pasé a ser la dama de compañía de su hermana pequeña, lady Jacinda Knight. Ella tenía tres años y yo cuatro, y hemos sido las mejores amigas desde entonces. Crecimos juntas y compartimos las mismas institutrices. La familia siempre se ha comportado maravillosamente conmigo –dijo con cariño–. Actué como dama de compañía de lady Jacinda en los actos sociales desde su baile de presentación, ya que su excelencia me había encomendado el solemne deber de evitar que esa criaturilla traviesa se metiera en problemas.

–¿Y tuvo éxito?

–Casi siempre sí; pero en cierto momento Jacinda conoció a su Billy y le cedí mis obligaciones a él.

–¿Quién es Billy? –preguntó él con tono risueño.

Ella rió entre dientes.

–En realidad se llama William, es el marqués de Truro y Saint Austell. La adora... cosa que me encanta. Se casaron el verano pasado. Hace muy poco que acabaron las obras de la nueva villa que Billy mandó construir para ella en Regent's Park. Todavía no la he visto; pero, conociendo a Jacinda, estoy segura de que estará decorada a la última moda.

–No tengo el gusto de conocerlos, pero los he visto en la ciudad –señaló él–. Es una mujer muy hermosa.

Lizzie asintió para mostrar su total acuerdo.

–Más que eso, es inteligente. Mucho más inteligente de lo que deja ver tras toda esa chispeante vivacidad. De cualquier forma, una vez que Jacinda se casó, supe que había llegado el momento de seguir adelante con mi vida. –Optó por callarse todo lo referente a «cierta persona»–. Vine aquí en agosto y he tenido la suerte de disfrutar de la compañía de lady Strathmore desde entonces.

Miró con afecto a la anciana, que, extrañamente, prefería mantenerse al margen de la conversación, escuchándola a ella y a su sobrino.

–Parece que echa de menos a su amiga –observó el vizconde.

–Un poco –reconoció–. Nos escribimos todas las semanas. ¿Qué hay de usted, milord? ¿Tiene planeada alguna otra aventura?

Él hizo un gesto negativo con la cabeza.

–El *Katie Rose* está en dique seco en los astilleros de Londres, donde le están limpiando el casco.

–¿El *Katie Rose*? –repitió, fascinada.

–El bergantín que tía Augusta me regaló en mi vigésimo primer cumpleaños –explicó el vizconde con una sonrisa nostálgica–. Le puse el nombre en honor a mi madre. Se llamaba Katherine, pero así es como mi padre solía llamarla cuando trataba de apaciguarla cada vez que se enfadaba, algo que ocurría a menudo. Sin embargo, yo sólo podía llamarla de una manera: «Sí, señora».

La explicación le arrancó una carcajada.

–¿Tenía mucho temperamento?

–El típico de los irlandeses –respondió él con el asomo de una sonrisa.

–No me había percatado de que tuviera sangre irlandesa.

–Sólo a medias. No se lo diga a nadie –dijo con ironía antes de percatarse de que su tía lo miraba fijamente.

La anciana y él intercambiaron una mirada que la llevó a preguntarse si se estaba perdiendo algo, pero el incómodo silencio se desvaneció en cuanto la vizcondesa indicó a los criados que comenzaran a recoger la mesa y sirvieran el tercer plato. Los hombres retiraron a toda prisa los distintos platos y bandejas, pero dejaron las copas de vino y los candelabros después de retirar el mantel de damasco, que dejó al descubierto la lustrosa mesa de caoba, con su brillante y encerada superficie.

Rellenaron una vez más las copas, en esa ocasión con un vino dulce ideal para el postre.

–¿Té, café o chocolate, señora? –le preguntó con formalidad el criado de mayor rango a lady Strathmore.

–Café –contestó.

Devlin pidió lo mismo, pero Lizzie declinó la oferta, satisfecha con su copa de madeira.

El criado se retiró en busca del café recién hecho mientras los demás desfilaban con el tercer plato: un pequeño jamón en salsa de arce que todos rechazaron por estar demasiado llenos, almendras peladas y pasas, un surtido de galletas y, por último, una magnífica isla flotante que colocaron en el centro de la mesa con gran orgullo.

–Me estás malcriando –le dijo el vizconde a su tía.

–Eso es indudable –convino ella con una risilla.

En el interior de una enorme sopera plateada, rebosante de una dulce y espesa crema aderezada con jerez, espolvoreada con nuez moscada y ralladuras de cáscara de limón, flotaban tres panecillos franceses, cortados en delicadas rebanadas y apilados sobre coloridas capas de jalea, fruta y cabello de ángel. La señora Rowland y la cocinera se habían superado a sí mismas. La isla flotante estaba deliciosa, al igual que las demás exquisiteces. Mientras saboreaba el sofisticado postre, Lizzie reflexionaba sobre lo bien que estaba marchando la noche, pero justo entonces se empezó a torcer.

–Señorita Carlisle, ha mencionado a Hawkscliffe, el título ducal, pero ¿cuál ha dicho que era el apellido de su amiga lady Jacinda? –le preguntó Devlin cuando los criados llevaron el café en una resplandeciente bandeja de plata–. ¿Knight?

–Sí.

–¡Que me aspen! Sabía que me sonaba de algo. –Se reclinó en la silla con una sonrisa de oreja a oreja–. Fui al colegio con su hermano.

–¿Con cuál de ellos? –La sorprendente noticia la intranquilizó al instante–. Tiene cinco.

–Con Alec –respondió antes de soltar una súbita y pícara carcajada–. Cómo no... Lord Alec Knight... ay, no, perdón, Alejandro Magno, que era como insistía en que lo llamáramos por aquel entonces.

–Sí, eso parece muy propio de él –consiguió responder en un murmullo, aunque tenía la sensación de que la hubieran dejado sin aliento de un puñetazo.

¡Por el amor de Dios! No podía creer que fueran... ¡amigos!

Aunque no era de extrañar. El menor de los Knight conocía a todo el mundo y tenían la misma edad. Devlin sólo parecía mayor porque había viajado y corrido muchas aventuras, mientras que Alec se había quedado en Londres jugando a las cartas y rompiendo corazones. Bajó la mirada para ocultar su consternación.

Lord Alec Knight. El hermano de su mejor amiga, el hombre a quien había adorado desde que tenía nueve años. El más joven de los cinco hermanos Knight. Aquel con quien siempre había soñado casarse. Su amor de ojos azules, que el verano anterior había recompensado la devoción de toda una vida con un humillante rechazo expresado en los términos más fríos posibles.

–¡Señor! Solíamos meternos en buenos líos –prosiguió el vizconde, aunque ella apenas se percató de su risilla nostálgica.

Había comenzado a sentir palpitaciones y un amargo y doloroso nudo en la boca del estómago ante la mera mención del que había sido su caballero de brillante armadura. La deliciosa cena ya no le sabía más que a cenizas y la euforia que la había embargado durante toda la noche se revolvió contra ella. «¡Válgame Dios! ¿Qué estoy haciendo?», se preguntó.

¡Pero qué idiota era! ¿Acaso pensaba cometer dos veces el mismo error? ¿Estaba loca?

–Éramos buenos amigos en Eton... y en Oxford, antes de que dejara el colegio mayor. Por el amor de Dios, hace años que no lo veo. ¿Cómo está ese granuja?

Temblando y sin saber qué hacer, Lizzie levantó la cabeza para mirarlo. No se le ocurría absolutamente nada que decir.

Alec. Sintió un enorme nudo en el pecho al recordar su radiante sonrisa y sus ojos de color zafiro, pero ya no le quedaban lágrimas que derramar. El verdadero amor de Alec era el juego, y ella lo había comprendido al final y de la peor manera posible. Poseía la belleza de un ángel caído y la había utilizado el verano anterior para pagar sus deudas: se había vendido como una prostituta a una baronesa rica a fin de poder regresar a las mesas de juego. Sí, había sido la comidilla de la temporada; la historia de cómo el cabecilla de los libertinos londinenses se había convertido en el mantenido de la fascinante lady Campion durante un tiempo.

Tan sólo Alec Knight podía hacer una cosa así y salir de rositas.

Su naturaleza histriónica, rebosante de garbo, estilo y encanto abrumador había conseguido que todo pareciera una proeza; un golpe asestado en nombre de todos los hombres, quienes por lo general se encargaban de financiar económicamente a las mujeres. Aplaudido a diestro y siniestro por los truhanes de sus amigos por esa supuesta victoria sobre las mujeres, Alec Knight había hecho su elección, al menos en lo que a ella concernía. Había descartado su amor con una tirada de dados.

Hubo un tiempo en el que creyó que jamás conseguiría recomponer su maltrecho corazón, pero al final, gracias a la paz y la tranquilidad de Bath, había comenzado a recuperarse. Así que, en nombre de Dios, ¿en qué estaba pensando para hacerle ojitos a Devlin Strathmore? Alec Knight y él no eran el mismo hombre, pero estaban cortados por la misma tijera, algo que había quedado bien claro con su amistad... y con sus deudas de juego. La similitud era evidente, por más que fueran como la noche y el día (un demonio moreno y un dios dorado); ambos eran demasiado apuestos y con sangre demasiado azul para una mujer como ella; ambos eran libertinos disolutos, obsesionados con las aventuras y adictos a vivir al límite. Tal vez Devlin fuera el rey de las junglas perdidas, pero Alec reinaba en cualquier salón de baile al que acudiera, razón por la que ella jamás volvería a aparecer en un acto social.

El vizconde dejó a un lado el tenedor y frunció el ceño mientras la estudiaba con detenimiento.

–¿Se encuentra bien, querida?

Todavía aturdida por las emociones, lo miró directamente a los ojos. «No coquetees conmigo. No puedo tenerte. No te deseo. No necesito a ningún hombre», pensó. Era una mujer independiente.

Una solterona.

Una marisabidilla más que orgullosa de serlo. Lo único que le importaban eran los libros. Jamás volvería a colocarse a merced de los de su calaña. Jamás volvería a entregar su corazón para que se lo destrozaran.

Cuando el atroz silencio ya alcanzaba límites intolerables, *Pasha* acudió de repente en su ayuda y saltó sobre la mesa para abalanzarse sobre el postre.

La mesa se convirtió en un caos, para su inmenso alivio.

–¡*Pasha*, no!

–¡Bájate de ahí!

El gato bufó al saltar sobre la sopera como una insolente y peluda exhalación.

El vino se derramó. La vajilla tintineó. El vizconde se apartó justo a tiempo de evitar que el café se le cayera encima mientras lady Strathmore reía sin parar. Las tapaderas de plata salieron volando. El candelabro se volcó y prendió fuego a una de las servilletas de lino.

Los estupefactos criados se pusieron manos a la obra: uno de ellos sofocó rápidamente las llamas con el hielo casi deshecho de la cubitera mientras que otro salía disparado para apartar la silla de la vizcondesa de aquel lío.

Su sobrino estaba ya de pie.

–¡Sacad a ese maldito gato de aquí!

Sin pensarlo dos veces, Lizzie aprovechó la distracción para organizar su fuga y tiró a propósito su copa en medio de la conmoción, de modo que el madeira se derramara sobre su mejor vestido. Ni siquiera le importó. Lo único que quería era huir de allí inmediatamente. Huir de la mirada del vizconde, que parecía poder leerle el pensamiento.

–¡Ay, no! –gritó al tiempo que bajaba la vista hacia su vestido justo cuando los criados atrapaban al gato en el otro extremo de la larga mesa.

Cuando los Strathmore la miraron, levantó la vista con expresión inocente y la esperanza de que no se percataran de una táctica tan propia de Jacinda.

La perspicaz lady Strathmore la miró con escepticismo, pero su sobrino pronunció un juramento bastante comedido al ver lo que el gato le había hecho a su vestido.

–¡Válgame Dios, tía! ¿Por qué no lo tienes atado?

–Ay, Devlin, es que a *Pasha* le encantan los postres... –protestó lady Strathmore con suavidad antes de echarse a reír por lo bajo al ver que su consentida mascota bufaba frente a la chimenea y fingía no escuchar la reprimenda mientras se lamía la pata con actitud enfurruñada.

Puesto que había evitado por los pelos que se derramara su propia copa, el vizconde la miró con expresión afligida, como si supiera que ella jamás podría reemplazar ese vestido, un regalo de la adinerada Jacinda.

–La mancha se quitará si se da prisa –le dijo–. Estoy seguro de que mi ayuda de cámara podría utilizar uno de sus trucos. Ben es un genio, de verdad. No hay mancha que se le resista.

Se apartó cuando un criado comenzó a limpiar el reguero de café.

–Es usted muy amable –murmuró ella de forma casi inaudible–. Estoy segura de que me las apañaré. Discúlpenme, por favor.

–Vete, anda –dijo la vizcondesa de forma despreocupada–. No te preocupes, querida. Puesto que todo ha ocurrido por culpa de *Pasha*, te prometo que te compraré otro vestido si el ayuda de cámara de mi sobrino no logra quitarle la mancha.

–Gracias, señora, pero no será necesario.

¿De qué le iban a servir vestidos tan elegantes? Para empezar, a la hija de un administrador de fincas no se le había perdido nada en la alta sociedad. Sin más dilación, realizó una reverencia y se apresuró a salir del comedor dejando tras de sí el frufrú del satén mojado.

Dev frunció el ceño y volvió a sentarse muy despacio cuando la señorita Carlisle se marchó.

–Sí que es una lástima –dijo, aún desconcertado por la extraña reacción que había tenido la muchacha momentos antes y por la expresión angustiada que había vislumbrado en sus ojos–. ¿Vas a comprarle un vestido nuevo?

–Ya he dicho que lo haría. –Su tía lo observó con una sonrisa tensa–. Te gusta, ¿verdad?

La miró de reojo, sorprendido por una pregunta tan directa.

«Cuidado, amigo mío», se dijo.

Su tía tenía la costumbre de intentar emparejarlo con todas las solteras aceptables de Inglaterra.

–Parece bastante agradable –fue su cautelosa respuesta.

–De eso no hay duda, y no se parece en nada a esas señoritas estúpidas a las que estás acostumbrado. Debo confesar que me preocupa la muchacha. ¿Sabes cómo pasa las noches?

–No tengo la menor idea.

–Pues traduce textos de otros idiomas para conseguir más dinero.

–¿Es que no le pagas lo suficiente, tía? –preguntó con indignación.

–Por supuesto que sí. Verás, resulta que está ahorrando para abrir una librería.

–¿¡Una qué!?

–Lo que has oído. –Intercambiaron una mirada desconcertada. La tía Augusta se encogió de hombros y meneó la cabeza ante semejante idea–. Nuestra señorita Carlisle es toda una marisabidilla. Habla francés, italiano y alemán.

–¿También el alemán? –inquirió, impresionado–. Me pregunto dónde lo ha aprendido.

–¿Por qué no se lo preguntas a ella? ¿O acaso el gran aventurero, como el resto de sus congéneres, tiene miedo de las mujeres con cerebro?

–No me asusta Elizabeth Carlisle. Que me aspen, tía, hacía años que no te encariñabas tanto con alguien.

–Bueno, ella bien merece la pena. De hecho me recuerda a mí misma a su edad.

Dev se echó a reír con ganas al tiempo que extendía el brazo para servirse una copa de oporto, dado que su taza de café había desaparecido.

–Tú eras una heredera con una dote de treinta mil libras y, hasta donde yo sé, apenas chapurreabas francés.

–Cierto, pero jamás consentí que los señoritingos de sangre azul como tú jugaran conmigo, y lo mismo puede decirse de Lizzie –dijo atravesándolo con la mirada–. De todas formas, estoy segura de que pronto se verá inmersa en la dicha conyugal, gracias a mi joven y más que competente médico, Andrew Bell.

–¿Cómo? ¿Con el mismo doctor Bell que inventó las Píldoras para las Dolencias Biliares? –inquirió él con incredulidad.

–Bueno, bebe los vientos por ella. Yo diría que es un buen partido. Es un joven educado, íntegro y responsable. Y tampoco es mal parecido.

–¿Íntegro... y responsable? –repitió con sorna al tiempo que cambiaba de posición en la silla–. ¡Menudo aburrimiento! Eso no es lo que necesita una mujer como ella.

La tía Augusta enarcó una ceja.

–Bueno, ahora que lo mencionas, me preocupa bastante. Mucho me temo que algún necio haya desairado el cariño de la pobre muchacha.

Dev guardó silencio y la observó detenidamente, con la copa a medio camino de los labios.

–¿De veras?

–No habla mucho de ello, pero reconozco un corazón roto cuando lo veo.

Dejó la copa de vino sobre la mesa y entrecerró los ojos.

–Qué fascinante...

–Ten cuidado, Devlin –le regañó su tía–. Tú ya has roto demasiados a tu paso.

Lo mismo, pensó, que su viejo amigo Alec Knight.

De pronto la extraña reacción de la joven durante la cena comenzó a tener sentido. Su compañero de correrías siempre había sido todo un donjuán. Sí, recordaba muy bien que, incluso en la adolescencia, era habitual que Alejandro Magno se encontrara asediado por un montón de implorantes chicas ansiosas por comérselo a besos. Y también mujeres mayores. Mujeres casadas. Sofisticadas seductoras con la edad suficiente para ser las madres de su amante adolescente. Allá donde fuera Alec, las damas caían rendidas a sus pies, como si ejerciera algún tipo de poder sobrenatural sobre ellas.

Ensimismado, le dio un trago al oporto mientras se preguntaba si la inocente Elizabeth Carlisle habría sucumbido al famoso encanto del libertino mientras crecía con él bajo el techo de su tutor.

Esa idea fue todo un agravio para sus instintos protectores.

Entretanto, su tía meneaba la cabeza.

–Pero ya basta de hablar de Lizzie, querido. Tú me preocupas incluso más que ella –dijo, cogiéndolo desprevenido.

«Allá vamos de nuevo», pensó y reprimió un suspiro al percatarse de que la penetrante mirada de su tía parecía resuelta a desviar la conversación hacia unos derroteros que prefería no recorrer.

–Los comentarios que han llegado hasta mis oídos acerca de tu salvaje comportamiento en Londres no me hacen ni pizca de gracia. Todo eso de que juegas, bebes y andas con mujeres... Las compañías que frecuentas de un tiempo a esta parte... Tengo entendido que son de lo peorcito. Espero que no estés cayendo de nuevo en tus malos hábitos, Devlin. Ya hemos pasado por esto antes.

–Eso fue hace mucho tiempo, tía.

–Apenas lo suficiente para que se olviden de la reputación que te labraste.

–¿De mi reputación? –repitió mientras apoyaba la mejilla sobre el puño con una sonrisa cínica–. ¿Y desde cuándo te importa la opinión del resto del mundo?

–Siempre me ha importado en lo que a ti concierne. Disoluto y salvaje, esclavo de la sensualidad y del placer... Así es como la alta sociedad te recuerda de aquella mala época, y no veo que de un tiempo a esta parte hayas hecho mucho por demostrarles que has madurado.

Devlin la observó con detenimiento durante un buen rato. Tenía razón, por supuesto, pero la falsa opinión que la alta sociedad tenía de él era una baza a la hora de perseguir a sus enemigos. Los canallas del Club del Caballo y la Cuadriga eran tipos pendencieros que vivían al máximo y que no reparaban en gastos a la hora de satisfacer sus vicios; de manera que su pasado como muchacho descarriado de la alta sociedad les daba una excusa perfecta para aceptarlo entre sus filas.

Devastado por el dolor, había abandonado Oxford cuando cumplió los dieciocho, un año después de la muerte de su familia, y se había trasladado a Londres, donde pronto se sumió en la disipación para escapar del sufrimiento. Se había ganado a pulso el apodo de Devil[1], pero cuando tocó fondo, la tía Augusta lo rescató gracias a un ingenioso plan: lo envió al extranjero para que viera mundo. Sin duda alguna, le había salvado la vida.

–Pero ¿qué voy a hacer contigo? –murmuró ella, mirándolo con ternura–. Vas en picado hacia la perdición, como siempre. No apruebo en absoluto semejante autodestrucción. ¿Por qué no puedes adoptar unos hábitos más saludables? –Lanzó una mirada reprobatoria a la copa de fuerte oporto–. ¿Sabes lo que solía decir mi padre? «A quien madruga, Dios lo ayuda.»

Devlin sonrió con un brillo pícaro en la mirada.

–Tu padre, querida tía, era un burgués –señaló, arrastrando las palabras–. Nosotros los de «sangre azul», como tú misma nos has llamado, tenemos la agradable y antigua costumbre de destruirnos a lo grande. Tú no lo entenderías.

–Granuja –murmuró ella, dándole un pequeño golpe en el brazo–. Papá valía por diez aristócratas inútiles. Si no fuera por nuestras fábricas, los elegantes Strathmore no tendríais un techo bajo el que cobijaros... bueno, salvo por la cúpula a medio terminar de la obra maestra de tu tío Jacob.

Dev esbozó una sonrisa carente de entusiasmo. El hermano mayor de su padre, el tío Jacob, octavo vizconde de Strathmore, había llevado a la familia al borde de la ruina sesenta años atrás

1. «Diablo» en inglés. *(N. de las T.)*

con su obsesión: construir Oakley Park, la magnífica mansión blanca emplazada en Kent. El tío Jacob se había visto obligado a enmendar la situación casándose con la heredera de un rico empresario: la tía Augusta. La flor y nata de la alta sociedad lo había considerado un enlace lamentable (¡Una familia de tan noble cuna obligada a recurrir a la floreciente burguesía para salir a flote...!), pero no había tardado en aprender que no se debía subestimar a la hija del magnate metalúrgico. Desde luego que no, pensó él con cariño. Incluso en esos momentos, a la avanzada edad de ochenta y dos años, la vieja Dama de Hierro podía conseguir que la alta sociedad se estremeciera de miedo ante su ira. Tal vez el origen de su fortuna (el hierro) fuera el responsable de su formidable carácter, pero incluso a él le hacía gracia el apodo. En cuanto a Oakley Park... jamás visitaba la mansión aunque le perteneciera. Puesto que sus seres queridos estaban enterrados en el pequeño mausoleo de estilo griego con vistas al estanque artificial, el mero hecho de visitar la propiedad le resultaba demasiado doloroso.

Mientras se sumía en sus pensamientos, la tía Augusta siguió hablando de su idolatrado padre.

–Construyó un imperio de la nada, vaya que sí, y murió tras amasar una gran fortuna.

–Una fortuna que te dejó íntegramente a ti; menuda suerte tuviste.

–Y que yo te dejaré a ti, a sabiendas de que derrocharás todo lo que a ese gran hombre le costó tanto trabajo conseguir.

–Tonterías. Me casaré con una heredera y derrocharé su dote. No tocaré la fortuna de tu padre.

–¿De veras? ¿Y cuándo será eso?

–A su debido momento –masculló, encogiéndose de hombros con indiferencia.

–Se te da bastante bien mentir, ¿a que sí? –le preguntó con una mirada perspicaz–. ¿Por qué no te quedas un tiempo? Necesitas descansar, querido. Lo veo en tus ojos.

–Ésa es la razón de que te quiera tanto, preciosa. Siempre vas directa al grano; nada de andarte por las ramas –murmuró antes de dar otro trago.

–Devlin, se me está acabando la paciencia. Deja los halagos y las evasivas para tus amiguitas londinenses. No te servirán de nada con la vieja bruja de tu tía.

–¿Quién te ha llamado vieja bruja? Retaré a duelo al primero que se atreva a insinuarlo siquiera.

Jugueteó con la vela que tenía delante y capturó una gota de cera con la hoja del cuchillo de untar.

–Bueno, me temo que todo es culpa mía –respondió ella con un leve desasosiego.

Devlin la miró de reojo con el ceño fruncido.

–¿A qué te refieres?

–A ti. Sé por qué eres así. Es por mi culpa. –Le cubrió la mano con la suya y su arrugado rostro adoptó una expresión tierna–. Querido, no puedes aliviar el dolor del pasado con ese hedonismo irreflexivo. Debería haberlo hecho mejor contigo. Mis métodos fueron del todo desacertados. Nunca tuve hijos. No supe qué hacer ni qué decirte después del accidente.

Los ojos de Devlin adquirieron un brillo hostil ante la mención de la palabra «accidente», pero no dijo nada. Después de todo, ésa era la versión que defendían los informes oficiales.

–Te confieso que estaba aterrada. Intenté imaginarme lo que te habría dicho mi padre de estar en mi lugar, pero él era un hombre demasiado práctico, estricto y testarudo. Parecía bastante lógico pensar que la universidad sería el mejor lugar para ti, que tu vida debía proseguir de la manera más normal posible. ¿Recuerdas lo que te dije?

La pregunta le hizo bajar la mirada.

–No veo qué sentido tiene volver a hablar de eso...

–«Lleva la cabeza bien alta, muchacho. Al mal tiempo, buena cara», te dije. «La vida debe continuar. Saca buenas notas. Eso los haría sentirse orgullosos.» ¡Que sacaras buenas notas! Como si eso tuviera importancia cuando tu mundo estaba patas arriba. Menuda estúpida fui –susurró con tristeza–. ¿Cómo podría un muchacho concentrarse en el griego o en las matemáticas cuando su vida había quedado destrozada? Ahora entiendo que mis desconsideradas palabras sólo consiguieron que te odiaras más...

–¡Basta! –gritó él de repente con un tono angustiado que controló al instante. El corazón le martilleaba en el pecho–. Por favor, tía. Eso es agua pasada.

–¿Lo es? Si me hubiera limitado a abrazarte y a dejar que te recuperaras a tu ritmo, seguro que habrías sentado cabeza hace mucho tiempo; te habrías casado...

–Por el amor de Dios, no empecemos otra vez con eso.

–Y te habrías encargado de las responsabilidades que conlleva el título –insistió ella–. Por desgracia, el cariño y la delicadeza nunca han sido mi fuerte. Tienes que entender que así fue como me educaron.

–Tía Augusta, deja de culparte por lo que pasó –dijo con impaciencia al tiempo que se encogía un poco en la silla–. Te aseguro que me diste el mejor consejo posible en aquel entonces y te estoy agradecido...

–No, Devlin, tenemos que aclararlo. Me mostré tan inflexible como mi padre y fui incapaz de darte lo que de verdad necesitabas. Que no era más que... simple amor.

Dev estuvo a punto de arrojar su servilleta y salir corriendo de la estancia ante la mención de tan detestable palabra; pero, puesto que se trataba de la tía Augusta, se obligó a permanecer rígidamente sentado.

–En primer lugar, el amor no tiene nada de simple –la corrigió, gruñendo al pronunciar la dichosa palabra–. Es la cosa más puñetera y dolorosa que existe, y no quiero ni oír hablar del tema. En segundo lugar, tú siempre me has amado, algo que yo siempre he sabido muy bien, maldita sea. Así que deja de decir tonterías y, por lo que más quieras, envía a la señorita Carlisle de vuelta a Londres si es ella la culpable de este cambio en ti. Quiero a mi vieja bruja de nuevo y la quiero echando pestes. Esa muchacha te está ablandando hasta el punto de que empiezas a darme miedo.

–Soy vieja, muchacho –replicó con una sonrisa fatigada–. Lo de echar pestes cansa mucho. Ahora sólo me sale alguna que otra insignificante pulla. –Hizo una breve pausa y meneó la cabeza con una expresión súbitamente malhumorada–. Estoy cansada, Devlin. Ve a buscar a Lizzie. Quiero retirarme.

–Sí, tía.

A decir verdad, parecía terriblemente agotada. Se puso de pie, agradecido por la tregua.

–A propósito –añadió su tía cuando comenzó a alejarse–. No te habrá escrito la señorita Carlisle, ¿verdad?

Eso lo detuvo en seco; dio media vuelta muy despacio, sin saber qué responder. No deseaba mentirle a su tía, pero tampoco quería causarle problemas a la muchacha.

–No, tía –contestó con cautela–. ¿Por qué iba a hacerlo?

–Mmm... no importa –contestó ella con un brillo astuto en la mirada–. Me di cuenta de que le hablaste de tus padres durante la cena. ¿Eres consciente de que llevabas años sin hablar de ellos?

No respondió.

Tía Augusta lo observó durante un buen rato antes de despedirlo con un gesto impaciente de la mano.

–Vete ya. ¡Vamos!

Dev frunció el ceño con recelo, deseando que ella no se hubiera percatado de su mentira piadosa; aun así, cuando se giró para marcharse, algo lo hizo titubear.

–Dime, ¿a la muchacha le interesa el bueno del doctor?

La tía Augusta rió por lo bajo.

–En absoluto.

–Vaya...

Asintió con la cabeza al tiempo que asimilaba la información y después hizo una reverencia de despedida antes de marcharse para cumplir su encargo. Cuando se cruzó con la señora Rowland cerca de la cocina y le preguntó por la dama de compañía de su tía, el ama de llaves señaló en dirección al lavadero.

–¿Quiere que vaya a buscarla, señor?

–No se moleste, señora Rowland. No me importa hacerlo. A propósito, la isla flotante era... –Se besó la yema de los dedos y añadió con deleite–: *magnifique!*

La mujer esbozó una sonrisa radiante antes de proseguir alegremente con sus quehaceres. De mejor humor por la perspectiva de un nuevo encuentro con la señorita Carlisle, se encaminó al lavadero, al que se accedía a través de la ajetreada y enorme cocina. A medida que se acercaba a la mal iluminada estancia escuchó unos suaves murmullos procedentes del interior. Cuando llegó al vano de la puerta descubrió que la ninfa de piel clara mantenía una conversación con Ben junto a la enorme pila.

Menuda descarada estaba hecha, pensó con cierto regocijo. Tras haber conseguido que la perdonara por su ardid, no estaba dispuesta a perder su ventaja. Ni por asomo. Al parecer, la intrépida Elizabeth Carlisle estaba congraciándose con su ayuda de cámara para sonsacarle cosas sobre su pasado. Sin embargo, el hecho de que estuviera haciendo preguntas sobre él –y parecía muy interesada–, resultó lo bastante halagador para acelerarle el pulso.

Esbozó una sonrisa cínica y cruzó los brazos por delante del pecho antes de apoyarse contra el marco de la puerta, que quedaba oculto por las sombras. Desde allí podría escuchar sin ser visto. La muchacha lucía de nuevo el insulso vestido de muselina, aunque la odiosa cofia brillaba por su ausencia, y tenía los codos apoyados en el borde de la pila. Con su adorable rostro entre las manos, escuchaba hechizada las anécdotas acerca de sus aventuras que le contaba Ben mientras se esforzaba por quitar la mancha del satén. No obstante, se quedó anonadado cuando Ben comenzó a hablarle sobre sus años de esclavitud en Norteamérica, ya que no era algo de lo que hablara a menudo. Su experimentado ayuda de cámara prefería que lo conocieran por la pericia con la que anudaba una corbata a que lo hicieran por el color de su piel. Supuso que su amigo percibía, al igual que le pasaba a él, el halo de honradez que irradiaba la muchacha y que permitía sincerarse con ella.

–Mi madre era la partera de la plantación –decía en esos momentos– y, puesto que era un cargo privilegiado, a mí me encargaron muy pronto que sirviera al hijo del amo como ayuda de cámara. Me trataron bastante bien... claro que no era muy dado a causar problemas. El ama confiaba en mí lo bastante como para enseñarme a leer y a escribir. Debe entender que a la mayoría de los negros se los deja en la ignorancia. Y uno debe callar lo que sabe la mayor parte del tiempo.

Ella meneó la cabeza en un gesto compasivo.

–Si le sirve de algo, a las mujeres nos aconsejan que hagamos lo mismo.

–Sí, lo sé –replicó el hombre con la suave cadencia del acento sureño que había regresado al hablar del pasado–. Mi madre fue quien me enseñó a utilizar las hierbas medicinales para curar y tratar las heridas... y menos mal que lo hizo, porque su ilustrísima no dejaba de meterse en líos.

Dev enarcó una ceja cuando ambos soltaron una carcajada cariñosa, pero un momento después Ben adoptó una expresión seria.

–Ese verano, un rayo prendió fuego a los campos y la plantación se incendió. El amo se quedó en la ruina y dijo que tenía que vendernos a todos. Fueron malos tiempos, señorita Lizzie. Malos tiempos. –Meneó la cabeza. Incluso después de tantos años, el dolor y la ira que le había provocado ese calvario se manifestaron en su amable y educado rostro–. Separaron a las familias, perdimos el único hogar que conocíamos y, como humillación definitiva, nos llevaron a todos al mercado de esclavos de Charleston para vendernos a la mañana siguiente.

–¡Qué horror! –dijo ella en voz baja.

–Pasamos esa noche encerrados junto a unos cuantos desdichados que acababan de llegar desde África. Verá, la fecha límite era el año 1806. Después no podrían entrar más esclavos en el país. Y bien puede imaginarse que el negocio estaba en todo su apogeo, sobre todo al final. Esos pobres hombres, mujeres y niños, procedentes de muchas tribus, acababan de desembarcar y seguían aterrados. Algunos de ellos estaban heridos y enfermos. Mi madre y yo ayudamos a cuantos pudimos, pero no entendíamos una palabra de lo que decían, ni ellos a nosotros.

–¿También iban a venderlos al día siguiente?

Él asintió.

–Pero las cosas no salieron según lo previsto. No, señor. –Ben esbozó una encantadora sonrisa–. Lo que ninguno de nosotros sabía era que lord Strathmore estaba entrando en el puerto de Charleston a bordo del *Katie Rose*. Verá, llevaba siguiendo al barco negrero desde las Indias Occidentales. Era un capitán muy joven, con apenas veintidós años, pero no hay manera de detenerlo, sobre todo cuando algo lo saca de sus casillas. La cuestión es que había presenciado un hecho terrible en aguas caribeñas.

–¿Qué fue? –murmuró ella, a todas luces fascinada por la narración.

Ben titubeó un instante, sin saber muy bien cuánto contarle a la dama, o eso supuso Dev, antes de continuar en voz más baja.

–Cuando el barco negrero pasó junto al *Katie Rose*, vio cómo lanzaban a un hombre por la borda... todavía vivo. Encadenado. Es probable que hubiera enfermado y que la tripulación no quisiera que se extendiera la enfermedad. Su ilustrísima y sus hombres trataron de llegar hasta el pobre desdichado y salvarlo, pero ya era demasiado tarde. Eso lo enfureció. –Hizo una pausa mientras recordaba–. Fue entonces cuando decidió seguir al barco negrero y encontrar una forma de salvar a esos pobres africanos.

–¡Vaya! –murmuró ella con un tono soñador y los ojos abiertos de par en par.

–Esa noche –continuó Ben–, de madrugada, se llevó a los doce hombres que componían su tripulación e irrumpió en el mercado de esclavos de Charleston, liberándonos a todos los que estábamos allí... ¡A cuarenta esclavos nada menos! Al principio no sabíamos lo que ocurría. Creíamos que eran piratas.

–Con ese arete, no es de extrañar que se equivocaran –se apresuró a decir ella.

Dev esbozó una sonrisa burlona.

–Sus hombres y él nos condujeron a toda prisa hacia los botes y nos llevaron al barco; pero, mire usted por dónde, enfilaron hacia el norte, rumbo a Nueva York, donde ningún cazador de recompensas nos encontraría. En lugar de sacarnos de allí para vendernos en propio beneficio, tal y como mi madre y yo temíamos, atravesó el canal hasta Filadelfia, donde nos acogió la comunidad negra libre que vivía allí. Verá, las leyes acerca de la esclavitud de Pensilvania son muchísimo menos crueles que las demás, debido a la presencia de los cuáqueros en el Congreso del estado. Lord Strathmore nos dio dinero para empezar una nueva vida. Nos liberó.

–Un gesto muy hermoso –susurró ella–. Algo más que eso... Un gesto heroico.

–Sí, señorita, lo fue.

Ben asintió con solemnidad.

Dev sintió una oleada de placer al escuchar los elogios de la muchacha... y, a decir verdad, también un poco de vergüenza. Estaba seguro de que cualquier hombre compasivo habría hecho lo mismo en su situación. Además, tras el destino cruel de su familia, ayudar a que Ben pudiera mantener a su madre y a sus hermanos juntos había sido una recompensa más que suficiente.

–Nos salvó la vida –continuó Ben–. No sólo la mía, sino la de toda mi familia. Ésa es la razón de que mi madre me dijera: «Bennett, hijo mío, esa plantación siempre ha sido muy pequeña para ti. Te has ganado a pulso ser un hombre libre y como tal te vas a llamar, Bennett Freeman; así que, vamos, sé libre. Vete con ese inglés loco y conoce mundo». Y así lo hice. –Ella le sonrió–. Así que atravesamos el vasto estado de Pensilvania en busca de las montañas boscosas, donde aún no había llegado la civilización –continuó Ben con brío–. De ahí hacia las tierras de los iroqueses, reyes de los lagos del norte, y después a los dominios de los cherokee más al sur. Una vez, mientras atravesábamos los montes Apalaches, ¡llegó incluso a enfrentarse a un puma! Había estado acechándonos durante días antes de atacar. Tendría que haber visto esa lucha...

–Pero ¿qué hay de los salvajes, señor Freeman? –preguntó ella con asombro–. ¿Llegó a ver a algún miembro de esos pueblos primitivos?

–¿¡Que si los vi!? –exclamó Ben–. ¡Válgame Dios! Pasamos el invierno con los cherokee cuando llegamos al Paso Cumberland y descubrimos que estaba cerrado por la nieve. Habríamos muerto congelados de no ser porque nos salvaron la vida, y también nos enseñaron sus costumbres. Son un pueblo amable, en absoluto salvaje una vez que se lo conoce... a menos, por supuesto, que te unas a ellos en una incursión... Pero dudo que una jovencita como usted quiera conocer los detalles.

–Ay, señor Freeman, ¿participó en una incursión con los indios? –susurró con los ojos desorbitados.

–Yo no, señorita, de eso puede estar segura. Pero en una ocasión, su ilustrísima fue...

–¡Ejem...! –lo interrumpió Dev antes de que su ayuda de cámara revelara algo demasiado comprometedor.

–Bueno... esto... digo... buenas noches, señor. –Ben tosió y su actitud se tornó repentinamente tímida–. Sólo estaba... bueno... ayudando a la señorita Lizzie a quitar las manchas de vino de este bonito vestido. He oído que ese gato es un diablillo.

–Desde luego –convino él con sequedad–. Señorita Carlisle...

–¿Sí, milord?

Agachó la cabeza, mortificada y contrita, ya que la habían cogido *in fraganti;* pero cuando se atrevió a mirarlo sin levantar la cabeza, Dev se dio cuenta de inmediato de que lo observaba de un modo distinto. Un nuevo respeto resplandecía en las profundidades grisáceas de sus ojos.

Y eso lo complació.

Enlazó las manos educadamente a la espalda.

–Mi tía solicita su presencia, señorita Carlisle. Desea retirarse.

–Ah... sí, cómo no. –Bajó la mirada antes de echarle un vistazo nervioso a Ben–. Le agradezco mucho su ayuda, señor Freeman. Si no necesita nada más...

–Nada, señorita –se apresuró a decir Ben, haciéndole una educada reverencia.

–Muy bien. Buenas noches, señor Freeman.

Cuando pasó a toda prisa junto a él de camino a la puerta, Dev enarcó una ceja y miró con recelo a su criado.

Ben se encogió de hombros.

–Bueno, no he inventado nada, ¿verdad? ¡De nada! –le gritó con una sonrisa mientras él daba media vuelta para seguir a su presa.

5

Ruborizada porque la hubieran descubierto fisgoneando en el pasado de Devlin Strathmore con excesivo interés, Lizzie huyó de él lo más rápido posible entre el frufrú de sus faldas y se internó en la cocina. Una vez que alcanzó la salida emplazada en el otro extremo de la estancia, echó a correr por el pasillo mientras el sonido de los pasos del hombre la seguía a escasa distancia.

–Vamos, señorita Carlisle...

Hizo oídos sordos a la seductora y jocosa llamada, con la vana esperanza de que si fingía no escucharla, tal vez él dejara de perseguirla. ¡Uf, estaba tan mortificada que le ardía el rostro! Ojalá lo hubiera oído entrar en el lavadero, pero ese hombre se movía con el sigilo de un cazador; volvió a demostrarlo cuando la aferró súbitamente por la muñeca y la detuvo en seco.

–Elizabeth, espere.

Ella se giró de mala gana, luchando contra el febril estremecimiento que le recorrió el brazo a causa del leve contacto.

–No se avergüence, *chérie* –murmuró con voz tan tierna que a Lizzie se le erizó la piel.

El cariñoso apelativo, sumado al brillo que iluminaba esos ojos de color azul cristalino gracias al placentero descubrimiento de que estaba interesada en él, logró que Lizzie se ruborizara aún más.

Apartó la mirada y echó mano de la poca dignidad que le quedaba.

–Esto... lord Strathmore...

–Devlin –la corrigió él con voz sedosa y sin hacer ademán de soltarle la mano.

Lizzie carraspeó ligeramente.

–Por favor, milord, no se enfade con el señor Freeman por haberme hablado de sus viajes. Fue culpa mía. Sentía curiosidad. Su... su vida ha sido de lo más emocionante. Al contrario que la mía.

–Bueno, no hace falta que le pregunte a Ben si desea saber algo –se ofreció con un tono de voz íntimo–. Me encantaría responder a todas sus preguntas... personalmente. ¿Por qué no se reúne conmigo en la biblioteca cuando haya acabado de atender a mi tía? Se lo contaré todo.

Lizzie alzó la mirada de repente y lo observó con los ojos desorbitados.

Él sonrió.

–Abriremos una botella de champán. Digamos... ¿a las diez?

A Lizzie le dio un vuelco el corazón.

–No sé si...

–Sí que lo sabe –susurró lord Strathmore.

Ella siguió observándolo, muda por el asombro, ya que la invitación la había cogido por sorpresa. ¡Señor, pero qué descaro tenía ese hombre! Lady Strathmore le había dicho la verdad; posiblemente no había nada que no se atreviera a hacer. Hecho que resultaba un tanto preocupante en esos momentos, cuando su mirada estaba clavada en ella, rebosante de intenciones amorosas. Totalmente confundida, se limitó a zafarse de su sedoso contacto de un tirón y se alejó con piernas temblorosas. ¡Por el amor de Dios, no tenía ni idea de lo que debía hacer!

Lord Strathmore la siguió a escasa distancia.

–No he oído su respuesta, tesoro.

–¡No! No, no y no.

–¿Por qué no? –le preguntó con evidente sorna, sin duda creyéndola víctima de los típicos nervios virginales–. Mi tía me ha hablado de su interés por los idiomas. Podría enseñarle algunas palabras en árabe o en algonquino. Unas cuantas maldiciones de lo más útiles cuando menos.

–No, gracias.

–Aguafiestas.

Lizzie se detuvo y se giró para mirarlo con la barbilla alzada en un gesto altanero. Alec la había llamado así de vez en cuando.

–No lo soy.

–Bien. En ese caso, la veré a las diez.

Sus labios esbozaron una sonrisa maliciosa que parecía sugerir que si acudía a la biblioteca, no sería precisamente para hablar. En ningún idioma.

–No, gracias –se obligó a replicar con un hilo de voz.

Dio media vuelta con el corazón desbocado y se alejó para seguir con sus obligaciones.

–La estaré esperando en la biblioteca, por si cambia de opinión –le dijo él a su espalda, si bien ella no se atrevió a mirar hacia atrás.

Atravesó el vestíbulo de entrada y encontró a lady Strathmore esperándola al pie de la escalera, sentada en su silla de ruedas. Disimuló como pudo la confusión que le provocaban los avances de ese sinvergüenza y ayudó a la frágil anciana a ponerse de pie, permitiendo que se apoyara en ella. Juntas, comenzaron el lento y doloroso ascenso que se repetía todas las noches. Sin embargo, sólo habían subido tres peldaños cuando Devlin llegó al vestíbulo.

–¿Puedo ayudar?

Lizzie echó un vistazo por encima de su hombro mientras él subía los tres escalones de un brinco. En un abrir y cerrar de ojos, alzó a la vizcondesa en brazos con una alegre sonrisa.

–A tu servicio, preciosa mía.

La anciana estalló en juveniles carcajadas.

–¡Devlin, sinvergüenza, bájame ahora mismo!

–Ni hablar.

–¡Cuidado! –le advirtió Lizzie, preocupada por los frágiles huesos de la dama, aunque no tardó en comprender que su inquietud era innecesaria.

Lord Strathmore se comportó con toda la ternura y el cuidado del mundo mientras llevaba a su tía hasta el vestíbulo de la planta alta, donde volvió a dejarla en el suelo con suma delicadeza. En cuanto Lizzie llegó a su lado para sujetarla, él volvió a bajar la escalera como una exhalación y subió la silla de ruedas.

–¿Algo más? –preguntó, mirando a Lizzie.

Ella negó con la cabeza.

–Buenas noches, querido –murmuró lady Strathmore mientras él se inclinaba para darle un beso en la mejilla–. Me alegro de que hayas venido, por muy corta que sea tu estancia.

–Y yo también –afirmó su sobrino en voz baja.

Y lanzó a Lizzie una mirada elocuente.

Augusta no pasó por alto la mirada que intercambiaron. Sí, sí... definitivamente, allí estaba pasando algo.

¡Santo cielo! Los celos de su sobrino por el doctor Bell y la treta de Lizzie de echarse el vino encima para escapar de la mesa cuando la conversación de Dev tomó un rumbo peligroso habían convertido esa noche en la más divertida de todo el año. ¡Qué bien lo había pasado!

Sentía el corazón alegre mientras su joven dama de compañía la ayudaba a llegar a su dormitorio, situado al fondo del pasillo, y la asistía con paciencia mientras se ponía el camisón. Entretanto, Augusta cavilaba sobre cómo proceder. Dev y Lizzie eran criaturas recelosas en lo referente a asuntos del corazón y sabía que debía actuar con cautela.

Margaret llegó con unas botellas de agua caliente que procedió a colocar entre las sábanas, tras lo cual hizo una reverencia y se apresuró a salir con un ininteligible buenas noches. Un instante después, estaba metida en la enorme cama con dosel gracias a la ayuda de Lizzie.

–Ya está, señora –le dijo la muchacha mientras colocaba bien la colcha–. ¿Quiere que le lea unos cuantos versículos de la Biblia antes de que se duerma?

–Siéntate conmigo un ratito, querida –contestó lady Strathmore, dando unas palmaditas sobre el colchón–. Me gustaría preguntarte algo.

Lizzie la miró con evidente aprensión; pero, obediente como era, se sentó en el borde de la cama y aguardó.

Augusta tuvo que esforzarse para no sonreír y, en cambio, adoptó su tono de voz más cascarrabias para decir:

–Señorita Carlisle, ¿estoy equivocada al suponer que la presencia de mi sobrino esta noche en mi casa no es fruto de la casualidad?

La joven inclinó la cabeza al tiempo que hacía un gesto negativo con ella.

–No, milady. No lo es –reconoció con una mirada contrita–. Yo le escribí.

–¿Y qué le dijiste exactamente?

–No le mentí. Sólo insinué que... que si no venía de inmediato, podría arrepentirse –confesó, mortificada.

–Quieres decir que le hiciste creer que estaba a punto de estirar la pata, ¿no?

–¡Ya sé que fue deshonesto y de lo más indecoroso, pero he estado muy preocupada por usted, señora! No me parece bien que la descuide de esa manera. Si fuera mi tía, no dejaría que se pasara sentada aquí sola durante meses...

–No estoy sola, niña –la interrumpió con ternura–. Te tengo a ti.

La muchacha parpadeó con la expresión desconcertada de una cervatilla.

–Tú también cuentas, ¿sabes?

Lizzie estudió su rostro, sin saber qué decir.

Augusta sonrió y tomó la juvenil mano de su dama de compañía entre las suyas con el mismo cariño que si fuera su abuela.

–Esta noche voy a contarte un cuento nuevo, niña. A pesar de todas las historias que te he contado sobre las hazañas de mi sobrino, hay un capítulo en particular de su vida que nunca he compartido contigo. Sin embargo, algo me dice que ha llegado el momento de que lo sepas.

Lizzie ladeó la cabeza con evidente interés.

–Cuando mi querido Jacob murió, su hermano Stephen, el padre de Devlin, heredó el título. Un hombre encantador. Puesto que era el hijo menor, Stephen habría sido feliz si hubiera seguido viviendo la vida del sencillo señor Kimball, ocupado con sus libros, sus investigaciones con el microscopio y sus paseos por el campo acompañado de sus perros. Pero el título cayó sobre él tras la muerte de mi marido y después sobre Devlin, mucho antes de lo previsto. Por si no lo sabes, Stephen y su esposa, Katherine, fallecieron en un terrible incendio que tuvo lugar en una posada cuando Dev tenía diecisiete años.

–¡Qué horror! –exclamó la joven al tiempo que se llevaba la mano a la boca, sobrecogida.

Augusta asintió con la cabeza.

–También perdimos a su hermana pequeña en el incendio. Sarah. Sólo tenía cuatro años. Una niña preciosa y alegre, de largos rizos negros y enormes ojos azules. Los cuatro conformaban un valor poco usual: eran una familia genuinamente feliz. Los padres de Dev se casaron por amor, ¿sabes?

Hizo una pausa, embargada por los tristes recuerdos de su propio matrimonio que, a diferencia del de sus cuñados, se había concertado para satisfacer la ambición de su padre y para llenar las arcas de Jacob.

–Devlin estaba en Oxford cuando sucedió y, que esto quede entre nosotras, jamás se ha recuperado del todo. Dos de sus tíos y yo fuimos nombrados sus tutores legales y albaceas; pero, como yo era la única mujer, recayó sobre mis hombros la responsabilidad de ofrecerle toda la influencia maternal posible. Estuvo bajo mi tutela hasta que cumplió los veintiún años. A decir verdad, yo no tenía ni idea de lo que suponía la educación de un muchacho, y mucho menos tratándose de uno enfrentado a la tragedia. –Exhaló un suspiro apesadumbrado–. Ese mismo año, Devlin abandonó Oxford sin acabar los estudios y pasó un año entero en Londres en salvaje abandono hasta que, por fin, después de un estricto sermón, se fue a ver mundo. Dejarlo marchar fue lo más difícil que he hecho en la vida, pero el cambio de aires me pareció la única solución para apartarlo del camino autodestructivo que había elegido. Y funcionó. Estuvo fuera durante tres años, en las Indias Occidentales y en Norteamérica, y volvió para hacerme una visita fugaz antes de zarpar rumbo a la India.

»No sé muy bien qué lugares recorrió exactamente durante ese segundo viaje –prosiguió–, pero me dijo que exploró las estepas del norte de Asia y que dio un rodeo hasta llegar a Moscú a tiempo de ser testigo de la retirada de Napoleón. –La mirada de Augusta se tornó distante–. Ha estado en los lugares más solitarios y salvajes del mundo... y los ha traído consigo reflejados en los ojos. Debo decirte, querida, que jamás se ha permitido tener una relación cercana con nadie desde que su familia quedó destrozada. Por eso no viene muy a menudo; no porque no se preocupe por mí, sino precisamente porque lo hace y le asusta muchísimo que en algún momento yo tenga que abandonar este mundo.

–Pero, milady, lo que me está contando... la carta que le envié, amenazándolo con un... con un empeoramiento en su salud... ¡Ay! ¿Qué he hecho? –susurró la muchacha con expresión angustiada–. No podría habérseme ocurrido nada peor. ¡No lo sabía!

–Ahora ya lo sabes –replicó Augusta con una sonrisa cariñosa ante su desasosiego, mientras le daba unas palmaditas en la mano–. Valor, querida. Estás hecha de una pasta muy dura y ésa es la razón de que te aprecie tanto. Pero, sea cual sea el motivo que te llevó a esconderte aquí con el corazón roto, no lo pagues con Dev. Tal y como ahora sabes, no es tan invulnerable como parece. En realidad, me gustaría pedirte un favor.

–Por supuesto, señora, ¿qué quiere que haga? –murmuró.

Afectada aún por los remordimientos de conciencia que la historia había despertado en ella, Lizzie se sorprendió por la petición, ya que ella no era dada a pedirle favores a nadie. Augusta contempló con expresión perspicaz el semblante honesto y sincero de la muchacha.

–¿Velarás por él de tiempo en tiempo cuando yo me marche, para asegurarte de que está bien?

–Milady, no debe hablar así...

–¿Lo harás o no?

La joven miró a un lado y a otro con impotencia.

–Pero... ¿cómo podría hacerlo? Sería de lo más indecoroso. Y con su reputación... Señora, lo siento... lo siento de todo corazón, pero me temo muchísimo que no puedo prometerle algo semejante de ninguna manera.

–¿Acaso no te ha conmovido su historia?

–Por supuesto que sí...

–No tiene a nadie más.

–La tiene a usted.

–No viviré mucho. Lizzie, ¿vas a negarle a una anciana su último deseo?

–¡Por el amor de Dios, no se está muriendo! ¡Se lo prohíbo! –exclamó totalmente horrorizada, apartándose de la cama con un respingo–. Por supuesto que me aflige negarle su deseo, milady. Sabe que le estoy muy agradecida por el empleo que me ha ofrecido. No creí que pudiera volver a ser tan feliz como lo soy aquí, pero no pienso tolerar ni un minuto más esta lúgubre conversación. Le aseguro que nadie va a morirse aquí hasta dentro de mucho tiempo, ¡puede creerme!

Augusta estudió a la muchacha con detenimiento, pero no insistió más.

–Eres una criatura obstinada, ¿verdad?

–Sí, pero no hago promesas que no puedo cumplir. Vamos,

necesita descansar, señora. La veré por la mañana. –Atravesó la habitación con pasos nerviosos y rápidos, pero al llegar a la puerta dio media vuelta movida por la indecisión y la culpabilidad, y la falda se le arremolinó alrededor de las piernas–. No es que no quiera ayudar. Lo que pasa es que... él jamás escucharía a alguien como yo, ¿lo entiende? Si fuera hermosa o de linaje aristocrático o rica, tal vez me prestara atención. Pero yo soy yo y él es él, y no hay vuelta de hoja.

Augusta sonrió. «Hay otra hoja más, querida», pensó. Ese granuja la escucharía... con la motivación adecuada. Sí; sólo había que dejarlos a solas y permitir que la naturaleza siguiera su curso.

–No te preocupes. Lo entiendo perfectamente.

«Cambiarás de opinión –se dijo la astuta anciana–. Te conozco, niña. Tu conciencia no te permitirá hacer otra cosa...»

–Gracias, señora. Lo siento muchísimo –añadió, visiblemente alicaída.

–Buenas noches, Lizzie.

–Señora –dijo la joven a modo de despedida mientras ejecutaba una respetuosa reverencia antes de salir de la habitación.

Una vez en la penumbra del pasillo, Lizzie cerró los ojos y se apoyó contra la pared durante un instante. Sintió una ligera oleada de náuseas por culpa del error que había cometido y se odió a sí misma por haber violado el más importante de sus principios. Como cristiana piadosa que quería cuidar a sus semejantes, era impensable que hubiera sido capaz de algo tan cruel como amenazar a un hombre emocionalmente herido recurriendo a su mayor temor. Sería una estupidez acceder al favor de cuidar de él (¡partiendo de la suposición de que pudiera hacerlo!), cuando apenas había pasado el tiempo suficiente desde que había roto con su costumbre de estar a todas horas preocupándose por Alec como una gallina clueca. Total, para lo que le había servido... No, la próxima vez que pusiera sus esfuerzos en ayudar a un hombre sería con uno cuyo interés fuera recíproco y voluntario.

En otra época habría obedecido la orden con docilidad, pero en esos momentos era más fuerte. Su ruptura con Alec al menos le había servido para aprender bien una lección: a presentar batalla en la vida para no ver su corazón destrozado una y otra vez.

De cualquier forma, no le cabía la menor duda de que si Devlin Strathmore llegaba a enterarse de la petición de su tía, se enfurecería por la bofetada a su orgullo masculino. Ningún hombre creía necesitar los cuidados de otra persona, aunque en el fondo todos lo necesitaran. Por suerte, él contaba con su fiel Bennett Freeman para que se hiciera cargo de sus necesidades básicas.

A pesar de todo, aún le debía una disculpa. Abrió los ojos muy despacio y respiró hondo, a sabiendas de que la estaba esperando en la biblioteca, sabría Dios con qué intenciones en mente... No importaba, decidió. Se mantendría firme y él no tardaría en percatarse de que no había ido a divertirse.

Se alejó de la pared con renuencia, cogió una vela de uno de los candelabros para alumbrarse, se dispuso a atravesar el pasillo con la espalda bien recta. Se movía con sigilo por la casa. La noche era silenciosa y la oscuridad invernal lo cubría todo. A medida que bajaba la escalera y reflexionaba sobre la discusión que habían mantenido en la salita, tuvo que reconocer que la asombraba la caballerosa contención que lord Strathmore había demostrado al no echárselo todo en cara, como muy bien podría haber hecho. Le había asestado el peor de los golpes y él había guardado silencio, batiéndose en retirada en lugar de pagarle con la misma moneda. Se reprendió en silencio mientras dejaba atrás la columna central de la escalera y se encaminaba con valentía hacia la biblioteca. Su apariencia de aventurero hedonista escondía sentimientos mucho más profundos. Otras muchas cosas que poner en la balanza además de las facturas. La llama de la vela osciló cuando exhaló un suspiro contrito. La ira que había sentido ante su despilfarro se le antojaba intrascendente en esos momentos. El hecho de que apostara de vez en cuando no lo convertía en Alec.

Se encontró con la puerta de la biblioteca abierta frente a ella. La estancia estaba bañada por el resplandor anaranjado del fuego de la chimenea. Se obligó a seguir adelante pese al ligero temblor que la invadió. Se le aceleró el pulso. Los delicados escarpines de cabritilla le permitieron caminar sin hacer el menor ruido mientras cruzaba el vano de la puerta y echaba un receloso vistazo al interior.

Lord Strathmore estaba arrellanado en el sofá de piel marrón, aunque éste resultaba demasiado pequeño para su altura. Estaba tumbado de espaldas con una pierna doblada y la otra extendida sobre el borde. Uno de sus brazos hacía las veces de almohada; el otro descansaba sobre un abdomen totalmente plano. *Pasha* ronroneaba junto a su hombro, hecho un ovillo. Lizzie avanzó unos cuantos pasos, pero el vizconde no se movió. Y entonces comprendió que se había quedado dormido mientras la esperaba.

De repente, la tensión abandonó sus hombros, aliviada y decepcionada a la par. Sin embargo, no pudo reprimir una cálida sonrisa. Pobrecillo, se dijo para sus adentros, conmovida al verlo así. Después de haber recorrido el trayecto desde Londres en una cabalgada de dieciocho horas y en medio de una ventisca, no era de extrañar que estuviera exhausto. Su mirada se demoró un instante sobre ese bello durmiente, iluminado por el resplandor del alegre fuego que crepitaba en la chimenea. «¡Es magnífico!», pensó. El rictus adusto de sus labios se había suavizado, confiriéndoles una apariencia carnosa y de lo más tentadora. La sombra de sus oscuras pestañas caía sobre sus afilados pómulos. Su pecho subía y bajaba de forma apacible, con respiraciones lentas y profundas.

Los ojos de Lizzie se demoraron en la garganta masculina, una visión extraña y de lo más intrigante en un mundo plagado de corbatas almidonadas. La piel de su cuello estaba bronceada. También se había quitado el frac, así que pudo admirar a placer el modo en el que la delgada camisa blanca de batista se ajustaba a sus anchos hombros y a sus abultados bíceps. Los extremos del chaleco desabotonado descansaban a los lados.

Cruzó la estancia sin hacer ruido y cogió la manta que descansaba en un rincón del asiento de la ventana para arroparlo con ella. Mientras la extendía con cuidado sobre él, los bigotes de *Pasha* rozaron la mejilla del vizconde y éste se movió, sin despertarse. Lizzie se enderezó para marcharse, pero le dio un vuelco el corazón cuando vio que él abría los ojos.

–Hola –murmuró al tiempo que se incorporaba.

Apartó al gato de un empellón, pero ella se inclinó y lo obligó a acostarse de nuevo con un suave empujón sobre un hombro.

–Vuelva a dormirse –susurró–. Lo necesita.

–Quédate.

Le dedicó una sonrisa pícara aunque somnolienta mientras la agarraba por la falda.

Lizzie se detuvo y lo observó durante un buen rato. Él ladeó la cabeza y le devolvió la mirada con una expresión un tanto perpleja, tal vez sorprendido de que hubiera acudido a la cita. Antes de que pudiera hacerse una idea equivocada, ella se arrodilló junto al sofá y siguió mirándolo con seriedad mientras buscaba las palabras adecuadas.

–Gracias por la manta. Ha sido todo un detalle por tu parte. –Al ver que ella seguía en silencio, observó su agitado rostro y frunció el ceño–. ¿Qué pasa, tesoro? –murmuró mientras le colocaba una mano en la mejilla.

–¡Ay, Devlin! –musitó. Se aferró a su antebrazo con ambas manos y apoyó la cabeza contra su mano al tiempo que cerraba los ojos, atribulada por la ternura que él demostraba–. Estoy tan arrepentida...

No hubo réplica. Los ojos de Lizzie estaban llenos de lágrimas cuando volvió a abrirlos. Él se había sentado sin quitarse la manta de las piernas, pero su expresión era inescrutable y su mirada estaba clavada en ella. Le sostuvo la mirada y aferró la mano que aún le acariciaba la mejilla.

–No fue mi intención hacerte tanto daño; te lo juro. Lady Strathmore acaba de contarme lo que le sucedió a tu familia. De haberlo sabido, jamás habría escrito esa carta. Jamás lo habría hecho. No de ese modo.

–Tranquila. –Capturó una de sus lágrimas con la yema del pulgar–. No pasa nada.

–¡Sí que pasa! –gritó ella–. No te merecías algo así y yo no tenía ningún derecho a juzgarte. Me comporté como... ¡como una pedante mojigata! Pero jamás creí que... No lo sabía.

–Sé que no lo sabías –la tranquilizó, algo desconcertado por su despliegue de remordimientos–. No pasa nada, tesoro. No has hecho nada malo.

–No quiero que me odies –dijo Lizzie con un hilo de voz.

–¿Odiarte? –preguntó él con una sonrisa torcida y amonestadora, intentando arrancarle una a ella en respuesta–. Creí que eras una experta en los de mi «calaña», pero me temo que no sabes nada de los hombres si crees que sería capaz de odiarte. Mira este hermoso rostro. –Le acarició la mejilla con un nudillo y esbozó una sonrisa melancólica–. No, mi querida Elizabeth Carlisle, jamás podría enfadarme contigo.

Las lágrimas afluyeron de nuevo a los ojos de Lizzie al escuchar la ternura de esas palabras. Sin previo aviso, se arrojó sobre él y le echó los brazos al cuello. Se escuchó un quedo sollozo.

–Vamos, vamos.

Los brazos del vizconde la rodearon mientras reía entre dientes en actitud paternal, pero Lizzie cerró los ojos y se abandonó a su ternura y fuerza masculina.

Después de todo lo que había sufrido ese hombre, era increíble que pudiera comportarse con tanta amabilidad y cariño. Otros muchos se habrían convertido en seres amargados y fríos.

–Vamos, tesoro, no llores más –le susurró al oído sin romper el reconfortante abrazo y acariciándole el pelo con una de sus cálidas y grandes manos–. Todo está olvidado. Hemos pactado una tregua. ¿Lo recuerdas?

Lizzie sorbió por la nariz.

–Lo siento.

–No es necesario. No fue culpa tuya y, además, no lo sabías. Soy yo quien debería disculparse. Fue mi negligencia la que te movió a actuar como lo hiciste. La verdad es que te estoy agradecido.

–¿Agradecido? –susurró ella, que por fin había dejado de llorar, sin dejar el abrazo.

–Por supuesto. Arriesgaste tu trabajo para que mi tía disfrutara de lo que tú creías necesario. ¿Sabes lo raro que es encontrar a alguien con un corazón tan generoso? No tiene nada que ver con tu sueldo; he recorrido bastante mundo como para saber que no hay dinero suficiente que lleve a una persona a actuar con el cariño que tú demuestras. Has traspasado los límites del deber por la simple razón de que quieres a mi tía y, sólo por eso, siempre estaré en deuda contigo.

Lizzie se apartó un poco de él y lo miró a los ojos. Devlin bajó la mirada un instante después, un tanto avergonzado.

–No es que no quisiera venir a verla. Es que... me resulta difícil. Tú también has perdido a tus padres; lo dijiste durante la cena. Sabes lo que es eso. Al menos yo tengo recuerdos de los míos. Demasiados recuerdos –añadió antes de menear la cabeza con ensimismada frustración–. Sé que no es excusa. El hecho de que me arrebataran a mi familia debería haberme hecho venir a visitarla con mucha más frecuencia. Debería estar aquí, ahora que aún tengo tiempo para estar con ella, tal y como tú dijiste, y lo sé... Pero, cuanto más tiempo paso con ella... más crece el cariño... y más me dolerá cuando...

Dejó la frase en el aire, como si no se atreviera siquiera a pronunciar las palabras.

–Tu tía sabe que la quieres, Devlin –le aseguró en voz baja mientras su mano le acariciaba el musculoso brazo–. No se trata de eso. Pero si no pasas tiempo con ella ahora que todavía puedes hacerlo, ¿cómo vas a perdonarte una vez que ya no esté entre nosotros?

Él la miró a los ojos con expresión sombría.

–Sé que duele ver cómo va debilitándose y saber que se acerca el día en el que tendrás que decirle adiós, pero rehuir la situación no lo evitará.

–Tienes razón, por supuesto. Lo sé muy bien –afirmó, negando la cabeza–. Pero es... duro.

–En ese caso, te ayudaré –susurró mientras lo tomaba de la mano–. Quédate y hazla feliz; juntos lo conseguiremos.

Devlin bajó la mirada hacia sus manos entrelazadas.

–Tengo la sensación de que se te da bien ayudar a la gente.

Lizzie esbozó una sonrisa triste y se encogió de hombros; resultaba obvio que su engañosa carta no había ayudado mucho.

–Bueno, está todo aclarado si deseas hablar con ella del tema. No sé muy bien por qué, pero sospechaba que te había escrito. Me lo preguntó y confesé.

–¿Confesaste? –repitió él, observándola con evidente sorpresa.

–Por supuesto. Jamás le mentiría.

–Maravilloso –musitó al tiempo que se pasaba la mano libre por el pelo con una sonrisa apesadumbrada–. A mí me preguntó lo mismo y le dije que no tenía ni idea de lo que estaba hablando.

–¿¡Le mentiste!? –exclamó Lizzie con las cejas arqueadas.

–No quería que perdieras tu empleo, tesoro.

–¡Vaya! –musitó antes de que ambos prorrumpieran en carcajadas por la metedura de pata, sin dejar de mirarse. Lizzie se sonrojó al ver la entrañable calidez de su sonrisa. Entornó los párpados con un súbito arrebato de timidez–. ¿Quién iba a pensar que tú y yo tendríamos algo en común?

–Sí –murmuró Devlin–. Los dos estamos solos.

Lizzie alzó la mirada muy despacio y lo descubrió observándola. Le fallaron las palabras. De nuevo veía el brillo abrasador que había vislumbrado durante la cena en esos ojos azules. Había un ansia posesiva en su mirada mientras la estudiaba con los ángulos de su rostro suavizados por el deseo. Con una deliberada mezcla de arrojo y cautela, Devlin alzó de nuevo la mano para tocarla y recorrió suavemente su mentón con un nudillo.

Lizzie se estremeció y una especie de placentero cosquilleo le recorrió la espalda, abrasándola de la cabeza a los pies. Con la mirada todavía clavada en sus ojos, Devlin le enterró los dedos en el pelo, la aferró por la nuca y la acercó. Ella se lo permitió y se inclinó con la misma avidez que él. Cuando estuvieron tan cerca que Lizzie pudo sentir la calidez de su aliento, él ladeó la cabeza. Ella cerró los ojos en cuanto sintió la primera caricia de sus labios sobre los suyos; un roce tan delicioso y suave como el del satén. Devlin se apoderó de su boca con un beso hambriento. Ella sintió que se le hinchaban los labios, electrizados por el dulce asalto de la boca masculina. Entretanto, su mano seguía aferrándole la nuca.

Con todos los sentidos abrumados por el torbellino de placer, Lizzie sólo pudo apoyar una mano en uno de sus musculosos muslos y alzar la otra para agarrarse a uno de los extremos de su chaleco desabotonado. En ese momento, los labios de Devlin se alejaron de su boca con lentitud para dejar una lluvia de besos ligeros y abrasadores sobre su rostro al tiempo que le rodeaba la cintura con la mano libre. Lizzie sonrió ante el sensual deleite de la lluvia de besos juguetones y seductores que caía sobre sus mejillas y su frente. Sin embargo, pronto llegó a su fin cuando él se inclinó para depositar un apasionado beso en su garganta.

Sin aliento y con los labios entreabiertos, Lizzie echó la cabeza hacia atrás. Le rodeó los hombros con un brazo y lo acercó hacia ella, perdida como estaba en el húmedo beso que sentía en el cuello. Ese hombre iba a volverla loca.

Cuando Devlin volvió a reclamar su boca con embriagador apremio, ella sintió el corazón a punto de estallar.

Devlin tomó su rostro en una mano y le acarició la comisura de los labios con el pulgar.

–Separa los labios para mí, preciosa. Déjame probarte –le suplicó con un susurro entrecortado.

Ella lo obedeció, insegura pero fascinada y sintió un placer abrasador cuando la lengua masculina se introdujo juguetona en su boca. De la garganta de Devlin brotó un ronco gemido antes de que la estrechara con más fuerza e intensificara el beso hasta consumirla. Había oído hablar de los besos franceses como ése; besos ardientes, húmedos, intensos y eróticos. No obstante, nada podría haberla preparado para el arrebato de pasión que sintió al responder a su beso lamiéndole la lengua mientras sus labios la devoraban. Devlin la alzó sobre su regazo y la colocó a horcajadas sobre él mientras sus manos le aferraban el trasero con bastante rudeza por encima del vestido. La atrajo contra su cuerpo sin dejar de besarla con avidez. Sumido en el salvaje frenesí, le clavó los dientes en un labio, pero a Lizzie no le importó. La sensación de estar atrapada entre sus brazos y de tener esas caderas estrechas y duras bajo los muslos le había robado la razón. Pese a las capas de ropa que los separaban, la perfección con la que se amoldaban sus cuerpos le provocó una llamarada de deseo tan intensa que se vio obligada a hacer un esfuerzo sobrehumano para apartar sus labios de la boca de Devlin.

–¡Válgame Dios! Ya basta –jadeó.

–Espera –suplicó él.

–No, Devlin. Debemos detenernos.

Él dio un respingo y cerró los ojos como si acabara de darle una bofetada, pero la soltó sin rechistar y la sostuvo por el codo mientras se alejaba de su regazo.

–¿Estás molesta conmigo? –susurró cuando estuvo por fin de pie frente a él, con las piernas temblorosas.

–No.

Ojalá pudiera alegar que se sentía molesta, insultada y escandalizada en lugar de anhelar más de él... mucho más.

–Es tarde. Mis deberes comienzan muy temprano –le dijo.

Devlin esbozó una sonrisilla cínica con los ojos aún brillantes y entrecerrados a causa de la pasión.

–Buena chica.

–Contigo es difícil serlo...

Él la tomó de la mano para estrechársela con suavidad.

–¿Estás bien?

–Sí –le aseguró con una carcajada entrecortada, porque en realidad se sentía mucho mejor que «bien».

–Me alegro –replicó Devlin en un susurro, acariciándole la mano con el pulgar.

Lizzie le dio un apretón en los dedos.

–Buenas noches, Devlin.

–Buenas noches, Lizzie.

–¿Nos vemos por la mañana?

La pregunta estaba cargada de intención.

Él pareció meditarlo durante un instante.

–Aquí estaré.

Ella asintió con la cabeza en señal de aprobación y se zafó suavemente de su mano para atravesar la biblioteca con aire resuelto. Sin embargo, se detuvo al llegar a la puerta y se giró con indecisión para lanzarle una última mirada. Aún estaba recostado en el sofá, tan apuesto como un dios a la luz del fuego; ruborizado, desaliñado e increíblemente seductor. Quedó atrapada en el magnetismo de esa incitante mirada. Mientras contemplaba a ese magnífico hombre que estaba a su entera disposición (al menos por esa noche), la virtuosa abstinencia que se había autoimpuesto la llevó a exhalar un suspiro resignado. Devlin respondió con una ronca carcajada.

–Me voy –anunció con firmeza.

–Ven aquí –replicó él en voz baja y persuasiva.

–Eres un diablo... Devil –susurró ella con una sonrisa traviesa mientras meneaba la cabeza en un gesto amonestador.

Se fue antes de que ese encanto zalamero la debilitara aún más y se encaminó hacia su habitación, sonriendo de oreja a oreja.

A lo largo de los siguientes días, lady Strathmore hizo todo lo que pudo para convertir la chispa que existía entre su sobrino y su dama de compañía en una alegre llamita. Les ofreció la mejor de las oportunidades para estar juntos, exigiéndoles que los dos la acompañaran a Bath el día posterior a la llegada de Devlin. Degustaron el agua en la Sala de la Fuente, donde presumió de sobrino guapo delante de todas sus viejas amistades con quienes se entretuvo para ponerse al día de los cotilleos locales, dejando que Dev y Lizzie se sumaran a la multitud reunida frente al enorme ventanal para contemplar a los bañistas que se sumergían en las piscinas de aguas medicinales. Después, fueron a la pastelería de Sally Lunn y compraron unas cuantas docenas de los afamados dulces de Bath como obsequio para los criados. Según Dev, se sentía obligado a agradecerle a la señora Rowland el detalle de la isla flotante.

La primera noche, la pareja jugó al ajedrez, lanzándose pullas a medida que avanzaba la partida para regocijo de Augusta. Los dos parecían muy sorprendidos por lo igualado de su juego; nadie había vencido a Lizzie a menos que ella así lo quisiera, pero Devlin jugaba desde la infancia y había aprendido de un jugador de agudo ingenio: su padre. Al día siguiente volvió a nevar por la tarde. Augusta echó un vistazo por la ventana en respuesta a unos súbitos golpecitos en el cristal y prorrumpió en carcajadas cuando vio el gordo muñeco de nieve a imagen de Napoleón que la pareja había hecho frente a la ventana, con bicornio incluido. Lizzie, con las mejillas sonrojadas por el frío, la saludó agitando la mano y después comenzó a esparcir semillas entre la nieve para alimentar a los hambrientos pajarillos.

Esa misma noche, mientras degustaban un tibio vino con especias, tanto ella como Lizzie acabaron llorando de risa por culpa de las intervenciones de su sobrino en el juego de las charadas. La alta sociedad desconocía esa faceta de su carácter. Augusta sabía que allí se sentía en casa y, como si de un enorme león se tratara, retozaba con afán juguetón en la sabana después de haber dejado atrás la tenebrosa jungla. Se burlaron de él por su ineptitud en el juego, aunque ambas lo adoraban en secreto por ponerse a la altura de las circunstancias con el único fin de hacer reír a una anciana dama cuando la mayoría de los hombres habría preferido no arriesgar su dignidad.

–¿Qué se supone que significa... eso? –preguntó Lizzie entre carcajadas y casi sin aliento, mientras él repetía el gesto de lanzar algo y su frustración crecía a ojos vista–. ¿Lanzar?

Devlin se tiró de la oreja con una expresión exasperada.

–De acuerdo, acaba en «ar». ¿Tirar? ¿Marchar? ¿Señalar?

Con los brazos en jarras, él la miró con impaciencia, aunque a la postre adivinaron lo que había elegido: *Las bodas de Fígaro*.

A continuación, le llegó el turno a Lizzie y Augusta sonrió para sus adentros cuando vio a Dev observar con una expresión de plácido deleite cada uno de los ridículos movimientos de la muchacha.

La noche pasó entre risas.

El tercer día el cielo apareció azul y sin una sola nube, así que Dev las llevó a dar un paseo en carruaje, decidido a sacarla de la casa tanto como le fuera posible antes de su partida, programada para el día siguiente; demasiado pronto, en opinión de Augusta, pero a decir verdad, los días pasados habían sido muchos más de lo que había esperado. Y ni se le ocurriría pedirle que se quedara un poco más.

Desde el carruaje observaron pasar el paisaje cubierto de nieve entre el tintineo de los cascabeles plateados que adornaban las guarniciones de los caballos. Atravesaron la ciudad, donde dejaron atrás a un bullicioso grupo de niños, y después regresaron a casa. La joven pareja la ayudó a entrar y a tomar asiento en su silla de ruedas, pero en cuanto Lizzie la dejó cómodamente instalada en la cálida salita, Dev se ofreció a enseñarle a conducir su flamante carruaje negro.

–No me atrevo –adujo ella.

–Venga, vamos...

–¡Esa cosa es enorme! Ni siquiera sé conducir muy bien una calesa tirada por un caballo, ¿cómo voy a manejar las riendas de cuatro?

–En ese caso, ya va siendo hora de que lo intentes –replicó él con una maliciosa carcajada mientras la agarraba por la muñeca y la sacaba a rastras de la casa antes de que el atardecer diera paso a la noche cerrada.

Sentada tras su escritorio, Augusta los observó desde la ventana durante un buen rato, sin dejar de darse golpecitos en los labios con actitud pensativa.

Los mozos de cuadra observaron la escena con una mezcla de socarronería y alarma cuando vieron que Devlin la engatusaba para que se subiera al pescante. Él la siguió y se sentó a su lado, tras lo cual le colocó el látigo en la mano derecha y le mostró cómo debía sostener las riendas dobles en la izquierda.

–Deja que el brazo cuelgue relajado contra el costado. Flexiona el codo para que el ángulo sea el correcto. Y ahora siéntate derechita... ya está. Es aconsejable que mantengas la mano a la misma altura del botón inferior del chaleco.

–¿Del chaleco? –repitió ella con voz burlona.

–Esto nos puede servir –replicó Devlin, que se inclinó hacia ella con una sonrisa fugaz para señalarle uno de los botones de la pelliza, situado a la altura de la cintura–. Utiliza ese botón como referencia. Ahora, dobla un poco la muñeca hacia dentro, así.

Lizzie reprimió el placentero escalofrío que le provocó el contacto cuando él le indicó la posición exacta de la mano.

–Tus nudillos deben apuntar en dirección a los caballos, porque la postura te permite maniobrar con facilidad y de ese modo controlarás mejor sus bocados. Son muy receptivos, así que no hay necesidad de que estés constantemente tirando de las riendas, pero no dejes que queden demasiado flojas o no sabrán qué es lo que quieres que hagan. En cuanto al látigo, de momento no necesitas preocuparte de su uso. Un ligero golpecito de vez en cuando bastará para que te asegures de que están prestando atención. ¿Estás preparada?

Cuando ella asintió con un resuelto movimiento de cabeza, Devlin quitó el freno de mano.

El imponente y majestuoso carruaje avanzó a trompicones durante los primeros metros, dando bandazos de un lado a otro del camino; sin embargo, cuando el prudente tiro de frisones se adaptó a la llanura del paisaje, el avance del vehículo fue mucho más estable y tranquilo.

–¡Lo he conseguido! –gritó Lizzie mientras el viento le arrancaba el bonete.

–Sí, no cabe duda –musitó él con evidente ternura–. Ahora vigila la velocidad. Cuidado con la curva.

Tras tirar con cuidado de las riendas, ejecutó una suave parada sin lastimar las delicadas bocas de los animales en cuanto cruzaron la verja.

–Excelente, querida. Ahora, haz que giren a la derecha.

Siguió dándole instrucciones para ejecutar la maniobra, que a ella le pareció peliaguda, aunque para los caballos fuera una nimiedad.

En cuanto los frisones comenzaron a trotar con brío a lo largo del camino, Lizzie se sintió más segura. El tamaño de los animales se le antojaba terrorífico, pero parecían bastante dóciles y dispuestos a seguir sus órdenes; más que nada, sospechaba ella, porque percibían el olor y la voz de su dueño, que iba sentado en el pescante. Después de un breve paseo de algo más de un kilómetro que transcurrió sin ningún incidente, dieron la vuelta alrededor de un vetusto olmo, en una curva del camino.

Puesto que no quería abusar de su suerte, le pasó las riendas al experto conductor y disfrutó del trayecto de vuelta a su lado, con el bonete colgando a su espalda de las cintas que lo sujetaban al cuello y el frío azote del viento en la nariz. El sol ya descendía por el oeste, aunque apenas eran las cinco de la tarde, y las estrellas más brillantes comenzaban a aparecer, titilando con sus destellos plateados en la vivificante tarde invernal. Cuando volvieron a entrar en el patio empedrado, los sonrientes mozos de cuadra la saludaron con una serie de jocosas felicitaciones antes de proceder a desenganchar a los caballos.

Una vez que se apearon, se metió las manos en los bolsillos de la pelliza y siguió a Devlin cuando el encargado de los establos le pidió que lo acompañara a la cuadra en la que descansaba el alto castrado color chocolate que había montado durante la última etapa de su agotador viaje a Bath.

–Hoy la protege menos, milord. El descanso parece haberle sentado bien.

–Veamos... –musitó Devlin mientras entraba en la cuadra y acariciaba suavemente el hocico del animal a modo de saludo.

Acto seguido, se acercó a sus cuartos traseros y le pasó la mano por la pata izquierda, desde la punta del corvejón hasta la cerneja.

–¿Está bien? –preguntó Lizzie, que sintió una punzada de remordimiento ante la posibilidad de que el animal hubiera resultado herido, no tanto por la extenuante cabalgada de Devlin como por sus mentiras.

–Parece que la inflamación ha disminuido. Pero hay una ligera rigidez en el tendón del talón y también en el ligamento –musitó él–. Mac, ¿has conseguido el linimento?

–Sí, señor.

El aludido entró en la cuadra con un frasquito marrón que contenía algún tipo de ungüento y un trapo viejo con el que aplicarlo.

–Yo lo haré –dijo Devlin.

–No hace falta que se moleste...

–Yo fui quien le provocó la herida –insistió en voz baja mientras extendía el brazo para que Mac le diera el frasco.

El hombre se guardó las protestas y obedeció. Un instante después, asintió con la cabeza a modo de respetuosa despedida y se marchó para impartir órdenes al trío de mozos de cuadra que estaban bajo su mando para que comenzaran la laboriosa tarea de alimentar a todos los caballos. Era la hora de la cena.

–¿Hay algo que pueda hacer? –inquirió Lizzie, apoyada con actitud indecisa contra la puerta de la cuadra.

–Acaríciale la cabeza para distraerlo. No está muy seguro de si esto le gusta o no. Es una sensación extraña, ¿verdad, chico? El alcanfor provoca calor y frío al mismo tiempo. Un poco raro.

–Me lo imagino –musitó ella al percibir el fuerte olor del linimento cuando él abrió el frasco.

Devlin soltó el trapo para quitarse los gruesos guantes de piel mientras ella extendía la mano para que el animal se acercara. El caballo así lo hizo, caminando a través de los fragantes montones de heno que cubrían el suelo.

–¿Tiene nombre? –preguntó cuando el animal comenzó a olisquearle la mano con su suave hocico y a lamérsela.

El roce resultó tan agradable como el del terciopelo.

–Si lo tiene, el hombre al que se lo compré no me lo dijo. ¿Por qué no le pones uno?

–De acuerdo. –El animal se acercó más a ella y resopló justo sobre su mejilla, arrancándole una carcajada–. ¿Cómo te gustaría llamarte, preciosidad?

Devlin vertió el linimento sobre su mano y se puso en cuclillas para masajearle la pata, desde el corvejón hasta el talón. El caballo resopló y giró la cabeza para ver lo que le estaba haciendo.

–Ven aquí, chico. Deja que te vea bien –le dijo Lizzie, dispuesta a distraer al animal del masaje.

Mientras Devlin le alzaba el casco izquierdo para inspeccionar meticulosamente el movimiento del talón, ella se ganó su atención rascándole detrás de las orejas. El caballo apoyó la cabeza sobre su mano.

–Vamos a ver... podríamos buscarte un nombre adecuado con tu color. *Chocolate*. *Pastelito*. Tienes una pequeña marca en esa nalga. ¿*Sombra*?

–Este caballo tiene el arrojo de un héroe –señaló Devlin, que estaba concentrado en su tarea–. Me llevó a todo galope a través de una ventisca en plena noche. Me niego a que llames *Pastelito* a un animal tan noble.

–Lo siento, precioso –le dijo al caballo mientras le acariciaba el copete y se lo apartaba hacia un lado para poder ver mejor la expresión de sus enormes y sinceros ojos. El movimiento dejó a la vista una pequeña marca en forma de estrella–. Eres un héroe, ¿verdad? ¡Una estrella! Eso es. Lo llamaremos *Lucero*, Devlin. ¿Ves? –El animal movió la elegante cabeza arriba y abajo y volvió a resoplar contra su mejilla–. ¡Le gusta!

–Por mí, estupendo –accedió Devlin, que la miró con un brillo jovial en sus ojos azules–. *Lucero*, pues.

Sobre ellos cayó un agradable silencio. Poco después, Devlin se enderezó y comenzó a inspeccionar la parte superior de la pata mientras le colocaba la otra mano sobre el flanco en un gesto reconfortante. Tras echarse un poco más de linimento en la mano volvió a inclinarse y retomó el masaje. Entretanto, ella permaneció apoyada en la puerta de la cuadra, acariciando la cabeza de *Lucero* e intentando no observar el hipnótico movimiento de las hábiles manos de Devlin mientras se deslizaban por el suave pelaje del animal.

Trabajaba con la cabeza inclinada, posición que hizo que varios mechones de cabello se soltaran de la coleta y le cayeran con garbo sobre el rostro, justo sobre los pómulos aún sonrosados por el azote del viento. «Qué pestañas más largas», se dijo sin quitarle los ojos de encima hasta que sintió una nueva oleada de deseo, una sensación dulce y sensual que la llevó a morderse el labio y apartar la mirada. ¿Qué era ese efecto que le provocaba? Resultaba indecente. Jamás había reaccionado de ese modo ante la presencia de un hombre. Ni siquiera a la de Alec.

Devlin aplicó también el linimento a la otra pata de *Lucero*, aunque lo hizo más despacio, como si estuviera pensando en algo.

–Me marcho mañana –dijo un buen rato después, como si llevara un tiempo haciendo acopio de valor para confesárselo.

–Sí –replicó ella en voz baja, apoyando la mejilla en el hocico del caballo–. Lo sé.

Llevaba todo el día intentando no pensar en ello.

Suponía que debía estar agradecida por el hecho de que se marchara por la mañana, antes de que la tentación la llevara a hacer algo impulsivo, pero la idea de que la vida retomara la insulsa y habitual monotonía anterior a su llegada era terrible. Dejó de acariciar a *Lucero* un instante, momento que el caballo aprovechó para intentar escapar de su abrazo.

–¿Pasarán otros siete meses antes de que regreses?

Devlin sonrió.

–No si te pones enseguida a planear tu siguiente ardid. Pero te lo advierto, estaré muy pendiente de ti y... –Dejó la frase en el aire, avergonzado ante su fallida broma–. Lo siento –murmuró. Mientras se enderezaba, se encogió de hombros con expresión desvalida–. No se me dan muy bien las despedidas.

–No pasa nada –lo tranquilizó Lizzie, que sonrió con valentía, ocultando el temor que le provocaba el vacío que dejaría en la villa cuando se marchara–. Ha sido divertido –dijo de forma sucinta.

–Sí –convino él al tiempo que asentía de buena gana con la cabeza y le ofrecía una sonrisa pesarosa en respuesta.

Devlin se preguntó por qué a ella le parecía «divertido». La palabra no describía ni por asomo la experiencia vivida durante los últimos días... unos días mágicos. Pero si así era como ella lo veía, se alegraba de haber conseguido mantener bajo control el deseo que le provocaba o, al menos, de haberlo hecho hasta cierto punto. Tal vez pareciera extraño, pero estaba decidido a no sobrepasar los límites con ella. De algún modo, Lizzie se había convertido en algo más que una simple conocida. Se había convertido en su amiga en el sentido más profundo y misterioso de la palabra, y sus amistades eran tan escasas que se negaba a ponerla en peligro dando rienda suelta al ávido deseo que le inspiraba. Por eso se esforzaba por mantenerlo oculto, si bien la situación lo tenía un tanto desconcertado.

Le resultaba irónico pensar en los planes de seducción que había proyectado la primera noche. «Le daré una lección a la muchacha», se había jactado entonces como un imbécil. Al final había sido él quien había acabado seducido... y ella ni siquiera se lo había propuesto. El intenso deseo que sentía por Lizzie lo avergonzaba de verdad. Cada vez que la miraba, ardía en deseos de acostarse con ella. No podía pensar en otra cosa que no fuera tumbar ese cuerpo de alabastro en su cama, separarle los muslos y hacerla suya una y otra vez a la luz del fuego.

Estremecido por esa imagen, fue incapaz de sostener la inocente mirada con la que ella lo contemplaba en ese momento, aunque esos ojos grisáceos lo abrasaban con una invitación inconsciente mientras observaban cada uno de sus movimientos. Jamás había estado junto a una mujer más deseosa de que la tomara, pensó con febril certidumbre. Pero dado que debía regresar a la letal vorágine de intrigas que había dejado en Londres, no podía permitirse el lujo de distraerse, ni podía hacerle a Lizzie el tipo de promesas que una joven como ella se merecía. Por más que la viera dispuesta se negaba a arrancar esa flor aunque bien sabía Dios que su perfume lo estaba volviendo loco.

Inclinó la cabeza y comenzó a limpiarse el aceitoso linimento de la mano con la ayuda del trapo viejo que le había traído Mac. Se aclaró la garganta en medio de un extraño silencio.

–Elizabeth... –dijo con suavidad.

–¿Qué, Devlin? –preguntó ella, con voz un tanto insegura.

«Eres una muchacha tan especial. Tan diferente...»

¡Por el amor de Dios! Qué torpes parecían esas palabras. Perdió el valor, así que tragó saliva con fuerza y esbozó una sonrisa forzada.

–Deberíamos irnos.

«Antes de que me aproveche de ti», añadió para sus adentros.

–Sí, claro, por supuesto.

«Aguanta», se dijo mientras cogía los guantes que había dejado en un lateral de la cuadra y volvía a ponérselos. Soltó el aire muy despacio en un intento por despejarse la mente. Cuando dio la vuelta para salir, la encontró observándolo con expresión soñadora; pero, por suerte, los interrumpió la llegada de uno de los mozos de cuadra, un muchacho ataviado con una gorra de tweed y que portaba un cubo de agua para *Lucero*. El chico estuvo a punto de echarse el agua encima, ya que el cubo pesaba, a buen seguro, tanto como él. Aparentaba unos nueve o diez años como mucho, y era sin duda uno de los innumerables nietos de la señora Rowland.

Dev le sonrió.

–Deja que te ayude con eso –murmuró mientras le quitaba el cubo de las manos.

–¡Gracias, señor! –exclamó el niño antes de marcharse a la carrera en busca de otro cubo, dejándolos de nuevo a solas en el pasillo.

Dev, que llevaba la carga con una sola mano, colgó el cubo en un gancho de hierro situado a tal fin en la cuadra. *Lucero* se acercó y comenzó a beber el agua gélida. Le dio una cariñosa palmadita en el flanco a modo de despedida.

Lizzie se hizo a un lado para dejarlo salir, pero justo cuando él pensaba que por fin lo había conseguido, notó el involuntario estremecimiento que recorrió a la muchacha cuando la rozó al pasar a su lado. Su control se hizo añicos.

Se detuvo y se giró hacia ella.

Lizzie le sostuvo la mirada con las mejillas arreboladas. No hizo ademán de retroceder.

Un instante después, la tomó entre sus brazos y la apoyó contra la puerta de la cuadra, aprisionándola con el cuerpo y besándola con ardor. Ella le arrojó los brazos al cuello y le devolvió el beso con ávido abandono. Ninguno de los dos se percató de que habían asustado al caballo con la brusquedad de su apasionado abrazo.

Sin muchos miramientos, enterró los dedos de una mano en ese largo cabello mientras ella lo aferraba por las solapas como si quisiera acercarlo aún más a su cuerpo, muchísimo más. Su respuesta resultó apasionada en extremo. Las manos femeninas lo acariciaban al tiempo que aceptaba su aliento para beber de su beso con apremiante y sedienta avidez. Soltó un gemido, encantado por semejante reacción, y la estrechó con más fuerza por la cintura sin dejar de saborear la dulce y cálida humedad de su boca.

Le cubrió un pecho, o al menos lo intentó, a través de la lana gruesa de la pelliza marrón y, aunque Lizzie no emitió ninguna protesta, él se quedó helado al escuchar que alguien carraspeaba en las cercanías.

Se apartaron, jadeantes y sonrojados, y ambos volvieron la vista a tiempo para reconocer a Mac, que se alejó en aras de la discreción. El aviso había llegado un instante antes de que los jóvenes mozos de cuadra doblaran la esquina, empujando la carretilla con los sacos de grano.

Se alejó con presteza de Lizzie en cuanto los muchachos comenzaron a repartir el grano en los pesebres de cada caballo con la ayuda de una pala. Los remordimientos de conciencia comenzaron al instante. ¡Santo Dios! Si los chicos la hubieran visto entre sus brazos, su reputación hubiera quedado destrozada antes de que amaneciera y cuando acompañara a la tía Augusta a la misa dominical habría sido la comidilla de la ciudad.

Intercambiaron una ardiente mirada antes de que se las arreglara para recobrar el sentido común. Maldición, pensó, estaba preciosa con el pelo desordenado. El viento podría pasar por culpable de su desarreglo, se dijo. Mientras ella se colocaba la pelliza con las mejillas encarnadas, le hizo un gesto para que lo precediera.

–Detrás de ti.

Lizzie carraspeó con delicadeza antes de emprender la marcha. Pasaron junto a los jóvenes aprendices, quienes no les prestaron la menor atención, demasiado inmersos en una disputa sobre a quién le tocaba alimentar a los caballos y a quién manejar la carretilla.

Las voces infantiles quedaron atrás cuando salieron de la cálida y acogedora atmósfera del lugar. La oscuridad había caído en el exterior. La noche era gélida, negra y sin luna, pero Devlin agradeció el frío azote del viento invernal, porque lo ayudó a aclararse la mente mientras atravesaban el patio, el uno junto al otro.

Ambos permanecieron en silencio, perdidos en sus pensamientos. Lizzie cruzó los brazos por delante del pecho y se estremeció a causa del frío. Él reprimió el impulso de darle calor y apartó la mirada, preguntándose con desesperación cómo podría quedarse satisfecho después de haber vislumbrado fugazmente la felicidad.

Era una tortura. Esa muchacha le provocaba el peligroso pensamiento de abandonar su vengativo plan. Despertaba en él el deseo de librarse de las cadenas del pasado y de abandonar el horrible peso del odio; de vivir y ser feliz.

«Es una pena que no me lo merezca», concluyó.

6

Esa noche, durante la cena, Devlin y Lizzie se esforzaron por parecer alegres, decididos a seguir con su propósito de entretener a la vizcondesa, pero ambos eran penosamente conscientes de que al día siguiente se separarían. Su última cena juntos fue el menú más espléndido que la señora Willis había elaborado hasta el momento, empezando por unos entrantes compuestos de sopa de fideos y ostras, seguidos de un primer plato de costillas de cerdo en salsa, salmón, rollitos de carne, gambas y pastel de ternera. El segundo plato no fue menos exuberante: liebre y champiñones, mollejas de ternera asadas, langosta, corazones de alcachofa, pastelillos de pera y tartaletas.

El vino corrió alegremente; el borde dorado de la vajilla y el exquisito artesonado de estilo Robert Adam del techo brillaban como si el mundo estuviera bajo el influjo de un hechizo; las llamas de las velas bailaban como si de hadas diminutas se tratasen. Lizzie se había puesto su vestido de noche preferido, haciendo caso omiso de todos sus argumentos a favor de la soltería expuestos días atrás; tenía la sensación de que había pasado toda una vida desde entonces y de que ella era otra persona distinta. Un brillo placentero asomó a la ardiente mirada de Devlin cuando sus ojos la recorrieron y se detuvieron en el atrevido corpiño ribeteado de encaje de su vestido de terciopelo azul verdoso. Sabía que ése era el vestido que mejor le sentaba. Aunque prefería no meditar sobre el hecho de que la opinión de Devlin fuese tan importante para ella.

Después de todo, él seguía siendo un vizconde y ella la hija de un simple administrador. Si el hijo menor de un duque, un hombre sin título, había estado tan fuera de su alcance, un vizconde por derecho propio lo estaba diez veces más. Y ella no iba a perder la cabeza por un hombre al que no podía tener. Claro que podía disfrutar de su compañía sin más. Y de sus besos...

El postre incluía una tarta de queso con sabor a almendra, un surtido variado de pastas y una magnífica tarta con numerosas capas de galletas napolitanas, alfajores y pasteles borrachos de rosoli; cada una de las capas estaba cubierta por rodajas muy finas de fruta y untada con mermelada de varios sabores. El conjunto al completo estaba regado con jerez y decorado con grajeas procedentes de la mejor confitería de Bath.

Después del festín se retiraron al salón. Devlin bebió oporto y entabló una desenfadada charla sobre política con su tía mientras ella, que escuchaba a medias, se encargaba de amenizar la velada desde el pianoforte con una encantadora selección de melodías del popular compositor irlandés John Field. No obstante, el reloj marcó demasiado pronto las diez. En su renuencia a abandonar la presencia de su sobrino, lady Strathmore ya había retrasado el momento de su retiro más de una hora. Una vez más, los dos cooperaron para ayudar a la anciana a subir la escalera.

En el pasillo de la planta superior, Devlin la devolvió a su silla de ruedas y ella se dispuso a empujarla. Mientras lady Strathmore se acomodaba las faldas, ellos intercambiaron una mirada. Lizzie esbozó una trémula sonrisa al darse cuenta de que su expresión se había tornado apesadumbrada por la cercanía de la despedida. Los ojos de Devlin estudiaron su rostro sin perder detalle antes de inclinarse para besar a su tía.

La vizcondesa le dio unas pequeñas palmadas en la mejilla recién afeitada.

–Ha sido maravilloso tenerte aquí, cariño. No te hagas tanto de rogar la próxima vez.

–No lo haré, tía. Cuídate. –Tras besarla en la frente, se enderezó y miró a Lizzie con expresión insegura mientras le hacía una reverencia–. Señorita Carlisle.

–Lord Strathmore. –Ella levantó el brazo y le tendió la mano–. Buen viaje.

En lugar de estrechársela, se inclinó y le besó los nudillos con ternura.

–Señoras... –dijo, soltándole la mano tras un largo instante–, ha llegado el momento de despedirme.

–Ven conmigo, Lizzie –ordenó lady Strathmore con voz cortante.

–Sí, señora –musitó ella, haciendo girar la silla de ruedas para empujarla hasta la habitación de la anciana.

Incapaz de resistirse, echó un último vistazo por encima del hombro. Él seguía de pie donde lo habían dejado, con la vista clavada en ellas. Era la personificación de la elegancia aristocrática ataviado con su traje de gala y las manos enfundadas en los guantes blancos y cruzadas a su espalda. Lizzie dio un pequeño respingo y devolvió la vista al frente con el corazón en un puño.

Puso todo su empeño en concentrarse en su deber y ayudó a lady Strathmore a ponerse su abrigado camisón de lana. Como de costumbre, Margaret entró para preguntar si necesitaban ayuda. La camarera había colocado varias botellas de agua caliente entre las sábanas media hora antes y, para entonces, la cama de la anciana estaba calentita y acogedora.

–Cuando bajes, dile a la señora Rowland que suba, Margaret –le ordenó lady Strathmore–. Tengo que darle unas cuantas instrucciones relativas al menú de mañana.

–Yo puedo transmitírselas, señora. No me importa en absoluto –se ofreció Lizzie, tal vez a la búsqueda de una excusa que le permitiera encontrarse con Devlin una última vez antes de que se marchara, pero la anciana negó con la cabeza.

–No hace falta. Tengo que hablar con la señora Rowland en persona. Quizá tenga que hacer un viaje especial al mercado. Sin duda la despensa ha dado un bajón enorme tras todos los excesos de estos días.

–Sí, señora –dijo Margaret–. La enviaré de inmediato. Buenas noches, señora.

La delgada doncella hizo una reverencia y se marchó a toda prisa mientras Lizzie apartaba la colcha y ayudaba a la vizcondesa a subir los dos escalones de madera que llevaban a la cama.

Cuando por fin estuvo acomodada en su alto y grueso colchón, su menudo cuerpo pareció muy frágil bajo los pesados cortinajes del dosel de damasco.

–¿Puedo ayudarla en algo más, milady? –preguntó Lizzie, que se aprestó a apagar la lamparilla de aceite situada al otro lado de la habitación.

–No, no, querida. Ya puedes irte.

Lizzie hizo una reverencia y salió de la habitación mientras se repetía que así era mejor. Aunque su cuerpo y su alma anhelaran las caricias de Devlin Strathmore con desesperación, los hombres como él sólo reportaban lágrimas. No se había esforzado tanto en recomponer su corazón para que otro apuesto bribón se lo destrozara. Se dijo que su flirteo no había sido más que un entretenimiento; que tan lejos de Londres el famoso libertino necesitaba alguna diversión que lo ayudara a soportar lo que de otra forma habría sido una visita muy aburrida a su tía inválida. En cuanto a ella, se convenció de que no significaba nada, de que sus halagadoras atenciones habían sido un simple bálsamo para aliviar los últimos vestigios del sufrimiento que le había provocado el rechazo de Alec.

Su corazón susurraba algo muy distinto, pero no le hizo caso.

Se aferró con ferocidad a su instinto de supervivencia, clavó la vista al frente y recorrió sin pérdida de tiempo el pasillo que llevaba a sus aposentos. Tenía el presentimiento de que Devlin la estaba esperando otra vez en la biblioteca, pero ni siquiera miró hacia la escalera cuando pasó frente a ella, decidida a resistir la tentación.

En cuanto su joven dama de compañía se hubo retirado, lady Strathmore buscó su bastón haciendo un esfuerzo supremo.

–Vamos, malditas piernas, funcionad por una vez –masculló–. Es ahora o nunca.

Salió de la cama a duras penas, con un brillo decidido en los ojos. Tras bajar muy despacio los escalones de madera, se acercó muy despacio a su escritorio, apoyando todo su peso en el bastón.

Por fin se sentó con un suspiro, exhausta, y, tras tomarse un instante para descansar, sacó un pliego de su exquisito papel marfil en el que estaba grabado el blasón de la familia. Jamás había sido una metomentodo, pero era increíble cómo podían adquirirse nuevos hábitos incluso al final de la vida.

La idea había surgido de la nada, como una inspiración divina, y la había inundado de un travieso alborozo (la perfecta broma de despedida de una vieja excéntrica y cascarrabias), pero también escondía la sabiduría de toda una vida y una buena dosis de amor. El encanto de Dev y la amabilidad de Lizzie. La aristocrática fogosidad de su sobrino templada por la modesta elegancia de la muchacha. La señorita Carlisle sabía lo que costaba el dinero. Jamás dejaría que Dev dilapidara la fortuna que tanto le había costado reunir a su padre. Y, aún era más importante, ambos escondían un corazón herido.

Dev necesitaría mucho amor y ternura cuando ella muriera, pero no de una insípida muchachita de la alta sociedad que permitiría que ese guapo truhán la avasallara. No, Lizzie era la única a la que podía confiar la solemne tarea de evitar que a su sobrino lo engullera la oscuridad.

No sería fácil para ella, una muchacha de orígenes modestos, casarse con un aristócrata. Augusta lo sabía muy bien. De recién casada había sufrido en sus propias carnes la arrogancia de la alta sociedad; pero si ella había podido hacerle frente, Lizzie también podría.

El hecho de que su sobrino y su dama de compañía se conocieran desde apenas unos días no le preocupaba en absoluto. Tenía ojos. Veía lo que les estaba sucediendo. Además, confiaba en su instinto casamentero; su propio matrimonio había sido arreglado por su padre. Jamás había visto a Jacob hasta unos días antes de la boda.

Una vez que estuvo decidida, mojó la pluma en el tintero y escribió una versión modificada de su última voluntad y testamento.

Levantó la vista del papel cuando escuchó unos golpecitos en la puerta.

–Adelante.

La señora Rowland entró en la estancia.

–Buenas noches, señora. Margaret me ha dicho que quería discutir el menú de mañana.

–No.

El ama de llaves frunció el ceño.

–¿Cómo dice, señora?

–Pasa, Mildred. Y cierra la puerta.

Ella obedeció.

–¿Pasa algo malo?

–Todo lo contrario –respondió casi para sí misma–. Por fin voy a poner las cosas en su sitio. –Se volvió hacia la confusa criada–. Mi querida Mildred, llevas a mi servicio treinta años. No hay nadie en quien confíe más. Por eso voy a confiarte una tarea de vital importancia.

–Sí, milady.

–Ven y firma este documento.

El ama de llaves le lanzó una mirada insegura, pero se acercó, secándose las manos en el delantal. Augusta le tendió la pluma.

–¿Qué es? –preguntó la mujer con indecisión.

–Una versión ligeramente revisada de mi testamento. Con tu firma, atestiguarás que me encuentro en plena posesión de mis facultades mentales y que ésta es mi firma.

–Sí que lo está. Y ésa es su firma.

–Pues firma aquí.

El ama de llaves obedeció sin hacer más preguntas y escribió con sumo cuidado su nombre al final del documento.

–Excelente. Ahora, Mildred, debes partir a primera hora de la mañana para llevarle este documento a Charles Beecham, mi procurador en Londres.

–¿¡Londres, señora!? –exclamó.

–Su oficina está en Fleet Street. Sí, sé que es una terrible inconveniencia, pero debes hacerlo por mí. Eres la única persona a quien puedo confiarle tan crucial tarea. Este documento debe serle entregado en mano al señor Beecham, y haz que la cocinera lo firme también antes de irte. ¿Queda claro?

–Sí, milady, pero...

Colocó en las manos de Mildred un monedero lleno de guineas.

–Coge esto por las molestias, vieja amiga. Vete ya... Y ten por seguro que tu empresa es de vital importancia para el futuro de esta familia.

La señora Rowland la observó con estupefacción antes de asentir firmemente con la cabeza y salir todo lo deprisa que le permitieron sus piernas para cumplir con su misión sin hacer más preguntas.

Regresó a la cama con el corazón aligerado. Cuando apagó la vela, un suspiro de deleite se elevó en la oscuridad antes de que se le escapara una carcajada satisfecha.

«Papá habría estado tan orgulloso...»

Dev se paseaba de un lado a otro de la biblioteca revestida de roble bebiendo de una copa de jerez mientras fingía leer un enorme atlas, que mantenía en equilibrio sobre un brazo. ¿Dónde demonios se había metido?

Sin duda bajaría. Había estado a punto de sugerirle una cita, pero no se había atrevido delante de su tía... y luego fue demasiado tarde. Aun así, se había aferrado a la posibilidad de que acudiera a la biblioteca, ya que se negaba a creer que ella se conformara con esa insatisfactoria despedida más de lo que se conformaba él. Sopló para apartarse un largo mechón de cabello de los ojos. Sentía crecer la frustración dentro de él. El enorme reloj de pared en cuya esfera había pintados un sol y una luna no tardó en marcar las once y seguía sin haber rastro de ella. De repente se quedó inmóvil al escuchar pasos en el pasillo. Por fin.

Dio media vuelta mientras el corazón le daba un vuelco, pero en última instancia se acordó de adoptar una expresión indiferente. Los pasos se acercaron. Miró hacia la puerta y enarcó las cejas con un leve gesto interrogante.

El oscuro rostro de Ben apareció en el vano.

–Milord...

Dev soltó un juramento y puso los ojos en blanco.

–Sí, Ben, ¿qué pasa?

–Ya está todo preparado para nuestra partida. ¿Le comunico al cochero la hora a la que deseas ponerte en camino? –preguntó tuteándolo, cuando advirtió que estaban solos.

–Sobre las seis, supongo. Así podríamos llegar a Londres alrededor de medianoche si los caminos están despejados.

–Muy bien. ¿Necesitas algo más?

«A Lizzie», pensó con expresión alicaída.

–Mmm. Tal vez sería mejor que te retiraras. Las seis de la mañana llegarán en un abrir y cerrar de ojos.

Ben lo miró con una ceja arqueada, indeciso.

Dev cerró el atlas con un hondo suspiro.

–Es probable que tengas razón. –Se detuvo y clavó la vista en el agradable fuego que crepitaba en la chimenea antes de despedir a su amigo con un gesto de la mano–. Puedes retirarte, Ben. Duerme un poco.

«Bien sabe Dios que yo no podré», pensó.

Ben recogió el frac que él había dejado sobre el respaldo de una silla, tras lo cual hizo un gesto de despedida y se marchó.

Dev agudizó el oído en el silencio de la casa, pero sólo escuchó el distante silbido del viento entre las hojas. Más allá de las elegantes ventanas se extendía la fría e impenetrable oscuridad de la campiña, y él estaba totalmente solo.

Soltó el atlas que había estado hojeando con impaciencia sobre el escritorio de la biblioteca y se acercó a la chimenea para dejarse caer en el sofá de piel marrón. Echó la cabeza hacia atrás y se arrellanó entre los mullidos cojines mientras le daba vueltas a la copita de cristal entre los dedos y clavaba una furiosa mirada en el fuego. Ni una sola vez le había pedido que se quedara. ¿Qué quería decir eso?

Las mujeres siempre le pedían que se quedara, era el último paso del ritual, y un paso que detestaba, pero tenía que reconocer que el desagrado que ese acoso le provocaba le facilitaba la tarea de marcharse. Sin embargo, Lizzie no había musitado ni una sola de las habituales súplicas, lo cual había echado por tierra sus expectativas, como de costumbre.

«Tal vez no quiere que te quedes, asno arrogante. ¿Se te ha ocurrido eso?», se preguntó.

Se desató de un solo tirón la corbata, contrariado, antes de sonreírle con sorna a *Pasha*, que saltó al brazo del sofá y se sentó allí para mirarlo con los ojos brillantes, meneando su peludo rabo.

–¿Por qué tienes siempre esa expresión tan presumida? –le preguntó al gato.

–¡Miau!

–Ya imaginaba que dirías eso. –Dio un sorbo–. Por todos los infiernos...

Silencio.

No podía soportar el silencio. *Pasha* recorrió con felina elegancia el respaldo del sofá y le hizo cosquillas en la oreja con los bigotes como si quisiera contarle un secreto.

–Comprendo. Sí. Tal vez debiera hacerlo –dijo con más determinación.

Después de todo, era Devil Strathmore... Más que eso, ya que pronto sería miembro de pleno derecho del infame Club del Caballo y la Cuadriga. El comportamiento escandaloso era prácticamente una segunda piel para sus miembros.

Se echó otro trago de jerez al coleto para darse valor, pero ya había tomado una decisión. Lo peor que podía pasar era que lo abofeteara, ¿no? Él sabía a la perfección cuándo lo deseaba una mujer.

–Bueno, chico –le dijo al gato mientras se levantaba del sofá–, parece que Mahoma debe ir a la montaña...

Con ese último comentario, salió de la biblioteca y se dispuso a atravesar la casa con paso seguro. El vacilante resplandor del fuego sólo llegaba hasta la puerta. El pasillo que había al otro lado estaba a oscuras.

Se abrió paso por la silenciosa mansión, acariciando el frío y lustrado pasamanos al subir la escalera. Cuando llegó a la planta alta, recorrió el pasillo enmoquetado y se le aceleró el corazón a medida que se acercaba al dormitorio en cuya puerta se veía una rendija de luz.

Sin importarle el riesgo, asió el picaporte. Giró sin problemas. La puerta no tenía echado el cerrojo. Enarcó una ceja. Era prácticamente una invitación, se dijo medio en broma. Abrió la puerta sin hacer ruido, echó un vistazo dentro y nada más verla el deseo le provocó un nudo en las entrañas.

Sentada a su escritorio en el extremo más alejado de la habitación, Lizzie trabajaba en sus traducciones, ataviada con un diáfano camisón blanco de seda, sin mangas y con un profundo escote en la espalda, ya que sólo tenía dos cintas azules por tirantes. Una prenda deliciosa que ni por asomo habría esperado que la señorita Responsabilidad se pusiera para dormir. La muchacha lo había sorprendido una vez más.

Su imagen lo dejó totalmente hechizado. Se había dejado el largo cabello suelto y le caía sobre los adorables hombros mientras mordisqueaba con aire distraído la patilla metálica de unos anteojos con la cabeza agachada sobre un enorme libro. Estaba sentada con uno de esos adorables pies bajo su voluptuoso trasero. Verla de esa manera hizo que la sangre afluyera en un cálido torrente hasta su entrepierna. Le agradaba la idea de que hubiera dejado la puerta abierta para él, pero sabía que se engañaba.

Tal vez las jovencitas confiadas y bien educadas como la señorita Carlisle hubieran oído rumores, pero no terminaban de comprender que había hombres sueltos por el mundo a quienes les encantaba la idea de saltarse las normas del decoro. De hecho, uno de ellos se encontraba en esa misma casa. Una sonrisa socarrona le curvó los labios.

Uno que estaba justo en la puerta de su dormitorio...

El resplandor de la vela de su escritorio bailoteaba sobre sus notas, pero hasta el momento no había conseguido gran cosa, ya que se había quedado con la mirada perdida en la nada mientras los márgenes del papel se cubrían de gotitas de tinta. Tenía el codo apoyado en la esquina de la mesa y la barbilla sobre la mano, mientras pensaba en Devlin. Un suspiro distraído hizo que la llama bailoteara. Devolvió la pluma a su lugar con gesto derrotado y apoyó la barbilla en el brazo para contemplar cómo vacilaba la llama. Tal vez debería haber comprobado si Devlin estaba esperándola otra vez en la biblioteca. Después de todo, ¿qué daño podría hacerle una aventurilla si nadie se enteraba?

A decir verdad, la casa era espantosamente aburrida la mayor parte del tiempo. Su visita había sido lo más emocionante que había ocurrido en una eternidad...

De repente sintió otra presencia en la habitación. Levantó la cabeza y echó un vistazo por encima del hombro; lo que vio le arrancó una exclamación de sorpresa. Devlin la observaba, apoyado contra la jamba de la puerta.

Maldita fuera esa manía suya de actuar como un salvaje... ¡ni siquiera lo había escuchado abrir la puerta!

–¿¡Qué haces aquí, Devlin!? –exclamó.

Él se llevó un dedo a los labios mientras entraba.

Sintió el martilleo desaforado de su corazón en el pecho cuando él cerró la puerta con un quedo chasquido metálico y se apoyó contra la madera, aún al abrigo de las sombras. Llevaba las mangas de la camisa enrolladas en los brazos, observó mientras Devlin se metía las manos en los bolsillos de los pantalones negros.

Siguió observándolo, muy consciente de su escasez de ropa. En lugar de levantarse, ocultó su cuerpo medio desnudo tras el respaldo de la silla.

–He venido a despedirme. –Su mirada la recorrió con distraído embeleso–. Dios, qué hermosa eres.

El rubor le tiñó la piel al escuchar sus palabras. Estaba bastante segura de que nadie le había dicho con anterioridad que era hermosa. Escrutó su cincelado rostro en la penumbra de la habitación, preguntándose qué habría llevado a ese guerrero indómito y feroz como un lobo a acercarse a ella; pero entonces percibió la soledad que emanaba de él, como si respondiera a la suya propia. Una vez olvidado el sobresalto inicial, distinguió el acuciante deseo que escondían sus ojos claros.

Todo su ser clamó por saciarlo.

Se puso de pie muy despacio y le reveló su cuerpo.

Devlin dio un ligero respingo y su rostro se crispó de deseo mientras la recorría con la mirada.

–Si me dices que me vaya, lo haré –dijo en un ronco susurro.

Ella negó con la cabeza, incapaz de resistir el magnetismo de su propio deseo. Ni siquiera lo intentó. Sólo existía ese momento, esa noche. Sólo él. Sólo esta vez, le suplicó su cuerpo. Estaba tan sola, al igual que él, tan hambrienta por que un hombre la llenara... Fueran cuales fuesen sus defectos, sabía que Devil Strathmore podía proporcionarle una noche de placeres que seguramente jamás volvería a experimentar.

Alzó los brazos para recibirlo.

La mirada de Dev se tornó abrasadora mientras le echaba el pestillo a la puerta y cruzaba la estancia en cuatro zancadas para cogerla en volandas. Le echó los brazos al cuello mientras él se apoderaba de su boca y la llevaba hacia la cama.

7

Los embriagados sentidos de Lizzie se deleitaron con la avidez de ese húmedo beso. Lo único que pudo hacer fue aferrarse a él mientras la echaba sobre la cama y se tumbaba a su lado sin dejar de acariciarla. El beso la sedujo y la hipnotizó. Sentía la piel y los pechos en llamas; su cuerpo se arqueaba hacia él de forma involuntaria.

No le cabía la menor duda de que Devlin podía escuchar los atronadores latidos de su corazón, pensó mientras él le acariciaba con la mano izquierda la piel que el escote dejaba a la vista antes de introducirla bajo la prenda de seda. El cálido contacto de esa mano, que le cubrió un pecho con un delicado apretón, la hizo jadear. De sus labios escapó un profundo suspiro. Devlin puso fin al beso con lentitud, pero no apartó la mano. Con la mirada clavada en sus ojos, observó su reacción mientras comenzaba a mover el pulgar alrededor del pezón. Sus ojos se oscurecieron al ver el estremecimiento que la caricia le provocaba.

–No haré nada que tú no quieras que haga –musitó.

–Lo sé, Devlin. Confío en ti –le aseguró al tiempo que alzaba una mano hasta su mentón y lo instaba a regresar a sus labios.

Mientras la besaba con la maestría de un experto, le desató las cintas azules que sujetaban el camisón a los hombros. La destreza que demostró a la hora de bajarle la provocativa prenda hasta la cintura, cuyo roce encontró de lo más estimulante, confirmó sus sospechas de que él era, sin lugar a dudas, uno de los seductores más experimentados de toda Inglaterra. Siguió acariciándole los senos un poco más antes de apartarse para contemplarlos. Cuando volvió a clavar la mirada en su rostro, Lizzie descubrió que esos ojos azules brillaban por el deseo. Inclinó la cabeza y reclamó otra vez su boca, en esa ocasión con más ardor, mientras se colocaba sobre ella.

De la garganta masculina escapó un gemido ansioso y sus ademanes se tornaron apremiantes. Le dejó un reguero de besos a lo largo del cuello y de la parte superior del pecho hasta llegar a un pezón, que capturó entre los labios. La rítmica succión provocó en ella una dulce y pesada languidez, y despertó en su interior un abandono desconocido hasta ese instante.

Le apartó el chaleco de los hombros. Él se zafó de la elegante prenda con un par de movimientos y la dejó caer a un lado con delicadeza. Cuando sus manos regresaron a ella, el pequeño volante de encaje que adornaba los puños de su camisa le rozó la piel de un modo embriagador. Inclinó la cabeza para tratar su otro pecho con la misma exquisitez.

Lizzie le acarició el cabello mientras lo observaba con expresión soñadora y desató la cinta que le sujetaba el cabello para poder enterrar las manos entre los largos y sedosos mechones ondulados.

Le sorprendió que estar juntos de esa manera le pareciera tan natural. La tenue luz de la vela arrancaba destellos a su arete de oro. Las caricias juguetonas que prodigaba a sus pechos prosiguieron unos minutos más y el ardor de esos labios logró que se retorciera bajo él. Sin embargo, cuando hizo ademán de bajarle el camisón, lo detuvo.

–No es justo –lo reprendió con un tímido susurro–. Su turno, milord. ¿Por qué no se quita esto? –le preguntó con voz juguetona al tiempo que tiraba de su camisa para sacarla de la pretina de los pantalones.

La respuesta de Devlin fue una sonrisa abrasadora. Se incorporó sobre los codos para observarlo mientras él se ponía de rodillas y se pasaba la delgada prenda por la cabeza.

La súbita visión de ese cuerpo la dejó boquiabierta. Justo cuando pensaba que era imposible encontrarlo más apuesto, el esplendor de ese esculpido torso se cernió sobre ella, bañado por la luz dorada y vacilante de la vela. El rastro fresco e incitante que la colonia había dejado sobre su piel flotó hasta ella cuando arrojó la camisa al suelo con ademán despreocupado. Deslumbrada, lo contempló con inevitable admiración.

De su cuello pendía el afilado colmillo de algún horrible depredador, sujeto por un cordoncillo de cuero marrón muy desgastado. Perpleja y fascinada ante la visión del salvaje trofeo, se sentó y pasó un dedo bajo el cordoncillo para poder examinar de cerca el colmillo amarillento.

–Un puma –informó él con un ronco murmullo.

Lizzie alzó la vista despacio, maravillada de nuevo por su corpulencia, su coraje y su poder. Era... ¿Cuál es la palabra que utilizan los poetas?, se preguntó. ¡Sublime! Sí. Sublime.

Hermoso y temible a un tiempo.

Y lo deseaba.

–Déjame besarte –susurró Devlin mientras se acercaba a ella.

Le tomó la barbilla entre el índice y el pulgar para echarle la cabeza hacia atrás antes de volver a besarla. Con el corazón desbocado, Lizzie apartó el dedo del cordoncillo de cuero y lo deslizó por el hermoso torso masculino en una indagadora caricia. Era extraño estar haciendo eso con él... participar en algo tan peligroso y a la vez sentirse tan segura entre sus brazos.

–¿Puedo besarte... aquí... como has hecho tú? –le preguntó un instante después, al tiempo que las yemas de sus dedos acariciaban de forma audaz un endurecido y pequeño pezón.

–Mi querida señorita Carlisle... tiene usted mi permiso para hacer conmigo todo lo que le apetezca.

–Me gusta esa respuesta –replicó con una sonrisa sensual–. Túmbate.

Él la obedeció, ofreciéndose para su entero disfrute. Sin dejar de prodigar caricias a ese glorioso cuerpo, Lizzie inclinó la cabeza y lo besó en el pecho antes de comenzar a explorar con los labios y los dedos el hipnótico relieve de su torso, tras lo cual depositó un beso casto sobre un pezón. A medida que iba ganando confianza, sus movimientos se volvieron más audaces, hasta que por fin lo rozó con la punta de la lengua y, para su deleite, comprobó que se endurecía bajo su delicado lametón. Devlin la rodeó con un brazo mientras la observaba y la dejaba jugar a su antojo.

Las caricias descendieron hasta que se vio obligada a ponerse de rodillas entre sus piernas para besar los fuertes músculos de su abdomen, duro como una roca. Estaba acariciando uno de sus muslos acerados cuando él soltó un gemido gutural y le enterró la mano en el cabello sin muchos miramientos. Se incorporó y la instó a acercarse para abrazarla y devorar su boca. Lizzie se derritió al sentir el roce de ese pecho desnudo bajo el suyo y le devolvió los besos, convencida de que jamás podría saciar el deseo que sentía por ese hombre.

Devlin se tumbó de nuevo sobre el colchón y la arrastró con él. La postura hizo que el cabello le cayera sobre los hombros y los ocultara del tenue resplandor de la vela. Fue entonces cuando se percató de que algo duro le presionaba el abdomen.

Pero qué hombre más ridículo... ¿Sería posible que llevara una pistola en el bolsillo?, se preguntó, perpleja por el hecho de que los disipados libertinos londinenses estuvieran siempre preparados para un duelo.

–Devlin, ¿qué es esto? –le preguntó antes de que uno de los dos acabara siendo víctima de un disparo accidental. Pero, cuando rodó para tocarlo con el dedo, abrió los ojos de par en par–. ¡Dios mío!

Devlin soltó una carcajada ante la escandalizada exclamación.

–¿Ves el efecto que tienes en mí?

–Yo... lo siento.

–No lo sientas, *chérie*. No lo sientas.

–¿Eso es tu...?

Fue incapaz de acabar la pregunta.

Él la observó y enarcó una ceja con evidente cinismo.

–Bueno, no es mi catalejo precisamente...

La broma sacó del estupor inicial a Lizzie, que le dio una palmadita en un brazo. Cuando escuchó que Devlin se reía de su sonrojo, se mordió el labio y le lanzó una mirada calculadora de lo más maliciosa.

–¿Puedo verlo? Después de todo, ya sabes... una siente curiosidad...

–¡No me digas! –susurró él con un brillo burlón en los ojos.

Sin embargo, la complació, aunque tuvo que salir de la cama para ponerse de pie frente a ella. Se desabotonó los pantalones mientras la observaba sin pudor alguno, con la barbilla alzada en actitud orgullosa.

–No tienes vergüenza ninguna –señaló Lizzie.

–Pues tú estás mirando... Vamos, tócalo –la desafió con la voz convertida en un susurro.

Lizzie consideró la idea de negarse, pero su tono de voz le indicó que él no la creía capaz de continuar. Cosa que la decidió.

Mientras se decía que lo hacía en aras de la investigación científica, extendió la mano con mucha cautela y probó a tocarlo con la punta de los dedos. El efecto que la ligera caricia tuvo sobre ese enorme cuerpo, que se estremeció de placer, la excitó de inmediato.

–Interesante –murmuró.

Había retirado la mano; pero, en ese instante, volvió a tocarlo con renovado valor.

–Así –susurró Devlin al tiempo que le demostraba cómo hacerlo. Le colocó los dedos alrededor del rígido miembro de tacto sedoso–. Y acarícialo así –la instruyó mientras observaba cada uno de sus movimientos–. Vamos, no va a morderte.

–¿Así?

–Sí, justo así –logró contestar con voz entrecortada.

Lizzie comprobó que su tamaño aumentaba y que se erguía un poco más, como la manecilla de un reloj que indicara que faltaban cinco minutos para la medianoche. Devlin detuvo sus movimientos con delicadeza.

–Y ahora, ¿qué? –quiso saber con genuina curiosidad.

–Ahora tienes que besarlo –susurró él en respuesta.

¿Estaría hablando en serio?, se preguntó mientras alzaba la mirada para observar su rostro, oculto entre las sombras.

–Así –le dijo al tiempo que se inclinaba para besarla.

Su lengua la acarició con deleite. El beso resultó tan erótico y apasionado que, cuando se alejó, estuvo a punto de gritar por privarla de algo tan placentero. Esos ojos azules la instaron a continuar con una expresión suplicante. Lizzie agarró su palpitante miembro con una mano y se rindió a sus deseos de forma instintiva.

Le bastó rozarlo con los labios para comprender el tremendo placer que su beso le reportaba. Devlin extendió un brazo para agarrarse al poste de la cama y comenzó a juguetear con su cabello utilizando la otra mano, mientras ella experimentaba con su recién descubierta habilidad.

El placer que compartían brillaba en su interior con el mismo resplandor de un diamante de intrincado diseño en el que cada faceta era un deleite sensual y chispeante. La primera faceta placentera era la clandestinidad de su escandalosa cita. La segunda, reconoció al tiempo que el corazón comenzaba a latirle más rápido, era la sensación de tenerlo bajo su poder. Y la tercera era el acto en sí mismo. Cuanto más lo degustaba, más deseaba obtener de él y se dejó llevar por el voraz deseo mientras su lengua lo recorría de la punta a la base y sus labios (mojados, ardientes y terriblemente sensibles) percibían cada uno de los febriles estremecimientos que sus caricias provocaban.

Devlin la detuvo sin previo aviso y la tumbó de espaldas sobre el colchón. Colocó las manos a ambos lados de su cabeza, se tendió sobre ella y se apoderó de su boca con un beso salvaje y exigente. Su lengua la poseyó con un despliegue de dominio tan salvaje que estuvo segura de que no quedaría nada de ella cuando acabara, aunque tampoco le importó en lo más mínimo. Percibía los latidos de su corazón contra el pecho y la presión de su endurecido miembro sobre el lugar donde más lo deseaba.

Intentó rodearle los hombros con los brazos, pero él le sostuvo las muñecas y, aunque resultara un tanto perverso, descubrió que el gesto la excitaba muchísimo.

Devlin puso fin al beso y la contempló durante un instante con renovado respeto, como si la creyera una mujer formidable. La pasión ardía en sus ojos, pero no dijo nada. Le soltó las muñecas y se deslizó muy despacio sobre su cuerpo, besándola a medida que descendía. Con la respiración acelerada, Lizzie se retorció bajo las caricias de sus labios y esbozó una sonrisa soñadora mientras él se demoraba en su cuello, sus senos y su abdomen. Cuando le colocó las manos en las caderas y siguió descendiendo, ella alzó un pie, aún enfundado en la media, y lo pasó alrededor de su miembro en una exquisita muestra de picardía. Devlin respondió al gesto con una ronca carcajada mientras alzaba la mirada para ofrecerle una sonrisa maliciosa.

Sin dejar de mirarla a los ojos, le dio un beso en un muslo antes de entornar los párpados y bajar la cabeza. Lo que sucedió a continuación fue algo que a Lizzie jamás se le habría pasado por la imaginación.

–¡Dios! –gimió mientras esa lengua ingeniosa exploraba una zona increíblemente sensible que ni siquiera sabía que poseía.

Devlin se demoró allí con generosa dedicación, devolviéndole lo que ella le había hecho antes. Pero ¡ay!, ser el objeto de semejante adoración pagana era más de lo que podía soportar.

No pasó mucho tiempo antes de que estuviera dispuesta a suplicar si resultaba necesario; a venderle el alma a fin de que no se detuviera. Alzó las caderas hacia su boca; se retorció, clavó las uñas en la colcha y luchó para no gritar a causa del desquiciante placer mientras Devlin la devoraba, mientras le robaba la razón. Cada respiración era un jadeo procedente del alma. Cada vez que creía que no podría soportar otro instante más, él la llevaba a una nueva cumbre.

La realidad quedó muy atrás; ambos se encontraban entre las estrellas que iluminaban la aterciopelada oscuridad de la noche. No tenía ni idea de dónde había quedado la remilgada Lizzie Carlisle, la tímida marisabidilla. Esa mujer desenfrenada a la que Devlin había dado vida era un caldero hirviente de pasión desmedida, encantada de disfrutar de las caricias de su lengua mientras la penetraba con los dedos. ¡Señor! Era demasiado. Tenía que parar. Se sentía fuera de control; sospechaba que ambos lo estaban. A pesar de la debilidad que el deseo le provocaba, extendió una mano para detenerlo y se la colocó sobre el hombro. La piel de Devlin ardía. Intentó reunir las fuerzas suficientes para decirle que detuviera la insoportable marea de placer; pero, antes de que pudiera protestar, él la llevó de forma inexorable al borde de un brillante precipicio y la empujó.

Lizzie cayó, totalmente rendida. Su cuerpo se vio sacudido por una serie de maravillosos espasmos que apenas habían disminuido cuando la boca de Devlin la abandonó. Se alzó sobre ella, magnífico con esa piel atezada y los ojos radiantes por el deseo. Mientras se tendía sobre ella y colocaba las manos a ambos lados de su cabeza, en el colchón, Lizzie pensó que iba a poseer lo poco que quedaba de ella, pero él se limitó a encerrar una de sus manos en un tembloroso puño y a guiarla hasta su dolorosa erección, que palpitaba sobre su sexo.

–Tócame –le dijo con voz ronca.

Ella obedeció y volvió a excitarse al descubrir que su miembro parecía más grande, más tenso y, además, que estaba sorprendentemente húmedo por el deseo. Devlin comenzó a frotarse entre su mano y la carne inflamada de su sexo, empapada después de su orgasmo, hasta encontrar un ritmo que lo llevó al éxtasis en un par de movimientos. Soltó un gruñido y Lizzie sintió un poderoso estremecimiento justo antes de que su semilla se derramara sobre su abdomen e incluso llegara a sus senos.

Se desplomó sobre ella y le acarició los labios con un beso trémulo mientras apoyaba la frente contra la suya entre jadeos.

–¡Oh, Dios mío...! –musitó.

–¡Oh, Devlin...!

Se miraron a los ojos, aturdidos por el cansancio y comenzaron a reírse por lo bajo, con cuidado de mantener la discreción en el silencio de la noche.

Un buen rato después y sumidos en un maravilloso estado de profunda satisfacción, seguían acariciándose entre las sábanas con las piernas entrelazadas. Se sentía raro. Su hermosa y virgen compañera desconocía, por supuesto, lo sorprendido que se encontraba por la respuesta que ella le había arrancado a su cuerpo. Había explotado en su mano como un jovenzuelo inexperto, pero lo más inaudito era que seguía a su lado, permitiéndole que apoyara la cabeza en su hombro y que uno de sus dedos le acariciara el pecho desnudo de forma distraída.

Se sentía... aturdido. Feliz.

Tranquilo y afectuoso. Agotado de puro contento. Le resultaba imposible recordar la última vez que se había sentido tan unido a una amante. Desechó el alarmante pensamiento y le cogió un mechón de cabello para hacerle cosquillas en la mejilla.

Lizzie lo apartó al tiempo que soltaba una suave carcajada. El delicado sonido, rebosante de satisfacción femenina, lo excitó. ¡Señor! Si su horrenda reputación hubiera sido medianamente cierta, a esas alturas ya se habría abalanzado egoístamente sobre ella, haciendo pedazos su himen. Los feroces impulsos que le pasaban por la cabeza le resultaban tan extraños que incluso le parecían graciosos; quería protegerla, cuidarla, erigir un castillo y encerrarla dentro, donde nada pudiera sucederle jamás.

En cambio, la estrechó un poco más y le dio un beso en la cabeza, sorprendido por ese cariñoso gesto, tan impropio de él.

«Si no tienes cuidado, acabarás por cogerle cariño», le advirtió su mente; pero, al parecer, era algo superior a sus fuerzas. Lizzie era muy distinta de las mujeres a las que estaba acostumbrado. Era amable, generosa y tierna. Le encantaba su espesa melena castaña con su aroma a lavanda, sus ojos grises, su tímida sonrisa, su piel blanca como la leche...

–Devlin... –lo llamó ella en voz baja, interrumpiendo sus absurdas cavilaciones de enamorado.

–Mmm –musitó él a modo de respuesta.

–¿En qué estás pensando?

–En ti.

–Adulador –replicó mientras se acercaba un poco más para abrazarlo con más fuerza–. Y ¿qué estabas pensando?

–Que aún hay muchas cosas de ti que desconozco –reflexionó en voz alta–. Todavía tengo muchas preguntas que hacerle, señorita Carlisle. Por ejemplo, ¿dónde aprendió a hablar alemán?

–Te daré una oportunidad para que lo adivines –susurró ella, tras lo cual se mordió el labio intentando contener la risa.

–Jovenzuela impertinente. –Le hizo cosquillas en un costado–. ¿Has estado en Alemania?

Ella asintió con una sonrisa, encantada consigo misma.

–Explícate –le ordenó.

–Las ideas más innovadoras de nuestra época proceden de Alemania. Tuve suerte. El tutor de la familia Knight, el señor Whitby, me enseñó los rudimentos del idioma cuando era niña. Él había estudiado en la Universidad de Gotinga. –Se apartó un largo mechón de cabello de la cara–. Hace tres años, mi interés por la literatura germánica se avivó cuando Robert... el duque, quiero decir, fue asignado a la delegación que participó en el Congreso de Viena.

–¿En serio?

Lizzie asintió con la cabeza.

–Jacinda y yo acompañamos a Bel y Robert a Austria para «ensanchar nuestros horizontes». Disfrutamos del viaje más maravilloso que puedas imaginar. Por suerte, ya habíamos regresado a Inglaterra cuando la maldita guerra volvió a estallar.

–Muy bien. Segunda pregunta: ¿Qué es ese rumor que he escuchado sobre una librería?

–¿Tu tía te ha hablado de eso? –le preguntó, indignada.

–Sí y no lo apruebo en absoluto, que lo sepas.

Lizzie le pellizcó la nariz en respuesta.

–Para ya –la reprendió él mientras le propinaba un manotazo.

–¡Puedo abrir una librería en Russell Square si me da la gana! –le aseguró con un adorable gesto altanero–. ¿Por qué no puedo hacerlo? Vosotros los hombres hacéis lo que os viene en gana. Vamos, ríete.

–Jamás se me ocurriría reírme de ti, *chérie*. –Las comisuras de sus labios se curvaron ligeramente, pero se las arregló para mantener un semblante de fingida seriedad–. Pero, dime, ¿por qué en Russell Square?

–Por la oferta y la demanda, claro está. Está al lado del museo. Piensa –le ordenó mientras se daba golpecitos con un dedo en la sien y lo miraba desde la almohada–. ¿Quién compra libros? Los alrededores están plagados de cafeterías donde los intelectuales suelen reunirse para discutir de filosofía y política mientras se toman un refresco después de las conferencias científicas y tal... Pero, claro, supongo que tú no habrás puesto un pie en Mayfair. Después de todo, he oído rumores de que eres un hombre terriblemente elegante...

–Bueno, a mí me han llegado rumores de que eres una marisabidilla, y estoy empezando a creerlos.

–Has sido tú quien ha preguntado –replicó ella al tiempo que encogía un hombro–. Tengo por costumbre no imponer mis excentricidades a los demás. ¿Una mujer con cerebro? –Meneó la cabeza y le dedicó una seca sonrisa–. No es en absoluto femenino...

–Yo no opino lo mismo –murmuró Devlin, abrazándola con suavidad–. La encuentro fascinante, señorita Carlisle. Extremadamente femenina... y única.

–¡Venga ya! –se burló ella mientras intentaba zafarse de sus brazos.

–¿Por qué dudas de mí? Me veo obligado a regarte de cumplidos hasta que me creas –declaró al tiempo que le impedía que se alejara. Depositó un beso sobre uno de los hombros de su cuerpo desnudo–. Eres encantadora, ingeniosa, amable... –Su voz se convirtió en un murmullo–. Y muy, muy hermosa.

Lizzie dejó de forcejear. Esos ojos grises le devolvieron la mirada con cautela, rebosantes de vulnerabilidad juvenil.

–¿De verdad soy... hermosa?

–No es una simple opinión, señorita Carlisle. Es un hecho que salta a la vista.

Ella esbozó una tímida sonrisa. Devlin la besó en la frente. Ambos guardaron silencio durante un buen rato.

–¿Qué vas a hacer cuando ella... muera? –le preguntó, indeciso.

–Supongo que tendré que conseguir otro empleo.

–¿En Londres?

–¿Por qué lo preguntas? ¿Acaso quiere darme su referencia, lord Strathmore? –le preguntó, mirándolo de soslayo con expresión picarona.

Devlin le rodeó la cintura con los brazos mientras reía con suavidad.

–Voy a darte algo más, desvergonzada. No sé si sabes que... –comenzó con cautela antes de acariciarle el pelo y hacer una pausa deliberada–. Cuando ella muera, no tienes por qué trabajar si no quieres hacerlo.

–Tengo que hacerlo –replicó con un suspiro.

–No. Yo podría encargarme de ti. –No podía creer que lo hubiera dicho, pero hecho estaba–. Voy a heredar mucho dinero. Podrías disfrutar de mi protección.

–Devlin James Kimball –dijo Lizzie, incorporándose con rapidez–. No acabas de proponerme que me convierta en tu amante, ¿verdad?

–¿Por qué no? Nos llevamos bien, ¿no es así? Podrías tener criados, tu propia casa y un carruaje. Lo que quieras...

–Para –le ordenó, alejándose de él–. Eso está fuera de toda cuestión. Por favor, no vuelvas a mencionar el tema. La idea me resulta repugnante. Lo de esta noche... lo he hecho porque sí, no a cambio de algún tipo de compensación. ¡Por el amor de Dios! Jamás he hecho algo parecido en toda mi vida...

–Lo sé. Lizzie... Lo siento. No debería haber dicho nada. –Extendió el brazo hacia ella mientras la muchacha le daba la espalda–. No te enfades. He sido un imbécil.

–Bueno, supongo que no es culpa tuya que me creas ese tipo de mujer después de haber permitido que las cosas llegaran hasta este extremo –refunfuñó, con la cabeza enterrada en la almohada.

–¿Acaso crees que has «permitido» que esto sucediera? –le preguntó antes de hacer una pausa–. ¿De veras crees que habrías podido detenerme?

Ella lo miró por encima del hombro con expresión precavida.

–¿No sabes quién soy? –prosiguió con una mirada deslumbrante–. ¿Acaso no conoces al disoluto, infame y envilecido Devil Strathmore? Preciosa mía, no tenías escapatoria.

–¿Se supone que eso debe ayudar a que me sienta mejor?

–Sí –contestó mientras se sentaba tras ella–. No te enfades, Lizzie. Ni conmigo ni contigo misma. Esta noche ha sido muy hermosa. –Le acarició el brazo–. Prométeme que no te arrepentirás.

Lizzie se giró a regañadientes y lo miró con el corazón en los ojos antes de acariciarle la mejilla.

–Devlin, ¿cómo iba a hacerlo?

–Eso está mejor –susurró sin dejar de mirarla–. Ven aquí, anda.

La rodeó de nuevo con los brazos y se apoyó contra el cabecero de la cama.

–Cuéntame, ¿cómo funcionan estos asuntos? –preguntó ella mientras le acariciaba el cuello con la nariz–. ¿Nos sentiremos cohibidos cuando volvamos a vernos?

–No lo sé. Ven a Londres y lo descubriremos. Después de todo... –Inclinó la cabeza para besarle la punta de la nariz–. ¿Quién va a enseñarme todas esas famosas cafeterías de Russell Square de las que me has hablado? Sabes que acabaría perdiéndome en Mayfair si voy solo.

Lizzie soltó una carcajada y rodó hasta quedar de costado antes de estirarse de forma seductora. Dev se deslizó por las sábanas para tenderse a su espalda. El incitante roce de ese trasero sobre su entrepierna le resultaba delicioso, pero intentó mantener su libido bajo control.

–Todavía tengo una pregunta que hacerte, ¿sabes? –comentó en voz baja, decidido a arriesgarse.

–¿En serio? Eres un hombre muy curioso. De acuerdo, acepto una pregunta más. ¿Cuál es?

Hizo una pausa y dejó que sus labios se demoraran un instante sobre el hombro femenino.

–¿Qué pasó exactamente entre Alec Knight y tú?

Lizzie se tensó.

Aguardó, con todos los sentidos en alerta, porque a esas alturas ya sabía lo que no había pasado entre Alec y ella; era tan pura como la nieve. Ni siquiera había sabido responder a su beso aquella primera noche en la biblioteca, lo que hacía que las sospechas que albergaba sobre el famoso donjuán fueran más difíciles de explicar.

–¿Cómo lo has sabido?

–Me percaté de la expresión de tu rostro la otra noche durante la cena, cuando comenté que lo conocía. Después, mi tía me dijo que viniste para esconderte de un amor no correspondido. Sumé dos más dos. –Deslizó un brazo por su cintura para obligarla a que se diera la vuelta, de modo que pudiera enfrentar su mirada. Le acarició la mejilla mientras observaba su vulnerable expresión–. ¿Qué fue lo que te hizo?

Lizzie apartó la mirada, incapaz de disimular el desasosiego, y comenzó a enrollarse un largo mechón de cabello alrededor de un dedo.

–Lizzie... –la instó, tomándola de la barbilla con suavidad para obligarla a mirarlo–. Yo te he contado mis problemas, ¿no? ¿Es que no confías en mí?

–No es eso. Es que es... un poco humillante.

–Te hizo daño.

–No pongas esa cara. Me estás asustando.

Devlin entornó los párpados para ocultar el destello vengativo que había asomado a sus ojos.

–Si te hizo daño, Lizzie, responderá por ello.

–¡Por Dios, Devlin! ¡No fue una ofensa que merezca un duelo! Es cierto que estuvimos muy unidos, pero tuvimos una... pelea.

–¿Por qué? ¿Qué pasó?

–No pasó nada –respondió de forma sucinta–. Nada en absoluto.

–Entiendo –musitó mientras observaba su expresión–. Tú querías que pasara algo que no pasó.

–¡Ay, Devlin! –Dejó escapar un melancólico suspiro y se llevó una mano a la frente mientras contemplaba el techo blanco–. ¿Alguna vez has tenido una opinión maravillosa de alguien y has descubierto después que no se correspondía en absoluto con la realidad?

Devlin no contestó y se limitó a escuchar.

Ella le dedicó una débil sonrisa mientras lo miraba de soslayo.

–Alec Knight fue el hombre de mis sueños durante... años. Lo amaba tanto... o al menos eso creía. Pero cuando por fin me decidí a confesárselo, huyó. Y ahora lo que creía que era amor me parece sólo la vana esperanza de una huérfana solitaria que ansiaba encontrar un lugar al que pertenecer. Creí que si me casaba con Alec, por fin formaría parte de la familia. De los Knight. –Se encogió de hombros y suspiró con melancolía–. Me temo que mi posición en la vida es un poco confusa en ocasiones. No soy una sirvienta, pero es evidente que tampoco tengo sangre azul como Jacinda o como tú. El hecho de vivir entre ambos mundos, arriba y abajo, es bastante inestable. Parece que no haya un lugar al que pertenecer de verdad. Creí que si me preocupaba por Alec tal y como había hecho con Jacinda todos esos años... si él me amaba y se casaba conmigo, ya no tendría que preocuparme más, porque por fin habría encontrado mi propia familia y siempre sabría cuál era mi lugar.

Devlin la miró con el corazón en un puño.

–Pero me estaba engañando –añadió en voz baja–. Porque Alec jamás había albergado el menor interés por mí.

–Eso me resulta bastante difícil de creer.

–Es cierto. Fuera cual fuese la naturaleza del vínculo que nos unía, nunca dejó de ser platónico. Bueno, está bien. Supongo que a estas alturas deberías escuchar la historia completa. –Se colocó de costado, se incorporó sobre el codo y apoyó la mejilla sobre la mano–. El verano pasado, Alec sufrió una racha de mala suerte en las mesas de juego y contrajo una gran cantidad de deudas. Hasta entonces, vivía de la generosa asignación que le daba su hermano mayor, el duque. Pero Robert le había advertido en repetidas ocasiones sobre sus problemas con el juego y, para junio, había agotado la paciencia de toda la familia. En fin, Alec es muy orgulloso. En lugar de abandonar su elegante modo de vida (y arriesgarse así a perder el lugar privilegiado que ocupaba en la sociedad), decidió pedir ayuda a uno de los prestamistas de baja estofa que viven en la parte más peligrosa de Londres y acordó un jugoso rescate financiero, aunque los intereses eran aterradores.

–Una estupidez –musitó Dev.

–Sí, y Alec lo sabía, pero eligió obviar ese hecho. Estaba seguro de que su suerte cambiaría; pero, entretanto, tenía que abonar sus pagarés o no podría asomar la nariz por White's o Brook's. Así pues, utilizó el préstamo para abonar los pagarés y el asunto de los clubes quedó solucionado. Pero, cuando llegó el momento de efectuar el primer pago del préstamo, su suerte aún no había cambiado, lo que significaba que sus problemas habían aumentado.

»El prestamista envió a un trío de maleantes gigantescos que le exigieron el pago, pero Alec no podía hacer nada. Les dio largas todo lo que pudo, pero no cejaron en su empeño. Al final, lo rodearon y lo atacaron cuando iba de vuelta a casa después de una noche de juerga; solo, bastante borracho según me temo e incapaz de ofrecer resistencia. Aunque acabó con un tobillo roto a causa de la paliza, se las arregló para escapar, pero volvieron a darle alcance poco después. A esas alturas estaba demasiado enfadado y humillado para pedir a sus hermanos que lo sacaran del atolladero. Yo estaba con él la noche en la que esas abominables criaturas fueron de nuevo en su busca.

»Dijeron que iban a matarlo, Devlin. Escuché cómo lo amenazaban... cómo amenazaban al hombre al que había amado desde que tenía nueve años. No podía permitir que le hicieran daño. Cuando me di cuenta del peligro que corría, le entregué la herencia que mi padre me había dejado como dote. No es mucho, pero Robert la había invertido bien a lo largo de los años y...

–¿¡Cómo!? –exclamó sin levantar la voz, totalmente pasmado–. ¿Entregaste tu dote como pago de las deudas de juego de Alec Knight?

–Lo intenté, pero las cosas no salieron bien. Jamás olvidaré la expresión de su rostro cuando le di el dinero. Se limitó a mirarme como si me estuviera viendo por primera vez y comprendiera por fin los sentimientos que albergaba hacia él, después de todos los años que llevábamos bajo el mismo techo, viviendo de forma tan casta como un par de hermanos. Creo que, por primera vez en su vida, se dio de bruces con algo serio, algo de lo que no podía librarse mediante su encanto. No supo qué decir.

Las lágrimas le nublaron los ojos un instante, pero parpadeó para alejarlas.

–De todos modos, cogió el dinero ante mi insistencia y se marchó; pero su comportamiento fue de lo más extraño. Se suponía que debía llevarlo a la oficina del prestamista y regresar a casa, pero se ausentó durante horas. El día dio paso a la noche y yo estaba muerta de miedo. Pensé que esos brutos le habían dado una paliza a pesar de haber saldado su deuda o, para serte sincera, que había ido a White's a probar suerte una vez más con mi dinero. Pero regresó al amanecer totalmente ileso. Y entonces descubrí lo necia que había sido durante todos esos años. Me devolvió el dinero y me dijo que ya no lo necesitaba. Que había encontrado un empleo idóneo con el que ganarse la vida a partir de ese momento. Y después me dijo dónde había estado.

–¿Dónde?

Lizzie se mordió el labio y apartó la mirada.

–Creí que todo el mundo lo sabía. Pero, claro, tú has estado en el extranjero. Por supuesto. –Cerró los ojos y meneó la cabeza–. Hay una baronesa muy rica (a la que todo Londres parece conocer), lady Campion. Estoy segura de que debes de haberla visto. Es muy elegante, sofisticada y mundana. Todo lo que yo no soy –añadió con una triste sonrisilla.

Devlin la tomó de la mano.

–Sigue.

–No sé muy bien cómo explicar esto. Fue lady Campion quien acabó pagando las deudas de Alec. Él se convirtió en su... es decir, que acordó devolverle la suma de dinero... en la cama.

Devlin la observó, pasmado.

–Pobrecita mía –susurró–. Eso debió de destrozarte.

Ella asintió con la cabeza, pero evitó su tierna mirada.

–Billy, el marido de Jacinda, ha intentado explicarme que Alec lo hizo por el único motivo de que aceptar mi dinero le habría supuesto una terrible humillación. Pero no acabo de entender que su solución sea menos humillante que la mía. Ni siquiera habría tenido que hacer algo así. Podría haberse tragado el orgullo y pedir ayuda a sus hermanos, o incluso a Billy. Si cualquiera de ellos hubiera sabido que estaba en peligro, lo habrían ayudado al instante. Pero, ya ves, Alec eligió a lady Campion para matar dos pájaros de un tiro. No sólo consiguió saldar sus deudas sin tener que tragarse su orgullo al pedir ayuda a sus hermanos, sino que también se las arregló para dejarme clarísimo que no se casaría conmigo... jamás. En cuanto se dio cuenta de lo mucho que yo lo adoraba, se encargó de alejarme del modo más efectivo posible. ¿Y sabes una cosa, Devlin? Funcionó.

Guardó silencio un instante.

–Parte de mí siempre lo amará, pero jamás podría volver a confiar en él. Y jamás podría respetar a un hombre que siente tan poco respeto por sí mismo. –Volvió a hacer una pausa–. Llegó a decir que algún día se lo agradecería. Pero jamás me explicó por qué me encontraba tan inaceptable. Así es que sigo dándole vueltas a la cuestión.

–No hay nada inaceptable en ti, Elizabeth. Confía en mí. Tu amigo Billy tiene razón. Ningún hombre con una pizca de amor propio podría aceptar la dote de una dulce jovencita para pagar sus deudas de juego. Y me atrevo a decir que Alejandro Magno jamás ha carecido de orgullo.

–¿¡Estás excusando su comportamiento!? –exclamó Lizzie.

–Por supuesto que no, pero creo que eres demasiado ingenua para verle el sentido.

–En ese caso, ilústrame.

Dev se encogió de hombros.

–La negativa de Alec a aprovecharse de tu devoción me dice que significas para él más de lo que crees. –Cuando la vio parpadear repetidas veces, víctima de la confusión, la acercó más a su cuerpo y le dio un beso en la mejilla mientras le acariciaba el pelo–. Hay algunos hombres, *chérie,* que besarían a todas las muchachas de la ciudad menos a la que de verdad les importa.

Ella lo miró, ceñuda.

–Eso es una tontería. ¿Por qué iban a hacer eso?

–Por miedo, querida.

–Pero Alec es como tú: no teme a nada. Claro que nunca ha luchado con un puma, pero ha participado en innumerables duelos y...

–No, me has malinterpretado. No es el peligro lo que asusta a los hombres como Alec y como yo. Es el amor.

Dev cerró la boca de golpe... horrorizado ante el desliz que acababa de cometer. «¡Por todos los demonios del infierno!», exclamó para sus adentros. Analizar las debilidades de los demás estaba bien, pero ¿qué lo había llevado a confesar que también él formaba parte de esa lamentable clase de hombres?

Era cierto, pero ¡por el amor de Dios! El antiguo temor que llevaba arraigado en lo más hondo regresó para devolverle el sentido común. Tuvo la extraña e irritante sensación de que su mente analítica se alejaba unos metros para contemplar la cama en la que yacía abrazado a la damita de compañía de su tía (¡a la que prácticamente había seducido!), consolándola al oído como si fuera un jovenzuelo enfermo de amor. La razón regresó como el haz de luz de un faro que iluminara la suave penumbra de la habitación de la muchacha y lo que vio de sí mismo, bajo el intenso resplandor de esa luz, lo dejó horrorizado. ¿Qué demonios había creído estar haciendo?

–¿Pasa algo? –quiso saber Lizzie mientras él la observaba y se alejaba de ella centímetro a centímetro.

El corazón se le había desbocado. «Tengo que salir de aquí», se dijo. Como si el encariñamiento con su tía no fuera amenaza suficiente, acababa de descubrir que sentía una extraña y peligrosa debilidad por Elizabeth Carlisle. No duraría. Sabía a la perfección que la sensación de seguridad que le inspiraba no era más que una ilusión. El amor es sinónimo de sufrimiento, se recordó. El destino ya le había hecho pedazos el corazón en una ocasión. Y no tenía la menor intención de volver a pasar por eso.

No se creía capaz de sobrevivir.

Lizzie frunció el ceño cuando lo vio esbozar una sonrisa forzada, como si fuera un hombre que luchara por respirar.

–Es tarde –contestó con todo el tacto del que fue capaz y la rígida sonrisa aún en el rostro–. Debería marcharme.

Lizzie había percibido el momento exacto en el que Devlin se alejó; no movió ni un músculo, ni siquiera pestañeó, pero sintió el cambio que se obró en él como si fuera un cambio en la dirección del viento. En un principio no comprendió lo que estaba sucediendo.

–Devlin –insistió ante su falta de respuesta–, ¿te pasa algo?

–No, por supuesto que no, querida. –Se incorporó sin previo aviso y sacó sus largas piernas de la cama. Tras zafarse de su suave abrazo, se puso de pie y se alejó de la cama con evidente nerviosismo–. Necesitas descansar.

«Pero no estoy cansada», protestó su mente. Recorrió con una mirada fervorosa ese cuerpo formidable en su gloriosa desnudez. Devlin se inclinó para recoger su ropa mientras ella se preguntaba con tristeza si habría hecho algo mal. Entonces recordó lo que su tía le había dicho. Desde hacía doce años, no permitía que nadie se le acercara demasiado. Y comprendió de repente.

El muy tonto se había asustado por la intimidad que habían compartido esa noche.

Cuando hubo terminado de abotonarse los pantalones negros, regresó y se sentó en el borde de la cama para ponerse las botas. Estaba encerrado en sí mismo, aprisionado en la jaula de sus propios miedos, dándole la espalda como si ella no existiera.

Sin embargo, en lugar de sufrir un arrebato de furia o indignación ante ese súbito deseo de marcharse, Lizzie sintió una oleada de tristeza por él. Después de todo, sus heridas seguían sangrando. Extendió un brazo y, con mucho cuidado, colocó la mano sobre su espalda, amplia y suave.

Devlin se lo permitió. No se acercó, pero tampoco rehuyó el contacto. Bajo su mano, percibía la tensión que vibraba en el interior de ese cuerpo grande y atlético. Se acercó a él y ladeó la cabeza para contemplar su perfil aristocrático. La expresión que asomaba a ese rostro cincelado, tan hermoso a la luz de la vela, despertó una enorme lástima en su interior.

–No pasa nada –susurró.

–¿Tú crees? –replicó él con voz ronca y cínica, aunque al menos no intentó negar lo que en realidad le pasaba por la cabeza.

–Devlin.

Lizzie se puso de rodillas tras él y le rodeó los hombros con los brazos para darle un beso en la mejilla. Cerró los ojos un instante y apoyó la cabeza contra la suya.

«Podría enamorarme de ti... tan fácilmente...», admitió para sí. La idea resultaba perturbadora. Pero no había necesidad de inquietarlo. Le acarició la melena azabache y bromeó para tranquilizarlo:

–No te inquietes, querido. Tal vez Alec Knight sea una causa perdida, pero estoy muy segura de que aún hay esperanza para ti.

–¿En serio? –replicó con aspereza.

–Sí. Eres mucho más maduro que él.

–Gracias... creo. –Se detuvo con actitud insegura–. Lizzie...

–¿Qué, Devlin?

–Si alguna vez vas a Londres... –Dejó la frase en el aire–. Bueno, da igual –musitó con la mirada clavada en el suelo, aunque la angustiosa frustración que asomaba a sus ojos hizo que se compadeciera de él.

–Ven aquí, cariño. –Antes de que pudiera alejarse, le dio un ligero abrazo y lo besó en la sien–. Si alguna vez nos encontramos en Londres, recordaré lo maravillosa que ha sido esta noche. Eso es todo –agregó en voz baja antes de volver a recogerle el pelo en una coleta que ató con la cinta de cuero–. Ya te he dicho que no espero ninguna promesa por tu parte, Devlin. Sé cómo funcionan las cosas. Deseaba que pasara esto tanto como tú y sigo siendo tu amiga.

Le dio un beso en la oreja izquierda, justo por encima del arete de oro.

Él la miró de reojo con evidente recelo.

–¿Acaso eres un ángel?

Lizzie le sonrió.

–¿Tú qué crees?

–Que es muy posible.

Se puso de pie un poco más relajado, recogió la camisa blanca y se la pasó por la cabeza. Sin embargo, en lugar de marcharse, se acercó despacio a la cama y volvió a sentarse con los hombros encorvados.

–Siento mucho ser así –dijo tras una larga pausa y sin agregar nada más.

–Vamos, Devlin, no eres tan malo –bromeó ella con ternura antes de ofrecerle un abrazo reconfortante. Besó su majestuosa frente, ceñuda en ese momento, y se resignó a la triste idea de dejarlo marchar–. Adiós, mi querido lord Strathmore... –comenzó a decir, pero él se giró y le tapó la boca con los dedos en cuanto hubo pronunciado la primera sílaba.

–No. Nada de adiós –murmuró–. ¿Qué es lo que dicen los italianos?

–*Arrivederci*?

–Sí –contestó mientras esbozaba una leve sonrisa, oculto por las sombras–. Hasta que volvamos a vernos.

–¿Lo haremos, Devlin? –le preguntó en un susurro mientras estudiaba esos cristalinos ojos azules.

–Creo que es bastante posible –murmuró él en respuesta antes de tomarle la barbilla entre los dedos y acercarse para besarla con ternura una vez más.

Lizzie lo abrazó, reacia a dejarlo marchar, pero a sabiendas de que un aristócrata como él no era para ella y jamás lo sería. «Déjalo marchar –se dijo–. Es mejor tomar esta noche por lo que ha sido: dos personas solitarias que se han unido en busca de calidez durante una fría noche invernal.» Lo soltó de mala gana tras acariciarlo una última vez. Él se demoró en la comisura de sus labios con un último beso, tras el cual se puso de pie y se alejó.

No obstante, se detuvo al llegar a la puerta para echar un vistazo sobre su hombro.

–Nada de arrepentimientos.

–Nada de arrepentimientos –repitió ella en voz baja.

Le lanzó un beso con la punta de los dedos y salió de la habitación con el mismo sigilo que el viento, que va de un lado a otro a su antojo.

Aguzó el oído hasta que el sonido de sus pasos se perdió. Después se giró sobre el colchón con una dulce sonrisa en los labios, aunque sentía un ligero dolorcillo en el corazón.

«*Arrivederci,* milord –pensó con un suspiro–. Hasta que volvamos a vernos.»

SEIS SEMANAS DESPUÉS

Hay que ser justos hasta con el Diablo.

Proverbio inglés del siglo XVI

8

El tañido de las campanas de la catedral resonaba sobre los tejados de Londres y espantaba las bandadas de palomas, que se alzaban molestas y confusas hacia el cielo, del mismo color pardusco que sus plumas, manchadas por el hollín de un millar de chimeneas. Una triste llovizna de marzo repiqueteaba sobre el río de carruajes negros y paraguas que se abrían camino a lo largo de Whitehall, y caía sin cesar sobre la silenciosa multitud conformada por los dos mil dolientes y la incontable cantidad de espectadores que se habían reunido para el solemne funeral de la vizcondesa viuda de Strathmore.

Había unos cuantos agentes de policía en las cercanías para despejar el camino hacia la abadía. Casi a la cabeza de la procesión, seis caballos negros como la pez tiraban del coche fúnebre, engalanados con tocados de plumas y cubiertos con mantos de terciopelo rojo en los que aparecía bordado el blasón de los Strathmore. Tras él caminaban tres músicos: un gaitero ataviado con un *kilt*, en silencio hasta el momento, y dos tamborileros que marcaban un ritmo lento y fúnebre.

Todas las grandes familias del reino habían enviado a un representante como muestra de respeto a la vieja Dama de Hierro. La lenta hilera de carruajes se extendía casi hasta Trafalgar Square; cada uno de los señoriales vehículos llevaba el escudo de armas de un noble y estaba adornado para la triste ocasión con crespones negros y coronas funerarias. Apenas se escuchaban voces; sólo se distinguía el repiqueteo de los cascos de los innumerables caballos, el chirrido de las ruedas de los carruajes y el continuo y grave tañido de las campanas.

Lizzie se abría paso a duras penas entre el gentío, intentando encontrar a Devlin mientras la última petición de su tía resonaba en sus oídos: «¿Velarás por él de tiempo en tiempo cuando yo me marche?».

La vizcondesa había muerto plácidamente quince días atrás mientras dormía, un mes después de la visita de Devlin. La señora Rowland la había encontrado por la mañana; habían avisado al doctor Bell de inmediato, pero no había servido de nada. Lizzie le había comunicado las tristes noticias a Devlin en una misiva manchada por las lágrimas.

El frágil cuerpo de la vizcondesa había sido primorosamente aseado y preparado por las sirvientas de más edad antes de colocarlo en una caja de madera de pino que encajaría a la perfección en el magnífico ataúd blanco elegido para el entierro; acto seguido fue trasladada a Londres para ser enterrada junto a su marido en la cripta de la abadía de Westminster, honor que el difunto había conseguido gracias a algún servicio prestado a la Corona que ya nadie recordaba. Lizzie había derramado muchas lágrimas por lady Strathmore en la villa, pero su fe era tan grande que sabía que la mujer había ido a un lugar mejor. En esos momentos sufría por Devlin.

«No tiene a nadie más.»

Aunque se había negado a complacer el ruego de la vizcondesa en un primer momento, era incapaz de negar los dictados de su propio corazón. Había pensado en Devlin constantemente, si bien no lo había visto desde la noche de sensual abandono que habían compartido. No obstante, lo único que importaba en esos momentos era encontrarlo. Llegar hasta él. Mirarlo a los ojos y hacerle saber que no estaba solo. Quería demostrarle que contaba con su apoyo en ese aciago día, el mismo apoyo que había brindado a su tía durante sus últimos meses de vida.

A la postre logró verlo, una lúgubre figura, alta y solitaria, plantada ante las puertas de la catedral y cuyo rostro era una máscara inexpresiva. Los portadores del féretro, de los que él había formado parte, debían de haber dejado ya el ataúd en el interior; en esos momentos se encontraba junto a las gigantescas puertas abiertas de la antigua iglesia, saludando con estoicismo a la interminable fila de dolientes que aguardaban para entrar a la misa de funeral; su sombrío y elegante autocontrol no flaqueó ni una sola vez mientras daba las gracias a todo el mundo por su asistencia. Sin embargo, ella sabía que estaba aturdido y que recibir el pésame sólo le resultaba insoportable.

Aguardó bajo un viejo árbol sin hojas en el cementerio de la catedral, contemplándolo mientras el frío beso de la lluvia le humedecía la cara y, de repente, se vio embargada por un terrible pesar al caer en la cuenta de algo: él ya había pasado por eso antes. Sin duda la reciente pérdida lo había obligado a revivir el funeral en el que había enterrado a sus tres seres más queridos, sus padres y su hermana, años atrás. Verlo en esos momentos le partía el corazón, pero la destrozó imaginárselo mientras soportaba ese triste ritual como un huérfano de diecisiete años.

Pese a todo, Devlin no compuso ni una sola mueca de dolor. Estaba encerrado en sí mismo y, gracias a su férreo autocontrol, ocultaba, a todos menos a ella, lo mucho que sufría. Con los ojos anegados en lágrimas y un nudo en la garganta, se abrió paso hasta él a empujones. Él miró un momento en su dirección y la vio atravesar el gentío. Por un instante, sus miradas se entrelazaron.

A medida que avanzaba, Lizzie distinguió las señales de la tensión que lo embargaba, claramente visibles en sus ojos y en el rictus de sus labios. Y mucho se temía que la expresión desolada de esos cristalinos ojos azules la acosaría durante el resto de su vida. Tragó saliva con fuerza y siguió avanzando a empujones para acortar la distancia que los separaba.

Cuando por fin llegó hasta él, no le salieron las palabras.

Se miraron el uno al otro en silencio largo rato. Lo único que deseaba era abrazarlo, pero estaban rodeados de personas, entre las que se incluía a unos cuantos sinvergüenzas de aspecto disoluto que los contemplaban con interés. Lizzie no les prestó atención.

–¡Ay, Devlin! –susurró mientras meneaba la cabeza con vehemencia–. Lo siento muchísimo.

Él bajó la mirada, pero no consiguió ocultar el brillo de las lágrimas.

–Gracias. Gracias por venir –logró decir y, aunque le apretó la mano con educación de la misma forma que había hecho con todos los demás, su voz se había convertido en un afligido susurro.

–¿Cómo no iba a venir? –murmuró ella, apretando su mano enguantada en un gesto reconfortante–. No podía dejar que te enfrentaras a esto solo.

Dev contempló esos ojos grisáceos como si fueran su tabla de salvación. Señor, había pensado en ella muy a menudo desde que había salido de su habitación aquella noche. Desde el instante en que la vislumbró, abriéndose camino hacia él con denuedo entre la multitud, se sintió desgarrado por dos impulsos opuestos: quería apoyar la cabeza sobre su pecho y dejar que sus cariñosos brazos lo rodearan y, al mismo tiempo, la quería al otro lado del mundo... en ese mismo instante. Antes de que lo hiciera desmoronarse delante de esos miles de personas. Al verla se le había formado un ardiente nudo en la garganta.

Ajena a la amenaza que suponía para todas y cada una de sus malditas defensas, ella lo miró a la cara con una expresión tan tierna y preocupada que sintió que su frágil autocontrol se deshilachaba, hebra a hebra, hasta quedar pendiente de un hilo. De alguna forma, su simple presencia le hacía creer que todo saldría bien. Pero no sería así. Era una ingenua. No conocía la crueldad del mundo.

Él sí.

La muerte de su tía le había recordado con fresca y vívida claridad el motivo exacto por el que vivía en un estado de impenetrable soledad. Un motivo que nunca debería olvidar. El contacto de Lizzie Carlisle y su tentadora sonrisa echaron sal a la herida, ya que no estaba dispuesto a permitir la entrada de ese tipo de cosas en su vida. Ni en ese momento ni en el futuro. Había tomado esa decisión mucho tiempo atrás. Jamás volvería a pasar por eso de nuevo.

Además, no tenía la certeza de que pudiera sobrevivir a la batalla cuando llegara el momento de enfrentarse a sus enemigos, que vagabundeaban por las cercanías, así que ¿por qué debería dejar que ella se encariñara con él? No le deseaba ese sufrimiento a nadie.

Atenazado por el dolor, confuso, Dev deseaba con todas sus fuerzas aceptar el reconfortante consuelo que estaba seguro de que le ofrecería; pero, en cambio, apartó la mirada y retiró la mano con un gesto rígido. Aún debía enfrentarse a una interminable fila de dolientes.

Lizzie miró con comprensión hacia la larga cola de personas que aguardaban.

–Hablaremos más tarde, ¿de acuerdo? –murmuró antes de hacerle una suave caricia en el brazo con la intención de arrancarle un asomo de sonrisa–. Te invito a una taza de café en una cafetería que conozco en Russell Square.

–No... señorita Carlisle –se obligó a decir, clavando la mirada en la multitud que había tras ella–. Me temo que eso no será posible.

–¿Por qué?

Fue incapaz de responder durante un buen rato.

–No podemos vernos más.

–Pero dijiste que si alguna vez venía a Londres... –comenzó con un tono de voz que delataba su confusión.

Él se limitó a mirarla.

Ella se recobró y le devolvió la mirada. Al instante hizo un gesto amonestador con la cabeza.

–No hagas esto, Devlin. No es el momento apropiado para alejar a tus amigos. No deberías estar solo en un momento como éste.

–Estoy acostumbrado.

–Eso sólo lo dices porque estás dolido, cariño, y te prometo que se te pasará. No hay nada de malo en apoyarse en la gente que se preocupa de ti. He venido por ti. Si me necesitas, envía a alguien a buscarme a Knight House...

–No... te necesito –replicó con un desabrido susurro al tiempo que la agarraba del brazo. Le dio un tirón para acercarla durante un instante e inclinó la cabeza para mirarla con furiosa desesperación–. ¿No lo entiendes? No necesito a nadie. Márchate, por favor.

En sus inocentes ojos llameó una expresión de dolor y desconcierto; Dev notó que su hiriente vehemencia la había asustado. Cuando la muchacha barbotó un «Lo siento» casi inaudible, la soltó con impotencia y se dio la vuelta con los ojos cerrados y la mandíbula tensa a causa de la oleada de autodesprecio que lo invadía. Ella no tenía nada por lo que disculparse, por supuesto, pero no se atrevía a decírselo por miedo a que lo debilitara aún más. «Olvídate de ella y no le des más vueltas», se dijo.

La impaciente fila comenzó a apartar a Lizzie a codazos y la dejó a un lado; la muchacha retrocedió como si la marea la alejara de él.

–Nuestras condolencias, lord Strathmore.

Una dama con un enorme sombrero negro estiró el brazo para aferrarle la mano con educada formalidad.

–Gracias por venir, señora –dijo Dev como un autómata.

–Echaremos muchísimo de menos a su ilustrísima.

–Es usted muy amable. Pase al interior y resguárdese de la lluvia. Tome asiento.

Se volvió hacia la siguiente persona de la fila y repitió el ritual. Sin embargo, mientras el torrente de vestidos de negro aumentaba la distancia que los separaba, atisbó a Lizzie entre la multitud y se vio asaltado por un exasperante y sombrío ramalazo de deseo.

Seguía mirándolo desde el otro extremo de la cola, con ese aspecto juvenil y perdido que la hacía parecer tan frágil. Dev se encogió para sus adentros cuando vio que se daba la vuelta bruscamente mientras se apretaba los labios con el dorso de la mano y comenzaba a abrirse camino a ciegas entre la multitud.

Sus ojos siguieron su apresurada huida antes de cerrarse, embargado por la pena más intensa que había sentido jamás. En ese momento deseó que se lo tragara la tierra.

Ajeno a los falsos dolientes que sólo habían acudido para dar su último adiós a la fallecida porque era lo que se estilaba, abrió los ojos de nuevo y observó cómo Lizzie se alejaba deprisa y con torpeza entre la multitud, dándose de bruces con la gente en el camino, como si no supiera por dónde iba. Y la expresión que había asomado a ese rostro inocente... Como si la hubiera abofeteado.

«Bueno, ya está», pensó con dolor.

Se dijo que era lo mejor. El amor es sinónimo de sufrimiento, se recordó. Lizzie Carlisle había estado a punto de metérsele bajo la piel. La opción razonable era espantarla antes de que su ternura se convirtiera en su ruina.

–¿Quién era ese delicioso bocadito? –murmuró Quint, que entró en la abadía y se acercó a él con la colilla de un cigarro en la mano.

Dev consiguió reprimir la mirada asesina con la que deseaba fulminar al líder del Club del Caballo y la Cuadriga.

–No era nadie.

–Vaya, pues anímate, amigo. Con ese medio millón de libras que acaba de caerte en el regazo podrás comprarte un montón de «nadies» para aliviar el dolor de estos momentos. ¡Ja!

Quint le dio una palmada en la espalda y se alejó para apagar la colilla contra la pared de piedra de la abadía.

Dev observó con cautela a sus supuestos amigos. No podía culpar a ese grandullón vulgar de Quint por pensar que su tía no significaba nada para él, que sólo le importaba el dinero y que se limitaba a cumplir con su deber en el funeral. Las obligaciones familiares, después de todo, no eran más que estúpidas ñoñeces para los encallecidos miembros del Club del Caballo y la Cuadriga.

Cuando Quint regresó con Carstairs y los demás, Dev echó un último vistazo de reojo hacia el lugar por el que Lizzie se había marchado. Un rápido escrutinio de la multitud que abarrotaba el camposanto le bastó para saber que se había marchado. Se sentía desolado, pero era lo mejor. No había ninguna necesidad de que sus enemigos supieran que la muchacha de pelo castaño con la pelliza de color verde oliva era su talón de Aquiles, el único punto débil que le quedaba.

Con el alma en los pies, se adentró en la cavernosa oscuridad de la catedral.

«¡Dios, qué estúpida soy!», se dijo Lizzie.

Caminaba por la calle con rapidez intentando contener el llanto, con los brazos cruzados por delante de la cintura y la mirada clavada en el suelo oscurecido por la lluvia. Seguía herida, confundida, aunque con cada paso echaba pestes contra Dev y contra ella misma. A buen seguro que se merecía el dolor que en esos momentos le atravesaba el corazón por su ridícula estupidez.

¿Cómo era posible que lo hubiera hecho de nuevo? Había vuelto a darle más importancia a la relación con un encantador y mundano libertino de la que tenía para él. ¡Estúpida! Debía de tener una imaginación extraordinaria para suponer que había habido algo más entre ellos que la horrible soledad de una excéntrica marisabidilla y el aburrimiento momentáneo de un aristócrata disipado a quien, después de todo, le habían tendido una trampa para que visitara a su tía inválida.

Estaba claro que Devlin Strathmore ya había pasado página. ¿Qué había esperado que hiciese? Si de verdad hubiera significado algo para él, habría tenido noticias suyas tras la noche que habían compartido, pero él no había regresado a Bath y ni siquiera le había escrito unas míseras líneas.

Sí, sabía que tenía por costumbre retroceder cuando se sentía amenazado, pero sus dudas y temores más profundos la habían abastecido de razones más que suficientes para disculpar la frialdad que lo caracterizaba; razones que resultaban mucho más fáciles de creer. «¿Por qué debería desearme? No soy más que la hija de un administrador. Simple. Aburrida. Corriente y moliente», se dijo.

No había ninguna razón para creer que hubiera pensado en ella después de aquella noche... y, aun así, lo había creído. Sin embargo, la realidad de la situación estaba absolutamente clara en esos momentos: Devlin Strathmore la quería en la misma medida que Alec.

Dios, se sentía como la tonta del pueblo por haberse atrevido a acercarse a él en ese día tan lúgubre. Era probable incluso que hubiera tenido que esforzarse para recordar siquiera su nombre. Había sido una estupidez por parte de lady Strathmore querer arrancarle la promesa de que velaría por su sobrino cuando ella ya no estuviera. Era obvio que la anciana había olvidado que el vizconde tenía en esos momentos a las elegantes damas de la alta sociedad para que lo consolaran.

De alguna forma, cuando llegó a Knight House, en Green Park, había logrado sobreponerse a la angustia y se adentró en silencio en la mansión palaciega de los duques de Hawkscliffe. Allí, al seno de la familia Knight, había regresado después de que habían cerrado la villa de lady Strathmore tras su muerte. Haciendo gala de su acostumbrada amabilidad y su pródiga generosidad, sus antiguos tutores habían vuelto a darle la bienvenida. Para su sorpresa, habían dejado tal y como a ella le gustaba la habitación que ocupaba cuando vivía allí, como dama de compañía de Jacinda. No obstante, y a pesar de toda su opulencia, ése no era realmente su hogar, pensó con un suspiro mientras paseaba la mirada con melancolía a lo largo de la curvada escalinata blanca que parecía flotar hasta las plantas superiores. Sólo era otro lugar en el que había vivido, habitando los márgenes de la vida de los demás.

Había acudido pensando que podía resultar de ayuda a la hora de cuidar al pequeño Bobby, que contaba dos años y era el heredero de Robert, sobre todo porque Bel, la joven duquesa, esperaba su segundo hijo. Pero de inmediato se había dado cuenta de que, gracias a la madre y a la niñera, su ayuda no era necesaria; peor aún, en Knight House siempre corría el riesgo de encontrarse con Alec. Hasta el momento, había logrado evitarlo.

El más pequeño de los Knight residía en su lujoso alojamiento de soltero en el Albany; pero, puesto que el hogar familiar estaba cerca de White's y de Brooke's, establecimientos en los que pasaba gran parte de su tiempo jugando, tenía cierta tendencia a dejarse caer por allí de vez en cuando, sobre todo cuando deseaba pedirle un «préstamo» a su fabulosamente rico hermano mayor. Tal vez el canalla acudiese a su viejo colega Strathmore la próxima vez que anduviera corto de fondos, pensó con cinismo. Después de todo, Devlin estaba a punto de tomar posesión de la fortuna burguesa de la Dama de Hierro.

Expulsó a ambos hombres de sus pensamientos y se quitó el bonete, casi arruinado por la lluvia; estaba desabotonándose la pelliza de color verde oliva cuando el solemne mayordomo del duque, el señor Walsh, apareció en el espacioso vestíbulo de entrada.

–Vaya, señorita Carlisle, le ruego que me disculpe... No la oí llegar –dijo con una considerable calidez, tratándose de él.

Lizzie le ofreció una sonrisa a ese hombre alto y de aspecto señorial, cuyo rostro estaba adornado por unas patillas grises primorosamente recortadas.

–No se preocupe, señor Walsh. Puedo abrir la puerta sola sin problemas. ¿Dónde está todo el mundo?

El hombre cogió su pelliza a pesar de la negativa de Lizzie a seguir con las formalidades.

–Su excelencia, la duquesa, está en la sala de música, con las Winterley y...

–¡Tía Lizzie! –gritó una voz aguda.

–¡Harry!

Su rostro se iluminó al contemplar al niño de cinco años que corría hacia ella con los brazos abiertos de par en par.

Los cinco maravillosos niños que hasta el momento había engendrado el clan Knight la rodearon instantes después. Harry estaba decidido a acaparar su atención, mientras que el pequeño Bobby tironeaba de sus faldas con altiva insistencia, como si ya hubiera empezado a comprender que llegaría el día en el que sería uno de los hombres más poderosos del reino.

La hija de Lucien, Pippa, se dejó caer a sus pies y comenzó a chillar de alegría sin razón aparente, mientras los gemelos de un año de Damien se acercaban gateando a toda prisa, con Andrew por delante de Edward.

–Vamos, alejaos todos de la puerta. Hay demasiada corriente –protestó ella, pero lo único que consiguió fue apartarlos un poco hacia el centro del vestíbulo antes de que la arrastraran al suelo con ellos.

La angustia la abandonó mucho antes de lo que había esperado gracias a los niños que se le subían encima, a los bebés que se le colgaban del cuello y al monólogo de Harry, que no dejó de hablar del poni que le comprarían en primavera. Adoraba a los niños. Cuando jugaba con ellos, la embargaba una enorme satisfacción y todos sus problemas quedaban olvidados. Era probable que sus madres, Bel, Miranda y Alice, se estuvieran preguntando dónde se habían metido sus pequeños; sus niñeras, en cambio, tal vez se sintieran agradecidas por el respiro.

La única persona que no esperaba que apareciera en esos momentos era Alec.

La puerta principal se abrió y entró en el vestíbulo con su largo cabello dorado enredado... y el mismo aspecto de un arcángel vagabundo que acabara de acomodarse en una nube errante. Alec se quedó paralizado al verla, y sus ojos color zafiro parpadearon por la sorpresa; acto seguido, cerró a toda prisa la puerta al percatarse de la presencia de los niños.

Mientras el señor Walsh aguardaba para recoger su abrigo, Alec la observó, rodeada de niños y, por un instante, a Lizzie le dio la impresión de que ambos atisbaron el futuro que podrían haber compartido si él no lo hubiera estropeado. No se habían visto desde la boda de Jacinda, que había tenido lugar el verano anterior, y no habían hablado a solas desde hacía mucho más tiempo.

Harry rompió el efímero silencio.

–¡Tío Alec! –El niño corrió hacia su tío favorito y se abalanzó sobre él–. ¡Cuélgame boca abajo! ¡Por favor, por favor!

–Ya basta, pequeñajo –murmuró Alec con un tono la mar de alegre, alzando al niño en brazos antes de colgarlo rápidamente de los tobillos.

Harry soltó un chillido de felicidad.

–¡Balancéame!

–Discúlpanos –le dijo el recién llegado a Lizzie antes de balancear a Harry de un lado a otro mientras caminaba despacio en dirección a la antesala. Dejó al niño con cuidado en un enorme y mullido sillón y le dio unos golpecitos con un dedo en su regordeta barriga–. ¡Ya ha tenido su merecido, señor!

Harry se puso de pie en un abrir y cerrar de ojos y comenzó a perseguir a Alec entre ruidosas carcajadas.

–¡Otra vez, otra vez!

–Ya lo has alborotado. Harry, ya está bien –lo regañó Lizzie con tono suave.

–¡Pippa! –exclamó Alec con súbita alarma y mirando fijamente algo a su espalda.

Lizzie se giró desconcertada mientras el hombre pasaba por su lado a la carrera para coger a su diminuta sobrina, que estaba poniendo a prueba su destreza para subir escaleras. Lizzie jadeó ante su propio descuido, pero Alec ya había alejado a la pequeña de la escalinata antes de que subiera más.

–Hola, cielo. ¿Dónde creías que ibas?

Alec besó la suave cabecita de la niña antes de estrecharla con asombrosa delicadeza contra su pecho; Harry saltó hasta su espalda y se le colgó del cuello, pidiendo que lo llevara a caballito.

Alec jugó con ellos durante un rato, pero Lizzie se negó a dejarse engatusar, por más que su buena mano con los niños fuera una de las cualidades que, en secreto, siempre había encontrado más adorable en él. Tal vez el mundo exterior sólo viera al líder de los libertinos de Londres, al alocado vividor que aceptaría cualquier desafío, cualquier apuesta; la alta sociedad tal vez temblara por temor a sus hirientes pullas sobre su vestuario, pero todo eso no era más que una actuación. No había que olvidar que su verdadero padre había sido un apuesto actor especializado en las obras de Shakespeare, uno de los muchos amantes de la escandalosa octava duquesa de Hawkscliffe. Alec era tan camaleónico como su padre; pero, en el entorno doméstico, los benjamines se reunían alrededor de él, percibiendo al instante su verdadera naturaleza: la de un niño. Alec era un compañero de juegos con infinita paciencia y una imaginación que alcanzaba las estrellas.

En el fondo era un niño.

–Hola, Bichito –la saludó con una pesarosa sonrisa mientras ella se ponía de pie con Andrew en brazos. ¿O se trataba de Edward?–. Me alegro de verte.

Lizzie se sobresaltó un poco al escuchar su viejo apodo y acto seguido se dio cuenta de que la pequeña Pippa la estudiaba con demasiado detenimiento. Esa niña era igual de perspicaz que su padre, Lucien. Con la extraña sensación de que la niña era capaz de percibir sus confusas emociones, consiguió esbozar una rígida sonrisa.

–Lo mismo digo.

Al ver que no había una represalia inminente en el horizonte (después de todo, había niños presentes), Alec esbozó una de sus devastadoras y deslumbrantes sonrisas.

Lizzie apartó la mirada y apretó los dientes. Señor, era más duro de lo que había creído. Seguía tan apuesto como siempre, aunque quizá pareciera una pizca menos seguro de sí mismo. Resistió el impulso de preguntarle cómo lo trataba lady Campion y se negó a especular sobre si habría recuperado por fin su famosa suerte o si aún continuaba desaparecida.

El silencio se hizo incómodo y dirigieron su atención a los niños; por suerte, en ese momento llegaron las tres jóvenes madres, moviéndose con alegría y sonriendo encantadas, como si las tres diosas danzarinas de *La primavera* de Botticelli hubieran cobrado vida por arte de magia. Bellísimas cada una en su propio estilo, Bel, Alice y Miranda cogieron a sus descarriados hijos antes de saludar a Lizzie con el sereno y alegre brillo que asoma a los ojos de las mujeres que han encontrado su verdadero lugar en el mundo. Sus maridos, Robert, Lucien y Damien, llegaron mientras seguían en el vestíbulo. Un trío de hombres altos, apuestos y de pelo negro que irradiaban poder y autoridad. Una vez que las parejas estuvieron cariñosamente reunidas, a Lizzie se le cayó el alma a los pies. Su soltería (y la de Alec) nunca había sido más incómoda y evidente.

Mantuvo la sonrisa en la cara por pura fuerza de voluntad, pero no tardó en darse cuenta de que no podría soportar quedarse allí. Ver a Alec ya era incómodo, pero también debería enfrentarse al doloroso y constante recordatorio de que jamás lo tendría. Además, no sería justo quedarse allí y distanciar a Alec de su familia. Después de todo, era su familia. Todos se habían enfadado muchísimo con él, hasta el punto de que, apenados, se habían puesto de parte de ella después de la ofensa a la que se vio sometida. Una vez allí, no sentía el menor deseo de reavivar el antiguo disgusto. Lo mejor sería que se fuera.

Esa misma noche le escribió a la señora Hall, a Islington, una población situada justo al norte de Londres, para aceptar el puesto de maestra que le había ofrecido en el colegio de señoritas que dirigía de forma autoritaria desde hacía décadas. Al día siguiente, una mañana brillante y despejada, llegó a la Academia para Señoritas de la señora Hall con una maleta bajo cada brazo.

Después de que el carruaje de alquiler se hubo alejado, se demoró un buen rato en medio del polvoriento camino, contemplando la elegante y antigua casona de ladrillo rojo que se alzaba tras una valla blanca de madera. Los muros estaban cubiertos por la misma hiedra verde y las mismas columnas blancas sujetaban el pórtico. La enorme y vieja morera aún montaba guardia cerca de la esquina, mientras que el roble, más viejo todavía, se inclinaba sobre el sendero enlosado que conducía a la señorial entrada.

Jacinda y ella habían estudiado allí durante dos años y, mientras que la hija del duque había sido una alumna revoltosa y rebelde, además de un enorme dolor de cabeza para la señora Hall, Lizzie pronto sobresalió como una alumna estelar. Le encantaba estudiar la planificación y la predecible rutina. Y se alegró de haber encontrado por fin un lugar donde podía brillar por méritos propios a pesar de carecer de la riqueza y la posición de las demás alumnas.

Sí, pensó al tiempo que respiraba hondo, podría sentirse razonablemente satisfecha en ese seguro mundo habitado sólo por mujeres. Sin un solo libertino londinense a la vista. Nada había cambiado en aquel lugar; y, en un mundo tan incierto, eso suponía un bienvenido alivio. Allí podría encontrar algo parecido a un hogar. Aunque estaba por verse durante cuánto tiempo podría sentirse a gusto antes de que comenzara a agobiarse.

Desechó la inquietante idea, enderezó los hombros, atravesó la chirriante puerta de entrada y caminó con decisión hacia el colegio, ansiosa por comenzar su nueva vida. Sin embargo, notaba una vaga sensación de vergüenza, como si estuviera huyendo otra vez de algo a lo que probablemente debería haberse enfrentado.

Una vez más, tal y como lady Strathmore había dicho, se estaba escondiendo.

Las reparaciones del ostentoso pabellón habían terminado por fin. Ya estaba listo. Las respuestas que buscaba se encontraban casi al alcance de la mano. Esa noche, si todo salía tal y como lo había planeado, pasaría a formar parte del círculo más selecto del Club del Caballo y la Cuadriga.

Ya no había vuelta atrás.

La luna llena se alzaba sobre los marjales y Dev aguardaba en el exterior del pabellón, de pie en la parte superior de la doble escalinata curva, fumando un cigarro con calma mientras esperaba pacientemente a que llegaran sus enemigos.

Supo el momento exacto en el que atravesaron las gigantescas puertas, porque le fue fácil distinguir el distante sonido de los cascos al galope en el tranquilo silencio de esa oscura noche primaveral, roto tan sólo por el intermitente croar de las ranas que habitaban las desoladas hectáreas de cañas y barro. A medida que los jinetes se acercaban sintió que el atronador sonido reverberaba en su pecho.

–Comprueba que todo está preparado –le murmuró a un criado que aguardaba en las cercanías, sin apartar la mirada del largo camino iluminado por la luz de la luna–. Y cierra las puertas.

–Sí, milord.

El mayordomo hizo una reverencia y cerró las extravagantes puertas antes de marcharse a toda prisa para echar un último vistazo a las cocinas y a las prostitutas que aguardaban en los ostentosos salones.

Se escuchó una repentina melodía procedente de algún lugar

del interior cuando uno de los músicos contratados se dispuso a afinar su violín en el último momento.

La visión de Dev se adaptó con rapidez a la luz de la luna y a la de las escasas antorchas que ardían en el patio. A lo lejos distinguía el brillo plateado del Támesis y los fuegos fatuos, que iluminaban brevemente el pantano como diminutos relámpagos. Sus instintos, agudizados por sus aventuras en plena naturaleza, se concentraron en el primer jinete que apareció cabalgando a gran velocidad por el camino.

A la cabeza del grupo, los jinetes fueron los primeros en avistar el luminoso pabellón que se alzaba en medio del marjal. Tras ellos se encontraba el pleno de la hermandad, que los seguía a toda velocidad. La tenue luz de la luna se reflejaba en los brillantes faetones, los resplandecientes tílburis, las veloces berlinas y los exquisitos cabriolés, todos tirados por los mejores caballos que el dinero podía comprar.

Dev escondió su odio mientras giraba con indolencia su bastón favorito (en cuyo interior se ocultaba un estoque) y bajaba la escalera, preparándose para representar el papel de maestro de ceremonias en esa noche crucial. Sólo Dios sabía lo mucho que le costaba.

Había dejado de enviarle sus facturas a la tía Augusta después de su visita a la villa; tras comprender que la señorita Carlisle estaba vigilando sus gastos, no quiso que su continuo despilfarro deteriorara la opinión que la muchacha tenía de él. En cambio, las facturas aguardaban en un creciente montón sobre el escritorio de su despacho a que llegara el día de la firma y la fortuna de su tía fuera oficialmente suya. La lectura del testamento se llevaría a cabo en un plazo de dos semanas, en la pequeña y ordenada oficina de Charles Beecham. En su opinión, los chicos del Club del Caballo y la Cuadriga estaban más entusiasmados por esa herencia que él.

Cuando llegó a los pies de la escalinata, se subió con agilidad a la barandilla de hierro forjado y rodeó la farola con un brazo en una pose desenvuelta mientras saludaba a los recién llegados y un numeroso grupo de lacayos con librea se apresuraba a atender sus caballos.

Poco después, el patio se llenó de relucientes vehículos de los que se apearon los más renombrados libertinos de Londres, quienes contemplaron el desconocido lugar con recelosa fascinación. Dev alzó la mano y la agitó a modo de cordial saludo.

Julian, lord Carstairs, se apeó de su tílburi utilizando el escalón dispuesto a tal fin y se quitó los guantes mientras paseaba su arrogante mirada por el edificio. Con ese cabello rubio y sus elegantes rasgos afilados, el impecable conde aparentaba treinta años en lugar de los cuarenta que tenía. De constitución atlética, su atuendo era impecable e iba acompañado, como casi siempre, por su joven y apuesto juguete, al que todos conocían, simplemente, como Johnny.

Johnny, según se había percatado Dev, era un amante devoto. Al joven de mirada feroz no parecían importarle en absoluto las dudosas sonrisas que Carstairs solía dirigirle.

Después aparecieron *Incordio* Berkeley, Nigel Waite y Raskell Bainbridge, quienes se apearon de un gran carruaje negro entre estruendosas carcajadas junto con el escuálido doctor Eden Sinclair, quien llevaba su omnipresente maletín negro en la mano. Al parecer, el complaciente doctor les había administrado a todos ellos una de esas inyecciones de elaboración propia en el cuarto trasero del antro de juego que acababan de abandonar.

La penetrante mirada de Dev se posó a continuación sobre la descomunal figura de sir Tommy Fane, un financiero implacable que había adquirido poder mediante las más que generosas donaciones que hacía al partido conservador y que había conseguido el título de baronet extorsionando a sus amistades en el gobierno. Su ligero carruaje se tambaleó peligrosamente cuando forcejeó para sacar su oronda persona del pescante, y comenzó a echar pestes por la boca ante tamaña indignidad. Tom *el Colosal* era el secretario del club y tal vez el miembro más acaudalado, aunque Carstairs también era fabulosamente rico.

El temido duelista, sir Torquil, también conocido como Manchas de Sangre, fue el siguiente en unirse a ellos; observó a todo el mundo con recelo y se atusó la puntiaguda barba mientras caminaba. Se le unió el Santo Crápula, el ex reverendo James Oakes, el deshonroso hijo de un marqués que acababa de pagar su fianza para salir de la cárcel de deudores gracias a la publicación de una serie de poemas obscenos que hacían furor en los clubes masculinos de Saint James. Los inestables movimientos de Oakes, que caminaba haciendo eses, estuvieron a punto de hacerlo chocar con el elegante tílburi que seguía a los hombres, pero Staines lo agarró del cuello y lo apartó de un tirón antes de que lo atropellara.

El recién llegado tílburi apenas se había detenido cuando el joven Dudley *el Bobo*, se apeó de un salto, rebosante de su característico entusiasmo juvenil y alocado.

–¡Hola, Dev! ¿Qué tal, muchachos?

Dev asintió.

–Su excelencia.

El ingenuo y joven duque era el único a quien no consideraba un posible sospechoso. El pobre cabeza hueca de Dudley no tenía la menor idea de lo perdido que estaba entre aquellos hombres; por suerte, contaba con su despiadado primo, Alastor Hyde, que cuidaba de él y escamoteaba poco a poco la vasta fortuna del despreocupado y joven Dudley.

En último lugar llegó Quint Barnes, el barón de Randall, que saltó de su faetón con un estilo muy imitado por los demás. Con una petaca en una mano y la colilla del cigarro entre los dientes, Quint se acercó al pabellón. Todos se apartaron para dejarle paso. Randall *el Sanguinario*, como le gustaba que lo llamaran, tenía una sonrisa deslumbrante y un masculino carisma algo vulgar. Le había tomado especial cariño a Dev gracias a su herencia y a sus atrevidas aventuras, cosa que había resultado ser harto ventajosa, ya que los demás parecían obedecerlo al pie de la letra.

Dev esperó al resto con la paciencia de una araña, controlando su expresión para mantener una sonrisa enigmática.

–Bueno, Strathmore –gruñó Quint mientras los demás se reunían al pie de la escalinata–, ya nos tienes aquí. Admito que estamos intrigados. ¿Qué lugar es éste?

Dev hizo una pausa teatral y dejó que aguardaran un instante antes de bajarse de un salto de la barandilla para aterrizar en medio del grupo.

–Seguidme –murmuró con una sonrisa astuta.

Abrió la marcha por la escalinata, como el flautista de Hamelin seguido de las ratas. Una vez arriba, caminó hacia las puertas dobles del pabellón y las abrió de par en par.

La brillante iluminación del interior se derramó sobre los presentes, incitándolos a entrar. Con el desconcierto y la sorpresa pintados en el rostro, los calaveras atestaron el recibidor octogonal de techos pintados de rojo y decoración dorada. Sus altas paredes cubiertas de espejos derramaban la luz de la fastuosa araña que colgaba sobre sus cabezas, pero las puertas que conducían a las distintas galerías y salones estaban cerradas a cal y canto. La noche misma parecía contener la respiración.

Dev entró en último lugar y cerró las puertas. Mientras se abría paso entre los hombres, vislumbró un atisbo de su reflejo en los espejos que lo rodeaban y se rió para sus adentros al ver lo bien que había asimilado su papel de canalla depravado entre los condenados. El brillo de las velas jugueteaba sobre el suntuoso terciopelo rojo de su chaqueta. El pelo suelto le rozaba el cuello. No llevaba corbata, pero sí un pañuelo de cuello de seda negra, anudado al descuido... Hasta el perverso brillo de sus ojos resultaba inquietantemente auténtico. Aunque no era de extrañar. El papel que representaba no era más que un reflejo del depravado calavera en el que se habría convertido si la tía Augusta no lo hubiera enviado a recorrer mundo años atrás.

Y por eso ellos le creían.

Carstairs le lanzó una mirada apreciativa cuando pasó a su lado. Dev le respondió con una sonrisa velada, decidido a utilizar cualquier recurso para obtener las respuestas que buscaba.

Se apoyó contra las puertas dobles interiores de oscura caoba y se enfrentó a sus compañeros con el asomo de una sonrisa taimada en los labios.

–Caballeros, señorías y viles cabrones aquí reunidos: desde hace algún tiempo sois conscientes de mi deseo de hacerme merecedor de vuestra agradable compañía. Después de pasar la primera ronda de requisitos a vuestra entera satisfacción, os ofrezco ahora mi presente para el club. En exclusiva para los miembros del antiguo Club del Caballo y la Cuadriga, especialmente creado para satisfacer cada una de vuestras distintas... necesidades. –Su mirada se detuvo sobre cada uno de los hombres con una sonrisa cómplice, ya que los tenía muy bien calados–. Confío en que todo lo que encontraréis sea de vuestro agrado para satisfacer y estimular cualquier... repentino deseo.

–¡Bien dicho! –murmuraron algunos, riendo entre dientes; las sonrisas de los presentes se ensancharon al darse cuenta de que una orgía de primera clase estaba en ciernes.

–Así pues, caballeros –continuó Dev con voz tersa–, sin más dilaciones, permitidme que os presente vuestro nuevo antro de perdición, vuestro nuevo paraíso de placeres... –Dejó la frase en el aire en un alarde de extravagante teatralidad–. Estimados miembros del Club del Caballo y la Cuadriga, os entrego... ¡la nueva residencia del club!

Con un súbito y brusco golpe de su bastón, abrió de pronto las puertas de caoba.

Los presentes contemplaron el pabellón con la boca abierta de par en par.

Nadie habló ni hizo movimiento alguno.

Quint fue el primero en romper el embelesado silencio al soltar una ronca y alegre carcajada que fue aumentando de volumen progresivamente.

–Devil, hijo de puta, estás como un cencerro...

Tras darle unas palmaditas afectuosas en la mejilla, el barón pasó a su lado y entró en primer lugar.

Todos lo siguieron con cautela, mirando a su alrededor para ver los desconcertantes torrentes de color de los murales restaurados y las columnas pintadas como barritas de caramelo. De repente, la orquesta comenzó a tocar una alegre melodía que reverberó a lo largo y ancho de los marjales, pero la fiesta sólo comenzó de verdad cuando las prostitutas salieron a recibirlos ligeritas de ropa, ya que iban disfrazadas de ninfas de los bosques, con alas plateadas y coronas de hiedra en el cabello.

Las risueñas chicas les llevaron hasta los labios las copas de vino que portaban y los tentaron a adentrarse en el pabellón. Cada una de las habitaciones temáticas de la planta alta tenía mujeres ataviadas de acuerdo con el tema de la habitación, ya fuera Egipto, la selva, la Antigua Roma; un toque elegante, pensó, que le había sugerido Madre Iniquidad, la alcahueta londinense favorita de los libertinos.

Devil sonrió con indulgencia a las chicas. Mientras caminaba despacio tras los demás, entrelazó las manos a la espalda, embargado por una satisfacción mundana y distante. Una sonrisa desganada curvó sus labios al ver la entusiasta glotonería de Tom *el Colosal*, que acababa de descubrir el suntuoso banquete dispuesto en la mesa, cargada de carnes, pudines, gruesas rosquillas humeantes, quesos exóticos, frutas, tartas y una gran variedad de suculentos postres. El comedor contaba con una enorme selección de vinos de oporto y jerez que ocupaba toda una pared.

Quint entró pavoneándose en el comedor un momento después y saludó a Dev con una carcajada.

–¡Vaya, aquí estás, mi querido y escurridizo zorro! –exclamó mientras le rodeaba el cuello con un brazo y lo conducía hasta los licores–. ¿Sabes, Strathmore? Debo admitir que la vida es mucho más interesante desde que tú llegaste. A los demás jamás se les habría ocurrido algo semejante. Son unos aburridos. Pero tú, muchacho, eres de lo que no hay. –Le dio unas palmaditas en la espalda–. Debo decir que me recuerdas a mí cuando tenía tu edad.

–¿En serio? –replicó Dev, no del todo complacido, si bien esbozó una sonrisa forzada.

Quint ordenó a uno de los camareros de uniforme que había tras la barra que les sirviera una copa.

–Y bien, ¿cuándo sabré la decisión del club? –preguntó Devlin.

–No tan rápido, amigo –contestó Quint con un brillo perverso en los ojos–. Todavía no has cumplido el tercer requisito.

–¿Que es...?

Quint se echó a reír y lo miró de soslayo.

Dev le devolvió la mirada con expresión interrogante y sagaz.

–Lo descubrirás muy pronto. ¡Salud!

–¡Salud! –murmuró Dev con cierta inquietud antes de que ambos apuraran el whisky escocés de un trago.

Una hora más tarde, Quint reunió a todo el grupo en el salón más amplio. La alfombra era de color escarlata y el techo estaba adornado con sedas doradas, como la tienda de un sultán. Cuando todos los miembros del club estuvieron presentes, Quint caminó hasta el centro de la estancia mientras sorbía con despreocupación otro trago de su whisky.

–Muy bien, pues. ¿Iniciamos formalmente la reunión? –rugió.

Los presentes gritaron con entusiasmo y golpearon sus copas contra las mesas.

Quint se giró hacia Dev con una sonrisa.

Devlin se percató de las risillas disimuladas y las ladinas miradas que los hombres estaban intercambiando y comenzó a preguntarse en qué lío se habría metido esa vez.

–Hemos admitido a muchos miembros a lo largo de los años –dijo Quint dirigiéndose a todos los presentes–. Y, como bien sabéis, uno de los requisitos indispensables es hacer un buen regalo al grupo. Tú, Strathmore, has cumplido con creces ese requisito esta noche. ¡Brindo por ello! –añadió, ofreciéndole un brindis a Dev.

Los demás también alzaron sus copas.

–¡Bien dicho! ¡Bravo!

–¡Por Strathmore!

Dev ejecutó una irónica reverencia.

–Así pues, después de haber reunido los votos –continuó Quint, que alzó el brazo para silenciar a los demás–, tenemos una respuesta para ti, Devil. Estás dentro.

–¡Hurra! –gritó el joven Dudley.

–Bueno, eso sí que es una buena noticia –dijo Dev, soltando el aire.

–Pero aún nos queda una pequeña... prueba –intervino Carstairs con una sonrisa misteriosa.

Quint dejó escapar una grave y ronca carcajada e hizo una señal en dirección a un par de hombres. Los tipos salieron de la habitación y regresaron un momento después.

La sonrisa irónica de Dev se desvaneció cuando vio que llevaban a rastras a una aterrorizada campesina que no tendría más de quince años. La muchacha gritaba y forcejeaba en vano para liberarse de los hombres. No tardó en rendirse y agachar la cabeza, llorando.

–Se llama Susannah –le informó Quint, cuya lasciva mirada recorría a la chica de arriba abajo–. La conseguimos en Hertfordshire ayer por la tarde, mientras llevaba su pequeña bandada de gansos al mercado. Un espécimen adorable, ¿no crees? Rellenita, suave y retorciéndose de miedo... ¡Justo como me gustan! –Soltó una carcajada–. Creyó que podría coquetear un rato con nosotros... pero conseguiste más de lo que te proponías, ¿verdad, Susy?

La indefensa víctima sollozó.

–Debes pasar el rito iniciático –murmuró Carstairs.

Dev lo miró, incapaz de ocultar del todo su desconcertada reacción.

–Tómala, Strathmore –murmuró Quint, que se volvió para contemplarlo con un irrefrenable desafío en la mirada–. Toma su virginidad.

Dev miró a su alrededor y vio el rostro sonrojado y la mirada enfebrecida de los hombres. Percibía la tácita pregunta que pendía sobre su cabeza como la espada de Damocles: ¿eres uno de nosotros o no?

–¿Cuán infame eres, Devil? –quiso saber Carstairs.

Dev miró de nuevo a la aterrorizada muchacha. En realidad era poco más que una niña.

Violar a una virgen.

Por supuesto. Debería haberlo sabido.

Desflorar vírgenes era un pasatiempo tan común entre los hombres de su clase como asistir a las carreras de Ascot, bien lo sabía Dios, pero por lo general se trataba de criaturas encallecidas procedentes de los barrios bajos, que se vendían por propia voluntad con el deseo de emprender una carrera lucrativa complaciendo a los adinerados hombres de Londres. A buen seguro que esa pobre criatura, embaucada y secuestrada, jamás había visto la gran metrópoli con anterioridad y sin duda jamás había soñado que en el mundo existieran hombres así. Señor, cómo los odiaba.

A la chica le temblaba la barbilla, pero a esas alturas parecía demasiado asustada para llorar. Aunque pálida por el calvario que estaba pasando, tenía una constitución fuerte; la típica hija de un campesino con una masa enredada de rizos rojos, mejillas sonrosadas y brillantes ojos castaños que le recordaban al aterrorizado ternero que de alguna manera sabía que estaba destinado a convertirse en estofado.

¡Maldición! La ira le corría por las venas, pero recurrió a su considerable autocontrol para mostrarse lo más diplomático posible, ya que sabía que la única forma de sacar a la muchachita a salvo de allí era simular que iba a cumplir sus deseos... con creces. De hecho, ambos correrían sumo peligro si fracasaba a la hora de interpretar su papel de violador de forma convincente.

–Tómala, Dev –lo instó Quint en un susurro y con una leve sonrisa, mientras sus ojos recorrían cada centímetro del cuerpo de la muchacha con una mirada lasciva y penetrante–. Si no lo haces, estás fuera. Si no lo haces... –añadió–, lo haré yo.

Susannah dejó escapar un grito aterrorizado al escucharlo; su pánico hizo que los hombres estallaran en carcajadas. El sonido sacó a Dev de la parálisis en la que lo había sumido la furia. Entró en acción sin problemas y dejó escapar una risilla perversa antes de acercarse a la chica.

–Creo que voy a disfrutar con esto. Por un momento me habíais preocupado, chicos, pero si ésta es la idea que tenéis de una prueba... –dijo arrastrando las palabras–, colocad el listón tan alto como queráis, por supuesto. –Tomó la regordeta cara de la chica con ternura entre sus manos–. Vamos, vamos, bomboncito –dijo con tono paternal–, nadie va a hacerte daño. Disfrutarás casi tanto como yo. Te lo prometo.

Con una mirada feroz y penetrante, hizo que los dos hombres que sujetaban sus brazos la liberaran.

En cuanto retrocedieron, ella trató de huir. Dev la agarró por la cintura y tiró de ella para estrecharla contra su cuerpo. Detestaba tener que asustarla, pero sabía que debía proporcionarles cierto espectáculo o de lo contrario sospecharían algo y no le concederían intimidad alguna.

–Tal vez miremos... –sugirió Quint.

–Tal vez así aprendáis algo... –replicó él. Algunos de los presentes se echaron a reír ante la insolente pulla–. No temáis –dijo para tranquilizarlos–. Puedo manejar a este bomboncito sin ayuda.

–Necesitaremos pruebas más tarde de que se ha llevado a cabo la labor.

Carstairs lo estudiaba con su fría y calculadora mirada, apoyado contra la pared en una elegante pose y con los brazos cruzados por delante del pecho.

–En ese caso, las tendréis. –Dev sujetó el rostro de la muchacha con la mano y le echó la cabeza hacia atrás sin muchos miramientos–. ¿Verdad que sí, cariñito?

Inclinó la cabeza y la besó en el cuello.

Susannah le asestó un empujón en el pecho con todas sus fuerzas. Sin previo aviso, él se la echó al hombro entre las jubilosas carcajadas de los hombres. Se rieron con más ganas aún cuando la chica comenzó a luchar con renovado terror.

–¡Ay! ¡Estate quieta, maldita seas! –gritó con tono jovial cuando ella le dio un rodillazo en las costillas.

Le plantó una mano sobre el redondeado trasero y así atravesó el pasillo.

–¡Silencio! –le ordenó cuando abrió la puerta de una de las habitaciones en penumbra.

Examinó con cautela la estancia. Estaba pintada de color escarlata y tenía una enorme cama llena de almohadones de satén negro. Una gruesa piel de marta cebellina hacía las veces de colcha. Santo Dios, ¿había pagado una abultada suma por una decoración tan sórdida?, se preguntó, aunque le resultaba difícil pensar con los inagotables sollozos de Susy.

–Ay, por favor, ¡no me haga daño! Por favor, señor, ¡tenga piedad! Soy una buena chica...

–¡Cálmate, por el amor de Dios! No tengo intención de tocarte –murmuró mientras atravesaba la espantosa habitación para quitarse a Susy del hombro y dejarla sobre la cama.

Ella se apartó de inmediato y voló hacia el otro lado para escapar de él. Dev puso los ojos en blanco, regresó a la puerta y la cerró con llave. Aguzó el oído durante un instante para asegurarse de que nadie los estaba escuchando y, a continuación, se giró y frunció el ceño con furia pensando en esos malnacidos.

–Por favor, ¡déjeme ir, señor! ¡No me haga daño! Quiero irme a casa...

–¿Te importaría cerrar la boca durante un instante para que pueda pensar, por favor?

Ella se calló de golpe y lo miró con expresión distraída.

–No voy a ponerte la mano encima. Te doy mi palabra.

–Pero us... usted me... me bes... besó, y dijo...

–¡De cara a la galería! ¡Fue sólo de cara a la galería! –le aclaró en un brusco susurro–. Lo hice para engañarlos; de otro modo habrían insistido en mirar y eso habría empeorado muchísimo las cosas.

–Pero...

–Yo ya tengo una dama, Susannah. Confía en mí; si sintiera inclinaciones amorosas, iría a verla. Tú no eres más que... una niña. ¡Por el amor de Dios! Tuve una hermana. No pienso tocarte. Sé que tienes muchísimo miedo, pero trata de calmarte. Soy lord Strathmore y te doy mi palabra de honor de que te sacaré de aquí sana y salva y te llevaré de vuelta con tu familia.

Ante la mención de su familia, las palabras parecieron calar por fin en la chica.

–Han dicho que eres de Hertfordshire. ¿Es cierto?

Ella hizo un gesto afirmativo con cautela.

–¿Cómo se llama tu pueblo?

–Ste... Stevenage.

–Excelente. Con un poco de suerte, te llevaremos a Stevenage antes de que cante el gallo. Pero vas a tener que ayudarme.

–¿Có... cómo?

Dev frunció los labios y echó un vistazo a la habitación mientras se devanaba los sesos. Su mirada se detuvo en la copa de vino vacía que, a juzgar por la marca de carmín que había en el borde, una de las prostitutas había dejado en la habitación.

–Gime –dijo de repente– y sacude la cama.

–¿¡Qué!?

–Ya me has oído.

Envolvió la copa de vino en la chaqueta de terciopelo para amortiguar el sonido, la pisó y notó cómo se hacía añicos bajo su pie. Al instante, se inclinó y abrió la chaqueta para coger un gran trozo de cristal que examinó brevemente. A continuación, se sacó la camisa por la cabeza, haciendo oídos sordos al jadeo alarmado de la muchacha.

–Lord Strathmore, ¿qué está usted...?

Dejó la pregunta en el aire.

Dev utilizó el trozo de cristal a modo de daga para hacerse un pequeño corte en el costado izquierdo. Su semblante se crispó por el pinchazo.

–Quieren sangre, Susannah –contestó con los dientes apretados–. Y no tengo intención alguna de darles la tuya.

Sólo esperaba que los canallas se tragaran el ardid, porque si averiguaban la verdad, tenía la absoluta certeza de que Susy y él acabarían enterrados en el fondo del pantano.

9

A la espera de que Strathmore completara su iniciación, Carstairs prestaba poca atención a Johnny, que tenía la cadera apoyada contra el enorme brazo del sofá y se inclinaba sobre él mientras le acariciaba el cabello y le relataba al oído con voz ronca lo que podrían estar haciéndose mutuamente en la habitación de la Antigua Roma. Ya no se molestaba en ocultar el aburrimiento que le provocaba su posesivo amante, aunque bien sabía Dios que había instruido a Johnny desde la más tierna infancia con el expreso propósito de que le proporcionara placer. Sin embargo, en ese preciso instante le interesaba más esperar a que Strathmore saliera con la chica. Llevaban allí dentro cerca de una hora y comenzaba a oírlos a medida que sus voces y los ruidos provocados por sus movimientos ganaban volumen.

–¡Sí, oh, sí!

–Eso es, Susy. Métetela entera.

–Oh, lord Strathmore, ¡por favor!

–Digo yo... ¿estás seguro de que la moza era virgen? –preguntó Tom *el Colosal* con la boca llena de comida y un plato a rebosar por delante.

Alastor asintió.

–Madre Iniquidad así lo aseguró.

–Jamás he escuchado a una virgen hablar así –señaló el Santo Crápula–. Al menos la mía no lo hizo.

–Tú no eres Devil Strathmore –intervino Quint, oculto tras la ninfa del bosque que tenía en el regazo.

Todos se echaron a reír.

–¡Por Dios, supongo que su reputación con las mujeres es merecida! –declaró el joven Dudley con una sonrisa bobalicona de oreja a oreja.

–Tú no te tomas tu tiempo con ellas, Oakes. Ése es tu problema –apuntó Quint–. Si lo hicieras, te permitirían cualquier cosa.

–¿Desde cuándo eres un experto? –replicó Oakes.

Entretanto, Carstairs guardaba silencio y hacía caso omiso de las chanzas, concentrado por completo en la puerta cerrada. Su excitación había llegado a un punto insoportable. Su malsana imaginación era capaz de conjurar las escenas de seducción que se estaban desarrollando en aquella estancia, escenas que lo excitaban muchísimo más que las sutiles caricias de Johnny, insistentes y demasiado familiares. Su mente regresó a aquella remota noche en la que había estado a punto de seducir al mismísimo Strathmore, si bien estaba convencido de que el vizconde no se acordaba.

Una década atrás había hecho cuanto había estado en su mano por olvidar el horror del incendio, pero año y medio después de este suceso, el joven Strathmore hizo su aparición en la alta sociedad: diecinueve años, apuesto y totalmente perdido. Su arrebatador físico habría bastado para llamar la atención de sus sagaces ojos, pero le había cautivado el abrumador dolor que impulsaba su alocada disipación y la certeza de que él había contribuido a causarlo.

Había sentido un vínculo inmediato con el joven Strathmore, por más que nunca los hubieran presentado. Desde una distancia prudente había observado cada uno de los movimientos del joven libertino con una fascinación teñida de culpabilidad, anhelando poder calmar el dolor que había causado. Sin embargo, con tantas cosas que ocultar, no se había atrevido a acercarse al vizconde.

Pero una noche, después de una fiesta en casa de un amigo común, encontró al joven Strathmore solo y ebrio, tirado en el frío suelo del invernadero de su anfitrión, como un encantador Narciso junto a una alegre fuentecilla.

Tras los excesos alcohólicos de la noche, el joven se había quitado la corbata y se había desabrochado la camisa para echarse agua por el rostro y ese lampiño y musculoso pecho en un vano intento por despejarse. Cuando lo vio estuvo a punto de echarse a llorar por los estragos que había causado en la vida del apuesto muchacho, que yacía tan vulnerable y tan solo. Recordaba a la perfección cómo se había sentado en el borde de piedra de la fuente mientras el muchacho yacía dormido a sus pies.

–Devlin –le dijo en voz baja–, ¿quieres que te lleve a casa?

Sus increíbles ojos, azules como el mar, se abrieron un poco. Su voz sonó pastosa.

–No, gracias. Dormiré aquí.

La respuesta le arrancó una leve sonrisa y despertó el deseo de acariciarlo.

–¿Sabes quién soy?

–¿Debería? No, lo siento, estoy borracho como una cuba.

–Lo sé. No pasa nada. Soy lord Carstairs –se presentó con voz reconfortante–. Es probable que no lo recuerdes por la mañana, pero quiero que sepas que si alguna vez necesitas... ayuda, puedes acudir a mí.

–¿Cómo? –musitó Strathmore en respuesta antes de darse la vuelta sobre el duro suelo embaldosado y quedarse dormido.

Se había quedado con él un buen rato, observándolo y luchando contra el trémulo impulso de extender el brazo y acariciar su sedoso pecho. Sin embargo, se contentó con rozar apenas el enmarañado cabello negro del muchacho con el dorso de los dedos, incapaz de resistirse.

Después se puso de pie, embargado por un agónico deseo, y se marchó. Siempre había tenido cierta inclinación por el riesgo, pero en aquel entonces le aterraba tanto que la alta sociedad se enterara de sus preferencias y lo desterrara que había ocultado su verdadera naturaleza. De hecho, su miedo era tal que desató un infierno en la tierra para ocultarla.

Con el tiempo, había comprendido que todo el mundo lo había intuido y que a nadie le importaba. Al parecer, su título y su riqueza habían bastado para protegerlo de esas temibles y arcaicas leyes que penaban con la muerte a los hombres como él. Por más cínico que fuera, ni siquiera él era capaz de soportar la ironía que encerraba todo aquello. Después de todas las atrocidades que había cometido, tenía la sensación de que su única posibilidad de redención residía en Dev. El muchacho al que había condenado a una amarga soledad era el único que poseía el poder de liberarlo. Strathmore había regresado y él lo deseaba con todas sus ansias.

Y su deseo no parecía tan inalcanzable después de todo. Las encantadoras sonrisas de Dev parecían indicar que disfrutaba de su sutil flirteo. Le tembló un poco la mano cuando se llevó el vaso a los labios. Johnny masculló de repente un comentario furioso y cesó en sus intentos por llamar su atención. Su lindo muchachito se alejó en un arrebato de furia y le lanzó una mirada envenenada desde el otro extremo de la estancia, adonde fue para abrazarse a una de las ninfas del bosque en un penoso intento por darle celos.

Dado que su robusto Johnny era muy apuesto, las rameras se quedaron obnubiladas, pero a él apenas le arrancó una sonrisa socarrona. Al menos el muchacho se había reunido con los de su especie. Seguía contemplando con amargo regocijo cómo su joven amante hacía el ridículo cuando Staines se acercó con expresión más tensa y ladina que de costumbre.

Por Dios, el infame duelista era como una pistola cargada que podía dispararse en cualquier momento, pensó con inquietud, aunque había aprendido a controlarlo con el paso de los años. Desde luego que había aprendido a controlarlos a todos...

–Buenas noches, Staines –lo saludó, pero el aludido ni siquiera se percató de su sonrisa afable. El hombre no hacía más que mirar de un lado a otro de forma compulsiva–. ¿Qué pasa, Torq?

–No me gusta –gruñó.

–¿Qué es lo que no te gusta?

–Este lugar –masculló–. Me huele mal.

–¿De qué hablas?

–Es una trampa. Lo presiento.

–Vamos, Staines, no empieces de nuevo con eso. Ya hemos discutido...

–Estás ciego, tú y Quint lo estáis. ¡Te digo que Strathmore lo sabe! Está jugando con nosotros. Deja que me libre de él antes de que haga nada. Puedo encargarme fácilmente...

–No sabe nada –lo tranquilizó.

–Sí que lo sabe, Carstairs, y puedo demostrarlo. Ven, tienes que ver algo. Y Quint también.

–¿De qué se trata? –le preguntó con indecisión, renuente a alejarse con Staines por miedo a perderse el delicioso instante en el que Dev saliera de la habitación después de violar a la muchacha.

Ansiaba ver su expresión... y la de ella. Le resultaba imposible no pensar en lo que se sentiría al ser poseído por Devil Strathmore.

–En el salón de baile hay un fresco de Ginny Highgate –respondió Staines en voz baja.

Eso lo pilló totalmente desprevenido.

Se giró hacia Staines, sorprendido, pero enseguida ocultó su estupefacción. Después de todo, alguien debía mantener la cabeza fría por esos lares.

–¿De verdad? –preguntó con desinterés.

–Ven y compruébalo con tus propios ojos. Iré a buscar a Quint. Él también querrá verlo.

–No, confía en mí, lo único que logrará será hacerlo estallar.

Sabía sin ningún género de duda que Ginny Highgate rondaba los pensamientos de Quint desde que habían pisado ese lugar.

Años atrás los hombres de Londres habían acudido en masa al pabellón para verla, y el pobre y testarudo Quint, hasta donde él sabía, jamás se había perdido una representación. Por suerte, el barón había conseguido olvidarse esa noche de los recuerdos de la forma habitual: con mujeres y alcohol.

Al otro extremo del estrafalario salón rojo, Quint estaba sentado con una esbelta ninfa del bosque en el regazo que lo abrazaba con brazos y piernas. Cómo no, era pelirroja. Quint y sus malditas pelirrojas.

Suspiró y meneó la cabeza.

–Deja al pobre necio tranquilo de momento –murmuró.

Staines asintió con recelo antes de que ambos se marcharan para ver el retrato.

«Zorra irlandesa», pensó mientras observaba minutos más tarde la sonrisa presuntuosa que Ginny Highgate lucía en el pequeño mural. Aun así se negaba a que lo convencieran de que el hermoso Dev les estaba tendiendo una trampa.

–Esto no quiere decir nada –declaró mientras se enderezaba.

Staines frunció el ceño.

–¿No te parece que es demasiada coincidencia?

–Hay retratos de todas las mujeres que solían actuar aquí. ¿Y qué?

–¿Cómo que «y qué»? –mascullo Staines con una expresión furibunda en sus ojos negros–. ¡Estás ciego! ¡Está jugando con nosotros! ¿Es que no te das cuenta?

–Strathmore ni siquiera sabe quién es Ginny Highgate, confía en mí.

–¿Por qué lo proteges? –le preguntó Staines–. Ah, pero claro que sé la razón, jodido sodomita. Estás colado por él.

–¿Cómo le va a tu hija? –replicó en voz baja, mirándolo con una gélida serenidad.

Los ojos de Staines llamearon de forma amenazadora al escuchar la pregunta.

–Vaya, lo siento, quería decir tu sobrina –se corrigió–. Se me olvidó que no sabe quién es su verdadero papá. Ya sabes lo que dicen de eso de arrojar la primera piedra y tal, querido Staines. –Chasqueó la lengua–. ¿Y qué tal le va a la linda madre de la criatura, ya que estamos? A tu amante... Ya sabes, a tu preciosa hermanita.

–Déjalas fuera de esto –le advirtió Staines con vehemencia en un susurro.

–Pues haz lo que se te dice –masculló en respuesta con tono implacable–. Nadie tocará a Strathmore a menos que yo lo diga y ni un minuto antes de que lo haga.

–¿Pasa algo, chicos?

Ambos levantaron la vista cuando Quint se acercó con paso tambaleante hacia ellos. Parecía bastante borracho y por un instante eso lo preocupó. A medida que se iba haciendo mayor, a Quint sólo le daba por dos cosas cuando estaba borracho: por un desmañado sentimentalismo o por un arrebato de ira.

Él prefería el sentimentalismo.

Dada su corpulencia y su beligerancia, la ira lo transformaba en un toro embravecido que aplastaba todo lo que se encontraba a su paso. Y Ginny Highgate se había cruzado en su camino. Ésa jamás había sido su intención. Después de que Ginny lo había descubierto hacía tantos años con el niño, le había dejado caer esa mentira a Quint para asegurarse de que el mastodonte controlaba a su amante. Después de todo, no era una mentira flagrante; podría haber sucedido cualquier día. A fin de cuentas Ginny no era más que una celebrada prostituta y él tenía mucho más dinero, era más apuesto y contaba con mucha más inteligencia, además de rango, que Quint.

No había previsto la reacción desproporcionada del barón ante su invención, pero estaba de más pensar que él le hubiera dicho que le diera una paliza a la pobre mujer o que la violara. Y tampoco había tenido motivos para sospechar que Ginny huiría, llevándose a Johnny. Cuán cerca habían estado todos del desastre. Puesto que no quería avivar el temperamento violento de Quint, intentó ocultar el retrato de la pelirroja, interponiéndose con discreción, pero ya era demasiado tarde.

–¿¡Qué demonios!? –musitó Quint al tiempo que entrecerraba sus ojos castaños.

Se agachó muy despacio para contemplar la pintura. Con semblante afligido, recorrió el cuadro de su amor perdido con los dedos.

–¿Lo ves, Quinty? –intervino Staines–. Carstairs se niega a creerlo, pero aquí está la prueba de lo que digo. Strathmore nos está tendiendo una trampa. Lo sabe todo.

El barón pareció no escucharlo y la mirada presuntuosa de Staines regresó a él, ya que el matón de Quint jamás se había retirado de una pelea en toda la vida.

Estaba claro que si Quint se ponía del lado de Staines, no le resultaría nada fácil manejarlos. Aunque era más inteligente que los dos juntos y eso le había permitido tenerlos bajo control durante doce años, jamás había bajado la guardia. Demasiados matones lo habían encallecido mientras crecía como para no saber a esas alturas que el cerebro no siempre ganaba a la fuerza bruta.

–Vamos, Quint, ¿tú qué crees? –lo instó Staines.

Quint levantó la vista con gesto inseguro y la mirada perdida a millones de kilómetros de distancia.

–¿Qué?

–Va tras nosotros, ¡os lo aseguro! ¡Nos trajo aquí para volvernos locos!

Quint frunció el ceño y se incorporó muy despacio hasta erguirse, pero Staines no había terminado.

–Dile a Carstairs que tenemos que encargarnos de este problema ahora, antes de que vaya a mayores.

–No –respondió el barón en voz muy baja, meneando la cabeza–. No lo haré. Me gusta Strathmore.

La afirmación dejó a Staines boquiabierto.

–¿Tú también, Quint? ¡No!

–Es buen tipo. Déjalo en paz, Torq. No sabe nada. ¿Cómo iba a saberlo? No era más que un niño por aquel entonces.

Carstairs cruzó los brazos por delante del pecho y le sonrió con socarronería a Staines, que levantó las manos en un gesto exasperado.

–¡Hicimos un juramento de sangre! –rugió Staines–. Creamos este club, nos escondimos detrás de otros... ¡y ahora actuáis como necios! Strathmore ya no es un niño.

–He dicho que lo dejes, Torquil –repitió Quint.

–¡No lo haré! ¡Es absurdo! ¡No puedo creer lo que estáis diciendo! ¡Carstairs quiere bajarse los pantalones para él y tú quieres revivir tu juventud a través de ese hombre! ¿Es que soy el único que ve que ese malnacido tiene el club en su punto de mira? No pienso ir a la horca por vosotros dos, hijos de puta. Yo no lo hice.

–Tú sólo ayudaste –le recordó con calma.

Staines se giró hacia el barón.

–Quint...

Sin aviso previo, Quint estampó a Staines contra la pared adornada con los sonrientes retratos y le apretó el cuello con su grueso y peludo antebrazo.

–He dicho que lo dejes –ordenó–. ¿Entendido? El pasado, pasado está, Torq. Por mi parte, jamás sucedió.

–¡No tenéis agallas para hacerlo! ¡Os habéis ablandado!

–No me presiones, Staines –gruñó Quint.

–Chicos, chicos... –intervino Carstairs en ese momento, apoyándose en la pared junto al lugar donde Quint sostenía a Staines de puntillas. Los miró a ambos con otra de sus almibaradas sonrisas. A veces era de lo más agradable contar con un gigante amaestrado a su servicio–. Propongo que acordemos dejar tranquilo a Strathmore durante un par de meses y continuemos observándolo, tal y como hemos venido haciendo, antes de reconsiderar si tenemos motivos para sospechar de él. Si da un paso en falso... bueno, Torquil, entonces será todo tuyo. Hasta ese momento considerémoslo inocente a falta de que se demuestre lo contrario. Creo que ya ha sufrido bastante. ¿Hecho?

–Hecho –murmuró Quint, asintiendo con la cabeza.

–¿Inocente? Para cuando lo encontremos culpable, podríamos estar en el patíbulo –soltó Staines.

Quint apretó con más fuerza el brazo contra la garganta del hombre.

–A mí no me preocupa –dijo.

–A mí tampoco –se sumó Quint.

–De acuerdo –gruñó Staines a la postre.

Quint lo soltó. Mientras Staines se alejaba de ellos con expresión adusta, Quint relajó sus hombros de boxeador con un movimiento inquieto.

–Bien hecho –le dijo de inmediato, dándole al gigante un golpe afectuoso en su enorme brazo.

Quint se apresuró a apartarse, furioso.

–No me toques.

Lo miró con cauteloso desdén antes de regresar con su última prostituta pelirroja.

Irritado, asimiló el inmerecido insulto en silencio.

Le resultaba gracioso pensar que una vez, años atrás, hubiera deseado a un ogro como Quint: un bárbaro descomunal y moreno con un cuerpo de acero. Eso fue siglos atrás, cuando era muchísimo menos selectivo en sus gustos, y también mucho antes de que Quint hubiera desarrollado esa barriga flácida. Cuando el barón llegó a Londres desde los campos de Yorkshire, él lo ayudó a adquirir cierto lustre (el pulido social)... con la lujuria como último objetivo. Sin embargo, jamás intentó seducirlo al comprender que sólo iba a conseguir un puñetazo en plena cara, y habría sido una verdadera lástima estropear la perfección de su hermosa nariz.

Estaría la mar de contento si jamás volviera a posar los ojos sobre Quint, o sobre Staines, ya puestos, pero estaban unidos por el juramento de sangre que habían hecho para guardar silencio, unidos por la culpa, el odio y el dolor. Cómo anhelaba hacer borrón y cuenta nueva...

Cuando se volvió hacia el estrafalario salón con las manos en los bolsillos de sus impecables pantalones, escuchó que en el pasillo se alzaban unos groseros vítores y levantó la vista justo a tiempo para ver cómo Devil Strathmore salía del dormitorio con su virgen ruborizada.

Sonrió. Ya no tan virgen.

Se estremeció un poco al contemplar al héroe conquistador. Strathmore estaba sonrojado y sudoroso, con la camisa abierta sobre el musculoso pecho. Tenía el cabello negro alborotado y se sujetaba los pantalones negros con una mano mientras preguntaba con voz ronca si alguien tenía un cigarro.

Los muchachos se echaron a reír al ver su sonrisa lasciva.

Alguien le tendió un cigarro encendido y él le dio una calada, aspirando el humo como si fuera lo mejor que hubiera probado en su vida. Rodeó a la muchachita con el otro brazo y exhaló el humo por encima de su cabeza.

Ella se acurrucó contra él, rodeándole la cintura con los brazos y escondiendo la cara contra su cuerpo por la vergüenza mientras la vieja arpía, Madre Iniquidad, se colaba en la habitación y certificaba a través de la sangre en las sábanas que se había superado la prueba.

Eso le hizo soltar una carcajada y menear la cabeza, aliviado al saber que Dev había caído de lleno en sus manos.

Si al final resultaba que Strathmore los estaba engañando, sería mucho más fácil controlarlo gracias a la prueba del delito que acababa de cometer. El club proporcionaba el inocente cordero para el sacrificio, pero cada aspirante tenía el privilegio de degollarse a sí mismo. En realidad no se trataba de desflorar a una virgen, sino de conseguir poder sobre todos los miembros de su organización en caso de que surgieran circunstancias que pusieran a prueba su lealtad o se necesitara ejercer mucha persuasión.

«¿Quién necesitaba fuerza bruta?», musitó para sus adentros, regodeándose mientras el más reciente miembro del Club del Caballo y la Cuadriga sacaba a su víctima de la habitación. El cerebro ganaba nueve de cada diez veces y el chantaje hacía el resto de manera muy eficaz.

–¿Cree que... que se lo han creído? –susurró la aterrada chiquilla, aferrándose a él mientras la sacaba de allí.

–Ya lo creo. Diría que hemos sido la mar de convincentes.

Durante la hora que habían pasado en el dormitorio, le había enseñado a la muchacha cómo lanzar cartas hasta que el pánico había desaparecido de sus ojos y después había hecho unas cuantas flexiones para crear el sudor requerido.

Al final, la pequeña Susy había comenzado a mirarlo como si el hecho de que la violara tal vez no fuera un destino peor que la muerte, pero seguían sin gustarle Quint y el resto, que habían sido muy crueles con ella.

–Son horribles.

–Lo sé. No pienses más en ellos –murmuró él–. Vamos a sacarte de aquí sin demora. Aquí está mi carruaje. –Su brillante berlina se detuvo delante de la escalinata curvada–. Mis criados se encargarán de que regreses sana y salva a tu pueblo. Pero antes... –comenzó y la hizo girar para quedar cara a cara, agarrándola por los hombros con firmeza–, quiero que me jures por lo más sagrado que nunca, jamás, volverás a subirte en un carruaje con desconocidos.

Ella respondió con un gesto sombrío.

–No lo haré... Lo prometo. Ya no sangra, ¿verdad?

Echó un vistazo ansioso a su costado, pero la herida estaba oculta bajo la camisa.

–Estoy bien.

–Me alegro. Gracias, lord Strathmore.

Se puso de puntillas y lo besó en la mejilla.

Él la miró con el ceño fruncido.

–Éste es Ben –dijo con un gruñido cuando su ayuda de cámara se reunió con ellos–. Él te acompañará a casa.

Ben le hizo una reverencia a la muchacha.

–Señorita.

Susy lo miró con indecisión.

–Puedes confiar en él, Susannah –le aseguró en voz baja–. Ben ha recorrido el mundo conmigo y me ha salvado la vida en varias ocasiones.

–¿Habla inglés? –susurró la muchacha.

–Por supuesto. Viene de América, no de la luna.

Las cejas de Ben se arquearon, pero estaba demasiado acostumbrado a las extrañas reacciones de los blancos para que eso le estropeara el buen humor. Dev ayudó a la muchacha a subir al carruaje y acto seguido Ben cerró la portezuela.

–¿Qué está pasando aquí? –le preguntó Ben al tiempo que se encaminaban hacia el pescante.

Aguardó hasta que se alejaron lo suficiente para que Susy no pudiera escucharlos.

–El tercer requisito –masculló entre dientes, echando chispas por los ojos mientras contemplaba el pabellón.

–¿¡La muchachita!? –exclamó Ben con estupefacción.

Él asintió con rigidez.

–La cogieron a las afueras de un pueblo en Hertfordshire. Al final he conseguido calmarla. Asegúrate de que llega sana y salva a su casa. Y luego vuelve para recogerme, no deben sospechar nada. No está tan lejos. Estarás de vuelta para el amanecer.

–Ten cuidado.

Esbozó una sonrisa desdeñosa. Ben entró en el carruaje con Susannah mientras él le daba al cochero las instrucciones pertinentes para llegar a Stevenage y en un abrir y cerrar de ojos el vehículo ya se perdía por el camino.

Susannah le lanzó un beso por la ventanilla y él frunció el ceño en respuesta. Lo último que necesitaba era una chiquilla enamorada que bebiera los vientos por él. Con las manos en los bolsillos, contempló por un instante cómo su carruaje se perdía a través de los marjales por el camino bañado por la luna antes de desviar la vista con desgana hacia el pabellón. Hizo de tripas corazón y subió de nuevo la escalera.

Aunque costara trabajo creerlo, pensó, ya era oficial: se había convertido en un miembro de «sangre» del infame Club del Caballo y la Cuadriga. Una vez demostrada la pasta de la que estaba hecho y de haberse ganado su confianza pasando sus malditas pruebas, sería mucho más fácil proseguir con su investigación hasta descubrir cuál de esos depravados malnacidos había originado el funesto incendio doce años atrás.

Estaba impaciente por vengarse de quien fuera.

–Pues bien, niñas, la hipotenusa está siempre en el lado opuesto al ángulo recto. No importa cómo sean los otros dos ángulos. Siempre que uno de los tres sea recto, el teorema de Pitágoras es aplicable –explicaba Lizzie con voz firme a una clase llena de muchachas de dieciséis años mientras trazaba un triángulo recto en el encerado–. La fórmula es: A al cuadrado más B al cuadrado es igual a C al cuadrado.

Cuando terminó de escribir la sencilla fórmula, se giró para encontrarse con que la clase entera la miraba con expresión distraída.

–Bueno, no os quedéis ahí paradas. Anotadla.

–¡Caray!

En la primera fila, Daisy Manning, una jovencita muy aplicada con enormes ojos azules y largos tirabuzones rubios, obedeció al instante. Levantó su nerviosa mirada hacia el encerado y copió la fórmula en su pizarra con aire angustiado.

Detrás de ella, Annabelle Swanson, la rebelde de la clase, no hizo ademán de obedecer. Annabelle, una morena escéptica y bastante descarada, estaba encorvada en su pupitre y leía a escondidas algo que mucho se temía sería otra carta de amor de Tom, un muchacho de lo más inadecuado.

–Annabelle, presta atención, por favor. Esta fórmula lleva con nosotros desde los tiempos de la Antigua Grecia. Merece que te esfuerces –la reprendió imitando en la medida de lo posible la voz de lady Strathmore.

De hecho, solía pensar mucho en cuánto habría disfrutado la vizcondesa charlando con las muchachas o, mejor dicho, cuánto habría disfrutado dándoles una charla acerca de cómo debían aprender a conducir su vida.

Annabelle resopló y cogió su pizarra.

–La señorita Bamworth no nos obligaba a aprender geometría –masculló.

–¿Cómo dices?

–Tiene razón, señorita Carlisle –explicó Daisy, que levantó la mano en la primera fila–. Nos dijeron que sólo tendríamos que aprender sumas, restas, multiplicaciones y divisiones.

–Sí, la señorita Bamworth nunca nos obligó a hacer algo tan difícil –intervino otra estudiante con voz quejumbrosa.

–Pues yo soy vuestra nueva maestra y sé que sois mucho más inteligentes que todo eso –les aseguró mientras echaba mano de su reconocida paciencia para ofrecerles una sonrisa agradable.

–Sí, pero... esto... Señorita Carlisle...

–¿Sí, Daisy?

–¿Qué pasará si estudiar geometría arruina tanto nuestro carácter que el año que viene, cuando llegue el momento de nuestra presentación, nadie quiere casarse con nosotras? –Lanzó una mirada nerviosa por encima del hombro hacia el resto de las alumnas, que asintieron solemnemente–. Papá se enfadaría muchísimo si eso ocurriera. Papá dice que a los caballeros no les gustan las marisabidillas.

Lizzie se las apañó para no dar un respingo.

–Tu padre tiene mucha razón, Daisy, pero no te preocupes. Te doy mi palabra de honor de que si detecto algún efecto negativo en tu carácter, desistiremos al instante.

–Pues yo sigo sin ver qué le pueden importar a nadie unos estúpidos triángulos –protestó Annabelle–. Ni que fuera a diseñar un edificio...

Las demás tuvieron la osadía de reírse por lo bajo.

Lizzie recorrió la clase con una mirada torva y las risas cesaron.

–Los triángulos no son la cuestión, Annabelle. Se trata de un ejercicio destinado a desarrollar nuestro cerebro para convertirlo en un instrumento bien afinado, que será lo que nos ayude a dirigir nuestra vida. Intento enseñaros a razonar. Aquella que no sea capaz de pensar por sí misma jamás será la dueña de su destino.

La clase la miró de hito en hito durante un instante mientras absorbía aquella revolucionaria idea, si bien la estricta directora del colegio se habría horrorizado al escucharla. Lizzie se desentendió de ese pensamiento. ¿Por qué no podían aprender lo que se consideraba normal para sus hermanos varones?

–Ahora, haced el favor de copiar la fórmula. Después quiero que intentéis aplicarla a los problemas que hay en el encerado.

Acto seguido, cruzó las manos a la espalda y comenzó a recorrer los pasillos que separaban los pupitres para seguir el trabajo de sus alumnas.

Cuando llegó a la altura del pupitre de Annabelle, atisbó el papel que había bajo la pizarra de la muchacha y se lo quitó con una mirada torva. Annabelle se enfurruñó, pero al menos ella se quedó más tranquila al comprobar que no se trataba de otra carta de amor. En cambio, era uno de los folletines de escándalos sociales que las muchachas conseguían de sólo Dios sabía dónde.

Con el ceño fruncido, se lo llevó a su escritorio emplazado en la parte frontal de la clase. No le había echado ni un vistazo, pero cuando lo iba a tirar, la primera línea le llamó la atención. Se quedó helada y lívida de repente. Dios, no...

«Otra vez no», pensó. Con el corazón desbocado, se sentó muy despacio en su silla y, mientras una pequeña parte de sí misma moría, leyó por encima el párrafo y dejó que sus alumnas se afanaran en resolver el primer problema. Su nombre había estado apareciendo con creciente frecuencia durante las semanas transcurridas desde el funeral de lady Strathmore.

Devil St...m..., comenzaba el cotilleo.

Cerró los ojos por un instante y sintió una punzada de remordimientos cuando el último deseo de la anciana volvió a atormentarla: «¿Velarás por él de tiempo en tiempo cuando yo me marche...? No tiene a nadie más...».

«Bueno, ¡no era de extrañar que no tuviera a nadie más!», pensó al tiempo que aplastaba sus remordimientos sin piedad. ¡Ese maldito hombre apartaba a cualquiera que intentara acercársele!

Le había ordenado que se fuera, y ella no necesitaba que se lo repitieran. Tal vez, y eso lo admitía en lo más profundo de su corazón, en cierta forma se sentía obligada a hacerlo reaccionar (por su tía, nada más), pero habida cuenta de los escándalos que protagonizaba ni siquiera era capaz de imaginar cómo conseguirlo. Una joven soltera, sobre todo si era maestra en un colegio de señoritas, contratada por una persona tan estricta como la señora Hall, difícilmente podría parar a un carruaje de alquiler para que la llevara al West End y después llamar a la puerta de un libertino tan afamado como Devil Strathmore. Al menos no sin dañar seriamente su reputación. ¿Por qué arriesgarse?

Las cosas le iban bien. La muerte de lady Strathmore la había entristecido, por supuesto, pero su nuevo trabajo era estupendo; había entregado sus traducciones a tiempo y con el pago del editor sus ahorros estaban creciendo a pasos agigantados. La cercanía de Londres le permitía volver a disfrutar de la ciudad con todos sus museos, librerías y charlas. Tenía muchos amigos pertenecientes a todas las clases sociales y estaba apenas a una hora de distancia de la casa de Jacinda en Regent's Park. Incluso recibía alguna que otra amable carta del doctor Bell, si bien ya no era capaz de contemplar más que una relación platónica con él desde la noche que había pasado con Devlin.

En ese instante, sentada a su escritorio y rodeada del golpeteo y el murmullo de las muchachas que escribían en sus pizarras, se dio cuenta de que el único asunto que quedaba sin resolver en su vida era el mismísimo Devil Strathmore... cuyo mero nombre le desgarraba el corazón, le destrozaba la conciencia y le enardecía el cuerpo.

Cuando terminó la clase de matemáticas, las muchachas apenas tuvieron unos minutos para entrar en la enorme estancia situada al otro lado del pasillo donde tenía lugar la clase de baile con la señorita Agnew, pero ella tenía un par de horas libres hasta la clase de francés. Estaba organizando su mesa cuando una de las celadoras le llevó una nota de la directora, que la citaba en su despacho.

La señora Hall no era una mujer a la que se podía hacer esperar. Bajó la escalera a toda prisa mientras tras ella flotaban las primeras notas del pianoforte de la señorita Agnew.

El despacho de la directora estaba situado en el vestíbulo del colegio. Una vez allí dio unos suaves golpecitos en la puerta.

–Pase, señorita Carlisle –ordenó la directora de inmediato. La señora Hall era una mujer alta e imponente, con dos tirabuzones canosos que le enmarcaban el rostro por debajo de la cofia de muselina blanca y una remilgada toquilla del mismo color atada justo debajo de la barbilla–. La señorita Carlisle fue una estudiante modélica de esta academia, señora Harris. Creció como dama de compañía de la marquesa de Truro y Saint Austell, quien, debo añadir, también asistió a nuestro humilde establecimiento. También tiene una relación excelente con la duquesa de Hawkscliffe y con lady Winterley, quien, como estoy segura que sabrá muy bien, está casada con nuestro héroe nacional, el coronel lord Winterley. –Lizzie dio un pequeño respingo mientras la señora Hall se explayaba con sus notorios contactos, decidida a impresionar a las dos visitantes sentadas al otro lado del enorme escritorio de caoba–. Es muy buena con las muchachas. Señorita Carlisle, ésta es la señora Harris, de Dublín, y su hija, Sorscha.

–¿Cómo están? –murmuró con una reverencia.

Ambas la miraron con rostros inexpresivos.

La madre vestía de un riguroso luto. Su elegante vestido de seda y sus guantes eran de negro azabache, y ocultaba su rostro tras un velo de encaje negro que caía de su sombrero, también negro. El único toque de color se lo conferían los mechones de su largo cabello cobrizo que sobresalían por debajo del velo.

–La señora Harris acaba de matricular a esta jovencita en nuestra magnífica institución –explicó la señora Hall–. Señorita Carlisle, ¿sería tan amable de mostrarle a nuestra encantadora recién llegada sus habitaciones y de ayudarla a que se familiarice con el horario?

–Sí, señora. Bienvenida, señorita Harris –le dijo a la muchacha–. Si hace el favor de seguirme...

Sorscha Harris se puso de pie. Era una muchacha muy hermosa de unos dieciséis años y con la expresión de una muñeca de porcelana: rostro pálido y redondo, una melena de rizos negros sujetos por un lazo rosa y unos enormes ojos azules rebosantes de inseguridad juvenil.

Visiblemente nerviosa, Sorscha apretó la mano de su madre en un alarde de valentía; muchas de las alumnas jamás se habían separado de sus madres con anterioridad y, a juzgar por el luto que llevaba la señora Harris, comprendió que la pobre criatura acababa de perder a su padre.

–¿Estás segura de que estarás bien sin mí, mamá?

–Estaré bien, cariño –murmuró la señora Harris en voz baja y con un ligero acento irlandés, aunque oculta tras el velo de encaje era imposible averiguar su expresión–. Ve y disfruta de tu nuevo colegio. Volveré el domingo para ir a la iglesia. Y pórtate bien.

–Sí, mamá.

–No se preocupe, señora. Me aseguraré de que su hija reciba el mejor trato –le dijo a la mujer antes de sonreírle a Sorscha con ternura–. Yo también soy nueva aquí, señorita Harris, así que cuidaremos la una de la otra.

Una tímida sonrisa iluminó el hermoso rostro de la muchacha.

–Permita que la ayude con eso –añadió cuando la muchacha intentó coger su baúl de viaje sola.

–Gracias, señorita.

Sorscha se ruborizó y le sonrió agradecida cuando cogió la otra asa.

Entre risas por el esfuerzo que suponía, sacaron el baúl del despacho y se afanaron para subirlo por la escalera. Justo cuando llegaron al primer piso, la señora Hall la volvió a llamar.

–Ah, señorita Carlisle, esto llegó ayer para usted. –Sostuvo la carta en alto–. Le pido disculpas... se me olvidó dejarla en su casillero.

Dejaron el baúl en el suelo y, tras limpiarse las manos, Lizzie se apresuró a bajar para recoger la carta.

–Gracias, señora –murmuró al cogerla.

Se reunió con Sorscha sin quitarle ojo a la misiva de aspecto oficial escrita en elegante papel gris. «Del despacho de Charles Beecham, Abogado, Fleet Street», rezaba el sobre. «Urgente.» Vaya, el nombre le resultaba conocido, pensó. Dado que su nueva alumna la esperaba, se metió la carta en el bolsillo de su prístino delantal blanco y levantó su parte del baúl de viaje.

Una vez que la ayudó a subirlo hasta el último piso del venerable edificio, donde se encontraba el luminoso dormitorio de las muchachas, le asignó una cama y un armarito y comenzó a deshacer el equipaje con ella.

–¿No va a abrir la carta? –se atrevió a preguntar Sorscha con la vista fija en el sobre que sobresalía del bolsillo del delantal.

Ella sonrió.

–Intentaba no ser maleducada.

–No me importa –replicó la muchacha jovialmente.

–En ese caso...

Embargada por la curiosidad, sacó el sobre y metió el dedo por detrás del sello de lacre para romperlo. La desplegó con ansiedad y leyó las pulcras líneas manuscritas.

Entretanto, Sorscha la observaba con interés.

–Espero que sean buenas noticias.

–¡Válgame Dios! –exclamó con una sonrisa apenada–. Parece que lady Strathmore me dejó algo en su testamento.

–¿Quién es esa mujer?

–Una encantadora cascarrabias a quien cuidé antes de venir aquí. Su salud no era muy buena y para mi consternación murió hace unas semanas. No puedo creer que se tomara la molestia de acordarse de mí en su testamento.

–¡Una herencia! ¡Qué emocionante! –exclamó Sorscha–. ¿Qué cree que le ha dejado?

–No estoy segura. Me han citado en el despacho de su procurador para asistir a la lectura del testamento. –Lo que quería decir que volvería a ver a Devlin. Se le nubló la vista–. Supongo que me enteraré entonces... ¡Apuesto a que sé lo que es! –declaró en un arrebato de inspiración–. ¡Algunos de sus libros!

–¿Libros? –repitió la muchacha.

La mirada de Lizzie se tornó soñadora.

–Sabía que adoraba y le envidiaba su excelente colección. Le dije en numerosas ocasiones que me gustaría abrir mi propia librería. Ella me respondía que era una idea absurda, pero en el fondo creo que le gustaba. –Esbozó una sonrisa triste–. Qué amable de su parte acordarse de mí... –Suspiró con el corazón en un puño, devolvió la carta al sobre y se la guardó–. Ahora sólo tengo que convencer a la señora Hall para que me dé la mañana libre –le dijo a Sorscha con tono conspirador.

–¡Dios mío! Parece bastante... temible.

–No le llega ni a la suela de los zapatos a lady Strathmore –susurró ella en respuesta antes de coger la mano de la muchacha y colocársela sobre el brazo con una sonrisa deslumbrante–. Vamos, querida. Deje que le presente a las otras alumnas.

–Espero caerles bien –dijo con timidez.

–No se preocupe, señorita Harris. –Le dio unas palmaditas en la mano–. Tengo el presentimiento de que ya serán amigas para la hora de la cena.

Deslizándose como un espectro con su largo velo negro de encaje, la viuda Harris abandonó el despacho de la señora Hall, salió al exterior, donde la esperaba su carruaje, y se montó en él mientras su enorme y leal criado, Patrick Doyle, sujetaba la portezuela. Su inquieta mirada buscó el rostro oculto de Mary.

–Todo va bien, viejo amigo –murmuró–. Sorscha estará a salvo aquí.

Habían dejado de llamarla Sarah. Mary le había cambiado el nombre a la niña poco después de su huida, para protegerla.

Con un gesto decidido, el enorme irlandés cerró la puerta. Mientras se alejaban del edificio de ladrillo de la academia, Mary lanzó una última mirada rebosante de anhelo por la ventanilla.

Le costaba mucho dejar a Sorscha porque apenas si se habían separado en doce años, pero recordó que la joven maestra, la señorita Carlisle, había sido de lo más atenta a la hora de asegurar la felicidad y el bienestar de su hija adoptiva. Confió de forma instintiva en los sinceros ojos grises de la mujer y en su sonrisa amable. Sin embargo, la otra mujer, la señora Hall, le parecía una arpía pomposa.

Conocía demasiado bien a las de su clase después de haber pasado su díscola juventud fingiendo que no le dolía la censura de esas damas estiradas. No se atrevía ni a imaginar lo que la directora de la academia habría dicho en caso de enterarse de que jamás había existido un señor Harris, por no mencionar que la respetable viuda había sido en otra época la diva teatral conocida como Ginny Highgate. Aunque no importaba, porque después de todos esos años escondida en Irlanda había dejado su anterior vida atrás para rodearse de una capa de respetabilidad... por el bien de Sorscha.

Sorscha era lo único que importaba.

De hecho, su preciosa niña huérfana era la única cosa de toda su vida de la que se sentía orgullosa. La presencia de la niña había llenado un enorme vacío en su interior. Su amor por la pequeña la había mantenido con vida cuando habría querido morir por el espantoso dolor de sus heridas. En ese momento y por más que le doliera apartarse de ella, Sorscha Harris merecía la oportunidad de reclamar el lugar que le correspondía por derecho. Se lo debía.

Doyle se adentró en la ciudad y no tardó en detenerse delante de la respetable casa de huéspedes en la que se hospedaba. Cuando se acercó a la puerta para abrírsela, ella le dio unas cuantas instrucciones:

–Recógeme a medianoche. Ten listo el carruaje. No quiero perder el tiempo. Es mejor que terminemos con esto de una vez.

–Sí, señora.

–Estaré descansando hasta ese momento. Te sugiero que hagas lo mismo –añadió con una sonrisa tras el velo.

–¿No desea recorrer la gran ciudad, señora? –le preguntó Doyle con un brillo alegre en sus ojos oscuros.

Esbozó una sonrisa amarga en dirección a los incontables chapiteles de las iglesias y a las humeantes chimeneas de Londres mientras negaba con la cabeza.

–Acabé harta de este lugar hace mucho.

Se recogió las faldas y entró en la casa de huéspedes.

Durante las siguientes horas hizo cuanto estuvo en su mano por relajarse. Leyó la Biblia. Comió sola en su habitación y se tendió en la cama con la vista clavada en el techo mientras imaginaba cómo Sorscha conquistaba a la alta sociedad. Primero darían un deslumbrante baile de presentación. Señor, ya se la imaginaba con su recatado vestido blanco de debutante. Estaría rodeada de pretendientes que la tratarían con la más excelente caballerosidad y reverencia... como a una auténtica dama. Habría fiestas y bailes. Almack's... Si todo salía bien, incluso sería presentada en la corte.

Las innumerables ventajas que aguardaban a Sorscha le darían la fuerza necesaria para hacer lo que debía. Había regresado a Inglaterra para devolver a la niña tanto tiempo perdida a su hermano mayor y tutor legal, el actual lord Strathmore.

Sólo esperaba que, cuando los hermanos se reunieran, Sorscha recuperara la memoria, porque la niña no guardaba el menor recuerdo de su vida anterior y de su familia, y tampoco recordaba el incendio. Aunque estaba agradecida por ello. Ella misma lo recordaba con escalofriante claridad.

Calmando su inquietud con más imágenes esperanzadoras sobre el futuro de Sorscha, consiguió dormir varias horas hasta que el ligero toque de Doyle en su puerta le avisó que había llegado el momento.

Se despertó con un sobresalto. Abrió la puerta apenas una rendija, ya que no llevaba puesto el velo, y le dijo a Doyle que bajaría enseguida. No tardó en descender la escalera en silencio y salir a la calle, arrebujándose con su abrigo negro para evitar congelarse a causa del frío de la noche de marzo. La calle estaba desierta y Doyle la esperaba estoicamente junto al carruaje a la tenue luz de la farola. La luna bañaba de luz plateada el brillante techo negro del vehículo.

–Portman Square –le recordó mientras se subía al carruaje una vez más ese día.

–Sí, señora.

El corazón comenzó a latirle con fuerza cuando se pusieron en marcha en dirección nordeste, hacia uno de los barrios más de moda de Londres.

¿Qué clase de hombre sería? ¿Se parecería en algo a Sorscha? ¿Habría un parecido familiar?

Nunca había dejado de leer las noticias de Londres, aunque el *Times* tardara casi un mes en llegar a su casita perdida en las colinas color esmeralda de Tipperary. Un día, mientras examinaba con cinismo la columna de cotilleos en busca de noticias de los sinvergüenzas con los que se había relacionado, se topó con un solitario párrafo que había puesto su vida patas arriba:

> Lord Strathmore regresa a Inglaterra tras varios años de viajes a lo largo y ancho del mundo en su barco, el bergantín *Katie Rose*. Recién llegado de la India y las junglas de Malasia, su ilustrísima afirma que sus aventuras eran una mezcla de viaje de recreo y expedición científica. No obstante, nos complace informarles que este estimado, apuesto y popular vizconde no tiene planeado emprender nuevos viajes, sino que parece albergar intenciones de establecerse en la hermosa Inglaterra. Esta temporada, toda la alta sociedad se preguntará si el noble capitán del *Katie Rose* se embarcará en una nueva aventura... de índole matrimonial.

Supo lo que tenía que hacer en cuanto leyó la nota, si bien le costó un esfuerzo supremo. Tenía tanto que contarle a lord Strathmore acerca de aquella aciaga noche, acerca de lo que les había ocurrido a sus padres... pero ¿estaría preparado para escucharlo? ¿Le asustarían todas las medidas que debían tomarse para asegurar la seguridad de Sorscha frente a todos aquellos que no dudarían en hacerle daño, en hacérselo a los dos?

¿Creería su descabellada historia?, se preguntó mientras alzaba la mirada hacia la cara enorme y deformada de la luna. Era imperfecta, como la suya propia; no era un círculo perfecto, sino una forma irregular cuyo ominoso lado oscuro estaba plagado de hoyos y manchas.

Tal vez le preocupaba en exceso que sus antiguos amantes la reconocieran, pensó con un amargo ramalazo de humor. Al menos esperaba que su rostro, lleno de cicatrices provocadas por el fuego, no asustara a lord Strathmore después de haber recorrido las junglas malayas. El primer artículo que había leído acerca de su regreso a Inglaterra la había llevado a creer que el actual vizconde podría resultar un hombre tan caballeroso como su pobre y galante padre; sin embargo, desde que había llegado a Londres y revisado los números más actuales del *Times*, había comenzado a preocuparse. Dado que no se movía en esos círculos sociales, no estaba segura de que el aventurero hermano de Sorscha fuera el mismo «Devil S...» cuyo comportamiento libertino reflejaban las columnas de cotilleos día sí y día también. Rezaba porque no fuera él, ya que, de ser así, debería actuar con mucha astucia en cuanto averiguara la clase de criaturas con las que se relacionaba.

Cuando el carruaje se detuvo en Portman Square, se obligó a salir y le hizo un gesto tenso a Doyle con la cabeza. Él se lo devolvió desde el pescante, tocándose el ala del sombrero con los dedos enguantados. Ya tenía las órdenes de esperarla allí hasta que regresara.

Tenía el corazón desbocado y el aliento se condensaba a su alrededor mientras se escabullía en la oscuridad y recorría Portman Street. Se agazapó entre las sombras cuando un carruaje pasó traqueteando sobre los adoquines. La calle estaba flanqueada por casas altas y elegantes. Algunas tenían pequeños aunque majestuosos pórticos blancos en el frontal; otras tenían tres o cuatro escalones para acceder a la puerta principal. La mayoría contaba con enormes ventanas, preciosos faroles junto a la puerta y verjas de hierro forjado negro.

Había entrecerrado los ojos para distinguir en la oscuridad los números de bronce de las casas cuando un segundo carruaje, en esa ocasión un vistoso tílburi, pasó a toda velocidad por la calle. Se giró y observó cómo se detenía delante de una de las casas más grandes. A esa distancia sólo vio que salía un criado para sujetar los caballos.

La figura de un hombre saltó del tílburi y entró en la casa, emplazada en la acera de enfrente, varias puertas más abajo del lugar donde ella se encontraba. Dio un paso en esa dirección, incapaz de apartar la mirada.

Cuando la puerta principal se abrió para dejar paso al conductor del tílburi, el alboroto de una ruidosa fiesta resonó en la calle, pero no tardó en quedar amortiguado de nuevo al cerrarse la puerta. Recordó los últimos cotilleos publicados. ¿Sería ésa? Un vistazo al número de la casa le indicó que, en efecto, así era.

Un mal presagio la atrajo sin remedio hacia allí. Avanzó por la acera, demorándose en las sombras de las larguiruchas plataneras plantadas a intervalos. Era una bonita casa de ladrillo marrón con molduras blancas y tres hileras de ventanas; el piso superior tenía un estrecho balcón corrido con una barandilla de hierro forjado. Las siluetas del bullicioso grupo de asistentes a la fiesta bailoteaban tras las cortinas corridas de las ventanas delanteras.

Distinguió la figura de una mujer de cabello rizado que le lanzaba los brazos al cuello a un hombre; un alegre chillido siguió a la escena cuando él la levantó en volandas y la lanzó entre carcajadas a los brazos de otro hombre.

Contempló la escena con estupefacción mientras los recuerdos de aquellos días en los que ella hacía lo mismo la inundaban de nostalgia. Seguía caminando, fascinada, pero se detuvo cuando una berlina atravesó a toda velocidad la tranquila avenida y un nuevo grupo de invitados bajó de ella: dos hombres y dos mujeres borrachas que no dejaban de reírse y a las que nadie confundiría con damas.

Una vez que el cuarteto entró en la casa, abandonó las sombras del árbol y anduvo calle abajo a toda prisa para cruzarla y doblar la esquina. Se agazapó en el callejón trasero de las caballerizas que había detrás de las elegantes casas, por donde se accedía a los jardines, los establos y las cocheras.

Tras saltar la cerca de madera que rodeaba la parte posterior de la casa de lord Strathmore, descubrió que las ventanas y las puertas de ese lado estaban abiertas, como era de esperar. Tenía una vista despejada de la escandalosa fiesta; el olor de los cigarros de los jóvenes aristócratas y del perfume barato de las prostitutas llegó flotando hasta ella y le despertó un tropel de recuerdos indeseados.

Y entonces se le heló la sangre. Porque, cuando su mirada recorría la casa, sus ojos se detuvieron en lo que parecía el comedor y allí vio a Quint.

Inspiró hondo por el súbito sobresalto. Había media docena de hombres sentados a la mesa del comedor jugando a las cartas.

¡Carstairs!

El corazón comenzó a martillearle en el pecho mientras el miedo le atenazaba el alma.

«¡Santo Dios! Han llegado hasta él», pensó. El hombre más joven sentado entre Quint y Carstairs tenía el pelo negro y una sonrisa indolente. La señal que le hizo a uno de los criados lo señalaba como el anfitrión de la fiesta: ése era, ni más ni menos, Devil Strathmore. El criado se adelantó con una botella de algún tipo de licor y rellenó las copas de todos ellos.

Mary dio media vuelta, con el estómago revuelto por el terror y la confusión.

«¿Qué voy a hacer ahora?», se preguntó. Salió en silencio de su escondite y se internó en la gélida oscuridad para volver al carruaje que la esperaba en Portman Square mientras se preguntaba, sumida en el estupor, si todos sus esfuerzos habrían sido en balde.

10

La mañana convenida, Lizzie emprendió el camino para asistir a la lectura del testamento en la calesa que la señora Hall ponía de vez en cuando a disposición de las maestras para que atendieran sus asuntos personales. Aunque no era una conductora avezada, recordaba lo que Devlin le había enseñado; por suerte, el fuerte poni encargado de tirar del vehículo se comportaba de una forma tan dócil mientras trotaba por el camino que ni los cañones de Wellington lo habrían asustado. Lizzie en cambio no se sentía tan serena.

La perspectiva de volver a verlo la tenía hecha un manojo de nervios. Todavía estaba herida por la forma tan cortante con que la había despachado de su vida, pero había leído otra alusión escandalosa a sus diabluras en la columna de sociedad del *Morning Post* y comenzaba a pensar que, si alguien no le paraba los pies, iba a acabar muerto. Lady Strathmore no se habría andado con rodeos a la hora de expresar su opinión sobre quién debía ser esa persona. Negó con la cabeza, embargada por el desánimo. Le gustara o no, ese hombre atormentado le importaba demasiado para no intentarlo de nuevo. Tal vez su ataque verbal hubiera sido una aberración fruto del dolor. Si estaba dispuesto a disculparse, decidió, ella estaría dispuesta a perdonarlo.

Siguió conduciendo, revigorizada por el fresco aire matinal. La brisa arrastraba el olor a tierra húmeda de los fértiles campos, a hierba verde y a plantas recién florecidas, presagiando un hermoso día de primavera. Diseminadas por los pastizales, unas cuantas vacas pastaban en los campos cercanos a los márgenes de la ciudad, pero la sencillez rural no tardó en dar paso al bullicio de Londres.

El poni permaneció impasible y apenas modificó su alegre trote mientras Lizzie se las ingeniaba para abrirse camino con la calesa de mimbre y madera a través de la atestada calle. Pasó junto a vendedores ambulantes que pregonaban sus mercancías con alegres cantinelas; junto a las carretas de reparto que se afanaban en sus entregas matutinas; y también dejó atrás carruajes que salían a toda prisa de la oficina de correos y se desperdigaban para llegar a todos los rincones del reino. Se produjo un incidente espeluznante, protagonizado por tres bulliciosos niños que se metieron entre los cascos de los caballos para recuperar la pelota que se les había escapado; pero, por suerte, no pasó nada. Finalmente, llegó a Fleet Street y vio el letrero que anunciaba las oficinas de Charles Beecham, abogado.

El nombre del letrado estaba escrito con enormes letras doradas sobre un fondo de color verde oscuro. Obligó al poni a apartarse a un lado de la ajetreada vía mientras observaba sus alrededores con creciente preocupación y se preguntaba dónde podría dejar el vehículo. Como respuesta a sus oraciones, Bennett Freeman salió de las oficinas del señor Beecham y la saludó con una sonrisa afable.

–¡Veo que lo ha conseguido, señorita Lizzie!

–Sí, y de una pieza... milagrosamente. ¿Por casualidad sabe dónde puedo encontrar unos establos, señor Freeman?

–Justo a la vuelta de la esquina. ¿Me permite llevar la calesa en su lugar? Sería mejor que entrara sin más dilación. Están a punto de comenzar.

–¡Vaya, es usted un ángel! ¿Me haría ese favor?

–Encantado.

El hombre respondió con una carcajada a sus abundantes muestras de agradecimiento mientras ella echaba el freno y se apeaba. Una vez en el suelo, se colgó el ridículo del brazo. Le temblaban un poco las rodillas tras la odisea, pero le habría dado un abrazo al poni por ser un soldadito tan valiente. El señor Freeman se subió a la calesa y quitó el freno. Tras sacudir ligeramente las riendas sobre los cuartos traseros del animal, se alejó hacia los establos.

Lizzie se giró y clavó la mirada en la puerta del despacho del abogado. El corazón comenzó a latirle más rápido mientras hacía acopio de valor para volver a enfrentarse a Devlin. Tras enderezar los hombros, se puso en marcha con las mejillas sonrosadas y un tanto desaliñada por efecto del viento.

Mientras se desabotonaba con presteza la pelliza, el pasante del abogado, un hombre con anteojos, salió a recibirla. Le quitó la prenda de las manos y la colgó en una percha. Entretanto, Lizzie se alisó las faldas de su vestido de paseo color lavanda; la única señal de luto que llevaba eran los guantes negros y una pañoleta del mismo color alrededor del escote del vestido. Llevar un atuendo negro de la cabeza a los pies sin ser miembro de la familia habría sido, en su opinión, extremadamente presuntuoso.

El joven pasante la condujo a una sobria sala de reuniones con las paredes recubiertas por paneles de roble.

–Por aquí, señorita.

Ella lo siguió y percibió un rastro de la conocida colonia de Devlin en el aire: clavo y romero. El repentino ramalazo de deseo que su aroma le provocó la cogió desprevenida. Y entonces lo vio. Estaba de pie junto a la estantería del rincón, ataviado con un atuendo conservador y charlando en voz baja con el pulcro Charles Beecham.

Devlin hizo una pausa en medio de una frase y la miró durante un instante mientras ella avanzaba. Lo saludó con un escueto gesto de la cabeza de lo más decoroso y tomó asiento cuando el pasante le señaló una de las pesadas sillas de madera tallada que estaban dispuestas alrededor de la brillante mesa de caoba.

–Gracias.

Tras atreverse a echar un discreto vistazo a su alrededor, comprobó que no eran los únicos beneficiarios a quienes habían convocado a la lectura. La señora Rowland y la señora Willis, la cocinera, la saludaron con sendos movimientos de cabeza, nerviosas y fuera de lugar en la imponente oficina. Habían elegido un par de sillas emplazadas junto a la pared, lejos de la mesa. Margaret estaba sentada junto a ellas. Llevaba un precioso bonete fruncido. Ataviada con sus galas dominicales, la muchacha le dirigió una alegre sonrisa.

También se encontraban presentes tres extraños de apariencia respetable, dos hombres y una mujer. Supuso que se trataba de los primos lejanos que lady Strathmore había mencionado en algunas ocasiones, pero debían de pertenecer a la rama burguesa de la familia, porque carecían del gélido aire de superioridad que exudaba el único aristócrata presente en la estancia.

En ese momento, Devlin rodeó la mesa con paso tranquilo y se sentó junto a la silla del señor Beecham, presidiendo la mesa. Mientras se sentaba, le dirigió un cauteloso saludo.

El señor Beecham indicó a su pasante que cerrara la puerta. Una vez que lo obedeció, el rechoncho y bajito abogado ocupó su lugar y se entretuvo durante unos minutos colocando los papeles según el orden que había previsto. Le echó un vistazo a su reloj en el preciso instante en que el reloj de pared daba las nueve y, en cuanto terminaron las ruidosas campanadas, se aclaró la garganta para anunciar que daba por comenzada la reunión.

Lizzie se enderezó en la silla y clavó los ojos en el abogado, aunque en realidad toda su atención estaba puesta en Devlin. Su actitud era distante y fría. Percibía el pétreo muro de esas defensas que lo apartaba del resto del mundo. Tenía los brazos cruzados delante del pecho y los ojos entrecerrados, rodeados de arruguitas provocadas por la preocupación. ¿Acaso no comía bien?, se preguntó al percatarse de que esos pómulos afilados parecían más pronunciados, como si hubiera perdido unos cuantos kilos. Teniendo en cuenta su tan cacareado apetito, su aspecto no era una buena señal. Perdido en sus cavilaciones, su rostro tenía una expresión sombría y malhumorada. No parecía en absoluto un hombre a punto de heredar medio millón de libras.

–Damas y caballeros, gracias por su asistencia –comenzó el señor Beecham–. Hoy recordamos a una gran dama que vivirá para siempre en nuestra memoria, Augusta Kimball, octava vizcondesa de Strathmore. A menos que alguien desee preguntar algo, procederé a la lectura del testamento –dijo mientras miraba a su alrededor con expresión interrogante. Puesto que nadie dijo nada, asintió con la cabeza y prosiguió–: Comenzaremos con las obras de caridad de su ilustrísima, seguiremos con sus empleados y, por último, con sus familiares.

El señor Beecham alzó su portafolio. Cuando comenzó a leer las generosas donaciones que lady Strathmore había dejado estipuladas para la parroquia local, para el asilo que su padre había fundado pensando en los obreros de las fábricas metalúrgicas y para una galería de arte en Bath, Lizzie alzó la mirada en dirección a Devlin y lo descubrió observándola con frialdad.

El circunspecto deseo que asomaba a sus ojos la dejó sin aliento. Durante un instante, ambos se desentendieron de lo que pasaba a su alrededor. Lizzie percibió el deseo que sentía por ella como si se tratara de un relámpago que descendiera por su espalda, aunque era obvio que él se esforzaba por controlarlo. Ni siquiera le sonreía. Tenía la impresión de que estaba endureciendo su corazón a propósito, negando con todas sus fuerzas el vínculo que los unía.

Estudió sus ojos de azul cristalino en un intento por comprenderlo. Si estaba sufriendo, ¿por qué no acudía a ella en busca de ayuda? ¿Por qué se empeñaba en alejarla?

Devlin entornó los párpados y se giró, obligándose a prestar atención a la monótona lectura del señor Beecham.

Lizzie apartó la mirada, agitada y confusa por esa nueva muestra de frialdad. Ojalá supiera lo que había hecho para merecer semejante trato.

–Su ilustrísima estipuló una cantidad de cien libras para su estimado doctor, Andrew Bell, como muestra de agradecimiento por su amabilidad. Asimismo, otras cien libras para Charles Beecham... yo mismo –añadió el hombre al tiempo que un ligero rubor le cubría el rostro–, como agradecimiento por los servicios prestados de forma leal y eficiente durante años. Muy considerado de su parte –musitó–. Para cada uno de los doce nietos de la señora Rowland, ciento cincuenta libras.

Dev y Lizzie volvieron a mirarse con recelo.

El señor Beecham prosiguió con la herencia que lady Strathmore había dejado para sus primos y, después, dejó el portafolio en la mesa y echó un breve vistazo a los rostros de todos los presentes con actitud profesional.

–Ahora pasaremos a las instrucciones que lady Strathmore ha dejado concernientes al grueso de su fortuna.

–Charles, debes de haberte saltado algo. –Lizzie notó cómo la voz ronca de Devlin resonaba en su propio pecho–. Tiene que haber algún tipo de legado para la señorita Carlisle en la parte que acabas de leer.

–Mmm, estamos a punto de llegar a esa parte, señor.

Devlin enarcó una ceja y volvió a apoyarse en el respaldo de la silla, a la espera.

Lizzie percibió la mirada arrogante que los primos de lady Augusta le dirigían, pero les prestó escasa atención, ya que le había sorprendido que Devlin se mostrara tan preocupado de que recibiera su parte de la herencia, por pequeña que ésta fuera.

El señor Beecham se llevó una mano a los labios y tosió con discreción antes de continuar. Abrió otro apartado de su portafolio de piel y sacó un nuevo pliego de papel.

–En febrero, unas cuantas semanas antes de su muerte, lady Strathmore hizo un cambio en su testamento. He verificado la firma de la vizcondesa, junto con el testimonio de las personas que estuvieron presentes. –Hizo un gesto en dirección a las leales y ancianas sirvientas sentadas junto a la pared y tragó saliva de forma visible–. Procederé a leer las últimas instrucciones del testamento revisado que lady Strathmore redactó la noche del doce de febrero.

Devlin se removió inquieto en su silla al otro lado de la mesa, pero su mirada estaba clavada en esos momentos en el abogado. Por su parte, Lizzie reprimió el impulso y permaneció inmóvil. Algo extraño iba a suceder.

–«Querido señor Beecham –leyó el abogado–. Por la presente, le envío mis últimas voluntades y mi testamento revisado, efectivo a partir de este momento. En agosto de 1816 contraté los servicios de una nueva dama de compañía para que me ayudara a matar el tiempo. Esta joven, Elizabeth Carlisle, ha demostrado ser generosa, responsable y de carácter intachable. A pesar de haberme burlado a menudo de las excéntricas ideas de la señorita Carlisle, he descubierto en estos últimos días de mi vida que yo misma albergo ciertas ideas de mi propia cosecha, sobre todo en lo referente al reparto de mi fortuna.»

Lizzie frunció el ceño, confundida. ¿Qué había de sus libros?

–«Las cantidades estipuladas para las obras de caridad, para mis criados y para mis familiares permanecerán inmutables. En cuanto al grueso de mi fortuna, que me fue entregada por mi adorado padre... –El señor Beecham se enjugó el sudor de la frente con el pañuelo, se apartó un poco de Devlin y continuó–: Y asciende a quinientas mil libras, he decidido y, así lo estipulo por la presente, que sea dividido a partes iguales entre mi amado sobrino, Devlin, y Elizabeth Carlisle.»

Devlin se quedó boquiabierto.

–«Sin embargo, la asignación de dichos fondos está supeditada a una condición y sólo se llevará a cabo después de que las dos partes interesadas, mi sobrino y la señorita Carlisle frente a frente, contraigan libre y voluntariamente sagrado matrimonio...»

–¿¡Qué!? –exclamó Lizzie, sin salir de su asombro.

El caos se desató en la sala, acabando con el atónito silencio que había caído sobre los presentes.

Los primos de lady Augusta comenzaron a maldecir, las criadas a discutir y Devlin se puso de pie de un brinco, movimiento que envió su silla al suelo.

–¡Esto es ridículo! –bramó al tiempo que estampaba el puño en la mesa–. ¡Maldita sea su estampa, señor Beecham! ¿Ésta es su idea de una broma?

Todo el mundo gritaba salvo Lizzie, que se limitó a quedarse sentada, totalmente pasmada, al comprender que la broma no era idea del abogado... sino de lady Strathmore. Ese puñetero afán casamentero de la anciana, se dijo para sus adentros.

–Por favor, damas y caballeros, si fueran tan amables de prestarme atención, aún queda algo más.

–¿¡Más!? –bramó de nuevo Devlin.

–«Si la unión de estos dos jóvenes no se llevara a cabo en un plazo de tres meses desde la lectura de mi testamento –leyó el señor Beecham con voz trémula–, lego toda mi fortuna a la Sociedad de la Buena Esperanza para los Trabajadores del Metal, emplazada en Gravel Lane, en la ciudad de Christchurch. Ésta es mi última voluntad y mi testamento, tal y como podrán corroborar como testigos Mildred Rowland y Jane Willis, que me han servido fielmente desde hace muchos años.»

Se escuchó un jadeo general mientras las cabezas se giraban en dirección al ama de llaves y la cocinera.

La señora Willis se acobardó, pero la señora Rowland se puso de pie mientras aferraba su ridículo de cuentas con ambas manos. Echó un vistazo a todos los presentes con expresión belicosa, pero sus palabras estuvieron dirigidas a Devlin.

–Es cierto, milord. Su ilustrísima me ordenó que fuera a su habitación para actuar como testigo del cambio en el testamento la noche anterior a su regreso a Londres. Después me envió aquí para que lo trajera lo más rápido posible. «Entrégaselo en mano al señor Beecham», me ordenó, y así lo hice. Le juro por mi vida que es cierto; y, si me lo pregunta, ¡le diré que me parece la mejor solución!

Las cejas de Lizzie se alzaron ante semejante declaración, pero el semblante de Devlin sugería que ardía en deseos de estrangular a alguien.

–Fuera –mascculló a los presentes.

Lizzie supuso que deseaba hablar en privado con el abogado e hizo ademán de ponerse de pie para marcharse con los demás; sin embargo, su mirada de depredador se clavó en ella y la dejó paralizada en el sitio.

–Usted se queda –le ordenó.

Su desagradable tono de voz la sacó del estupor, y la indignación la llevó a ponerse de pie. El hecho ayudó a minimizar el efecto amenazador que su impresionante altura tenía, allí de pie al otro lado de la mesa con ella como objetivo de su furia.

Devlin colocó las palmas de las manos sobre la mesa que los separaba y se inclinó hacia delante.

–Bueno, señorita Carlisle... –pronunció cada sílaba con absoluta precisión mientras el abogado se apresuraba a salir de la habitación con los demás, dejándolos a solas–. Sabía que poseías una mente retorcida y que eras muy lista, querida, pero tu última estratagema se lleva la palma.

–¿¡Cómo!?

Devlin estudió su rostro, echando chispas por los ojos.

–Explícame lo que acaba de suceder aquí.

–¿Que te lo explique? ¡Estoy tan desconcertada como tú! No tengo ni la menor idea de por qué tu tía ha hecho algo semejante y...

–¡Porque quiere verme con un anillo en el dedo, por eso! –exclamó mientras estampaba un puño sobre la mesa antes de apuntarla con el índice–. ¡Y porque tú la convenciste! Se acabó el juego, tesoro. De mí no se ríe nadie.

–¿De qué me estás acusando exactamente, canalla?

–¡Como si no lo supieras! Voy a pedirle al señor Beecham que regrese de inmediato –dijo, esforzándose por recuperar la calma–. Y espero que confieses.

–¡No sé de qué estás hablando!

–En ese caso, mi querida señorita Carlisle, ¡te lo explicaré todo! Manipulaste a mi tía para que cambiara su testamento de modo que me viera obligado a casarme contigo... ¡Admítelo!

Lizzie jadeó, pero él prosiguió de forma atropellada:

–¡Las dos conspirasteis en mi contra! Mi tía llevaba años deseando verme con un anillo en el dedo, y tú creíste que podías conseguir un título... ¡Quizá para vengarte de Alec!

Sus conclusiones la dejaron boquiabierta, pero la indignación la ayudó a recuperarse con presteza.

–¡Serás egoísta! Yo no he hecho tal cosa. ¿De verdad me crees tan desesperada por conseguirte? ¿Tan valioso te crees? ¿¡Tú!? ¿Un hombre que deja que su nombre sea vilipendiado en las páginas de escándalos sociales? ¿Que vive inmerso en la depravación? ¿Casarme contigo...? –Hizo una pausa–. Mi queridísimo lord Strathmore, ¡jamás aceptaría casarme con usted ni aunque me lo pidiera de rodillas! ¡Buenos días, señor!

El insulto lo tomó por sorpresa. Lizzie dio media vuelta y comenzó a caminar con paso regio, pero él pasó a la acción al instante.

–¡Vuelve aquí! –bramó mientras la perseguía–. ¡No he acabado contigo!

–Ya lo creo que hemos acabado –musitó ella al tiempo que cogía la pelliza que el pasante le ofrecía.

Devlin la agarró por el codo sin muchos miramientos.

–¡No me toque! –gritó, dándose la vuelta para mirarlo a la cara–. ¿Cómo se atreve a acusarme de algo tan infame? ¡No tengo nada que ver con el descabellado plan de su tía! No sabía nada de él. Y demostraré mi inocencia marchándome de aquí ahora mismo. No sé si sabe que soy libre de hacerlo. No tengo nada que perder. Usted, en cambio, querido Devil... ¡Me muero de ganas de verlo en la cárcel de deudores!

Se zafó de su mano de un tirón y se encaminó hacia la puerta.

–Que me cuelguen si no parecen ya un matrimonio... –musitó entre dientes el pasante cuando Lizzie pasó por su lado.

Ella lo miró, ceñuda, y estampó la puerta al salir, tras lo cual se marchó en busca de su calesa.

Dev cerró los ojos durante un instante y se pellizcó el puente de su aristocrática nariz para aplacar la furia que lo embargaba. Imposible, así que murmuró una imprecación y salió tras ella. Sin embargo, aparte de protagonizar una escena en plena calle, poco había que pudiera hacer. Lizzie caminaba por la acera con rapidez mientras las faldas de ese precioso vestido lavanda se le arremolinaban entre las piernas con sus airados movimientos. Caminaba con la espalda tiesa como un palo y los delicados puños, enfundados en guantes negros, pegados a los costados. En ese momento, la muchacha echó un vistazo sobre su hombro, como si hubiera percibido su furibunda mirada. La mirada que ella le dirigió a su vez fue tan afilada como la punta de un dardo.

Dev se tensó mientras el corazón le latía desbocado, dividido entre el deseo y la furia. Lizzie dobló la esquina en ese momento y desapareció en los establos. De repente se percató de las miradas de los primos de su tía y del pasante, que lo observaban desde el ventanal del despacho de Charles.

Farfulló una maldición entre dientes y se giró para regresar con rapidez a la oficina.

–Trae el carruaje –le ordenó en voz baja a Ben, que aguardaba en la calle y parecía horrorizado.

Enfurecido hasta límites insospechados, entró de nuevo en la oficina.

Su audiencia se enderezó de inmediato al tiempo que miraban en otra dirección y fingían desinterés.

–¡Charles! –bramó.

El aludido tragó saliva.

–¿Sí, milord?

Como si de un depredador se tratara, entrecerró los ojos y los clavó en el hombrecillo regordete. La amplia frente del abogado quedó perlada de gotitas de sudor al instante y comenzó a retroceder a medida que se acercaba a él.

–Esto –gruñó– no puede ser legal.

–Pe... pero lo es, señor –tartamudeó el abogado mientras se enjugaba el sudor con gesto nervioso–. Lady Strathmore podía legar su fortuna a su antojo.

–Sácame de esto, Charles. Encuentra el modo de hacerlo.

–Sí, se... señor. Haré todo lo posible.

–Espero que así sea.

–Tal... tal vez me lleve al... algún tiempo...

–¡No tengo tiempo! –estalló mientras cogía el gabán de las manos del pasante con un furioso ademán–. ¿Recuerdas el pabellón? ¿Las reparaciones? ¿La casa de Portman Street? Tengo facturas pendientes, Charles. ¡Facturas que me llegan hasta el maldito cuello! Te encargarás de sacarme de ésta. ¿Entendido?

–Sí, señor.

–Bien –dijo antes de salir en tromba, arrastrando el gabán tras él. No tardó en subirse al carruaje que lo esperaba–. ¡A casa! –masculló en dirección al cochero.

Ben apenas tuvo tiempo de subir tras él. Antes de que el carruaje se hubiera puesto siquiera en marcha, Dev abrió la licorera hecha de madera satinada oculta bajo el asiento opuesto al suyo, y se sirvió un generoso trago de whisky. El licor ambarino estuvo a punto de derramarse por el borde del vasito debido al zarandeo del carruaje. No le dio opción, ya que se lo bebió de un solo trago.

–Perfecto –espetó, un tanto más relajado a medida que el ardor del licor descendía hasta su estómago–. Simplemente perfecto, maldita sea.

Se sirvió otro.

Ben lo contemplaba con expresión preocupada.

–Maldita sean las mujeres y sus maquinaciones –añadió con furia.

–Pero, si te paras a pensarlo, resulta imposible creer que la muchacha tenga algo que ver con esto...

–¡Estoy hablando de mi tía! –Después de otro relajante trago de whisky, se arrellanó sobre el respaldo acolchado y clavó la mirada en su sirviente–. Esa vieja cascarrabias me ha tomado por tonto, Ben. Está claro que se ha reído la última. –Recorrió con la mirada el interior del lujoso carruaje que los resguardaba del polvo, los empujones y el barullo de aquellos que se veían obligados a trabajar todos los días. Acto seguido, observó el vaso de cristal y el costoso whisky añejo que bailaba en su interior y alzó la mirada en dirección a Ben–. No tengo ni un chelín.

Ben lucía un semblante sombrío, a sabiendas de que no estaba exagerando.

–Esto pone en peligro todo aquello por lo que he estado trabajando. ¿Te das cuenta de lo rápido que Carstairs y los demás me darán la espalda si sospechan que me persiguen los acreedores? Ni siquiera confían en mí tal y como están las cosas. Estoy tan cerca... ¡maldita sea! ¡Entrometida vieja intrigante...! –exclamó–. ¿Cómo ha podido hacerme esto? Te juro por Dios, Ben, que como se te ocurra decirme que me lo he buscado yo solito, te estrangulo.

Ben meneó la cabeza a modo de negativa antes de replicar con cautela:

–Estoy plenamente convencido de que tu tía lo ha hecho pensando en tu bien.

–¡Me trae al fresco por qué lo haya hecho! ¡No me obligarán a hacer esto! ¡No me manipulará desde la maldita tumba! –declaró.

Sin embargo, estaba mucho más enfadado consigo mismo que con su tía. Si no había sido capaz de prever algo así, ¿qué demonios creía que estaba haciendo encargándose de esos malnacidos del Club del Caballo y la Cuadriga sin ayuda de nadie?

Tal vez, y sólo tal vez, estuviera con el agua hasta el cuello y a punto de ahogarse, pero ya estaba demasiado metido para echarse atrás. Y no pensaba hacerlo. La única salida que le veía a ese oscuro túnel pasaba por hundirse aún más en su iniquidad. Si conseguía salir o no, aún estaba por verse. Le importaba un comino si sobrevivía o no. De cualquier forma, y sin tener en cuenta el descabellado plan ideado por su tía, no tenía la menor intención de arrastrar a Lizzie con él.

Aun así, se odiaba por haberla herido, por haberla atacado sin piedad con sus palabras. Atónito por la broma de su tía, había acusado a la mujer más íntegra y valiosa que conocía de haber puesto en práctica la intriga más vil. Si Lizzie fuera cualquier otra persona, las sospechas habrían sido bastantes lógicas; pero no era otra persona. Era Lizzie.

La cariñosa y tierna Lizzie, pensó con el corazón en un puño. La honrada, leal y generosa Lizzie, que no mentiría ni aunque su vida dependiera de ello. «Pero maldita sea –se dijo para sus adentros–, asegúrate bien de que en el futuro nunca vuelves a enfurecer a una mujer inteligente.» Escocido todavía por la reprimenda que ella le había dado, no sabía qué hacer, así que se sirvió otro whisky.

–¿Tan desagradable te resulta la idea de casarte con ella? –le preguntó Ben en voz baja.

–No seas obtuso, Ben. No se trata de eso ni mucho menos –murmuró, tras lo cual suspiró y negó con la cabeza.

–Entonces, ¿qué? ¿Ella no te parece... apropiada?

–Me trae al fresco su linaje o su posición social –respondió, un poco harto de sus preguntas–. ¡Son las circunstancias! Éste no es el mejor momento para pensar en el matrimonio.

La simple idea le provocó un ataque de pánico y se negó en redondo a claudicar.

–Tal vez éste sea el momento perfecto.

Dev resopló.

–¿Es que no has oído lo que ha dicho? No se casaría conmigo ni aunque se lo pidiera de rodillas. Y eso, amigo mío, es una cita textual.

Se bebió de un trago el whisky y apoyó la cabeza en el respaldo acolchado del asiento con actitud derrotada.

–La señorita Carlisle no parecía opinar lo mismo en Bath. Ni tú tampoco, ya que estamos.

Dev frunció el ceño, soltó un bufido y clavó la mirada al otro lado de la ventanilla, incapaz de decidir qué podría hacer.

¿Casarse con Lizzie?, se preguntó.

Se estremeció de miedo y de deseo. Sería muy sencillo caer entre sus brazos y olvidarse de todas las amargas lecciones que la vida le había ido grabando a fuego en el alma; pero no pensaba rendirse a ese deseo traicionero. No iba a dejar que esa muchacha se colara en su corazón sólo para que el destino pudiera destrozarlo de nuevo. Ya había acabado hecho añicos en una ocasión y se había recuperado a duras penas.

–¿Qué vas a hacer? –preguntó Ben.

Dev meneó la cabeza.

–Ya se me ocurrirá algo.

Cuando llegaron a Portman Street descubrió que entre sus acreedores se había extendido el rumor de que ése era el día en el que recibiría su herencia. Un nutrido grupo de personas había montado guardia en la entrada de su casa a la espera de su regreso. Tan pronto como vieron el carruaje, se precipitaron hacia el vehículo asustando a los caballos con el movimiento de las facturas que agitaban en las manos. Obligado a detenerse, el carruaje fue rodeado al punto por la clamorosa multitud.

–¿Cómo se atreven?

Dev contemplaba el exterior a través de la ventanilla, totalmente horrorizado.

Al parecer, cada uno de esos hombres tenía la impresión de que, a menos que se encontrara en el primer grupo que estaba a punto de cobrar, se quedaría sin un chelín, dado el exorbitante nivel de vida que se le atribuía al vizconde.

–¡Disculpe, milord! –aullaban a través del cristal–. Si me concede un momento de su tiempo...

–Soy de Locke's...

–Yo de Tattersall's...

–Sobre su cuenta en El Escarpín Escarlata, milord...

Dev se quedó lívido al reconocer a uno de los musculosos matones del lujoso burdel donde solía ir a apostar o en busca de otros placeres.

–¡Apártense! –gritó el cochero, que incluso llegó a amenazarlos en vano con el látigo.

–¡Hemos sido pacientes! ¡Merecemos que nos pague! –Los acreedores siguieron obstaculizando el carruaje con obstinación–. Bueno, ya ha recibido su herencia, ¿no?

Presa de un arrebato de furia, Dev hizo ademán de abrir la puerta para decirles a esos cretinos insolentes lo que pensaba de ellos, pero Ben lo detuvo al tiempo que le señalaba a uno de los periodistas que escribían para las columnas de cotilleos y que estaba apoyado contra la verja de hierro forjado que rodeaba su casa. El mequetrefe sonreía mientras contemplaba la ignominiosa escena con el lápiz preparado para tomar notas.

–No –le advirtió Ben, adoptando su actitud más profesional–, no hables con ellos. Yo me encargaré de esto. –Abrió la puerta del carruaje y se detuvo en el escaloncillo metálico con el fin de ganarse la atención de la chusma–. ¡Silencio!

Los acreedores obedecieron, sobresaltados al parecer.

Ben se dio un tironcito del chaleco con gran pompa.

–¡Señores, márchense de inmediato o llamaré al alguacil!

¿Cómo se atreven a montar semejante espectáculo frente a esta casa y a invadir la privacidad de su ilustrísima? ¿Acaso no saben que el vizconde sigue de luto?

Algunos se atrevieron a resoplar, pero Ben les recriminó semejante falta de respeto.

–¡Vergüenza debería darles, señores! –bramó–. Se les pagará a su debido tiempo, ¡como siempre! Márchense o su ilustrísima les jura que no volverá a poner un pie en sus establecimientos.

Dev estaba impresionado. Lanzó a su ayuda de cámara una mirada discreta, rebosante de admiración. Ben le respondió con un rápido guiño que le indicó que todo estaba bajo control, tras lo cual se apeó de un salto del vehículo y cerró la puerta. Inmerso en la multitud, comenzó a apartar a los acreedores del camino del carruaje. A la postre, el vehículo consiguió reanudar la marcha. Dobló la esquina y se internó en el establo a través del estrecho callejón.

Comenzaba a sentir un dolor palpitante en las sienes, equivalente a quinientas mil libras. Sin embargo, en cuanto el cochero se las arregló para alejarlo de la mortificante escena, comprendió con pesar que aquello sólo era una muestra de lo que estaba por llegar si no le echaba el guante al dinero. Tal y como habían sucedido las cosas, el escándalo sería la comidilla de sus vecinos durante toda una semana ya que, en la alta sociedad, el único pecado imperdonable era la pobreza. Y eso, comprendió todavía aturdido, lo dejaba en manos de Lizzie Carlisle.

«... ni aunque me lo pidiera de rodillas.»

¡Por todos los demonios del infierno! Esa mujer no solía amenazar en balde. En ese momento comprendió que no habría podido cometer mayor error que el de atacar su integridad en medio de un arrebato de ira, porque eso era precisamente de lo único que ella se enorgullecía. No de su belleza ni de su inteligencia.

«Será mejor que pienses, amigo, y rápido», le recordó su mente.

Se había infiltrado y bien en el Club del Caballo y la Cuadriga gracias a las sumas de dinero que había invertido en esos canallas. No podía permitirse el lujo de que sospecharan que las cosas no eran del todo lo que aparentaban.

Cuando el carruaje se detuvo, entró en casa, aún aturdido al pensar que había tenido la espada de Damocles sobre su cabeza todo ese tiempo y ni siquiera se había percatado de ello. Nunca se le había ocurrido que su tía pudiera idear semejante bromita. Había aprendido a vivir sin su familia, bien lo sabía Dios, sin amor e incluso sin las comodidades de la civilización, mientras recorría tierras deshabitadas e indómitas o cruzaba el mar... pero esas expediciones habían contado con un amplio apoyo económico. Jamás se había visto obligado a considerar cómo afrontar la vida sin su rimbombante título y sin su fortuna.

La vida tal y como la había vivido Lizzie Carlisle.

Mientras reflexionaba sobre la catástrofe, atravesó el pasillo en dirección a su despacho, situado en la parte posterior de la casa. Necesitaba un lugar donde pudiera sentarse sin más y pensar durante un rato. Pero no había puesto un pie en la estancia cuando se detuvo en seco.

Pasha estaba sobre su escritorio, golpeando la pluma con una de sus patas delanteras. Un charco de tinta se extendía sobre sus papeles y goteaba sobre la alfombra Wilton.

–¡*Pasha!*

El puñetero animal bajó de un salto del escritorio y se escabulló bajo el sillón, dejando un rastro de huellas de color añil a su paso.

–¡Maldito seas!

Dev se acercó para comprobar los daños.

Su correspondencia había acabado cubierta de tinta. El animal también había estado investigando su tabaquera de plata, porque la encontró volcada. El magnífico tabaco flotaba sobre el charco de tinta como si fuera serrín.

–¡Ésta es la gota que colma el vaso!

Ese pequeño monstruo le recordaba con dolor a su tía. Por si no fuera poco, *Pasha* llevaba semanas rondando por la casa, rompiendo cosas, durmiendo en los cajones de su cómoda, dejándole las corbatas y las camisas llenas de pelo, metiendo la cabeza en la sopera y, en definitiva, protagonizando barrabasadas varias. Su paciencia había llegado al límite. Metió las manos bajo el sillón y sacó al gato agarrándolo por el pelo del cuello. El animal bufó.

–Me da exactamente igual lo que pienses. Ya has tenido tu oportunidad. Dile al cochero que no desenganche los caballos, Ben –le ordenó a su ayuda de cámara cuando éste entró en la casa por la puerta principal, después de haber despachado en un santiamén a los acreedores–. Salimos de nuevo. Bien hecho, por cierto.

–¿Adónde vamos? –quiso saber Ben, que enarcó las cejas al ver al gato más engreído de la cristiandad colgando de la mano de Dev de un modo tan indigno mientras meneaba el peludo rabo sin parar.

–A Knight House. Tengo una idea.

–¿A Knight House?

–Supongo que allí es donde encontraré a la intrépida señorita Carlisle.

–Bueno, la verdad es que ha conseguido un empleo en un colegio de señoritas en Islington. El pasante de Beecham me dio la dirección. Supuse que la necesitarías.

Dev carraspeó al ver la sonrisa descarada del hombre.

–Trae la cesta de mimbre de este monstruo, ¿quieres?

Ben obedeció. Un momento después, Dev dejaba al animal en el interior de una sólida cesta de caña y mimbre.

–Esta fierecilla debería ser la perfecta ofrenda de paz, ¿no crees? –comentó, arrastrando las palabras mientras cerraba la portezuela de la cesta–. A las mujeres les encantan los gatos.

Ben lo observó con expresión incierta, pero lo siguió mientras salía con la cesta de *Pasha* en la mano. Volvieron a subirse al carruaje.

–¿Qué tienes pensado hacer?

–Es una mujer inteligente. Estoy seguro de que se nos ocurrirá algo.

–¿Un soborno? –preguntó Ben con el ceño fruncido.

Dev esbozó una sonrisa burlona.

–Todos tenemos un precio.

11

«¡No hay quien aguante a ese hombre!», pensaba Lizzie, que seguía echando humo por las orejas cuando regresó a la academia para cumplir con sus obligaciones. ¡Qué pérdida de tiempo! Y pensar que había arriesgado el cuello conduciendo hasta la ciudad y que había perdido la paga por pasar la mañana fuera... ¡para que la insultaran en la cara! Su único consuelo era la más que satisfactoria imagen de Devil Strathmore encerrado en una de las cárceles de deudores más horribles de Londres. ¡Se lo merecía!

A mediodía, el cálido sol de abril había disipado el frío matinal, por lo que las alumnas obtuvieron permiso para pasar un rato de asueto en el parque situado frente al colegio. Las risueñas muchachas ataviadas con vestidos de tonos pastel formaban una bonita estampa, con sus ceñidores y los lazos de sus sombreros revoloteando al son de la juguetona brisa. Algunas estaban dando de comer a los patos del estanque; otras jugaban un delicado partido de *pall-mall.*

Encantada de ver que Daisy Manning había trabado amistad con la nueva alumna, Sorscha Harris, Lizzie se sentó en el banco para vigilar las actividades de las muchachas y disfrutar de la tibia caricia del sol en el rostro. Se había quitado el sombrero a pesar del riesgo de que las pecas le arruinaran el cutis, y a sabiendas de que su tez, blanca y perfecta, era su mejor rasgo tal y como le habían asegurado en alguna que otra ocasión. Le importaba un comino, ya que jamás volvería a preocuparle lo que ningún hombre pensara de su apariencia.

Sentada al sol, mientras interpretaba el papel de carabina con sus alumnas, pasó por alto el hecho de que el color del estanque, que resplandecía bajo la luz del sol, le recordaba los ojos de Devlin. En fin, que se pudriera en la cárcel porque a ella le daba exactamente igual. Tal vez le llevara un libro para que se entretuviera durante las horas de encarcelamiento... Un libro con sermones sobre la vida virtuosa, ¡una Biblia! Algo de lo que pudiera aprender.

En ese momento escuchó que se aproximaba un carruaje y echó un vistazo al camino, que se extendía como una cinta negra. Las muchachas que jugaban al *pall-mall* hicieron una pausa con los martillos en alto y dieron media vuelta para contemplar la elegante berlina que se acercaba al parque, impulsada por un brioso tiro de cuatro caballos frisones.

Lizzie contempló el carruaje con los ojos peligrosamente entrecerrados. Así que la había encontrado. Se puso de pie y la brisa le pegó las pálidas faldas de muselina a las piernas. Comenzó a hervir de furia cuando el majestuoso carruaje negro giró en la rotonda y aminoró el paso, lo que le permitió ver el escudo de armas de los Strathmore en el lateral. La berlina se detuvo ante el escrutinio de todas las alumnas.

¡Por Dios! ¿Qué diantres iba a decir la señora Hall cuando esa portezuela se abriera y el famoso libertino Devil Strathmore bajara de un salto para soltarle un sermón?, pensó. Sin embargo, no tardaría en descubrirlo, porque en ese momento Devlin acababa de apearse. El señor Freeman, que bajó tras él, llevaba una especie de cesta cuadrada con un asa en la parte superior.

Lizzie observó con recelo cómo se aproximaba Devlin y frunció el ceño al notar que sus alumnas lo observaban con evidente admiración, suspirando y riendo como tontas mientras se tapaban la boca con las manos.

Su indómita mirada estaba fija en ella. Un cínico asomo de sonrisa curvaba una de las comisuras de sus labios y su arete brillaba a la luz del sol. Con los aires de un sinvergüenza de tomo y lomo, se acercó a ella mientras hacía girar su bastón con un garboso vaivén. Asestó un indolente golpecito a un diente de león y el aire se llenó de pelusa blanca.

Lizzie cruzó los brazos por delante del pecho y se preparó para el inevitable enfrentamiento.

–¡Señorita Carlisle! –exclamó con un tono de lo más traicionero y amigable–. He traído un regalo para usted y sus adorables alumnas.

Señaló con el bastón la cesta que llevaba su ayuda de cámara.

Una oleada de exaltada curiosidad se abatió sobre el grupo de alumnas. El señor Freeman dejó su carga en un banco cercano. Devlin esbozó su sonrisa de príncipe azul y les hizo una pequeña reverencia a las jovencitas. Tras dejar sus juegos, las muchachas se reunieron en torno al ayuda de cámara y la cesta, intrigadas a más no poder.

–¿De qué se trata, señor?

–¿Qué será?

La brisa arrastró sus agudas voces y Lizzie se unió a ellas a la defensiva cuando algunas se inclinaron para ver lo que había dentro de la cesta. En ese momento, se escuchó un fuerte y angustiado maullido procedente del interior.

–¡Un gatito! –exclamó una de las alumnas.

–¡Ay, mira, es una preciosidad!

–¡Mire, señorita Carlisle! ¡Este amable caballero nos ha traído un regalo maravilloso!

Lizzie clavó la mirada en Devlin, hirviendo de furia por su descarado ardid. Se inclinó y contempló con escepticismo el interior de la cesta. Sin duda ese que estaba encerrado tras la portezuela de mimbre, acurrucado tristemente sobre un cojín de terciopelo, era *Pasha*.

La consentida y adorada mascota de la vizcondesa le devolvió la mirada y ese bigotudo rostro, con su mancha negra en forma de triángulo, compuso una expresión de angustia felina. *Pasha* dejó escapar un grave y lastimero maullido, acompañado de un bufido.

Lizzie se enderezó de nuevo y se protegió los ojos del sol con la mano cuando Devlin se acercó a ella con la cabeza gacha como un colegial arrepentido y un brillo alegre en los ojos.

–No va a dejar ese gato aquí –le advirtió.

Él se echó a reír como si hubiera dicho algo adorable, pero el brillo de sus ojos se había tornado un poco arrogante, ya que las muchachas estaban entusiasmadas con el pequeño monstruo.

–¡Mire qué cosa más bonita! ¡Y lleva un collar de piedras preciosas!

–¡Muchas gracias por traerlo, señor! ¡Echo mucho de menos al gatito que tengo en casa!

–¡Díganos cómo se llama, por favor!

–Se llama *Pasha* –aclaró el señor Freeman.

Lizzie cogió a Devlin por la manga de la chaqueta y le dio un tirón para alejarlo del grupo, echando chispas por los ojos.

–No sé qué cree que está haciendo aquí –murmuró entre dientes–, pero no tengo nada que decirle; y además no pienso permitir que deje a ese gato revoltoso a mi cargo. Su tía se lo dejó a usted.

–Y yo te lo regalo a ti, como ofrenda de paz, Liz... señorita Carlisle, quiero decir –se corrigió al notar que algunas de las alumnas estaban escuchando su conversación.

Otras trataban de engatusar a su ayuda de cámara.

–¿Podemos cogerlo, por favor?

–Ya conocéis las normas. –Lizzie se giró hacia sus alumnas–. No aceptamos regalos de desconocidos. –Lanzó a Devlin una mirada de reproche–. *Pasha* sólo está aquí de visita. Sabéis muy bien que la señora Hall no permite mascotas en la academia.

–Pero mire lo felices que hace a estas criaturitas... –Devlin chasqueó la lengua–. *Pasha* necesita un hogar.

El comentario fue, al parecer, más de lo que el tierno corazón de Daisy pudo soportar.

–¡Pobre animalito! –exclamó la hija del millonario industrial del carbón–. ¿No podríamos sacarlo un poquito de ahí, señorita Carlisle? Por favor...

Nadie se dio cuenta de que Sorscha, que se encontraba detrás de Daisy, observaba a Devlin con detenimiento.

–Podéis acariciarlo en la cesta, pero no lo saquéis de ahí –ordenó Lizzie.

–Pero parece tan desdichado, señorita Carlisle...

–Lo único que hará será arañaros y salir corriendo –les advirtió antes de dirigirle a Devlin una mirada de lo más elocuente–. Es un malcriado.

Él le devolvió la mirada mientras asimilaba el comentario. Acto seguido, se giró hacia sus alumnas.

–Si no les molesta, señoritas, me gustaría robarles un momento a su maestra. Debo hablarle de... unos asuntos familiares. Ben se asegurará de que nadie se caiga al estanque –dijo antes de que Lizzie pudiera protestar. Cuando las alumnas asintieron con la cabeza, se giró para ofrecerle el brazo–. ¿Vamos?

Lizzie no encontró modo alguno de negarse con elegancia.

Montar un escándalo sólo serviría para que la señora Hall se acercara para averiguar lo que ocurría. Consciente de que su deber era comportarse como modelo de elegancia femenina, reprimió la diatriba que le habría gustado soltar, alzó la barbilla y pasó junto a él en dirección al sendero de piedra que rodeaba el estanque.

Su serpenteante trayecto le permitiría vigilar a sus pupilas al tiempo que les otorgaba un poco de intimidad. Devlin dejó caer su rechazado brazo y la siguió con un suspiro contrariado.

–¿Cómo te atreves a venir aquí? ¿Es que quieres que me despidan? –le preguntó en un áspero susurro una vez que se encontraron a cierta distancia de las muchachas.

–Una idea interesante. No se me había ocurrido, pero si no tienes otra manera de llenarte la barriga, quizá te sientas más inclinada a escucharme.

–Creo que ya te he escuchado suficiente por hoy. Tus acusaciones en la oficina del señor Beecham fueron...

–Inexcusables. Lo sé. –Su rápida concesión la dejó desconcertada. Pero un hombre diría cualquier cosa con medio millón de libras en juego, pensó ella–. Lo siento, Lizzie. Estaba furioso. Bueno, debes admitir que el ardid de mi tía resultó desconcertante para ambos. Además, tú ya te habías reído a mi costa, por si no lo recuerdas. No puedes culparme por haber sospechado fugazmente que tuvieses algo que ver con ello. Aun así, no debería haber dicho esas cosas. No te lo merecías.

–¿Y qué pasa con las cosas que me dijiste el día del funeral de tu tía? ¿Lo recuerdas? ¿Recuerdas que me dijiste que me marchara? ¿Por qué, Devlin? ¿En qué pude ofenderte? ¿Qué fue lo que hice mal?

Él la miró fijamente mientras su rostro perdía el color.

–Nada.

–Yo también sufría ese día, ¿sabes? –Examinó su sombrío rostro y meneó la cabeza–. Después de lo que hicimos... lograste que me sintiera como una estúpida.

Él bajó la mirada y guardó silencio durante un buen rato.

–Aquél fue... un mal día.

–Sí, lo sé, pero yo sólo quería ayudar. No era necesario que me echaras. A decir verdad, podría haber pasado por alto la crueldad con la que me trataste durante el funeral, pero no fue sólo ese día. Incluso esta mañana, cuando entré en la oficina del señor Beecham, me miraste con frialdad y después me acusaste de haber planeado la peor estratagema, me insultaste en la cara...

–Lo siento.

–No me extraña... teniendo en cuenta que tu fortuna depende de mi decisión. No soy tonta, Devlin. Sé por qué estás aquí, pero me temo que estás malgastando tu tiempo.

–¿Y eso por qué?

–Porque los motivos de que estés conmigo son tan honestos como los de Alec para estar con lady Campion, ¡por eso! –exclamó–. Para serte sincera y a tenor de las circunstancias, preferiría ver ese dinero destinado a la caridad antes que a ti. Envía alguno de tus tesoros a la casa de subastas si quieres evitar pasar un tiempo en prisión. Aprende a vivir dentro de tus posibilidades. Eso no te matará.

Devlin se rascó la sien con el pulgar mientras examinaba con discreción el suelo a sus pies.

–¿Te haces una ligera idea de lo que son en realidad quinientas mil libras?

–Insuficientes para comprar mi orgullo –afirmó ella–. Jamás habrías elegido esto, ni a mí, por voluntad propia. Los insultos que me has prodigado hoy lo han dejado más que claro; por mi parte te puedo decir que ni en un millón de años cargaría con un marido que no desea casarse conmigo.

Él tensó la mandíbula.

–Quieres que me humille, ¿verdad? ¿Eso te haría feliz?

–Estoy segura de que lo harás si te apetece, pero eso no cambiará en lo más mínimo mi decisión. Tú y yo nunca nos llevaríamos bien. Para alguien como yo, casarse con un hombre que es incapaz de amar sería un infierno.

–¿Quién te ha dicho que soy incapaz de amar?

–Tus actos, tu comportamiento... Todo lo que haces advierte al mundo entero que se mantenga apartado, aunque bien sabe Dios que eres el hombre más solo que he conocido jamás. Mantuviste las distancias con tu tía, me echaste de tu lado... ¡Ni siquiera te permites encariñarte con un estúpido gato! –Hizo un gesto impaciente para señalar el banco del parque en el que las chicas todavía gritaban en torno a la cesta de *Pasha*–. Aléjame si quieres, Devlin, pero no puedes seguir viviendo de este modo.

–¡Si me dejaras hablar, sabrías que no estaba sugiriendo un matrimonio de verdad! –replicó con las mejillas ruborizadas–. Hay una solución mucho más simple que ésa y te aseguro que te compensará si accedes a ayudarme.

Ella enarcó una ceja en un gesto de hosca curiosidad antes de cruzar los brazos por delante del pecho.

–Tengo la impresión de que esto va a ser interesante.

–Es bastante sencillo. Nos casamos, tal y como nos piden, tomamos posesión del dinero... y una semana después, hacemos que anulen el matrimonio. Seguimos caminos separados. Tú fijas la cantidad.

–Vaya, así que ahora quieres sobornarme. Pero, le ruego, ¡oh, noble señor!, que me diga algo. ¿Cuáles serían los términos en los que se basaría la anulación de nuestro matrimonio? ¿Alegaríamos que me vi obligada a casarme? En ese caso, sólo tendrías que elegir el orden en el que te gustaría enfrentarte a los cinco hermanos Knight si llegaran a enterarse de semejante rumor. ¿O preferirías una anulación basada en tu fracaso a la hora de consumar la unión? ¿No causaría eso un revuelo en la alta sociedad? ¡Un amante de tu reputación, inútil en la cama! Por supuesto que no. Algo aducirías para que la culpa no recayera sobre ti. Los de tu calaña siempre lo lográis... a mi costa, sin duda. No sé por qué tengo la impresión de que sería yo quien acabara haciendo el papel de tonta. No, gracias.

Lo escuchó maldecir entre dientes mientras se alejaba.

–Está bien... olvidemos la anulación. –Le dio alcance una vez más con un par de pasos rápidos–. Nos casamos, repartimos el dinero y solicitamos el divorcio.

–¿Y nos convertimos en parias para el resto de nuestra vida? Sería preferible la anulación –dijo con sorna.

–Muy bien. –Se puso delante de ella para impedirle el paso–. He aquí mi oferta final: nos casamos y... nos atenemos a las consecuencias. Pero con vidas separadas.

–¿Aún casados? –quiso aclarar ella.

Devlin se encogió de hombros con una expresión indescifrable.

–Tú necesitas un marido. Yo necesito un heredero.

–¿Un heredero? –Señor, ¡qué talento tenía para enfurecerla! Clavó la mirada en él, desconcertada–. Yo no necesito un marido, para que lo sepas; y con respecto a tu heredero, no entiendo cómo piensas conseguirlo, ¡porque no pienso permitir que vuelvas a tocarme!

Con las mejillas encendidas hizo ademán de alejarse de allí, pero él la agarró del codo.

–Lizzie, espera...

Ella se zafó de su mano con un ademán airado.

–¡Suéltame! Ya tienes mi respuesta. Te la di en la oficina del señor Beecham. Mis sentimientos no han cambiado. De hecho, lo único que ha conseguido tu visita ha sido reafirmar mi posición, así que ¿por qué no sigues tu propio consejo y te marchas?

–¿Por qué tienes que ser tan testaruda? –gritó él al tiempo que la giraba con brusquedad para que lo mirara.

–¿Has oído hablar alguna vez del respeto por uno mismo? Si crees que voy a dejar que me utilices sólo para que puedas ponerle las manos encima a tu estúpida herencia, ¡estás loco!

–No, la loca eres tú, Lizzie; porque me deseas tanto como yo te deseo a ti... ¡pero eres demasiado orgullosa para admitirlo!

–Sí, claro, tú me deseabas... ¡Pero como amante! –replicó ella, bajando el tono para que sus alumnas no la escucharan–. Ésa fue la única oferta de la que me creías merecedora hasta que la fortuna de tu tía entró a formar parte del juego. Dios, ¡si ni siquiera había tenido noticias tuyas desde la noche que estuvimos juntos! Estabas más que dispuesto a olvidarme después de nuestra relación, así que perdóname si no me siento halagada por tu milagroso cambio de opinión.

–Ese estúpido orgullo... –dijo él, sorprendido–. ¿Te has parado a pensar lo que estás diciendo? Te estoy dando la oportunidad de mejorar tu posición, ofreciéndote una vida de lujos inimaginables. Serías una vizcondesa... con sirvientes, joyas y las mejores modistas. La mitad de la alta sociedad se plegaría a tus deseos y nadie se atrevería a mirarte de nuevo por encima del hombro.

–Tú sí –dijo ella–. Si te casaras conmigo sólo por el dinero, por supuesto que lo harías llegado el momento. Nunca me considerarías lo bastante buena para ti.

–Señor, dame paciencia... ¡Jamás se me ocurriría pensar eso!

–Bueno, pues yo sí.

–Sí, ése es exactamente el problema, Lizzie. Pero lamento informarte que tú, insufrible criatura, ¡eres la única que tiene esa opinión sobre ti misma! Aunque puede que te lo merezcas. Porque, a pesar de toda tu moralidad y todo tu cerebro, en realidad eres una cobarde, ¿verdad?

–¿Cómo dices? –replicó ella.

–Prefieres desperdiciar tu vida aquí escondida, viviendo de forma indirecta a través de esas jovencitas, a arriesgarte y perseguir tus sueños. Pero un día, cuando seas vieja y sigas aquí, escondida, recordarás este día con amargo arrepentimiento... Algún día, dentro de veinte años, cuando descubras que estás sola. Sola con tu estúpido orgullo.

Lizzie se quedó lívida ante semejantes palabras; se le heló la sangre en las venas, porque la advertencia había tocado un punto sensible y había descrito la imagen exacta de su peor pesadilla. Tragó saliva con fuerza, apretó los puños a los costados y levantó la barbilla.

–No des por sentado que, por el mero hecho de rechazar tu mezquina oferta, no voy a aceptar la de algún otro hombre. Ya me han hecho algunas proposiciones de matrimonio con anterioridad. Volverán a hacerlas.

–Y tú las rechazarás todas, ¿verdad? Por supuesto que sí. Los dos lo sabemos. –La observó con un brillo extraño en sus cristalinos ojos–. Pero ¿por qué? ¿Porque estás esperando a que tu precioso Alec madure de una vez? Tendrás que esperar mucho tiempo. Pero ¿por qué te fijaste en un hombre a quien sólo podías amar desde la distancia? Tal vez yo no sea el único que aleja a la gente, Lizzie. ¿Lo has pensado alguna vez?

El corazón de Lizzie comenzó a latir con fuerza.

–Adiós, lord Strathmore.

–Vaya, comprendo. No soportas la verdad. Sólo te gusta decírsela a los demás.

–¡He dicho adiós!

–¿No habrás querido decir *arrivederci,* amor mío? –preguntó Devlin con la voz convertida en un peligroso susurro.

–Quería decir adiós.

–Esto no se ha acabado –murmuró Devlin antes de pasar a su lado para obedecer la orden de marcharse.

Lizzie estaba temblando cuando volvió a cruzar los brazos por delante del pecho; no se movió de donde estaba hasta que él estuvo a cierta distancia, de camino al carruaje.

Cuando por fin volvió a reunirse con sus alumnas, Sorscha Harris le dio un tímido tironcito en la manga.

–¿Quién era ese caballero, señorita Carlisle?

–No era nadie –respondió con los dientes apretados.

Entretanto, Dev le hizo un gesto a Ben para que lo siguiera, tan furioso que ni siquiera podía hablar. Alicaídas, las chicas se despidieron de *Pasha* mientras Ben se alejaba con la cesta.

–Deduzco que no ha ido bien, ¿verdad? –preguntó su ayuda de cámara cuando lo alcanzó.

Dev se limitó a mirar fríamente hacia delante.

–Ben –mascullló–, esto es la guerra.

12

–¡Es una mala idea! –susurró Ben mientras lo ayudaba a transportar la escalera a través del parque iluminado por la luna cuando regresaron al colegio esa misma noche.

–No recuerdo que se te ocurriera nada mejor –replicó él entre dientes.

–¡Cortéjala!

–No, Ben. Olvídalo. Le ofrecí mi título, mi apellido y la mitad de mi fortuna. Y lo despreció.

–Pero...

–Créeme, Ben... se lo ha buscado solita.

–Pero... ¿secuestrarla? ¡Te odiará por esto!

–Es lo normal en los matrimonios, según dicen. Al menos así dispondré de mi dinero.

–Ésta no era la intención de tu tía ni mucho menos.

Dev lo fulminó con la mirada antes de desviarla hacia la ventana del tercer piso situada justo sobre la morera. Tras una breve investigación había descubierto que era la habitación de la arpía. Entrecerró los ojos al percatarse de un parpadeante resplandor a través de las cortinas, cuyo movimiento le dijo que la ventana estaba abierta, una circunstancia de lo más favorecedora.

Las restantes ventanas del colegio se hallaban a oscuras.

–Luz. Está despierta –susurró Ben.

«Hormiguita hacendosa. Seguramente está trabajando en sus malditas traducciones», pensó Dev, que observaba la ventana a la luz de la luna, con el ceño fruncido y la mandíbula apretada en gesto decidido.

–¿Qué pasa si nos oye?

–Da igual.

–Si grita, tendremos que salir corriendo.

–No se pondrá a gritar. –Le lanzó una mirada maliciosa mientras sostenía en alto el pañuelo de seda limpio que había llevado para usarlo como mordaza–. Vamos. Hay que saltar la valla. No podemos utilizar la puerta. Chirría.

Apoyó la escalera contra la pequeña valla que protegía el jardín delantero del colegio y, acto seguido, colocó una mano sobre el borde superior para saltar al otro lado. Una vez allí, pasó la escalera por encima mientras Ben lo seguía.

Se llevó un dedo a los labios para recordarle a su ayuda de cámara que guardara silencio y se pusieron en marcha con la escalera, que apoyaron con mucho cuidado contra la pared de ladrillo rojo.

Perfecto. Llegaba a menos de un metro de la ventana de su habitación. Y, como ventaja adicional, la morera proporcionaría cierta protección en caso de que alguien pasara por allí.

No quería pensar que podía acabar en prisión por lo que se disponía a hacer; además se arriesgaba a un reto a duelo con sus queridísimos hermanos Knight. Tal y como estaban las cosas, iba derecho a la cárcel de deudores y era un miembro de pleno derecho del infame Club del Caballo y la Cuadriga. Robar una novia sería lo normal en su situación.

Más aún, esa testaruda no le había dejado otra alternativa. Al ver que sus sobornos y estratagemas no funcionaban, le había propuesto matrimonio de corazón, la primera oferta de semejante naturaleza que había hecho en la vida. Su negativa no le había hecho ninguna gracia. Podría arrastrarse ante ella, por supuesto, pero sólo había un problemilla: Devil Strathmore nunca se arrastraba. El viento sopló a través de las hojas de la morera y agitó su cabello y las anchas mangas de su camisa.

Le hizo una señal a Ben con la cabeza y comenzó a subir por la escalera. Con plena confianza en sí mismo, se agarró a los travesaños de madera y ascendió rápidamente con pasos seguros. Se le aceleró el pulso a medida que iba acercándose a su renuente novia.

Al llegar a lo alto de la escalera, echó un vistazo por encima del alféizar de la ventana en un intento por atisbar a su presa a través de las cortinas que se agitaban por la brisa. Vio un escritorio y tuvo que esperar con paciencia a que las cortinas se volvieran a abrir en el ángulo adecuado.

Sería difícil pillarla desprevenida si estaba trabajando en el escritorio, pensó, pero con un poco de suerte la excéntrica marisabidilla estaría tan ensimismada en sus traducciones que no se percataría de su presencia hasta que estuviera encima de ella.

«¡Ajá!», pensó cuando vislumbró otro atisbo de su escritorio. La muchacha no se encontraba allí. Subió un poco más por la escalera y la vio en su modesto lecho. Las cortinas revelaron un bonito codo y la fugaz imagen de un pie.

«Está en la cama», se dijo. De alguna manera, ese hecho hizo que el corazón le latiera aún más rápido.

La observó un poco más y, al no escuchar nada, se decidió a avanzar. Extendió un brazo hacia la ventana abierta y apartó las cortinas. Cuando volvió a mirar, sus ojos se abrieron como platos. Por un breve instante, la imagen le provocó tal ramalazo de deseo que estuvo a punto de caerse de la escalera.

La vela que había al lado de su cama se había reducido a un cabo; el ajado libro que yacía sobre su pecho le indicaba que se había quedado dormida mientras leía. El soso vestido que llevaba poco antes había desaparecido, al igual que el apretado moño.

Dormía ataviada con el esplendor de la seda; la parpadeante llama iluminaba su piel de alabastro y la abundante cabellera castaña que se derramaba sobre la almohada. Sus mejillas lucían un delicado tono rosáceo y sus pestañas eran de un negro azabache. Yacía tumbada con veleidosa despreocupación, con un brazo estirado por encima de la cabeza y las largas piernas cubiertas por los pliegues de una recatada camisola blanca. Tenía un aspecto de lo más dulce y tentador. Dev no podía apartar los ojos de ella. Su deseo se convirtió en un poderoso afán de conquista.

Así, justo así era como la recordaba de su maravillosa noche juntos. Necesitaba más.

Con los ojos brillantes en la penumbra, se subió al último peldaño de la escalera para alcanzar el alféizar de la ventana. Se sentó en él un instante antes de pasar primero una pierna y luego la otra hacia el interior. Cuando ambos pies estuvieron en el suelo de madera, se acercó a su cama con el sigilo de un depredador, con la vista clavada en ella en todo momento.

Por Dios, había poseído a muchas mujeres a lo largo y ancho del mundo, pero esa bella durmiente era una rosa inglesa de la cabeza a los pies. Era la cosa más deliciosa y dulce que había visto jamás. Un deseo feroz le tensó el cuerpo; el instinto de posesión y el afán de hacerla suya le corrían por las venas.

«Mía», pensó.

El corazón le martilleaba en el pecho. De repente el juego había cambiado, de forma drástica, como si un potente terremoto hubiera reconformado la tierra que pisaba. Porque si ella se convertía en su esposa, podría tomarla cuando le viniera en gana. Por la mañana. A plena luz del día. En medio de la noche. Lo tendría todo. Sin apartar su hambrienta mirada de ella, se arrodilló junto a la cama.

Tras humedecerse el índice y el pulgar con la lengua, extendió la mano hacia la mesilla de noche para apagar la vela.

El sueño la venció con dulzura, envolviéndola en una delicada nube de estrellas. La brisa del oeste le llegó dulcemente, como una ráfaga de cálido aliento sobre su mejilla y tan exquisita como la niebla, antes de que adoptara la forma de un hombre.

Estaba demasiado sorprendida para tener miedo, sobre todo porque de alguna manera sabía que él la había escogido de entre todas las mujeres del mundo. Había llegado hasta allí desde el otro extremo del globo, como un misterioso y despeinado dios recién salido de una pintura clásica; el aroma a olíbano impregnaba sus cabellos tan oscuros como la noche, llevándole la fragancia de lejanas y exóticas islas allende los mares.

Cuando sintió su delicada caricia en el pelo, despertándola e instándola a que se reuniera con él, lo comprendió, aunque él no hubiera hablado en voz alta. «Tú, Elizabeth. Sólo tú.» Había tantas cosas que él quería enseñarle. «Sí, enséñamelas», pensó. Anhelaba marcharse muy lejos con él, muy lejos de aquella anodina tierra; quería ascender por el cielo con él hasta donde pudiera escuchar el tintineo musical de las estrellas.

Él la comprendió, aunque las palabras sólo estuvieran en su cabeza. Y entonces sintió un ramalazo de pura libertad cuando el dios del viento del oeste la cogió en sus brazos y la acunó suavemente contra su cuerpo. A pesar de que sólo estaba compuesto de aire y sueños, su fuerza era tangible; jamás se había sentido más segura, más protegida. Más amada.

Su cálido aliento le rozó la oreja con la ternura más exquisita, pero ella supo que su deidad inmortal podría arrasar ciudades con la ira del viento y la tormenta si así lo quería.

Sintió cómo la levantaba de la cama con mucho cuidado y luchó por hablar, ya que necesitaba decirle que debía llevarla de vuelta antes del amanecer o la señora Hall se enfadaría. Sin embargo, cuando sus pesados párpados se abrieron, el sueño cambió de repente, desconcertándola. Observó a su deidad, totalmente confundida.

–¿Devlin?

Él se quedó inmóvil y la miró de reojo con expresión culpable.

Un grito espantado abandonó sus labios una vez que el hechizo del sueño se rompió, y se despertó de golpe entre sus brazos. Él reaccionó antes de que pudiera oponer resistencia, devolviéndola sin miramientos a la cama. Cayó de bruces sobre el colchón.

Hizo ademán de darse la vuelta para exigirle una explicación, pero él la detuvo inmovilizándola con una rodilla sobre la espalda. Cuando abrió la boca para maldecirlo, se encontró de repente con un pañuelo de seda sobre los labios. Sintió cómo esos hábiles dedos se lo ataban por detrás de la cabeza.

–Siento muchísimo todo esto, *chérie*, pero me temo que no me has dejado otra opción –musitó mientras ella se ahogaba con su furiosa indignación.

«¿Qué diantres está pasando?», pensó. Un instante después, él la alzó de la cama y se la echó al hombro.

–No te asustes, mujercita mía. Emprenderemos la marcha enseguida. Sólo hazme el favor de quedarte quietecita.

Salió por la ventana, donde lo aguardaba una escalera.

De no ser por el pañuelo, habría soltado un chillido cuando se encontró mirando hacia el suelo desde tres pisos de altura. Aterrada y con el corazón desbocado, dio un respingo de forma inconsciente, apartándose de la caída.

–¡Quédate quieta! –masculló él, sujetándola con más fuerza contra el hombro–. ¡Todo esto no servirá de nada si te dejo caer!

«¡Ay, Dios!», pensó al tiempo que se quedaba muy quieta. Abrió los ojos de par en par cuando adivinó lo que se proponía. ¡Era imposible que estuviera haciéndolo!

¡Ese hombre estaba loco de atar! Se aferró a su cuello con una mano mientras con la otra se agarraba a la camisa, ya que el hecho de que Devil Strathmore la llevara cargada al hombro, por más terrible que fuera, no era ni la mitad de pernicioso que romperse el cuello al caer de cabeza desde una escalera. Vio al señor Freeman al pie, sujetando la escalera con aire preocupado.

La luna lo contemplaba todo con ladina complicidad mientras su secuestrador bajaba la escalera con plena confianza, sin traspiés y en silencio, travesaño a travesaño. Reprimió el impulso de darle unas cuantas patadas; de hecho, casi no se atrevía a respirar por miedo a desequilibrarlo, pero sí que entrecerró los ojos por la rabia.

«Ay, Devil Strathmore, cuando lleguemos al suelo vas a saber lo que es bueno», pensó.

Apartó la cara de las ramas de la morera mientras planeaba su asalto.

En cuanto sus dos relucientes botas negras pisaron la suave hierba, se lanzó al ataque con un rápido rodillazo a su estómago.

–¡Ay!

Mientras él se doblaba por la mitad, sorprendido por el inesperado golpe, se retorció para saltar de su hombro y aterrizó algo tambaleante sobre sus pies descalzos.

No tardó en recuperar el equilibrio y se dio la vuelta para subir corriendo por la escalera, pero él la cogió de la cintura y la apartó antes de que hubiera llegado al tercer travesaño.

–¡Ben, líbrate de la escalera! –ordenó Devlin en un susurro mientras ella se revolvía en sus brazos, maldiciéndolo a través de la mordaza de seda.

Su ayuda de cámara obedeció, apartando la escalera de la pared y tendiéndola para llevarse el aparatoso objeto.

–¡Para ya! –mascculló Devlin mientras se afanaba por detener su furioso forcejeo–. ¡Vendrás conmigo!

Con una única palabra, amortiguada por la mordaza, ella hizo la pregunta más evidente.

–Pues a Gretna Green, amor mío.

Ella abrió los ojos de par en par.

–Y viviremos felices para siempre –añadió con un gruñido sarcástico.

Lo contempló totalmente ofuscada antes de retomar el forcejeo con renovadas fuerzas, aunque en esa ocasión el bruto ya estaba preparado. Su mejor gancho golpeó un pecho de acero. Levantó la vista hacia su rostro y se replanteó su ataque. Devlin se limitó a arquear las cejas en gesto burlón.

Y, en un abrir y cerrar de ojos, se abalanzó sobre ella. La batalla estalló. La paciente, apocada y exquisita señorita Carlisle luchó como una salvaje, y lo más exasperante de todo era que él apenas si tenía que hacer esfuerzo alguno para esquivar sus golpes cada vez que ella avanzaba y para detenerla cuando intentaba retroceder, todo ello entre carcajadas.

Sus esfuerzos fueron inútiles. Cuando alzó las manos para desatarse la mordaza, él le cogió la mano derecha, la levantó del suelo y se la echó al hombro con una carcajada perversa. Con su cuerpo alrededor del cuello y su cadera y su muñeca bien sujetas, echó a andar como un malvado pastor que hubiera capturado a un cordero para su cena de Pascua.

«¡Gretna Green!», pensó con furiosa impotencia. No había nada que pudiera hacer salvo fulminar al señor Freeman con la mirada cuando éste abrió la puerta del jardín para que su señor pasara, intentando por todos los medios que no chirriara. «¡Traidor!», le gritó en silencio.

El hombre se encogió de hombros con expresión culpable. Devil Strathmore traspasó la puerta. El señor Freeman se apresuró a recoger la escalera, que había dejado apoyada contra la cerca.

Tenían que ser un trío de lo más estrafalario: dos hombres, una escalera y una maestra de un colegio de señoritas secuestrada en camisón, atravesando el parque público a plena vista del colegio.

En ese momento vio que habían escondido el reluciente carruaje negro de Devlin en una pequeña arboleda, a una distancia segura. Sus frisones aguardaban pacientes y el guía del tiro estaba atado al tronco de un árbol.

«¡Esto es imposible!», pensó, más exasperada que presa del pánico. Ella era demasiado racional para que un arrebatador aristócrata la secuestrara. Aquello era más del estilo de Jacinda.

A Devil Strathmore parecía escapársele ese detalle mientras se acercaba a grandes zancadas a su carruaje, abría la portezuela de un tirón y la arrojaba al asiento.

–¡Deja la escalera! ¡Limítate a conducir! –le ordenó al señor Freeman, y su airado perfil quedó recortado contra la plateada luz de la luna mientras miraba con expresión apremiante a su ayuda de cámara.

Lizzie se enderezó en los mullidos asientos de piel. Apenas un instante después, él entró en el carruaje y cerró la portezuela en el mismo momento en el que el vehículo se ponía en marcha. El señor Freeman alejó a los caballos del amparo de los árboles y enfiló el camino. Devlin echó el pestillo a la portezuela y después bajó las cortinillas. Con el corazón desbocado, Lizzie se pegó cuanto pudo al respaldo del asiento. Las cortinillas bloqueaban la luz de la luna, de modo que ya no podía verlo en la oscuridad, sólo escuchar el sonido de su respiración y sentir cómo se acercaba, sentir su calor.

Temblorosa, alzó las manos para desatar la mordaza, pero estuvo a punto de gritar contra la seda humedecida por su propio aliento cuando los dedos de Devlin se cerraron alrededor de sus muñecas.

–No, *chérie*. Todavía no –musitó él.

Su corazón retumbaba como los tambores de guerra de los indios cuando él le cogió ambas muñecas y se las alzó por encima de la cabeza. Protestó cuando le pasó las manos por el asa de cuero que había sobre las ventanillas del carruaje y la utilizó para atárselas.

Sus emociones eran un torbellino en el que se mezclaban una dosis de miedo con una pizca de excitación. Las ataduras no le hacían daño; los dedos de Devlin le recorrieron los brazos desnudos con exquisita ternura. Recordó cómo la había inmovilizado en la cama, y la perversa satisfacción que a ella le había reportado. Se juró que moriría antes de dejarlo descubrir lo mucho que la excitaba incluso en ese momento, furiosa como estaba con él.

–Lamento que me obligara a recurrir a estas medidas... señorita Carlisle. –Pronunció el respetuoso tratamiento con sorna–. Pero, ahora que te tengo apropiadamente restringida, permite que dejemos unas cuantas cosas claras.

Acortó la escasa distancia que los separaba y se colocó detrás de ella.

Lizzie intentó apartarse, pero él la detuvo con suavidad, colocándole las manos sobre la delgada muselina del camisón que tapaba su abdomen y un muslo, un gesto que a pesar de ser casual resultó un tanto dominante.

–Tranquila. No tiene sentido que luches contra mí. Sabes que es nuestro destino.

El corazón se le desbocó con una mezcla de miedo y expectación mientras sus ojos se iban adaptando de forma gradual a la oscuridad del carruaje. Su cálido aliento le hacía cosquillas en el lóbulo de la oreja.

–Sí, eso está mejor. Escúcheme bien... señorita Carlisle –le ordenó en un susurro al tiempo que su mano le recorría el muslo con lentitud una y otra vez–. No va a haber librería alguna en Russell Square. Vas a casarte conmigo y vas a ser una vizcondesa ejemplar, tanto si te gusta como si no, y si tus queridos hermanos Knight quieren mi sangre, que vengan a buscarla. Para entonces ya serás mía. –Sus taimadas caricias ascendieron hasta su entrepierna. Cerró la mano posesivamente sobre su sexo–. Después de todo... –Su mano subió aún más, reclamando cada centímetro de su persona hasta que se detuvo con firmeza sobre su vientre–. No intentarás retractarte una vez que haya plantado a mi hijo en tu vientre.

Se estremeció de deseo, pero sacudió la cabeza con obstinación, rechazándolo con todas sus fuerzas.

–Sí –musitó él–. No puedes luchar con esto. Lo deseas. Yo lo deseo... y a estas alturas ya deberías saber que siempre consigo lo que deseo. ¿No es así? –Inclinó la cabeza y le besó la curva del cuello antes de proseguir en un susurro perverso–. ¿Sabe lo que deseo en este mismo instante, señorita Carlisle?

Lizzie temblaba por efecto de la pasión e intentaba ocultarlo por todos los medios, esforzándose por permanecer muy quieta.

–Quiero hacer que te corras –susurró con absoluta claridad.

Lizzie gimió a través de la mordaza mientras él le acariciaba los pechos.

Tenía la piel enfebrecida y le daba vueltas la cabeza como si hubiera bebido demasiado vino. El dulce tormento de su propio anhelo la abrumaba y avergonzaba, aunque se sentía enormemente agradecida por las ataduras que la retenían y por el pañuelo de seda que le impedía exigirle lo que distaba de desear: que parara.

–Vas a ser mi esposa, tesoro. No hay nada de malo en que te acostumbres a mis caricias. Sí, está muy bien –le dijo en un ronco susurro mientras observaba cómo comenzaba a recibir placer de sus caricias, ya que era incapaz de seguir resistiéndose.

Echó la cabeza hacia atrás y se convirtió en arcilla en sus manos en cuanto Devlin le enterró los dedos en el cabello.

–Dios, eres como la más rara de las perlas, tan blanca y tan pura... con la piel del color de la nieve virgen.

Su tembloroso susurro se desvaneció. Le bajó la mordaza de la boca y se movió hasta quedar delante de ella, pero le tembló la mano cuando le sujetó la cara y Lizzie no peleó en absoluto cuando reclamó su boca.

La besó con una fuerza arrebatadora que la enfebreció todavía más mientras le recorría la espalda con la mano, como si no pudiera acercarla lo bastante para quedar satisfecho. Ella tampoco lo estaba, ya que comenzó a forcejear contra sus ataduras, embargada por el deseo de abrazarlo.

–Suéltame las manos –susurró entre jadeos cuando él levantó la cabeza para respirar.

–¿Para qué? ¿Para que puedas luchar contra mí? –se burló él.

–Para poder tocarte.

–No –musitó antes de esbozar una sonrisa sensual y misteriosa.

Comenzó a inclinar la cabeza poco a poco, burlándose de ella con toda deliberación. Se quitó la camisa y se pasó una mano por el pecho, invitándola a que lo mirara. El ansia de acariciarlo la llevó a tirar del asa de cuero, aunque lo único que consiguió fue apretar más el nudo.

Él se echó a reír ante sus frustrados jadeos, aunque al final se compadeció y volvió a besarla con una seductora lentitud. Cuando se detuvo, Lizzie gimió, suplicando más. Entretanto, Devlin se colocó a su espalda de nuevo y ella aprovechó para comérselo con los ojos, momento en el que vio lo que parecía ser un corte en su costado.

–¿Qué te ha pasado? –murmuró, señalando la herida con la cabeza.

–Gajes del oficio, amor mío. No te preocupes.

–Eres un hombre exasperante.

–Eso me han dicho.

El bajo del camisón le rozó los muslos cuando Devlin se lo levantó, una vez que estuvo arrodillado en el suelo del carruaje. Le fue del todo imposible detenerlo mientras seguía alzando la prenda, exponiéndola a la fría caricia de la brisa nocturna al tiempo que su cálido aliento le erizaba la piel.

Después, todo pensamiento coherente desapareció cuando comenzó a trazar un sendero de besos por la base de su espalda y siguió descendiendo para mordisquear cada una de sus redondeadas nalgas.

Señor, ese hombre la volvía loca. Devlin exploró con los dedos la hendidura de su trasero y las extrañas caricias le provocaron una curiosísima sensación de deleite. Al instante, jadeó cuando introdujo los dedos en su sexo; escuchó el gruñido masculino de placer al descubrir que ya estaba más que mojada. Echó la cabeza hacia atrás, encantada con lo que le hacía y, cuando comenzó a darle placer con implacable determinación, ya se encontraba totalmente a su merced.

Su respiración se convirtió en una rápida sucesión de jadeos. Señor, llevaba semanas deseándolo; semanas soñando con esas manos sobre su cuerpo y por fin se había convertido en realidad y superaba todas sus fantasías. Se estremeció, cerró los ojos y se limitó a disfrutar de las sensaciones que se adueñaban de ella. Balanceó las caderas al ritmo de sus expertas caricias y comenzó a ahogarse en un torrente de placer. «Más fuerte», pensó.

Devlin respondió como si le hubiera leído el pensamiento y le proporcionó justo lo que ansiaba.

–Dios –musitó.

El áspero susurro de Devlin la abrumó, apresurándola hacia el cataclismo.

–Ríndete, tesoro. Déjate llevar, cariño.

Le dio un mordisco en la cadera y ella gimió, enfebrecida. Tenía el camisón enrollado en la cintura y la piel húmeda por una fina capa de sudor. Le daba la sensación de que la había marcado, de que su aroma le impregnaba la piel.

Estaba al borde del abismo; su cuerpo se estremeció y se

tensó contra las ataduras, levantándose y arqueándose con ansia hasta que de repente estalló en un clímax devastador. Estremecida por el éxtasis, echó la cabeza hacia atrás y dejó escapar un grito sensual. El corazón le latía a un ritmo feroz mientras las salvajes oleadas de placer la sacudían y comenzaban a desvanecerse.

Aturdida por las sensaciones, apenas si se dio cuenta de que Devlin le soltaba las manos. Alzó su laxo cuerpo en sus brazos y la acunó contra el pecho antes de depositar un beso en su acalorada frente. Ella percibió los atronadores latidos de su corazón y el supremo esfuerzo que estaba haciendo para mantener a raya su propio deseo.

De cualquier forma, era incapaz de hacer nada por él en ese momento. Así que descansó, exhausta, entre sus brazos.

–¿Cómo es posible que algo así suceda? –preguntó casi sin aliento tras una larga pausa.

Lo sintió sonreír contra su frente.

–Supongo que no esperas una respuesta a eso.

Ella dejó escapar una débil carcajada.

–Como puedes comprobar –murmuró–, estar casada conmigo no será tan malo.

Por un instante pensó en protestar, pero no le quedaban fuerzas. Devlin extendió el brazo hasta el asiento opuesto en busca de su chaqueta y la cubrió con ella.

–A ver, tesoro, no quiero que cojas frío.

La envolvió con la prenda con tanta ternura que la dejó desconcertada.

Ella lo miró con expresión aturdida.

–Estoy impresionada –dijo pasado un instante.

–¿Por?

–Por tu contención.

Devlin esbozó una sonrisa y apoyó la mejilla en un puño con languidez.

–Mi esposa no va a ser desvirgada en el asiento de un carruaje. Mi vizcondesa merece algo mucho mejor.

Apartó la mirada con un suspiro a medias entre el anhelo y la inquietud. Menudo sinvergüenza estaba hecho. Tal vez fueran compatibles en algunos aspectos, reconoció para sí. Tal vez lo encontrara irresistiblemente atractivo. Tal vez la desafiara como ningún otro hombre lo había hecho jamás.

Sin embargo, eso no quería decir que hubiera accedido a casarse con él. Eso no quería decir que un matrimonio cimentado en el dinero fuera una buena idea, ni que ella creyera sensato atarse a un hombre de renombrada fama como libertino.

A decir verdad, no se debería permitir que un hombre invadiera el dormitorio de una dama y se la llevara cargada al hombro como un saco de patatas. La había tranquilizado envolviéndola en esa deliciosa bruma de sensualidad, pero sus palabras la habían sacado del trance con el desgarrador recordatorio de por qué quería él ese «matrimonio».

Quinientas mil razones en libras esterlinas, para ser exactos.

El carruaje proseguía su camino rumbo a Escocia. Apartó la cortinilla a un lado y observó el paisaje con preocupación. Santo cielo, ¿cuándo había enfilado el camino del norte? De vez en cuando se veía un pajar y alguno que otro granero. Los campos estaban delineados por gruesas cercas, pero el paisaje le resultaba desconocido.

–¿Qué pasa, tesoro?

Lo miró y descubrió que la observaba. La tierna expresión que lucía ese rostro cincelado, esculpido por las sombras, hizo que su determinación se tambaleara un poco.

«Marido –pensó abrumada–. ¿¡Marido!?»

Apartó la mirada de su rostro y se obligó a clavarla en el exterior.

–Necesito que paremos.

Devlin contempló su perfil hasta que ella lo miró con impaciencia y un ligero rubor.

–Lo siento, pero tengo que ir al excusado. Si no es mucho pedir, por supuesto –insistió con lo que esperaba fuera una expresión inocente.

–Muy bien.

Bajó la ventanilla, le gritó las órdenes al señor Freeman y después se puso la camisa.

Si había esperado que la llevara a una casa de postas, se había equivocado de parte a parte. La clemencia que demostraba por sus supuestas necesidades corporales pasaba sin duda por una solución mucho más primitiva. Cuando le señaló la pequeña arboleda que se alzaba a un lado del camino rodeada por unos frondosos matorrales, lo miró consternada.

–Estarás de broma...

–No. ¿Qué creías que iba a hacer? –le preguntó sorprendido mientras sujetaba la puerta del carruaje para que ella se bajara.

–¡Parar en una casa de postas!

–No estás vestida.

–¡Gracias a ti! ¿Son éstas las comodidades que le ofreces a tu «vizcondesa»? –le recriminó–. Al menos un retrete adecuado...

–¿Quieres bajar o no? No voy a llevarte a una posada, porque estoy convencido de que intentarías escapar.

–¡Estupendo! –Cubrió como buenamente pudo su desnudez con la chaqueta negra y saltó del carruaje. Al llegar al suelo, las afiladas piedras del camino se le clavaron en los pies descalzos y soltó una maldición–. Jamás te perdonaré si miras –le advirtió mientras cruzaba el camino en dirección a los arbustos que se encontraban al otro lado.

Su elegante ceño resultó de lo más amonestador.

–Pero ¿por quién me tomas?

–Por un secuestrador, para empezar –musitó antes de aventurarse con sumo cuidado en el campo cercano mientras el señor Freeman atendía los caballos.

–No te preocupes, me quedaré aquí mismo –gritó Devlin cuando ella se dispuso a subir por las piedras colocadas junto a la cerca para saltar al otro lado.

«Hazlo, querido Dev», pensó con cierto regocijo mientras emprendía la fuga. Echó un vistazo por encima del hombro al pasar al otro lado.

Tenía un porte alto y orgulloso a la luz de la luna; pero, fiel a su palabra, se había puesto de espaldas mirando el carruaje para darle algo de intimidad.

Con el corazón desbocado, echó a correr por el campo. La hierba, que le llegaba hasta las rodillas, estaba fría y seca; algunas ramas crujieron a su paso, pero se desentendió de los pinchazos que sentía cada vez que una se rompía. Mientras daba gracias por la chaqueta negra que la ayudaba a fundirse con la oscuridad, se escabulló tras los altos matorrales y siguió corriendo, atravesando la arboleda en dirección a una tranquila granja que dormitaba bajo el brillo plateado de la luna.

–¿Va todo bien? –preguntó él a voz en grito.

Lizzie miró de nuevo por encima del hombro, pero continuó corriendo. Devlin seguía en el camino, dándole la espalda en aras del decoro. Sabía que su falta de respuesta despertaría sus sospechas, pero no se atrevía a responder por miedo a delatar su posición. Se limitó a proseguir la huida, escudriñando la campiña en busca de un escondite. El corazón comenzó a latirle con más fuerza al darse cuenta de que en breve saldría en su persecución.

–Lizzie...

Percibió la nota de preocupación a pesar de que la distancia que había conseguido poner entre ellos amortiguaba su profunda voz.

–¡Lizzie!

Se agazapó junto a uno de los edificios de la granja. El coro de arrullos alarmados procedente del interior le informó que el pequeño cobertizo era un palomar.

–¡Lizzie!

«Ya viene», pensó.

–¡Ben, date prisa! ¡Se escapa! –exclamó, alzando la voz.

La ansiedad se adueñó de ella. Tragó saliva y arrugó la nariz por el hedor del palomar. Sabía que si la atrapaba, no volvería a engañarlo con un truco semejante. Era su única oportunidad para escapar.

–¡Lizzie, déjate de tonterías! –le gritó él a la oscuridad–. ¡Piensa! ¡Vas a casarte conmigo y no hay más que hablar!

Un movimiento le llamó la atención, y distinguió la mancha blanca de su camisa. ¡Se acercaba a grandes zancadas a los arbustos que creía que una dama como ella podría utilizar como excusado! ¡Qué hombre más exasperante! Rodeó el palomar agazapada para estudiar su vía de escape. Cuando asomó la cabeza por el otro lado del cobertizo, una súbita esperanza le iluminó los ojos. Un poni alazán descansaba la quijada sobre la cerca de su corral. Al escuchar los furiosos gritos de Dev, echó las orejas hacia delante con una expresión de apacible curiosidad.

Las bridas colgaban de un poste cercano. Se mordió el labio y echó un vistazo hacia Devlin con una palpitante indecisión. El robo de caballos estaba penado con la horca, pero su situación era especial. Era una dama de buen nombre e importantes amistades a la que habían raptado y que huía de un malvado vizconde. ¿O no?

–Maldita sea, muchacha, ¡te daré unos buenos azotes en el trasero cuando te atrape! ¿¡Dónde estás!?

«¡Eso es lo que tú crees, Devil!», pensó.

Se apartó de las sombras que proyectaba el palomar y se acercó de puntillas al poni, saludándolo en voz baja para no asustar al animal.

–Hola, precioso. Pero qué poni más bonito... Me pregunto si te importaría que... te cogiera prestado...

Cogió las bridas del poste. El poni levantó la cabeza de la cerca y se aproximó a ella con las orejas levantadas.

Se ganó su amistad de inmediato en cuanto le dio un puñado de hierba. Le tembló la mano cuando el poni le quitó toda la hierba de la palma, pero después se subió a la cerca en silencio.

–Buen chico, buen chico.

Entró en el corral, aterrada por la posibilidad de que sus pies descalzos acabaran bajo los cascos del animal, pero el poni debía de ser la montura de un niño, ya que era tan tranquilo como un corderito. Aceptó el bocado sin rechistar.

Sin dejar de murmurarle, condujo al poni hasta la portezuela del corral y la abrió. Se apoyó en el travesaño inferior de la cerca para coger impulso y subirse a lomos del voluminoso animal. Puesto que no tenía silla, no le quedó más remedio que montar a horcajadas, con el camisón remetido entre las piernas y los pies descalzos colgando a los flancos del animal. Cogió las riendas y azuzó al poni con los talones para que avanzara, guiándolo fuera del corral.

–¡Lizzie!

Devlin salió de entre las sombras del palomar en el preciso instante en que el poni emprendía la marcha con un alegre trote. Corrió detrás de ellos.

–¡Vuelve aquí!

–¡Arre!

Lizzie golpeó los flancos del poni y se aferró al animal, alarmada, cuando éste adoptó un trote más rápido.

Devlin intentó bajarla de lomos del poni cuando pasó por su lado, pero falló y sus manos sólo aferraron el aire.

–¡Maldita sea, vuelve aquí!

Ella miró hacia atrás y vio que los seguía, pero ni siquiera un hombre tan atlético como él era rival para su aliado equino.

Se alejó victoriosa a lomos del poni, dejando tras ella el sonido de su desafiante risa. ¡Había ganado! Era libre... y era una sensación increíble.

Dev la siguió un poco más por el pasto antes de desistir; le temblaban las piernas cuando se detuvo. Con la respiración agitada por el esfuerzo, se inclinó hacia delante y apoyó las manos en los muslos mientras recuperaba el aliento. Dejó escapar una maldición, pero cuando escuchó esa risa semejante a la de una ninfa del bosque y miró en su dirección, vislumbró por última vez su resplandeciente rostro mientras se alejaba al galope en su rechoncho poni, envuelta en su chaqueta y con la larga melena al viento.

Se demoró allí, contemplándola, y su furia se disipó sin más. Parecía tan feliz, tan orgullosa de sí misma... ¡Maldición! ¿Cómo podía estar enfadado cuando era tan adorable? Sintió que un inexplicable torrente de felicidad le inundaba el corazón y comenzó a reírse a carcajadas mientras la observaba alejarse. Se incorporó, riéndose con más fuerza, y se pasó las manos por el pelo.

–Mírala, Ben –le dijo a su amigo cuando éste llegó a su lado con expresión aterrorizada–. ¿Has visto alguna vez algo más hermoso en toda tu vida? Obsérvala mientras se aleja. Por Dios, pero qué necio he sido.

–¿Cómo dices? –preguntó Ben sin resuello.

–Se lo merece. El título. El dinero. Y lo tendrá todo. A Dios pongo por testigo que voy a casarme con esa muchacha. Qué espíritu. Qué corazón... –susurró.

Ben no pareció asimilar del todo sus palabras.

–Soltaré el caballo guía del grupo. Si vas detrás de ella, la alcanzarás en unos minutos...

–No. –Meneó la cabeza despacio, con una sonrisa en los labios–. Deja que disfrute de su victoria. –Era incapaz de apartar los ojos de ella, y la alegría siguió brillando en ellos aun después de que Lizzie hubo traspuesto la colina iluminada por la luna–. Me ha ganado la mano con todas las de la ley. De ninguna manera pienso arrebatarle eso.

–¿Te sientes bien?

–Jamás he estado mejor. Vamos. –Le dio a su amigo una palmadita en la espalda–. Daremos la vuelta con el carruaje. Seguirá a campo traviesa para evitarnos, pero pienso escoltarla de vuelta al colegio. Estos caminos no son seguros de noche.

–¿Eso quiere decir que el plan de Gretna Green se cancela? –preguntó Ben, confundido, de vuelta al carruaje.

–Eso me temo –dijo Dev con un suspiro.

–Y ahora ¿qué?

Dev sonrió mientras observaba el lugar por el que ella había desaparecido.

–Ahora lo hago a su manera.

Feliz a la luz de la luna, Lizzie siguió el camino del norte para regresar a casa, pero no lo tomó, sino que se mantuvo a campo traviesa mientras el poni avanzaba a un paso cómodo. Cuando le resultó evidente que había conseguido escapar de su apuesto captor, la euforia se apoderó de ella, un triunfo casi vertiginoso tras su temeraria huida.

¡Por fin había vivido una aventura propia! Se sentía gloriosamente viva... y libre.

El poni agitó sus puntiagudas orejas, escuchándola mientras tarareaba para matar el tiempo y calmar su nerviosismo según proseguía su camino por la oscuridad. Tuvo tiempo más que de sobra para reflexionar acerca de lo que habían compartido en el carruaje. Sus cavilaciones parecieron sumir el mundo que la rodeaba en una especie de suave resplandor mientras el poni trotaba por una pequeña hondonada, cruzaba un estrecho regajo y subía por la otra orilla.

Siguió adelante.

Poco después, una flecha en el camino le indicó la dirección de Islington. Guió al poni por el campo y lo puso al trote. Se internaron a toda prisa en el pastizal situado al otro lado del camino y pasado un rato reconoció el despejado paisaje y supo con precisión dónde se encontraba.

También se percató de que debía darse prisa. La servidumbre y las maestras se levantaban a las seis.

El sol había empezado a clarear el este con un tinte rosado cuando detuvo el poni en la misma arboleda donde Dev había escondido el carruaje varias horas atrás. La escalera seguía allí, aunque su silueta apenas era visible entre la alta hierba.

Al otro lado del parque, todas las ventanas del colegio seguían a oscuras. El corazón se le aceleró, ya que sabía que perdería su puesto si la señora Hall averiguaba lo que había pasado. Se bajó de lomos del confiado poni y abrazó a la gentil criatura antes de quitarle las bridas y liberarlo. Arrojó las bridas sobre la escalera y, acto seguido, se quitó la chaqueta de Dev para dejarla en el mismo sitio.

El relente del mortecino amanecer cayó sobre sus brazos desnudos cuando salió de debajo de las ramas de los árboles y corrió en silencio hacia el colegio. Levantó la vista y comprobó que la ventana de su dormitorio seguía abierta de par en par, tal y como Dev la había dejado cuando la había sacado de allí. Saltó la valla con el camisón remangado hasta las rodillas y se coló hasta la parte posterior del edificio con el corazón desbocado.

¡Dios!, Jacinda iba a morirse de la risa cuando se lo contara. Si conseguía salir con vida de la aventura, le escribiría a la menor oportunidad y la invitaría a tomar el té. Estaba ansiosa por contarle a su mejor amiga todo lo relacionado con Devlin y las excéntricas disposiciones del testamento de lady Strathmore.

Sin embargo, su buen humor se trocó en pánico cuando atravesó el jardín hasta la puerta trasera y se la encontró cerrada con llave. ¡Santo cielo, no podía entrar!

En ese momento recordó la morera.

El alma se le cayó a los pies al comprender que era su única oportunidad. Se apresuró a volver a la parte delantera del edificio y a acercarse al enorme árbol. Ni siquiera de pequeña le había gustado hacer esas cosas de chicos. Subirse a los árboles no era, ni por asomo, su fuerte.

Miró hacia arriba y comenzó a planear el ascenso con serias dudas, pero cuando una luz se encendió detrás de las cortinas de una de las ventanas del primer piso, jadeó y se ocultó detrás del tronco. Sentía el corazón desbocado y sabía que no podía perder ni un instante. Era hora de ponerse manos a la obra. Se cogió a una rama bastante fuerte, tomó impulso y apoyó uno de los pies descalzos en la rugosa horquilla del árbol.

El carruaje de Dev pasó por el jardín justo a tiempo de ver cómo un pie muy blanco desaparecía por la ventana del dormitorio de Lizzie. El alivio lo inundó al saber que estaba sana y salva. Sus ojos brillaron con una emoción recién descubierta al tiempo que una sonrisa renuente asomaba a sus labios. El poni pastaba en el parque público y se atisbaban unas cuantas velas encendidas al otro lado de las ventanas del colegio.

–¿Deberíamos devolver el animal? –susurró Ben desde el pescante.

–Todavía no –le respondió con perverso regocijo–. No queremos que nuestra ladronzuela salga de ésta de rositas, ¿verdad? Sigue adelante.

Ben obedeció, azuzando las ancas de los caballos con las riendas. El carruaje reanudó la marcha en silencio.

Dev no apartó la vista de la ventana de su dormitorio hasta que la curva del camino ocultó el colegio; después, esbozó una sonrisa ensimismada ante sus alegres pensamientos y devolvió la vista al frente mientras se frotaba el mentón.

Al parecer, le convenía ponerse a planear una disculpa de inmediato.

13

A pesar de haber estado a punto de acabar arruinada y de estar muerta de sueño, Lizzie dio sus clases a la mañana siguiente con extraordinario entusiasmo, embargada aún por la sensación de triunfo.

Ni siquiera los comentarios reprobatorios de la señora Hall sobre la desautorizada presencia de Devlin en el parque el día anterior consiguieron desanimarla. Por suerte, cuando le explicó que se trataba del sobrino de la difunta lady Strathmore y que había ido por «asuntos familiares» relacionados con el testamento de su tía, la directora se ablandó. A mediodía llegó un regalo para ella: una cesta de libros encuadernados en cuero, con una pequeña nota que hizo que su corazón remontara el vuelo de nuevo:

> Mi querida Elizabeth:
>
> Te ruego que aceptes este humilde presente como muestra de mi más contrito arrepentimiento por mi licencioso comportamiento de anoche. Compadécete de este pobre pecador. Ansío que me concedas un momento de tu tiempo para poder disculparme como es debido. Por favor, escríbeme para decirme dónde y cuándo puedo verte de nuevo. Eres lo único que ocupa mis pensamientos.
>
> Tu más humilde servidor,
>
> STRATHMORE

«Humilde servidor» nada menos, pensó, sonriendo sin poder evitarlo. Eso es cargar un poco las tintas, Dev, querido. Aun así, su pulso se aceleró de júbilo mientras leía la nota cinco veces seguidas.

Tras considerar el contraataque un momento, escribió una nota a toda prisa, acompañada por los golpecitos de las tizas de sus alumnas que se afanaban en sus pizarras... Sin embargo, su carta no iba dirigida a Devlin. No, ese granuja podía esperar sentado su respuesta durante unos cuantos días. En cambio, y con una astuta sonrisa en los labios, escribió a su elegante amiga del alma:

¡Buenos días, señora de Billy!

¿Puedo pedirte un favor? Si hay algún baile, sarao, etc., al que planees asistir el sábado por la noche, ¿podría agregarme como en los viejos tiempos? Será mi día libre y digamos que ha surgido cierta «situación» relacionada con un tal Devil que conozco...

Besos,

LIZZIE

–¡Cariño! –gritó Jacinda, que se presentó a recogerla a la hora convenida en la puerta de la Academia de la señora Hall el sábado por la tarde, con el fin de realizar el parsimonioso ritual de vestirse y prepararse para el baile que celebrarían esa noche lord y lady Madison.

Como siempre, la marquesa, de diecinueve años, rebosaba de una chispeante vivacidad y era la personificación de la exquisita elegancia ataviada con una pelliza de manga larga de seda lavanda sobre un vestido de paseo de muselina blanca. Sus rizos dorados se agitaban bajo el ala del sombrero lavanda a juego mientras traspasaba el umbral de su antiguo colegio, cogía las manos de Lizzie y la hacía girar con un juvenil arrebato de risa.

–¡Qué bien lo vamos a pasar!

Jacinda la abrazó con fuerza un instante y después comenzó a hablar a toda velocidad.

–Ay, Lizzie, ¡me alegro tanto de verte! Ha sido todo tan aburrido sin ti... Pero ahora que vas a acompañarme, ¡estoy impaciente por asistir al baile! ¡Todo el mundo se quedará de piedra al verte! Creo que ya es hora de que vuelvas al redil, cabezota. Vamos, deja que te rescate de este aburrido lugar. –Le cogió la mano y se la colocó en el brazo con suma familiaridad–. Tengo un millón de ideas sobre lo que podemos hacer con tu pelo. He ordenado que saquen mis joyas de la caja fuerte, así que puedes ponerte las que quieras con tu nuevo vestido, aunque te recomiendo los diamantes...

–¿Nuevo vestido?

Jacinda se giró con elegancia hacia ella.

–¿A que no adivinas lo que he hecho?

–¡Jas!

–Punto en boca. Le he encargado a la señora Bell que te haga un vestido y la he contratado en exclusiva para el resto del día, así que nos estará esperando en casa para darle los últimos retoques. Vamos, no hay tiempo que perder.

Hizo un gesto despreocupado con la mano para acallar las protestas de Lizzie.

–Considéralo un regalo anticipado de cumpleaños, querida. ¡Ha sido coser y cantar, de verdad! La señora Bell aún conserva nuestras medidas de la última temporada. Aunque si no te gusta, no te preocupes... Le he pedido a Anne que airee y planche un par de tus vestidos de noche favoritos del año pasado (aún seguían en tu habitación, en Knight House), aunque creo que deberías confiar en mi criterio. Dijiste que querías hacer uso de mi habilidad. ¡Me encanta que alguien necesite mis estúpidos y frívolos conocimientos por una vez! Está clarísimo que no son matemáticas ni alemán, mi querida marisabidilla, pero vienen de perlas de vez en cuando –bromeó antes de soltar una carcajada y abrazarla con alegría–. ¡Estoy contentísima de que me hayas escrito! ¿No te resulta gracioso? ¡Esta noche seré yo tu carabina! ¡Es para troncharse de la risa!

–¡Ay, Jas, cómo te he echado de menos! –dijo Lizzie, riéndose muy a su pesar–. Haces que cualquier cosa parezca un acontecimiento.

–Bueno, es que esta vez sí que es un acontecimiento en toda regla, ¿no te parece, querida? Creo que ésta puede ser la primera vez en toda tu vida que me has pedido ayuda... o que le has pedido ayuda a alguien, ya que estamos. Y después de los innumerables favores que me has hecho... en fin, ya ha llegado el momento de que se vuelvan las tornas. Y ahora vámonos –le ordenó al tiempo que tiraba de ella hacia la puerta mientras un numeroso grupo de alumnas contemplaban boquiabiertas desde la escalera a la elegantísima dama tan mencionada en las columnas de sociedad–. ¡Quiero saberlo todo sobre ese tal Devil Strathmore tuyo! Mira que tener secretos conmigo, criatura perversa...

Y ni siquiera sabía de la misa la mitad, pensó Lizzie; pero, justo cuando estaban a punto de emprender la fuga sin contratiempos, la señora Hall llegó como una exhalación al recibidor.

A juzgar por la expresión decidida de su rostro, Lizzie supo de inmediato que la directora había vuelto a encontrar «una tarea de última hora» que debía hacer antes de que le diera permiso para tomarse el día libre.

Sin embargo, la señora Hall no había contado con la presencia de Jacinda.

La directora se quedó boquiabierta y a punto estuvo de darse de bruces contra el suelo en sus prisas por hacerle una reverencia a su antigua y problemática alumna.

–¡Válgame Dios, si es lady Truro! Es un honor que visite nuestra humilde academia de nuevo. Déjeme ofrecerle mis más sinceras aunque tardías felicitaciones por su reciente matrimonio.

Al instante, Jacinda se hizo cargo de la situación con prestancia, y la entusiasta diablilla se desvaneció tras la pulida pompa de la gran marquesa.

–Buenas tardes, señora Hall –entonó su ilustrísima con una espléndida inclinación de cabeza–. Le agradezco su amabilidad al darle el día libre a la señorita Carlisle, pero me pregunto si sería tan generosa de dispensarla de sus obligaciones dominicales... Después de todo, el día del Señor es un día de descanso y estoy desesperada por disfrutar de la ayuda de mi queridísima amiga.

–Bueno... esto... Si eso es lo que desea, milady, estoy segura de que... podremos arreglarlo.

–Pero qué amable es usted, señora Hall... Me aseguraré de decírselo a las damas de la alta sociedad.

–¡Oh, gracias, milady! ¡Muchas gracias!

Lizzie consiguió no poner los ojos en blanco y se preguntó qué le exigiría la señora Hall a cambio una vez que su aristocrática madrina se hubiera ido. Pero, al fin y al cabo, Jacinda siempre había disfrutado metiéndola en líos. ¿Por qué detenerla a esas alturas?

Tras agradecerle la amabilidad a su patrona con una inclinación de cabeza, Lizzie dejó que Jacinda la condujera al exterior, donde las esperaba su carruaje, un enorme y ostentoso vehículo con lacayos de librea y un tiro de cuatro caballos blancos con tocados de plumas. Uno de los lacayos las ayudó a subir al espléndido carruaje y Lizzie se sentó frente a su amiga, en el asiento de pálida cabritilla. Un momento después, el vehículo se puso en marcha rumbo al sur, hacia la ciudad.

–¿Y bien? –preguntó Jacinda mientras se quitaba los guantes de color lavanda, dispuesta a ir al grano–. ¿Qué está ocurriendo entre el vizconde de Strathmore y tú?

Para cuando llegaron a la nueva villa de Jacinda, construida hacía poco por el famoso arquitecto John Nash junto a Regent's Park, Lizzie le había contado toda la historia, desde las impactantes disposiciones del testamento de lady Strathmore hasta cómo había escapado del intento de secuestro de Dev a lomos de un poni robado.

La reacción de Jacinda variaba de los estallidos de risas escandalizadas a un pasmado deleite.

–¡Ay, Lizzie, parece divino!

–Sabía que dirías eso.

–Al menos no te trata como si fueras su hermana.

Lizzie se rió por lo bajo, ya que era una antigua broma entre ellas. Por alguna razón, todos los hombres que habían conocido mientras crecían suspiraban por Jacinda, pero a ella la trataban con la ternura y el decoro que mostrarían a su madre o a su hermana. Ni siquiera Alec había intentado nunca robarle un beso. Resultaba de lo más tedioso.

–Pero ¿a ti te gusta o no? –le preguntó Jacinda.

Lizzie se ruborizó sin remedio y miró a su amiga con una expresión a medias entre la alegría y la ansiedad antes de encogerse de hombros.

–Sabes muy bien que nunca habría hecho esas cosas con él si no fuera así, aunque está claro que es un hombre terriblemente depravado, si las historias que se publican son ciertas. Además, no pienso perder la cabeza por un hombre que se interesa por mí sólo por el dinero. Tengo mi orgullo. Por no decir que estoy segura de que las ventajas más inmediatas no sobrevivirían a las miserias de toda una vida matrimonial al lado de un hombre que no me ama.

–Bien dicho –convino Jacinda.

–Claro que... –Lizzie bajó la mirada y jugueteó tímidamente con la borla de la parte inferior de su ridículo–. Si pudiera convencerme de que me quiere a mí y no al dinero, de que alberga algún sentimiento sincero por mí, yo... no le haría ascos a sus atenciones –reconoció, entornando los párpados antes de mirar de reojo a su amiga.

Una sonrisa alegre se dibujó en el rostro de Jacinda.

–¡Ay, querida! No me digas más. Te comprendo perfectamente. Confía en mí –murmuró al tiempo que se inclinaba hacia ella con un aire de confidencialidad–. Cuando lord Strathmore te vea esta noche, el dinero de su herencia será lo último que se le pasará por la cabeza.

Dev llevaba esperando tres días la respuesta de Lizzie con los nervios de punta cuando por fin llegó su carta con las apremiantes instrucciones. Menudo lío le había supuesto conseguir una invitación de última hora para el baile que los Madison celebrarían el sábado por la noche. Le había costado bastante trabajo, ya que su asociación con tipos de la calaña de Randall, Carstairs y Staines había comprometido su lugar en las listas de invitados de los círculos londinenses más selectos. No obstante, había conseguido lo que quería y la noche señalada había llegado por fin.

Para su consternación, sin embargo, la intrépida Elizabeth Carlisle llegaba tarde.

De hecho, comenzaba a preguntarse si no lo habría enviado allí en vano, como castigo quizá. Por lo que sabía de ella, bien podría quedarse en casa para enseñarle, de ese modo, una de sus infames «lecciones». Mientras la esperaba sumido en la incertidumbre, no pudo evitar darle vueltas a la desagradable idea de que el primer requisito de su agenda esa noche era arrastrarse. Así que, hasta el momento, detestaba ese baile.

Debería haber sido una ocasión placentera. Hacía una espléndida noche de mayo. La fiesta era magnífica, y los Madison la celebraban en su residencia de verano, una villa emplazada junto al Támesis y diseñada por Iñigo Jones a modo de templo neopaladiano rodeado de jardines. Sin embargo, se sentía fatal. Comprobó una vez más su reloj de bolsillo y deseó haber llevado un abanico masculino. Percibía el olor del almidón de su corbata a medida que el sudor de la nuca la empapaba. Por Dios, ¡no recordaba haber estado tan nervioso desde los días de examen en su época de estudiante!

Acalorado, inquieto y tremendamente aburrido, hizo caso omiso de los bancos tapizados de damasco que habían colocado en los laterales de la estancia y se apoyó en uno de los recovecos de las ventanas, con la mirada clavada en la entrada. Allí por fin pudo disfrutar de un poco de aire fresco y refugiarse de la multitud de invitados que atestaban la larga galería que hacía las veces de salón de baile.

Las paredes estaban cubiertas de seda roja, pilastras blancas y frisos de yeso con un toque dorado. La habitación tenía suelo de parquet y un ábside artesonado en el otro extremo, donde se encontraba la orquesta, tocando a un volumen tan elevado que parecía resuelta a matarlos a todos. La acústica del estrecho espacio no era la más adecuada para la estruendosa y animada marcha a la que los estaban sometiendo. Dev notó un dolor de cabeza en ciernes, que la empalagosa copa de ponche de ron con la que lo habían recibido no hizo sino empeorar.

Deseaba lanzarse de cabeza al cercano río y envidiaba la desnudez de las estatuas clásicas expuestas en la estancia. Con un poco de suerte, se le caería una de las enormes arañas encima y lo libraría del sufrimiento, pensó. De otro modo, sólo le restaba esperar y esperar a una dama que, mucho se temía, tenía la intención de meterlo en cintura.

Y en ese momento, como la respuesta a una plegaria, la orquesta hizo un descanso justo cuando escuchaba que el mayordomo anunciaba al marqués y a la marquesa de Truro y Saint Austell.

«¡Ajá! –pensó–, de modo que éstos son la adorada lady Jacinda y su Billy.» Centró la mirada en la pareja: un hombre alto e impresionante de cabello rubio oscuro, rodeado de un halo de peligro que insinuaba que el pescuezo de quien lo mirara mal podría acabar rebanado; a su lado, una dama menuda y deslumbrante como un hada, con una mata de tirabuzones dorados y unos ojos oscuros que resplandecían con un brillo malicioso.

«Mmm, estos dos pueden ser un problema», pensó. Cuando pasaron bajo el enorme frontón que remataba las puertas y se dispusieron a bajar los escasos escalones que conducían a la galería, se anunció a la señorita Elizabeth Carlisle.

Dev se puso en guardia de inmediato y se apartó del refugio que le proporcionaba el recoveco de la ventana, atraído hacia ella de forma irresistible; cuando apareció, tuvo la impresión de que el salón de baile al completo dejaba escapar un jadeo de admiración.

Tras detenerse un instante en el vano de la puerta, Lizzie entró en la estancia como una ráfaga de brisa fresca. El zumbido de las conversaciones se detuvo un momento. Su vestido blanco, ligero como el aire, era la encarnación de la sencillez y la elegancia; una serie de brillantes tirabuzones le enmarcaba el rostro y una sarta de perlas adornaba el recogido de la parte superior.

Avanzó con elegancia y colocó una de sus manos, enfundada en un guante blanco, sobre el pasamanos metálico de diseño en espiral. Mantuvo la barbilla en alto a medida que descendía con majestuoso garbo por la alfombra roja que cubría los escalones, mientras su vestido de gasa flotaba en torno a sus piernas.

Brillaba como la misma luna.

Dev no era un hombre fácilmente impresionable, pero fue incapaz de apartar los ojos de esa mujer.

Su mujer.

Embargado por una creciente y absurda sensación de orgullo, se encaminó hacia Lizzie sin prestar atención a los doscientos pares de ojos clavados en ella. Un instante después, se alzaron los murmullos y el acuciante enigma se extendió hasta el jardín, donde se concentraba el grueso de la fiesta.

«¿Quién es esa mujer?»

«No la conozco...»

«Pero ¿es alguien importante?»

Las mujeres casadas se agruparon para chismorrear. Los petimetres que jamás habían reparado con anterioridad en la presencia de Lizzie Carlisle alzaron los monóculos hasta sus arrogantes ojos, que al instante adquirieron un brillo interesado.

Dev se abrió paso hacia ella a través del gentío, pero su frustración creció al descubrir el camino bloqueado por un tumulto de elegantes invitados que se había reunido en torno a ella y sus populares amigos. Le desagradaba en especial el hatajo de jóvenes caballeros que la rodeaban, inundándola de cumplidos y galanterías.

–¡Mi querida señorita Carlisle!

–¡Caramba, está deslumbrante!

–¿Ha estado de vacaciones? ¡Hace siglos que no se ha dejado ver en sociedad!

Lizzie se detuvo antes de llegar al último peldaño, halagada aunque un poco abrumada por las excesivas atenciones de la media docena de jóvenes caballeros a los que hacía años que conocía, y que, en su gran mayoría, eran antiguos pretendientes de Jacinda. Jamás le habían dedicado tantas atenciones. Mientras se desgañitaban pidiéndole un baile, alzó la mirada y lo vio: su diablo, vestido de negro.

El corazón le dio un vuelco. Se le aceleró el pulso. Estaba tan apuesto que la dejaba sin aliento, como siempre; pero había algo diferente en él, pensó.

Había un brillo en sus ojos que nunca había visto antes. Un brillo que los iluminaba y los hacía parecer resplandecientes aguamarinas. Mientras se acercaba a ella con un aire de incontenible determinación, sintió que la alegría le henchía el corazón y que el alivio inundaba sus venas, porque hasta ese momento había dudado de su asistencia... y del éxito de su audaz ardid.

Sin embargo, le bastó verlo abrirse paso entre la multitud en su dirección para olvidar las artimañas que Jacinda y ella habían planeado con esmero mientras la doncella las peinaba. Su intención había sido la de permanecer distante. Pero cuando él llegó al pie de la escalera y le ofreció una mano cubierta por un guante blanco, esperando con una mirada abrasadora a que ella la aceptara y arriesgándose a sufrir un rechazo delante de todos los invitados, se acabaron los juegos.

Quería a ese hombre... quería su amor. Quería la oportunidad de conseguir ese posible futuro que parecía estar casi al alcance de su mano, así que extendió el brazo y colocó los dedos sobre la palma que le ofrecía.

La mano de Devlin se cerró con delicadeza en torno a la suya y la arrastró hacia él, sin que ninguno de ellos prestara la menor atención a los consternados semblantes de los caballeretes que los rodeaban. Cuando se llevó su mano a los labios e inclinó la cabeza para besarle los nudillos en fervoroso silencio, ella se echó a temblar.

El educado «¡Ejem!» de Jacinda puso fin a su mutuo ensimismamiento. Lizzie se enderezó, miró a su alrededor y se sonrojó un poco. Les presentó a Devlin a sus amigos. Billy lo examinó con una mirada imponente, pero Jacinda mantuvo a su indómito y protector marido a raya con sutileza y sugirió que se trasladaran a un lugar menos concurrido.

Devlin le hizo un gesto para que lo precediera. De la misma forma, Billy abrió un camino entre los invitados para Jacinda. Con los dorados rizos resplandecientes bajo la luz de las arañas, Jacinda tomó la delantera con una alegre sonrisa, repartiendo saludos aquí y allá mientras su aguerrido marido la contemplaba como un hombre hipnotizado. Tardaron casi veinte minutos en alcanzar el otro extremo del atestado salón de baile después de intercambiar los cumplidos de rigor. Devlin no se apartó de su lado, hecho que no pasó inadvertido a los chismosos de la alta sociedad. Al final de su largo paseo, llegaron a un salón prácticamente vacío, ya que la mayor parte de los invitados se encontraba o bien en el salón de baile o bien en los amplios jardines.

Había varias zonas de descanso con sillas de madera dorada y canapés tapizados con brocado de seda de un florido estampado. Unos cuantos invitados estaban arrellanados en ellas, charlando y abanicándose con languidez. De las paredes colgaban retratos con intrincados marcos dorados y en el suelo se extendía una colorida alfombra con una greca floral de estilo griego.

Devlin le señaló un sillón y él ocupó el taburete a juego que había enfrente, mientras Jacinda, su atenta carabina durante esa noche, se mantenía a cierta distancia, presentándoles a su marido a algunos miembros de la élite de la alta sociedad. Jacinda le lanzó una mirada interrogante por detrás del abanico, preguntándole claramente: «¿Te encuentras bien?». Ella respondió con un gesto fugaz antes de posar su insegura mirada en Devlin.

Él la miraba sin pestañear, con la expresión más ardiente que le había visto jamás.

–Estás increíble –susurró.

Ella sonrió y bajó la mirada al sentir que se le sonrojaban las mejillas. Debía admitir que era un buen comienzo.

–Recibí los libros que me enviaste. Gracias.

–Gracias a ti por acceder a escucharme. No estoy seguro de merecerlo.

–Bueno, mi generosidad es legendaria –replicó ella con ironía antes de volver a mirarlo a los ojos con recelo–. ¿Qué es lo que querías decirme?

Devlin la miró durante un buen rato.

–Que me rindo.

Lizzie frunció el ceño en una expresión interrogante.

–Jamás he hecho algo parecido con anterioridad –explicó él–. No tengo la menor idea de cómo hay que hacerlo, así que tendrás que tener paciencia conmigo, porque sin duda la pondré a prueba una y otra vez. Pero me voy a dejar de juegos, Lizzie. No más sobornos. Nada de secuestros. En pocas palabras, te cedo las riendas.

–¿Qué significa eso exactamente? –preguntó con cautela, sintiendo los fuertes latidos de su corazón.

Devlin dejó escapar un largo suspiro.

–Significa que he pensado largo y tendido en todo lo que me has dicho. Tienes razón en muchas cosas. Mira, no sé nada sobre el amor, pero estoy dispuesto a intentarlo. ¿Y tú?

Asombrada, tragó con fuerza y se negó a dar crédito a algo que parecía demasiado bueno para ser verdad.

–Sólo me estás diciendo lo que crees que quiero escuchar para poder reclamar tu herencia. Todo esto es por el dinero. Admítelo.

–Sí, claro, desde luego... –susurró al tiempo que esbozaba una arrebatadora sonrisa y un fuego abrasador asomaba a sus ojos–. ¿Qué otra cosa podría desear aparte del dinero? –preguntó mientras recorría su cuerpo de arriba abajo con la mirada–. No tiene nada que ver con tu belleza ni con tu inteligencia. Ni con tu integridad ni con la forma en la que te preocupas por la gente que te rodea. Ni con tu ingenio ni con tu honradez. Y, por supuesto, no tiene nada que ver con el hecho de que no he estado con ninguna mujer desde que me metí en tu cama en febrero.

–¡Devlin! –exclamó sin aliento, un poco escandalizada por semejante confesión.

Comenzó a abanicarse con nerviosismo y miró a su alrededor para asegurarse de que nadie lo había escuchado.

Él se limitó a sonreír con regocijo.

–Lizzie, he deseado que acabáramos juntos desde el momento en el que te conocí, y tú sabes que es cierto, porque ya en Bath te propuse que te convirtieras en mi amante. Tal vez para ti fuera un insulto, pero para mí fue un gran paso. Quiero hacer las cosas como Dios manda. Eres buena para mí, y creo que yo lo soy para ti.

–No juegues conmigo, Devlin. –Le resultaba casi imposible hablar–. Podrías hacerme mucho daño.

–No lo haré. –Se inclinó para acercarse un poco más–. No soy Alec. Tienes que confiar en mí, Lizzie. Tienes que darme al menos una oportunidad. Es lo justo.

Le tomó la mano con ternura entre las suyas.

Lizzie se dio cuenta de que Billy la miraba con el ceño fruncido por la preocupación, hasta que Jacinda alzó el brazo y atrapó la barbilla de su marido con la mano para que volviera a prestarle atención, con una tierna insistencia que parecía decir: «Déjalos en paz».

–He aquí mi propuesta –murmuró Devlin sin dejar de mirarla a los ojos–: deja que te corteje con propiedad, como mandan los cánones. Hagamos la prueba y veamos lo que ocurre. Nos lo tomaremos con calma y haremos lo mismo que hacen las parejas enamoradas para ver si realmente podemos llevarnos bien. Si al final de los tres meses que especifica el testamento de mi tía creemos que es así, nos casamos. Si no...

–Te arrojarán a la cárcel de deudores.

–Ése no es tu problema –la tranquilizó él–. No quiero que te preocupes por mí, *chérie*. Sobreviviré.

Lizzie se zafó con timidez de su mano y examinó sus cincelados rasgos con recelo.

–No tengo nada claro qué pensar sobre todo esto. ¿Por qué ahora eres tan amable?

–Bueno, eso es bastante simple –respondió sonriendo al tiempo que se recostaba en el asiento–. Cuando me venciste la otra noche y saliste a la carrera a lomos de ese estúpido poni –le explicó con una mirada risueña al recordar la escena–, descubrí que no tiene sentido ser el «ganador» si tú resultas la «perdedora». Sin duda te habrás dado cuenta de lo fácil que me habría resultado volver a atraparte de haber querido hacerlo...

–Pero me dejaste marchar –dijo ella con voz queda–. ¿Por qué?

–Porque estuve equivocado desde un principio y porque me di cuenta de que no podría ser feliz a menos que tú también lo fueras.

–Devlin –murmuró ella, asombrada, observándolo–, creo que eso es lo más bonito que me han dicho en la vida.

–Bien –esbozó una sonrisa indolente y provocativa–. Tal vez demuestre tener un talento natural para todo este asunto del amor, después de todo.

–Devil... –susurró Lizzie entre carcajadas mientras se sonrojaba e inclinaba la cabeza.

–¿Sería un atrevimiento por mi parte esperar que esa hermosa sonrisa signifique que mi proposición es de su agrado, señorita Carlisle? ¿Dejarás que te corteje?

«Como si pudiera negarme», pensó.

–En una ocasión me advirtieron que sería usted capaz de cualquier cosa, lord Strathmore –replicó con timidez.

–¿En serio? ¿Yo? Menudas historias cuenta la gente... –susurró él a modo de regañina, inclinándose un poco más hacia ella.

Lizzie se vio arrastrada por el magnetismo de su atractivo y olvidó al resto de los invitados que se encontraban en la estancia. Deseaba que la besara y él parecía más que dispuesto a complacerla, pero su neófita carabina se interpuso de repente entre ellos.

–Bueno, queridos, ¿damos un paseo por el jardín? –los interrumpió una vivaracha Jacinda.

–Por supuesto –respondió Devlin, guiñándole un ojo a Lizzie.

Tras ayudarla a ponerse de pie con un despliegue de galantería, los cuatro salieron de la casa por las puertas vidrieras que daban a los jardines. Una vez que estuvieron bajo el apacible crepúsculo primaveral, Devlin la condujo aferrándola por el codo con afán posesivo hacia las carpas de rayas que se alzaban en el jardín, bajo las cuales se servían los refrescos. Jacinda encargó a los hombres que fueran a buscarles un par de tazas de ponche de champán. En cuanto se dieron la vuelta y sólo vieron sus amplias espaldas, Lizzie se giró a toda prisa hacia su amiga con una expresión maravillada.

–¿Y bien? –la instó Jacinda.

Lizzie se aferró a su antebrazo en un intento por contener su desbocada alegría.

–¡Ay Jas...! –susurró–. ¡Es adorable!

Jacinda contuvo a duras penas un grito de entusiasmo de lo más juvenil.

–¿Lo amas?

–¡Un poco, creo!

Soltó una risilla, con los ojos resplandecientes y las mejillas encendidas.

–¡Ay, Lizzie, es realmente perfecto para ti! ¡Es simplemente dev... ino!

–¡Dev... astador!

Lizzie le dio un codazo a su amiga mientras luchaba por contener la risa.

–¡Apuesto a que estás ansiosa por dev... orarlo! Por el amor de Dios, ¡creí que iba a besarte allí en medio del salón!

–Creo que habría sido capaz de hacerlo. Está bastante loco.

–Los mejores amantes siempre lo están –convino su amiga en un escandaloso susurro–. Dios mío, espero que Billy no esté amenazando su vida... ni su virilidad. –Se dio unos golpecitos en la mejilla con el abanico plegado mientras examinaba la multitud en busca de esos dos hombres tan altos y apuestos, antes de dejar escapar un alegre aunque compasivo suspiro–. Ya tendrá bastantes problemas cuando llegue el momento de conocer a mis hermanos. El pobre Billy tuvo suerte de salir con vida del encuentro.

–A ellos no les importará. Tú eres su hermana. Esto es diferente.

–Vamos, Lizzie, ¿cuándo te vas a dar cuenta de una vez? No hacía falta que te casaras con Alec para ser parte de nuestra familia. Siempre lo has sido y siempre lo serás.

Se giró hacia ella, sorprendida por tan sincera declaración, cuando de repente se vieron interrumpidas por un par de conocidas de Jacinda.

–¡Vaya, lady Truro!

Las dos jóvenes, ambas casadas recientemente y ataviadas con atuendos bastante ostentosos y recargados, apartaron a Lizzie en su afán por saludar a Jacinda con un par de besos al aire junto a sus mejillas.

–¡Me alegro mucho de volver a verte, querida!

–¡Qué vestido tan maravilloso!

–¿Vendrás al desayuno de caridad que ofrecemos la semana que viene?

–Por supuesto, queridas. ¡No me lo perdería por nada del mundo! –respondió ella, imitando con destreza su aire afectado.

Después de todo, Jacinda se veía obligada a vivir en su mundo, pero no se molestó en presentárselas ya que hacía mucho tiempo que Lizzie había dejado bien clara su aversión por semejantes criaturas. Las damas no notaron la hábil ironía que ocultaban las sonrientes respuestas de su amiga.

Puesto que ella no era nadie de relevancia, no le hicieron el menor caso y se alegró de ello. Le dio la espalda a esa conversación tan insípida y se alejó un poco con la mirada clavada en el abarrotado lugar por el que se había marchado Devlin. No lo localizó; pero, cuando se dio la vuelta de nuevo, se encontró de repente cara a cara con Alec.

La luz del farol que había tras él envolvía su cabello dorado y sus amplios hombros en un resplandeciente halo, pero dejaba su atractivo rostro en penumbra. Con las manos en los bolsillos, la observaba con una sonrisa desdichada y una expresión exhausta.

–Hola, Bichito.

–Lord Alec.

Lo saludó con una inclinación de cabeza, al tiempo que se ponía en guardia.

–Tienes un aspecto magnífico.

Su voz profunda fue tan suave como un suspiro.

Ella no respondió, pero puesto que el cumplido salía de labios de un experto en moda, debería haberse desmayado, supuso con acritud. La apreciativa mirada de Alec la recorrió de arriba abajo.

–Me alegro de verte aquí esta noche. Me atrevería a decir que estás causando todo un revuelo –murmuró con una leve sonrisa de orgullo–. No estaba muy seguro de que volvieras a dejarte ver en sociedad.

–Bueno, el tiempo lo cura todo, según dicen –señaló ella con tono jovial.

Él agachó la cabeza, a modo de escolar contrito.

–Me alegro de oírlo. –Hizo una pausa–. He pensado mucho en ti últimamente, desde el día que te vi con los niños. Tenía la esperanza de que pudiéramos hablar un día de éstos.

–No creo que tengamos nada que decirnos.

–¡Alec, querido! ¡Por fin te encuentro!

En ese preciso instante, lady Campion se interpuso entre ellos y deslizó las manos por los amplios hombros de Alec. Lizzie dio un respingo ante semejante intromisión.

–¿Dónde te habías metido, preciosura? No tolero que me abandonen –dijo con un travieso mohín.

Dándole de lado con más habilidad incluso que las arrogantes amigas de Jacinda, lady Campion tironeó de Alec para que se agachara un poco a fin de susurrarle unas palabras al oído.

Señor, qué situación más embarazosa. Se rodeó la cintura con los brazos y apartó la mirada, pero la atractiva imagen de la baronesa estaba grabada a fuego en su cabeza. Rica, hermosa, viuda y, por ende, libre como un pájaro, lady Campion era una mujer delgada y morena, peinada con un sofisticado corte que resaltaba sus oscuros rizos, sujetos por una ancha banda de seda. Los extremos de la cinta caían a un lado y rozaban un tentador hombro. Iba ataviada con un vestido a rayas amarillas abierto por delante y unas enaguas de muselina blanca; el diestro movimiento de su abanico resultaba de lo más sugerente para cualquier hombre que se encontrara en su presencia.

Algo irritada porque Alec hubiera permitido que esa mujer se interpusiera entre ellos nuevamente, Lizzie se negó a mirarlos y trató de recordar por qué se encontraba en ese lugar. ¿Dónde se había metido Devlin? La había dejado allí plantada como a una imbécil. Jacinda también estaba ocupada, oculta tras el creciente grupo de cabezas de chorlito.

Miró de reojo a Alec una vez más y descubrió que tenía los ojos clavados en ella aun cuando lady Campion seguía pegada a él y parecía que estuviera a punto de hacerle el amor allí en medio de la fiesta. Se mostraba indiferente a la cercanía de su adinerada amante y sus intentos por monopolizarlo y, en cambio, la observaba a ella con una expresión de angustia y profundo arrepentimiento en los ojos.

Mientras observaba fugazmente el nauseabundo espectáculo que protagonizaba la baronesa, comprendió que ésta había clavado sus garras en Alec y no tenía la menor intención de dejarlo marchar.

No después de todo lo que había pagado por él.

Justo en ese momento, Billy, bendito fuera, regresó con dos tazas de ponche.

–Bueno, ¿dónde se ha metido ahora esa tontita mía? ¡Jas!

–Buenas noches, lord Truro –lo saludó lady Campion con voz meliflua y mirando a Billy con un peculiar brillo en los ojos mientras recorría con los dedos el musculoso hombro de Alec.

Billy contempló a la mujer con manifiesta aversión y se giró en busca de su esposa.

–Muy bonito por tu parte dejar sola a Lizzie –murmuró antes de entregarle a Jacinda la taza de ponche una vez que se acercó a ellos.

–¡Lo siento muchísimo! No pude evitarlo, querida –se disculpó–. Ya ves por qué anhelo con tanta desesperación que asistas a estos acontecimientos conmigo. –Tomó un sorbo de ponche y a continuación frunció el ceño–. ¿Dónde está lord Strathmore?

Billy señaló con la cabeza la carpa donde se servían los vinos.

–Dijo que regresaría en un momento.

Lizzie siguió su mirada y divisó a Devlin, que se había detenido a hablar con un hombre fornido de cabello castaño y aspecto desaliñado.

–¿Strathmore, has dicho? –preguntó Alec con asombro al tiempo que apartaba el rostro de las posesivas manos de lady Campion.

–En efecto. Un viejo amigo tuyo del colegio, según tengo entendido –lo desafió Lizzie con sutileza.

–Más o menos –replicó Alec arrastrando las palabras.

–No pareces muy contento.

Él se encogió de hombros.

–No es una amistad que quiera reanudar.

–¿Por qué no? –le preguntó con un deje indignado.

–No me gustan mucho las compañías que frecuenta desde su regreso a Inglaterra.

–¿Qué quieres decir?

Él hizo ademán de responder, pero en ese momento lady Madison, la anfitriona, se acercó para preguntarles si se estaban divirtiendo. Se detuvo a charlar con ellos un instante antes de seguir alternando con sus invitados. Acababa de abandonar su grupo cuando Devlin se reunió con ellos de nuevo, llevándole una taza de ponche de champán que, como descubrió al darle un sorbo, ya no estaba frío.

–Lo siento –murmuró él–. Me encontré con un conocido y no pude escapar.

–Me he dado cuenta.

Se preguntó si el hombre fornido con el que había estado hablando era uno de los indeseables a los que Alec había hecho referencia. Había sido un comentario de lo más extraño, ya que Alec no solía decir nada malo de nadie. Le habría gustado saber más, pero seguía oficialmente enfadada con él. Dadas las circunstancias, se alegraba de que no hubiera sido una de las rameras de la alta sociedad como lady Campion quien había entretenido a Devlin.

Éste inclinó la cabeza para susurrarle con ternura al oído:

–¿Te encuentras bien? Vine en cuanto me di cuenta.

Ella se apartó un poco y lo miró a los ojos. La expresión preocupada de su rostro mientras la observaba le dejó bien claro que había adivinado la identidad de la mujer que estaba con Alec y que sabía muy bien lo desagradable que resultaba esa situación para ella.

Había flaqueado un instante; pero, puesto que volvía a tener a su aliado junto a ella, fue incapaz, muy a su pesar, de reprimir una pequeña sonrisa. Colocó la mano sobre su antebrazo, inclinó la cabeza y se acercó más a él, sacando fuerzas de su solidez.

«Ahora sí estoy bien», pensó.

Alec los observaba con detenimiento.

–Vaya, Devil Strathmore –dijo con lentitud–, ni más ni menos.

Devlin se giró y lo saludó imitando su tono.

–Pero si es Alejandro Magno en persona...

–Me llegaron rumores de que habías vuelto a la ciudad. ¿Cómo estás?

–Mejor que nunca. ¿Y tú?

–No puedo quejarme.

Los dos amigos se estrecharon la mano, pero su conversación fue de lo más fría y Lizzie detectó cierta reserva por ambas partes.

–No sabía que os conocíais –comentó Alec, mirándolos de forma alternativa.

–Pues sí, nos conocimos en Bath ya hace algún tiempo, ¿verdad? –murmuró Devlin antes de dedicarle una deliberada sonrisa de adoración–. Esta dulce perla alegró los últimos meses de la vida de mi tía y por ello le estaré eternamente agradecido.

Le alzó la mano para darle un beso.

Lady Campion esbozó una sonrisa burlona.

La mirada de Alec se tornó gélida; pero, tras un incómodo silencio, recordó de pronto sus modales.

–Sí, me enteré del fallecimiento de tu tía, viejo amigo. Mis condolencias.

Dev le dio las gracias con un elegante gesto de la cabeza.

–Alec, querido, ¿no vas a presentarme a tus amigos? –Lady Campion dio un paso hacia delante y clavó una mirada especulativa en Devlin–. Creo que no nos conocemos.

Lizzie estaba que trinaba.

–Faltaría más, milady. –Con una sonrisilla ladina, Alec complació a la mujer, encantado con la posibilidad de poder endosársela a Devlin un rato–. Permíteme presentarte a Devlin Kimball, vizconde de Strathmore. Strathmore, ésta es lady Campion.

–Señora –dijo Devlin al tiempo que se inclinaba con gélido comedimiento.

–Nunca guardo las formalidades con los caballeros apuestos, lord Strathmore. Por favor –prosiguió con voz meliflua–, llámeme Eva.

Extendió su enjoyada mano hacia Devlin y esperó a que se la besara como una reina que otorgara sus favores.

Devlin se limitó a mirarla antes de colocar bruscamente su copa de vino en la mano extendida.

–¿Le importaría sostenerla mientras bailo con la señorita

Carlisle? Se lo agradezco mucho. Vamos, tesoro. Me prometiste un vals.

Asombrada a más no poder, Lizzie se apresuró a seguirlo cuando la cogió de la mano y la alejó a grandes zancadas, dejando a la estirada amante de Alec con una copa semivacía en la mano y una expresión de suprema indignación.

Le resultó muy difícil contener las carcajadas.

–¡No puedo creer lo que acabas de hacer!

Echó la vista atrás y descubrió que Jacinda y Billy se alejaban de la furiosa mujer para ocultar su regocijo.

–Nadie va a tratarte de esa manera cuando yo esté presente –masculló–. Lo siento, Lizzie, pero estoy demasiado enfadado para bailar. ¡Menudo descaro tiene esa zorra! –Se volvió hacia ella–. ¿Estás segura de que te encuentras bien?

–¡A las mil maravillas!

Cuando sus miradas se encontraron (la suya, encantada; la de Devlin, turbulenta), Lizzie tuvo la certeza de que el mundo se había detenido durante un instante, de que la luna brillaba con más intensidad y de que las estrellas danzaban.

–Gracias –susurró.

Él farfulló algo y apartó la mirada, un poco avergonzado.

–Devlin... –Le hizo un gesto con el dedo para que se acercara. Cuando se inclinó, le murmuró al oído–: Tengo una idea mejor que bailar.

–¿De veras?

El furioso ceño se desvaneció en cuanto se percató de su sonrisa coqueta.

–Ajá.

Echó un travieso vistazo en dirección a las delicadas sombras de los jardines iluminados por la luna y después enarcó una ceja en un gesto interrogante.

Devlin esbozó una sonrisa maliciosa.

–Chica lista. Ésa es una idea mucho mejor. Muchísimo mejor.

–Vamos.

Huyeron a través de los extensos jardines y se detuvieron en un tranquilo lugar junto al río, una solitaria terraza de suelo embaldosado y con una balaustrada de piedra cubierta de liquen que tenía vistas al río. Los pilares de la balaustrada estaban coronados por unas enormes macetas de piedra en las que flotaban nubes de llamativas clavellinas en flor alrededor de las altas varas de los dragones. Y de las macetas pendían fragantes madreselvas, que creaban un florido marco para el río y perfumando la noche con sus exuberantes aromas.

Atravesaron la terraza hasta la balaustrada para contemplar las ondeantes aguas, mientras la brisa agitaba con elegancia el vestido blanco de Lizzie y la luz de la luna arrancaba destellos al arete de oro de Devlin.

Permanecieron en silencio el uno junto al otro durante un buen rato, saboreando la noche y la presencia del otro. El río estaba en calma y lamía con suavidad las orillas. Un solitario cisne se deslizaba contra la corriente, y detrás de ellos parpadeaban las distantes luces anaranjadas de la casa y los faroles del jardín. Desde el meandro llegaban las deliciosas notas del quinteto de cuerda que tocaba a bordo de la engalanada barcaza que permitía a los invitados trasladarse desde el mismo centro de Londres y viceversa. En un momento dado, Devlin colocó su mano sobre la de ella, apoyada sobre la barandilla. Se giró hacia él muy despacio, con el corazón en la garganta.

Con una tierna mirada rebosante de deseo, la estrechó en un fuerte abrazo; Lizzie le arrojó los brazos al cuello y suspiró cuando él inclinó la cabeza para acariciar su boca con un beso. Se apoyó en el amplio pecho masculino y echó la cabeza hacia atrás mientras separaba los labios, entregada a su dulce beso y deseosa de saborear el sabor de su lengua. Sus manos le recorrían la espalda y los brazos con lánguidas caricias antes de que se posaran sobre sus mejillas. Una lluvia de besos cayó sobre su rostro y en ese momento sintió que ese maravilloso cuerpo se endurecía contra ella.

El gemido de Devlin fue tan suave como el susurro del viento entre los árboles.

–Por Dios, me traes de cabeza.

–No será para tanto... –susurró ella al tiempo que extendía una mano para acariciarlo con timidez por encima de los elegantes pantalones.

–Vas a volverme loco.

La detuvo poco después y le colocó la mano en la espalda con la rudeza justa para excitarla. Acto seguido y tras esbozar una sonrisa pícara, la cogió por la cintura para sentarla en la balaustrada con los ojos brillantes.

–Ay, Devlin –exclamó con un suspiro al notar con deleite que las esbeltas caderas masculinas se deslizaban entre sus muslos y le alzaban un poco las faldas.

Su precioso vestido se arrugaría, pero le importaba muy poco. Se aferró a él y lo besó como si le hubiera entregado el alma, acompasando sus movimientos cuando él comenzó a mecerse contra su cuerpo con un delicioso ritmo. Soltó un quedo gemido cuando le acarició los senos a través de la fina seda blanca del corpiño.

Sobre ellos, la luna resplandecía; la música seguía entonando un encantador minueto que flotaba sobre las aguas. Se redescubrieron mutuamente antes de que alguien se percatara de su ausencia, y amoldaron sus fervientes manos a cada curva y cada hueco mientras se besaban con apremiantes susurros. Se acariciaron el uno al otro en profundidad, pero se quedaron con ganas de más.

De repente, Devlin se apartó.

–Viene alguien –dijo jadeante.

Arrancada de súbito del embeleso de la pasión, Lizzie también se percató de las risas que se aproximaban desde el jardín.

–No me dejes –le rogó, aferrándose a las solapas de su chaqueta con un gesto sensual.

–Si me quedo, nos pillarán –murmuró él–. Y tendrás que casarte conmigo. He jurado por mi honor que sería elección tuya, cariño, y lo hice muy en serio.

Le acarició la mejilla con la palma de la mano antes de apartarla. Luego se alejó y desapareció entre las sombras de los árboles mientras el bullicioso grupito se acercaba.

Lizzie esbozó una rápida sonrisa y los saludó con una inclinación de cabeza, aunque siguió allí, meditando sobre el generoso gesto que Devlin acababa de hacer. Podría haber resuelto sus problemas monetarios quedándose donde estaba, y ella no se habría dado cuenta. Podría haber fingido inocencia, ya que ella no había escuchado a los invitados que se acercaban a tiempo para huir.

«Supongo que sus intenciones hacia mí son serias de verdad», se dijo.

Una pequeña y titubeante sonrisa curvó sus labios mientras contemplaba las sombras del jardín entre las que Devlin se había desvanecido.

14

A mediados de la semana posterior al baile de los Madison, Dev entró en White's acompañado de sus compinches del Club del Caballo y la Cuadriga. Acababan de regresar del elegante club de boxeo de Dick Mace, donde habían intercambiado unos cuantos puñetazos y Quint les había dado una buena tunda a todos... él incluido. Con un cigarro entre los labios y ese torso tan voluminoso como un tonel, henchido por el orgullo de haber vencido a un hombre diez años más joven, Quint encabezaba el grupo mientras se internaban en el augusto refugio masculino.

Los paneles de roble que cubrían las paredes y las alfombras oscuras del club creaban una atmósfera de penumbra que contrastaba enormemente con el deslumbrante brillo del sol primaveral, pero los ojos de Dev se ajustaron lo bastante rápido para percatarse de que los presentes les daban la espalda con gesto educado a medida que avanzaban.

–¡La primera ronda corre por cuenta de Dev, muchachos! ¡Ja! –exclamó Quint, dándole una palmada en la espalda cuando llegó a su lado.

–¡Ay! –musitó él con un gesto de dolor.

Quint prorrumpió en estruendosas carcajadas.

–¡Tú! ¡Sírvenos! ¡Cerveza para esta mesa! –le ordenó a uno de los camareros.

–Sí, señor –convino éste con el rostro lívido antes de apresurarse a obedecer la orden.

A esas alturas, Dev sabía de primera mano cómo se había ganado Quint el apodo de Randall *el Sanguinario*. El cuadrilátero era el único lugar donde el enorme bruto destacaba.

El barón tenía un gancho de izquierda que podría arrancarle la cabeza a un hombre, por no hablar de su combinación de dos golpes dirigida al estómago de su contrincante y que asestaba con unos puños que se asemejaban a los pistones de la moderna máquina de vapor. Aún le dolían las costillas, pero su intención no había sido la de ganar.

Después de una pelea maratoniana de unos veinticinco asaltos, había tirado la toalla para contentar a todo el mundo. Nadie había derrotado a Quint desde el año 1807 y no tenía intención de levantar sospechas al echar por tierra la marca del barón. El camarero regresó, y los sinvergüenzas del Club del Caballo y la Cuadriga pronto estuvieron tomando unas refrescantes jarras de cerveza dorada.

Dev cargó la ronda en su cuenta, tal y como le habían ordenado, así como la siguiente y la que llegó después, a sabiendas de que el dinero se le iba de las manos con rapidez, pero ¿qué otra cosa podía hacer? Esos tipos no tenían ni idea de que su herencia estaba retenida, en espera de conocer si a Lizzie Carlisle se le antojaba casarse con él o no.

No la había visto desde la noche del baile, pero le había enviado flores y, tras un intercambio de misivas, había conseguido convencerla de que diera un paseo en carruaje con él ese domingo. El decoroso cortejo había comenzado. El recuerdo de su beso le arrancó una sonrisa.

Con independencia de los aspectos prácticos de su supervivencia económica, el creciente afecto que sentía por ella había sido decisivo para tomar una determinación. Sucediera lo que sucediese, se casaría con ella y la vería situada en una posición social mucho más acorde con sus abundantes virtudes. A Lizzie le encantaría descubrir que sobrepasaría en rango a lady Campion una vez que se convirtiera en su esposa. Quería poner fin a su venganza de una vez por todas, porque estaba harto de jugar con Lizzie y a esas alturas ya se sentía preparado para considerar una vida junto a ella cuando todo hubiera acabado. Hasta el momento, ni siquiera le había importado su propia suerte, siempre y cuando cumpliera con su deber y pagara el precio que le debía al destino por haber sido el culpable de que su familia pereciera de un modo tan horrible aquella aciaga noche.

Ni siquiera le había preocupado acabar vivo o muerto cuando el asunto llegara a su fin. Sin embargo, unas cuantas noches atrás, durante uno de esos momentos de inspiración que lo asaltaban de vez en cuando mientras tomaba un baño, se le había ocurrido de repente que a Lizzie no le haría mucha gracia descubrir que su flamante esposo se había largado para hacer que lo mataran. Lizzie se sentía cada vez más atraída y unida a él; lo percibía en su sonrisa y lo había saboreado en su beso. Sabía que ninguno de sus enemigos habría podido detenerlo, porque su destino le importaba un comino. Pero si Lizzie se enamoraba de él y él arrojaba la precaución por la borda y la dejaba viuda, ¿no le infligiría a ese tierno corazón el mismo dolor por la pérdida que él había sufrido cuando era tan joven?

Era todo un dilema. Debía proceder con mucha más astucia y precaución que nunca. A medida que su cortejo avanzara, tendría que arreglárselas como buenamente pudiera para ocultarles la relación a sus peligrosos compinches. Si llegaban a enterarse de las atenciones que prestaba a la preciosa maestra del colegio de señoritas, estaba dispuesto a afirmar que la muchacha no significaba nada para él aparte de una simple diversión, un bocadito delicioso del que disfrutar. En cuanto al asunto de la boda, siempre podía alegar que los Knight lo habían pillado en plena seducción y lo habían obligado a casarse con la mujer a la que consideraban como a una hermana. Era probable que semejante cuento avergonzara a Lizzie, pero no tenía por qué enterarse. No obstante, no tardó en descubrir que la estrategia que se proponía seguir para mantenerla a salvo tenía un defectillo: Alec Knight.

Su brillante compañero de colegio y antiguo amigo salió del mirador de White's, donde había sido el centro de atención de su acostumbrado grupo de imitadores e interesados aduladores.

Mientras observaba cómo Alec y sus sofisticados seguidores atravesaban la estancia en dirección a una de las mesas de cartas, reflexionó sobre el hecho de que sus palabras llegarían a oídos de Alec en el caso de que se le ocurriera afirmar en compañía masculina que la insignificante señorita no era sino un simple entretenimiento para él. Como todo el mundo sabía, la adoración que las mujeres profesaban al menor de los Knight también le garantizaba acceso a todos los cotilleos de la ciudad.

La reacción que semejantes palabras suscitarían era fácil de prever. En primer lugar, llegaría el reto a duelo, cosa que no podía tomar a la ligera. Los rumores afirmaban que Alec había demostrado su valor en el campo del honor en una docena de ocasiones. Y en segundo lugar, y lo que era mucho peor, Alec alertaría a Lizzie de que había admitido que sólo estaba jugando con ella. Tal vez podría enmendar el entuerto con una explicación; pero eso no evitaría que se sintiera herida, y a él no le apetecía en lo más mínimo verse en semejante aprieto.

Se dio cuenta de que Alec lo miraba desde el otro extremo del salón, como si intuyera algo.

Ninguno de los dos reaccionó.

Alec se dio la vuelta despacio y Dev apretó la mandíbula. «¿Qué demonios? –se preguntó–. Tal vez no le guste que esté cortejando a Lizzie, pero no tiene motivos para actuar de ese modo.» El tipo le había dado la espalda literalmente, y el hecho de que le hubiera escocido le resultaba un tanto sorprendente. En otros tiempos habían sido grandes amigos. Bueno, no pensaba quedarse ahí sentado y dejar pasar la afrenta, decidió. Apuró la cerveza de un trago, dejó la jarra vacía en la mesa y se disculpó con sus compinches antes de cruzar la estancia para mantener una pequeña discusión con Alec.

–¿Hay algo que quieras decirme... viejo amigo? –quiso saber Dev, que había apoyado las manos en el respaldo de la silla vacía emplazada frente a Alec y se inclinaba hacia delante mientras lo miraba de forma insolente.

Su antiguo amigo le devolvió la mirada con fría cautela.

–Strathmore. –Despachó a su séquito con una mirada antes de dirigirse de nuevo a Dev–. Parece que tenemos una amiga en común.

–Sí, eso parece.

–¿Qué interés tienes en ella? –le preguntó sin más preámbulos–. Que yo sepa, nunca te han interesado las marisabidillas.

–Ni a ti tampoco, según me han dicho, así que no sé por qué te interesa este asunto.

–¿Quién te lo ha dicho? –le preguntó muy despacio, con los ojos clavados en su copa de brandy.

–¡Vaya! La señorita Carlisle, ¿quién si no? Me contó todo acerca de vuestra riña. Lo mucho que la heriste.

–Entiendo. Así que estás intentando aprovecharte de ella hasta donde puedas, fingiendo consolarla. ¿Es eso?

–Nada más lejos de la realidad.

–Dev, nos conocemos desde hace años, pero te juro por Dios que si le haces daño...

–¿Como tú se lo hiciste? –Hizo una pausa–. En realidad, mis intenciones son honestas. Le he pedido a Elizabeth que se case conmigo.

–¿Qué? –musitó Alec, que lo miró asombrado–. ¿Cuál ha sido su respuesta?

–Lo está pensando –contestó con un brillo posesivo en la mirada.

Alec se enderezó en la silla.

–Eso quiere decir que te ha dado una negativa...

–Simplemente un «todavía no». Pero de momento, me basta. Una dama de su valía se merece toda la parafernalia de un cortejo como Dios manda.

Al escuchar sus palabras, Alec soltó una carcajada forzada, pero el miedo asomó a sus ojos.

–No, no, amigo mío. Será mejor que te prepares, porque va a darte calabazas. Jamás te dirá que sí.

–¿Por qué estás tan seguro?

–Porque no ha querido a otro más que a mí en toda su vida.

Dev sintió una oleada de furia; aunque odiara admitirlo, sabía de labios de la propia Lizzie que lo que Alec decía era cierto.

–Bueno, y ¿qué esperas que haga ella, que viva aferrada a la esperanza? ¿Que espere hasta que a ti te venga bien? Un descuido muy atolondrado de tu parte. Para tu información, tengo motivos para creer que mis sentimientos son correspondidos.

Alec lo contempló durante un buen rato, sopesando sus palabras; acto seguido alzó las cejas con expresión arrogante.

–Engáñate si eso te ayuda, pero Lizzie siempre ha sido mía.

–La gente cambia, Alec.

El aludido echó un vistazo en dirección a Quint y al resto de los miembros del Club del Caballo y la Cuadriga, sentados en el extremo más alejado del salón, tras lo cual volvió a mirarlo con expresión elocuente.

–Sí –musitó con un leve gesto de reproche–. Eso parece.

Esa misma tarde, las alumnas estaban cenando en el comedor cuando una de las doncellas se acercó a Lizzie y le susurró que un caballero había solicitado verla y la estaba esperando en el porche delantero. Embargada por la felicidad, se puso de pie sin demora para ver a Devlin y al pasar frente al espejo del recibidor se echó un vistazo a fin de comprobar su aspecto. Se atusó el pelo, respiró hondo e intentó contener el ansia de verlo. Sin embargo, cuando salió al porche descubrió que no era Devlin el hombre que la saludaba, sombrero en mano.

Era Alec.

–Hola, Bichito.

Le dedicó una sonrisa cargada de afectuoso arrepentimiento, mientras el sol de poniente arrancaba destellos a su cabello dorado.

–Alec. –Fue incapaz de disimular la ligera rigidez que se apoderó de ella, pero lo saludó con un gesto cordial, esperando poder disimular así su decepción–. ¿Te apetecería... mmm... un refresco? –preguntó con formalidad–. Puedo pedir que nos traigan unas limonadas.

Alec declinó la invitación con un ademán distraído.

–¿Hay algún lugar donde podamos hablar?

–Supongo que sólo serán unos minutos...

Señaló el camino empedrado que rodeaba el edificio y llevaba al jardín.

Alec caminaba en silencio; nada de bromitas arrogantes ni de tomaduras de pelo y ni rastro de su extraordinario encanto.

Parecía preocupado.

–De modo que aquí es donde has estado escondida –comentó mientras pasaban bajo el emparrado con forma de arco.

Lizzie lo miró con cara de pocos amigos.

–No estoy escondiéndome.

–Es una forma de hablar –se explicó él al tiempo que tragaba saliva–. Parece un lugar agradable. Tranquilo.

–«Aburrido» creo que es la palabra exacta que buscas.

–No. Contigo aquí, no podría ser aburrido.

Volvió a sonreír y siguió caminando con pasos lentos y porte elegante.

Lizzie guardó silencio y lo siguió, presa de un creciente recelo. La tenue luz del atardecer bañaba el jardín y alargaba las sombras, que se extendían sobre el césped con un profundo tono esmeralda. Una ligera pátina dorada de polen lo cubría todo: las losas de piedra bajo sus pies, la pila donde se bañaban los pajarillos y el banco situado bajo el peral. En el aire flotaban las esponjosas semillas de los dientes de león y los insectos, cuyas delicadas alas brillaban a la luz del sol.

–¿Os gustaba este lugar a Jas y a ti cuando estabais aquí?

Lizzie se detuvo y se giró para mirarlo con franca curiosidad.

–¿Por qué has venido?

Una muda angustia asomó a esos enormes y conmovedores ojos azules antes de que apartara la mirada.

Se preguntó de inmediato si habría vuelto a perder una fortuna en las mesas de juego.

–Alec, ¿pasa algo malo?

–No es que pase algo malo. Es que todo va mal, Lizzie. Todo es... maldita sea, todo es horrible desde hace meses. Me odias y ya no puedo aguantarlo más.

–No te odio –le aclaró una vez que se repuso de la sorpresa.

–Bueno, pues deberías hacerlo. Yo mismo me odio por lo que hice y Dios sabe que me lo merezco.

–Alec...

–He venido a decirte que lo siento mucho.

Volvió a mirarla con ojos de cachorrito desamparado.

Lizzie se llevó la mano a la frente e inclinó la cabeza, luchando contra la exasperación.

–Muy bien, acepto tus disculpas.

–No –dijo él, negando con la cabeza–. Eso ha sido demasiado fácil.

Ella suspiró y apartó la mirada.

–Nunca me prometiste nada, Alec. Eras libre de hacer lo que quisieras. Te perdono. Es agua pasada y ya no importa.

Siguió caminando, pero él la alcanzó y se colocó frente a ella para detenerla.

–No digas que ya no importa, Lizzie. Es lo peor que me puedes decir.

Lo miró, confundida.

–Mira, he hecho acopio de valor para decirte esto, así que por lo menos déjame soltar el discurso antes de darme la patada.

–No voy a darte una patada.

–Creo que ya lo has hecho. –Esa mirada desolada le habría provocado un desmayo un año antes, pero en aquel entonces no conocía a Devlin–. Mi vida no tiene sentido sin ti, Lizzie. Me siento... perdido.

Ella clavó los ojos en el suelo, incapaz de creer lo que estaba escuchando.

–Nunca tuve intención de hacerte daño. No vi otra salida. Bichito, tienes que entenderme. –La tomó de la mano con actitud implorante–. No podía utilizar tu dote para saldar mis deudas de juego. Ni siquiera yo podía caer tan bajo. –Hizo una pausa–. Sé que te hice daño, pero ya ha pasado casi un año, así que me preguntaba si me permitirías regresar a tu vida.

Lizzie estudió su rostro con recelo.

–Reconozco que no me di cuenta de lo mucho que significabas para mí, pero si me ofreces otra oportunidad, te juro que no volveré a fallarte nunca más. Estoy preparado para cambiar. Te necesito, Lizzie. Todo el mundo tiene derecho a cometer algunos errores, ¿no lo crees así?

Ella le dirigió una mirada angustiada antes de darse la vuelta mientras negaba con la cabeza.

–No me hagas esto, Alec. No voy a permitírtelo. No puedes presentarte de repente con algo así, justo después de enterarte de que tengo una relación con otro hombre.

–¿De repente? No seas obtusa. Siempre ha estado entre nosotros, aunque no lo hayamos dicho con palabras...

–Y así es como quiero que siga.

Alec la observó con herido reproche.

–Dios mío, Strathmore lo ha logrado, ¿no es cierto? ¡Santo cielo! Pensé que ibas a dejarlo que te sedujera delante de todo el mundo en el baile de los Madison. ¿Cómo pudiste permitirle que te tratara con tanta familiaridad?

Sus palabras la dejaron boquiabierta.

–¿Y eso me lo pregunta el mantenido de lady Campion? ¿Cómo te atreves a recriminarme nada? ¡Esto es de lo más aleccionador! Tú no me quieres, ¡pero tampoco puedes soportar verme con otro!

–Eso no es cierto. Siempre he tenido la intención de que acabáramos juntos cuando consiguiera una fortuna estable. ¡Mira la situación en la que me encuentro! –protestó al ver que ella resoplaba.

–Estoy harta de tus excusas, Alec. Tuviste la oportunidad de cambiar esa situación en un santiamén, pero no deseabas que te cortaran las alas, no deseabas cargar con las responsabilidades de un adulto. Lo único que tendrías que haber hecho era abandonar el juego y aceptar cualquiera de las opciones que te ofreció Robert: un asiento en la Cámara de los Comunes, la administración de una de sus propiedades menores... En cambio, huiste de mí. Huiste en cuanto te dije que te amaba.

Alec dio la vuelta y maldijo entre dientes mientras se sentaba en el banco y clavaba la mirada en sus bien cuidadas manos, inmóviles sobre su regazo.

–Fui un imbécil.

–Sí.

–¿Qué se supone que voy a hacer sin ti? No puedo perderte, Lizzie. Estoy aquí. Lo estoy intentando, ¿verdad? Eso tiene que contar para algo.

Lizzie se sentó a su lado y suspiró.

–Vamos, Alec... sé sincero. Contigo mismo y conmigo. El cariño que me profesas es el mismo que tu sobrino Harry siente por su manta favorita. Necesito saber que para un hombre significo mucho más que un puerto seguro y fiable. Necesito... no, ¡qué narices!, me merezco que me amen por mí misma.

–¿Acaso te extraña que me alejara de ti cuando siempre estabas intentando cambiarme, salvarme o arreglar mis problemas? –Frunció el ceño–. Sé que no soy perfecto, pero ¿no puedes amarme tal y como soy, con defectos y todo?

–Alec, si intenté cambiarte fue porque no quería verte arruinado por el juego.

–Para tu información, llevo sin tocar una baraja de cartas desde lo que sucedió entre nosotros. Te lo juro por Dios.

–¿Cómo?

–Podría decirse que ya no le encuentro la gracia. Después de aquel desastre, sentarme a una mesa de juego me producía náuseas, literalmente. Cada vez que cogía un dado sólo podía pensar en el dolor que vi en tus ojos. Ya no me apetecía seguir apostando. Te juro por mi honor que he aprendido la lección. No he vuelto a jugar desde entonces.

Lizzie lo observó con pesar. Lo que le contaba era demasiado sorprendente para que pudiera asimilarlo sin más. El príncipe azul de sus sueños infantiles, su querido Alec, se encontraba a su lado, diciéndole que estaba preparado para construir una vida junto a ella. Incluso había superado su peligrosa debilidad por el juego.

Podía convertirse en un auténtico miembro de la familia Knight por fin. Lo único que tenía que hacer era mandar a Devlin a tomar viento fresco.

Negó con la cabeza. Jamás.

–Devlin me quiere, Alec. Es más, me necesita.

–Yo también te necesito. –La observó durante un buen rato–. Sigue con esta relación destructiva y alocada –concluyó en voz baja–. Me lo merezco. Pero tal y como tú y yo sabemos, es a mí a quien amas. Siempre lo has hecho y siempre lo harás. No lo estropees, Lizzie.

–Fuiste tú quien lo estropeó –lo corrigió mientras apartaba la mirada con el corazón en la garganta–. ¿No deberías regresar ya junto a lady Campion?

La cínica sonrisa que esbozó no llegó a sus ojos azules. Sin embargo, mientras se ponía de pie y pasaba a su lado, uno de sus dedos le acarició suavemente la mejilla.

–No me rendiré sin luchar –musitó antes de darle un beso en la frente y dejarla a solas en el jardín.

La vida de Lizzie dio un vuelco tan extraño tras la visita de Alec que un mes después le parecía irreconocible. La señora Hall le permitió a regañadientes que continuara disfrutando con Jacinda de las delicias de la temporada social los sábados por la noche y algunos domingos. Asistió a bailes, saraos, veladas íntimas y cenas después del teatro; estuvo en Vauxhall, en varios conciertos y paseó en carruaje por el parque. Siempre escoltada por Alec y Devlin, que intentaban eclipsarse mutuamente en encanto y atenciones.

La alta sociedad no tardó en percatarse.

El «decoroso» cortejo de Devlin y los denodados esfuerzos de Alec por volver a ganarse su afecto le reportaron tanta atención y galantería en forma de flores, dulces, pequeños obsequios de bisutería y, en resumen, tantos aspavientos, que cuando entró en la recepción al aire libre que los Devonshire celebraban anualmente descubrió que se había convertido en la joven de mayor éxito. Ella, ¡Lizzie Carlisle!, una marisabidilla solterona hija de un administrador de fincas...

Gracias a Alec y Devlin, a todos esos jóvenes libertinos de sangre azul que jamás habían reparado en su existencia cuando sólo era la comedida acompañante de Jacinda les dio por pensar de repente que se habían enamorado de ella.

Y todo se debía al atractivo de sus dos avezados pretendientes, ya que, en un abrir y cerrar de ojos, cortejar a Lizzie Carlisle estaba de moda. La muchacha que pocos meses antes era incapaz de mirar de reojo a un libertino londinense se encontró de la noche a la mañana rodeada de ellos. La situación era tan absurda que Jacinda y ella acabaron muertas de risa.

Dev toleraba el triunfo de su dama con filosofía y buen humor, encantado de que por fin la colocaran en el pedestal que merecía. Fue lo bastante generoso para esperar con paciencia y observarla disfrutar con sereno deleite de la adoración que le profesaban sus admiradores.

Después de todo, si sólo era un integrante más de la corte que rendía homenaje a la recién descubierta beldad de la temporada, resultaría mucho más fácil que Lizzie pasara inadvertida ante sus enemigos.

Tenía la razonable certeza de que ocupaba el primer lugar en su corazón. Era el único con quien daba largos paseos en carruaje por Hyde Park, momentos que él aprovechaba para seguir con las lecciones en el noble arte del manejo de las riendas de un tiro de cuatro caballos; y, lo que era más importante, era el único con el que intercambiaba besos apasionados en cuanto conseguían quedarse a solas durante unos minutos. Así pues, seguro de ser su favorito, permitió que se divirtiera y sonrió cuando la aristocracia nombró a su futura esposa como la original de la temporada, la incomparable y la favorita.

Tenía tiempo de sobra para cumplir los términos del testamento de su tía, así pues, ¿qué sentido tenía apresurar a la muchacha? Era delicioso verla florecer de ese modo, sin necesidad de ocultarse tras la máscara de la modestia. De modo que se dispuso a aguardar el momento adecuado, dividiendo su atención entre el amor y la venganza.

Por otra parte, su proyecto más sombrío progresaba con la misma rapidez que mayo llegaba a su fin.

Una vez aceptado como miembro de pleno derecho del Club del Caballo y la Cuadriga, podía por fin llevar a cabo su sistemática investigación para descartar sospechosos. Utilizando grandes dosis de tacto y cautela, logró emborrachar a unos cuantos y dirigir la conversación hacia un tema de lo más fortuito: ¿Dónde estabas cuando conociste la noticia de la gloriosa muerte de lord Nelson en Trafalgar?

Después de todo, la épica batalla naval había tenido lugar el día 21 de octubre de 1805, pero las noticias no habían llegado a Inglaterra hasta primeros de noviembre; más o menos la misma fecha en la que había tenido lugar el incendio. Observó con detenimiento los rostros disipados de cada uno de ellos mientras le relataban sus coartadas. Cuando la noche llegó a su fin, tenía el convencimiento de que ni el doctor Eden Sinclair, ni *Incordio* Berkeley, ni Nigel Waite ni Tom *el Colosal* habían tenido nada que ver. Los tachó de su lista y se dedicó a idear otros modos de sonsacar a unos cuantos más para que descubrieran sus cartas.

Unas cuantas noches después, se encontraban en su ostentoso pabellón cuando se llevó aparte al joven Dudley *el Bobo*, ya que no le cabía la menor duda de la inocencia del insulso petimetre. Obligó al muchacho a que se concentrara, y se las arregló para que fuera él quien hiciera una pregunta tan reveladora como la anterior. Sabía que se estaba acercando al asesino, o asesinos, así que, para despejar cualquier sospecha, indicó a Dudley que preguntara a los presentes un poco más tarde si alguien había asistido a los espectáculos que se celebraban antiguamente en el pabellón.

–Pregúntales si recuerdan a alguna de las actrices retratadas en las paredes –musitó–. Quiero saber cuál era la preferida de cada uno de ellos. Pero pregúntalo como si la idea fuera tuya. –Nadie sospecharía nada raro si era Dudley quien preguntaba–. ¿Lo harás?

–¡Claro, Dev! Pero ¿para qué?

Miró al chico con una sonrisa reconfortante.

–Sólo es una broma.

–¿Debería preguntar por alguna de las chicas en particular?

–Creo que no –los interrumpió una voz.

Ambos alzaron la mirada para descubrir al primo de Dudley, Alastor Hyde, que entraba con el mismo sigilo que una serpiente en el salón del baile donde Dev le había estado mostrando al joven duque los retratos de las actrices, olvidadas años atrás.

Alastor, un hombre de tez pálida e incipiente calvicie, observó a Dev con expresión gélida.

–¿Por qué le toma el pelo a su excelencia, milord?

–Es sólo una broma, querido amigo. Se me ha ocurrido que podríamos buscar a algunas de estas desvaídas rosas como diversión. En el caso de que se pudiera dar con ellas –añadió–. Es probable que todas hayan muerto del mal francés.

–¡El mal francés! ¡Strathmore, eso sí que es divertido! –exclamó Dudley entre risillas.

–Cállate –le dijo su primo con voz desabrida–. No vas a preguntar la estupidez que te ha sugerido lord Strathmore. Olvida incluso que lo ha mencionado.

–Sí, primo –convino el joven al tiempo que dejaba de reírse con expresión contrita.

–En cuanto a usted, lord Strathmore, sería mucho mejor que dejara de hacer preguntas.

–¿Por qué? –murmuró Dev–. ¿Qué sabe usted?

–Sólo que el peligro acecha a quien escarbe en un pasado que otros se han tomado muchas molestias en enterrar. Déjelo estar.

Dev guardó silencio mientras Alastor se apresuraba a sacar a su primo del salón de baile. Aunque ardía en deseos de saber algo más, no se atrevía a presionar al desagradable tipo por temor a que les fuera con el cuento de las preguntas a los demás. De momento, decidió hacer caso de la advertencia del hombre.

Tras una espera de unos cuantos días para asegurarse de que el enfrentamiento no tenía repercusiones, intentó un método alternativo. Ya era de noche cuando se presentó en casa de Tom *el Colosal*, el secretario del club en esos momentos, y lo obsequió con la ramera más hermosa y complaciente que había conocido jamás.

–Ya no vienes a verme –se quejó la mujer con un hilo de voz mientras aguardaban a que el mayordomo de sir Tommy les abriera la puerta–. ¿Pasa algo malo, cariño? ¿Ya no te funciona? –le preguntó con los ojos clavados en la entrepierna–. Me resulta difícil de creer.

Dev esbozó una sonrisa burlona.

–He estado ocupado.

–Ya me extrañaba a mí...

El mayordomo los condujo al comedor, donde un solitario sir Tommy daba buena cuenta de una copiosa cena.

–¡Strathmore! ¿Te apetece acompañarme? –preguntó con la boca llena como era normal en él, espurreando trocitos de comida en el proceso.

Sin embargo, el gesto de bienvenida que le hizo con el brazo se detuvo en seco al ver a la rubia que entraba tras él, ataviada sólo con su gabán.

–Te he traído un regalo, amigo mío –informó Dev, arrastrando las palabras.

Cuando el mayordomo se retiró, Dev hizo una señal con la cabeza a la rubia y el gabán cayó al suelo.

Tom *el Colosal* estuvo a punto de atragantarse con la comida.

–Me preguntaba si podría echarles un vistazo a los libros de cuentas del club mientras tú intimas con la señorita Felicia.

–Sí, sí, sí, por supuesto –farfulló mientras se esforzaba por poner su gordo cuerpo en pie.

Señaló el emplazamiento de su despacho con la mano mientras el sudor le cubría el ansioso rostro.

–Excelente –murmuró Dev–. Necesito verificar una apuesta que hice el mes pasado. Sólo será un momento.

–Tómate tu tiempo, muchacho. No hay prisa ninguna –exclamó Tommy con los ojos desorbitados mientras la rubia metía el dedo en la mermelada que había estado comiendo, se la extendía sobre un pecho y le lanzaba una mirada incitante.

«Una chica lista y sin un pelo de remilgada», pensó Dev, que salió del comedor al mismo tiempo que el gran glotón rodeaba la mesa para degustar el festín. Una vez que estuvo en el despacho del baronet, una estancia de paredes de roble, no perdió tiempo buscando el libro de apuestas, sino que rebuscó en la caja que contenía los libros de cuentas hasta dar con el más antiguo, fechado en 1805, el año en el que se había fundado el club. La letra no se parecía a los trazos grandes y redondeados de sir Tommy. Los primeros libros estaban escritos con una letra primorosa y pequeña que se inclinaba ligeramente a la izquierda. La primera página recogía que Carstairs era el presidente y secretario del club.

Dev hojeó el libro tan rápido como pudo. La mayoría de las entradas eran nimiedades como el coste del alquiler de los Salones Argyle o los gastos en bebida, comida, música y putas. Al parecer, nada había cambiado en los últimos doce años. Sin embargo, en diciembre de 1805 había una entrada curiosa: doscientas libras como pago de la travesía del Canal de un tal *signor* Rossi, profesor de baile.

Sí, seguro que era un profesor de baile, pensó al recordar al cocinero asesinado que había estado trabajando la aciaga noche en El Toro Dorado. El mismo al que habían intentado culpar de la responsabilidad del incendio, aduciendo que había comenzado en la cocina. Habían hallado al cocinero ahorcado, presumiblemente por su propia mano, y el hecho se interpretó como una admisión de la culpabilidad que lo embargaba por haber sido el causante del incendio que había matado a cuarenta y siete personas.

Se preguntó en esos instantes si el tal profesor de baile no habría sido en realidad un practicante de artes mucho más siniestras. Enviar a un hombre al continente en 1805, en pleno apogeo del bloqueo, no era moco de pavo. Y, de hecho, si alguien hubiera contratado a un asesino italiano para que se encargara del cocinero (la única persona que podría haber refutado sin lugar a dudas la versión oficial que situaba el origen del fuego en la cocina), Dev sólo tenía un modo de averiguar quién había sido.

Hurgó en el bolsillo del chaleco hasta que encontró el trozo de papel que le había dado el juez que se había encargado del caso doce años atrás. Era una amenaza de muerte anónima, en la cual se ordenaba al hombre que ocultara los verdaderos resultados de su investigación.

El juez había cedido ante la intimidación.

La siniestra nota no estaba firmada, pero en cuanto comparó la letra con la de Carstairs en el libro de 1805 descubrió que eran idénticas.

Tardó un buen rato en asimilarlo. Después, se guardó la nota en el bolsillo, dejó el libro en su sitio y se marchó en su carruaje, dejando a la rubia en las rollizas garras de Tom *el Colosal*. El baronet resollaba y sudaba sobre ella encima de la mesa del comedor, pero a Felicia no le preocupaba. Estaba acostumbrada a esas cosas y, después de todo, ya le había pagado sus honorarios.

Tenía la mente en ebullición. ¿Qué pasaba con Quint? ¡Lo había creído culpable durante todo ese tiempo! En ese momento ya no sabía si el viejo Randall *el Sanguinario* quedaba exonerado de la culpa o si la compartía con Carstairs. ¿Habría algún modo de descubrir una pista que indicara el paradero de Quint la noche del incendio?

Media hora más tarde entraba a hurtadillas en la cochera del barón.

Se había colado por una de las ventanas del pequeño establo de paredes de ladrillo, impregnado con el olor a alfalfa y el hedor del estiércol. Sin hacer un solo ruido, ya que por lo menos media docena de mozos de cuadra dormían en el desván, atravesó el pasillo principal flanqueado por las cuadras donde dormitaban los caballos. Echó un vistazo al silencioso almacén de las guarniciones, pero lo descartó, ya que descubrió que la puerta contigua pertenecía a la oficina del cochero principal.

Entró y cerró la puerta tras de sí. La luz de la luna se filtraba a través de un ventanuco. Gracias a la tenue iluminación, no tardó en encontrar lo que había ido a buscar.

Como entusiastas de la conducción, los disolutos miembros del Club del Caballo y la Cuadriga se enorgullecían más de sus vehículos que de sí mismos. Su vida era un desastre, pero en lo referente a sus caballos, sus carruajes y, en el caso de los más presumidos, su ropa, eran de lo más meticulosos.

Preferían conducir por los caminos reales y por los bien cuidados caminos de peaje, ya que las calles empedradas de Londres y las destartaladas vías secundarias sometían a un desgaste excesivo a los carruajes, que solían ser obras de arte. Como resultado, se mostraban obsesionados en su afán por mantener sus equipos en las mejores condiciones: sometían las ruedas y ejes a un mantenimiento regular, engrasaban los muelles, comprobaban el estado del balancín y se aseguraban de que las guarniciones estuvieran impecables. El cambio de muelles y de otras partes del vehículo iba determinado por el número de kilómetros que éste hubiera recorrido. Para que el proceso se llevara a cabo de forma eficiente y hubiera un modo de calcular los gastos, el cochero principal tenía la responsabilidad de anotarlo todo en un libro de registro. No sólo se anotaban las reparaciones, sino que también quedaban registrados los viajes que cada vehículo efectuaba: destino, fecha y kilómetros recorridos.

Tal vez fuera un movimiento demasiado arriesgado, pero estaba desesperado por separar a los inocentes de los culpables, y el libro de registro del cochero de Quint le ofrecía la oportunidad de saber si uno de sus carruajes había recorrido el largo y bien cuidado camino que llevaba a Oxford en noviembre de 1805.

Los latidos de su corazón resultaban ensordecedores, pero mantuvo el pulso firme mientras seguía con el dedo la polvorienta hilera de libros de registro anuales que se alineaban en la estantería. En el lomo de cada libro estaba el año, impreso con letras doradas. Se le aceleró el pulso cuando llegó al que pertenecía a 1805. En silencio, lo cogió y lo acercó a la ventana antes de pasar las hojas con rapidez, conteniendo el aliento. Las pulcras líneas escritas por la mano del cochero llenaban las páginas. Fechas. Gastos. Reparaciones derivadas del choque que su señoría había sufrido contra la esquina de una casa. Agosto. Septiembre. Octubre. Llegó a noviembre y pasó la página. En ese momento, se detuvo.

No estaba. El siguiente registro pertenecía a diciembre. Habían arrancado todas las páginas pertenecientes a noviembre de 1805. Entrecerró los ojos, presa de la furia.

Un sonido lejano llamó su atención, y alzó la mirada.

Alguien se acercaba.

El súbito ladrido de un perro dio la alarma; al instante, se escucharon las ruedas de un carruaje que se aproximaba por la silenciosa calle. El sonido de las estruendosas y alocadas carcajadas y de las voces ebrias que cantaban a voz en grito confirmó sus sospechas de que se trataba de Randall *el Sanguinario*, que regresaba a casa después de haber pasado sin duda alguna por su burdel favorito. Parecía no estar solo. Una voz femenina muy ronca lo acompañaba coreando la obscena letra de la tonadilla de taberna.

En un abrir y cerrar de ojos, Dev devolvió el libro a su lugar en la estantería y abandonó la oficina del cochero con el corazón desbocado. Tenía que salir de allí. Al barón lo acompañarían al menos dos lacayos. No le cabía duda de que Quint se llevaría a la ramera a la cama sin pérdida de tiempo, pero los lacayos llegarían en un santiamén para encargarse de los caballos.

Se escabulló hacia el interior de una cuadra en la que descansaba un bayo muy dócil y pegó la espalda a la pared cuando el carruaje pasó traqueteando por el camino del establo. Esperó y gracias a una rendija situada entre la gruesa madera y la pared pudo ver que Quint saltaba con movimientos inestables del vehículo, cogía a la ebria muchacha y daba una vuelta con ella en brazos.

–¡Deténgase, milord! –farfulló–. ¡Voy a vomitar!

–Me da igual, pienso besarte de todos modos, querida –resonó la voz de Quint entre carcajadas.

–Bruto –dijo la ramera, que le asestó un cariñoso empujón cuando la dejó en el suelo antes de alzarse las faldas y subir a la carrera los escalones que llevaban del jardín a la casa–. ¡Atrápeme si puede!

Quint estalló en carcajadas y desapareció del limitado campo de visión de Dev. Las escandalosas voces quedaron amortiguadas cuando la puerta trasera se cerró de golpe.

Al instante, escuchó que el carruaje pasaba de nuevo por el callejón del establo. Los dos lacayos hablaban demasiado bajo para que pudiera distinguir lo que decían. Sin pérdida de tiempo, trepó al alféizar de la ventana de la cuadra y se dejó caer al callejón. Se internó en la noche con sigilo y rapidez.

La niebla ascendía desde el río y reducía a un borrón anaranjado la luz procedente de la farola situada al otro extremo del callejón.

Mientras se ocultaba en las sombras, dispuesto a correr en dirección contraria, algo alertó a sus agudizados instintos, y sintió un cosquilleo en la nuca. Se detuvo y contuvo la respiración mientras fingía echarle un vistazo a su reloj.

Lo estaban vigilando. Su instinto se lo decía.

Despacio y dispuesto a atacar a cualquier cosa que se moviera, echó un vistazo con el rabillo del ojo.

Se le puso el vello de punta y sintió que el corazón se le subía a la garganta. Se había visto sometido a la persecución de un puma durante unos cuantos kilómetros cuando exploraba las montañas, pero no había sentido el terror que lo invadía en ese instante. Un puma era, después de todo, una criatura de carne y hueso.

Acababa de ver un fantasma.

El fantasma de una mujer apenas visible entre los jirones de niebla que se arremolinaban bajo la farola. Una viuda vestida de negro. Estaba allí de pie, mirándolo, como un mensajero procedente del más allá.

Y entonces comprendió que llevaba un tiempo vigilándolo.

No supo si correr hacia ella o en dirección contraria.

Ambos permanecieron inmóviles. Puesto que jamás había huido del peligro, dio un paso hacia ella... y el fantasma salió corriendo.

¿Qué fantasma?, se preguntó. Las pisadas de un fantasma no resonarían contra el suelo. ¡Maldición! Mientras echaba pestes contra la niebla y la luz de la luna por haberle jugado una mala pasada a la parte racional de su mente, se puso en acción y corrió en pos de la mujer, una mujer que estaba vivita y coleando.

Quienquiera que fuese, comprendió, lo había visto entrar a hurtadillas en la propiedad de Quint.

Un error.

Mary huyó, atenazada por el pánico. Con las faldas negras alzadas e intentando recordar lo que había aprendido acerca de las calles de Londres cuando era una chiquilla, se internó en los laberínticos callejones secundarios.

–¡Da la cara! –gritó lord Strathmore a su espalda. Su ronca voz resonó en los edificios de forma extraña a causa de la niebla–. No voy a hacerte daño, maldita sea. ¡Sólo quiero hablar contigo!

Ella hizo oídos sordos a sus palabras y tomó el oscuro atajo que proporcionaba la galería de una tienda, mientras se maldecía por haber permitido que la viera. A partir de ese momento, el hombre estaría en guardia... ¡Justo cuando las cosas habían comenzado a ponerse interesantes!

Lo había estado vigilando con bastante frecuencia en sus idas y venidas por la ciudad; en realidad los había vigilado a todos.

Lo último que habría esperado de Devil Strathmore era que esa noche entrara a hurtadillas en la cochera de su amigote. El extraño acontecimiento había desbaratado todas sus conclusiones. De repente ya no estaba segura de quién manipulaba a quién. ¿Comía el joven vizconde de las manos de Quint y Carstairs o allí había más de lo que se apreciaba a simple vista?

No podía arriesgarse a preguntárselo cara a cara. Todavía no conocía su carácter; si resultaba ser un hombre perverso, tan infame como sus compañeros, sería un riesgo hablar con él. Y ella no podía arriesgarse a que descubriera lo de Sorscha.

Sabía que él tenía pleno derecho a reclamar la custodia de su hermana, al igual que ella tenía el deber legal, en ese caso, de dejar a la muchacha en manos de su tutor y único familiar.

Lo perdió entre el tráfico de la primera calle concurrida a la que llegó, ya que se metió de un salto en la parte trasera de una carreta de reparto. Agachó la cabeza al pasar junto a él, con la suerte de que no la vio.

–¡Vuelve! –aulló el hombre a la oscuridad, con un furioso deje de desesperación en la voz.

Oculta entre las cajas de productos agrícolas, lo observó de pie en medio de la calle, justo en el lugar en el que ella había estado. Lord Strathmore se giró hacia un lado y hacia otro antes de pasarse la mano por el pelo.

«No parece un mal hombre», pensó, mientras lo escuchaba soltar una maldición y observaba cómo se pasaba los dedos por esa melena negra una vez más. Siguió mirándolo a medida que su figura se iba haciendo cada vez más pequeña en medio de la calle y la carreta la alejaba del peligro.

Hasta que tuviera la certeza de que Devlin Strathmore poseía al menos una pizca del carácter noble de su padre, no le diría nada.

15

–¡Me cago en esos malditos acreedores! –gritó Ben al escuchar el insistente aporreo de la puerta principal.

–Yo me encargaré de esto –gruñó Dev, que se acercaba a grandes pasos por el pasillo.

Era sábado por la noche y estaba a punto de salir, ya que tenía una cita para disfrutar de otra embriagadora dosis de la compañía de la señorita Carlisle en Vauxhall, cosa que sería maravillosa después de los inquietantes acontecimientos de la noche anterior. A sabiendas de que su sufrido ayuda de cámara ya se había librado de un buen número de sus inoportunos acreedores a lo largo del día, salió del pasillo tras haber llegado a la conclusión de que ya era hora de que se encargara de las impertinentes sabandijas en persona.

–¡Ya está bien! –rugió con el ceño fruncido al tiempo que abría la puerta con brusquedad y la estampaba contra la pared. Se calló de repente, atónito–. ¡Charles!

Su menudo procurador se había llevado un susto de muerte por semejante bienvenida, pero tragó con fuerza y balbuceó:

–Mi... milord.

–Lo siento, Charles. Pasa. –Le dio al regordete abogado una afectuosa palmadita en la espalda mientras se adentraba con recelo en el interior de la casa–. Te ruego que me disculpes, viejo amigo. Esos despreciables acreedores me han estado acosando.

–Desde lue... luego, señor. Ésa es la razón de que haya venido a hablar con usted.

Se alisó la corbata y se esforzó por recobrar la compostura después del susto.

–¿Quieres una copa? Se te ve un poco pálido.

–No, señor. Se lo agradezco mucho. Sólo... necesito un momento, ¡uf! –Tragó saliva de nuevo para recobrarse–. He venido a comunicarle unas noticias excelentes, lord Strathmore.

–¿De veras?

Charles hizo un gesto afirmativo de lo más enfático al tiempo que sus labios esbozaban una sonrisilla arrogante similar a la que mostraría el ganador de una complicada partida de ajedrez.

–¿Y bien?

Puesto que parecía que el abogado explotaría si no decía de una vez lo que había ido a decir, Dev le hizo un gesto para que comenzara.

Charles sacó pecho y esbozó una sonrisa radiante.

–Señor –anunció con orgullo–, después de semanas de incesante trabajo he descubierto un modo de librarlo de las indignantes disposiciones del testamento de su tía.

Dev se quedó boquiabierto.

–¿¡En serio!?

–¡Sí! Me ordenó que encontrara una manera, y así lo hice... ¡Lo conseguí, milord! ¡Ya no tendrá que casarse con la señorita Carlisle! El dinero es suyo, señor. ¡Sólo suyo! Bueno... salvo mi comisión, por supuesto.

Puesto que no era capaz de hacer otra cosa que contemplar estupefacto al abogado, Ben rompió el atónito silencio.

–¿Cómo lo ha conseguido, señor Beecham?

–¡Al final resultó muy sencillo! He pasado todo este mes repasando los libros jurídicos de cabo a rabo en busca de una forma de librarlo de las condiciones, tal y como usted ordenó; pero al final recordé que debía comprobar una cosa... ¡Su ilustrísima nunca llegó a enviar una copia del testamento modificado a la Cancillería! La versión anterior es la única que consta en el tribunal superior y, por tanto, es la única legal y vinculante.

Charles estalló en carcajadas.

Tanto Dev como Ben lo miraron pasmados.

Charles intentó explicarse.

–Verá, hace unos diez años, mi predecesor archivó una copia del testamento de la vizcondesa en el Colegio de Abogados Civiles. No es necesario hacerlo, tan sólo es una medida prudente para proteger a los verdaderos beneficiarios y las intenciones del fallecido, en especial cuando hay una considerable fortuna en juego. Bueno, me avergüenza admitirlo, pero me limité a dar por sentado que su ilustrísima había enviado por iniciativa propia una copia del testamento revisado. Todos sabemos lo testaruda que era, lo avispada que se mostraba en las cuestiones financieras y lo mucho que le gustaba estar a cargo de sus propios asuntos.

»Mi intención era visitarla para hablar del anexo de su testamento, dada la singularidad de su demanda, pero tenía tanto trabajo acumulado aquí en Londres que demoré el viaje a Bath varias semanas... y entonces murió. Pero ahora mi descuido ha resultado ser su salvación. Siento no haber esperado a mañana, señor, pero estaba impaciente por comunicárselo. Sabía que querría enterarse cuanto antes. ¡Es libre de actuar como le plazca, señor!

Ben miró a Dev, tratando de calibrar su reacción, pero ni él mismo sabía con certeza lo que pensaba. Tenía la cabeza hecha un lío.

Por una parte, se sentía tan aliviado que podría haberse desplomado en la silla más cercana. Pero por otra, se preguntaba si Lizzie volvería a replantearse la situación o se negaría incluso a casarse con él. No había que olvidarse de Alec, y también estaba el asunto de su lealtad y su integridad, que la hacían vulnerable a ese sinvergüenza zalamero. Era una idea vil y resultaba inquietante admitirla; pero, en caso de que todo lo demás fracasara, había planeado recurrir a su compasión como último recurso para persuadirla de que se casara con él y evitar que lo encerraran en la prisión de deudores. Una vez libre de esa amenaza...

–Lo único que resta por hacer –continuó Charles– es comunicarle a la señorita Carlisle que el testamento más reciente de su ilustrísima es nulo.

–¡No! –rugió Dev, sorprendiéndolos a ambos.

–¿Señor?

Dev frunció el ceño y se rascó el mentón en actitud pensativa.

–¿Hay alguna otra disposición para Lizzie en el antiguo testamento de mi tía, Charles?

–Pues no, señor. Se redactó hace años, antes de que la joven entrara a su servicio.

–¿No hay nada para ella? –preguntó con voz queda.

–No, señor –le informó Charles–. Es todo suyo.

Dev bajó la vista con expresión absorta y puso los brazos en jarras. Ella era muy testaruda y orgullosa. Le preocupaba su reacción cuando se enterara de todo aquello.

–¿Quiere que le envíe una carta mañana a la señorita Carlisle para comunicarle las noticias, milord? ¿O preferiría que acudiera a la Academia de la señora Hall para decírselo en persona? Creo que la joven se sentirá agraviada al escuchar que su oportunidad de casarse con un aristócrata se ha esfumado. ¿Debería ofrecerle alguna compensación económica por las molestias?

–No, Charles, nada de eso. –Le hizo un gesto negativo con la cabeza a su abogado–. Yo mismo se lo contaré todo cuando llegue el momento apropiado.

–¿Cómo dice, señor?

–Bueno, ¡maldita sea, Charles! Si ella se entera de esto, tal vez... Bueno, tal vez me diga... que no.

Charles inclinó la cabeza para ocultar una sonrisa sagaz.

–Como guste, milord.

La velada había sido tan agradable en el alegre y ruidoso ambiente de Vauxhall que, cuando llegó la medianoche, Lizzie se entristeció al darse cuenta de que había llegado el momento de despedirse de Devlin. Siempre que estaba con él las manecillas del reloj parecían girar a una velocidad enloquecedora; además, su nueva posición en la alta sociedad la convertía en el centro de las miradas y, por lo tanto, dificultaba que se escabullera para disfrutar de unos breves instantes entre sus brazos. De hecho, toda la noche había tenido la impresión de que él quería decirle algo, pero habían estado rodeados de gente en todo momento. A decir verdad, ella tenía mucho que decirle también, ya que ésa era una noche crucial: después de varias semanas de su «decoroso» cortejo, estaba lista para entregarle su corazón y su mano a Devil Strathmore. Ardía de impaciencia por compartir esas noticias con él... pero debía esperar el momento adecuado.

Casi había llegado el momento de partir y por fin habían conseguido escabullirse para disfrutar de unos momentos de intimidad en uno de los oscuros senderos de grava de Vauxhall. Sin embargo, no hubo tiempo de charlas. Utilizó su sombrilla verde claro a juego con el vestido de verano a modo de pantalla que los ocultara de los ojos del mundo y, tras ella, se devoraron el uno al otro con irrefrenable deseo.

La hizo gemir de placer con sus continuos besos, ajenos ambos a los fuegos artificiales que estallaban sobre el río en el negro cielo nocturno y a la estridente música de la orquesta que tocaba a la intemperie bajo los farolillos de colores al alegre ritmo de la tuba. Al amparo de las frondosas sombras de un recoveco ideal para los amantes, ambos se encontraban en su propio mundo.

–Lizzie... –susurró él embriagado de pasión, y su cálido aliento le humedeció la mejilla–. Te echo tanto... tanto de menos.

–Yo también te echo de menos, Devlin. ¿Cuándo podemos hablar?

–¿Hablar? Apenas puedo hilar dos palabras seguidas cuando te veo. –La echó hacia atrás para mordisquearle la oreja, provocándole un estremecimiento de puro placer. Ella recorrió con la mano ese maravilloso pecho y se aferró a la solapa del frac azul marino sin otra intención que la de mantener el equilibrio–. Déjame ir a verte esta noche. Recuerda que sé muy bien cómo meterme en tu habitación.

–Sí, sí, Devlin, ven a verme esta noche, por favor. Te he echado mucho de menos y tenemos mucho de lo que hablar. Trepa por la morera. Dejaré la ventana abierta.

–¿Me esperarás en la cama?

–Sí.

–¿Desnuda?

–Sí, si eso es lo que quieres. Aunque mi ropa nunca ha podido detenerte, Devil... Se te da muy bien desnudarme.

–Dios, vas a volverme loco de deseo, preciosa.

–Espera unas cuantas horas antes de venir a verme. Las niñas se acuestan tarde los fines de semana. Por Dios, te comería ahora mismo –gimió antes de mordisquear ese aristocrático mentón. Prefería el cuello, pero la corbata le bloqueaba el camino... Estaba impaciente por quitarle ese estorbo, así como el resto de la ropa. «Pronto», se dijo. Lo acarició con frenesí y le dejó bien claro con una mirada sensual que esa noche se entregaría a él por completo–. Despiértame si me he quedado dormida cuando llegues.

Devlin dejó escapar una carcajada gutural que prometía dulces placeres.

–Créeme, lo haré. Duerme todo lo que puedas, encanto, porque pienso mantenerte despierta hasta el alba.

–Me muero por...

–¡Ay, Dios mío! –exclamó una gélida e insolente voz ronca desde el otro lado de la sombrilla, interrumpiéndolos–. Estoy a punto de vomitar...

Devlin y Lizzie dejaron de besarse de inmediato y se miraron el uno al otro. Dev dio un respingo y farfulló una maldición mientras Lizzie se ponía roja como una amapola.

Alec.

Preparándose para el enfrentamiento, bajó la sombrilla y descubrió a su antiguo ídolo allí de pie, con su apuesto rostro convertido en una máscara desdeñosa y una expresión atónita y herida en los ojos. La contemplaba como si lo hubiera traicionado y negaba con la cabeza en mudo reproche.

Ella apartó la mirada, pero Devlin le rodeó la cintura con el brazo a modo de apoyo.

–¿Te importa? –desafió a Alec en tono caballeroso.

–Pues sí, me importa, amigo mío. –La miró de nuevo–. ¿Qué crees que estás haciendo? Me has dejado helado, Lizzie. ¿Es que no te importa tu reputación?

Ella cerró los ojos y se ruborizó aún más al comprender que había escuchado todas y cada una de las palabras de la tórrida conversación que habían mantenido. Supuso que debería alegrarle que fuese Alec quien los hubiera pillado y no una de las chismosas de la alta sociedad. Se había dejado llevar por el momento, tal y como solía hacer cuando Devlin la estrechaba entre sus brazos.

–Déjanos –le ordenó Devlin con suavidad.

La réplica de Alec fue para ella.

–Supongo que esto quiere decir que no eres mejor que yo, ¿verdad? ¿Durante cuántos años me has tentado, siguiéndome a todas partes, mimándome, colgándote de mi cuello o sentándote en mi regazo? ¡Y jamás te he puesto la mano encima! Podría haberlo hecho. Deseaba hacerlo. Pero eras demasiado pura para mí. –La angustia teñía su insolente reproche–. Por todos los diablos, de haber sabido que eras así...

–¡Cuidado! –le advirtió Dev.

–Devlin, por favor... –susurró Lizzie, sujetándolo al ver que hacía ademán de acercarse a Alec–. Alec, éste no es ni el momento ni el lugar. Es evidente que estás molesto.

–¿Molesto? –repitió con furia antes de apartarse y dar media vuelta, echando pestes por la boca y con los brazos en jarras.

Contempló el suelo con expresión furibunda y comenzó a negar con la cabeza una vez más antes de alejarse con un grosero gesto de despedida.

En cuanto se hubo marchado, Lizzie se apoyó temblorosa contra Devlin y enterró la cara en su pecho.

–Dios mío, todo esto ha sido... horroroso.

–Tiene suerte de haberse alejado mientras podía. ¿Todavía quieres que vaya a verte esta noche? Si has cambiado de opinión, lo entenderé...

–¡Por supuesto que quiero que vengas! –Lo abrazó con fuerza–. Nadie puede interponerse entre nosotros, cariño. Ni siquiera él. Bésame.

Él así lo hizo; inclinó la cabeza para apoderarse con ternura de sus labios, y la pasión se reavivó de inmediato entre ellos. Pero, después de tan ofensiva interrupción, Lizzie se esforzó por mantener su apasionada respuesta bajo control.

–*Arrivederci, cara mia* –susurró Devlin al tiempo que se apartaba de ella con delicadeza.

Con una sonrisa en los labios y los ojos haciéndole chiribitas, Lizzie observó cómo se alejaba entre las sombras.

Tras plegar la sombrilla con gesto distraído, regresó junto a Billy y Jacinda, que ya estaban despidiéndose de sus amigos. Echó un vistazo a su alrededor, pero no vio a Devlin y llegó a la conclusión de que se había ido a alguno de sus clubes o a algún otro establecimiento masculino a esperar la madrugada, momento en el que iría a verla y ella le diría: «Sí, me casaré contigo; sí, seré la madre de tus hijos; y sí, lady Strathmore tenía toda la razón del mundo, como siempre».

Mientras se apoyaba en el carruaje a la espera de Billy y de Jacinda, enarboló sus defensas ante el regreso de Alec, que se acercó a ella con una expresión cauta.

Se apartó del vehículo para enfrentarse a él y alzó la barbilla.

Alec se detuvo a escasos centímetros de ella y, a juzgar por su crispado semblante, era evidente que todavía luchaba por mantener bajo control la furia y los celos que sentía.

–Muy bien, parece que ya has tomado una decisión; pero,

antes de que hagas algo de lo que puedas arrepentirte, hay algo que deberías saber sobre tu querido Dev.

–Si has venido a difamarlo ante mí, estás perdiendo el tiempo.

–Esto es serio, Lizzie. No deseaba tener que recurrir a esto, pero ¡por Dios...! –Hizo una pausa–. ¿Has oído hablar alguna vez del llamado Club del Caballo y la Cuadriga, cuyos numerosos miembros son entusiastas de la conducción de carruajes de cuatro caballos?

–No –respondió ella, aunque recordó al instante las divertidas lecciones de conducción en Hyde Park. Ocultó la cariñosa sonrisa que le produjo ese recuerdo–. ¿Qué pasa con ese club?

–Strathmore es uno de sus miembros.

–¿Y?

–Ese club está dirigido por los hombres más viles, Lizzie; y créeme cuando te digo que sólo se asocian con los de su propia calaña.

–¿De qué estás hablando?

Se sentía confusa y no le hacía ninguna gracia escuchar cosas malas del hombre al que amaba; pero la intensidad de la mirada de Alec despejó cualquier duda acerca de su sinceridad. Era muy consciente de que él estaba al tanto de todo lo que ocurría en la alta sociedad. Si Dev tenía algún secreto, era muy probable que Alec, más que ninguna otra persona, lo conociera.

–¡Por Dios! Ni siquiera sé si puedo hablarte de esto... –murmuró al tiempo que apartaba la mirada.

–Alec... –Parecía tan horrorizado que comenzó a asustarla–. ¿De qué se trata?

Él soltó otra maldición entre dientes y meneó la cabeza.

–Mira, Dev es un buen tipo para ir de parranda, pero para casarse con él, Lizzie... Aun cuando ya no me ames, no quiero que te hagan daño. Debes perdonar la extrema falta de delicadeza de lo que voy a decirte.

Con los ojos abiertos de par en par y una creciente sensación de alarma, Lizzie se limitó a asentir.

Alec bajó la voz y echó un breve vistazo a su alrededor para asegurarse de que nadie los estaba escuchando.

–Las carreras sólo son una tapadera de lo que no es más que una asociación de nobles ricos y depravados dedicados al libertinaje. Para ser aceptado en el Club del Caballo y la Cuadriga, un hombre debe superar tres pruebas. La primera consiste en dedicar la vida a la disipación, algo que Dev demostró con creces hace diez años, antes de hacerse a la mar.

–Pero estaba destrozado por la muerte de su familia. ¡Era prácticamente un niño!

Alec meneó de nuevo la cabeza y pasó por alto sus protestas.

–La segunda prueba requiere que el aspirante les haga un importante regalo a los demás miembros. A este respecto y según los rumores, Dev gastó miles de libras en comprar y restaurar un antiguo y abandonado burdel al sur de la ciudad, donde entretiene a esos sinvergüenzas.

–¿Cómo sabes todo eso?

–He recibido varias invitaciones para unirme a ellos, de un tal lord Carstairs.

Alec frunció los labios con evidente repugnancia al pronunciar el nombre.

–Está bien, ¿cuál es la tercera prueba?

–Cielo... –Alec suspiró y la miró con tristeza–. Lo siento, Bichito, pero no lo llaman Devil en vano. Pase lo que pase, quiero que sepas que siempre estaré a tu lado para lo que necesites.

–¡Cuéntamelo! –exclamó.

No tenía claro si debía creerle, pero sabía que Alec no le mentiría en algo así.

Su rostro se tornó serio.

–La tercera y última prueba requiere que el aspirante a miembro viole a una virgen a la que secuestran. Mientras los demás miran.

Puesto que aún restaban muchas horas hasta su cita con Lizzie y debía apaciguar su impaciencia, Dev fue al pabellón donde iban llegando los miembros de club. Los truhanes entraban uno a uno después de haber cumplido con la obligación de hacer acto de presencia en los más respetables entretenimientos de la temporada; entraban en su guarida aflojándose la corbata y encantados de dar rienda suelta a sus más bajos instintos.

Dev aprovechó la oportunidad para ver si podía tachar de su

lista un par de nombres más. Entabló conversación con James Oakes, alias *el Santo Crápula*. Como los demás estaban de un humor particularmente bullicioso (habían comenzado una guerra de comida en el salón que imitaba la tienda de un jeque), estuvo charlando con él sin interrupciones. Dev lo presionó un poco más que al resto, porque el pasado religioso de Oakes le hacía pensar, o al menos esperar, que bajo toda esa depravación el reverendo todavía albergaba algún rastro de conciencia. También tenía la sospecha de que, si alguno de los hombres había actuado como confesor, debía de haber sido el antiguo sacerdote.

Se estaban acercando al tema de la pérdida sufrida por Dev.

–Debe de haber sido terrible para ti –murmuró Oakes–. Aunque un hombre no debe permitir que el dolor lo vuelva temerario.

–¿Tú no lo eres? –replicó Dev en tono afable.

–Bastante, pero yo no tengo mucho que temer. Tú deberías ir con cuidado –dijo después de una pausa en la que les llegó un coro de risas y estupideces–. He oído que vas haciendo preguntas.

–¿Irías con cuidado si estuvieras en mi lugar?

Oakes lo meditó durante lo que a Dev le pareció un buen rato, como si estuviera buscando su olvidada conciencia.

–¿Qué puedes decirme, Oakes? Debes de saber algo.

El hombre le dedicó una sonrisa impotente y meneó la cabeza de modo imperceptible mientras sus ojos lo miraban sin verlo.

–Lo tienes justo delante de las narices –le advirtió en voz baja antes de alejarse.

«¿Delante de las narices?», se preguntó. ¿Qué era lo que tenía delante de las narices y que había pasado por alto? A menos que el Santo Crápula estuviera hablando de forma literal.

Perplejo, Dev levantó la vista para posarla en lo que tenía delante... o más bien en quien tenía delante.

Johnny.

¡Maldito sea, estaba hablando con Oakes!

Cuando ese arrogante bastardo de Strathmore llegó al pabellón esa noche, sir Torquil *Manchas de Sangre* ya había alcanzado un filosófico estado de ebriedad. Arrellanado junto a su mesa del rincón y con los ojos inyectados en sangre, aún conservaba el pulso bastante firme cuando echó un vistazo desdeñoso al presumido y moreno vizconde.

«No confíes en ese bastardo. Ni lo más mínimo», se dijo. Tomó otro trago de ginebra. Había escuchado cómo Tom *el Colosal* fanfarroneaba sobre su aventura con una tal señorita Felicia que Dev le había llevado hasta su puerta mientras echaba un vistazo a los libros del club. La cuestión era: ¿por qué demonios quería escarbar en el pasado? No encontraría nada en los papeles del club, por supuesto. Eran demasiado cuidadosos para cometer semejante error. «No importa lo que diga Carstairs. Hay que hacer algo con él», pensó.

Gracias al alcohol, Staines comenzaba a sentirse como el hombre idóneo para esa tarea.

La torturada conciencia de Manchas de Sangre no había conocido un momento de paz en doce años. Sin importar lo mucho que bebiera para mantener alejados a los demonios, esos días se sentía a punto de desmoronarse ante la presencia de Strathmore, que suponía un recordatorio constante de lo que había hecho, de lo que había ayudado a hacer, a toda aquella gente inocente. Cuarenta y siete. Unas muertes horribles. Nadie merecía morir de esa manera.

Peor aún, parecía que él, Torquil, era el único que había calado a Strathmore. Algo en su interior le decía que ese hombre nunca se emborrachaba tanto ni era tan lerdo como pretendía. Sí, ese sonriente malnacido tramaba algo.

Torq dio otro trago y observó cómo Dev conversaba con algunos de los miembros. Una idea comenzaba a tomar forma en su cabeza. Quint y Carstairs habían determinado que Strathmore fuera intocable, ya que era demasiado arriesgado, pero ambos se estaban ablandando. A buen seguro, pensó con desprecio, ambos tenían sus motivos para proteger a ese hombre. Quint trataba de recuperar su desperdiciada juventud a través del temerario y joven héroe, mientras que Carstairs tenía para él unos planes de índole muy distinta. Pero ¡por todos los demonios del infierno!, embotados por la disipación en la que se hallaban inmersos, ninguno parecía darse cuenta de la gravedad del peligro que corrían. Quint tenía el convencimiento de que Strathmore no sabía nada de su relación con la muerte de su familia; él no estaba dispuesto a arriesgarse.

No, pensó, si Quint y Carstairs no pensaban hacer nada con

Strathmore, tal vez debiera hacerlo otra persona. Antes de que fuera demasiado tarde. Él poseía la destreza para hacerse cargo del problema con rapidez, comodidad y eficiencia. Sí, con una sola bala.

«¿Por qué no?», se dijo con amargura. ¿Qué importancia tenía arrojar un cadáver más al cementerio que ya había llenado? Para él, ninguna.

Carstairs no se encontraba allí en esos momentos para detenerlo. Johnny acababa de escabullirse de la estancia para reunirse con su viejo protector y hacer cosas que no se atrevía a imaginar. Quint también se había ausentado, ya que había salido en pos de su última adolescente pelirroja hacia el oscuro retiro de la Habitación Egipcia.

Era el momento oportuno. Sólo tenía que lanzarle el anzuelo a Strathmore para llevarlo al campo del honor y después... se acabarían las preocupaciones.

Entre los ebrios ocupantes del enorme salón oriental se cocía una buena pelea y, cuando se levantó de la silla, se percató de que uno de los muchachos arrojaba un panecillo directo a la espalda de Strathmore.

–¡Ten cuidado! –mascculló el vizconde cuando se derramó la bebida que llevaba en la mano–. No estoy de humor.

Al oírlo, Torq echó un vistazo al cuenco de caviar con una sonrisa perversa.

Lo cogió, calibró su peso en la mano y después apuntó de forma experta antes de lanzarlo en dirección a la cabeza de Strathmore con toda la fuerza, la velocidad y la puntería por las que era tan famoso.

No supo muy bien qué instinto sobrenatural hizo que ese astuto malnacido se echara a un lado, pero el cuenco golpeó en plena cara a Dudley, que se encontraba detrás de su objetivo. El caviar se derramó por su rostro y las intenciones de Torquil quedaron al descubierto, ya que el pobre y ebrio mequetrefe cayó de espaldas con la nariz ensangrentada.

–¡Ay! ¡Ay! ¿Qué demonios ha pasado? –gimió Dudley.

Strathmore lo miró atónito antes de agacharse a toda prisa para ver si el muchacho estaba bien. Lo ayudó a sentarse y ordenó a su criado negro que le llevara servilletas, agua para limpiarlo y algo frío para la inflamación que empezaba a manifestarse.

Cuando Strathmore volvió a mirarlo, un inquietante ceño fruncido ensombrecía su rostro, puesto que había adivinado que el golpe iba dirigido a él. Se enderezó y caminó muy despacio hacia él.

–¿Tienes algún problema, Staines?

Torquil lo estaba esperando, preparado para romper la botella de ginebra en caso de que fuera necesario utilizarla como arma.

–Tú eres mi problema, Strathmore.

Toda la habitación quedó en silencio. La guerra de comida se detuvo.

–Desde el mismo día que llegaste –continuó sin pronunciar del todo bien–, has creído que puedes encargarte de todo. Vas dando órdenes como si este club fuera tuyo. Pero no lo es. Te estoy vigilando.

–Será mejor que reflexiones, amigo. Estás borracho.

–¿Qué vas a hacer al respecto, irlandés hijo de puta? –se burló al tiempo que lo empujaba.

Strathmore se echó hacia atrás sin previo aviso y le asestó un puñetazo en la mandíbula que lo lanzó de espaldas hacia los brazos de los presentes situados tras ellos, lo que fue una suerte... porque lo retuvieron.

–Te arrepentirás de esto, muchacho –mascullló–. ¡Recibirás una visita de mis padrinos en breve!

–¿Me estás retando a duelo?

–Desde luego que no, lord Strathmore... –Torquil se zafó de las bienintencionadas manos de sus amigos con una mueca asesina–. Te estoy invitando a tu funeral.

Mientras la estancia se llenaba de exclamaciones de asombro, Staines se marchó para encargarse de los preparativos.

Dev llamó a la puerta de Alec Knight en plena madrugada, con semblante ceñudo por lo irónico de la situación.

Alec respondió por fin, ataviado con unos pantalones holgados y una bata. Sus ojos se entrecerraron en cuanto lo vio.

–¿Qué demonios quieres?

No sabía muy bien cómo empezar.

Con la barbilla alzada en un gesto arrogante, Alec se apoyó

contra el marco de la puerta y cruzó los brazos por delante del pecho.

–¿No deberías estar con la señorita Carlisle en estos momentos? Se hace tarde.

–Todavía no he ido a verla y esta noche es imposible que lo haga. Maldita sea, Alec, me han retado a duelo. –Dev se tragó el orgullo–. He venido a pedirte que seas mi padrino.

–¿¡Yo!?

–No tengo a nadie más a quien recurrir.

Agachó la cabeza.

–¿Qué hay de tus grandes amigos del Club del Caballo y la Cuadriga? –preguntó Alec con frialdad.

–Venga ya, ¿es que no me conoces?

Alec enarcó una ceja con escepticismo.

Dev suspiró y decidió que había llegado el momento de aclarar las cosas. Aunque existía cierta rivalidad entre ellos, confiaba en Alec y en su sentido del honor. A decir verdad, había pasado mucho tiempo en compañía de su viejo amigo durante las pasadas semanas, mientras competían por el corazón de Lizzie. En algunas ocasiones había resultado bastante divertido. A pesar de todo, seguían congeniando y, fueran cuales fuesen sus defectos, sabía que Alec era demasiado caballeroso para ser un mal perdedor.

–El único motivo por el que me relaciono con esos malnacidos, Alec, es porque tengo buenas razones para creer que tuvieron algo que ver con la muerte de mi familia –le dijo–. De hecho, estoy bastante seguro de que al menos tres de ellos estuvieron involucrados.

Alec lo miró fijamente.

–Estás de broma.

–Ojalá. En cambio –dijo con un suspiro–, Torquil Staines me ha retado a duelo.

Alec abrió los ojos de par en par.

–¿Torquil *Manchas de Sangre*? ¡Por todos los demonios del infierno, Dev! ¿Cómo se te ha ocurrido hacer algo así?

–No he podido evitarlo.

–Está bien –masculló Alec–. Pasa, sinvergüenza. ¿Qué has elegido, espadas o pistolas?

A las cinco y media de la mañana, sentado en su carruaje, Dev cavilaba con cierta ironía que en lugar de estar desflorando al amor de su vida aguardaba el momento de defender su honor frente a uno de los duelistas más temidos de Londres. Tenía las manos apoyadas sobre los muslos, y la mirada tranquila clavada al frente, aunque había cierto asomo de tensión en ella. Escuchaba los trinos de los pájaros que inundaban el alba y respiraba el aroma primaveral de la hierba empapada de rocío.

Estaba preparado.

Entretanto, su leal padrino se paseaba de un lado al otro junto al carruaje, y se detuvo el tiempo justo para ofrecerle un trago de la petaca.

–¿Un trago para darte ánimos?

Dev negó con la cabeza.

–No lo necesito.

–Bueno, pues yo sí –murmuró Alec, antes de darle un buen trago y volver a cerrar la petaca con un quedo juramento–. ¿Dónde diablos están? ¡No puedo creerlo! ¡Diez minutos tarde! Esto es un abandono, ¿no te parece?

–Lo dudo mucho –murmuró al tiempo que observaba al padrino de Torquil, Nigel Waite, situado en el otro extremo del claro–. Waite insiste en que Staines vendrá.

–Tal vez, pero no es normal que te hagan esperar para enfrentarte a duelo. En realidad, ¡es el colmo del mal gusto!

Alec siguió desahogándose, pero Dev se limitó a observar al grupo de hombres que ya se había reunido en el bosquecillo para presenciar el duelo.

Enfrentado a la posibilidad de su propia muerte, vio con sorprendente claridad lo mucho que deseaba una vida con Lizzie. Por primera vez desde hacía doce años se sentía preparado para dejar el pasado atrás, para desechar los miedos que le habían impedido abrazar el amor. Si salía con vida de aquello, la amaría siempre, juró.

–Bueno, ya iba siendo hora, maldita sea –declaró Alec, que irrumpió en sus pensamientos con un tono lúgubre–. Aquí están.

Dev alzó la mirada en el mismo instante en el que el desfile de magníficos carruajes ascendía por el camino, levantando una considerable nube de polvo. Mantuvo el nerviosismo a raya cuando el resto del Club del Caballo y la Cuadriga entró en el claro. Los primeros rayos rojizos del amanecer se filtraban entre los árboles e iluminaban el escudo de armas pintado en la puerta del carruaje negro más grande, perteneciente a Carstairs. Seguía mirando con expresión adusta y la cabeza despejada cuando se abrió la portezuela y se apearon tres hombres. Mientras caminaban hacia él, reconoció a Quint, Carstairs y Staines, que caminaba con dificultad entre ellos, con el aspecto de un prisionero malhumorado.

Alec se detuvo y se plantó con firmeza entre Dev y los hombres que se acercaban.

–Qué amable de su parte recordar nuestra cita, sir Torquil –espetó con majestuosa insolencia.

–Ya basta, lord Alec –lo reprendió Carstairs–. Apártese, por favor. Staines tiene algo que le gustaría decirle a Strathmore.

–Pues dejemos que lo diga con las pistolas –replicó Alec con arrogancia.

–Alec... –masculló Dev. Miró con preocupación a su temerario amigo, admirado por su gallardo estilo, aunque no era su cuello el que estaba en juego, después de todo–. Escucharé lo que tenga que decirme –les dijo a los demás.

Staines lo fulminó con la mirada, pero Dev se dio cuenta de que Quint se había detenido justo a su espalda, como si estuviera preparado para frenarlo con sus poderosos puños si intentaba cualquier artimaña.

Carstairs empujó al hombre.

–Adelante.

La boca de Staines se movió con furia, pero de ella no brotó ningún sonido.

–¿Sí? –lo instó Alec–. No tenemos todo el día. El sol no tardará en salir y no podemos arriesgarnos a que los serenos adviertan nuestra presencia.

Los duelos eran ilegales, detalle que a Lizzie le habría encantado señalar, pensó Dev.

Staines se aclaró la garganta, pero mantuvo la barbilla en alto y se negó a enfrentar su mirada.

–Me disculpo por el insulto. Te ruego que me perdones. Fue culpa de la ginebra.

Dev lo miró fijamente, estupefacto. El duelista más famoso

de la ciudad... ¿abandonaba? Y además ¿se disculpaba delante de al menos treinta de sus mejores amigos, nada menos? ¿Qué demonios ocurría allí? El rostro cuadrado y curtido de Quint no revelaba nada, pero Carstairs le ofreció una sonrisa muy peculiar.

En ese momento, Dev comprendió que había estado equivocado desde el principio.

Randall *el Sanguinario* no era el líder del Club del Caballo y la Cuadriga.

El líder era Carstairs.

Y comprendió que también estaba detrás del cambio de parecer de Staines. De hecho, se percató de que lo que acababa de presenciar era una demostración en toda regla del poder que Carstairs poseía sobre sus secuaces.

Había sido Carstairs desde el principio.

Sin atreverse a cuestionar el indulto, Dev se enderezó.

–Disculpas aceptadas –contestó con voz cortante.

Staines se obligó a asentir.

–Muy bien, pues. Que tengas un buen día.

–Lo mismo digo.

Alec farfulló con incredulidad cuando Torquil dio media vuelta y se alejó para reunirse con su padrino. Un momento después, se subieron al carruaje de Nigel y emprendieron el camino de vuelta a la ciudad.

Alec se giró hacia él con el ceño fruncido y una expresión confundida.

–¿Qué demonios ha pasado aquí?

–Un abandono, querido amigo –contestó Carstairs con voz meliflua y actitud paternal–. Quint y yo tuvimos una charla con Staines y... digamos que le hicimos ver lo equivocado que estaba. A decir verdad, ese despliegue de temperamento fue de lo más inoportuno. Muy impropio de un caballero. Espero que esto no ensombrezca nuestra amistad en el futuro.

–Vamos, no somos como las mujeres, que guardan sus rencores durante años –dijo Quint con una risotada–. Maldita sea, ¡no me habría gustado tener que enterrar a ninguno de los dos!

Devlin se obligó a esbozar una seca sonrisa, aunque se sentía desconcertado.

–Muy bien, caballeros, me voy a la cama –añadió el barón–.

Esta tarde hay una buena pelea en el club de Dick Mace. A las cuatro. No os la perdáis.

–Que tengáis un buen día, muchachos –murmuró Carstairs mientras su hambrienta mirada se paseaba entre Alec y él.

«Que no se te olvide esto, Dev –parecía decir su insidiosa sonrisa–. Ahora estás en deuda conmigo.» Carstairs realizó una leve reverencia y siguió a Quint de regreso al carruaje.

Alec se volvió hacia él, atónito, pero Dev se limitó a encogerse de hombros.

–Bueno, esto ha sido de lo más extraño –masculló su padrino poco después–. No acabo de comprenderlo, pero sugiero que nos larguemos de aquí antes de que cambien de opinión.

–Estoy de acuerdo –le aseguró.

–¿Vamos a White's a desayunar?

Dev meneó la cabeza mientras se apoyaba contra su carruaje.

–Tengo algo que hacer.

–¡No me digas! ¿De verdad? –replicó Alec, arrastrando las palabras mientras se detenía para echarle una elocuente mirada y arrojaba las riendas sobre el cuello de su caballo.

Dev volvió a encogerse de hombros.

–Me estaba esperando. La he dejado esperando toda la noche. Es obvio que debo ir a verla.

–Muy bien –dijo Alec–. ¡Yo haré lo mismo!

–Alec, ríndete. Has perdido...

–¡Ja! Eso es lo que tú te crees. Para tu información, Lizzie y yo compartimos algo que tú jamás llegarás a entender. Tenemos una historia en común, Dev. Nos conocemos el uno al otro...

–De toda la vida, sí, sí, lo sé; y la verdad es que estoy hasta las narices de escucharlo. Tú nunca la has conocido de verdad, Alec. De haberlo hecho, jamás habrías dejado que se te escapara de las manos. Yo no pienso cometer el mismo error.

–Es demasiado tarde, Dev, viejo amigo. Has estado a punto de ganarme, pero me he puesto en cabeza en la recta final. Detesto tener que decírtelo, pero ya has perdido.

–¿De qué estás hablando?

Alec le dio unas palmaditas a su caballo en el cuello y se preparó para montar.

–Siento que las cosas hayan acabado así, Dev, pero deberías

haberle hablado del Club del Caballo y la Cuadriga. Sobre todo teniendo en cuenta el tercer requisito.

–Dime que no lo has hecho –susurró Dev, sintiendo que la sangre se esfumaba de su rostro.

Se quedó sin respiración durante un instante, con la sensación de que su viejo amigo acababa de atropellarlo.

–Lo siento, Dev –se disculpó Alec–. En el amor y en la guerra...

Con una mirada desafiante, saltó a la silla, azuzó a su caballo blanco y partió a toda velocidad por el polvoriento camino.

Dev se quedó inmóvil, tan horrorizado que por un instante creyó que iba a vomitar sobre la hierba cubierta de rocío. ¡Santo Dios! Tenía que ir a verla. Tenía que explicárselo.

Tras mascullar una maldición, se subió al carruaje y quitó el freno con una expresión asesina. Hizo chasquear el látigo sobre el lomo de los frisones y dio la vuelta en el claro antes de alejarse como alma que lleva el diablo.

–¿Qué narices están haciendo esos dos? –le preguntó Carstairs a Quint con cierta sorna cuando vieron pasar el caballo de Alec como un borrón blanco seguido del carruaje de Devlin, que lucía la feroz expresión de un conductor de cuadrigas del Coliseo–. ¿Es una carrera?

Quint esbozó una sonrisa bobalicona y se encogió de hombros.

–Vamos a averiguarlo. –Carstairs golpeó el techo del carruaje con el mango de plata de su bastón–. ¡Johnny! –gritó–. ¡Sigue a Strathmore!

16

La espantosa revelación de Alec sobre la pertenencia de Devlin al Club del Caballo y la Cuadriga le había impedido conciliar el sueño, y el hecho de que rompiera la promesa de ir a verla no había hecho sino confundirla aún más. Estaba hecha un lío. No acababa de asimilar que le ocultara semejante secreto; pero, como Alec le había sugerido, tal vez no conocía a su amado tanto como ella creía. Devlin jamás le haría daño a una muchacha, de eso no le cabía duda, pero, tanto si era culpable como si no de ese cargo, el hecho de que eligiera a tan perversas compañías por propia voluntad la hacía dudar seriamente de su carácter.

Alec se lo había dicho desde el principio, pero no le había hecho caso. Era horroroso pensar siquiera en lo que le había descrito. Que una inculta y pobre campesina se viera sometida a tamaña brutalidad...

Aun cuando Devlin no lo hubiera hecho en persona, algo que era incapaz de creer de él, ¿acaso era mejor que hubiera sido, aunque sólo fuera una vez, uno de los que miraban? El Devlin que ella conocía (o que creía conocer) habría sacado su espada en caso de ser necesario para acudir en ayuda de la víctima, en lugar de sentarse a disfrutar del espectáculo de una violación como si fuera la última pantomima en Sadler's Wells.

El rumbo de sus pensamientos tiñó los sentimientos que albergaba por sus inocentes y protegidas alumnas de un fiero afán protector mientras salían en dirección a la capilla para la misa del domingo, en fila de a dos. Por su parte, el motivo de sus oraciones era que ninguna de esas inocentes se topara jamás con los desenfrenados canallas que componían el Club del Caballo y la Cuadriga.

Consiguió reprimir su furia y su irritante disgusto mientras conversaba en el saloncito con la viuda Harris, que había llegado para llevar a Sorscha a la misa católica. Algo cansada, aunque manteniendo en todo momento la fachada de amabilidad, le dio un informe muy favorable sobre los progresos de Sorscha en los estudios y le comentó que había trabado amistad con el resto de las alumnas sin ninguna dificultad. Tal vez esa mañana anduviera corta de paciencia tras haber pasado la noche dando vueltas debido a la furia que sentía en lugar de durmiendo, porque mientras charlaban a la espera de que Sorscha bajara del dormitorio de las muchachas y se reuniera con su madre, le resultó de lo más desconcertante mantener una conversación con una mujer a quien no podía verle el rostro.

Pasó por alto su irritación y se recordó que era evidente que la señora Harris había sufrido una pérdida muy dolorosa. Por suerte, a la dama aún le quedaba su hija, y era evidente la absoluta adoración que sentía por la dulce muchacha. Daba la sensación de que nada le gustaba más que escuchar cuán inteligente y abnegada era Sorscha en sus clases. A pesar del velo, notaba que la señora Harris sonreía de oreja a oreja al escuchar sus palabras.

–Es muy madura para su edad –le dijo con cariño–. ¡Ah, aquí están! –exclamó al escuchar las pisadas que se acercaban a toda prisa desde la escalera de madera que había en el vestíbulo principal.

–¡Mamá! –gritó Sorscha desde la puerta del saloncito antes de lanzarse a sus brazos.

–¡Ay, cariño, cuánto te he echado de menos!

La mujer abrazó a su hija y después ésta se giró hacia la puerta con una sonrisa.

–¡Mira, mamá! ¡Tengo una nueva amiga! ¡La he traído para presentártela! La señorita Manning ha sido muy amable conmigo.

Con el bonete colgando a su espalda, Sorscha volvió hasta la puerta y agarró a Daisy Manning de la muñeca para hacerla entrar.

Las dos muchachas caminaban con los brazos enlazados, y Lizzie esbozó una sonrisa al recordar su infancia con Jacinda. Daisy incluso tenía los mismos tirabuzones rubios, si bien era la hija de un empresario minero en lugar de la de un duque. Al igual que la difunta lady Strathmore, provenía de una familia de burgueses muy ricos y estaba destinada a mejorar la situación familiar casándose con un aristócrata. De ahí que la hubieran matriculado en un colegio para señoritas que iban a ser presentadas en sociedad.

–Mamá, te presento a la señorita Daisy Manning. Daisy, querida –dijo Sorscha al tiempo que se volvía hacia su adorada acompañante, presa de todo su fervor juvenil–, ésta es mi madre... Bueno, no mi verdadera madre, pero como nunca la conocí...

–¡Sorscha! –exclamó la señora Harris con un jadeo entrecortado al escuchar el desliz de la muchacha.

–¡Ay, lo siento, mamá! –susurró Sorscha con los ojos desorbitados y el rostro lívido.

Lizzie percibía que la señora Harris echaba chispas por los ojos tras el velo. Se obligó a ocultar su sorpresa con presteza y se aclaró la garganta.

–Daisy, tienes que darte prisa si no quieres llegar tarde a misa.

–Sí, señorita Carlisle. Señora Harris. Adiós, Sorscha.

Daisy hizo una graciosa reverencia antes de alejarse con la pose perfecta de una debutante en pos de la fila de alumnas que se dirigía a la iglesia por el sendero.

La señora Harris siguió donde estaba una vez que Daisy se marchó.

–Señorita Carlisle, le pido que no preste atención a los exabruptos de Sorscha. Bien es cierto que no soy su verdadera madre, pero la adopté cuando era muy pequeña...

–Señora, no es asunto mío –le aseguró a la mujer–. Por favor, no se preocupe en lo más mínimo. Seré discreta.

–No pasa nada, señorita Carlisle. Verá, sufrí un terrible... accidente cuando era joven. Me dejó incapaz de tener hijos. Aun así –se apresuró a añadir–, tal vez cuando Sorscha sea algo mayor aprenda a morderse la lengua.

–Lo siento muchísimo, mamá –se disculpó la aludida con sus enormes ojos azules rebosantes de tristeza.

–Su secreto no saldrá de esta estancia, señora Harris, no se preocupe. Si lo desea, hablaré con Daisy sobre este asunto para asegurarnos de que se muestra discreta –dijo mientras sonreía con cariño a la contrita muchacha.

El rostro de Sorscha se iluminó.

La señora Harris le hizo un gesto regio.

–Es usted muy amable.

Acto seguido cogió a su díscola hija de la mano, se levantó e iba de camino hacia la puerta, cuando de repente escucharon un tremendo estrépito a través de las ventanas: el ruido de los cascos de un caballo y de las ruedas de un carruaje que llegaban a la puerta del colegio desde el camino de grava.

Un furioso grito masculino se escuchó por encima del jaleo.

–¡Quítate de en medio, maldita sea!

La señora Harris miró de inmediato por la ventana, pero Lizzie frunció el ceño. Parecía la voz de Devlin.

Sorscha dejó escapar una risilla y se acercó a la ventana.

–Vaya, señorita Carlisle, ¡sus pretendientes han llegado!

Y fue su turno para ruborizarse. «¡Diantres!», pensó.

Cuando Sorscha apartó la cortina de encaje, Lizzie pudo contemplar lo que sucedía al otro lado de la ventana del saloncito. Llegó justo a tiempo para ver cómo Alec, a lomos de un caballo blanco, saltaba la valla del colegio y atravesaba el jardín delantero a todo galope.

Se quedó boquiabierta.

–¡Santo cielo! –gritó Sorscha–. ¿Ha visto eso? ¡Bien hecho!

–¡Lizzie! –gritó Alec cuando llegó frente al silencioso edificio, pero apenas si había detenido el caballo cuando Devlin apareció en la escena, subido en su berlina.

Dio un tirón a las riendas de sus briosos frisones hasta que el carruaje se detuvo con una lluvia de gravilla y saltó del vehículo, tras lo cual abrió la puerta de la valla de una patada. Parecía furioso.

–Maldito seas, Alec, ¡te mataré por esto!

–¡Dios mío! –musitó ella entre dientes; al parecer, Devlin sabía que Alec lo había delatado.

Mientras Alec se bajaba del caballo de un salto, Devlin se acercó a él con expresión furibunda.

–¿Por qué no puedes dejarla tranquila de un puñetera vez?

–Piérdete, Dev. Yo la vi primero.

Con un grito de guerra cargado de frustración, Devlin se abalanzó sobre él y lo empujó varios metros hasta que ambos cayeron por encima del elegante banco de madera que había junto a los parterres de flores.

–¡Sorscha, apártate de la ventana! –masculló la señora Harris.

Estupefacta al verlos pelear y proferir semejantes palabras delante de su alumna, por no mencionar a la ofendida madre, Lizzie se giró hacia la señora Harris y balbució una disculpa.

–Lo siento, señora. Será mejor que salga y... esto... intente calmarlos.

Alec se levantó del suelo y se puso de rodillas para asestarle a Devlin un puñetazo en la mandíbula, pero ella no vio el golpe que recibió en respuesta porque ya había abandonado el saloncito y cruzaba el vestíbulo principal para abrir la puerta y salir al porche.

–¡Parad ya! –gritó. Inmersos en la pelea, ambos se quedaron de piedra al escuchar su voz–. ¡Vosotros dos! ¡Levantaos ahora mismo y dejad de comportaros como niños! –les dijo, presa de la furia–. ¿Cómo os atrevéis a venir aquí a humillarme de esta manera?

Con expresiones consternadas y mirándose con el ceño fruncido, se separaron tras un empujón y comenzaron a sacudirse la tierra que se les había pegado a la ropa.

Lizzie puso los brazos en jarras con el corazón desbocado mientras los fulminaba con la mirada.

–¿Qué diantres estáis haciendo aquí? ¡No se os ha perdido nada a estas horas!

Devlin lanzó una mirada gélida a Alec.

–Mi intención era venir solo, pero me siguieron.

Alec dejó escapar un breve resoplido de cínico desdén.

–No iba a dejarte el campo libre, Strathmore.

–¿El campo? Esto no es más que un juego para ti, ¿verdad, pedazo de idiota? ¡Me has arruinado la vida y no es más que un maldito juego!

–¡Devlin! –lo amonestó ella, ya que parecía estar a punto de abalanzarse de nuevo contra Alec.

Hirviendo de furia, Dev se apartó de su antiguo compañero de clase y dio un paso hacia ella con expresión feroz.

–Lizzie, sea lo que sea lo que te haya contado, tienes que dejar que te explique...

–No tiene que dejarte hacer nada, Strathmore...

–Lord Alec, ya basta... Y a los dos, ¡cuidad esa lengua! Hay niñas presentes. –De hecho, se había percatado de que el alboroto había llamado la atención de Daisy, que había vuelto al colegio en lugar de seguir hacia la iglesia–. Quiero que los dos me prometáis ahora mismo que vais a poner fin a esta estúpida pelea y que os vais a casa. Conociéndoos como os conozco, no entiendo por qué estáis aquí a esta hora de la mañana, porque supongo que no vais de camino a la iglesia.

–De hecho, Bichito, regresábamos a casa desde el duelo de Strathmore.

–¿¡Qué!? –gritó.

–Eres un malnacido.

–¡Devlin!

–Yo fui su padrino, ¿sabes? –Alec sonrió a Devlin–. ¿No te dijo Lizzie cuánto detesta los duelos... viejo amigo?

–¿Cómo has podido hacerlo, Devlin?

El aludido abrió la boca para contestar, pero no pudo. Volvió a cerrarla con expresión derrotada y bajó la cabeza.

–No fue culpa mía.

Alec sacudió la cabeza y chasqueó la lengua.

Lizzie los miró, echando chispas por los ojos.

–No estoy de humor para tratar con ninguno de vosotros en este momento. Tenéis que iros de inmediato. Una de las madres ya ha visto vuestro despliegue infantil y si la señora Hall sale, estoy perdida.

Aunque, si había pensado que se había metido en problemas, lo peor aún estaba por llegar, porque en ese momento un enorme carruaje negro se detuvo detrás del de Devlin en la puerta de la valla, justo donde se encontraba Daisy.

El ala del bonete que la muchacha llevaba atado bajo la barbilla ocultó su rostro cuando se giró para contemplar el gigantesco carruaje, en cuya portezuela había un escudo de armas desconocido.

Lizzie vio cómo dos hombres de aspecto disipado asomaban la cabeza por la ventanilla: uno de cabello rubio claro y facciones bien definidas, y otro de cabello castaño y rostro cuadrado y curtido. Reconoció al último como el mismo hombre con el que Devlin había estado hablando la noche del baile de los Madison.

–¿Quiénes son? –consiguió preguntar cuando el pánico le provocó un escalofrío en la espalda.

Devlin y Alec se volvieron a la vez, pero de alguna manera ya conocía la respuesta. Eran esos infames contra los que Alec la había prevenido. Los depravados amigos de Devlin, envueltos en un halo de pura amenaza.

–Por todos los demonios del infierno –masculló Devlin.

Lizzie no supo qué le heló más la sangre: la fría sonrisa que le dirigió el rubio o la expresión lasciva que asomó al rostro del otro hombre cuando saludó a la pequeña Daisy con un gesto de su sombrero.

–¡Daisy, ven aquí!

Hizo ademán de bajar del porche para ir en busca de su alumna a toda prisa, pero el áspero tono de Devlin la detuvo antes de que pudiera dar un paso.

–Elizabeth, entra en el colegio. Ahora mismo.

–Vamos, Alec. Esto ha llegado demasiado lejos –murmuró Dev a su rival mientras ambos contemplaban a Quint y a Carstairs–. Ninguno de los dos quiere a ese par cerca de aquí.

–En eso estamos de acuerdo –replicó Alec entre dientes–. Y ¿cómo nos libramos de ellos?

De pie, hombro con hombro con su rival, Dev comenzó a hervir de furia cuando vio la expresión lasciva con la que Quint observaba a la muchachita rubia, que apenas podía tener más de dieciséis años.

–No lo sé. Ya se me ocurrirá algo. ¡Daisy! –repitió el grito de Lizzie y tanto él como Alec echaron a andar hacia la muchacha.

–¡Mamá, ahí está Daisy!

–¡Sorscha, vuelve aquí!

–Tal vez quiera ir a la iglesia con nosotras en vez de hacerlo con las demás.

–¡No salgas ahí afuera! Quédate aquí conmigo.

El corazón de Mary latía desbocado cuando aferró la muñeca de su hija y tiró de ella para pegarla a su lado.

–¿Qué pasa, mamá? –preguntó la muchacha, alarmada.

Ella no respondió. Su horrorizada mirada estaba clavada en la escena que se desarrollaba al otro lado de las cortinas de encaje.

Sin dejar que Sorscha se apartara de su lado, rezó por seguir a salvo si se quedaban escondidas en el saloncito. Tan pronto como esos canallas se fueran, abandonarían el colegio.

Y no regresarían.

Santo Dios, las cosas habían empeorado. Primero Strathmore y luego Quint y Carstairs, pero al menos la amiguita de Sorscha ya se apartaba del carruaje y regresaba al colegio deprisa por el camino de entrada.

Había contemplado atónita la escena del triángulo amoroso del jardín, al descubrir que por una broma del destino Devil Strathmore había estado cortejando a la maestra preferida de Sorscha. Claro que después las cosas adquirieron un tinte mucho más siniestro cuando el carruaje de Carstairs apareció por el camino del colegio, como un enorme insecto negro a la caza de comida. A la caza de algo que poder contaminar.

De la misma manera que había contaminado a Johnny. El muchacho iba sentado en el pescante, ya adulto y apuesto, pero todavía hechizado sin remedio por su seductor.

Y pensar que nada habría pasado y que todas aquellas personas seguirían con vida si a ella no se le hubiera metido en la cabeza hacer enfadar a Carstairs en su vano intento por proteger al niño. Dios, apenas daba crédito a los intrincados vínculos personales que unían a todos los presentes... pero ya sabía que Strathmore solía frecuentar la compañía de Quint y de Carstairs.

En ese momento comprendió que Strathmore debía de haber convertido a la joven maestra en su amante, ya que los nobles como él sólo tenían un papel en mente para las mujeres de clase social inferior. «Qué lástima», pensó, y se sintió traicionada en cierta forma. La señorita Carlisle le había parecido una jovencita decente.

–Mamá, vamos a llegar tarde a misa –insistió Sorscha.

–Tranquila, cariño, no pasa nada.

Abrazó a la muchacha con fuerza, tal y como había hecho muchos años atrás, cuando las llamas se elevaban hacia el negro cielo otoñal y los gritos inundaban la noche.

Asustada, la pequeña Daisy echó la vista atrás en dirección a Quint mientras pasaba junto a Dev y a Alec para llegar hasta su maestra, que había hecho oídos sordos a la orden de regresar al interior y esperaba a su pupila para recibirla en sus maternales brazos. Mientras Lizzie acompañaba a la jovencita al interior del colegio, Dev se giró hacia Carstairs con el corazón desbocado por la furia contenida.

La fría mirada del conde estaba clavada en la espalda de Lizzie. Dev escuchó cómo se cerraba la puerta del colegio y sólo entonces la mirada cómplice de Carstairs buscó su rostro.

–Alguien ha sido un chico muy malo –murmuró.

Quint estalló en carcajadas.

–Devil, maldito seas, ¡qué callado te lo tenías! Pero ahora sabemos que tenías una caja de bombones y no querías compartirla.

–¡Un momento! –intervino Alec, dando un paso hacia ellos–. Dejad tranquilas a estas muchachas. ¡Todavía están en el colegio!

–Mucho mejor –replicó Quint con voz ronca antes de darle un buen trago a su petaca.

–Nadie mejor que una institutriz para dar unos buenos azotes. –Carstairs le ofreció una sonrisa socarrona–. ¿Eso es lo que te va, Dev? ¿Es buena con la fusta?

Alec dejó escapar un jadeo furioso, pero Dev extendió el brazo para evitar que su acompañante se lanzara al cuello del conde.

«Control, control», se repitió. Aunque las sienes le latían de rabia, no podía dejarles entrever lo mucho que Lizzie significa para él. De ese modo, sólo conseguiría ponerla en peligro. No podía dejar que se dieran cuenta de que ella era su verdadero talón de Aquiles.

Respondió a Carstairs con una carcajada arrogante.

–¿Con la fusta? Sí que lo es. Además de con otras cosillas.

–¡Mentiroso de mierda! –estalló Alec–. Elizabeth Carlisle es una dama casta y pura ¡y quien diga lo contrario tendrá que responder ante mí!

Dev le lanzó una mirada furibunda y sólo entonces comprendió Alec su error. Hasta ese momento, había conseguido que pasara inadvertida, pero, ¡por el amor de Dios!, ese polvorilla acababa de darles su nombre completo.

–Bueno, eso es otra cosa –dijo Carstairs mirando a Dev con expresión jocosa–. Tal vez nuestro Devil le haya entregado su corazón a la linda maestra.

–No digas tonterías –replicó él fríamente–. No significa nada para mí.

–Pero ¿casta y pura, Dev?

Les guiñó el ojo con un gesto arrogante.

–No por mucho tiempo.

Alec apartó la mirada como si le hubieran atravesado el corazón mientras Quint y Carstairs se echaban a reír.

En ese preciso instante la puerta del colegio se abrió de par en par, estampándose contra la pared.

–¡Caballeros! –gritó una voz que parecía provenir de un sargento de instrucción en versión femenina–. ¡Sí, ustedes! ¡Oigan! ¡Tengan la amabilidad de marcharse!

Se giraron al tiempo que una mujer alta y entrada en años, con unos tirabuzones grises enmarcándole el rostro y una toquilla de encaje cerrada hasta la barbilla, salía al porche con las manos apoyadas en su oronda cintura.

–¡He dicho que se vayan! –Hizo un ademán amenazador con el pañuelo hacia el carruaje de Carstairs–. ¡Aquí no pintan absolutamente nada! Soy la señora Hall, la propietaria de este colegio, y ustedes, caballeros, han entrado sin permiso. ¡Váyanse ahora mismo de esta propiedad antes de que llame al alguacil!

Para su alivio, Carstairs se rió y le dio unos golpecitos al techo del carruaje.

–A casa, Johnny.

Quint se asomó por la ventanilla y le hizo un gesto obsceno con la lengua a la señora Hall mientras el carruaje se alejaba.

–¡Usted... asqueroso...! –La señora Hall se ruborizó antes de clavar su mirada asesina en Dev, quien estaba pensando que habría sido un matón estupendo para cualquier taberna–. ¡Usted también, señor! ¡Los dos! ¡No quiero ver a ninguno por aquí...!

–Señora Hall, ¿me permite hablar con la señorita Carlisle un instante? –le imploró Dev mientras se acercaba a la formidable mujer–. ¡Tengo que hablar con ella!

–Por mí puede hacer lo que le plazca, milord. Me importa un bledo. ¡Acaba de ser despedida de su puesto!

–Oh, no. No lo haga, señora, le ruego que sea justa. –Se le cayó el alma a los pies–. No ha sido culpa suya. ¡Ha sido nuestra!

–Para su información, señores, la madre de una de nuestras alumnas está en el colegio y ha visto su grosero comportamiento. Tanto la dama como yo misma nos hemos sentido profundamente escandalizadas por la forma en la que la señorita Carlisle se relaciona con sus pretendientes, y si así es como se comporta dentro del colegio, sólo Dios sabe cómo lo hará cuando está fuera. No hay duda de que ésos son los efectos de mezclarse con personas de clase superior. –Lo miró con una expresión reprobatoria que pareció estar dedicada a todos esos aristócratas «inmorales»–. La madre de esta alumna ha decidido sacarla del colegio, y eso, señores, es culpa de la señorita Carlisle... y también suya. Que tengan un buen día.

La señora Hall dio media vuelta y regresó al interior.

Dev y Alec intercambiaron una mirada de culpabilidad. Recorrieron el camino con paso tranquilo y, cuando traspasaron la valla, Alec cogió las riendas de su caballo.

–Acláramelo... Lo que les has dicho de Lizzie es mentira.

Le lanzó una mirada afilada e inquisitiva.

–Por supuesto.

–Dios, me abriste en canal con esas palabras.

Dev lo miró de reojo.

–Pues ya sabes cómo se sintió ella cuando te acostaste con lady Campion.

Alec se quedó muy callado.

Se alejaron un poco del camino a la espera de que saliera Lizzie.

Apareció una media hora después, cargando con dos maletas y una bolsa de viaje, lívida y con su hermoso rostro crispado por la furia y la humillación. Tras sacar las bolsas por la puerta con cierta dificultad, dejó que ésta se cerrara de golpe y echó a andar por el camino. Atravesó la valla sin mirar atrás.

Dev se acercó a ella para ayudarla.

–Sé que no quieres ver a ninguno de los dos ahora mismo, pero creímos que tal vez necesitaras que te lleváramos a... bueno, a donde tengas pensado ir –concluyó, prácticamente tartamudeando bajo su fría mirada.

–No tengo ningún lugar al que ir, Devlin. Ahí está el quid de la cuestión de lo que tu amiguito y tú me habéis hecho.

Desvió la vista hacia Alec con vívido resentimiento antes de proseguir camino con el equipaje.

–Lizzie –probó Alec–, sabes que siempre eres bienvenida en Knight House...

Ella se giró para enfrentarlo.

–¿Es que no lo ves, Alec? ¿Es que no entiendes nada? Estoy harta de ser una pariente pobre... de tener que depender de la caridad de mis amigos para tener comida y un techo bajo el que guarecerme. Por eso acepté este empleo, por eso me esforcé tanto. Ninguno de vosotros sabe lo que es. Tú, Devlin, con esa propiedad en la que nunca has puesto los pies y tus dos elegantes casas londinenses... Y tú, Alec, con esos aposentos tan elegantes en el Albany y las innumerables casas de tu familia. Lo único que siempre he querido ha sido tener un hogar... un hogar que fuera mío, pero ahora jamás lo conseguiré. Siempre voy a ser Lizzie la amiga, Lizzie la criada de confianza, Lizzie la que siempre vela por los demás. Pues bien, tengo noticias para vosotros –dijo con sarcasmo–: ¡no me importaría que por una vez fuera al contrario!

A Dev se le encogió el corazón cuando vio cómo las lágrimas de frustración le desbordaron los ojos grises y le resbalaron por las mejillas. Puesto que cargaba con las maletas, no tenía manos libres para enjugárselas.

Y siguieron cayendo.

–Lo que tenía aquí, una modesta habitación para mí sola, tal vez no os parezca mucho, pero era mía y me la habéis arrebatado. ¿Adónde iré ahora? ¿Qué voy a hacer? –les preguntó con un sollozo casi infantil.

Dev y Alec se quedaron allí plantados, mudos por la vergüenza que les provocaba su pueril pelea y mortificados por sus lágrimas.

Ella sorbió por la nariz y consiguió controlar su arrebato.

–Parece que tendré que imponerle mi presencia a Jacinda.

Cuando se echó la bolsa que contenía sus libros al hombro y reanudó la marcha, Dev y Alec se miraron y reaccionaron a la vez.

–¡Lizzie!

–¡Vuelve!

–Deja que te ayudemos...
–Yo te llevaré eso...
–¡No! –gritó ella con todas sus fuerzas, apartándose de ambos.
Dev se interpuso en su camino.
–Al menos deja que te lleve a la ciudad.
Extendió la mano para coger una de las maletas, pero se le resbaló y a punto estuvo de aplastarle los dedos de los pies.
–¡Vete! ¡No necesito tu ayuda, Devlin! ¡No os necesito a ninguno de los dos! ¿Es que no podéis daros cuenta? ¡Id a rescatar a otra damisela en apuros, porque da la casualidad de que yo soy capaz de cuidarme solita!
Se agachó y comenzó a devolver los objetos a la maleta, pero él se agachó a su lado y se dispuso a ayudarla, levantando un perrito de trapo del suelo y sosteniéndolo un instante en la mano.
El juguete de un niño.
Lo contempló un momento y después se volvió hacia ella, abrumado por la creciente certeza de que iba a perderla.
–Lizzie, lo siento muchísimo.
–Así que lo sientes, ¿no? Voy a serte sincera, habría esperado algo así de él, Devlin, pero no de ti. Claro que es posible que no te conozca en absoluto. Después de todo lo que Alec me contó, tengo que planteármelo... Y encima hoy te bates en duelo. ¡Podrían haberte matado!
–El hombre se echó atrás –musitó a modo de excusa.
–Bichito... perdón, quería decir Lizzie. –Alec los alcanzó con un gesto indeciso–. Ojalá no estuvieras tan enfadada. Todo se va a arreglar, tesoro. Además, no tendrías necesidad alguna de trabajar.
–¿Por qué? ¿Sería mejor que dejara mi manutención en manos de un hombre? ¿Te refieres a eso, mi querido Alec? Vaya, pero qué dos ejemplos tan maravillosos tengo delante de mis ojos. ¡Uno que despilfarra en las mesas de juego hasta el último penique que cae en sus manos y otro que quiere morir joven por cualquier insulto imaginario a su honor! Creedme, muchachos, ¡preferiría envejecer sola antes que dejar mi destino a la voluntad de semejantes... críos!
Cuando devolvió el viejo juguete a la maleta y dio media vuelta para marcharse, Dev deseó que la tierra se abriera bajo sus pies y se lo tragara.

Alguien debería haberle advertido de que no era inteligente enfurecer a una marisabidilla, pensó, porque parecía que cuanto más inteligente era una mujer, mayor capacidad tenía para que un hombre se sintiera insignificante a su lado. Claro que aún contaba con la ventaja de su fuerza física, cosa que aprovechó en ese momento para quitarle la pesada maleta sin hacer caso de sus protestas.

La llevó hasta su carruaje y la ató al pequeño portaequipajes. Alec lo siguió con la otra.

Ella los miró con la más absoluta desconfianza y los brazos cruzados con fuerza por delante del pecho.

–Puedes odiarme todo lo que quieras –le dijo Dev–. Pero sube al carruaje. No pienso dejar que vayas andando. Está demasiado lejos.

–Perfecto.

Se acercó a grandes zancadas al asiento del pasajero y apartó el codo de un tirón cuando Alec hizo ademán de ayudarla a subir al asiento.

Cuando Dev hizo restallar las riendas sobre los lomos de los frisones un instante después y el carruaje se puso en marcha, Lizzie echó un último vistazo al colegio como si supiera que se estaba despidiendo de su niñez para siempre.

Fue un gélido y silencioso trayecto hasta la elegante villa de Jacinda en Regent's Park. Alec los acompañó a caballo. Pero nadie habló durante todo el camino.

Cuando llegaron, Alec fue el primero en alcanzar la puerta. Ordenó a uno de los lacayos de Jacinda que se ocupara del equipaje de Lizzie. La hermosa marquesa apareció en la puerta y la recibió con los brazos abiertos, asombrándose por la extrema palidez de su rostro. Dev se quedó a un lado, muy consciente a su pesar de que Alec jugaba con ventaja, ya que se movía por la casa de su hermana como si fuera la suya propia. Rodeada por los brazos de su mejor amiga, Lizzie le lanzó una mirada confusa desde la seguridad de la puerta. Le bastó ese gesto para acercarse a ella. Lizzie le murmuró algo a su amiga. Él no lo escuchó, pero dedujo que le estaba contando a la marquesa lo que había sucedido.

–No pasa nada, cariño. Me encantará que te quedes con nosotros. ¡Mi casa es tu casa! ¡Billy! –gritó Jacinda hacia la casa antes de lidiar con los problemáticos pretendientes de Lizzie–. Alec, tengo que pedirte que te vayas –le dijo fríamente a su hermano y luego se dirigió a Dev–. A usted también, lord Strathmore. La señorita Carlisle no está de humor para recibir visitas.

Alec comenzó a protestar, pero en ese momento apareció Billy. Al percatarse de la tensión que se mascaba en el ambiente, se colocó delante de las mujeres con aire protector.

–Ya habéis escuchado a mi esposa –mascullló, lanzándoles a ambos una mirada admonitoria que, aunque educada, resultó firme–. La señorita Carlisle no recibe a nadie en este momento.

–Rackford, sólo quiero hablar con ella –intentó Alec, pero los acerados ojos verdes del marqués se entrecerraron.

–Te sugiero que te vayas antes de que te haga daño, Alec. Te dejé marchar sin un rasguño la última vez que hiciste llorar a Lizzie.

Observó a Dev con la misma expresión recelosa antes de cerrarles la puerta en las narices.

Y de echar la llave.

17

A lo largo de la semana siguiente, Quint pasó unas cuantas veces con su carruaje por delante de la Academia de la señora Hall con la intención de divertirse un rato, pero hasta ese momento no había tenido mucha suerte. Era una tarde de jueves, húmeda y bochornosa, con amenaza de lluvia. Cuando su carruaje subió la cuesta del parque público, Quint vio a la preciosidad que le había llamado la atención. Estaba sentada sola junto al estanque con un barquito de papel, esperando en vano que el viento soplara un poco para que se moviera. No había nadie en los alrededores.

Sus tirabuzones rubios se agitaron cuando alzó su apesadumbrada mirada al oír que se aproximaba su carruaje.

Quint no tenía grandes dotes de actor, pero la historia que pensaba utilizar siempre funcionaba. Sacó la cabeza por la ventanilla.

–Disculpe, señorita, ¿ha visto tal vez a un cachorrito marrón por aquí?

–¿Cómo?

El semblante de la muchacha se animó un poco, pero no se levantó de la roca plana en la que estaba sentada como si fuera una solitaria sirenita.

–Mi nuevo cachorrito –explicó Quint–. Se ha escapado y me angustia que pueda pasarle algo. Sólo tiene tres meses. Mi criado lo vio venir en esta dirección –añadió con su expresión más seria.

La muy boba frunció el ceño, se levantó y se sacudió las faldas.

–No. ¿De qué raza es el cachorro?

–Un retriever –contestó.

La muchacha se acercó al carruaje con recelo.

–¿Cómo se llama? Si lo veo, lo llamaré.

–Vaya... se llama... estooo, sí, *Fluffy*. Pobrecito. Debe de estar aterrorizado. –Fingió escudriñar el horizonte con angustia–.

Me encanta tener algo pequeño y suave que acariciar. No me gustaría que acabara aplastado por las ruedas de algún carruaje en el camino. Ojalá contara con un par de ojos más que me ayudaran en la búsqueda...

Ella lo miró con una expresión un tanto escéptica.

Era preciosa. Y estaba tan protegida..., pensó con el pulso acelerado.

–Si veo a *Fluffy*, señor, intentaré atraparlo.

–Gracias, señorita... ¿Cómo se llama? –Calculó con un simple vistazo la distancia que los separaba, mientras ella se protegía los ojos del brillo del sol con una mano pequeña y suave. Si se movía con rapidez, tal vez pudiera atraparla. Aunque sería mejor engatusarla para que se acercara un poco más. Y llevársela en el carruaje. Sonrió–. ¿No tiene nombre?

–No se me ha olvidado su rostro –replicó ella al tiempo que retrocedía un paso–, y creo que no me cae bien.

Quint reprimió una carcajada.

–¿Por qué no, querida?

–El otro día me miró fijamente. Fue muy grosero.

–Lo siento. ¿Le apetece un trocito de caramelo? ¿Amigos?

Ella lo miró con detenimiento antes de negar con la cabeza.

«Con cuidado, muchacho», se recordó Quint. Que no grite.

–¿Qué está haciendo aquí sola? –murmuró–. ¿Dónde están sus maestras? ¿Y las otras chicas?

La preciosa chiquilla exhaló un suspiro desolado.

–Debería estar durmiendo la siesta, pero no estoy cansada en absoluto.

–Vamos, vamos, tesoro, ¿qué le ocurre? –preguntó con una sonrisa paciente al ver su gesto malhumorado–. ¿Por qué está tan triste?

–¡Estoy pasando por un mal momento, si le interesa saberlo! –gritó–. Han despedido a mi maestra favorita y mi mejor amiga se ha ido porque su madre la sacó del colegio. Y ahora estoy muy sola. Odio este lugar.

–Podría venirse conmigo. Para buscar a *Fluffy* –se corrigió.

La muchacha desvió la mirada hacia el colegio con aire enfurruñado.

–Está prohibido.

–Nadie lo sabrá. Podría traerla de regreso en menos de una hora. ¿No la aflige que el pobre *Fluffy* esté en peligro, señorita...?

–Manning –le informó ella mientras echaba un vistazo a su alrededor con un enorme suspiro para ver si podía vislumbrar al ficticio cachorrito perdido–. Espero que su perrito esté bien.

Quint parpadeó.

–Manning... ¿de Minas Manning?

Ella asintió con aire distraído.

–Ésa es la compañía de mi padre.

Quint ocultó el asombro con rapidez. ¡La heredera de Manning! ¡Por el amor de Dios! La compañía poseía minas de carbón a lo largo y ancho de Inglaterra. Su primer pensamiento fue para la difunta tía de Dev, la Dama de Hierro, cuya fortuna industrial había salvado a los Strathmore de una elegante ruina. Al igual que Quint, la mayoría de los aristócratas necesitaban dinero contante y sonante, mientras que los hombres de negocios ansiaban títulos.

Comprendió de repente que era justo el tipo de intercambio que necesitaba hacer desde hacía años. ¡Se acabaron las preocupaciones! Ya no tendría que pedir préstamos a Carstairs, a Dev ni a sus otros amigos ricos.

Sí, era una oportunidad caída del cielo... Cuando su mirada regresó a la rubia virgen, su mente pasó del deseo que le provocaba la conquista de un ser puro al ansia de poseer la fortuna que se le estimaba al padre de la chiquilla. ¡Por los clavos de Cristo! Era probable que su dote fuera diez veces mayor que las rentas que podría reportarle su pantanosa propiedad en Yorkshire.

«¡Piensa, hombre, por una vez en tu vida!», se dijo. La chiquilla todavía no había abandonado el colegio. Pero, si esperaba a su presentación en sociedad, habría demasiada competencia. «Tienes que actuar ahora mismo», concluyó.

Quint decidió en ese mismo instante que tendría que pedir su mano en matrimonio. El padre de la muchacha lo recibiría, no le cabía duda, y atendería su proposición. Después de todo, él era un barón..., y un millonario, por más que perteneciera a la alta burguesía, no tenía por qué saber que su título estaba un tanto deslustrado. Cuando quería, sabía darse aires de grandeza. Sí, y si el acaudalado Manning le negaba la mano de su hija, le metería un puño por la garganta.

–¡Daisy! –gritó una voz femenina procedente del porche del colegio–. ¡Ven aquí ahora mismo!

La maestra comenzó a caminar hacia ellos.

La muchacha dejó escapar un apesadumbrado suspiro antes de volver a mirarlo.

–Espero que encuentre a su perrito, señor.

–Sí, no se preocupe, tesoro, lo encontraré.

–Tiene que marcharse ahora mismo.

–Como desee, pequeña –replicó con una mirada lasciva–. Pero volveré.

–¿Estás segura de que no quieres venir a la ópera con nosotros? Hay sitio de sobra en el palco.

Jacinda atravesó la terraza ajardinada y se acercó a Lizzie mientras se colocaba uno de los pendientes de diamantes.

–No, gracias.

Desde el diván que ocupaba bajo la carpa a rayas en color pastel, Lizzie sonrió con orgullo fraternal al contemplar la fastuosa belleza de su amiga.

La joven marquesa llevaba un impresionante vestido blanco, acompañado de los diamantes y con el cabello dorado recogido en la coronilla, si bien había alguno que otro tirabuzón artísticamente suelto.

Jacinda se sentó en el otro extremo del diván de hierro forjado pintado de blanco.

–Detesto dejarte sola. ¿Quieres que cancele mi asistencia? No me importaría...

–No pasa nada, Jas. No me vendría mal pasar un rato a solas. Para aclararme las ideas y todo eso...

Jacinda le sonrió para animarla.

–Algo me dice que te sentirás mucho mejor en cuanto hayas tenido una conversación con cierto vizconde que las dos conocemos.

–¿Tan transparente soy? –le preguntó con un suspiro.

Su amiga asintió con la cabeza.

–Siempre lo has sido. Pero no vas a quedarte aquí sentada, preocupándote por ninguno de esos dos libertinos, ¿verdad? –Extendió un brazo para darle unas palmaditas en la mano–. Ven a la ópera con Billy y conmigo. Eres capaz de arreglarte en un santiamén, ¿a que sí? Te ayudará a olvidarte un poco de esos sinvergüenzas. Te levantará el ánimo.

–Pensé que ibais a ver una tragedia.

–Bueno, sí, pero no se va a la ópera para ver lo que sucede en el escenario –declaró al tiempo que hacía un gesto despreocupado con la mano–. Para ser sincera, lo más divertido es ver cómo Billy frunce el ceño y se mueve en su asiento y sufre de principio a fin con valentía... ¡Por mí!

–Es capaz de soportar una ópera por ti. Eso sí que es amor.

–Te aseguro que lo recompenso muy bien –le aseguró mientras guiñaba el ojo con gesto pícaro.

–Jas...

Lizzie rió entre dientes a su pesar.

Jacinda se puso de pie y le dio un beso en la frente.

–Bueno, me voy. El mayordomo está de servicio, por si necesitas algo. Hazme caso, Lizzie –añadió con un deje reflexivo mientras se colocaba el ligero chal sobre los hombros–, el hecho de que la señora Hall te haya puesto de patitas en la calle tal vez sea para bien. Los horizontes de ese colegio eran demasiado estrechos para ti.

Sorprendida por esas palabras, ya que se parecían asombrosamente a algo que el señor Freeman le había contado en una ocasión, le ofreció a su amiga una sonrisa débil pero agradecida.

–Ya se te ocurrirá algo –le aseguró Jacinda en voz baja antes de marcharse.

Un buen rato después de que se dejara de oír el sonido del carruaje en el que la pareja se había marchado, ella seguía en la terraza, observando cómo la rosácea luz del sol se desvanecía entre las formas redondeadas de unas nubes de color púrpura que se movían con lentitud.

El crepúsculo caía suavemente sobre Londres.

Los tonos verdes del parque que se extendía frente a ella se acentuaban; las ramas susurraban y las aves nocturnas comenzaban a trinar. En el sur y en el oeste brillaban las alegres luces de la ciudad, inmersa en el apogeo de la temporada social; pero allí, en las boscosas cercanías de Regent's Park, el único sonido que se oía de vez en cuando era el graznido de un pato en el canal o el traqueteo de algún carruaje al pasar. Todo estaba tranquilo.

Salvo su corazón.

Su vida era un laberinto; sin embargo, no podía esconderse ahí para siempre.

¿Por qué no había ido Devlin a buscarla? No había intentado verla. Ni siquiera le había enviado una nota. Llevaba varios días esperando una disculpa por su comportamiento en el colegio, aunque lo que más necesitaba era una explicación acerca de su asociación con el Club del Caballo y la Cuadriga. No obstante, no había señales de él y se preguntaba qué significado tendría su ausencia.

Tal vez la horrible historia fuese cierta y Devlin era incapaz de enfrentarse a ella una vez que Alec había dejado al descubierto su negro corazón. Claro que, ¿no sería el medio millón de libras incentivo suficiente para que se tragara su orgullo y volviera arrastrándose a su lado? ¿Dónde estaba?

La fecha límite para que expiraran las condiciones del testamento se acercaba... y daba la impresión de que Devlin se había rendido sin más.

Para su más completa consternación, descubrió que por su parte no era así.

Enfrentada a su silencio y a la conflictiva información procedente de Alec, tenía que aceptar que su mente lógica, su mejor herramienta, no le era de ninguna ayuda para encontrar soluciones. Debía tomar una decisión y sólo contaba con los ciegos dictados de su corazón para guiarse.

Después de haber escuchado las palabras de Jacinda, recordó el consejo que la madre del señor Freeman le había hecho a su hijo: «Bennett, hijo mío, esa plantación siempre ha sido muy pequeña para ti; así que, vamos, sé libre. Vete con ese inglés loco y conoce mundo...».

No había modo de predecir adónde podría llevarla el amor que sentía por Devlin. Pero, cuanto más tiempo pasaba alejada de él, cuanto más intentaba olvidarlo, más convencida estaba de que ya era demasiado tarde. A pesar de las desesperadas advertencias de su mente, que insistía en recordarle que no era el hombre que ella había creído conocer y que desde el principio su interés se había centrado única y exclusivamente en el dinero, su intuición le susurraba que su lugar se encontraba junto a él, pasara lo que pasase.

Cuando el mayordomo llegó para anunciarle que lord Alec estaba en la puerta, Lizzie meditó durante un sombrío instante antes de acceder a recibirlo, tras lo cual se preparó para el enfrentamiento y se incorporó en el diván.

Tenía muy claro lo que tenía que hacer.

Alec no tardó mucho en estar sentado frente a ella, mirándola a los ojos.

–Quiero que te cases conmigo.

A pesar de todo, se sorprendió. Hubo una época en la que ese momento habría sido la culminación de su fantasía infantil. Pero, en ese instante, no tenía sentido.

Negó con la cabeza, despacio y con tristeza.

–No más esperas, no más juegos –prosiguió Alec, envalentonado y cogiéndola de las manos para darle un suave apretón–. Siempre hemos sido tú y yo, ¿no es cierto? Por favor... inténtalo.

–Alec... –gimió con el corazón desbocado. Su voz apenas era un murmullo–. No servirá de nada. No puedo casarme contigo cuando mi corazón pertenece a otro.

–¿Qué hay de lo que te conté? ¿Lo del Club del Caballo y la Cuadriga? –le preguntó cautelosamente.

Lizzie volvió a mover la cabeza con lentitud.

–No lo sé. Lo único que puedo hacer es... confiar.

–Pero no confías en mí.

–Lo siento.

Alec estudió sus ojos durante un instante, en silencio.

–Lo amas de verdad.

Ella hizo un gesto afirmativo, con los ojos llenos de lágrimas.

–Bueno. –Apartó la mirada. Sus ojos también estaban empañados por las lágrimas–. Me alegro por ti. Él te cuidará bien. No me cabe duda. El título. El dinero. Te lo mereces... todo eso es estupendo. He sido un asno, Lizzie. Dios, he sido un completo imbécil. Lo siento... lo siento por todo. De todos modos, jamás he estado a tu altura. ¿No te dije que algún día me lo agradecerías? –preguntó para quitarle hierro al asunto.

Lizzie sintió que se le encogía el corazón.

–Alec...

Le dio un apretón cariñoso en la mano mientras lo observaba con ojos llorosos.

–Para ser justos, es posible que Dev tenga otra explicación sobre su relación con los miembros de ese club. Una que no me corresponde a mí explicarte.

Lo miró con expresión interrogante, pero él se limitó a ofrecerle una sonrisa triste antes de acercarse para darle un beso en la frente.

–Adiós, Bichito, y gracias por todo –susurró.

Acto seguido se puso de pie y la dejó sola, sentada en la penumbra.

Se había ido.

Señor, esperaba no haber cometido un error. Cerró los ojos e inspiró hondo para calmarse. Ya estaba hecho, había tomado una decisión. Ya no había vuelta atrás. Pero aún le quedaba algo por hacer si quería zanjar ese asunto de una vez por todas.

Un tanto nerviosa, pero decidida, salió de la residencia de Jacinda y tomó un carruaje de alquiler hacia las oficinas de Charles Beecham, en Fleet Street.

Pese a lo tardío de la hora, el abogado aún estaba trabajando cuando llamó a la puerta. El señor Beecham la abrió en persona y la invitó a pasar con los dedos manchados de tinta.

–Vaya, señorita Carlisle, su visita es de lo más inesperada.

–Veo que está ocupado. Sólo le robaré un momento de su tiempo.

–Por supuesto, querida. ¿Le apetecería sentarse?

Lizzie negó con la cabeza y comenzó a pasear por la estancia mientras jugueteaba con la borla de su ridículo.

–Es sobre el testamento de su ilustrísima. Yo... –Tragó saliva–. Yo he venido para saber si hay algún modo de que Devlin... es decir, lord Strathmore, pueda librarse de las disposiciones del testamento.

El abogado frunció el ceño.

–No estoy seguro de entenderle muy bien, señorita Carlisle.

–No me cabe duda de que debe de haber algún modo. Ese dinero le pertenece por derecho. Lo necesita. Al contrario que yo. No es justo para él.

El señor Beecham parecía anonadado.

Lizzie decidió que no había motivo para callarse el resto.

–Déjeme que le explique; su tía me pidió que velara por él de tiempo en tiempo cuando ella hubiera muerto. Pero no necesito la mitad de su fortuna para hacerlo. –Bajó la mirada mientras el rubor le cubría las mejillas–. Y mucho menos necesito que se vea obligado a casarse conmigo para poder pagar sus deudas.

–¿Usted está... enamorada de él? –le preguntó el abogado, mostrando la sutileza propia de su profesión.

–Mucho –contestó ella con un susurro y un gesto de la cabeza, evitando la mirada del hombre–. Jamás podré estar segura de los sentimientos de Devlin mientras su fortuna esté en el aire de ese modo. Jamás sabré con certeza si me ama o si, en realidad, se trata del dinero. –Alzó su avergonzado rostro y vio que el señor Beecham la observaba con expresión pensativa. Le ofreció una sonrisa pesarosa–. Debe de pensar que soy idiota.

–No, en absoluto.

–Entonces, ¿en qué está pensando?

El señor Beecham se puso de pie tras su escritorio y lo rodeó despacio. Comenzó a tamborilear con los dedos sobre una de las esquinas y se aclaró la garganta.

–¿Me permite preguntarle si ha hablado de todo esto con su ilustrísima, el vizconde?

–No. Tuvimos una... discusión.

–Entiendo. En ese caso, tal vez deba hablar primero con él. Yo no me atrevo a decir nada antes de tiempo.

–¿Antes de tiempo? No lo entiendo.

El hombre frunció los labios y apartó la mirada con evidente inquietud.

–Se suponía que era él quien debía decírselo.

–No me ha dicho nada. –La preocupación de Lizzie aumentaba por momentos–. Señor Beecham, por favor. ¿De qué se trata? ¡Debe decírmelo! Si me concierne, le suplico que...

–Muy bien –la tranquilizó–. Tal vez desee sentarse.

–¡Dígamelo! –exclamó con semblante lívido.

El abogado se llevó un puño a los labios para aclararse la garganta y después cuadró los hombros.

–Me temo, señorita Carlisle, que lo que usted me pide ya se

ha hecho. El testamento de lady Strathmore, a cuya lectura usted asistió en esta misma oficina, ha sido anulado. Puesto que no se envió copia alguna a la Cancillería, la ley estipula que debe ser el testamento anterior el que decida la distribución de los bienes del difunto. Todo el dinero pertenece a su ilustrísima y hace varias semanas que lo sabe.

–¿Cómo? –preguntó con el corazón desbocado.

–Siento mucho que se haya enterado de este modo. Me dijo que él mismo se lo comunicaría... cuando llegara el momento oportuno.

–¿¡Por qué no lo ha hecho!? –gritó, perpleja.

–Porque, señorita Carlisle, en palabras del mismísimo lord Strathmore, si se enteraba de que ya no necesitaba casarse para reclamar la herencia, usted podría decirle que no.

Lizzie clavó la mirada en el abogado con la mente hecha un torbellino. Apenas podía hablar.

–¿Quiere decir...? –musitó.

–La ama, señorita Carlisle. La ha amado desde el primer momento.

–Lo siento, milord –se disculpó el mayordomo con semblante inescrutable, señal de su exquisita preparación–. La señorita Carlisle no se encuentra en casa.

Dev lo vio todo rojo.

–¡No me cabe la menor duda de que eso es lo que le han ordenado que diga! Maldita sea, ¡déjame entrar, hombre! Sé que está aquí. ¡Tengo que verla!

–Milord...

–¡No toleraré que se me niegue la entrada! –siguió Dev a la ofensiva, al tiempo que le propinaba un empujón al mayordomo para quitarlo de en medio y entraba en la casa. Echó la cabeza hacia atrás para llamarla a gritos–: ¡Lizzie! ¡Lizzie!

–¡Señor!

–¿Dónde está? ¿Dónde la están escondiendo?

–¡No está aquí! Debe marcharse, señor.

–¿Ha salido? –exigió saber con voz fatigada.

–Sí, tal y como ya le he dicho.

–¿Con lord Alec? –preguntó con un deje peligroso en la voz.

–No lo sé.

–Y tampoco me lo diría de saberlo, por supuesto –musitó Dev–. Muy bien. Esperaré.

Se zafó de la mano del mayordomo que lo sujetaba por el brazo y se dejó caer en un peldaño de la escalera para clavar la mirada en el brillante suelo.

«No puedo haber llegado demasiado tarde», se dijo. Aunque, de algún modo, le resultó muy fácil imaginarse al feliz cuarteto (Lizzie y Alec, y Jacinda con su Billy), celebrando el enlace que la convertiría en un miembro de pleno derecho de la familia. Era probable que ya estuvieran haciendo planes para la boda y, como de costumbre, él había acabado solo.

Con el codo apoyado sobre la rodilla que tenía doblada, cerró los ojos, embargado por una creciente desesperación, y se llevó la mano a la frente.

Había intentado olvidarla. Había intentado mantener las distancias. Durante cuatro días, nueve horas y siete minutos había intentado liberarla, porque eso era lo mejor para ella; pero se había visto asaltado una y otra vez por su peor temor: la posibilidad de que, en manos de Alec, el futuro de Lizzie estuviera sembrado de dolor para el resto de su vida. Porque si un hombre era capaz de serle infiel una vez a su mujer, volvería a serlo. No era justo. No cuando Lizzie era tan leal.

–Señor... –El mayordomo de Jacinda se inclinó para mirarlo a la cara con una sorprendente expresión compasiva–. ¿Puedo traerle algo, milord? ¿Té? ¿Brandy? ¿Polvos para el dolor de cabeza, quizá?

Lo miró con tristeza. Sólo había una cosa que deseaba, pero tenía el convencimiento de que la había perdido.

En ese preciso momento, ella entró por la puerta principal y se detuvo al verlo sentado en la escalera en actitud derrotada. Pero Alec no la acompañaba. Estaba sola.

Como él.

Se puso de pie de un brinco y se echó a temblar mientras sostenía su asombrada mirada.

–Lizzie –dijo con un hilo de voz.

El mayordomo desapareció al instante, dejándolos a solas.

Lizzie parpadeó como si temiera estar sufriendo una alucinación.

Dev se apartó de la escalera.

Ella se adentró en el vestíbulo con recelo y cerró la puerta a su espalda.

–Estás aquí.

–Sí. –Dev tragó saliva y dio unos pasos hacia ella, acortando la distancia que los separaba–. Estaba esperándote. Necesito... hablar contigo. Tengo muchas cosas que contarte... si quieres escucharme. Siento mucho haber sido el culpable de que te despidieran. No he venido antes porque... porque intentaba hacer lo correcto, pero sin ti todo está mal. Yo... no puedo dejarte marchar.

Sus manos se aferraban al ala del sombrero con las palmas sudorosas.

«No puedo perderte», pensó.

–Alec es un buen hombre, no me cabe la menor duda. Pero no es para ti –prosiguió–. Lo único que hará será herirte de nuevo en cuanto la inquietud haga mella en él de nuevo. No quiero verte sufrir. Por favor... sólo te pido que me escuches. Es cierto que pertenezco a ese club, pero puedo explicártelo todo si me dejas. Y hay algo que quiero enseñarte antes de que tomes una decisión.

–¿De qué se trata?

Se estaba arrastrando, pero allí, de pie frente a ella, le importaba un comino su orgullo.

–Quiero enseñarte lo que podré ofrecerte si me... si me eliges. Me dijiste que nunca has tenido un hogar. Bueno, mi tío Jacob, el marido de la tía Augusta, fue quien estuvo a punto de arruinar a la familia, por lo que se vio obligado a casarse con una heredera. Había malgastado la fortuna familiar en algo: en una casa, en Oakley Park. Es un lugar magnífico, Lizzie. Y es tuyo si lo quieres. Al igual que yo.

–Cariño... –susurró ella mientras meneaba la cabeza y lo miraba con los ojos llenos de lágrimas.

–Te he estado ocultando cosas, Lizzie. Pero ahora quiero contártelo todo. Sólo dime que no te he perdido, porque de ser así, ya no quiero seguir viviendo...

–Calla...

No se dio cuenta de lo cerca que estaban hasta que de repente ella le tocó los labios con los dedos y detuvo su angustioso torrente de palabras con un siseo reconfortante.

–Ya le he dicho a Alec que no, Devlin –musitó–. Y, en cuanto a tus secretos, ya sé lo más importante. Verás, acabo de regresar de la oficina del señor Beecham. Sé lo del testamento de tu tía. Devlin... –Las emociones inundaron esos ojos grises al buscar su mirada–. Yo también te amo.

Dev jadeó al escuchar sus palabras, o tal vez fuera un sollozo lo que escapó de sus labios; en cualquier caso, ella le arrojó los brazos al cuello con ternura. Tiró de él para besarlo y se rindió con todo su corazón, con toda su alma.

Dev tomó el rostro de Lizzie entre sus temblorosas manos y la besó mientras sentía el escozor de las lágrimas. Se dio cuenta de que ella también estaba llorando cuando notó el calor de sus lágrimas en el dorso de las manos, que aún la acariciaban con dulzura. Lizzie se pegó más a él.

–Cásate conmigo –logró decir Dev.

–Sí, sí, sí... –fue lo único que ella tuvo tiempo de contestar antes de que la silenciara con un beso interminable.

–Ven conmigo, Lizzie. Esta noche.

–Sí.

–A Oakley Park. Quiero enseñártelo.

–A cualquier sitio.

–Podemos estar allí en tres horas. Te amo.

–Devlin... –Lo estrechó con fuerza y enterró el rostro bañado de lágrimas en su cuello–. Yo también te amo, cariño. Con todo mi corazón.

18

La euforia vibraba en sus venas mientras viajaban a toda prisa a la luz de la luna, embargados por la felicidad y la certeza más absolutas. Con el cabello ondeando al viento y la mano de Dev en su cintura, Lizzie conducía el carruaje mientras él le daba instrucciones sobre el manejo de las riendas y le susurraba al oído palabras de amor y pecaminosas promesas que la hacían temblar de emoción y la instaban a azuzar los caballos.

Una luna enorme y redondeada resplandecía sobre los árboles azotados por el viento en un cielo despejado de nubes, y su luz amarillenta delineaba los lomos negros de los frisones. Sus cascos resonaban con rítmica cadencia sobre el polvoriento camino. La oscuridad vibraba con el canto de los grillos, un mundo secreto iluminado por el resplandor plateado de la luna y la mortecina luz dorada de los farolillos del carruaje.

Con los pies bien plantados en el suelo del carruaje y las riendas firmemente sujetas, lo único que Lizzie necesitaba era su fe, su instinto y la presencia de Devlin a su lado, instándola a continuar; hizo que el vehículo cogiera más velocidad con una temeridad que sólo podría haber aprendido de él.

A medio camino hicieron un alto para que los caballos descansaran; después fue Ben quien se hizo cargo de las riendas y ellos pasaron al interior del carruaje. Durante la hora siguiente, Dev le habló de su cruzada. Le explicó los verdaderos motivos por los que había entrado a formar parte del Club del Caballo y la Cuadriga y enumeró todos los pasos que había dado hasta el momento para desenterrar la verdad; unos pasos muy meditados, como si estuviera inmerso en una partida de ajedrez letal.

Lizzie no daba crédito a lo que oía.

–Noviembre de 1805. El lugar se llamaba El Toro Dorado. Era una casa de postas situada en el camino a Oxford, justo antes de Uxbridge. Contando los viajeros que ocupaban las habitaciones, el numeroso personal y los parroquianos que estaban en la taberna, al magistrado le llevó semanas elaborar la lista completa de todas las personas que se encontraban en el lugar aquella noche. El incendio fue tan devastador que resultó imposible reconocer varios cadáveres; además, el registro de huéspedes también se había perdido, de modo que tuvieron que recurrir a los registros del servicio de postas de la posada (cuyos establos no se vieron afectados), así como a las facturas de varias compañías de carruajes de alquiler cuyos cocheros habían recorrido su ruta habitual aquella noche. La cifra definitiva de víctimas ascendió a cuarenta y siete. –Tenía la mirada perdida y su voz había adquirido un peligroso deje de dolor y odio–. Jamás encontraron el cuerpo de mi hermana pequeña.

Lizzie le acarició la espalda, intentando ofrecerle algún consuelo.

–No tienes por qué contarme esto si te resulta demasiado doloroso.

–No. Las raíces del asunto están en el Club del Caballo y la Cuadriga y quiero que sepas por qué me he relacionado con esos hombres. –La miró fijamente largo rato–. Estoy decidido a demostrar que algunos de ellos estuvieron allí aquella noche y que provocaron el incendio deliberadamente. Hace unos meses mis investigaciones me llevaron a un callejón sin salida y decidí abandonar los cauces convencionales para proseguir con mis pesquisas, de modo que me uní al club para poder estudiar a esos malnacidos.

–¿Cómo te percataste de que podrían estar implicados?

–Mediante un larguísimo y lento proceso de meticuloso análisis. No olvides que mis viajes eran en parte expediciones científicas. Estoy muy familiarizado con el arte de la observación y con la recopilación objetiva de hechos. Se lo debo a mi padre –añadió con suavidad–. Tenía grandes dotes para la biología y disfrutaba mirándolo todo a través de su microscopio. Mucho me temo que estaba bastante obsesionado con desvelar los secretos de la anguila común.

Eso la hizo sonreír con cariño.

–Le habrías caído bien. –Devlin dejó escapar un profundo suspiro–. Durante dos años me he dedicado a reunir pruebas y a descartar posibilidades. Ahora estoy a un paso de la verdad. Casi puedo tocarla.

Ella frunció el ceño con aire pensativo.

–Tal vez sería mejor que empezaras por el principio, amor mío.

Dev esbozó una sonrisa. Debería haber sabido que podía contar con doña Sentido Común para verificar sus teorías.

–Ésa es mi chica –murmuró.

De repente se alegró de estar compartiéndolo con ella, no sólo para preservar la armonía entre ellos, sino también por razones prácticas. Con lo inteligente que era, su marisabidilla, tal vez viera algo que a él se le había escapado.

–Mi primer paso fue recopilar toda la documentación relacionada con el caso: el informe de las personas que investigaron el incendio, el fallo del magistrado, cualquier noticia que hubiera salido en prensa... incluso las notas necrológicas de todos los fallecidos en el incendio. El segundo paso me costó más, ya que se trataba de encontrar a los supervivientes. Apenas eran unos pocos, y no sabes cuánto crecieron mis sospechas cuando descubrí que bastantes habían muerto en extrañas circunstancias a lo largo de los dos años posteriores al incendio. Era como si el destino los tuviera en su punto de mira.

»Lo que más acicateó mi curiosidad fue el supuesto suicidio del cocinero. Según el oficial que investigó el incendio, las llamas se originaron en la cocina de El Toro Dorado. Como jefe del personal de cocina, el cocinero era responsable de todo lo que sucedía en sus dominios, lo que incluía el fuego. Su «suicidio» parecía demostrar que era el culpable de la tragedia.

–Sin duda alguna.

–Pero uno de los testigos que logré localizar y que me proporcionó la mejor pista (Tom Doolittle, por aquel entonces el chico de los recados de la cocina) era el sobrino del cocinero. Me aseguró que su tío era un tipo alegre y muy creyente que jamás se habría quitado la vida, ni siquiera en semejantes circunstancias.

–¿Quieres decir que crees que el cocinero en realidad fue... asesinado?

–Y que prepararon su muerte para que pareciera un suicidio.

–Pero ¿por qué? –quiso saber ella.

–Porque era un hombre que gozaba de mucha credibilidad... y ese incendio no se originó en su cocina.

–¿Dónde comenzó? –preguntó Lizzie, desconcertada.

–Fuera, trazando el perímetro del edificio. Aunque no encontrarás ese detalle en el informe oficial que redactó el encargado de la investigación. Sólo quedó registrado en la primera versión. La misma versión que decidió corregir cuando comenzó a recibir amenazas de muerte anónimas.

–Santo Dios...

–No quería hablar conmigo. Ya está retirado e intentó hacerme creer que casi no se acordaba del caso. Pero insistí hasta que acabó cediendo.

–Sí, eso se le da extremadamente bien, milord...

Devlin le lanzó una penetrante mirada.

–El único informe oficial registrado como tal y que presentó este viejo inspector establece que el fuego se inició de forma fortuita en la cocina. Fue una suerte que tuviera más conciencia que valor, ya que guardó una copia del informe original en el que constaba la versión que escribió justo después de reconocer la zona incendiada. Y me permitió leer dicha versión. En ella lo consideraba un incendio provocado. Sus conclusiones se basaban en que la posada había ardido a la vez por todas partes, como si hubieran impregnado de brea las esquinas o hubieran derramado aceite por todo el perímetro.

–Así que los pobres desdichados atrapados en el interior no pudieron escapar.

Devlin asintió con tristeza.

–Mucho más contundente fue el hecho de que se encontraran las aldabillas de algunas contraventanas cerradas entre los escombros.

Ella lo miró horrorizada.

–Dios mío, eso significa que alguien... tuvo que encerrarlos en la posada y que después redujo el lugar a cenizas intencionadamente. ¿Por qué? ¿Por qué iba nadie a hacer algo tan horrible a tantos desconocidos?

–Sospecho que para encubrir otro crimen, un acto que el culpable consideraba mucho peor. –Hizo una pausa–. De cualquier forma, quienquiera que estuviera detrás de las amenazas anónimas dirigidas a este hombre le ordenó que dijera que el fuego se había originado en la cocina. Temiendo por su vida, el anciano falsificó el informe en consonancia. Poco después de que se hizo público el informe en el que aseguraba que el incendio había comenzado en la cocina, se encontró el cuerpo del cocinero en una escena que hablaba de suicidio. Puesto que todo parecía una admisión de su culpabilidad, se cerró el caso.

–Entonces quien realizó las amenazas también se deshizo del cocinero –dedujo ella.

Devlin asintió.

–Eso nos lleva al chico de los recados. Aunque sólo contaba nueve años por aquel entonces, Tom Doolittle me proporcionó la mejor pista. Naturalmente, me gasté una fortuna en sobornos para sonsacársela –añadió con cinismo–. Al parecer, la criada que fregaba los platos lo mandó a buscar agua al pozo, momento en el que, según él, escuchó el disparo.

–¿Qué disparo? –preguntó en un susurro con los ojos desorbitados.

–Escuchó una discusión en algún lugar del pasillo de la planta alta. Tom oyó a un hombre gritar: «¡Cierra la boca, puta irlandesa!», y después un disparo.

Ella lo miró con la estupefacción pintada en el rostro.

–Claro que si alguien recibió un disparo esa noche –continuó Dev–, debería haber constancia en las diligencias del magistrado.

–Parece lógico.

–El problema residía en el hecho de que no se mencionaba bala alguna. Por supuesto, se podría haber pasado por alto una diminuta bala. A menos que...

–El magistrado también hubiera recibido amenazas de muerte.

–Bravo –murmuró Devlin con una irónica sonrisa–. Una lástima que ni él ni quien investigó el incendio tuvieran a bien desahogar sus atribuladas mentes con alguien; aunque a buen seguro que el asesino contaba con que el miedo les cerrara la boca. El magistrado se negó a contarme nada. Seguro que te complace saber que a él no conseguí hacerle cambiar de opinión. Aunque al parecer mi visita lo estuvo atormentando varios días. Así fue como una semana después recibí los informes por mensajero. Cuando le pregunté al respecto, el criado me dijo que su señor había hecho el equipaje y había abandonado el país, pero al menos me había enviado la información que estuvo oculta durante toda una década. Como era de esperar, resultó que uno de los cadáveres tenía una herida de bala en el pecho.

–¿Cuál de ellos? –musitó ella, aunque no estaba segura de querer conocer la respuesta.

Devlin titubeó antes de contestar.

–El de mi padre.

–Ay, cariño...

Lo miró acongojada.

Él guardó silencio un instante y después se aclaró la garganta.

–Alguien disparó a mi padre en la posada y después (o eso creo) la incendió para ocultar su crimen.

–Ese insulto dirigido a la irlandesa que escuchó el chico de los recados en el pasillo de la planta alta... Me dijiste que tu madre era irlandesa. ¿Crees que alguien quería deshacerse de tus padres?

–Ésa es precisamente la duda que me surgió nada más contarme Tom lo que había oído. Mi madre era una dama, pero te aseguro que jamás rehuyó una discusión si había algo que no le gustaba.

–Pero ¿quién haría algo así? ¿Quién quemaría vivas a cuarenta y siete personas para ocultar la muerte de una de ellas?

–Pero no era una persona cualquiera, sino un vizconde. Mi padre era un hombre tranquilo y amable, y todos aquellos que lo conocían lo apreciaban en gran medida. Gozaba de gran estima entre la nobleza. Quienquiera que lo mató debió de descubrir su identidad, tal vez después de perpetrar el asesinato. Pero, hasta donde yo sabía, el culpable podía haber sido cualquiera, desde un huésped hasta uno de los parroquianos de la taberna, pasando por un trabajador de la posada.

–¿Qué sabes de los bandidos y los salteadores de la zona? Los caminos por los que circulan los coches de postas suelen estar plagados de ellos.

–También lo pensé. Interrogué a los posaderos de esa misma ruta, pero no tenían constancia de actividades criminales. Ya sólo me quedaba una cosa por hacer, de modo que comencé por el principio de la lista y me dispuse a investigar los antecedentes de todas las personas que la componían en busca de pistas o de algo sospechoso. Posibles certificados penales. Lo que fuera. Fue un largo proceso de eliminación.

–Debió de llevarte una eternidad.

–Alrededor de un año... y muchos más sobornos. Hubo un nombre en la lista del que no encontré ni rastro: la señora Mary Harris. No pude averiguar nada sobre esa mujer. Había llegado en uno de los coches de postas. Nadie la conocía y no pude localizar registro alguno de su existencia. ¿Tienes la menor idea de cuántas mujeres hay en este mundo que se llaman Mary Harris? Pues un montón –dijo de forma tajante.

El comentario le arrancó una sonrisa.

–Supongo que debe de haberlo. Fue gracias a una señora Harris que me despidieron del colegio. Era la indignada madre de la que te habló la directora.

–Ah, eso... –dijo consternado–. Bueno, pues ahí lo tienes. Todas las Mary Harris que encontré o bien estaban vivitas y coleando o bien no estaban casadas. Comencé a pensar que se trataba de un caso de confusión de identidad. A lo que iba, seguí con la investigación del número treinta y dos de mi larga lista de fallecidos, un tal James Cox, herrero de un pueblo cercano y cliente habitual de la taberna de El Toro Dorado. Esa noche estuvo bebiendo allí y sufrió el mismo y aciago destino que los demás.

»Mientras investigaba su vida, localicé a uno de sus antiguos compañeros de correrías en una taberna y le hice unas cuantas preguntas; era un viejo peón llamado Jackson. Esa misma noche antes de que se iniciara el fuego, Jackson se encontraba en la taberna con Cox y el resto de sus amistades. Al parecer, se marchó temprano porque le había prometido a su esposa que dejaría de darle a la botella. Una promesa que le salvó la vida.

–Desde luego.

–Según Jackson, la taberna estaba hasta arriba aquella noche porque uno de sus amigotes, un tal Wiley, había visto a una mujer en el vestíbulo que, según juraba y perjuraba, era la famosa actriz londinense Ginny Highgate. Wiley no dudaba de que era ella, a pesar de que la mujer llevaba un velo. La había visto en varios espectáculos de extravagancias acuáticas en los jardines de Ranelagh. Tenía el conocimiento de que se tapaba el rostro para que no la reconocieran. ¿Me sigues?

–Continúa –le dijo, asintiendo con la cabeza.

–El nombre de Ginny Highgate no figuraba en mi lista, así que supuse que Mary Harris podía tratarse de un seudónimo usado por la actriz para evitar el acoso de sus ardientes admiradores. Puesto que la señorita Highgate había firmado con un nombre falso, hasta el momento no he sido capaz de averiguar si su familia sabe siquiera que murió en aquel incendio. Para ellos sencillamente habría... desaparecido.

Lo miró mientras se devanaba los sesos.

–Las mujeres que eligen hacer una carrera en el mundo del teatro suelen ser rechazadas por sus familias.

–Muy cierto. Supuse que debía de haber alguien en Londres que conociera a Ginny Highgate o se preocupara por ella. Y ahora permite que me disculpe por lo que viene a continuación, porque es bastante escandaloso.

Ella lo instó a continuar, asintiendo con la cabeza.

–Con la ayuda del encargado de los jardines de Ranelagh fui capaz de llegar hasta el burdel donde Ginny Highgate dio sus primeros pasos. Mantuve una conversación de lo más esclarecedora con la dueña.

–¿Y qué averiguaste?

–Dos cosas importantes. La primera, que Ginny Highgate también era irlandesa.

–Eso quiere decir que el insulto que escuchó el chico de los recados en el pasillo de la planta alta podría haber estado dirigido a ella. –Compuso una mueca–. Se dedicaba al teatro. Era irlandesa. Y habría sido un insulto literal.

–Exacto.

–¿No es curioso? –murmuró–. La señora Harris de la que te he hablado, la madre del colegio, también es irlandesa.

Devlin se encogió de hombros.

–Es un nombre bastante común.

–¿Cuál es la segunda cosa que averiguaste?

–Descubrí que Ginny Highgate, alias Mary Harris, era una de las favoritas del Club del Caballo y la Cuadriga (casi de su propiedad exclusiva) y que había ido pasando de la protección de un miembro a la de otro, o eso se rumorea. Randall, Carstairs, Staines... Claro que no tengo muy claro cómo encaja todo esto;

pero, tras pasar tanto tiempo estudiando a esos malnacidos, tengo una teoría que me gustaría que escucharas.

Ella se apresuró a asentir.

–Verás, hay un barco que zarpa rumbo a Irlanda todos los días desde el puerto de Holyhead, y para llegar allí desde Londres hay que recorrer el mismo camino que lleva a Oxford. Creo que la señorita Highgate se dirigía al puerto, que pensaba abandonar Londres y a su amante... quienquiera que fuese. Según la dueña del burdel, la señorita Highgate había amasado una fortuna y quería regresar a Irlanda. Pero ¿qué hubiera pasado si el protector del momento no estaba dispuesto a renunciar a ella?

Lizzie lo miró fijamente.

–Creo que esa noche Ginny Highgate fue víctima de la ira de un amante despechado. Uno de esos malnacidos del Club del Caballo y la Cuadriga, tal vez con la ayuda de algunos compinches, debió de seguirla hasta la posada y, allí, creo que mi padre (el caballero inglés por antonomasia) intervino en un intento por calmar los ánimos.

–Y por eso le dispararon –susurró ella.

Devlin asintió muy despacio.

–Sólo se me ocurre que se dejaran llevar por el pánico al darse cuenta de que habían matado a un noble, más aún a uno que gozaba de la reputación de mi padre.

–Entonces, ¿crees que prendieron fuego a la posada para ocultar el crimen?

–Y para deshacerse de los testigos.

–Entre los que estaban tu madre y tu hermana –añadió ella en voz baja.

Ambos guardaron silencio.

–Bien, ¿qué piensas hacer ahora?

–Sigo necesitando pruebas –contestó con voz sosegada–. A los tribunales les traen al fresco mis corazonadas. Debo reunir pruebas lo bastante contundentes para llevar al asesino ante la justicia, y eso es casi imposible cuando se trata de un aristócrata. Quiero que quienquiera que lo haya hecho acabe humillado y deshonrado públicamente. Quiero que lo cuelguen delante de una muchedumbre que lo abuchee y le escupa. Quiero que le quiten todas sus posesiones. Tanto tierras como títulos, si de verdad posee alguno. Quiero que sufra. Quiero que su familia sufra. Por Dios, quiero que su nombre desaparezca de la faz de la Tierra como si nunca hubiera existido.

La ira contenida que ardía en esos ojos le provocó a Lizzie un escalofrío en la espalda. Carraspeó ligeramente.

–Ya veo que lo has estado pensando.

La sombra de una sonrisa burlona curvó los labios de Devlin.

–Sólo durante dos años.

–Cariño... –Estudió su rostro en el reducido espacio del carruaje con el acuciante deseo de abrazarlo, pero se contuvo, ya que todavía quedaba una pregunta importante sin responder. Lo miró a los ojos–. No puedo creer que me ocultaras todo esto. Por Dios, Devlin, si estás en lo cierto, ellos saben quién eres. Al ser el hijo del hombre al que dispararon, deben de sospechar que tramas algo contra ellos.

–Estoy seguro de que así es. Vigilan cada uno de mis movimientos. Por eso me he tomado tantas molestias en comportarme como un pendenciero que sólo piensa en el placer y en gastar el dinero a espuertas. Podría decirse que los he convencido de que aún no he abandonado los malos hábitos de mi disipada juventud.

–Al principio me engañaste incluso a mí. –Agachó la cabeza mientras trataba de encontrar un modo de preguntarle sobre el asunto que le corroía las entrañas–. Devlin, Alec me contó que hay un requisito bastante desagradable que todo aquel que quiere unirse al Club del Caballo y la Cuadriga...

–Lizzie –la interrumpió con suavidad–, no la toqué.

Ella dejó escapar un quedo suspiro de alivio.

–En el fondo sabía que jamás le harías daño a una inocente. Pero ¿cómo los engañaste? Alec me dijo que las reglas establecían que los demás debían... mirar.

Devlin meneó la cabeza.

–No es más que un mito. Todas las leyendas, incluso las leyendas acerca del Club del Caballo y la Cuadriga, se exageran un poquito. ¿Recuerdas la noche que te secuestré en mi carruaje? ¿Recuerdas la herida que tenía en el costado? Me preguntaste cómo me la había hecho.

–No llegaste a decírmelo.

–Me corté para proporcionar las pruebas necesarias que demostraban que había «desflorado» a la muchacha. En cuanto se quedaron conformes, la saqué de allí y la dejé en manos de Ben, quien la llevó de vuelta a su pueblo sana y salva.

–Ay, cariño... –Se acercó y lo abrazó con fuerza largo rato. Apoyó la cabeza sobre su hombro y cerró los ojos–. ¿No te resulta duro enfrentarlos sabiendo que uno de ellos mató a tu padre? ¿Cómo puedes soportarlo?

–La verdad es que tienen algo que me fascina. ¡Maldita sea! No es la primera vez que vivo entre salvajes –añadió con ironía–. En ciertos momentos incluso me cae bien alguno de ellos. Quint Randall, por ejemplo. No es tan malo. Me da lástima. Aunque no sé muy bien por qué. Y luego está lo del duelo. Staines me retó, pero Carstairs lo convenció para que desistiera y se disculpara.

–Mmm, sin duda Staines te odia ahora incluso más que antes. Te suplico que tengas cuidado, Devlin. Esto es demasiado peligroso. No podría soportar que te ocurriera algo.

–¿Porque me amas? –susurró él al tiempo que la acercaba más.

–Exacto –contestó sentada en sus vigorosos muslos, ya que él acababa de colocarla a horcajadas en su regazo.

–Me encanta escucharlo de tus labios.

–Pues lo diré otra vez. Te amo. Te amo –susurró.

Estaban besándose apasionadamente cuando el carruaje redujo la marcha.

Devlin miró las enormes puertas de hierro forjado a través de la ventanilla.

–Ya hemos llegado –musitó y titubeó unos instantes antes de añadir–: Hace muchísimo tiempo que no piso este lugar.

–¿Estás preparado para hacerlo? –le preguntó al tiempo que le acariciaba el rostro–. Estoy segura de que esta casa debe de albergar muchos recuerdos dolorosos.

–Ahora que estás aquí todo irá bien. Vamos.

Entrelazó sus dedos y se llevó la mano a los labios para besarle los nudillos antes de ayudarla a apearse del carruaje, mientras sus criados abrían las puertas.

Una brisa fresca y fragante soplaba por entre los numerosos árboles de la propiedad y jugueteaba con el cabello de Lizzie.

Cogidos de la mano ascendieron por la alameda. La propiedad parecía bastante descuidada; las malas hierbas crecían a lo largo del camino plagado de hoyos y las plantas trepadoras cubrían la verja.

Lizzie divisó la silueta de una construcción entre la espesura de los árboles que había a su izquierda.

–¿Qué es eso?

–Mulberry Cottage.

Entrecerró los ojos para escudriñar el lugar en la oscuridad, pero sólo consiguió ver el tejado de paja y parte de la ornamentación de una casita de campo.

–Vaya, Devlin, ¡es una preciosidad! ¿Es una residencia de invitados?

No obtuvo respuesta.

Cuando apartó la mirada de la encantadora imagen para posarla sobre su rostro, se sorprendió al descubrir una expresión sombría, como si estuviera perdido en sus recuerdos, bajo la plateada luz de la luna.

–Vamos –susurró Devlin antes de comenzar a tirar de ella con suavidad.

Continuaron camino arriba.

Lizzie apretaba la cálida y enorme mano de Devlin, embargada por una extraña sensación de irrealidad. Tal vez se debiera a la luna y al reconfortante susurro del viento entre los árboles, pero tenía la impresión de que acababan de adentrarse en un reino mágico que dormitaba bajo un hechizo tenebroso.

La tensión que había percibido en su acompañante pareció aliviarse en cuanto se alejaron de las proximidades de Mulberry Cottage.

Por delante de ellos, al otro lado del tupido dosel que formaban los árboles que bordeaban el camino, atisbó la enorme casa, que brillaba como el alabastro a la luz de la luna.

Cuando llegaron al final del sendero, contuvo el aliento y se detuvo para contemplar asombrada la espléndida mansión de estilo paladiano. De un blanco radiante, la cúpula central se alzaba como una cucharada del mejor helado de vainilla de Gunter's sobre un majestuoso frontón sostenido por cuatro columnas jónicas. Dos alas simétricas se extendían a ambos lados de la entrada, con ventanas de estilo James Wyatt que llegaban hasta el suelo. No había la menor señal de vida.

–Devlin, es una casa magnífica –susurró.

Él ejecutó una galante reverencia.

–Toda tuya, amor mío.

Ella lo miró algo indecisa, pero en ese momento Devlin le regaló una sonrisa misteriosa y la condujo a la puerta principal, que golpeó sin miramientos con una aldaba con forma de cabeza de león.

–Tengo una llave, pero no quiero que los criados nos disparen. Como ya he dicho, hace mucho que no vengo por aquí. La tía Augusta fue la última en habitarla. Cuando se trasladó a Bath, la casa se cerró. Desde entonces sólo se ha mantenido el personal necesario para que todo esté limpio y bien cuidado, pero es gente leal. ¿Crees que les hemos avisado lo suficiente?

Sin esperar respuesta, se sacó la llave del bolsillo del chaleco y abrió la cerradura. Las bisagras chirriaron de forma ensordecedora cuando abrió la puerta apenas lo justo para asomar la cabeza.

–¡Hola! ¿Hay alguien? ¡Señor Jeffries!

–¿Señor? –respondió una voz débil que parecía pertenecer a un anciano–. ¿Es usted?

Todavía de la mano de Devlin, Lizzie entró en la casa y vio a un viejo mayordomo, que vestía una bata y un gorrito de dormir con una borla y que atravesaba el vestíbulo con una palmatoria de peltre en la mano.

–Ay, milord, nos ha pillado totalmente por sorpresa. Tendré que despertar a los demás ahora mismo...

–No es necesario. Que descansen –lo tranquilizó Devlin–. No precisaremos nada hasta mañana.

Salvo el uno al otro, le transmitió a Lizzie su abrasadora mirada sin necesidad de palabras.

El anciano, medio dormido y con los ojos algo pegados, se entusiasmó cuando Devlin hizo las presentaciones.

–Esta dama va a ser lady Strathmore, señor Jeffries. Se llama Elizabeth, y pronto nos casaremos.

–¡Caray! ¡Qué buenas nuevas! –exclamó el anciano, cuyos soñolientos ojos se abrieron asombrados al tiempo que les hacía una reverencia–. Alabados sean todos los santos, ¡su ilustrísima ha encontrado a una hermosa joven con la que casarse! Le deseo toda la felicidad del mundo, señor. ¡Muchas felicidades! –El anciano parecía al borde de las lágrimas–. Mi más sincera bienvenida, lady Strathmore, y muchas felicidades. El personal está a su servicio. Por el momento sólo somos tres, pero sus deseos serán órdenes para nosotros.

–Gracias, señor Jeffries –respondió ella, conmovida por su sinceridad

El anciano la miraba como si fuera la octava maravilla del mundo.

–¡Es un milagro! Oakley Park cobrará vida de nuevo. Incluso podríamos volver a tener niños por aquí. Ay, ha pasado demasiado tiempo...

Lizzie se ruborizó.

–Se lo agradezco, señor Jeffries. Es usted muy amable. Pero soy consciente de que hemos perturbado su sueño.

–¡Vaya, claro, ahora mismo regresaré a la cama! –exclamó en cuanto captó la indirecta–. Los señores no desean que nadie los moleste. Por supuesto, por supuesto.

–Y tanto –murmuró Devlin con cierta malicia.

Tras reprimir una risilla, el viejo mayordomo procedió a encender una vela que dejó en la consola para ellos y acto seguido les hizo otra reverencia.

–Buenas noches, milady. Milord.

Como si estuviera impaciente por que el ala infantil de la casa se llenara de bebés Strathmore, el señor Jeffries se retiró a su habitación.

–Creo que será mejor que nos pongamos a ello, muchacha. –Devlin la cogió por la cintura para apretarla contra su pecho y le dijo con un gruñido juguetón–: Ya has oído al viejo.

Ella echó la cabeza hacia atrás y miró con ojos entrecerrados a su futuro esposo.

–Menudo sinvergüenza estás hecho...

–Y que lo digas... –murmuró él antes de inclinar la cabeza para reclamar su boca.

Ella soltó una risa que quedó sofocada por sus labios cuando él la alzó de repente del suelo y la tomó en sus brazos.

–Coge la vela.

Extendió el brazo para asirla cuando Devlin pasó junto a la consola y después la sujetó en alto para alumbrar el camino.

–Ahora, amor mío –murmuró él–, te enseñaré la casa. Y si eres tan amable, cuando veas un lugar en el que te apetezca perder la virginidad, no tienes más que decirlo.

–No quiero que me enseñes la casa –musitó al tiempo que le mordisqueaba la mejilla–. Te quiero a ti.

–Así que mi dama está impaciente...

–Sí.

Devlin se estremeció cuando le rozó la comisura de los labios con la punta de la lengua. Se apresuró a girar la cabeza para apoderarse de su boca con ardiente pasión. Esos labios la hechizaban. Le rodeó el cuello con más fuerza y lo besó con más ardor. Sus lenguas se encontraban y jugueteaban como delicioso anticipo de lo que estaba por llegar.

Devlin jadeaba un poco cuando se apartó.

–A la cama, pues.

–Sí –murmuró, estremecida por sus palabras y por el brillo incandescente de sus ojos.

El corazón le latía con fuerza. Sin apartar la mirada de sus ojos, Devlin la condujo por el pasillo y dejó atrás una impresionante escalinata flanqueada por altas columnas corintias antes de enfilar por otro pasillo mientras ella alumbraba el camino con la vela.

«Qué fuerte es», pensó, sin apenas percatarse de las sucesivas habitaciones que iban dejando atrás ni del mobiliario cubierto con sábanas de hilo para preservarlo del polvo. La llevaba con tan poco esfuerzo que se sentía muy a salvo entre sus musculosos brazos, aun cuando se detuvo poco después de haber enfilado ese segundo pasillo y alzó una pierna para sostenerle el trasero y girar el picaporte con la mano.

Abrió la enorme puerta blanca de un empujón y ésta se estampó contra la pared. Ella sostuvo la vela bien en alto mientras sus ojos desorbitados recorrían la opulenta estancia.

A la escasa luz que le proporcionaba la vela apenas podía vislumbrar las molduras de escayola con forma de enredadera que rodeaban el rosetón pintado del techo. Las paredes estaban adornadas con un friso dorado tallado a diferentes relieves y de ellas colgaban tapices de seda verde claro. Dichos tapices ilustraban algunas de las parejas más apasionadas de la mitología clásica, y creyó distinguir a Venus y Adonis, a Psique y Cupido, y a Perséfone y Hades.

A la derecha se alzaba una chimenea de alabastro, una verdadera obra de arte. Asimismo, la estancia contaba con un rincón destinado para el baño, rodeado por unos pesados cortinajes de terciopelo rosa que estaban plegados y recogidos con unos cordones dorados rematados con borlas. Un candelabro de cuatro brazos, de los que colgaban lágrimas de cristal, podría proporcionarles más luz si así lo deseaban, pero Lizzie confiaba en el íntimo resplandor de la vela que llevaba para iluminar lo que estaba a punto de suceder.

–Éste es el dormitorio principal –le explicó Devlin después de entrar y cerrar la puerta con el pie–. No todas las habitaciones de la casa son tan ostentosas. Se supone que está reservada para la realeza en caso de que se deje caer por aquí. Pero esta noche... tú eres mi reina –susurró con una sonrisa pícara–. Deja la vela en la mesa, si no te importa.

Ella obedeció.

–Y ahora bésame –musitó.

Y ella así lo hizo.

Devlin la dejó en el suelo con cuidado y, sin dejar de besarla, comenzó a quitarle la ropa. Las manos de Lizzie temblaban cuando se dispuso a ayudarlo, y sus dedos apenas fueron capaces de desatar el corpiño. Las manos de Devlin, en cambio, se movían con destreza, de manera que lo dejó a cargo de esa tarea mientras ella se afanaba con los botones de su chaleco. Él le quitó el vestido. Le soltó el cabello, le aflojó el corsé e hizo desaparecer su camisola. El corazón le latía muy deprisa. Dejó de besarlo el tiempo justo para echarle una miradita a la pretina de sus pantalones. Cuando introdujo la mano por la cinturilla y tomó entre los dedos su endurecido miembro, él apoyó la cabeza contra la puerta.

–Dios, cómo he echado de menos tus caricias –murmuró con los ojos cerrados mientras ella contemplaba sus largas pestañas.

Se puso de puntillas y dejó sobre su cuello un reguero de besos y mordiscos juguetones. Eso le arrancó una carcajada sensual. A continuación se dedicó a complacerlo con la mano mientras inhalaba su aroma con la mejilla enterrada en su pecho. Sus caricias prosiguieron hasta que él gimió.

–Ya basta –jadeó con voz ronca mientras le apartaba la mano.

–Quítate esto –dijo ella mientras aferraba su elegante camisa de lino y tiraba con impaciencia de ella.

Él se sacó la prenda por la cabeza y la arrojó a un lado. La chaqueta oscura y el chaleco yacían en el suelo junto a su ligero vestido.

Lizzie reprimió un gemido de creciente pasión mientras su mano ascendía por ese bronceado torso hasta su fuerte pecho, deleitándose en cada relieve de sus músculos. Se separó un poco para admirarlo. Ese hombre era la seducción personificada, allí desnudo de la cintura para arriba. Los pantalones negros estaban entreabiertos y la incitaban a proseguir con su exploración. Su ardiente mirada se posó en el rostro masculino. Esos labios firmes aunque hinchados por sus besos parecían decirle muchas cosas, y el deseo brillaba en sus fulgurantes ojos azules.

–No puedo creer que vaya a casarme contigo.

Las palabras escaparon de sus labios teñidas por un leve asombro.

La mano de Devlin se posó sobre su mejilla.

–Yo estaba pensando exactamente lo mismo.

–Te amo –le dijo.

Dev la contempló absolutamente hechizado. La única razón por la que no correspondía a sus palabras era que el amor que reflejaban esos tiernos ojos grises le había robado el aliento y lo había dejado mudo. Le resultaba del todo imposible vocalizar sonido alguno mientras contemplaba semejante belleza. Desnuda, con su piel de alabastro y el cabello castaño suelto alrededor de los hombros era la viva imagen de una diosa pagana.

Su embelesada mirada descendió hasta sus turgentes pechos, medio ocultos por el cabello. Su esbelta cintura era una invitación, aunque eran las voluptuosas curvas de sus caderas lo que lo volvían loco de deseo. Sin apartar la mano de su mejilla, le acarició los labios con el pulgar y se estremeció cuando ella los separó para chupárselo con sensualidad.

Quién iba a pensar que su remilgada marisabidilla escondía el alma de una cortesana...

Tras apartar el dedo de su boca lo llevó hasta un pezón que humedeció con su propia saliva. Ella se lamió los labios mientras lo observaba. Volvió a acariciarle los labios en espera de otro beso. En esa ocasión fue el dedo corazón el que acabó humedecido por las caricias de la lengua de Lizzie. El mismo dedo corazón que se introdujo entre sus piernas para acariciarla mientras exploraba los diminutos rizos. Su dedo le arrancó una exclamación de sorpresa cuando dio con la humedad que allí se escondía. Siguió acariciándola por un instante mientras el placer la hacía arquearse frente a él. Cuando alzó la mano, se llevó ese dedo a la boca para saborearlo con un brillo lascivo en los ojos.

Lizzie se acercó a él en el preciso instante en el que sus brazos se extendían para alzarla del suelo. Ella le arrojó los brazos al cuello y le rodeó la cintura con las piernas. Con ese suave y redondeado trasero entre las manos, Devlin la condujo al fastuoso lecho y la dejó atravesada sobre el colchón.

En tres ocasiones la llevó al borde del orgasmo con las manos y la boca, hasta que estuvo frenética de deseo. De modo que, cuando la penetró con sumo cuidado, no hubo dolor. Entrar en ella poco a poco era una sensación exquisita. El corazón le latía desbocado y le costaba respirar. Le temblaba el cuerpo por el esfuerzo de contenerse después de soñar durante una eternidad con esa noche y esa mujer.

Le enterró el rostro en el cuello y se arqueó sobre ella mientras descansaba su peso en las manos. Cada caricia, cada aliento tejía un hechizo de amor alrededor de la cama. Clavó la mirada en su extasiado rostro y sintió que sus largas y adorables piernas se apretaban contra sus caderas al tiempo que comenzaba a moverse voluptuosamente bajo él con los ojos cerrados, saboreando las sensaciones. Inclinó la cabeza y le besó la delicada piel de los párpados, deleitándose en el suave roce de sus pestañas.

–No me dejes nunca –le susurró al tiempo que le acariciaba el pelo–. Formas parte de mí. No quiero que esto se acabe nunca.

–No se acabará y nunca te dejaré.

–Te amo.

–Dios, Devlin... –murmuró ella antes de susurrarle su propia declaración de amor.

Con la respiración entrecortada y alzando las caderas, Lizzie lo instó a aumentar el ritmo de sus embestidas. Alzó las manos y le acarició los hombros antes de llevarlas a sus costados. De allí se movieron hasta su espalda y descendieron hasta sus nalgas, donde se detuvieron para aferrarlo con fuerza y detener sus movimientos.

–Por Dios, ¡no puedo más!

Una seductora sonrisa curvó los labios de Dev cuando comprendió que ella estaba a punto de alcanzar el clímax. Estremecida por la pasión, jadeaba en busca del orgasmo, algo que tenía toda la intención de proporcionarle.

–¿Eres mía? –le preguntó en un susurro.

–Por completo. –De su garganta escapó un gemido de deseo cuando le tomó un pezón entre los dedos y le dio un pellizco sensual–. Dios, Devlin... Me estás volviendo loca. No puedo soportarlo más.

–En ese caso... –replicó con un ronco murmullo, aferrándose con fuerza a los últimos jirones de cordura que le quedaban.

Con unas cuantas embestidas más Lizzie alcanzó el clímax, tensando su sudoroso cuerpo bajo él; un pequeño grito escapó de entre sus labios cuando el placer la consumió. Se había estado aferrando a su cuello como si le fuera la vida, pero su abrazo se debilitó a medida que el éxtasis se apoderaba de ella. Dev bebió los gemidos de placer de su boca mientras la abrazaba con fuerza. Sus espasmos de placer lo habían llevado tan al límite que su autocontrol acabó hecho trizas. Se dejó arrastrar con un grito salvaje, y con una profunda embestida final derramó su semilla en ella.

Incapaces de hacer otra cosa, pasaron un buen rato tumbados y jadeantes, con las piernas y los brazos enredados, la piel sonrosada y el cabello enmarañado.

Lizzie levantó la cabeza haciendo un esfuerzo visible y le dio un beso antes de dejarla caer una vez más sobre el colchón.

–Te amo, Devlin.

–Lizzie, cariño... –susurró, encerrándola entre sus brazos–. Yo también te amo.

–Repítelo –le rogó, emocionada ante esas milagrosas palabras.

Le acercó los labios al oído y repitió su declaración de amor en un suave susurro. Lizzie sintió su aliento con un gemido de embriagador deseo, le echó las manos al cuello y se colocó sobre él.

Dev tiró de la colcha para cubrir su voluptuoso cuerpo de modo que no cogiera frío y, cuando sus ojos se detuvieron en la manchita de sangre que había en la sábana, recordó el vínculo que los uniría de por vida, aunque aún no estuviera refrendado ante Dios. De repente se vio asaltado por la sobrecogedora idea de que ella había pasado a ser suya... Suya para amarla y respetarla... Suya para protegerla.

Con un feroz instinto protector, le acunó la cabeza contra el pecho con suma ternura.

–¿Siempre es tan bueno? –murmuró ella con voz soñolienta.

La pregunta le arrancó una sonrisa. Le besó el cabello.

–Pregúntamelo por la mañana y tendrás tu respuesta.

Cuando despertó a la mañana siguiente, Devlin no estaba allí.

Levantó la cabeza de la almohada para echar un vistazo a su alrededor con gesto cansado y frunció el ceño al percatarse de que se hallaba sola, si bien tuvo que admitir a regañadientes que era mejor así. Era incapaz de resistirse a sus encantos, y el dolor que sintió en algunas partes de su cuerpo al sentarse en la enorme cama le hizo tomar conciencia de las actividades de la noche anterior.

Pasado un momento, se rascó la cabeza con un bostezo soñoliento y se bajó de la cama envuelta en la sábana como si fuera una túnica. Cruzó la lujosa habitación hasta el reservado para el baño. Detrás de las cortinas de terciopelo rosa había una pequeña estancia de paredes alicatadas con mosaicos y resplandeciente mármol, como un baño romano en miniatura: todo un lujo de lo más inusual, incluso en las mansiones de las familias más encumbradas. Sonrió al descubrir que Devlin había llenado la bañera para ella. Sabía que había sido él porque el instinto protector del guerrero que albergaba en su interior no habría dejado que los criados entraran en la habitación y la vieran durmiendo desnuda. Una rápida comprobación con los dedos le indicó que el agua seguía caliente. Ese detalle le arrancó una sonrisa; dejó que la sábana cayera a sus pies y se metió en la bañera.

Media hora después, aseada y vestida, fue en su busca... y en la del desayuno. Sólo entonces, cuando se aventuró en los resplandecientes pasillos de Oakley Park, comprendió de verdad todo lo que conllevaba la decisión que había tomado.

La noche anterior la había dejado estupefacta por todo lo que le había contado en el carruaje y después había estado demasiado embargada por el deseo para prestarle atención a la mansión. Sin embargo, en esos momentos contemplaba boquiabierta los altísimos techos, los exquisitos salones y la escalinata de mármol blanco que parecía flotar hasta la planta superior suspendida en el aire... y apenas daba crédito a que esa mansión, una auténtica obra de arte, fuera a convertirse en su hogar.

Ya no volvería a ser esa persona de modales impecables añadida a la familia; en esa mansión sería esposa y madre, el alma del hogar. Abrumada por la idea de que su más anhelado deseo fuera por fin a realizarse, caminó muy despacio por el pasillo hasta llegar al corredor principal, donde alzó la vista en dirección a la grandiosa cúpula.

La mansión entera se hallaba sumida en un silencio sepulcral. Y de repente supo que había nacido para estar en ese lugar. Para amar a ese hombre, para que esa destrozada familia resurgiera y para utilizar todo lo que había aprendido de la familia Knight de forma que la elevada posición social y la riqueza que compartiría con su marido fueran sus instrumentos para mejorar el mundo. Su destino estaba al alcance de la mano.

–¿Café, señora?

Giró en redondo y vio que el señor Jeffries se acercaba a ella con una bandeja de plata, en la que el juego de café se balanceaba precariamente en sus temblorosas manos. A decir verdad, el adorable ancianito debería estar más que retirado aunque pareciera encantado de tener a alguien a quien servir, pensó al tiempo que se apresuraba a ayudarlo.

–Gracias, señor Jeffries. Es usted muy amable. Me temo que no he podido encontrar el comedor matinal.

El mayordomo sonrió.

–Por aquí, milady. Si le apetece, puedo guiarla por la mansión y responderé gustoso a cualquier pregunta que se le ocurra. Estoy seguro de que querrá ver el invernadero, la galería, el salón de baile, la biblioteca...

Eso le llamó la atención al punto.

–¿Biblioteca?

–Sí, milady. Pero primero, sin duda, la señora querrá reponer fuerzas con un buen desayuno.

Lizzie le sonrió mientras la conducía hasta un luminoso y espacioso comedor, donde los otros dos miembros del personal esperaban para conocer a la nueva señora: la anciana ama de llaves y la cocinera. El señor Jeffries le presentó a las dos ancianas y después los tres la contemplaron maravillados, como si fuera la emperatriz de todo el mundo conocido.

–¡Tiene que comer, querida! –le aconsejó la cocinera.

Puesto que se habían percatado de que no era dada a guardar el protocolo, la acogieron como tres hadas madrinas. Se mostraron tan solícitos como si la creyeran en estado de buena esperanza.

El desayuno estaba dispuesto en el aparador, y por más ansiosa que estuviera por reunirse con Devlin, le dio pena dejarlo allí para que se enfriara después de la calurosa bienvenida que le habían dado aquellos ancianitos y de todas las molestias que se habían tomado. Con paciente cortesía, les dio las gracias y se sirvió ella misma.

Los tres se quedaron en la estancia, observándola comer mientras sonreían de oreja a oreja. Se sintió tentada de invitarlos a que se unieran a ella, pero lo que querían era una vizcondesa digna de su señor y por Dios que la tendrían, se prometió; de manera que reprimió el impulso.

Tan pronto como estuvo sentada a la enorme mesa de caoba, su mirada se posó sobre el retrato enmarcado en oro de una orgullosa y bella mujer de pelo azabache colgado sobre la chimenea que tenía enfrente.

–¿Quién es?

–¡Caray! Se trata de su predecesora, lady Katherine, la novena vizcondesa de Strathmore.

Así que ésa era Katie Rose, pensó mientras estudiaba el cuadro.

–Era toda una belleza.

Los criados le dieron la razón con afligidos murmullos al tiempo que asentían con la cabeza.

Soltó el tenedor, repentinamente incómoda, pero se obligó a sonreír.

–¿Alguien ha visto a lord Strathmore esta mañana?

Los criados intercambiaron una mirada inquieta, antes de que el señor Jeffries asintiera.

–Ha ido a Mulberry Cottage, señora.

–¿La casa de invitados? –preguntó con el ceño fruncido.

–Bueno, no es una casa de invitados, milady –explicó el ama de llaves–. Mulberry Cottage fue la casa donde su ilustrísima creció.

Eso la hizo arquear las cejas, pero después recordó que el padre de Devlin, Stephen, era el hermano menor. Era Jacob quien había poseído el título, y también el artífice de la impresionante mansión. El hermano menor y su esposa habrían sido relegados a Mulberry Cottage, donde establecieron su hogar. Estuvo a punto de darse una palmada en la frente.

«Pero ¡qué tonta he sido por no darme cuenta!», se recriminó.

Devlin había estado demasiado tranquilo en la mansión. No era de extrañar. Sin duda consideraba que Oakley Park era el hogar de su tío.

Porque Mulberry Cottage era el suyo.

–Incluso después de que su padre heredó el título, la familia prefirió no mudarse –comentó el ama de llaves, que señaló el retrato con un gesto de la cabeza–. Lady Katherine solía decir que era más acogedora para los niños. Formaban una hermosa familia. Una pérdida terrible.

Lizzie contempló a los criados con detenimiento. Por fin entendía por qué Devlin era tan sensato. Al igual que ella, se había criado en una casita con techo de paja y no en una gran mansión.

–Pobre señor... –suspiró la cocinera, meneando la cabeza–. Cuando murieron, ordenó que la casa se cerrara a cal y canto. Sí, señora, no se podía tocar nada. Ésas fueron las órdenes. Teníamos que dejarlo todo exactamente igual que el día que murieron.

Eso la dejó lívida.

Se levantó de un salto y salió de la habitación a toda prisa musitando una disculpa. Sabía que Devlin había ido a Mulberry Cottage para enfrentarse al pasado.

No tenía intención de dejar que lo hiciera solo.

19

El camino que se internaba en la espesura que rodeaba Mulberry Cottage estaba invadido por margaritas silvestres, perifollos y zarzas que se enganchaban en sus faldas mientras lo atravesaba a la carrera. De repente, se alzó ante ella la elegante fachada de la casita, cubierta por una maraña de rosales trepadores.

Primero vio a Ben, que se acercó a ella con expresión desesperada.

–Señorita Carlisle, ¡estaba a punto de ir a buscarla! Está dentro.

–Pero ¿está bien?

–No lo sé. No me deja entrar.

Lizzie asintió con la cabeza y pasó a su lado de camino a la puerta de madera, y la abrió con cuidado. Los goznes chirriaron, delatando su entrada.

–¡Déjame solo, Ben! –rugió su león herido desde el interior.

Embargada por el miedo, Lizzie miró de soslayo al ayuda de cámara, que se limitó a encogerse de hombros y menear la cabeza.

Respiró hondo para alejar la creciente oleada de pánico antes de abrir la puerta un poco más y asomar la cabeza.

–Soy yo, cariño. ¿Dónde estás? –Entró sin hacer ruido y cerró la puerta tras ella–. Devlin...

No obtuvo respuesta.

A medida que se internaba en la casa, vislumbró unas paredes pintadas de alegres colores y un sencillo mobiliario de madera. Algunas estanterías, un piano y objetos decorativos que hacían el lugar más acogedor. Una jaula vacía. Una mesa con algunas figurillas de porcelana. Flores prensadas y secas en marcos ovalados. El olor a cerrado impregnaba el lugar, y una gruesa capa de polvo ceniciento lo cubría todo.

Cuando dobló la esquina, lo vio en la salita. Estaba arrodillado en la alfombra, inmóvil y con los ojos clavados en un rompecabezas infantil que yacía en el suelo a medio terminar.

–Devlin...

Él alzó la cabeza muy despacio y Lizzie se percató de que tenía los ojos llenos de lágrimas. Atravesó la estancia a toda prisa acompañada del frufrú de sus faldas de muselina y luchó contra sus propias lágrimas.

–Cariño...

Le colocó la mano en el hombro antes de acariciarle el pelo, deseando con todas sus fuerzas aliviar el dolor que asomaba a sus ojos.

Devlin siguió arrodillado, sin responder. Pero en un momento dado la miró con una expresión desolada, le rodeó las caderas con los brazos y enterró el rostro en su abdomen. Lo abrazó un instante, entregándole toda la ternura que tenía en su interior, calmándolo con sus caricias y susurrándole las palabras de amor más dulces que se le ocurrieron, aunque sabía que no había palabras que pudieran consolarlo. No para semejante sufrimiento. Lo único que podía hacer era acunarlo entre sus brazos y rezar para que, en esa ocasión, su amor bastara.

Él se alejó de repente y se negó a enfrentar su mirada. Su voz sonó extraña y tensa cuando habló.

–Tengo que decirte algo. Algo tan horrible que no sé si seré capaz de encontrar las palabras adecuadas. Pero antes de que nos casemos, quiero que conozcas el último secreto, Lizzie. El peor.

Ella se inclinó para depositar un beso en su cabeza.

–Nada de lo que me digas logrará que deje de amarte. Jamás.

Devlin se puso de pie y la contempló durante un buen rato. Ese rostro angular estaba crispado y pálido, y un rictus sombrío le torcía los labios. Después, apartó la mirada y clavó los ojos en la chimenea de piedra. Los cerró e hizo un esfuerzo visible para comenzar.

–Lizzie –musitó–, yo tengo la culpa de que estén muertos.

Ella se las arregló para asimilar la desquiciada confesión con un despliegue de serenidad.

–Pero ¿cómo es posible, Devlin? Anoche me hablaste sobre los hombres que provocaron el incendio.

Devlin abrió los ojos y la miró, sumido en un mar de silencioso sufrimiento.

–Hice una travesura en el colegio mayor. Estaban de camino

para recogerme. –Meneó la cabeza con amargura y con la mirada perdida, por más que sus ojos estuvieran clavados en ella–. Una estupidez. Unos amigos y yo nos saltamos las clases para jugar al billar en una taberna. Sólo tenía diecisiete años. Queríamos emborracharnos y festejar la gloriosa muerte de Nelson... Las noticias de la batalla de Trafalgar acababan de llegar a Oxford.

Lizzie sintió un dolor horrible por él. Jamás lo había escuchado hablar con voz tan seria. Se alejó de ella en dirección a la chimenea.

–Entonces llegaron los tres matones del bedel, tres de los oficiales encargados de la seguridad del colegio. Solían hacer rondas en busca de chicos que se saltaban las clases. Bueno... nos encontraron. Intentaron llevarnos de vuelta a rastras. Yo sólo estaba alardeando. –Hizo una pausa e inclinó la cabeza–. A esas alturas ya me había tragado varias jarras de cerveza. Le asesté un puñetazo en la nariz a uno de ellos. Consideré que había hecho un «comentario deshonroso» sobre lord Nelson.

–Cariño... –susurró Lizzie con los ojos llenos de lágrimas al comprender por fin aquello que llevaba doce años torturándolo.

Sus ansias de venganza cobraron más sentido. Era mucho más fácil culpar a aquellos hombres que seguir cargando con toda la culpa él solo.

–Lo siguiente que recuerdo es que estaba en el despacho del decano, y que la amenaza de la expulsión pendía sobre mí. Enviaron un mensaje a mi padre para que fuera a recogerme. Mis padres no enviaron a ningún sirviente. Ellos no eran así. Me hago una idea de la escena que tuvo lugar cuando les llegó la carta del decano. Mi madre habría sido la primera en subirse al carruaje, dispuesta a zurrarme la badana. Mi padre la habría seguido, intentando calmarla con palabras, diciéndole sin duda que sólo era una barrabasada de adolescente, mientras la pequeña Sarah jugaba con el rompecabezas en el suelo. Ojalá no la hubieran llevado con ellos. Así, al menos, mi hermana estaría viva; pero no, también soy responsable de su muerte.

–Devlin, tú no eres el responsable –dijo con ferocidad mientras un par de lágrimas le caían por las mejillas.

Él no pareció escucharla. El sufrimiento le crispaba el rostro. La desesperación le encorvaba los hombros.

–Escúchame...

Hizo ademán de acercarse a él, pero Devlin la detuvo con un gesto de la mano.

–El Toro Dorado está a mitad de camino entre Oxford y este lugar. Se detuvieron allí para cenar y para que los caballos descansaran. Lizzie, ¡si hubiera ido a clase aquel día, estarían vivos!

–No, Devlin, no –susurró con un pequeño sollozo–. Tú no tienes la culpa, cariño.

–Sí la tengo. No llores.

Sus ojos estaban secos, pero la miraron con expresión vacía cuando le tendió el pañuelo.

–¿Cómo puedes estar tan tranquilo? –le preguntó, de repente.

–Todo acabará muy pronto.

Lizzie dejó de enjugarse las lágrimas ante el súbito regreso del pánico.

–¿Qué quieres decir?

Los nudillos de Devlin le acariciaron con suavidad la mejilla.

–Esos malnacidos mataron a mi familia –musitó–, pero iré de cabeza al infierno antes que permitir que te hagan a ti lo mismo.

La furia que se adueñó de esos ojos azules le provocó un escalofrío en la espalda.

–Yo... no te entiendo.

–No es necesario que entiendas nada –replicó con suavidad, pero pese a sus dulces caricias, Lizzie atisbó algo letal oculto tras esa mirada ausente–. Lo que te he contado... –susurró–. ¿Cambia lo que sientes por mí? ¿Todavía quieres casarte conmigo?

La atravesó un ramalazo de dolor al ver que dudaba de ella.

–Por supuesto que me casaré contigo, cariño. Esto no cambia nada.

Devlin esbozó por fin una trémula sonrisa.

–Es un alivio. Bien, vámonos pues. –Sacó un papel doblado del bolsillo de su chaleco y se lo enseñó. Era una licencia matrimonial–. ¿Estás preparada?

Lizzie contempló el papel con los ojos desorbitados. Todavía estaba un poco aturdida por sus asombrosas revelaciones.

–¿Cómo? ¿Irnos ahora?

Él se encogió de hombros.

–¿Por qué no? Tengo el anillo. –Rebuscó en otro bolsillo y sacó una reluciente alianza de oro–. ¿A que soy eficiente?

–¡Devlin! –exclamó mientras su mirada volaba del anillo a su rostro sin saber si reírse o estrangularlo. «Hombres...», pensó–. Querido, no puedo casarme sin que Jacinda esté presente. Jamás me lo perdonaría. Ni tampoco Bel, Alice o Miranda... ¡Quiero que Robert me lleve al altar!

Él se tensó.

–Ya veo. La familia de Alec al completo.

–También son mi familia. Estoy confusa, Devlin. ¿Por qué tiene que ser tan precipitado?

Él no contestó. Se limitó a doblar de nuevo el papel con lentitud.

Lizzie lo observó con creciente sospecha y puso los brazos en jarras.

–Cuéntame qué está pasando por esa cabeza tuya.

–Sólo quiero quitármelo de encima.

–¿¡Quitártelo de encima!? –gritó.

–No me refiero a la boda, Lizzie. A lo otro.

Se alejó, ceñudo e inquieto.

Ella se dio la vuelta para observarlo.

–¿Qué...? ¿Qué es lo otro, Devlin?

–Ya has oído lo que te he dicho. No voy a dejar que te hagan daño.

Lizzie se quedó helada, atenazada por una repentina inseguridad.

–Devlin, dime que no te refieres a lo que estoy pensando...

Cuando la miró de soslayo, recordó las historias que lady Strathmore le había contado sobre sus numerosas batallas: desiertos, cañones, océanos... El halo de salvajismo que lo rodeaba la ayudó a ver al hombre blanco medio salvaje que había acompañado a los indios en sus incursiones. Sólo Dios sabía de lo que era capaz cuando la sangre le hervía de ira y odio.

Lizzie se sentó, temerosa de desmayarse.

–Devlin, no, por favor...

–Sí, Lizzie –replicó él con suavidad–. Me temo que sí.

–Cuéntamelo –le ordenó con voz trémula–. Ahora mismo.

Él pareció meditar hasta dónde podía contarle.

–Estás a salvo de momento –confesó–. Me las he arreglado para convencerlos de que no eres nada más que un juguete para mí. Pero una vez que estemos casados y comprendan que te amo, se levantará la veda.

–No saques las cosas de quicio...

–Mataron a mi familia. No puedo arriesgarme a que vengan por ti. Y lo harán si llegan a enterarse de todo lo que sé. Harán cualquier cosa para encubrir su rastro, tal y como hicieron antes. Intenté dejar que te fueras con Alec para mantenerte alejada del peligro –añadió con voz distante–. Pero fallé. No pude dejarte ir.

–No amo a Alec. Te amo a ti. Y no quiero que hagas eso.

–Yo también te amo y por eso debo hacerlo. –Se acercó a ella e intentó calmarla con sus caricias–. Nos casaremos y después le pondré fin a todo esto. Regresaré en unos cuantos días... si todo sale bien.

–¿Y si no es así? –preguntó con voz llorosa mientras la sangre le abandonaba el rostro.

–Si no es así... tendrás esta casa, mi título y mi apellido. Y, si Dios quiere, mi hijo en tu vientre.

–¡No! –El corazón le latía con un ritmo frenético. Se puso en pie de un brinco–. ¡No, Devlin! No permitiré que hagas esto. Son demasiados...

–Ya he planeado cómo hacerlo. He comprado un edificio. Cuando estén dentro, borrachos e incapaces de ponerse de pie, la tripulación del *Katie Rose* y yo aseguraremos las ventanas, cerraremos las puertas y haremos con ellos lo mismo que esos malnacidos le hicieron a mi familia.

–¿A todos? –murmuró–. ¿También a los inocentes?

–¿Para protegerte, amor mío? Sin dudarlo –respondió.

–No –dijo, moviendo la cabeza–. No harás eso en mi nombre.

Él hizo un gesto afirmativo, pero detrás de esa tierna mirada había una voluntad de hierro.

–Lizzie, voy a hacerlo.

–¡Acude a las autoridades! ¡Explícales todo cuanto has descubierto!

–¿Por qué iban a creerme?

–¡Eres un vizconde!

–Ellos también son lores. Carstairs, Randall, Staines. Y el resto, Lizzie. Cualquier prueba que pueda ofrecerles es sólo circunstancial. Además, es un asunto de índole personal.

Lizzie lo miró con los ojos desorbitados.

–Deseas hacerlo. Cristo Misericordioso, deseas hacerlo...

Se tapó la boca con una mano mientras se ponía de pie y se alejaba de él.

El miedo le aceleró el pulso.

Devlin no dijo nada. Cruzó los brazos sobre el pecho y se limitó a observarla mientras la bestia que se escondía en su interior aguardaba el momento de liberarse.

Lizzie sintió una oleada de náuseas al comprender cuánta oscuridad moraba en su alma. Intentó tranquilizarse y se dio la vuelta para enfrentarlo.

–Matar a esos hombres no va a lograr que el dolor desaparezca, Devlin. Lo único que conseguirá es convertirte en un ser tan infame como ellos. No puedo permitir que lo hagas.

Él se limitó a encogerse de hombros.

–No tienes manera de impedírmelo.

–Sí que la tengo. –Tragó saliva–. No me casaré contigo.

Esos ojos claros se entrecerraron mientras sopesaba sus palabras.

–No me amenaces con eso –la reprendió con suavidad–. Somos amantes. Esto será tu ruina social.

–Cierto. ¿Eso no hace que te plantees las cosas de otro modo? No permitirás que me suceda algo así, ¿verdad, Devlin?

–No me manipules –murmuró–. Éste no es el momento ni el lugar para que pongas en marcha uno de tus trucos de maestra de escuela.

–¡Prefiero mi ruina social a que juegues a la ruleta con tu vida!

–¡Al infierno con mi vida! –bramó de repente.

Se quedó boquiabierta y retrocedió un paso.

Él alzó las manos.

–¿Qué derecho tengo a vivir feliz contigo por el resto de mis días, cuando tengo las manos manchadas con la sangre de mis padres, con la de mi hermana? Sólo existe una causa que justifique mi existencia en este mundo y es la venganza.

–¿Y qué hay del amor? –preguntó Lizzie en voz baja cuando

el eco de su rugido selvático dejó de reverberar en los muros de la estancia–. Has dicho que me amas.

–Sí. Por eso debo protegerte.

«Yo también debo protegerte, cariño –pensó–. De ti mismo.»

–Si no nos casamos, no correré peligro alguno, ¿verdad? Y no tendrás que convertirte en un asesino.

–Ya soy un asesino –la corrigió con voz inexpresiva.

–¡Eras sólo un muchacho! –exclamó, furiosa. Refrenó su temperamento con rapidez y meneó la cabeza mientras lo miraba echando chispas por los ojos, con expresión decidida–. Cuando recobres el sentido común, te estaré esperando en Londres.

Se encaminó a la puerta.

–¡Lizzie! –La siguió y la aferró por el brazo, pero ella se zafó de su mano–. ¡Lizzie, vuelve aquí! ¡No puedes marcharte! ¡Lizzie!

Le costó la misma vida, pero continuó caminando sin volver la vista atrás.

Se había ido.

Devlin echó a correr desesperadamente por el denso y sombrío bosquecillo, atravesando los zarzales como había hecho cuando no era más que un muchacho, con el corazón desbocado y la sangre hirviéndole en las venas. Saltó sobre los troncos caídos cubiertos de musgo, sobre los regajos, y estampó una enorme rama que le obstaculizaba el paso contra el tronco de un árbol, partiéndola en dos con un aullido irracional.

El crujido de la madera no calmó el arrebato de furia enloquecida que se había adueñado de él tras el abandono de Lizzie. Claro que al menos le quedaba el consuelo de haberse contenido para que ella no lo viera en ese estado, resollando, rabioso y medio loco por el sufrimiento. Con diecisiete años había elegido el alcohol para aliviarlo y después se había dedicado a viajar hasta los confines del mundo. Había visto muchas cosas, había logrado distraerse con aventuras, peligros, culturas exóticas, mujeres... pero nunca había sido feliz. No hasta que había encontrado a Lizzie; y ella lo había dejado.

Para ser sincero consigo mismo debía admitir que, en parte, se sentía aliviado. Si ella le daba la espalda, no tenía razón para seguir viviendo. Nada que lo mantuviera apegado al mundo. Nada que se interpusiera entre él y el frenesí de sangre que planeaba.

Llegó al extremo del bosque, donde el terreno se allanaba para dar paso a los prados, y se detuvo en seco, con la respiración agitada y el rostro cubierto por los regueros de sudor. Porque allí, en el centro de la verde extensión de hierba y sobre una elevación que dominaba el canal artificial, estaba el panteón.

Lo observó durante un buen rato mientras resollaba por la nariz.

Era una imagen tan serena...

El panteón familiar había sido construido a semejanza de un templete griego, con mármol blanco, un frontón y cuatro robustas columnas. La antorcha que en su momento había ordenado mantener encendida noche y día en una muestra de amarga ironía iluminaba el interior en honor de los que allí reposaban.

«Calcinados –pensó–. Debería ser yo quien estuviera ahí, no ellos.»

No había visitado el lugar desde hacía diez largos años, pero era imposible que el dolor que sentía en ese momento se acrecentara, por lo que siguió caminando como un sonámbulo. Cuando llegó a la cripta, subió los tres peldaños y extendió la mano para tocar el mármol tibio por el sol.

El sufrimiento ascendió desde las profundidades de su alma como si se tratara de una ballena que emergiera desde el fondo del mar hasta la superficie para respirar. Apoyó la espalda contra el mármol mientras un ronco sollozo brotaba de su garganta. Se rodeó la cintura con los brazos y se dejó caer, deslizándose sobre la suave superficie hasta tocar el suelo, acurrucado como un niño a los polvorientos pies de la columnata y dando rienda suelta a esas lágrimas que había contenido durante doce años; doce largos y solitarios años. Con su llanto imploró a los espíritus de sus seres queridos que lo perdonaran.

Ben la había llevado en la berlina hasta la casa de postas más cercana, donde había comprado un pasaje de regreso a Londres. Cuando llegó a la villa de Jacinda, la espera, la angustia por saber qué haría Devlin, le había provocado un tremendo dolor de cabeza. Con una creciente desesperación por tener noticias suyas, se aferró al convencimiento de que había hecho lo correcto, aunque apenas alcanzaba a asimilar en toda su magnitud cuánto había dejado atrás.

No le había quedado más remedio.

Estaba recostada en un diván de la sala de estar leyendo una novela (o más bien releyendo por quinta vez la misma página, porque al parecer era incapaz de concentrarse en nada esos días), cuando el mayordomo apareció en la puerta y le anunció que tenía visita.

Jamás se había movido con más rapidez en toda su vida. En un abrir y cerrar de ojos ya se había puesto en pie y corría hacia el vestíbulo de entrada; sin embargo, no era Devlin. Se detuvo en seco y sus escarpines de satén se deslizaron sobre el suelo.

–¿¡Daisy!?

Daisy, su alumna de plácido carácter y largos tirabuzones dorados estaba allí, aferrando su ridículo con fuerza, sin carabina alguna. En cuanto la vio, sus enormes ojos azules se llenaron de lágrimas.

–¡Señorita Carlisle! ¡Es tan horrible! ¡No sabía a quién acudir! –comenzó la muchacha, entre lágrimas–. ¡Mi vida está patas arriba! Sorscha me escribió y me dijo dónde podría encontrarla. Su madre se la lleva de regreso a Irlanda dentro de unos días, pero me dijo que usted sabría qué hacer.

–Vamos, vamos, querida. Por el amor de Dios, ¿qué es lo que te pasa?

Lizzie se acercó a ella sin pérdida de tiempo y la abrazó, contenta por la posibilidad de que sus pensamientos se centraran en los problemas de otra persona en lugar de hacerlo en los suyos.

No tardaron en acomodarse en la sala, frente a un par de tazas de té.

–Ya está, cariño. ¿Qué ha sucedido?

–¡Mi padre me ha comprometido con el viejo más horrible que hay en toda la tierra!

–¿En serio?

–¡Sí! ¡Mi vida está arruinada! ¡Ni siquiera disfrutaré de una temporada social! Pero mi padre dice que da exactamente igual, porque de todos modos la aristocracia no iba a aceptarme. ¡Dice que la alta sociedad piensa que somos una pandilla de arribistas!

–Pero, querida, tú no eres así.

–A mi padre sólo le interesa el hecho de que voy a ser una baronesa.

–Tesoro...

Lizzie la abrazó y dejó que la muchacha llorara un poco sobre su hombro, sin decirle lo que pensaba.

¿Acaso el padre de la criatura carecía de compasión? Daisy acababa de cumplir los dieciséis. Algunas chicas ya habían madurado a esa edad, pero ella tenía un carácter confiado e infantil y no estaría preparada para afrontar las responsabilidades del matrimonio hasta que pasaran unos cuantos años más.

–¡Papá es un tirano! ¡Lo odio!

–No digas eso, Daisy –la reprendió con suavidad–. La situación tal vez no sea tan mala. ¿Sabes cómo se llama el hombre con el que vas a casarte?

Los tirabuzones dorados de la chica se agitaron cuando movió la cabeza en un gesto afirmativo.

–Se llama Quentin y es el barón Randall –dijo, antes de añadir espantada–: ¡Y tiene cuarenta años!

La respuesta le heló la sangre.

Dev no se movió del panteón durante dos días. No comió y apenas bebió un sorbo de agua. El sol lo torturaba durante el día y, por la noche, el viento azotó las hirientes gotas de un repentino aguacero contra su rostro, pero no se marchó. No abandonó a su familia. Siguió sentado sin moverse, apoyado contra el duro mármol, mientras luchaba contra sus demonios sin emitir una sola palabra. A la espera de que sucediera algo. Estudió las estrellas y recordó los misterios del mar, del cielo y de todas las maravillas de la Naturaleza, que había sido la única madre que había conocido desde la muerte de sus progenitores. Y veló la antorcha que siempre ardía en su honor.

Mantuvo la mirada fija en la llama a lo largo de las horas más oscuras de la noche, mientras realizaba un viaje hacia su interior. Cuando emergió, el fuego lo había purificado en parte.

Sólo entonces lo reclamó el sueño.

Cuando despertó al amanecer del tercer día, lo primero que vieron sus ojos al abrirse fue el trozo de cielo azul entre las columnas del panteón.

Nada había cambiado; sólo escuchaba los trinos de los pájaros. Y, sin embargo, en el amanecer de ese nuevo día sentía... sentía que había sido perdonado.

Después de todo, de haber sido Lizzie quien cometiera un error similar al suyo, o uno de sus hijos el que hiciera una barrabasada en el colegio, jamás habría podido guardarles rencor, aun cuando hubiera tenido un trágico desenlace. Casi sentía el beso de sus padres en la caricia de la brisa; así como sus voces, que le decían que no había sido culpa suya.

Se incorporó despacio y miró a su alrededor. Comprendió que, de los cuatro miembros que conformaban su familia, sólo él era libre para marcharse.

La vida seguía estando llena de posibilidades.

Tomó una dolorosa y honda bocanada de aire, como la primera respiración de un recién nacido. Pero el sol brillaba sobre la superficie del estanque artificial y a sus labios asomó una exhausta sonrisa cuando recordó la imagen de su padre allí sentado, enseñándole a pescar. Un hombre cariñoso. Un hombre noble. El hombre que le había enseñado que no importaba lo que el mundo pudiera hacerle a una persona, lo verdaderamente importante era la reacción con la que ésta respondía. Y de repente Dev obtuvo la respuesta que buscaba.

Contempló con mirada alegre las aguas de color turquesa del estanque bajo una nueva luz.

Se puso de pie sin pérdida de tiempo y comenzó a caminar hacia Ben, que había mantenido una vigilia constante en las cercanías. Le dio un apretón a su ayuda de cámara en un hombro y lo zarandeó con cuidado.

–Despierta, Ben. Tenemos que ir a Hertfordshire.

Ben despertó, sobresaltado.

–¿Qué? ¿Cómo?

–¿Recuerdas aquella noche en el pabellón cuando te pedí que llevaras a la pequeña campesina a su casa? Se llamaba Susy. ¿Recuerdas cómo llegar a su pueblo? Stevenage.

–Por supuesto. ¿Por qué?

–He tenido puestas unas anteojeras todo este tiempo, Ben –musitó–. Es posible que nunca pueda demostrarle al mundo lo que le hicieron a mi familia, pero esa chica... ¡Señor! ¡Ha estado delante de mis narices todo el rato! Tenemos que encontrar a la muchacha.

–¿Cómo?

–Secuestro, Ben –le aclaró con una sonrisa ladina–. Es un delito penado con la horca. Es nuestra testigo de excepción.

Mientras Dev partía hacia Hertfordshire, Lizzie atravesaba con la barbilla en alto los bulliciosos pasillos de las oficinas que el padre de Daisy Manning tenía en Londres. En la antesala de su despacho, varios empleados iban de un lado a otro y cumplían a toda prisa las órdenes que el magnate de la extracción de carbón gritaba desde el interior.

–Tengo una cita –le dijo al secretario de apariencia anémica que se sentaba tras el mostrador de recepción.

–¿Su nombre?

Una vez que se lo dijo, le indicó que aguardara en una de las sillas. Lizzie tomó asiento y observó con curiosidad el funcionamiento de los engranajes de la enorme máquina comercial que tenía ante los ojos.

–¡Vas a decirle que quiero ese embarque a tiempo o se las verá conmigo! –gritó un hombre gordo, de pobladas patillas y rubicundos mofletes acentuados por una corbata demasiado apretada, que asomó la cabeza por la puerta para rugir–: ¡Siguiente!

Lizzie se quedó lívida cuando vio que el secretario le hacía un gesto para que pasara.

–Dios Todopoderoso... –musitó con un hilo de voz, aunque se puso de pie y entró en el despacho del jefe.

–¿Quién es usted? Deje que compruebe mi agenda –gruñó el señor Manning sin soltar el apestoso cigarro que sostenían sus regordetes dedos–. Sí, sí. Carlisle. Aquí está. Bueno, ¿qué es lo que quiere? La manda algún comité de damas para la caridad, ¿verdad? ¡Cierra esa puerta! –le gritó al empleado que pasó por delante–. Ya he donado una buena suma al Hospital para los Niños Abandonados y...

–No, señor, no es eso. He venido a hablarle de su hija.

–¿Cómo? –preguntó tras hacer una pausa con un tono mucho más bajo.

–Estoy aquí para hablarle de Daisy. Su hija, ¿verdad?

–Sí, claro, Daisy. ¿Qué pasa con ella?

–Soy... bueno, he sido maestra de Daisy en la Academia de la señora Hall hasta hace poco tiempo, señor Manning. Y debo decirle que su hija está muy preocupada por su reciente compromiso.

Las pobladas cejas del hombre se unieron sobre la nariz mientras se inclinaba para sacudir la ceniza del cigarro.

–No veo qué vela tiene usted en ese entierro.

–Cierto –convino Lizzie al tiempo que bajaba la vista y comprendía que no iba a conseguir nada con buenas maneras. La situación requería un enfoque directo–. Señor Manning, el hombre con el que usted está considerando desposar a su hija es un bruto vicioso con una reputación horrenda.

–Es un aristócrata –gruñó–. Todo el mundo sabe que los señoritingos carecen de moral. Además, la oferta de Randall me libra de gastarme una fortuna en una temporada social. Ya conoce el refrán: más vale pájaro en mano que ciento volando.

Le dio una calada al cigarro.

Lizzie lo contempló, presa del asombro.

–Señor, con el debido respeto, estamos hablando de su hija.

–Sí, y es mía para hacer con ella lo que me venga en gana. Mire, no he llegado hasta donde estoy haciendo el tonto, señorita Carlisle. Los mendigos no pueden elegir. Arribistas... así llaman los aristócratas a los de mi clase. Pero ahora que tengo los bolsillos llenos y una hija hermosa, me basta con un buen agarradero para ascender. ¿Sabe cómo empecé? –le preguntó, mientras se llevaba una gruesa mano a la cintura, en una postura que recordaba a Enrique VIII.

–No señor.

–Como deshollinador. ¡Ja! –Con una expresión de extrema complacencia consigo mismo, se arrellanó en el sillón, que emitió un crujido–. Daisy se casará con quien su padre le diga, como hacen las damas. No tiene sentido malcriar a la chiquilla. La vida no deja de darles palos a los malcriados. Buenos días. ¡Siguiente!

–Señor Manning...

–Señorita Carlisle, soy un hombre ocupado.

–Pero se está vendiendo muy barato –le advirtió con un tono de voz confidencial, inclinándose sobre el escritorio antes de que al hombre se le metiera en la cabeza que tenía que echarla de las oficinas–. Mis conexiones con la aristocracia son muy importantes y le aseguro que entre los herederos a los títulos la falta de dinero es una verdadera epidemia. Con una hija tan hermosa y encantadora, sumada al imperio que usted ha construido, ¿por qué debería conformarse con un simple barón cuando puede atrapar con facilidad a un conde, a un marqués o incluso a un duque?

Los ojos del señor Manning se entrecerraron con un brillo calculador.

–¿Un duque?

–Tal vez.

Tras una pausa, negó con la cabeza de forma resuelta.

–Lord Randall me mostró un mapa con sus propiedades. Sus tierras están en el centro de una de las vetas de carbón más ricas del norte y el imbécil ni siquiera lo sabe. Yo podría hacer una fortuna con ellas.

Lizzie clavó la mirada en esos ojos pequeños y redondos.

–Señor, acabará haciéndole daño a su hija.

No se atrevió a revelar las sospechas de Devlin de que Quint Randall podía ser culpable de asesinato. Era demasiado peligroso. Pero sí le soltó una buena perorata sobre las viles costumbres de los miembros del Club del Caballo y la Cuadriga que el señor Manning difícilmente podría olvidar en un buen tiempo.

Cuando acabó, el hombre estuvo un tiempo reflexionando, con los ojos clavados en su cigarro. No estaba del todo convencido, pero le comunicó que contrataría los servicios de un investigador privado para comprobar el pasado de lord Randall y sus actividades cotidianas. En cuanto tuviera datos fehacientes, le prometió, tomaría una decisión.

Lizzie inclinó la cabeza a modo de despedida y se marchó.

Un par de días después, Dev y Ben entraron en Londres en su berlina. Una atónita Susy miraba por la ventana con los ojos desorbitados, dispuesta a testificar contra Quint y Carstairs en Bow Street siempre y cuando Dev la respaldara. Tal vez fuera un poco pánfila, pero hasta ella sabía que la palabra de una campesina no tenía validez contra la de los pares del reino.

Por suerte, contaba con el respaldo de uno de ellos.

Sus enormes ojos se desviaron hacia Dev con expresión aterrorizada, en busca de su apoyo.

–Espero que me crean, señor.

Él hizo un gesto afirmativo y reconfortante con la cabeza.

–Lo harán.

Presa del aburrimiento y a sabiendas de que sería divertido, Carstairs acompañó a Quint a las oficinas comerciales del arribista que pronto se convertiría en el suegro de su amigo.

–Me alegra que hayas accedido a echarles un vistazo a los papeles del acuerdo matrimonial, Car –le dijo Quint–. No tengo cabeza para los números y seguro que ese porquero va a intentar engañarme como no nos andemos con ojo.

–Sin duda –murmuró mientras su berlina se internaba en el distrito mercantil de la ciudad.

Por regla general, no se mancharía las manos con algo tan mugriento, pero sentía una enorme curiosidad por ver cómo vivía la otra mitad del mundo y, lo que era más importante, sería una bendición librarse de Quint y de los «préstamos» que se veía obligado a hacerle cada dos por tres. El muy estúpido ni siquiera era capaz de costearse los servicios de un abogado como Dios mandaba, y era muy gracioso asegurarle que no necesitaba de ninguno.

Su llegada causó una enorme sensación, ya que los caballos se encabritaron al detenerse frente a la fachada verde oscuro del edificio en el que se emplazaba la compañía Manning. Johnny bajó de un salto del pescante y las estrechas calzas de su librea se ciñeron a sus musculosos glúteos cuando se inclinó para sacar el escaloncillo metálico.

Le lanzó una mirada complacida al apearse. El puño de plata de su bastón destelló en su mano. Quint saltó tras él y ambos atravesaron la acera en dirección a la puerta.

Envió a uno de sus lacayos a hablar con el pálido secretario del señor Manning, mientras fruncía los labios con una ligera aversión ante el hedor que desprendía todo lo que oliera a trabajo y burguesía y se ajustaba de forma distraída los guantes hechos a medida. Quint cambiaba el peso de un pie a otro, como si fuera un impaciente colegial. En ese momento, surgió del despacho lo que pareció el rugido de una morsa:

–¡Siguiente!

El sonido reverberó en la estancia y Carstairs alzó las cejas.

–Encantador –dijo antes de reír entre dientes cuando el «porquero» de Quint asomó el hocico por la puerta.

El resto del orondo personaje salió a continuación, ataviado con un horroroso traje marrón.

–Esto... lord Randall –comenzó el tipo, al tiempo que hacía una especie de reverencia muy extraña primero a Quint y después a él–. Señor.

–Carstairs, te presento al señor Joseph Manning. Señor Manning –siguió Quint, haciendo alarde de sus modales más refinados–, éste es mi gran amigo, el conde de Carstairs.

–¿Cómo está usted, señor? –replicó el advenedizo minero.

Lo saludó con la cabeza, impresionado porque aquel fornido personaje no se apresurara a arrastrarse ante él, que era el impulso habitual entre los de su ralea. Un hombre inquebrantable. Esa cualidad le gustaba.

–Adelante –los invitó a pasar a su despacho.

Cuando se dispuso a seguirlos, el señor Manning se dio la vuelta y lo observó con expresión cautelosa.

–Le pido disculpas, señor. Me gustaría hablar a solas un instante con lord Randall.

Carstairs agitó la mano con un gesto distraído.

–Es todo suyo.

Manning asintió y entró en su despacho. Carstairs dirigió una mirada elocuente a Quint, recordándole de ese modo que no firmara nada hasta que él tuviera oportunidad de leerlo. Después se dedicó a pasear por las oficinas a placer, observando cómo escribían los frenéticos empleados y estudiando esa bulliciosa colmena; ese mundo laboral del que no sabía nada. Al cabo de diez minutos decidió que no le interesaba saber nada más.

Exhaló un suspiro impaciente mientras seguía aguardando a Quint y de repente se escuchó un golpe extraño en la oficina del gordo.

Los empleados dejaron de trabajar.

En ese instante el bramido de Quint resonó en la estancia.

–¿¡Qué quiere decir con eso de que se cancela la boda!?

–¡Santo Dios! –exclamó Carstairs con un suspiro al tiempo que se pellizcaba el puente de su perfecta nariz.

Una oleada de inquietud recorrió las oficinas. Se alzaron murmullos y siseos antes de que el grupo de empleados de aspecto desnutrido reanudara el trabajo. Se preguntó si debería intervenir y refrenar a Quint, dado que él era el único que sabía cómo hacerlo, pero algo le dijo que esa morsa de Manning era más que capaz de cuidarse solito.

No había necesidad de pegar la oreja a la puerta para escuchar la conversación, ya que hablaban a voz en grito.

–¿Quién le ha venido con esos chismes? ¡No son más que mentiras!

–¡No son mentiras! Tengo testigos.

–¿Quién es? ¿Quién me acusa? ¡Tengo derecho a saberlo!

–Eso lo trae sin cuidado. He hecho algunas averiguaciones sobre usted y ¡ésta es mi respuesta a su oferta de matrimonio!

Carstairs escuchó el sonido del papel al rasgarse. Manning acababa de hacer trizas la propuesta de acuerdo matrimonial delante de las narices de Quint.

–¡Es usted un sinvergüenza y un canalla, y no permitiré que se case con mi hija!

El segundo golpe que se escuchó fue el sonido que hizo el puño de Quint al estamparse contra la oronda cara del señor Manning, reconoció Carstairs con un suspiro. El secretario anémico, acompañado de otros seis trabajadores, se precipitó a ayudar a su jefe en vano, porque Quint ya lo estaba haciendo picadillo.

–¡No permitiré que mi nombre sea difamado!

Otro puñetazo.

Quint se quitó de encima a los trabajadores como si fuera un toro que se zafara de una jauría de perros enclenques y acobardados.

–¡Dígame el nombre de quien me acusa, maldito sea!

Como siempre, recayó sobre Carstairs la responsabilidad de actuar de modo inteligente. Tras rodear el escritorio del secretario, recorrió con un dedo la lista de nombres del libro de citas del señor Manning, revisando las hojas correspondientes a varios días atrás, hasta que uno de los nombres le llamó la atención.

Señorita Elizabeth Carlisle.

Entornó los párpados mientras sus pensamientos comenzaban a girar a toda prisa. Quint. Daisy. El colegio donde Quint había visto por primera vez a la hija de Manning. Una maestra del colegio... sí.

La señorita Carlisle.

El amorcito de Dev.

Pero ¿qué sentido tenía que el precioso juguete de Dev le fuera con el cuento a Manning de los secretos de Quint? En primer lugar, ella no debería saber ese tipo de cosas, ya fuera para contárselas a Manning o a cualquier otra persona. ¿Qué le habría contado exactamente Dev a la muchacha sobre Quint? O sobre todos ellos.

«¡Santo Dios!», exclamó para sus adentros.

¿Estaría Torquil en lo cierto? ¿Los habría estado engañando su gran amigo Dev desde un principio? Porque, si Strathmore le estaba contando a su amante los secretos más ocultos del Club del Caballo y la Cuadriga, ¿qué más podría estar tramando, o haciendo, a sus espaldas?

¡Maldición!

Sólo Dios sabía cuáles eran los verdaderos motivos de Dev, pero con tantos secretos que ocultar, no iba a quedarse sentado a esperar. Ya había estado demasiado tiempo ciego por la lujuria.

–¡Quentin, ya basta! –ordenó enfatizando cada palabra mientras echaba un vistazo sobre su hombro y sentía que el miedo le provocaba un escalofrío en la espalda.

Su tajante orden calmó la furia de Quint. El barón dejó a Manning desmadejado en el suelo y salió del despacho.

–Vámonos –le ordenó con voz gélida–. ¿Estás intentando que te arresten, idiota? –masculló de regreso al carruaje.

–¿Qué demonios voy a hacer ahora para conseguir dinero? ¡Ha rechazado mi oferta de matrimonio para Daisy!

–Tenemos problemas mucho más graves que ése –replicó, mirándolo con evidente desprecio mientras el barón tomaba un largo trago de su petaca.

El carruaje se puso en marcha.

–¿Qué tipo de problemas? –mascculló Quint.

–Dev lo sabe.

Lizzie se las arregló para pasar toda la tarde jugando con los niños en Knight House, pero cuando el ejército de niñeras llegó a la hora de la siesta para llevarse a sus pupilos, sus pensamientos no tardaron en regresar a Dev. Cada día que pasaba, cada hora, lo añoraba más. Sabía que en cualquier momento tendría noticias suyas. Jacinda estaba en una reunión con alguno de los comités benéficos en los que participaba y cuando Bel decidió descansar un rato, algo de lo más necesario dado su delicado estado, Lizzie se encontró a solas.

Hacía un día estupendo, así que se decidió a salir. Había movimiento en la calle y unos cuantos carruajes pasaron traqueteando a su lado mientras caminaba en dirección a la librería situada en la esquina. Aunque no comprara nada, el simple hecho de estar en una librería la animaba.

«Me pregunto si Devlin también me añora», pensó. Lo único que podía hacer era esperar que estuviera bien.

Se detuvo delante del escaparate de la sombrerería y se demoró contemplando los sombreros y bonetes veraniegos con sus volantes, sin prestar mucha atención al carruaje que se detuvo tras ella. Después de todo, había muchas tiendas en esa calle, y había un continuo ir y venir de clientes.

Sin embargo, en el cristal del escaparate vio que dos hombres se apeaban del carruaje.

Los hombres no iban a las sombrererías femeninas.

Le dio un vuelco el corazón y entrecerró los ojos antes de soltar un jadeo aterrorizado al reconocerlos. Sin pérdida de tiempo, se dio la vuelta y comprobó que se trataba de los dos hombres que había visto aquel día en el colegio: los miembros del Club del Caballo y la Cuadriga. Echó a correr.

Devlin le había advertido que irían por ella, y lo había acusado de sacar las cosas de quicio.

Huyó, pero ellos se separaron para conducirla allí donde tuvieran pensado atraparla. Cuando dobló a la izquierda, el hombretón de pelo castaño le cerró el camino; cuando dobló a la derecha, el rubio de expresión cruel estaba preparado para detenerla.

–¡Socorro! –chilló, pero los escasos peatones que había por la zona se limitaron a mirarla con curiosidad.

Dio media vuelta y se precipitó hacia la única salida posible: un callejón estrecho y oscuro que separaba la barbería de la vinatería, pero no tardó en descubrir que se trataba de un callejón sin salida. Forcejeó, pataleó y los acusó a voz en grito de ser unos malditos asesinos hasta que el enorme matón de cabello castaño le tapó la boca con una de sus manazas y la alzó contra su cuerpo antes de meterla prácticamente a rastras en el carruaje.

20

Dev había pasado toda la tarde declarando ante los detectives de Bow Street sobre los hechos relacionados con el secuestro de la joven Susy. Le hicieron numerosas preguntas acerca de los miembros del Club del Caballo y la Cuadriga, preguntas que respondió en la medida de lo posible. Cuando el agotador interrogatorio terminó, estaba impaciente por reunirse con Lizzie.

Dado que había cumplido con sus deseos, ansiaba contarle lo que había hecho, pero primero obligó a los detectives a jurarle que le avisarían antes de emprender alguna acción contra sus enemigos, de manera que pudiera sacar a Lizzie de Londres. De ese modo la pondría a salvo aunque uno o más de esos villanos consiguiera eludir el arresto.

Mientras su carruaje se abría paso por las calles de Londres hacia la villa de lady Jacinda en Regent's Park, reflexionó sobre los diferentes sentimientos que le había provocado el abandono de su obsesiva venganza a favor de la justicia de los tribunales. Una pequeña parte de su ser seguía reclamando sangre, pero el resto (y sobre todo su corazón) habría pagado cualquier precio para estar con la mujer que amaba.

Cuando llegó a la villa de lady Jacinda, el mayordomo le informó que Lizzie había ido a Knight House para jugar con los niños. Sin dejarse amilanar, regresó al carruaje y le ordenó al cochero que lo llevara hasta allí. Tardó casi media hora.

Una vez en Knight House el mayordomo canoso le dijo que la señorita Carlisle se había marchado hacía dos horas. Hasta donde él sabía, explicó el señor Walsh, había ido a la librería de la esquina. Dev se dijo que quizá siguiera allí. Dos horas en una librería no eran nada para su preciosa marisabidilla, pensó con cariño.

Con las manos en los bolsillos y una sonrisa emocionada en los labios, le indicó al cochero que lo esperara allí antes de seguir los pasos de Lizzie. Sin embargo, cuando comenzó a recorrer los pasillos de la librería no halló rastro de ella.

Maldición. Salió de la tienda y se demoró un momento en los escalones de entrada. Echó un vistazo a ambos lados de la calle con el ceño fruncido bajo el sombrero negro de copa. Tal vez Lizzie hubiera entrado en alguna de las otras tiendas. O quizás hubiera parado un coche de alquiler para regresar a la villa de Jacinda. Dejó escapar un suspiro contrariado ante la perspectiva de seguir cruzándose con ella y decidió que no tenía intención de pasar lo que restaba del día deambulando por esa caótica ciudad en su busca.

Su sentido común le dijo que regresara por Saint James's Street para esperar en White's con una buena copa de oporto. Al menos uno de ellos debía quedarse en un sitio. Volvería a intentarlo en una hora. Sentía el corazón ligero mientras imaginaba su reacción cuando le contara que había encontrado una manera de acatar sus deseos sin dejar de hacer justicia. Y la verdad era que él mismo se sentía bastante orgulloso.

Se sentó solo a una mesita redonda en el extremo más alejado del club, pidió un periódico y rezó para no encontrarse con Alec Knight. No estaba de humor para enfrentarse a su vencido rival. Cuando le llevaron el oporto, hizo un brindis silencioso en honor a Lizzie antes de suspirar satisfecho y recostarse contra el respaldo de cuero marrón del asiento con un ejemplar del *London Times*. Mientras hojeaba los anuncios, se preguntó si debería comprar algún regalo de camino a la villa de Jacinda. Cuando un hombre tenía que arrastrarse, siempre era de gran ayuda no llegar con las manos vacías.

–Ah, Strathmore, supuse que tarde o temprano pasarías por aquí.

Levantó la mirada del periódico y vio que Carstairs se sentaba al otro lado de la mesa.

–¿Cómo te va hoy, Dev?

–Bastante bien. ¿Y a ti?

–Espléndidamente. –Carstairs mordisqueó la boquilla de marfil de su pequeña y elegante pipa, pero no la encendió–. Detesto interrumpir, pero tú y yo tenemos cosillas de las que hablar.

–¿De qué se trata?

Dejó el periódico en la mesa, pues algo en su forma de hablar le llamó la atención.

Carstairs lo contempló largo rato con expresión inescrutable.

–Espero que hayas disfrutado de tu estancia en Londres. Pero es hora de que te vayas.

–¿Irme? ¿De qué estás hablando?

–Lo sabes muy bien –musitó Carstairs, pronunciando las palabras con claridad.

Dev se puso en alerta y se esforzó por mantener el rostro impasible, pero un cañonazo no lo habría sorprendido más. Por el amor de Dios, ¿habían averiguado que Susy y él habían hablado con los detectives de Bow Street? Había puesto mucho empeño en que nadie lo viera.

–No comprendo –replicó en un comedido y cauto tono de voz.

–¿De veras? Pues a ver si puedo iluminarte. –Carstairs apoyó el codo en el brazo del sillón y se inclinó hacia delante–. ¿Por casualidad te falta algo de valor? ¿O debería decir... alguien?

Eso hizo que el mundo se abriera bajo sus pies. Lizzie. Su rostro se tornó ceniciento y se quedó sin respiración.

–¿Qué le has hecho?

Carstairs se rió entre dientes antes de arrellanarse en el sillón, mordisqueando la pipa.

–Qué cosita más linda. Sin ánimo de ofender, no es mi tipo, pero sí que tiene unos ojos grises preciosos. Sería una pena tener que sacárselos.

Devlin se abalanzó sobre la garganta del conde por encima de la mesita con un grito estrangulado.

–¡No te lo aconsejo, Dev! –exclamó Carstairs al tiempo que se agachaba–. Basta una palabra mía para que ella muera.

Lo agarró por las solapas, presa de la furia.

–¿Qué le has hecho?

–Vaya, vaya, así que sí significa algo para ti. ¿Sabes?, ya lo sospechaba –consiguió decir Carstairs.

–¿¡Dónde está!?

–Tranquilo. –El conde observó con gesto elocuente a algunos miembros del club que jugaban al ajedrez al otro lado de la estancia y que los miraban ceñudos a causa del alboroto–. Estoy seguro de que los dos preferimos comportarnos como caballeros.

–No sabes lo que significa esa palabra –mascculló él, pero soltó al hombre y volvió a sentarse al darse cuenta de que poco podía hacer, dado que su enemigo parecía tener todos los ases en la manga de momento.

Carstairs se dio un tironcito del chaleco para colocárselo de nuevo en su sitio.

–Tu queridita está a salvo por ahora. Sólo un poco furiosa.

–Te juro por lo más sagrado, Carstairs, que si le tocas aunque sea un pelo...

–Si estuviera en tu lugar, yo no lanzaría amenazas, amigo mío. Si estuviera en tu lugar, cerraría la boca y escucharía con atención las siguientes instrucciones.

La sangre comenzó a hervirle, pero consiguió controlar el estallido de furia y esperar sus órdenes. Carstairs no se las comunicó de inmediato, sino que lo contempló largo rato. Después sacudió su rubia cabeza.

–Dios, debería haber dejado que Torquil te metiera una bala hace semanas.

–¿Por qué no lo hiciste? –exigió saber.

–Confiaba en ti. De verdad –insistió cuando él resopló con absoluto desprecio–. Quería darte el beneficio de la duda. Sabes que me sentía atraído por tu belleza –añadió con crueldad, burlándose de él con toda deliberación–, y te tenía lástima por todo lo sucedido.

–¿Y qué sucedió, Carstairs?

–No, Dev. Me traicionaste. Soy el único que puede darte las respuestas que buscas, pero me apuñalaste por la espalda, así que ahora puedes irte al infierno. Sólo te dejo con vida porque tu muerte atraería demasiada atención sobre el club. El plan es el siguiente, y será mejor que prestes atención. Dejarás Londres al alba. Irás a los muelles, te subirás a tu velerito y te irás, Strathmore... Me da exactamente igual adónde, siempre que sea lejos. Hazlo –dijo con voz clara– o tu linda institutriz se convertirá en la puta del club antes de que enviemos su precioso cuerpecito al fondo del Támesis.

–Lo haré. Me iré –dijo sin reflexionar.

Estaba a punto de vomitar.

–Y no vuelvas nunca.

–Jamás volverás a verme. Dalo por hecho. Suéltala. Me la llevaré conmigo. Ninguno de nosotros volverá a molestarte...

–Dev, muchacho, ¿me tomas por un imbécil? Está claro como el agua que ella es lo único que te importa. Si te la entrego, podrías mandarles una carta a los detectives de Bow Street y provocarme todo tipo de incomodidades.

De manera que no sabían que ya había acudido a Bow Street. Gracias a Dios. Aunque si lo averiguaban, comprendió con una certeza aterradora, la vida de Lizzie estaría acabada.

¿Cómo diantres habían averiguado su engaño? Había sido tan cuidadoso...

Ya no importaba.

Ni siquiera le importaba lo que Carstairs pudiera contarle acerca del incendio. Lo importante era lograr que Lizzie estuviera a salvo. Intentó pensar pasando por alto los atronadores latidos de su corazón. El miedo le había secado la boca y en su estómago se revolvía la media copa de oporto que había bebido.

–El plan es que tú te vas –reiteró Carstairs– y que la señorita Carlisle se queda en Inglaterra, donde podamos tenerla controlada. De esa manera no intentarás nada temerario.

Sus palabras cayeron sobre él como una losa. «Yo me voy, ella se queda», pensó. Por todos los santos, ¡pasarían el resto de su vida separados! Apenas era capaz de absorber el impacto de esa idea. ¿Vivir sin ella?

La cabeza empezó a darle vueltas y tragó saliva.

–Tengo que verla de nuevo. Tengo que saber que está bien o no hay trato.

–No intentes hacerte el héroe, Strathmore. No me apetece en lo más mínimo hacerle daño a la muchacha. No está en mi naturaleza... a menos, por supuesto, que me vea obligado.

–No haré nada, lo juro. Sólo deja que la vea. Deja que compruebe que no ha sufrido daño.

–La llevaré a los muelles y podrás despedirte –concedió a regañadientes–. Por supuesto, ve solo. No intentes nada, Dev, o Torquil le meterá una bala en esa cabecita tan inteligente que tiene.

–Seguiré las instrucciones al pie de la letra. ¿Está bien? Por el amor de Dios, hombre...

–Está bien. Cálmate. Y no le cuentes esto a nadie. Te veré en los muelles a las cinco de la mañana. ¿Ves? No ha sido tan difícil.

Su cuerpo dio un respingo, pero consiguió reprimir su deseo de matar al conde mientras éste se ponía en pie.

–Pórtate bien, Dev. Te estaremos vigilando. Ah, casi se me olvida... –Hizo una pausa antes de alejarse–. Quint quiere cincuenta mil libras. Extiéndele un pagaré antes de que te vayas. *Bon voyage!*

–Pero, mamá, ¡no quiero regresar a Irlanda!

–Sorscha, ya te he dicho que nuestro barco sale mañana por la mañana de Bristol. Tenemos los pasajes. Nos vamos a casa.

Mary estaba de pie frente al tocador mientras buscaba algo en su bolsita de piel a la luz de una solitaria vela. Echó un vistazo por encima del hombro hacia su desconsolada hija, sentada sobre su baúl de viaje que descansaba, ya listo, cerca de la puerta abierta de la habitación de la casa de huéspedes. Una habitación que estaban a punto de abandonar.

Su robusto lacayo, Patrick Doyle, apareció en el vano en ese preciso instante, frotándose las manos.

–¿Puedo bajarlo ya, señorita?

Sorscha le hizo un gesto malhumorado y suspiró cuando se levantó del baúl para que Doyle pudiera llevarlo al carruaje.

–Sostén la vela en la escalera para que Doyle vea algo, Sorscha –le ordenó a su hija–. Está bastante oscuro.

–Sí, mamá.

En cuanto su hija desapareció, Mary sacó la pistola de la bolsa de viaje de piel, la cargó con fría precisión y se metió un buen puñado de balas en el amplio bolsillo de su capa.

Su viaje a Inglaterra no tenía por qué ser una completa pérdida de tiempo.

Apagó la vela y salió de la habitación, cerrando la puerta tras sí. No tardó en reunirse con su hija y Doyle.

–Pues todo listo. Vamos allá. Sólo tengo que hacer una paradita antes de abandonar la ciudad.

La mirada cortante que le lanzó al cochero desmintió la forzada jovialidad de su voz.

El hombre asintió con disimulo.

Sorscha y ella subieron al carruaje. Doyle conocía el camino hasta los sórdidos aposentos de soltero de Quint, pero cuando pasaron por delante vieron que no había luz en el interior. Continuaron por la calle y doblaron la esquina, momento en el que tiró del cordoncillo para que el cochero parara.

–¿Qué hacemos aquí, mamá?

–Sólo será un instante, cariño. –Abrió la portezuela del carruaje y se puso de pie para murmurarle nuevas instrucciones al hombre–. Lo intentaremos con Carstairs –le indicó.

El carruaje reanudó la marcha.

Cuando llegaron a una zona mucho más distinguida del West End, le indicó a Doyle que parara a poca distancia de la enorme y elegante casa que lord Carstairs tenía en la tranquila calle.

–¿Adónde vas, mamá?

–A ver a un viejo amigo.

–¿Y por qué yo no puedo ver a mi amiga antes de que nos vayamos?

–Se trata de un amigo especial, Sorscha. Alguien con quien tengo una deuda pendiente.

La muchacha resopló.

–No es justo.

–Vamos, deja de comportarte como una malcriada. –Aprovechando la oscuridad, se levantó el velo y besó la suave y sonrosada mejilla de su hija–. Volveré enseguida y después nos iremos para vivir felices en Irlanda, como siempre hemos hecho.

Sorscha intentó fruncir el ceño, pero acabó sonriendo muy a su pesar.

Un momento después, Mary se internaba en la oscuridad de la calle, totalmente invisible gracias a su ropa negra y con el rostro oculto tras el velo de encaje. Atravesó los callejones que separaban las casas sin que sus pies hicieran el menor ruido sobre el irregular empedrado. La elegante casa de ladrillo con estuco claro que poseía Carstairs estaba diseñada a semejanza de la mayoría de las grandes casas señoriales londinenses. Gracias a las numerosas ocasiones en las que había asistido con Quint a las fiestas depravadas que celebraba el conde, recordaba al dedillo la distribución de la casa. Tenía la intención de entrar por el jardín amurallado.

Con la mano en la pared, avanzó por la parte del muro trasero que daba a los establos hasta que vislumbró el conocido contorno del emparrado que sobresalía del muro. En una ocasión había dejado que Quint le hiciera el amor bajo ese mismo emparrado.

Una vez que lo hubo localizado, extendió el brazo y se agarró a la verja de hierro forjado que se alzaba sobre la parte superior de la pared de ladrillo, que le llegaría a la altura de los hombros y que estaba decorada con estuco de color crema para combinar con el resto de la casa. Se introdujo con cuidado entre dos de los barrotes de la verja y se agazapó sobre el muro. Desde esa altura, y oculta tras el emparrado, estudió la situación.

Reconoció de inmediato el alegre sonido de la fuente del centro del jardín. No había cambiado nada, salvo la variedad de flores que crecían en los cuidados parterres. Dos bancos gemelos miraban la fuente. Los árboles de las esquinas del jardín habían crecido, pero el camino empedrado seguía flanqueado por los mismos setos cónicos, separados a intervalos regulares.

El corazón comenzó a latirle con fuerza por el nerviosismo. Había viajado a Inglaterra en busca de justicia, pero estaba más que dispuesta a conformarse con la venganza.

Las cosas podrían haber sido distintas si Devil Strathmore hubiera demostrado ser un aliado de fiar, pero había resultado ser una esperanza vana. Había empezado a creer lo contrario después de verlo entrar a hurtadillas en la cochera de Quint; pero, cuando descubrió que había seducido a la joven maestra de Sorscha, comprendió que el vizconde había sucumbido a la depravación de sus colegas del Club del Caballo y la Cuadriga.

Parientes o no, no tenía la menor intención de entregar a Sorscha a alguien como él. Sin embargo, aunque no contara con la ayuda de Strathmore, no permitiría que Quint y Carstairs se fueran de rositas después de lo que le habían hecho. Antes de regresar a Irlanda, iba a equilibrar la balanza.

¿Cómo entrar en la casa?, se preguntó. Escudriñó las tres hileras de ventanas de las tres plantas del edificio, pero el olor a humo que flotaba en el apacible aire nocturno la distrajo. ¿Había alguien en el jardín? Su atenta mirada barrió aquel remanso de paz y algo, un movimiento, llamó su atención.

Había averiguado que Carstairs mantenía a Johnny en un bonito apartamento emplazado sobre la cochera. En el rincón izquierdo de la terraza del apartamento vio al apuesto y joven semental del conde apoyado contra la barandilla con un rifle en las manos y un cigarro en los labios. Recortado contra el cielo de color índigo parecía estar de guardia.

«¿Qué diantres?», pensó. En ese momento dejó de prestarle atención a la casa y se centró en la cochera. Su mirada se desplazó hacia el otro lado de la larga terraza y se le heló la sangre en las venas cuando vio que Torquil Staines estaba apostado allí, también de guardia, con un rifle letal en las manos.

«¿Qué está pasando aquí, chicos?», se preguntó. ¿Qué siniestros asuntos tenían entre manos? Un escalofrío de pánico algo tardío le recorrió la espalda cuando comprendió que estaría muerta de no haberse parado a echar un vistazo primero, de no haber olido el humo de sus cigarros. Había luz en la ventana superior de la cochera y, gracias a su posición sobre el muro, tenía una vista perfecta de la estancia principal de los aposentos de Johnny, a unos diez metros al otro lado del jardín. Contuvo el aliento, incapaz de dar crédito a lo que veía.

Quint y Carstairs quedaban enmarcados por la ventana. Parecían estar en medio de una acalorada discusión. Entre ellos había una muchacha atada a una silla, con las manos a la espalda y una mordaza sobre los labios. Se quedó estupefacta: ¡la señorita Carlisle!

Ella sabía de lo que eran capaces esos hombres; sabía que tenía que ayudar a la joven.

Cogió otra bala del bolsillo para recargar con rapidez y hacer un segundo disparo y después levantó la pistola y apoyó el cañón en el emparrado. Ya se encargaría de Quint si se presentaba la oportunidad. Sin su líder, saldrían en desbandada. Apuntó con sumo cuidado, con la vista clavada en la rubia cabeza de Carstairs al otro lado de la ventana.

Se preparó para el potente retroceso de la pistola y disparó.

Lizzie gritó contra la mordaza cuando la ventana se hizo añicos, y dio tal brinco para alejarse que tiró la silla de madera a la que estaba atada y acabó de costado en el suelo con los ojos desorbitados.

El caos estalló con una retahíla de gritos por todas partes.

Aunque sólo había pasado un instante, tuvo la sensación de que estuvo en el suelo una eternidad, incapaz de levantarse. Sintió que algo se le clavaba en la mano sujeta a su espalda. Un trozo de cristal procedente de la ventana. Extendió los dedos y aferró el afilado fragmento. El dolor hizo que se le llenaran los ojos de lágrimas, pero parpadeó con fuerza para contenerlas. Obvió el dolor y la sangre que le corría por la palma, y utilizó el cristal a modo de cuchillo para cortar las cuerdas que le ataban las manos.

–¡Me cago en la puta! –gritó Carstairs al tiempo que se pasaba una mano por la sien, allí donde la bala le había rozado, tiñendo su claro cabello con una línea de rojo carmesí.

Mary recargó la pistola y se tomó su tiempo para apuntar con total tranquilidad a Torquil. Concentrada en apuntar bien en la oscuridad, no se percató de que Johnny había bajado al jardín y lo había rodeado hasta acercarse a ella.

Con el punto de mira en el pecho de Torquil, se disponía a apretar el gatillo cuando el joven le ordenó:

–¡Quieta!

Desvió la pistola hacia él y ambos aguardaron inmóviles, con las armas preparadas para disparar.

–¡No te muevas! –le advirtió Johnny–. ¡Aquí, Torq!

–¡Que no se te escape ese tipo!

–No es un tipo –gritó Johnny en respuesta, observándola con sumo recelo.

Torquil estaba de camino y sabía que cuando llegara podía darse por muerta.

–Deja que me vaya, Johnny –le ordenó con tranquilidad.

–¿Me conoce?

–Intenté ayudarte en una ocasión. Tranquilo...

Muy despacio, se levantó el velo.

El joven abrió los ojos de par en par.

–¡Dios mío!

Bajó el rifle.

Ella se giró para dispararle a Torquil, que se acercaba corriendo a ellos, pero el hombre se agazapó tras la fuente de piedra.

–¡Que nadie dispare! –gritó Johnny, que levantó la mano hacia Torquil en el mismo instante en el que Quint echaba abajo la puerta de sus aposentos y salía–. ¡He dicho que nadie dispare!

–¡Strathmore! –bramó Quint, enfurecido.

–¡No es Strathmore! ¡Que nadie dispare! –Johnny se apartó de ella para que escapara hacia la cochera–. ¡Es la señorita Highgate!

–¿Qué... qué has dicho? –escuchó que balbucía Quint cuando ella se bajó de la pared del jardín.

Mary ya estaba recargando la pistola, cuando el atronador aullido de Quint rasgó la noche. Un aullido que le provocó un estremecimiento de terror.

–¡Ginny!

Carstairs profirió un incrédulo juramento al escuchar el odiado nombre, pero Lizzie no le prestó atención mientras seguía luchando contra sus ataduras. Las estaba cortando tan rápido como podía y ya empezaba a notar cómo iban cediendo, cabo a cabo.

–¡Vuelve aquí, Quint! –gritó Carstairs, pero el barón ya se había internado a toda prisa en la oscuridad de la noche–. ¡Maldito sea! ¡Johnny!

–Se ha ido con Quint. Están persiguiendo a Ginny. –Torquil entró en la estancia. Lizzie, que seguía tirada de costado en el suelo, contempló cómo sus botas pasaban por delante y hacían añicos los trozos de cristal–. ¡No puedo creer que esa zorra siga viva!

–No por mucho tiempo –gruñó Carstairs.

–Quint no dejará que la toques.

–No le quedará otra. ¿Sabes lo que esto significa?

Torquil asintió con gélido reproche.

–Que está trabajando con Strathmore.

–En estas circunstancias, mandarlo al extranjero no será suficiente.

–No digas más –musitó Torquil, que se detuvo para clavarle a Lizzie el cañón del rifle en las costillas–. Supongo que ya no la necesitaremos más.

Ella gimoteó.

–Tú encárgate de matar a Dev –ordenó Carstairs al tiempo que desenfundaba el enorme cuchillo que llevaba al costado–.

Tengo que hacerle unas cuantas preguntas. Tal vez ahora esté dispuesta a decirme si Dev ha hablado con alguien más.

Torquil asintió con la cabeza mientras lo miraba de soslayo.

–Seguro que ahora te gustaría haberme hecho caso, asqueroso sodomita.

–Haz lo que te he dicho –espetó el conde.

Torquil le gruñó, pero después se fue.

Ella sintió que otro cabo de las ataduras se soltaba, pero dejó escapar un gritito contra la mordaza cuando Carstairs levantó la silla de repente. Separó las piernas y se inclinó para que sus ojos quedaran a la misma altura mientras esbozaba una sonrisa amenazadora.

–Señorita Carlisle, lamento tener que decirle que ha habido un ligero cambio de planes. Tiene que agradecerle a su amante su muerte... porque me temo que tiene que morir. Si de forma lenta y dolorosa o rápida e indolora, está en su mano. Deje que le explique la situación. No va a venir nadie a rescatarla. ¿Me entiende? Su querido Dev será un cadáver en menos de una hora. Sus días aventureros han acabado. Así que bien puede cooperar.

«Por supuesto que cooperaré», pensó. Y le dio una patada con todas sus fuerzas en la entrepierna.

–¡Ay! ¡Zorra! –exclamó el conde con voz ahogada mientras caía al suelo.

Lizzie se levantó de un salto, rompiendo los últimos cabos que la retenían para después quitarse la mordaza de un tirón. Se precipitó hacia la puerta, dejando a Carstairs encogido de dolor y con las manos en la entrepierna. Con las piernas temblorosas, bajó la escalera a la carrera y salió al oscuro exterior con el pulso desbocado. Miró a un lado y a otro sin saber muy bien hacia dónde escapar. Una pared bastante alta la mantenía atrapada en el jardín. No vio puerta alguna.

–¡Señorita Carlisle! –susurró una voz–. ¡Por aquí!

Entrecerró los ojos para mirar hacia el emparrado y vio la silueta de una mujer cubierta por un velo. «¡Por todos los santos...! ¿La señora Harris?», pensó. La conversación que había mantenido aquella noche con Dev en el carruaje acudió a su mente. Y sus ojos se abrieron de par en par al comprenderlo todo. ¡Santo Dios!, su señora Harris era la misma Mary Harris a quien

Dev había estado buscando. ¡La actriz conocida como Ginny Highgate!

¡Estaba viva!

Antes de darse cuenta ya corría hacia la mujer. La señora Harris le tendió la mano para ayudarla a trepar.

–¡Cuidado con los barrotes! Quint y Johnny están a la vuelta de la esquina –añadió en un susurro–. De momento he conseguido despistarlos.

–Señora Harris, Carstairs sigue dentro –le advirtió.

–Será mejor que nos vayamos de aquí cuanto antes... Y con «Mary» valdrá. Vamos. Mi carruaje está cerca.

La capa de la mujer flotó a su alrededor con elegancia cuando dio la vuelta y echó a correr.

Ella la siguió sin pérdida de tiempo, y ambas huyeron a toda prisa, dejando atrás los establos con tanto sigilo como les fue posible.

–¡Ginny!

Otro bramido de un Quint medio loco resonó por el callejón.

Mary la cogió de la mano y las dos se pegaron contra la pared.

–¿Qué quiere de usted?

–Fuimos amantes en otro tiempo.

–Todo el mundo creyó que había muerto.

–Lo sé.

–Tenemos que avisar a Devlin. ¡Han enviado a Staines a matarlo!

–¿Matarlo? –preguntó Mary con amargura–. Se confunde. Es uno de ellos.

–¡No lo es! ¡Todo ha sido una charada! Se ha dedicado en cuerpo y alma a descubrir qué le sucedió a su familia la noche del incendio. Usted tiene las respuestas a sus preguntas, ¿verdad? Debe contarle lo que sabe. Vamos, tenemos que ayudarlo...

–¡Ginny! ¡Ginny, soy Quint! ¡Deja que te vea!

–No creo que quieras verme tal y como estoy, amor mío –murmuró ella entre dientes con amargura, sin apartar la vista de las sombras–. Vamos, señorita Carlisle. Devil Strathmore tendrá que apañárselas solito. Puede venir conmigo si quiere, pero Sorscha es mi prioridad. Corre más peligro de lo que usted cree.

–¿¡Ha traído a la muchacha hasta aquí!? –preguntó en un susurro.

–Le agradecería que me ayudara –replicó Mary con brusquedad, sin hacer caso a sus protestas–. Carstairs no cejará hasta verme muerta. Ahora saben que estoy viva, pero no saben nada de Sorscha. Ella no recuerda el incendio, pero ellos no lo saben, aunque tampoco supondría diferencia alguna. Todos los testigos de Carstairs mueren. Si algo me pasara, debe llevarse a Sorscha en el barco que sale de Bristol para Irlanda. Tengo los pasajes en esta bolsita. En cuanto Sorscha esté a salvo, puede ponerse en contacto con su hermano desde Irlanda.

–¿¡Su hermano!? –exclamó en un susurro, girándose hacia la mujer, totalmente estupefacta–. ¡Por el amor de Dios! ¿Quiere decir que es... la pequeña Sarah?

–¡Ginny! ¡Sólo quiero hablar contigo!

Podían escuchar los pesados pasos de Quint por el callejón, seguidos de las pisadas más ligeras y rápidas de Johnny.

–Vamos, no hay tiempo que perder. ¡Por aquí está mi carruaje!

Echaron a correr.

Vio el carruaje que las aguardaba, negro y reluciente bañado por la luz de la luna. Un cochero vestido con un largo gabán esperaba en el pescante con un rifle en las manos.

–Doyle los mantendrá a raya –dijo Mary–. ¡Vámonos!

Tan pronto como pudo ponerse en pie, Carstairs cogió su pistola de entre la colección de armas y salió al exterior con paso inseguro, cojeando un poco y clamando sangre. Desde el callejón le llegaron los gemidos lastimeros con los que Quint llamaba a su maldita Ginny, de manera que se encaminó hacia allí.

Salió del jardín justo a tiempo para ver cómo las dos mujeres corrían hacia la plaza con Quint y Johnny pegados a sus talones.

–¡Apartaos! –les gritó a sus amigos al tiempo que amartillaba el arma. La levantó justo cuando las dos zorras se internaban en las sombras.

Vio el carruaje y al cochero con un arma.

Sonó un estallido.

El cochero cayó del pescante y se estrelló contra el suelo, y

Ginny Highgate gritó. Carstairs reconoció su voz. Ya había oído sus gritos antes.

Escuchó los chillidos histéricos de las mujeres y se dispuso a recargar mientras avanzaba a trompicones por el callejón y Quint y Johnny reanudaban la persecución.

–¡Se están acercando! –Una voz femenina mucho más clara y serena se impuso a los lamentos que Ginny profería por su criado–. ¡Déjelo, está muerto! ¡Entre en el coche ya!

Carstairs entrecerró los ojos cuando el amorcito de Dev saltó al pescante, cogió las riendas y azuzó con ellas a los caballos. El carruaje se puso en marcha justo cuando Quint extendía los brazos hacia él.

Sus enormes manos asieron el aire.

–¡Tras ellos! –aulló.

Carstairs esbozó una sonrisa maliciosa cuando el carruaje de las mujeres rodeó el jardín y enfiló hacia el oeste.

«Vaya, vaya, así que quieres batirte en una carrera contra el Club del Caballo y la Cuadriga, ¿no es cierto, zorrita?», pensó.

–Pues que así sea –susurró con sorna y con los ojos clavados en el carruaje a la fuga.

Luego dio media vuelta y se encaminó hacia su tílburi, mientras ordenaba a Quint y a Johnny que se dieran prisa.

21

Dev iba y venía del vestidor al dormitorio mientras metía de mala manera sus pertenencias en varios baúles de viaje con manos temblorosas y un nudo en el estómago. Lo dominaba una furia ciega y vibraba como la hoja de una espada después de una cruel estocada; aun así, se había recuperado y había trazado un plan.

Aunque eso no hacía que las cosas fueran más fáciles.

Ben intentaba hacer el equipaje con algo más de calma, pero para Dev era imposible, porque acababa de descubrir lo que era el verdadero miedo. Jamás había estado tan angustiado por el bienestar de otro ser humano. Dondequiera que Lizzie estuviese, sabía que estaba aterrada. Lo único que quería era estrecharla entre sus brazos y prometerle que lo arreglaría todo. Porque lo haría.

Carstairs lo había pillado desprevenido en White's, pero sabía que cooperar en todo y aceptar las condiciones de su adversario había sido lo correcto. Sin embargo, ya recuperado del pánico momentáneo, se dio cuenta de que sería incapaz de vivir sin Lizzie. Y tampoco podía permitirles que jugaran con ella y la controlaran durante el resto de su existencia. Pondría fin a esa guerra al amanecer en los muelles. Porque lo que Carstairs no sabía era que la antaño arisca, desharrapada y a menudo ebria tripulación del *Katie Rose* se enfrentaría a las huestes del infierno por él.

Su aspecto era el de simples marineros, pero al amanecer, cuando Carstairs mostrara a Lizzie, él les daría la señal acordada y atacarían; él mismo se encargaría de rescatarla mientras sus implacables camaradas del *Katie Rose* aniquilaban a los malcriados señoritingos del Club del Caballo y la Cuadriga.

Si todo salía bien, explicaría la situación a los investigadores de Bow Street en cuanto le fuera posible. Si salía mal, se la llevaría lejos en su barco y se convertiría en un fugitivo de la justicia británica, razón por la que había sacado de la caja de madera esmaltada que tenía en el tocador las posesiones que más valor tenían para él: el sello de la familia, un retrato en miniatura de su padre y la alianza de oro que aún tenía intención de darle a su esposa. Ella era lo único que importaba de verdad.

En ese momento su agudizado instinto de supervivencia lo alertó con un indefinible hormigueo que presagiaba peligro, un hormigueo que le erizó el vello de la nuca. Su mirada voló hacia el espejo al sentir que alguien lo observaba. Sus ojos llamearon cuando descubrió la oscura silueta de Torquil Staines en el balcón de su dormitorio, medio oculto tras las cortinas.

Tenía una pistola.

–¡Agáchate! –rugió al tiempo que arrojaba a Ben al suelo justo cuando el disparo resonaba en la estancia.

Su ayuda de cámara se tambaleó, golpeando con fuerza el tocador; el juego de afeitar de Dev y media docena de frasquitos de aseo cayeron sobre el hombre mientras se desplomaba con el rostro contraído por el dolor.

Dev se abalanzó contra Staines, apenas consciente de que su amigo estaba herido. Staines entró en el dormitorio de un salto al tiempo que sacaba el cuchillo de la funda. Lo atacó trazando un arco violento.

Él retrocedió de un brinco y miró de reojo a Ben con preocupación.

–¡Ben!

–Me ha dado, Dev –respondió el aludido casi sin fuerzas.

–¡Aguanta!

Con el rabillo del ojo, vio cómo su amigo gateaba y se sentaba con la espalda apoyada contra la pared. Una mancha carmesí comenzaba a extenderse por su hombro izquierdo hacia el pecho.

El corazón le latía a toda prisa y la cabeza le daba vueltas mientras esquivaba el ataque de Staines. Ben no podía morir. No lo soportaría.

Su adversario le lanzó otra puñalada.

–¿Qué demonios estás haciendo, Staines? –rugió–. ¡He dicho que me marcharía! ¡Ya ves que estoy haciendo el equipaje! ¡Quédate conmigo, Ben! –le gritó a su amigo con voz temblorosa.

–Eres un hipócrita farsante, Dev, por eso estoy aquí. –El cuchillo de Staines cortó el aire y fue a clavarse en uno de los postes de la cama cuando él se agachó–. No te hagas el tonto. Sabemos que has estado compinchado con Ginny Highgate todo este tiempo.

–¿De qué estás hablando? ¡Ginny Highgate está más que muerta y enterrada!

Vio el machete que Ben había guardado en la maleta y se lanzó a cogerlo.

–La vi con mis propios ojos, Dev. Esa zorra trató de pegarme un tiro.

–¿Ginny Highgate está viva? ¿En Londres?

Esquivó un feroz asalto mientras a su mente afloraba el recuerdo de la misteriosa mujer oculta por un velo a quien había cogido espiándolo.

–¡Como si no lo supieras! Y, por si se te ha escapado, ya no hay trato.

–¿Cómo que no hay trato? Espera un momento... ¿Qué pasa con Lizzie?

El baronet dejó escapar una carcajada desdeñosa.

–Carstairs le ha rebanado el pescuezo.

–¿¡Qué!? –susurró Devlin, que se quedó inmóvil, atenazado por el terror. Apenas podía respirar–. Estás mintiendo –dijo con un hilo de voz.

–¿Crees que íbamos a permitir que tu zorra y tú nos enviarais a la horca?

–No... –murmuró mientras sentía que el pánico lo desbordaba–. ¡No!

Un millar de demonios aullaban en su cabeza; sus peores miedos se habían hecho realidad.

«Han matado a Lizzie. La han degollado», pensaba. Su familia estaba muerta. Ben se desangraba sobre el suelo, repetía su mente una y otra vez.

Todo por su culpa.

Lo engulló la oscuridad; la luz se desvaneció.

–¡No!

El rugido que brotó de su garganta era más un grito de guerra escalofriante. Se lanzó al ataque.

Destrozó la habitación mientras se afanaba por hacer trizas a Staines con el machete, sin apenas sentir las heridas que recibía. La destreza del baronet no era rival para su sed de sangre. El asesinato de Lizzie había liberado una bestia a la que jamás podrían encerrar de nuevo.

Se estamparon contra una de las paredes y se batieron en el balcón, donde a punto estuvieron de caer, antes de que Staines lo empujara de vuelta al dormitorio. En ese momento recogió la pata rota de una silla y la blandió en la mano izquierda como si de una porra se tratara. Le sirvió a las mil maravillas para detener las cuchilladas de Staines.

Cuando vio que se presentaba su oportunidad, lanzó un golpe con la velocidad del rayo y hundió el machete en el blando vientre de Staines, tras lo cual contempló con indiferencia cómo lo abandonaba la vida.

–Piedad –rogó Staines con voz ronca.

Él respondió con un gruñido antes de retorcer el machete.

Acto seguido soltó al temido duelista, que cayó al suelo.

Le dio la espalda a su sangrienta obra, resollando y con ganas de vomitar, pero el resto de su ser seguía impasible. Aún le quedaban personas por matar.

Aunque antes se acercó a su amigo y se agachó junto a él.

–Ben.

Los oscuros ojos del hombre se abrieron muy despacio.

«Gracias a Dios», pensó. Tragó saliva con fuerza.

–Vamos a echarle un vistazo.

Apartó el chaleco de Ben y desgarró la camisa para comprobar la herida.

–Esto es toda una novedad –señaló su amigo con el amago de una sonrisa, pero él era incapaz de corresponder al gesto.

Cualquier posibilidad de alegría y felicidad se habían desvanecido con las incomprensibles palabras de Staines.

Ben le agarró la manga.

–Dev, escúchame. El hecho de que lo dijera no quiere decir que sea cierto. Debes tener fe.

Dev lo fulminó con la mirada antes de apartar la vista.

–Tienes la bala alojada en el hombro. Te pondrás bien. Tengo que irme.

Cuando se puso en pie, Ben lo imitó con sumo esfuerzo.

–¿Qué estás haciendo?

–Voy contigo.

–¡Y un cuerno! Vete a casa de los vecinos y pídeles que llamen al cirujano. No puedes montar a caballo con esa herida.

–Tú lo has hecho. ¿Por qué no puedo hacerlo yo?

Dev negó con la cabeza y salió a la carrera hacia los establos sin insistir más. Ensilló el único caballo de su establo que ya había demostrado su extremada rapidez y su resistencia: el enorme castrado oscuro que lo había llevado a Bath meses atrás, cuando creyó que la tía Augusta estaba a las puertas de la muerte por culpa de cierta marisabidilla entrometida.

No podía estar muerta. Había tanta vida, tanta calidez y tanto amor en ella... Era incapaz de asimilar la idea. A los pocos minutos salía a galope tendido de los establos a lomos del caballo al que Lizzie había bautizado como *Lucero*.

«¿Por qué no me casé con ella cuando tuve la oportunidad y me la llevé lejos de todo esto?», se preguntó. ¿Cómo había podido llegar a pensar siquiera que la venganza era más importante que el amor?

Cabalgó a toda velocidad hacia la casa de Carstairs, pero cuando entró al galope en la plaza vio una muchedumbre con la vista clavada en algo que había en el suelo. «¡Dios mío!», pensó. El pánico que sentía se multiplicó por diez cuando descubrió que se trataba del cuerpo inmóvil de una persona.

«¡Lizzie!», gritó para sus adentros.

Saltó del caballo y corrió hacia el tumulto, donde se abrió paso a empujones entre los curiosos para descubrir aliviado que la víctima era un hombre de mediana edad vestido con el gabán típico de un cochero.

–¿Qué ha ocurrido aquí? –exigió saber, puesto que la casa de Carstairs se hallaba a un tiro de piedra y sabía que esa muerte estaba relacionada.

Cinco personas comenzaron a balbucear a la vez en respuesta a su pregunta. Habían escuchado un alboroto y varios disparos, pero ninguno parecía saber mucho.

–¡Encontramos esto! –dijo una mujer con ganas de ayudar al tiempo que sostenía en alto una bolsita de cuero.

Se apresuró a cogerla y a volcarla para vaciar el contenido. Los objetos femeninos le dijeron que pertenecía a una mujer, si bien lo que le llamó la atención fueron dos trocitos de papel que flotaron hasta llegar al suelo.

Los estudió a la luz de la luna y vio que se trataba de dos pasajes para el barco que salía rumbo a Irlanda a la mañana siguiente. Se habían extendido a nombre de una tal señora Mary Harris. El nombre hizo que abriera los ojos de par en par.

¡Ginny Highgate!

–Bristol –murmuró.

Carstairs estaría pisándole los talones.

–¿Qué le parece todo esto, señor? Señor, ¿qué pasa con Bristol? –preguntó la mujer, pero él ya estaba de nuevo a lomos de su caballo con las riendas en las manos.

Hizo que el animal diera media vuelta y lo azuzó con los talones. *Lucero* salió al galope en cuanto se lo ordenó, en dirección al camino que llevaba al oeste.

Lizzie tenía problemas para concentrarse en el manejo de las riendas en semejantes circunstancias, mientras fustigaba a los caballos y recorrían a toda velocidad el camino. Primero porque tres maníacos las perseguían en una berlina sin dejar de dispararles, y segundo porque acababan de matar al pobre cochero delante de sus narices. Además, ignoraba si el amor de su vida estaba vivo o muerto; conducía unos caballos que eran extraños para ella y un carruaje cuyas dimensiones desconocía; era de noche, el miedo la atenazaba y se disponían a entrar en un tramo del camino famoso por estar plagado de salteadores.

Las heridas que le había provocado el trozo de cristal en las manos al cortar las ataduras eran la menor de sus preocupaciones, aunque hacían que el roce constante de las riendas que sujetaba en la mano izquierda le molestara más. Detestaba tener que utilizar el látigo con los caballos, pero temía pensar lo que ocurriría si les permitía aflojar el paso.

A pesar de todo siguió aguantando... al menos de momento. Dentro de unas pocas horas, ¿quién sabe? El camino era largo; Bristol estaba incluso más lejos que Bath. Con un poco de suerte, ¡tal vez los salteadores atacaran a sus perseguidores!

Se arriesgó a echar otro vistazo por encima del hombro y descubrió que la suave pendiente del camino las protegía en esos momentos de las pistolas de Carstairs; acto seguido volvió la vista al frente y siguió guiando a los caballos de forma implacable. Para tranquilizarse, imaginó que Devlin iba sentado a su lado, como la noche que habían ido a Oakley Park, instándola a seguir, ayudándola. Calmándola. Diciéndole que podía hacerlo. Compartiendo con ella su enorme coraje y su habilidad.

Tenía que confiar en que Dev se encontraba a salvo.

Mientras el carruaje avanzaba a toda prisa, la única prioridad que le rondaba la cabeza era proteger a toda costa la vida de la hermana de Devlin. El recuerdo del rompecabezas a medio terminar que había en el suelo de Mulberry Cottage le provocó un escalofrío. Sorscha aún desconocía su verdadero nombre y su ascendencia aristocrática, pero antes de poder contárselo tenían que sobrevivir a esa noche. Se aferró a la certeza de que reunir a Devlin con su hermanita, que llevaba tanto tiempo desaparecida, obraría un milagro y sanaría su destrozada alma.

–Diantres –susurró al atisbar un estrecho puente un poco más adelante.

Trazaba un ligero arco sobre un riachuelo. No estaba segura de en qué ángulo debía intentar pasarlo, ya que tampoco sabía muy bien cuál era la anchura del carruaje. Lo más prudente habría sido aminorar la velocidad y cruzarlo con cuidado, pero si lo hacía le costaría recuperar la ventaja. Esos locos se les echarían encima en un abrir y cerrar de ojos, y tal vez en esa ocasión no fuera capaz de dejarlos atrás.

Los caballos parecían saber qué hacer. Con las riendas en una mano, extendió el otro brazo para sujetarse bien al asiento de hierro.

–¡Sujetaos! –les gritó a sus pasajeras cuando los caballos se adentraron al galope en el puente de piedra, dejando atrás la superficie más blanda del camino, compuesto de tierra y gravilla.

El impacto de las ruedas delanteras contra el puente estuvo a punto de descoyuntarle todos los huesos y arrancó unos cuantos crujidos de protesta a los muelles, pero el carruaje pasó como una exhalación por el estrecho pasaje sin sufrir un solo rasguño en los laterales.

Dejó escapar un grito victorioso cuando regresaron al camino, si bien su alivio se trocó en pánico en un santiamén. Tan pronto como abandonaron el puente vio cómo uno de los carruajes encargados de repartir el correo se acercaba a galope tendido hacia ella.

El guardia hizo sonar el cuerno para advertirle que se apartara de inmediato, ya que él no podía: el carruaje del correo era mucho más grande, lo tiraban seis caballos e iba cargado hasta los topes. El pánico se adueñó de ella. El camino aún era demasiado estrecho por la proximidad del puente y ella iba demasiado rápido.

Los carruajes se abalanzaron el uno contra el otro y, por un espantoso instante, imaginó a dos caballeros medievales que se enfrentaran en una justa con los varales a modo de lanzas. Tiró con todas sus fuerzas de las riendas para que el tiro fuera hacia la izquierda. El caballo guía relinchó, pero obedeció. El carruaje que transportaba el correo pasó tan cerca que sintió cómo movía el aire por su lado; pero, en un aterrador abrir y cerrar de ojos, se percató de que el súbito cambio de dirección del tiro había desequilibrado al carruaje, que se inclinó hacia un lado y siguió avanzando sobre dos ruedas.

–¡Sujetaos! –volvió a gritar, si bien ella no pudo hacerlo.

Vio que se acercaba el suelo según se inclinaba el vehículo e intentó saltar justo cuando salía despedida del pescante. Voló por los aires con los brazos extendidos mientras el carruaje se deslizaba sobre el lateral por el camino.

Aterrizó de bruces en un campo de alfalfa mientras el balancín se hacía añicos y los maltrechos varales del carruaje se partían con gran estrépito. El vehículo acabó por detenerse mientras los caballos seguían su curso.

Se hizo un silencio sepulcral.

Tenía el corazón a punto de salírsele por la boca. Aunque se había quedado sin respiración, consiguió inspirar a duras penas y se obligó ponerse de rodillas. Se miró, sin poder creer que no hubiera muerto. Tampoco parecía estar muy maltrecha, ya que su peor herida era la torcedura de la muñeca izquierda, con la que había frenado la caída. Sentía deseos de besar el suelo. Esa tierra blandita, con su verde alfombra de alfalfa, le había salvado la vida. Pero ¿qué habría sido de las demás?

Su primer pensamiento fue para Sorscha. Se las apañó para ponerse de pie. Carstairs y sus compinches se les echarían encima en cuestión de minutos.

Se dio la vuelta y corrió hacia el carruaje con piernas temblorosas mientras se percataba de lo afortunada que había sido. El campo de alfalfa estaba rodeado por una cerca de piedra y un enorme roble se alzaba a unos metros de distancia. Cualquiera de las dos cosas podría haber detenido su caída con terribles consecuencias. Trepó la cerca para pasar al otro lado y siguió corriendo hacia el carruaje sin dejar de frotarse la muñeca.

–¡Sorscha! ¡Mary! ¡Sorscha!

Aterrada por lo que podría encontrarse, se acercó muy despacio al vehículo volcado y de repente la portezuela, que había quedado mirando hacia el cielo, se abrió.

Una melena rizada se asomó por el hueco.

–¿Se... señorita Carlisle?

–¡Ay, Sorscha, cariño! –exclamó antes de acercarse para ayudarla a salir–. ¿Te encuentras bien? ¿Puedes andar?

–Creo... creo que sí. Mamá... ¡Creo que mi madre está herida!

–¡Mary, despierta!

Se apresuró a ayudar a Sorscha a salir de los restos del accidentado vehículo y después entró en él, para descubrir que por suerte la señora Harris ya estaba volviendo en sí con un quejido.

–Vaya, me he golpeado la cabeza. Y también me he dislocado el hombro con el asidero. Menos mal que gritó para avisarnos. ¿Qué ha ocurrido?

–Uno de los carruajes del correo nos sacó del camino. ¡Lo siento mucho! Venga, tenemos que irnos. Nos alcanzarán en breve.

La mujer respiró hondo y asintió. Acto seguido echó un vistazo al interior del carruaje.

–¡Mi bolsita! ¿Dónde está?

–¡Olvídela! ¡Tenemos que escondernos!

–¡Los pasajes estaban dentro!

–Puede comprar otros. Vamos.

Con la ayuda de Sorscha sacó a la magullada mujer del carruaje volcado y después escudriñó los alrededores. Ya podía sentir cómo comenzaba a temblar la tierra bajo sus pies por el traqueteo del carruaje de Carstairs en la distancia.

–¿Qué vamos a hacer? –gritó Sorscha.

–¡Allí! –señaló–. Entre esos árboles... ¡hay una posada! Tal vez encontremos ayuda... o al menos podamos perdernos entre la gente. ¡Deprisa!

Mantuvieron a Sorscha entre ellas mientras corrían. Le palpitaba la muñeca con cada paso que daba en dirección a la pequeña posada, que quedaba apartada del camino y escondida tras unos enormes árboles.

La brisa nocturna agitaba las ramas de los árboles por encima de sus cabezas cuando alcanzaron la puerta exterior y se internaron a toda prisa en el polvoriento patio. Un solitario farol colgaba sobre la puerta de entrada del edificio y su pálido resplandor ofrecía una bienvenida incierta. Lizzie atisbó un tejado desvencijado, grandes desconchones en las paredes y varios balcones combados. En un acto reflejo estiró el brazo para girar el picaporte, pero el dolor de la muñeca le arrancó un grito.

Fue la señora Harris quien abrió la puerta y pasó primero. Sorscha la siguió mientras ella se rodeaba la dolorida muñeca con la otra mano y se preguntaba desconsolada cómo se defendería sin la mano derecha. Se giró con rapidez, haciendo que se le arremolinaran las faldas alrededor de las piernas, y cerró la puerta con un golpe de cadera.

–¡Necesitamos ayuda! –gritó Sorscha con un chillido infantil rebosante de pánico a medida que se internaba en la oscura taberna llena de humo.

En cuanto le echó un vistazo al lugar, a Lizzie se le cayó el alma a los pies.

No había una muchedumbre en la que perderse y tampoco había nadie a quien pedirle ayuda, salvo unos cuantos viejos borrachos que se aferraban a sus jarras de cerveza fumando el tabaco barato de sus pipas mientras discutían por una partida de ajedrez. La apolillada cabeza de un ciervo las contemplaba desde la pared; un espejo manchado reflejaba la escasa iluminación de los pocos farolillos oxidados diseminados por la estancia.

El lugar apestaba a carne de cerdo grasienta y a sebo rancio.

Un hombre desaseado y de enorme barriga (el posadero, supuso), con la camisa arremangada sobre los fornidos antebrazos, secaba jarras de cerveza con un trapo tras la barra.

–Está cerrado –gruñó.

–¡La puerta estaba abierta! –protestó Sorscha.

–La cerradura está rota –replicó el hombre, estudiándolas con recelo–. ¿Qué quieren?

Lizzie dio un paso hacia delante con el corazón desbocado.

–Me temo que se trata de una emergencia. Nos están persiguiendo unos hombres...

–Ya están aquí –musitó la señora Harris cuando el estruendo de los cascos y de las pesadas ruedas se escuchó en el camino de entrada.

–¿Hay una salida trasera? –le preguntó Lizzie con voz trémula al dueño bajo la curiosa mirada de los viejos y borrachos parroquianos.

–¿Por qué quiere saberlo? –preguntó el posadero de malos modos al mismo tiempo que arrojaba el trapo sobre la barra.

En el exterior ya se escuchaba el sonido metálico de los cascos sobre el empedrado del patio.

–Tú ve por detrás –escuchó cómo Carstairs ordenaba con voz fría–. Johnny, tú te vienes conmigo.

–¿Qué diablos está pasando aquí? –exigió saber el posadero, pero ella no le hizo caso.

–Vamos. –Agarró a Sorscha de la muñeca con su mano sana y tiró de ella hacia la desvencijada escalera de madera mientras la señora Harris las seguía–. Tenemos que escondernos. Ahora mismo.

Johnny abrió la puerta de una patada y entró en la taberna con su trabuco, fabricado especialmente para él.

–¡Que nadie se mueva!

Carstairs entró tras él, apuntando con sus dos pistolas al hatajo de viejos apiñados alrededor de un tablero de ajedrez.

–Dios, menudo antro... –murmuró entre dientes. Su mirada se desvió hacia el posadero, quien sin duda tendría un mosquete bajo la barra–. ¡Manos arriba a menos que quieras morir!

Se acercó al hombre y se apoderó del mosquete que éste había intentado coger y que se encontraba en un sorprendente buen estado.

Sin duda lo utilizaba para la caza furtiva en los eriales, pensó.

–Nada de trucos –le advirtió al hombre con tono gélido. Se acercó a Johnny con el mosquete y lo dejó apoyado junto a la puerta que éste tenía a su espalda–. Puede sernos útil.

–Gracias –murmuró el muchacho sin apartar la feroz mirada de sus rehenes.

–No había visto una de esas antiguallas desde la batalla de Copenhague –musitó algo achispado uno de los viejos veteranos, entrecerrando los ojos para ver mejor el trabuco.

–No te preocupes, viejo, este modelo es totalmente nuevo. Lo hicieron especialmente para mí –le informó Johnny entre dientes y con cuidado de mantenerse de espaldas a la puerta–. Tiene tal alcance que os mandaría a todos a la tumba. Así que quiero las manos donde pueda verlas.

–¿Dónde están las mujeres que acaban de entrar? –preguntó Carstairs.

Nadie respondió.

–¡Maldita sea! Las vimos entrar aquí. Protegerlas os costará vuestras míseras vidas. ¡Tú! –Regresó a la barra y le clavó al posadero el cañón de una de las pistolas entre las cejas–. ¿Dónde están?

Con las manos sobre la cabeza tal y como le habían ordenado, el hombre señaló la escalera con un dedo regordete. Complacido por que Johnny lo tuviera todo bajo control en la taberna, comenzó a subir los escalones de dos en dos con sumo sigilo.

Llegó a un deslustrado pasillo con la escayola abombada y una raída alfombra. La hilera de faroles que colgaban a intervalos de las vigas del techo lanzaba una luz mortecina. Avanzó con la pistola preparada entre las puertas cerradas de unas veinte habitaciones. Su oído le dijo que casi todas estaban vacías; sin embargo, al pasar junto a una de ellas escuchó que una mujer le ordenaba a un tal Mortimer que doblara su ropa.

«Malditas sean», pensó. Esas dos zorras podían estar en cualquier sitio.

El sonido de unas pisadas que se acercaban por el otro extremo del pasillo le hizo doblar la esquina con la pistola en mano.

–Soy yo –gruñó Quint.

Bajó la pistola.

–Veo que has encontrado la puerta trasera.

–Está al final de la escalera.

–Bueno, es un alivio que esta vez no tenga que hacerlo todo yo –gruñó con sarcasmo–. ¿Las has visto?

–No. He mirado en el guardarropa que hay al pie de la escalera. En la cocina también, pero no les he visto el pelo.

–Bien... –replicó con voz meliflua–. Eso quiere decir que están en algún lugar de esta planta. Justo... delante de nuestras narices.

El estampido de una puerta contra la pared hizo retumbar las paredes cuando sus perseguidores entraron sin muchos miramientos en otra de las habitaciones. La luz de la luna caía sobre ellas mientras se abrazaban en uno de los cuartos de huéspedes que apestaba a humedad.

–¡Señorita Carlisle! –canturreó Carstairs–. No se esconda. ¡Salga de allí donde esté!

–Tengo miedo –dijo Sorscha en un susurro.

Su madre la rodeó con los brazos y le dio un beso en la coronilla.

–Nosotras te cuidaremos, tesoro.

–¿Habéis escuchado lo que han dicho? La puerta trasera está justo al pie de la escalera –musitó Lizzie–. Si tenemos suerte, podremos escabullirnos por allí.

–No. Jamás llegaremos a la puerta sin que nos vean.

–¡Ginny! –gritó Quint con ese extraño y lastimero alarido que se parecía al de un animal salvaje que clamara por su compañera muerta.

–¿Por qué insiste en llamar a la tal Ginny? –masculló Sorscha–. ¡Esto es un malentendido! ¡Tenemos que decirles que se han equivocado de persona!

Lizzie intercambió una mirada sombría con Mary.

–Sorscha, acércate a la ventana y comprueba que no haya nadie. Y no hagas ruido.

–Sí, mamá.

Una vez que la muchacha hubo cruzado la habitación de puntillas, tanteando el camino para no tropezar con los muebles, Mary se giró hacia ella.

–Yo los distraeré –dijo en voz baja–. Usted y Sorscha tendrán una oportunidad de escapar si lo hago.

–¿Cómo?

–Me entregaré.

–No puede hacerlo –susurró Lizzie, lívida–. La matarán.

–Quint no permitirá que Carstairs me haga daño. Aunque no puedo decir lo mismo de Sorscha y de usted. Además... tengo esto.

Le enseñó a hurtadillas la pistolita que llevaba consigo además del rifle que se había visto obligada a dejar cerca de la casa de Carstairs. La luz de la luna se reflejó en el bruñido cañón, aunque se apresuró a devolver el arma al bolsillo de su voluminosa capa negra antes de que Sorscha regresara.

Lizzie la contempló con detenimiento hasta que comprendió de súbito que su intención era matar a Quint.

–No ponga esa cara de sorpresa, querida. –Un amago de sonrisa cínica le curvó los rojos labios detrás del velo de encaje negro–. No creería que pasé por casa de Carstairs por casualidad, ¿verdad?

–Cualesquiera que fuesen sus razones, estoy más que agradecida de que lo hiciera –respondió en un murmullo–. Gracias, Mary. Le debo la vida. Y parece que Sorscha también. Estuvo allí esa noche. Consiguió salvarla del fuego.

–No era más que una niña pequeña –musitó ella meneando la cabeza–. Su madre me rogó que me la llevara.

–¿Lady Strathmore seguía con vida?

Mary asintió.

–Se negó a abandonar a su marido, y él estaba demasiado malherido para escapar de la posada en llamas.

Lizzie la miraba de hito en hito mientras intentaba asimilar la información; sus ojos se desviaron hacia la jovencita inocente que se recortaba contra la ventana antes de posarse de nuevo en Mary.

–Devlin es un buen hombre. Me ayudará a protegerla.

–No si Torquil llega antes. Lo siento, pero sé cómo operan estos hombres. Aun cuando Devlin sobreviviera, los demás le darían caza. No se detendrán hasta que lo atrapen a él, a usted o a Sorscha. Sabe demasiado de su crimen. Por eso debe marcharse a Irlanda.

Lizzie se debatía con su conciencia tras escuchar las terribles palabras de la mujer. ¿Cómo podría marcharse sin Devlin sabiendo que corría grave peligro? Sin embargo, cuando Sorscha regresó junto a ellas y les dijo que todo estaba despejado, miró a la muchacha y supo que Mary tenía razón. Tenía que confiar en el hecho de que su salvaje aventurero supiera cuidarse.

La inocente jovencita no podría hacerlo.

Cuando Mary les expuso su plan, los enormes ojos azules de Sorscha se abrieron de par en par por la preocupación.

–Pero ¿y tú, mamá?

Mary la rodeó con los brazos y la besó en la frente.

–Me reuniré contigo en Irlanda en cuanto pueda.

Mientras madre e hija se abrazaban, Lizzie se preguntó si no sería una mentira. Dudaba mucho de que Quint permitiera que su adorada Ginny se le escapara de nuevo de las manos. Mary soltó a la muchacha a regañadientes y le cubrió las mejillas con las manos.

–Sé valiente, cariño. Hazme caso ahora y vete con la señorita Carlisle. Es la única manera.

–Sí, mamá –dijo la muchacha con tristeza.

–¿Está segura? –le preguntó Lizzie con voz firme.

La mujer asintió con la cabeza, así que ella encogió los hombros y cogió la mano de su alumna.

–Vamos, Sorscha, no tenemos mucho tiempo.

La jovencita lanzó a su madre adoptiva una última mirada implorante, pero la siguió sin rechistar. Las tres se acercaron a la puerta.

Mary pegó la oreja para escuchar.

–Yo saldré primero.

El gesto de asentimiento de Lizzie fue sombrío, pero decidido.

–Nosotras nos escabulliremos por la escalera de atrás.

Sorscha le apretó la mano con más fuerza.

Mary abrió la puerta poco a poco y sin hacer ruido.

Desde el otro lado de la esquina les llegaban los ruidos que Quint y Carstairs hacían mientras abrían y cerraban las puertas, registrando las habitaciones.

Tiró de Sorscha para salir de la habitación y se pegaron a la pared. La escalera trasera estaba apenas a unos pasos de distancia.

Sorscha miró hacia atrás con desesperación cuando Mary echó a andar hacia la esquina que unía el pasillo al otro corredor con la intención de entregarse a su antiguo amante y, si sus sospechas eran ciertas, matarlo de un tiro si se le presentaba la oportunidad. El velo de encaje negro flotaba tras ella, confiriéndole una apariencia espectral mientras caminaba con los hombros bien erguidos.

Lizzie apartó la mirada y obligó a Sorscha a ponerse en marcha. Con tanto sigilo como les fue posible, bajaron la estrecha y traicionera escalera a toda prisa.

22

Mary dobló la esquina y se enfrentó con las criaturas que poblaban sus pesadillas.

–¡Quentin!

Su voz resonó por el pasillo y detuvo a los dos hombres en el acto. Su antiguo amante se paró y dio media vuelta con una expresión reverente en ese rostro cuadrado y cruel.

–Ginny –susurró–, ¿de verdad eres tú?

–Sí, Quentin, soy yo.

–Entonces es cierto. Estás viva. Después de todo este tiempo...

–Viva, sí. Pero cambiada.

–Pero seguro que sigues siendo una puta –intervino Carstairs, haciendo caso omiso de la mirada admonitoria de Quint–. ¿Dónde está la señorita Carlisle?

Ella no contestó.

Carstairs le apuntó con la pistola.

–Habla, puta. ¿Dónde está la palomita de Strathmore?

Quint extendió la mano y obligó al conde a bajar el arma con una mirada sombría. Carstairs adoptó una actitud desafiante, pero al final los dejó solos con un resoplido arrogante y prosiguió con el registro de las habitaciones.

–No pasa nada, Ginny. No dejaré que te haga daño. No puedo creerlo. Es un milagro.

El barón avanzó un paso.

Ella agarró la pistola que llevaba en el bolsillo, pero no tenía intención de matarlo hasta que comprendiera la enormidad de su crimen. Después, sería hombre muerto.

Con la vista clavada en ella y una expresión perdida y nostálgica en el rostro, Quint meneó la cabeza.

–¡Ay, Ginny!, ¿por qué me dejaste? –musitó–. Hemos perdido tanto tiempo... Pero eso ya no importa. Ahora podemos estar juntos. Vuelve conmigo. Dime que lo harás.

–Pero ahora no me querrías, Quentin.

–¿Por qué no? –le preguntó él con una sonrisa de reproche, como si la mera idea fuera absurda.

–Porque... –comenzó al tiempo que soltaba la pistola y sacaba la mano del bolsillo. Ya no se trataba sólo de que quisiera darle más tiempo a la señorita Carlisle para que se llevara a Sorscha de allí. No. Quería que él, que Carstairs y él, vieran lo que le habían hecho–. Porque, como te he dicho, he cambiado.

Asió el borde de su velo de encaje negro entre las puntas de los dedos y comenzó a levantarlo muy, muy despacio.

Los ojos de Quint se abrieron de par en par cuando vio las cicatrices que le desfiguraban el lado izquierdo del rostro que una vez había sido perfecto.

–Sí, amor mío. –Su susurro destilaba un venenoso reproche mientras su antiguo amante la contemplaba con el rostro ceniciento–. Mira lo que me hiciste.

–¡Ay, Dios! –dijo él con voz entrecortada.

Incluso Carstairs parecía nervioso mientras la contemplaba, aturdido. Mary esbozó una sonrisa burlona ante la repulsión que asomaba a los ojos de ambos hombres.

–¡Ay, Ginny! –gimió Quint–, jamás debiste huir. Esto no tendría que haber pasado. Tu hermoso rostro...

–Toda una mejora, si quieres saber mi opinión. –Tras haber recuperado con presteza su implacable sonrisa socarrona, Carstairs se dio media vuelta, pero su voz sonó tensa–. Vamos, Quint. No tenemos tiempo para encuentros sentimentales. Si no encontramos a la señorita Carlisle y salimos de este puñetero lugar, nos colgarán. ¿Está claro?

Reanudó la inspección y abrió de golpe otra puerta; una mujer soltó un alarido.

Mary se sobresaltó cuando vio que Carstairs se apartaba de la puerta de un brinco.

–¿Qué significa esto? –gritó una voz masculina desde el interior de la habitación.

–¡Haz algo, Mortimer! –chilló la mujer.

–¡Cierra la puerta, mequetrefe! –Un hombre corpulento y con bigote, vestido con calzones largos, apareció en la puerta. Cuando vio la pistola que sostenía Carstairs, su actitud se tornó más tranquila–. Guarde esa cosa antes de que se haga daño, señor.

Mary se bajó el velo a toda prisa antes de que los desconocidos pudieran verle las cicatrices y se quedó boquiabierta al ver el aire confiado del tipo. «¡Ay, no! –pensó–, otro buen samaritano no.»

–¡Yo haría lo que me dice si fuera usted! –La esposa del hombre apareció detrás de él con su camisón y un gorrito de dormir–. ¡Mi Morty estuvo en Waterloo!

–Vaya, un militar –dijo Carstairs, arrastrando las palabras–. Bien, en ese caso estará acostumbrado a obedecer órdenes. Ahora vuelvan a entrar en su habitación antes de que les vuele la tapa de los sesos.

–¡Bufón de pacotilla! ¡Te aplastaré!

Mortimer se abalanzó hacia la pistola de Carstairs y le alzó la mano de manera que apuntara al techo.

El conde soltó un juramento.

Quint se apresuró a acudir en su ayuda mientras forcejeaban. La esposa, que no dejaba de chillar, agitaba los brazos desde el vano de la puerta.

Por un instante, Mary contempló la escena con contrariada estupefacción, ya que le era imposible dispararle a su antiguo amante con dos inocentes atrapados en medio de la refriega. De repente se le ocurrió que con todo el alboroto podría escapar y reunirse con los demás, de manera que se dio media vuelta y echó a correr por el pasillo hacia la escalera de atrás.

–¡Ginny! –rugió Quint.

En ese preciso instante, con los dedos del militar cerrados en torno a la pistola, Carstairs perdió el control del arma. La pistola se disparó y la bala fue a parar al techo sin causar el menor daño.

Lizzie y Sorscha estaban en el claro. Habían encontrado la puerta trasera poco antes y habían salido del edificio, y en esos momentos corrían por el descuidado huerto de la cocina, decididas a apoderarse del magnífico tílburi de Carstairs para huir.

–Siento la cabeza muy rara –dijo Sorscha justo entonces–. Como si estuviera a punto de desmayarme.

–Son los nervios.

–No, es como si esto ya me hubiera pasado antes. No puedo explicarlo...

En ese instante resonó un disparo atronador en el silencio de la oscura noche, cortando sus palabras. Ambas jadearon y se detuvieron de inmediato para girarse y clavar la vista en la posada. Lizzie se quedó lívida.

«Mary debe de haber llevado a cabo su venganza», pensó.

Sin embargo, Sorscha, que no sabía nada de la pistola que llevaba su madre adoptiva, imaginó lo peor.

–¡Mamá! –gritó con ese joven rostro contraído por el horror.

Antes de que Lizzie pudiera reaccionar siquiera, la muchacha se soltó de su mano y salió corriendo hacia la posada.

–¡Sorscha, no!

La muchacha era tan terca como su hermano. En unas cuantas zancadas, llegó a la puerta y la abrió de par en par antes de perderse en la oscuridad.

–¡Ay, Dios!

Echó a correr tras ella mientras una sensación tan aciaga como las nubes que ocultaban la luna se apoderaba de su pecho. Negó con la cabeza y siguió corriendo en pos de Sorscha hacia el interior de la posada. No le quedaba alternativa.

Dev escuchó el distante sonido del disparo.

La luna se ocultó, engullida por una sinuosa nube con forma de dragón, pero él no aminoró el paso y siguió a galope tendido por el camino, reuniendo cada vez más fuerza y rabia, dispuesto para golpear como el mazo de un huracán.

Con la ira llameándole en los ojos, mantuvo la vista en el camino como si fuera uno de los jinetes del Apocalipsis o una criatura aún peor recién escapada de los abismos infernales; siguió avanzando por la oscuridad a toda carrera mientras los poderosos cascos del semental negro levantaban la gravilla del camino. A esa velocidad un simple tropiezo los mataría a ambos, pero no importaba.

Su corazón ya estaba muerto.

El fuego que ardía en su alma consumiría todo aquello que

se cruzara en su camino. Sentía la mente enfebrecida y entumecida, incapaz de digerir la imagen de su amada muerta... Y todo por su culpa. El breve momento de felicidad que ella le había mostrado se había apagado como una vela y la oscuridad le había revelado la verdadera apariencia de su vida: algo grotesco, como los gritos petrificados de las gárgolas de las iglesias. Había matado a su familia, había matado a su amada y mucho se temía que acababa de perder la cabeza.

No importaba.

Una vez liberado del último y frágil resquicio de humanidad que le quedaba, miró la oscuridad con ojos demoníacos y el ansia de sangre de un puma. Su furia era atávica y devastadora. Los recuerdos se arremolinaban en su mente al ritmo que marcaban los cascos de *Lucero*, tambores de guerra que resonaban en sus venas mientras recordaba cómo los feroces guerreros mohawk entraban en trance antes de la batalla. En ese momento sentía su espantoso éxtasis. Matar. Sí, mataría a Quint, mataría a Carstairs, y les arrancaría la cabellera. Ya no temía a la muerte ni le preocupaban las consecuencias. De su cuerpo manaba el rugido aterrador del tigre de Bengala, el aullido del lobo, el bramido del cocodrilo del Nilo... Destrozaría a su presa.

Hizo que el caballo se pusiera al trote cuando se topó con el carruaje volcado justo al pasar el puente. No había nadie en los alrededores y el frontal hecho astillas del vehículo le informó de que los caballos también habían huido.

Se preguntó a quién pertenecería y qué habría pasado. Aunque en realidad no importaba. Torquil Staines le había dicho todo lo que necesitaba saber.

Lizzie estaba muerta.

Recorrió el oscuro paisaje con mirada siniestra cuando la luna volvió a salir de las nubes e iluminó el rastro de sangre de su mejilla, una sangre que no era suya. Su atenta mirada le reveló varias luces mortecinas entre los árboles.

Un edificio.

Mientras el viento soplaba por entre las ramas de los pinos y los robles, atisbó el tílburi de Carstairs en el exterior. Entrecerró los ojos. La sangre comenzó a rugirle en los oídos.

Hizo que *Lucero* saliera del camino de gravilla y se internara en el campo a fin de no hacer ruido al acercarse. Se detuvo al amparo de los árboles y ató las riendas para que no se liaran en las patas del caballo si éste se movía o se asustaba. Tenía las manos pegajosas por la sangre seca. Se bajó del lomo del animal y dejó las riendas atadas sobre la cruz de *Lucero* antes de acercarse al edificio mientras desenfundaba en silencio el enorme machete.

El edificio resultó ser una pequeña y descuidada casa de postas. Había luces encendidas en las ventanas del primer piso, sucias y emplazadas a gran altura, donde solía estar la taberna. Echó un vistazo a su alrededor mientras sopesaba sus opciones. Antes de acercarse a la posada se encaminó hacia el tílburi de Carstairs y soltó los caballos del tiro. Espantó a las yeguas hacia los árboles; la tierra y las hojas de los pinos amortiguaron el ruido de sus cascos. *Lucero* relinchó ante la proximidad de las asustadas yeguas y luego se escuchó cómo todos juntos cruzaban el camino y se internaban en el campo de alfalfa que había al otro lado.

Dev volvió a mirar el edificio. Esos malnacidos ya no podían huir de él. Ninguno iba a salir con vida de allí.

Se escuchó el canto de un pájaro nocturno mientras avanzaba despacio hacia el edificio. La sensación de peligro se incrementó y se le erizó el vello de la nuca.

Desde algún lugar de la planta alta le llegaron las voces y ruidos de pelea y la voz chillona de una mujer.

–¡Mortimer! ¡Mortimer!

«¿Mortimer?», repitió para sí. «¿Qué demonios está pasando aquí?»

Sujetando el machete entre los dientes, se colgó de la barandilla que rodeaba el balcón corrido de la planta alta para echar un vistazo al interior de la taberna. A través de la capa de suciedad y telas de araña que cubría la ventana, vio que Johnny tenía reducidos a los parroquianos con un trabuco. No vio ni a Carstairs ni a Quint, pero estaban allí por alguna parte.

Comprendió que debía ser sigiloso para conservar el factor sorpresa. Tenía que reducir a Johnny tan en silencio como le fuera posible y evitar que los ancianos de la taberna armaran jaleo.

Se dejó caer al suelo al tiempo que agarraba el cuchillo con la mano y aterrizó con la agilidad de una pantera. Se acercó con sigilo a la puerta y giró el picaporte en silencio, poco a poco.

En un alarde de agilidad que habría hecho sonreír a su viejo amigo y chamán cherokee Pluma Amarilla, se coló en la taberna y colocó el machete contra la garganta de Johnny antes de que el joven se diera cuenta siquiera de su presencia.

–Baja el arma –le ordenó en voz queda.

Johnny se quedó de piedra y contempló con los ojos desorbitados el enorme machete. Sin previo aviso, se apartó hacia un lado y lo golpeó en la mandíbula con la culata del trabuco. El impacto le echó la cabeza hacia atrás, pero se recuperó enseguida y se abalanzó contra el muchacho, más que dispuesto a pelear.

–¡Mortimer, detrás de ti!

–¿Es que nunca se calla? –preguntó Quint con exasperación.

–La verdad es que no –respondió, resignado, el marido.

Quint consiguió apartarlo de Carstairs y empujó a la pareja hacia el interior.

–¡Quedaos ahí dentro si no queréis morir!

Cerró la puerta de golpe y la atrancó con una silla que encontró junto a una consola emplazada en el pasillo.

–Muchas gracias, amigo.

Carstairs se puso en pie sin resuello y se sacudió la escayola del pelo. Le había caído encima cuando la bala había impactado en el techo. Le escocía un ojo porque le había entrado una mota, pero parpadeó hasta que se la quitó.

–No estoy seguro de que debamos dejar a esos desgraciados con vida. Nos han visto la cara. Igual que los hombres de la taberna –añadió Quint.

–¿Un puñado de borrachos? Olvídate de ellos –mascculló Carstairs–. No son una amenaza. Volveremos por Mortimer y su esposa, pero primero tenemos que encontrar a la zorra de Dev.

De repente se dio cuenta de que Quint tenía la vista clavada en el pasillo desierto.

–¡Ginny! –Quint se giró con brusquedad hacia él–. ¡Se ha ido!

–Maldición –musitó al tiempo que cargaba la pistola y seguía a Quint, que corría por el pasillo en pos de su puta irlandesa; la astuta zorra había aprovechado la distracción del tal Mortimer para huir... y todavía tenían que dar con la señorita Carlisle.

–¡Ginny! –Las pisadas de Quint resonaron en el pasillo mientras lo cruzaba a toda carrera hasta doblar la esquina–. ¡Ginny, espera!

La vio frente a él, una mancha difusa de encaje negro; la mujer huía hacia la escalera trasera, pero estuvo a punto de caerse cuando alguien apareció de repente escaleras arriba y evitó de milagro darse de bruces con ella.

–¡Mamá, estás bien! –gritó una voz aguda.

Quint se detuvo en seco con la respiración alterada por la carrera cuando una hermosa jovencita con enormes ojos azules y tirabuzones negros se arrojó en brazos de Ginny.

–¡Sorscha, no! –gritó Ginny–. ¡Sal de aquí!

–¿Ginny? –preguntó Quint con un extraño deje en la voz.

Quint oyó que el conde se acercaba a su espalda, avanzando con suma cautela.

–Vaya, vaya, ¿qué tenemos aquí? –murmuró Carstairs.

Ginny se giró en redondo y ocultó a la jovencita tras ella.

–Dejadla en paz. No tiene nada que ver con esto. Vete, Sorscha. ¡Ahora mismo!

La muchacha se aferró a ella.

–¡No te dejaré, mamá! No puedes obligarme.

Quint contempló a la muchacha con los ojos vidriosos. Los recuerdos regresaron en tropel a su cabeza. Esa última noche que habían compartido...

–¿Es... mía? –consiguió decir, aunque apenas si le salió la voz.

–Sí –respondió Ginny con voz temblorosa–. Sí, Quint. Es tuya. No dejes que Carstairs le haga daño.

Quint no pareció escucharla. Sin apartar la mirada de la joven, la vida que no había escogido pasó delante de sus ojos.

–Ginny, es preciosa.

Al escuchar esas palabras, la muchacha soltó un jadeo furioso y escondió el rostro tras las curvas de su madre.

–Deja que te vea, tesoro. ¿Es tímida? ¿Cómo te llamas?

La ternura de la voz de Quint sonó extraña, incongruente.

–Deja que se vaya, Quentin –insistió Ginny–. Me iré contigo, te lo juro. Pero deja que Sorscha se vaya.

Quint la miró con expresión herida.

–¿Crees que le haría daño a mi propia hija? Ven aquí, pequeña. Soy tu papá.

–La muchacha no es tuya, Quint –intervino Carstairs con voz cortante.

–¿Cómo?

Quint echó un vistazo al conde por encima del hombro.

–Mírala. Mírala bien.

Su forma de mirarla hizo que Quint sintiera un escalofrío en la espalda.

–¿A qué... a qué te refieres? –preguntó, inseguro.

–Sólo es otro de los trucos desesperados de Ginny. Si hubiera dado a luz a una niña, tendría doce años. Esta muchacha parece tener unos dieciséis. –Llegados a ese punto guardó silencio y avanzó un par de pasos hacia la pareja–. Conozco a esta jovencita. Llevo escuchando sus gritos en mi cabeza doce largos años.

De repente Sorscha levantó la cabeza del hombro de Ginny y sus ojos azules se clavaron en los de Carstairs. Lo reconoció inmediatamente.

–Usted.

Quint miró a su amigo con el rostro lívido.

–¿Te refieres a...?

–La hija de Strathmore. Ginny debió de rescatarla del fuego y criarla durante todos estos años. Lo siento, lady Sarah. No es nada personal –dijo al tiempo que levantaba la pistola–. Aunque una vez más es mi penoso deber deshacerme de las pruebas.

–¡No! –gritó Quint, mientras Ginny metía la mano en el bolsillo y tiraba de la muchacha para protegerla con su cuerpo.

Había reaccionado demasiado tarde.

Se escuchó un disparo.

–¡Mamá!

El chillido de la muchacha resonó en el pasillo, pero Quint no vio sangre en sus ropas.

Ginny cayó al suelo.

Quint contempló la escena sin moverse, demasiado sorprendido para respirar, ni siquiera cuando la señorita Carlisle subió los escalones a toda prisa.

Con el rabillo del ojo vio que Carstairs recargaba la pistola con total tranquilidad.

El rugido que surgió de su garganta comenzó como un gruñido en algún punto de su plexo solar. Al momento se descubrió agarrando a Carstairs, al que estampó contra la pared con tanta fuerza que la escayola se hundió y el hombre gimió de dolor.

–Vamos, Quint...

–¡Te mataré!

–¡Estaba apuntando a la muchacha! ¡Ella se interpuso! ¡Mira, ahí está la señorita Carlisle!

Carstairs señaló hacia el pasillo, pero Quint se limitó a menear la cabeza con los ojos entrecerrados por la furia. ¿Acaso Carstairs lo creía tan descerebrado como para caer en un truco tan infantil?

–¡Me tienes harto!

Echó hacia atrás su poderoso puño y lo aplastó contra la perfecta nariz de Carstairs, rompiéndosela de un solo golpe.

¡Dios, llevaba años deseando hacerlo!

Lizzie había entrado corriendo un instante después que Sorscha, pero se había detenido en el descansillo donde la escalera giraba cuando escuchó cómo Ginny jugaba esa última carta en el pasillo de la planta alta, intentando hacer pasar a Sorscha por la hija de Quint con el fin de asegurar que la muchacha estuviera a salvo. Se había quedado rezagada a propósito, ya que sabía que si daba la cara, se desataría el caos y el ardid de Mary sería en vano.

Sin embargo, una vez que Quint y Carstairs comenzaron a pelearse entre sí, se apresuró a salir al pasillo. La imagen de su aliada en el suelo y de la cara de angustia de su pupila la dejaron lívida. Se arrodilló junto a Mary, sobrecogida y a punto de dejarse llevar por el pánico a causa de la enorme cantidad de sangre que manaba del costado de la mujer. Tragó saliva con fuerza, pero aun así la voz le salió temblorosa.

–Lo siento mucho, Mary. Escuchó el disparo y se separó de mí.

Mary consiguió hacer un débil gesto con la cabeza.

–No pasa nada. Sólo... protéjala. Váyase... ahora, se lo ruego. Tenga. –A escondidas, Mary le puso la pistola en las manos–. Ni siquiera... la he usado. Aún está cargada.

Sin acordarse de la torcedura de muñeca, Lizzie la cogió con la mano derecha y se encogió de dolor. «Estupendo», pensó, frustrada. A diferencia de su amiga Jacinda, que era muy aficionada a los deportes, ella jamás había disparado un arma en la vida y, precisamente cuando era su vida la que dependía de ello, iba a tener que hacerlo con la mano izquierda.

Echó un vistazo al otro lado del pasillo, donde Carstairs intentaba esquivar el siguiente puñetazo de Quint, y después se levantó.

–Vamos, Sorscha. En cualquier momento dejarán de pelearse entre ellos y vendrán tras nosotras.

–Mamá, es culpa mía. ¡Lo siento muchísimo! ¿Por qué no soy capaz de hacer caso nunca?

–No pasa nada, Sorscha –dijo a duras penas Mary en un agónico esfuerzo al tiempo que le tomaba el rostro entre las manos–. Te quiero, cariño... y deberías saber que lo que lord Carstairs ha dicho es verdad. Llevas... sangre noble en las venas. Debería habértelo dicho... hace años. Perdóname. Por eso te traje a Londres. Para devolverte al lugar que te corresponde por derecho.

–Nada de eso me importa. ¡Sólo me importas tú! ¡No me dejes, mamá!

–Señorita Carlisle –dijo Mary con una mirada implorante, rebosante de dolor.

Ella asintió y abrazó a la llorosa adolescente.

–¡Tenemos que irnos, Sorscha!

Mientras Quint le abría una brecha a su amigo en el pómulo con un puñetazo devastador, ella se afanó por apartar a Sorscha de allí, aunque el sufrimiento de la muchacha le rompía el corazón.

–¡No! –chilló Sorscha–. ¡Quiero quedarme con ella!

–¡Entonces morirás! ¡Escúchame! –La cogió por los hombros y la zarandeó, mirándola a los ojos–. Recibió el disparo para salvarte. Si te atrapan, su sacrificio habrá sido en vano. ¿Eso es lo que quieres?

Sorscha asimiló sus palabras con la barbilla temblorosa y el rostro enrojecido por el llanto. Reprimió los sollozos y le echó un último y anhelante vistazo a Mary, que yacía inmóvil en un charco de sangre y seda negra. Destrozada, permitió que la sacara de allí una vez más.

Mary esbozó una débil sonrisa satisfecha cuando el afamado gancho de derecha de Quint noqueó a Carstairs. Ese bruto por fin había demostrado ser útil.

Quint dejó al inconsciente conde desmadejado en el suelo y corrió hacia ella. Mary levantó una mano temblorosa para evitar que siguiera a Sorscha y a la señorita Carlisle.

–Quédate conmigo –susurró–. Abrázame, Quentin.

Él cayó de rodillas a su lado y la contempló, sumido en el dolor.

–¡Ay, amor mío!, te he destrozado –gimió y la acunó con suma ternura en sus brazos–. Ginny...

Ella se echó a temblar por el dolor de la herida mientras sentía cómo la conciencia la iba abandonando. Quint le besaba el pelo mientras pasaba esos enormes y toscos dedos por su desfigurada mejilla. Estaba demasiado débil para apartarse de sus manos.

–Perdóname, cariño. ¿Podrás perdonarme algún día?

–Quentin, amor mío... vete al infierno –murmuró justo antes de perder el sentido.

Johnny resultó ser sorprendentemente agresivo, pero Dev ya lo había sometido cuando el segundo disparo resonó en algún lugar de la planta alta. Había escuchado el grito de una jovencita, causado por algún huésped de la posada, Quint y Carstairs. Estaba seguro.

Mientras inmovilizaba a Johnny sobre las losas de piedra de la taberna con una rodilla en su espalda, los parroquianos se apresuraron a llevarle varias cuerdas de cáñamo bastante resistentes. Le ataron las manos a la espalda y el posadero le metió el trapo sucio de secar los platos en la boca para evitar que advirtiera a sus compinches.

Dev se llevó un dedo a los labios para indicarles a los estupefactos parroquianos que guardaran silencio y le entregó el trabuco al posadero.

–Si se mueve, dispárele –ordenó en voz baja.

–Que ellos se encarguen de él. Yo iré por los otros con usted –gruñó el gigante, señalando la escalera con la cabeza.

Pero Dev hizo un gesto negativo con una expresión asesina en los ojos.

–Son míos.

Satisfecho por haber dejado controlada la situación en la taberna, se acercó a la escalera con tanto sigilo como una sombra y comenzó a subir los escalones de dos en dos. Cuando llegó a lo alto se dio cuenta de que la pelea con el tal Mortimer había terminado.

Enfundó el machete y sacó la pistola mientras agudizaba el oído con la espalda pegada a la pared de la escalera. Al no escuchar nada, salió de entre las sombras al pasillo de la planta alta con el arma amartillada y lista para disparar.

El lugar estaba desierto y los sucios faroles lanzaban una luz mortecina. Escudriñó la larga hilera de habitaciones mientras avanzaba paso a paso, muy despacio y con sumo cuidado, preguntándose qué haría una silla inmovilizando el picaporte de una puerta, si bien decidió pasar de largo por el momento.

Avanzando de esa manera, llegó a un recodo. Un extraño sonido alcanzó sus oídos, una especie de lamento. Se le desbocó el corazón. Se armó de valor y dobló la esquina, plantándose en el pasillo con las piernas separadas y listo para disparar... pero se encontró con una escena de lo más insólita.

Entrecerró los ojos, estupefacto. Carstairs yacía despatarrado contra el zócalo de madera, muerto o tal vez sólo inconsciente. Y de espaldas a él estaba Quint tirado en el suelo, acunando el cuerpo inerte de una mujer vestida de negro.

Ginny Highgate, supuso. Esa ropa de luto era la misma que llevaba la mujer que lo había estado siguiendo semanas atrás. Mientras razonaba, no se paró a pensar por qué habría estado tan interesada en él. Su mente sólo acertó a concluir que, por una amarga ironía del destino, las respuestas que llevaba buscando durante tanto tiempo habían muerto con el último aliento de esa mujer.

–Despierta, Ginny. Quédate conmigo. ¡Ay, Ginny!, ahora podemos estar juntos como antes –susurraba Quint, en vano.

Ella había cerrado los ojos y no podía estar seguro de si seguía con vida o había muerto. Tras dejarla con sumo cuidado en el suelo, llevó los temblorosos dedos a su garganta en un desesperado intento por sentir su pulso.

La culpabilidad lo desbordaba. En esos terribles momentos no había manera de escapar de la verdad. Había creído la mentira que le había contado Carstairs todos esos años atrás, en lugar de creerla a ella. Ginny había defendido su inocencia y había negado las acusaciones de Carstairs, según las cuales lo había engañado al intentar seducirlo; él, un hombre rico y guapo. ¿Por qué no iba a creerlo? Sabía que él no era ninguna maravilla como persona. Y Carstairs era más rico, más inteligente y siempre había poseído esa sofisticada elegancia que él jamás podría lograr. Carstairs había afirmado que la había encontrado en su cama, esperándolo desnuda... todos esos años atrás. Antes de que el rústico patán que era en aquel entonces comprendiera de una vez por todas que al refinado Carstairs no le interesaban las mujeres en lo más mínimo.

El daño ya estaba hecho y no supo cómo había podido vivir durante todos esos espantosos y yermos años. Había violado a la única mujer que había amado, le había disparado a un inocente desarmado en un arrebato de ira y había ayudado a prenderle fuego a un edificio lleno de personas... todo por una mentira. Si fuera la mitad de hombre de lo que había sido el padre de Dev, aquel desconocido al que había matado presa de la furia, se habría entregado a las autoridades o cuanto menos se habría pegado un tiro mucho antes.

Sin embargo, mientras el corazón se le pudría poco a poco en el pecho, había hecho cuanto estaba en su mano por mantener el crimen en secreto y había vivido la vida al máximo, rodeándose de pendencieros; bebiendo y yendo de putas como un marinero;

machacando a un oponente tras otro en el cuadrilátero; buscando un asomo de inocencia que lo ayudara a calmar su dolor porque muy en el fondo sabía que estaba condenado. Durante más de una década había vivido al límite, casi deseando encontrar la muerte.

No tenía ni idea de cuán cerca se encontraba.

Dev tenía un tiro franco, pero aunque dejó los ojos clavados en la ancha espalda de Quint, bajó la pistola.

«De eso nada, amigo mío. No te vas a librar tan fácilmente», se dijo.

Quería que el hombre le reportara muchísima más satisfacción de la que obtendría durante el instante en el que apretara el gatillo. Además, nunca le había disparado a un hombre por la espalda y no iba a rebajarse a hacerlo a esas alturas.

Guardó la pistola mientras el odio ardía en su mirada y sacó el machete antes de anunciarle a Quint su presencia golpeando la pared con la hoja.

Quint se tensó, alertado por el sonido. Escuchó una voz grave y letal que le hablaba a cierta distancia.

–Mataste a mi padre. Fuiste tú, ¿verdad?

«Strathmore», pensó. Sin apenas moverse, dejó escapar el aire despacio. Al parecer le había llegado la hora. Suicidarse a través de Strathmore. Seguro que el vizconde estaría encantado de darle el gusto.

La furia asesina resurgió con facilidad. Le bastó un vistazo al cuerpo inerte de Ginny para que una expresión asesina le iluminara los ojos.

–Ponte de pie –le ordenó Strathmore.

Se levantó con lentitud.

–¿Venciste a Torquil? –preguntó mientras se daba la vuelta.

–Lo destripé, por si te interesa –respondió el vizconde, que tenía la mejilla manchada por la sangre de Torquil–. Lo mismo que haré contigo.

–No te aconsejo que lo hagas, amigo mío. –Apretó los puños,

haciendo crujir los nudillos a modo de advertencia–. Ya te he derrotado antes.

–Quentin, eres un imbécil... –Los ojos de Dev tenían un brillo extraño, como un témpano de hielo que reflejara el fuego–. Yo te dejé ganar.

Sacó su daga. El hombre no le dejaba alternativa.

–Siento lo de tu padre. Debería haberlo pensado dos veces antes de inmiscuirse en una pelea de enamorados.

–¿Se supone que tengo que aceptar tus disculpas?

–No –respondió él pasado un momento.

La mirada de Dev se desvió un instante hacia la figura de Ginny, tumbada tras él en el suelo.

–No te quedaste tranquilo hasta que terminaste el trabajo, ¿verdad?

–Yo no le disparé, fue Carstairs. –Meneó la cabeza al tiempo que levantaba el cuchillo y adoptaba una postura de ataque–. Te lo advierto, Strathmore, no te acerques a mí. Carstairs ha matado a la única mujer a la que he amado. No tengo nada que perder.

–Pues ya somos dos –gruñó su rival; pero, mientras se sopesaban como enemigos, una fría sonrisa deformó los labios de Strathmore–. No te preocupes, Quint, pronto te liberaré de tu dolor.

–Te devolveré el favor encantado...

Cuando se entabló su violento duelo, ambos supieron que se trataba de una lucha a muerte. Y la acogieron con gusto.

El estruendo del suelo que temblaba bajo él sacó a Carstairs de su estupor. Al principio no sentía la cara, después la sintió palpitar. Levantó la barbilla y tuvo que esforzarse bastante para ver algo por el hinchado ojo izquierdo. Debía de estar hecho cisco.

Lo último que recordaba era el puño de Quint acercándose a él como una bala de cañón, pero en ese lapso Strathmore había llegado. Se preguntó si Johnny seguiría vivo en la planta baja, aunque no podía permitirse pensar en eso. Su mente se despejó con ese instinto de conservación que nunca le había fallado; sacudió la cabeza para aclararse la vista y sopesar la situación.

Vio que Ginny estaba muerta.

«Bien, algo menos de lo que preocuparme», pensó.

Quint se ocuparía de Strathmore... o éste se ocuparía de Quint. Poco importaba una cosa o la otra. La lucha parecía tan igualada que podía confiar en que al menos uno de ellos mataría al otro. Cuando el luchador superviviente yaciera herido en el suelo, él se limitaría a rematarlo de un balazo.

El problema era que lady Sarah Strathmore había escapado, al igual que la señorita Carlisle. Aquello hizo que se replanteara la situación. La primera era testigo de aquel lejano incendio, mientras que la segunda había estado a punto de convertirse en la víctima de un asesinato esa misma noche, por lo que la prudencia dictaba que las encontrara y las silenciara de por vida.

Tenía la pistola bien sujeta en su funda, pero había gastado la bala en Ginny y vio que su canana de cuero había ido a parar a varios metros de distancia, sin duda cuando Quint lo había atacado.

Tenía que recuperarla, pero con lo aturdido que se sentía en esos momentos no tenía deseo alguno de llamar la atención de esos dos gigantes que se debatían cerca de él. Levantó la vista hacia ellos. Peleaban a cuchillo, cortándose mutuamente con una expresión salvaje en el rostro.

«Bárbaros», pensó.

Estaban demasiado ocupados destrozándose el uno al otro como para prestarle atención a él. Arrastrándose sobre los codos y el vientre, comenzó a moverse muy despacio hacia la canana de cuero.

«Está aquí», pensó Lizzie.

Cuando escuchó el furioso rugido de Devlin se quedó petrificada en la puerta de atrás.

–¡Vamos, señorita Carlisle! –la instó Sorscha–. ¡Tenemos que darnos prisa!

Era incapaz de responder, incapaz de moverse mientras miraba boquiabierta la escalera por la que acababan de bajar.

¡Había derrotado a Torquil!

De alguna manera Devlin les había seguido la pista hasta allí.

–¡Vamos!

–Un momento, Sorscha –susurró.

Pese a su supuesta madurez, demostró ser tan poco capaz de controlar sus emociones como Sorscha. Le resultaba imposible abandonar a su amado hasta que pudiera verlo y asegurarse de que no estaba herido. Su cercanía le infundió una renovada dosis de valor.

Cuando Sorscha la cogió del brazo, ella se apartó.

–Sólo quiero asegurarme de que está bien. Quédate aquí.

Sin hacer caso de las protestas de la muchacha, retrocedió sobre sus pasos y subió en silencio los escalones hasta el diminuto descansillo donde la escalera cambiaba de sentido. Contempló aterrorizada el pasillo de la planta alta donde dos enormes sombras (una de ellas con una larga melena) se agarraban la una a la otra, retorciéndose y golpeándose. Se lanzaban cuchilladas con increíble velocidad, desviando los golpes de su adversario con quiebros inesperados, mientras sus cuchillos se alzaban y descendían trazando arcos letales.

Jadeó cuando vio que Quint le hacía un corte a Dev en el costado, pero su amante respondió con la carcajada más siniestra que jamás había escuchado; una carcajada que rezumaba amarga desesperación.

Dev cayó contra la pared y por un brevísimo instante tuvo una vista clara de él desde su escondite. Con una sola mirada supo que algo andaba terriblemente mal.

–¿Es lo mejor que sabes hacer, amigo mío?

–Así que quieres morir, ¿no? –fue la trabajosa respuesta de Quint.

–Carstairs también mató a la mujer que amo, Quint. Ya no me queda nada por lo que vivir. ¡Lucha con todas tus ganas!

Devlin se abalanzó sobre él y salió de su campo de visión.

Sus palabras lo aclararon todo y la dejaron lívida.

«Cree que estoy muerta», pensó.

Eso explicaba por qué luchaba como un salvaje.

Por el amor de Dios, no pararía hasta que lo mataran. El pánico la consumió. Aunque sabía que no debía distraerlo, tampoco podía dejar que Quint acabara con su vida. Tenía que dejarse ver para que supiera que estaba viva; para que cejara en su empeño de poner su vida en peligro llevado por esa furiosa desesperación. Su rostro se crispó.

Sabía que arriesgaba su vida, pero seguía teniendo la pistola de Mary para defenderse. Subió unos cuantos escalones más con el hombro pegado a la pared y la pistola lista en la mano izquierda, por si la necesitaba.

Desde su nueva posición podía ver todo el pasillo. Casi sentía lástima de Quint. El patán era tan fuerte como un toro y prácticamente igual de grande. Le sacaba a Dev casi diez centímetros de altura y lo menos diez kilos de peso, pero sin duda alguna jamás se había enfrentado a alguien como Devil Strathmore.

Ni ella misma sabía qué pensar de él, aunque le resultaba imposible dejar de mirarlo. Tenía el rostro contraído en una mueca feroz y salpicado de sangre; sus infernales ojos refulgían como la lava ardiente. Estaba bañado en sudor y sus músculos se tensaban mientras hacía retroceder a Quint. Si sentía el corte del costado, no daba muestras de ello. Horrorizada, Lizzie contempló la mancha carmesí que se formaba en la camisa blanca justo encima de la herida. Sin embargo, por mucho que le angustiara su dolor físico, la angustiaba mucho más su sufrimiento interior.

La dureza de su rostro contrastaba enormemente con la furia torturada de sus ojos; se encontraba en otro lugar, en algún lugar muy lejano, vagando perdido por los páramos de su desolada alma.

Y supo que jamás la había necesitado tanto como en ese preciso instante. Ignoraba de cuánto tiempo disponía para apartarlo lentamente del peligro, pero no se atrevía a hablar por temor a distraerlo de la lucha. El resultado podría ser desastroso. Y tampoco podía dispararle a Quint estando él tan cerca; no se atrevía a poner a prueba su más que dudosa puntería. Así que se limitó a quedarse allí de pie, presa de una impotente frustración, hasta que Dev le dio un empellón a Quint y arrojó al barón al otro lado del pasillo.

Dev aprovechó ese receso en la lucha para enjugarse el sudor de la frente con el hombro, pero de repente presintió que alguien lo observaba.

Levantó la vista... y se quedó inmóvil. Demasiado embargado por la exaltación sangrienta de la violencia, parpadeó incrédulo varias veces mientras el sudor le caía por la cara y le escocía los ojos. Respiraba con dificultad.

Lizzie...

Se olvidó de su rival y contempló la visión sin comprender. La realidad se abrió paso en su mente al tiempo que la neblina roja se iba disipando. ¿Sería cierto? Pero...

«¿Cómo?», pensó.

De su garganta brotó algo muy parecido a un sollozo. O bien Torquil Staines había mentido o bien no sabía la verdad. Poco importaba.

«Está viva», se dijo.

El tiempo se detuvo.

La luz se filtró en la oscuridad que se había apoderado de él, mientras sostenía su hermosa mirada, y una fuerza superior, poseedora de un poder radiante y sobrecogedor, desterraba sus demonios al olvido. Y en un instante supo que se había redimido. La miró con absorta adoración.

«Viva», pensó. Una segunda oportunidad.

–Cariño... –susurró Lizzie con los ojos llenos de lágrimas.

Sus propios ojos se humedecieron mientras la contemplaba y se echó a temblar de pies a cabeza como un caballo que hubiera corrido demasiado deprisa durante demasiado tiempo. El resto del mundo dejó de importarle en cuanto la vio allí de pie, viva y tan hermosa como el amanecer. El delicado ramalazo de felicidad que le atravesó el corazón fue tan preciso y agudo como una aguja. Hizo que la cabeza comenzara a darle vueltas y que no terminara de dar crédito a lo que veían sus ojos. Estaba tan absorto en su imagen que no vio que Quint se había repuesto.

–¡Devlin, cuidado!

Quint se abalanzó sobre él.

Al instante Dev se giró y se inclinó hacia un lado, con un movimiento que eludió el ataque del barón y lo ayudó a acercarse a él desde abajo, respondiendo a su acometida con una precisión letal; ambos se miraron sin pestañear siquiera, mientras el machete de Dev seguía hundido en el vientre del barón.

Quint dejó escapar un gruñido ronco cuando recibió el golpe mortal.

Dev le apoyó una mano contra el hombro y tiró de la hoja ensangrentada.

Su rival retrocedió trastabillando hasta la pared que tenía tras él y se apoyó en ella, mirándolo con una breve expresión de sorpresa.

–Ginny –musitó antes de resbalar por la sucia pared enyesada.

Cayó al suelo con la vista fija en el cuerpo de la mujer, pero Dev ya estaba escudriñando el pasillo.

Levantó la cabeza de golpe sin el menor rastro de color en la cara.

–¿Dónde está Carstairs?

Apenas había acabado de hablar cuando Lizzie captó un movimiento con el rabillo del ojo que le hizo girar la cabeza en dirección a la puerta abierta de una de las habitaciones de huéspedes.

Escuchó que Dev le gritaba a Carstairs mientras el conde se abalanzaba por la puerta en su dirección, con una daga en la mano. La blandió frente a ella con un gruñido. Lizzie retrocedió de un salto y cayó contra la pared opuesta del estrecho pasillo.

En un abrir y cerrar de ojos levantó la pistola que tenía en la mano izquierda y apuntó, deteniéndose apenas un instante para clavar la vista en los ojos enloquecidos de Carstairs.

Disparó. El tiempo pareció ralentizarse. Apartó el rostro del chorro de sangre que brotó de la herida mientras el ensordecedor rugido del hombre la envolvía.

Cuando se atrevió a mirar poco después, Carstairs observaba el agujero que tenía en el pecho, justo por debajo de la clavícula. Estaba prácticamente convencida de que le había atravesado el corazón, pero el conde levantó la vista para mirarla con una expresión endemoniada.

–¡Corre! –le gritó Dev.

La incredulidad le hizo abrir los ojos de par en par. Incluso con un agujero en el pecho, Carstairs seguía avanzando. Gritó y dio media vuelta... Pero no hubo ataque.

Carstairs cayó muerto a sus pies con una mirada inánime en esos ojos azules.

Lizzie soltó un jadeo ahogado antes de tirar el arma descargada al suelo y llevarse la mano a la boca mientras le daba la espalda al cuerpo.

Devlin estaba petrificado por la sorpresa y su mirada se paseaba entre la forma inerte de Carstairs y ella.

Lizzie tragó saliva antes de mirarlo a la cara.

–Lo he matado.

Él asintió despacio con la cabeza mientras miraba el cadáver.

–Buen disparo.

–Oh, Devlin.

Corrió hacia él.

Devlin se encontró con ella a medio camino y acabaron el uno en los brazos del otro antes de que se dieran cuenta. Estrechó a Lizzie con fuerza, pegándola a su cuerpo como si no quisiera soltarla nunca.

–Te amo –susurró ella con voz apremiante, apartándose un poco para mirarlo a la cara–. ¿Estás bien?

Le tocó el cabello, la mejilla y por todas partes para asegurarse de que estaba más o menos intacto.

Exhausto, él hizo un gesto afirmativo. Los rigores de la lucha comenzaban a hacer mella en él.

–Estoy bien... Ahora. Yo también te amo. Tesoro... –dijo con voz ahogada–, creí que te había perdido.

–Nunca, amor mío. Nunca –le aseguró–. Vamos, siéntate. Estás herido.

–Sólo es un rasguño. Lizzie... –se obligó a decir, sacudiendo la cabeza al tiempo que le sujetaba el rostro entre las manos–. Creo que necesito que me beses ahora mismo, lo necesito desesperadamente.

–Con sumo gusto –susurró ella mientras esbozaba una sonrisa.

Devlin bajó la cabeza y reclamó su boca con voracidad. Ella correspondió el beso con toda la pasión y la ternura que ese hombre le inspiraba en lo más profundo del alma.

Tras el beso, él volvió a abrazarla, acunándole la cabeza contra el pecho. Se apretó contra él un instante con un suspiro de contento, pero de repente escucharon el sonido de un carruaje que se acercaba a la posada.

–Milord, ¿dónde está? –gritó una voz familiar.

Ben. A pesar de estar herido, lo había seguido hasta allí.

Intercambiaron una alegre sonrisa teñida de calidez, aunque Lizzie no tardó en ponerse seria.

–Devlin, quiero presentarte a alguien.

Él ladeó la cabeza con curiosidad, pero permitió que lo condujera de la mano escaleras abajo, hacia el lugar donde había dejado a Sorscha.

Al doblar el descansillo, Lizzie se detuvo de golpe con los ojos desorbitados. ¡No había nadie!

–¡No está! ¡Sorscha! ¡Sor...!

–¡Aquí!

El agudo grito que le respondió sonaba amortiguado y parecía provenir del interior de la pared de la escalera.

«¿Qué diantres...?», pensó.

–¿Dónde diablos estás? ¿Te encuentras bien? –preguntó ella confundida.

–¿Ya no hay peligro? –inquirió la muchacha desde el otro lado de la pared.

–¡No hay peligro! Sal, por favor.

–Un momento.

Devlin la miró con expresión confundida.

–¿Quién es?

–Ya lo verás.

Desde el interior de la pared les llegó el chirrido sofocado de unas poleas oxidadas.

–¡Ah, está en el montaplatos! –exclamó ella, riéndose entre dientes mientras se acercaba a la pequeña portezuela que había al pie de la escalera–. Chica lista.

El ruido se hizo más nítido a medida que Sorscha tiraba de la cuerda y descendía en la plataforma del montaplatos hasta que se detuvo.

Lizzie se agachó y abrió la portezuela. Con enorme sonrisa, le hizo un gesto a Devlin para que se acercara. Éste frunció el ceño y se inclinó para echar un vistazo al interior del reducido espacio.

De repente, se encontró mirando cara a cara a una jovencita acurrucada en el interior, y la escena lo confundió un poco. Encontró ese rostro vagamente familiar. Y recordó que la había visto en el colegio de Lizzie. Mientras la muchacha lo observaba con semblante serio, se percató de que tenía el cabello negro y rizado, muy parecido al suyo. Sus ojos eran del mismo tono que los suyos.

–Hola –lo saludó en voz baja.

Dev se giró hacia Lizzie boquiabierto e incapaz de creer la milagrosa sospecha que le rondaba la mente.

–No puede ser.

–Pues lo es –susurró Lizzie con lágrimas en los ojos.

Dev se giró anonadado hacia la muchacha. Apenas si consiguió que le saliera la voz. Pronunció su nombre con inseguridad.

–¿Sarah?

–Ahora lo recuerdo –respondió ella sin quitarle los ojos de encima–. Lo recuerdo todo. Y sobre todo te recuerdo a ti. Eres Devlin. Eres mi hermano.

–¡Ay, Dios mío! ¡Sarah! –musitó al tiempo que extendía las manos hacia ella para sacarla del montaplatos.

La jovencita salió con los brazos en alto para echárselos al cuello. Se abrazaron con fuerza para celebrar el reencuentro entre lágrimas. Dev extendió un brazo para que Lizzie se uniera al abrazo y le besó la coronilla.

No supo cuánto tiempo se quedaron así, atónitos, riendo y llorando a la vez, pero habían pasado ya varios minutos cuando escucharon el súbito grito de Ben que llamaba a Devlin desde el pasillo del piso superior.

–¿Estás ahí? ¡Me vendría bien un poco de ayuda!

Devlin levantó la cabeza con lágrimas de alegría en los ojos.

–¿Qué pasa?

–¡Necesito el botiquín que hay en el carruaje! –gritó–. ¡Esta mujer sigue viva!

–¿Mamá? –preguntó Sorscha en un susurro.

Se alejó de su hermano y subió la escalera como una exhalación.

Dev se apresuró a coger el botiquín mientras Lizzie corría hacia el pasillo para ver si podía ayudar.

Sorscha ya estaba arrodillada junto al cuerpo de su madre adoptiva mientras Ben se arrancaba la corbata y la usaba para vendar la herida que la mujer tenía en el costado.

23

–Su padre intervino para salvar mi vida, lord Strathmore –confesó Mary lentamente unos días después, sentada al sol en el jardín de la casa de Devlin, en Portman Street.

Por fin se había quitado el velo y se limitaba a disfrutar de la tibia caricia del sol sobre el rostro desfigurado. Puesto que había recuperado las fuerzas lo suficiente para hablar con ellos, sabía que había llegado el momento de ofrecerle al joven vizconde las respuestas que había estado buscando.

Devlin no encontraba molestas en absoluto las cicatrices de Mary. La deuda que tenía con esa heroica mujer era enorme. Lizzie y él la escucharon con atención mientras Ben vigilaba a Sarah y a su amiga Daisy desde el porche.

Las muchachas jugaban con *Pasha*, o más bien lo atormentaban, en el extremo más alejado del jardín. El engreído gato de su tía estaba ataviado con un vestido de muñeca, cosa que no le hacía ni pizca de gracia. Las risillas de las jovencitas ayudaron a Dev a aliviar la tristeza que lo invadió a medida que Mary le iba relatando su historia.

–Quint disparó a su padre en el calor de la discusión, y todo por el imperdonable crimen de intentar razonar con él. Fue Carstairs quien ideó el incendio para así borrar sus huellas.

–Pero ¿por qué llegar a semejantes extremos? –quiso saber Lizzie.

–No lo sé –contestó Mary–. A decir verdad, creo que Carstairs se dejó llevar por el pánico.

Dev se percató del estremecimiento que sufrió Lizzie en ese momento y supo que estaba recordando con todo detalle el instante en el que había acabado con la vida de Carstairs en la destartalada posada. Le acarició la tensa espalda en un gesto reconfortante. Fue una suerte que, con la ayuda de Susy, hubiera puesto sobre aviso a las autoridades de Bow Street de la amenaza que suponían Carstairs, Randall y Staines para Lizzie y para él. Eso había simplificado las cosas en gran medida cuando se vieron obligados a explicar lo sucedido en la posada. Johnny había sido sometido a un exhaustivo interrogatorio y permanecería bajo custodia hasta que los tribunales decidieran su destino. Entretanto, el tal Mortimer y su esposa habían demostrado ser unos testigos excepcionales; por no hablar de la influencia de los Knight, que también había servido de gran ayuda.

Al parecer, uno de los gemelos, lord Lucien Knight, tenía ciertos contactos en el Ministerio de Justicia y les había echado una mano para que todo se resolviera con las menores molestias posibles. De todos modos, juntos habían hecho frente a la investigación, al igual que harían frente a los retos que les planteara la vida durante el resto de sus días. Lizzie lo miró de soslayo con expresión agradecida, un poco más relajada bajo sus caricias.

La atención de Dev regresó a Mary, que seguía contando la historia.

–Tal y como le dije a la señorita Carlisle, su madre se negó a abandonar a su padre cuando Quint le disparó, ni siquiera para salvarse del incendio. Siguió intentando ayudarlo a levantarse, con la esperanza de poder sacarlo de allí, pero le fue imposible.

Lizzie lo tomó de la mano y entrelazó los dedos con los suyos, ofreciéndole un silencioso consuelo.

–Intenté ayudarla, pero no éramos lo bastante fuertes y no había nadie más a quien pedirle socorro. La mayoría de la gente que descansaba en las habitaciones de la planta alta ya habían bajado en un intento por huir del humo. Su madre me pidió que salvara a la niña. No me quedó más remedio que abandonar a sus padres para hacerlo. A esas alturas la posada era pasto de las llamas. Llevaba a Sorscha... a Sarah –se corrigió– en brazos. Y al final me las arreglé para salir. –Suspiró–. Fuimos de los pocos afortunados.

Se percató de que la mirada de la mujer se desviaba de vez en cuando hacia Ben mientras hablaba, y lo hacía desde que había visto por primera vez a ese hombre de voz suave que la había salvado. Parecía reconocer un espíritu afín en él. Ambos eran un par de supervivientes maltrechos por los avatares de la vida, reflexionaba Dev, mucho más fuertes gracias a las cicatrices que habían ido acumulando. Enarcó las cejas, convencido de que Ben se había ruborizado ante la mirada de Mary. La mujer le dedicó una breve sonrisa antes de bajar la vista.

–Me llevé a su hermana a Irlanda de inmediato –siguió–. Y desde entonces hemos vivido tranquilamente allí. Sin embargo, cuando leí en el periódico que usted había vuelto de sus viajes, supe que había llegado la hora de traerla de regreso.

–Es usted una mujer de extraordinario coraje –le dijo Dev en voz baja.

–Desde luego que sí –murmuró Lizzie.

–¿Cómo podría pagarle? Salvó la vida de mi hermana.

–Y la mía –les recordó Lizzie.

Mary sonrió.

–Permítame continuar formando parte de la vida de Sarah, y de la suya.

Lizzie extendió un brazo para darle un apretón afectuoso en la mano mientras esbozaba una sonrisa.

–Tengo algo para usted.

Rebuscó en el bolsillo y le entregó a la mujer una invitación para la boda.

La sonrisa de Mary se ensanchó al leerla.

–Felicidades.

–¿Vendrá? –quiso saber Dev con semblante señorial.

Mary miró a Ben de reojo.

–Si puedo conseguir que alguien me acompañe...

Su ayuda de cámara parpadeó varias veces.

–¿Le gustaría...? Esto... ¿Le gustaría dar un paseo por el jardín, señora? Yo empujaré la silla.

–Me encantaría –contestó ella en voz baja.

Puesto que seguía convaleciente de su herida, había recurrido al uso de una silla de ruedas como la que había utilizado lady Strathmore. Ben y él la alzaron, con la silla y todo, para bajar los pocos peldaños de la escalera del porche. Dev lanzó una mirada jocosa a su amigo mientras éste se colocaba tras la silla y asumía el honor de empujar a Mary a través del jardín florecido.

«Creo que le gustas», articuló con los labios.

Ben lo miró con el ceño fruncido, pero él creyó distinguir un nuevo rubor en su piel oscura.

–¡Mamá, mira el gatito! –gritó Sarah, alzando a un molesto *Pasha* que bufaba en protesta.

Todos prorrumpieron en carcajadas al ver el bonete que las muchachas habían atado sobre la peluda cabeza del gato persa, si bien fue Lizzie quien más fuerte rió.

–Vaya, vaya, ¡ese diablillo por fin ha encontrado la horma de su zapato! –exclamó.

Dev regresó al porche y, puesto que todo el mundo estaba muy ocupado, llevó a su novia al interior de la casa con una mirada incitante y un insistente tirón en la muñeca.

–Supongo que necesitas otro beso, ¿verdad? –susurró ella con una pícara sonrisa al tiempo que lo abrazaba.

–No sabes cuánto –murmuró en respuesta.

Lizzie lo complació con generosidad y adoración, pero para Dev un beso (o dos, tres o cuatro) no era suficiente. Cada vez que la abrazaba, tenían el escandaloso hábito de dejarse arrastrar por la pasión.

Corrieron las cortinas de la salita y la puerta estuvo cerrada en un santiamén. Lizzie se colocó a horcajadas sobre él en el sofá, con las faldas alzadas sobre sus esbeltos muslos. Se movieron a la vez, presas de un fervoroso apremio, e hicieron el amor lo más rápido posible, antes de que alguien se percatara de que llevaban un buen rato desaparecidos.

Sólo había un problema: Dev no quería apresurarse. Esa mujer despertaba en él un ansia insaciable. Quería saborear cada uno de los momentos que pasaba junto a ella. Tal vez ni el resto de sus vidas bastara para saciar el deseo que le provocaba. Estaba enamorado y jamás había conocido una felicidad semejante. Deslizó la lengua por el sedoso interior de su boca y ella volvió a llevarlo al paraíso. Gimió contra su cuello y se estremeció de deleite a medida que ella subía y bajaba despacio, tomándose su tiempo para disfrutar al máximo del placer de sentir su duro miembro en su interior.

La muy picaruela incluso tuvo el descaro de atormentarlo, alzándose de modo que sólo quedara dentro el extremo de su verga, con la que jugueteó un rato, hasta que Dev le suplicó entre jadeos que lo tomara por entero. Lizzie negó con la cabeza sin dejar de observarlo con expresión maliciosa. Él sonrió, soltó un gruñido juguetón y tiró de sus caderas hacia abajo, hasta que su palpitante miembro estuvo hundido en ella hasta el fondo.

–¡Devlin! –gimió ella, saboreando la placentera sensación de tenerlo en su interior, antes de darle un beso en la frente–. Te quiero tanto...

–Te amo, Lizzie. No me dejes nunca –susurró al tiempo que alzaba la mirada y la contemplaba, enamorado hasta la médula.

–¿Dejarlo, señor? –Esos preciosos ojos grises se abrieron con lentitud y lo observaron con una expresión ladina y ardiente–. ¿Es que me toma por tonta?

–No, cariño –respondió él con voz cargada de satisfacción–. Pienso tomarte por esposa.

–Me parece justo –musitó antes de dejarse caer sobre el sofá con él encima–. Siempre y cuando... me tomes ahora.

El comentario le arrancó una carcajada de lo más maliciosa mientras procedía a complacerla con entusiasmo.

Epílogo

24 de junio de 1817

El alegre repiqueteo de las campanas de la vieja iglesia normanda resonó a lo largo del tranquilo río Medway hasta inundar las calles del pueblo de Maidstone, ya que el noble de la localidad se casaba ese día en la antigua capilla, al igual que los nueve vizcondes Strathmore que lo habían precedido. Aunque ninguno de sus queridos antepasados debía de haberse sentido tan aturdido como él en esa maravillosa mañana de domingo, pensaba Dev. Intentó concentrarse en el sacerdote, pero era incapaz de apartar la mirada de su novia.

El brillo celestial de los rayos del sol que se filtraban por la vidriera de la enorme nave de la capilla jugueteaba sobre su sedosa piel de alabastro. Estaba atenta a todas y cada una de las palabras del sacerdote con esa expresión honesta y entusiasmada tan característica en ella que lo hacía derretirse de ternura. La profundidad de su belleza bastaba para postrarlo de rodillas por su calidez, pureza y serenidad.

Como si se percatara de que la estaba observando, Lizzie entornó los párpados y le lanzó una cautelosa mirada de soslayo. Sus ojos le decían que lo amaba... al tiempo que lo amonestaban para que se comportase. Una sonrisilla curvó los labios de Dev mientras devolvía la mirada al frente siguiendo sus órdenes y levantaba la barbilla.

Claro que el buen comportamiento siempre llegaba a su fin...

Un fin que llegó cuando el sacerdote le informó que podía besar a la novia.

Su querida Lizzie le ofreció una mejilla arrebolada.

Él esbozó una enorme sonrisa y arqueó una ceja.

La congregación estalló en jubilosas carcajadas y en una atronadora ovación cuando la puso de puntillas y la besó apasionadamente en el altar... dos semanas antes de que acabara el plazo especificado en el testamento de la tía Augusta, aunque eso poco importaba ya. Sin embargo, la vieja cascarrabias se había salido con la suya. Y él sabía de corazón que no podría haberle dado un regalo mejor a su tía. Tras recitar una plegaria de agradecimiento a la anciana y a todas sus excentricidades, besó a su esposa con más ardor y la estrechó con fuerza por la cintura.

–Por el amor de Dios, ¿esto es necesario? –refunfuñó Alec, que estaba de pie junto a Lucien en el tercer banco del lateral reservado a los invitados de la novia.

Su hermano rió entre dientes.

–No te preocupes, hermanito. La mujer adecuada aparecerá pronto.

–¿Quieres apostar algo? –musitó Alec con mirada cínica.

–Incorregible –lo amonestó Lucien entre dientes–. Así que has vuelto a las mesas de juego, ¿no?

–Todos tenemos nuestros vicios.

–Creía que le habías prometido a Lizzie que lo dejarías.

–A tenor de las circunstancias, decidí declarar nulo el acuerdo –proclamó con acritud, pero aun así aplaudió con el resto de los invitados, concediéndole la victoria a su rival con su habitual aplomo.

Lucien sonrió ante el sombrío semblante de su hermano pequeño.

–Al final acabarás hecho picadillo por una mujer, ¿sabes, hermanito? Y cuando eso suceda, quiero estar allí para felicitarla.

–Siempre que sea rica... –contestó él.

–Vaya... ¿eso quiere decir que la mala racha continúa?

–Tan pronto viene como se va... No te preocupes, mi suerte volverá en algún momento. Entretanto... ¿me prestas veinte libras?

Lucien lo miró con una ceja arqueada.

–No si mi mujer lo descubre.

Alec gruñó por lo bajo y devolvió la atención al altar, donde Strathmore por fin había soltado a Bichito.

–Tu mujer. Su mujer. En mi opinión sois todos un puñado de necios que se han dejado cazar. Será mejor que él la ame –añadió con tristeza.

–¿Es que estás ciego? Strathmore la ama con locura –replicó su hermano y, como era habitual, tenía razón.

La pareja sonreía de oreja a oreja mientras recorría el pasillo en dirección a la puerta. Los seguía la comitiva nupcial: Jacinda, Billy y, por supuesto, la jovencísima Sarah, tan hermosa como una flor recién abierta.

En el exterior los recibió un glorioso día de sol. El carruaje nupcial los esperaba, engalanado con festones y guirnaldas; era un elegante landó con la capota bajada, tirado por cuatro caballos blancos con tocados de plumas doradas.

Mientras los invitados se arremolinaban a las puertas de la iglesia, Lizzie se echó a reír de pura felicidad y le lanzó los brazos al cuello a su marido; Dev la cogió en volandas y la subió al carruaje. Ella lo besó mientras una lluvia de pétalos blancos caía sobre ellos como una nevada.

Al abrir los ojos, aún abrazada a Dev, alzó su extasiada mirada hacia la elegante torre gris de la iglesia, recortada contra el azul del cielo. Tras ella se desplazaban con rapidez unas cuantas nubes, y sus movimientos eran tan vertiginosos como el amor que sentía.

–¿De verdad eres mío? –preguntó, mirando a su esposo.

–Para siempre. Vamos, esposa. Regresemos a casa –murmuró él, cogiéndola de la mano.

Se sentaron juntos y saludaron a la multitud de personas que los felicitaban y que no tardaron en entrar en sus propios carruajes.

El alegre desfile atravesó los campos de Kent, cubiertos de tréboles blancos y púrpuras, en dirección a Oakley Park mientras la perfumada brisa agitaba las espigas de trigo.

«Llegado el otoño, esos campos se teñirían de oro –pensó Lizzie–. Como el anillo que llevo en el dedo.» Cuando Devlin le alzó la mano para llevársela a los labios, ella sonrió y dejó que todo el amor que sentía se reflejara en sus ojos. Tendrían una buena cosecha.

Título de la edición original: *Devil Takes a Bride*
Traducción del inglés: Ana Isabel Domínguez Palomo, Concepción Rodríguez González y María del Mar Rodríguez Barrena, cedida por Random House Mondadori, S. A.
Diseño: Serifa
Ilustración de la sobrecubierta: *En el vestidor*, 1869, de Charles Edouard Boutibonne. © The Gallery Collection/Corbis/Cover
Foto de solapa: © Redford Photography

Círculo de Lectores, S. A. (Sociedad Unipersonal)
Travessera de Gràcia, 47-49, 08021 Barcelona
www.circulo.es
3 5 7 9 8 0 0 4 8 6 4

Licencia editorial para Círculo de Lectores
por cortesía de Random House Mondadori, S. A.

Este libro ha sido impreso en papel Supersnowbright suministrado por Hellefoss AS, de Noruega

Depósito legal: B. 11628-2008
Fotocomposición: PACMER, S. A., Barcelona
Impresión y encuadernación: Printer industria gráfica
N. II, Cuatro caminos s/n, 08620 Sant Vicenç dels Horts
Barcelona, 2008. Impreso en España
ISBN 978-84-672-2999-8
N.° 34512